［新編］日本女性文学全集

岩淵宏子＋長谷川啓［監修］
長谷川啓［編集］

六花出版

監修
岩渕宏子
長谷川啓

第六巻　目次

凡例

◆本文には、原則として常用漢字を採用した。ただし、底本に用いられている字体が、常用漢字ほかの場合は、できるだけ正字体にするようにつとめた。その際、人名用漢字も、原則として常用漢字と同様のものとして扱った。

［例］　欝→鬱　壷→壺　纒→纏

◆字体表の如何に拘わらず、底本の字体を優先する場合がある。

［例］　恥⇄耻　灯⇄燈　伜⇄倅　妊⇄姙　州⇄洲　竜⇄龍　濶⇄闊

◆括弧の取り扱いや数字表記、単位語などは、底本に従い、全集として統一を図ることはしない。

◆振り仮名は底本に従って付した。ただし総ルビの原稿は、その難易度を測って調整した。

◆字体における例示以外の詳細は、版元・六花出版の内規によった。

◆［　］は、六花出版編集部の補足であることを示す。

◆作品の中には、人権の視点から見て不適切な語句・表現もあるが、作者が差別や人権蹂躙を意図したものではなく、また作品発表時の状況をあらわすものであることから、組み直すにあたり、底本のままとした。

平林たい子

夜風

八ケ岳の裾野が振袖のように引摺った裾のところは、火がついたように真赤な赫土の崖になっていた。甲州境の分水嶺からはるばる流れて来た、硫黄分を多分に溶かし込んだ渓流はそこまで来ると真白な滝になって落ちた。滝の下は、何時の頃か久しい昔に峰から押し流されて来た、富士火山脈系の、白い斑入の石ころの河原だった。冬になると雪が深く何の産業もやれない川沿いの村々では、ぬる陽で温まった石ころの上に他国から貨物で仕入れ込んだ天心草を乾して寒天をつくった。崖の下には、煤煙で煤けたトンネルがあって、寒天は村人の口へは入らずにそこから汽車で東京へ運ばれた。川の水は、天心草の磯くさい中を、唯一筋うどん程に細くちょろちょろと流れ下った。その香が、あの大海の磯の香であることを知っている者はなかった。そこから振返ると、見渡す限り、村を取りまくものは山のてっぺんまで、葉を落して雨のように立並んだ桑畑だった。そこにも貧乏と金持とがきっかり区別されて存在した。金持の家には、何処からも目じるしになる真白な白壁の塀があった。こんもりとよく手入れした松の木があった。自分で作るだけの田を持った百姓は、年々歳々生活向きに追いつめられて行った。田を売った。畑を売った。売った田の小作人になった。それでも追いつかなかった。子供達の学費だけを稼ぐのさえ容易な事ではなかった。長男は冬になると東京の海苔屋へ行き、次男は、農閑期には、ブラジル移民手引草などという本を親爺にかくれて頻りに読んだ。米は廉く豆粕と税金は高かった。桑畑は、山の日向側の傾斜を、だんだん侵蝕してとうとう山のてっぺんまで、ひろがってしまったのである。

自作農は落ちて小作農になったが、小作人は、もうそれ以下に落ちる所はなかった。仕方なしに仕事の合間には製糸工場の石炭運びにさえなった。地主さえもが田を売って、電気株を買った。共同製糸会社へ投資した。

川は、静に傾斜した高原を流れて、西の山岸にある湖に流れ込んだ。流れ入る口まで来ると水嵩は恐ろしくふえていた。さんざん高原の急流で揉まれて来た水は、製糸に適した。村の付近にぽつぽつとした工場がふえて行った。そこから見ると浅間山が、折重った山脈の向うに、男の肩の様に突出して静に煙を噴いて見えた。苦しい百姓達はいろいろな事を考え出した。かりんと梨を植えた。春先になって、土が黒く解けて来る頃になると、村外れの丈の低い梨細には真白に梨の花が咲いた。かりんは梨より少し遅くうす紅色の少年の耳のような色の花をつけた。一輪ずつ取って見るとうすい花片はすきとおって美しいにもかかわらず、遠くから見ると、その花は何だかいたいたしいものが露出しているような感があった。製糸工女の色の白さのように、何かかくされているものがあるようなくもった色であった。尤もこれは、また一年の苦労を思いながら見る百姓の目の方に、憂鬱があるのかも知れなかった。果樹畑を背にした養蚕村は、東漣村と呼ばれて、大きな地主もなく、大した貧乏人もない平和な村であったが、この村もこの地方の例に洩れなく、平和なままで年々年々に老人のように凋れて行った。そして、善兵衛という地主が起した製糸工場だけが独り栄えて行った。

末吉の一家は、この村で先祖代々からの小作人だった。父は先年老衰で乾物のようになってねていたが、息の清次郎が秋、雀おどしの鉄砲を裏の田で打った音で驚いて死んだ。母は小さい頃から亡かった。兄の清次郎の方が別居して弟が家をつぎ、夫に死なれて戻って来ている妹のお仙が鶏の世話をしながら毎日留守居しているのであった。ある日のことであった。

昼少し過ぎから、腹が不安な疼痛でときどききりきりと渦巻いて消えた。朝飯に食った田螺（たにし）を思出して幾度も便所へ立ったが、便所へかがむと通じはなくって、押えつけられる下腹で胎児が苦しそうに張り切った腹の皮を突張る。十六になる清江と十四になる定男とをかかえて、稼ぎ人の亭主に死に別れて里に戻って来ているお仙は、田植の日雇い稼ぎで知合った日雇いの男と食っついて、人の知らない間にはらんでいた。もう、予定日に近い筈だが、と、今朝も、握りこぶしの指のぐりぐりで月の大小を数えて見たところだった。勿論、産婆に見せる金はなし、産婆に自転車に乗って村中の道を通って来られては困る身の上であった。

亭主のないお仙と、十七娘の清江としか女のいない家へ、産婆が、産用具の黒い鞄をさげて、自転車に乗って来るのは、どう考えても可笑しい事だ、と、幾度か考えてみては思い乱れた。米の足りない家で食客をしているわけに行かない清江は、三里程はなれた湖畔の工場地へ、糸とり稼ぎに行き、定男は、東京の請負師の家へ書生にやって、夜学に通わしてある。父が死んでから、一家の主人となっている弟の末吉は涙もろいたちで、お仙の不しあわせに、ときどきは武骨な同情の目のいろを見せたが、別に一戸持って、工場へ繭の乾燥に通っている兄の清次郎は怠けもので貧しい小作人の弟の末吉の米びつから、時々、石油缶を抜いて作った缶へ米をすくい込んでは、てれかくしに、妹のお仙を頭からどなりつけてかえって行く。

「お仙、大変な事をおめえは仕事して居るな！」

ある時には、清次郎はお仙がはらんでいるという事を村の噂で知って来て、毛虫の様な、まつ毛の長い目で、お仙の腹をじろじろと見て、たしかめておいて爪先が白く切れた黒足袋でぽんと横腹を蹴った。帯をくるくるとたがの様に巻き、綿入半纏の紐を帯の上できっちり結んで、兄の瞳を脇腹に感じてそこが冷える程に感じながらうつむいて坐っていたお仙は蹴られて達磨の様に転った。

「まあ何をするえ」

と咽喉まで出て来たが、だまって、転ったまま兄を白い目で仰いだ。こんなことで、この出来事が許されるなら、と、観念をきめてうつろな目で兄を見た。張り切った腹をかくすつもりで帯にはさんだ、湯の華で真赤に染った手拭が憐っぽかった。はさんだ手拭の下から、臨月近い腹がなだらかに突出していた。

一町五段もの田をつくりながら、白瓜の蔓をたぐる頃になるともう米がなくなる小作人の暮しが馬鹿馬鹿しくって清次郎は家を弟に譲って出て行ったが、やって見ないうちは、麻裏草履と黒足袋でさぞよさそうに見えた繭の乾燥も、やり出して見ると働き時間が長く、体がめきめきと弱り、もう中年を過ぎた彼に決していい仕事ではなかった。それに乾燥は一年中ある仕事ではなかった。農作物の忙しい季節を黒足袋と麻裏でのさのさとやって来ては、何かと言っては青筋の浮いた手でお仙をなぐる。

なぐっては、ますます、乾いて硬くなって行く革のように使い道のない人間に変って行った。

「もし、今夜うまれるとしても清江をわざわざ呼ぶわけには行かないし、また兄に折悪しく来られたら、どんなに、えらい目に会わされるか……」お仙は思案にあまって便所のかえりを庭に立っていた。

秋の夕暮の空に、煙を絶やした企製糸工場の煙突が立っていた。目を据えて、高い煙突の筒先を見ていると、よろよろと自分の方へ倒れて来そうであった。

「あ……痛た、痛た……」

腹を押えると顔が横になって、頭の上に高い秋空があった。お仙は、空と地面とのはるかな距離を感じた。くらくらと軽い目まいを覚えた。

どこかで、忙しい稲扱器の埃っぽい音が聞えて来る。ふと思い出して鶏屋をあけた。牝鶏が駈け出すと、雄鶏は、止り木を飛び降りて、風のようにしめった黒土の庭へ追いかけて行って小さな牝鶏の背を咬んで足で押えながらつるんだ。牝鶏は抵抗しながらきょとんとした目でお仙の方を見ているようであった。鶏達は、たのしそうに、真赤な鶏冠（とさか）を頭の上にピンと飾って菜を引いたあとの黒土を足で掻いた。お仙は、鶏の糞の香でぐわっと吐気を覚えながら、暗い小屋の奥に白い卵を見つけて、乾いた藁を踏んでかさかさと入って行った。

「あ痛た……あ痛た……」

眉に力を入れて息をつめていると、痛みは、風の様に、襲って来て過ぎて行ってしまう。

小さい卵が二つあった。お仙は、出産したら体に栄養の要ることを思い、弟の末吉が帰って来ない間にと、あたりを見廻して、藁屑の散っている中から赤く錆びた釘を拾いあげ、卵の尖った方の尻をこつんこつんと打った。一寸穴があきそうになかった。力を入れて釘で突けばこわれそうであった。

ふと気がついて見ると、卵の、真白な艶消しの膚に、赤黒い血が固ってくっついている。お仙は驚いて顔によせて見た。遠い昔となった定男を産んだ時の苦痛がまざまざと思出された。あの時には愛する夫が傍でしっかり手を握ってくれた。しかし、今度は、猫のように人にかくれてうまなければならないのであった。

握っている卵が、何だか温いような気がした。掌の熱で温まったのか、鶏のうみたてのぬくもりであるのか、暫く考えると、何だか胸が悪くなって吸う気がしなくなった。

腹の中に、ひび割れるような痛みがある。蜜柑箱を持出して卵を数えている頭の上の天井近くにふッと電燈がついた。卵は四十あまりたまっている。

「せめて、この売上だけでも末吉にかして貰えたら、子供にさらしの襦袢一枚でもこしらえてやれるんだけれども……だけど、先月の電気料も未だ払ってないで、そんな事あまあ言わないでおかず……」

今まで一つ四銭五厘から六銭位の値で、町の仲買人に卸して毎月の電燈料と村税の戸数割にあてて来た卵は、副業の養鶏か近所の村々にはやり出してところどころに「地玉子あり」の札を見る様になって三銭までに下落した。その上に小学校の費用で戸数割は高くなり、競争のない電燈会社の電燈料は十燭が八十銭という高値で、二ケ月払いおくれると、すぐ自転車でやって来て安全器のところの線を鋏で切って行ってしまう。毎月八十銭ずつの金をちゃんちゃんと払わされる事は、小作人にとって容易な事ではない。電燈が入って来てからのこの三年間、末吉がたった月八十銭の電気料の為にどんなに苦労したか、お仙は傍で見て来た。そうかといって、自分の家ばかりで、石油代と電燈代との月四十銭ばかりのすれ違いで赤い灯のランプをつけている、というような事の出来ないのが末吉の性質であった。鶏が普通にうんで普通の値段に売ってさえ足りない金を、お仙は、夏の七、八、九の三ケ月、暑さで、鶏達がやせてきじの様に胴が長くなって卵の数が減っている月、くさったと誤魔化して、売上を二円ずつ東京で苦学している定男のところへ送った。定男は脚気で足がむくんでいると手紙をよこしていた。

――

今晩あたりうまれるとすれば、何しろ仕度をしておかなくっちゃ……、人目を恐れて、未だ産着もろくろく縫ってなかった。

お仙は押入れをあけて、産褥に敷く襤褸切れを探し出した。ねずみがことことと天井裏の方へ逃げて行く音がした。襤褸からは、ばらばらとねずみの糞が落ちた。

ピーと工場の終業の笛が鳴り出した。

末吉は、八幡裏の田から薄暗がりを稲束を背負って来て洗った足を縁側で拭いた。

「姉さ、鶏小屋はしめたかい」

お仙は板の間で、塩からい蒸気を顔に浴びながら、芋幹(いもがら)の煮つけを丼に移し、何か考え込んでいた。けたたましい笛の音で末吉の声は吹き消された。

「姉さ！　鶏小屋は閉めたかいっていうに！」

「あっ！　忘れちまったわえ」

顔をあげて、末吉を見たお仙の顔は、面のようにあおく見えた。眉は灰色にうすくなり、根にとどかない髪が、もろこしの髯のように油気を失ってぼろぼろに縮んで、手をかざすように額に下っていた。

「末吉、私あどうも腹が痛え様だわえ」

末吉が毛の多い足を拭いているところへ、お仙は近寄って行って口の臭いが届く程の所まで額をよせて言った。

「腹が痛え？」

「ええ、どうもうまれるらしいわ」

お仙は、末吉の顔が見られない気がして、拭いている足を見ていた。いつも股引にかくれている股は真白でちりちり縮んだ毛が這うようにもしゃもしゃと生えていた。末吉の顔の下には、脂でてかてか革の様に光ったお仙の着物の襟があった。かわいた野良の空気を吸って来た末吉の鼻先に、人目を恥じて久しく共同湯へ行かないお仙の体臭がぷんと酸っぱく来た。

「なあ末吉、相談にのっておくれ」

「ああ、俺あ今、そんな相談は御免だ」

末吉はつと立って鶏小屋を閉めに行った。

ちっ！　末吉は、挫かれた気持のやりどころがなくって、藁草履で金網の戸を蹴った。鶏が驚いてククク、、、と鳴いた。暗がりで、止り木にうずくまった白い鶏の動くのが見えた。

「畜生！」唾を飛ばして言った。

今日の昼過ぎであった。ちょうど国会議員の選挙で、選挙権のある自作農が皆田を上って行ったあと、村道にそった八幡裏のひっそりした田で乾した稲を束ねていると選挙がえりの金製糸工場の善兵衛が俥にのって砂利道を役場の方からやって来た。善兵衛は工場でもうける一方、付近一帯の土地を坪五合五勺で貸している地主でもあった。

去年から年貢を引掛けている末吉は、悪い奴に出会ったと、道に印絆纏の背を向けて高い声で木やりをうたって稲束を投げていた。

「末吉さん、御精が出ますな」

東京弁で俥の上から声をかけた。返事をしないわけには行かなかった。

「いいお天気で」

と末吉は手拭をとって言った。

「時に末吉さん、先日からあんたにお目に掛ろうと思っていたんですが……えーと、あなたんとこじゃ、年貢がお気に入らないって、あの工場裏の稲をお刈りにならないんだそうですね」

「いんね、そんな事はありましねえよ、誰がそんな事を申しましたかね」

末吉は驚いて眉に深い皺をよせた。工場裏の田は日当りが悪く、工場の桶水がじくじく流れ出すので稲の出来が悪いため刈取りをあと廻しにし、手が廻り切らずに、今迄延びて来ていたのであった。

「へーえ、こりゃ可笑しい。だって、あんたの兄さんがやって来られて家の者にそう言われたっていうんだからまさか間違いはありますまいよ」

末吉は返事に困って煙草をひねって煙管の先につめ、マッチを探した。シャツのポケットからは富貴煙の粉にまじって、小さな白い釦が出て来た。ポケットを裏返し日向の方に向って払った。

「マッチですかい」

「いやこりゃあどうも……」

善兵衛も俥の上で銀のきせるを出して一服つけ赤く燃えている棒を差出した。きせるの先で火を受取りながら、何かの策略がありそうだなと末吉は思った。

「何しろ幾度かの霜で穂は飛ぶし、稲のねた所は芽が出ているようですよ」

「兎に角明日にでも刈りますで……」

「去年の年貢の事さえなけりゃあねえ……」

善兵衛は、何か言いたいことを咽喉で押えている調子だった。

「いずれ改めてお話しいたしましょう」

「へえ」

善兵衛は頬の肉をぶてぶてゆすって意味もなく笑い、左右にゆれながら遠ざかって行った。末吉は畔の藁に腰かけてすぱすぱと煙草をのんだ。朝から、もう四畝あまりの稲を刈っていた。耕地整理で真直になった畔にそって三分の一程黒い土が現れ、久し振りに陽の光を仰いでゆらゆらといきが立昇っていた。蝗は乾いた葉を蹴って人の気配のしない方へ飛んだ。

と、稲むらのかげからひょっくり、隣の陽之助が陽にやけた顔でやって来た。陽之助も四人も子供をかかえて選挙権のない善兵衛の小作人だった。

「末吉さ、今、これは何を言って行ったえ?」

陽之助はにやにや笑って、太い指で善兵衛の口ひげの真似を、自分の赤い鼻の下にやって見せた。

「奥歯に物が挟った様な事を言って行きやがったぜ」

末吉は今の話を聞かれたのかと思うと、一寸辛い気がしたが、いきさつを話した。

「ええ、君の家もか。うぬ、それでわかったわ」

陽之助のところへも、四五日前の朝、工場監督の佐野という老人が使に行って、寝耳に水に、来年から工場裏の田を坪八勺だけ上げたいと思いますからと言った。日かげの窪地で坪六合三勺などという馬鹿げた値段はどこへ行ったって聞いた事がなかった。

歯磨を使っていた陽之助は考える余地なく思って、

「こちらこそ下げて貰いてえですがな」

と嘲る調子で言って相手にならずに笑った。傍で、朝飯前の仕事に米のあらを粉に挽いていた女房は石臼をごりごり廻しながらはらはらして目で頻に合図したが、陽之助は平気なものだった。

使の老人が帰って行くと女房は、庭の便所へ行く陽之助について来て、田を取上げられたらこの頭数で米が足りなくなってしまうことを口説いた。長男は来年の四月はもう六年の卒業だったが、工場裏の田を取上げられるとすると、手伝わす仕事はなかった。


と、そこへまた先刻の老人が戻って来て、あっさり、「それなら今年限り田は返して貰いましょう」と主人の言葉を伝えた。まるで待ちもうけていたような調子だった。――

「あいつ、田で年貢をとるのと工場でもうける利益とじゃ桁がちがうものだで、いよいよ田を潰して工場をひろげずっていう算段だな」

なる程そうに違ないと末吉も思った。

向うがそういう腹なら、こっちも一つ共同でどこまでも対抗してやろうじゃないかと言い合わして末吉は家で扱く分の稲を背負って帰って来た。肥料不足で夏の間、自作農の田に挟まれて、際立ってやけた色をしていた稲は丈も短く穂が小さかった。幅のひろい末吉の背中に横に背負うと背にあまるところは穂の先と束ねた根元だけだった。

死んだ父は四斗入の桝目を一寸内ばに量って行ったところが、人の面前で善兵衛に桝に山になるように量りなおされて一升程の不足を突きつけられて恥をかいた。また四斗俵十六貫ときまった貫量が米の質が悪い為に少し少ないのを苦にして年貢納めの前の晩こっそり俵を川へ浸けて目方をつけ、夜中寝ずに藁火でかわかし、米を詰めて末吉と二人で運んで行ったこともあった。そんな事を思出しながら砂利道をかえって来たのであった。

しめった風がすぐりの細い枝の藪を吹きとおした。陽之助の家では、昼乾した籾をしいなとあおり分けているらしかった。唐箕の音が製糸工場の壁に突当るとごんごん、ごんごんと重いこだまを呼んで戻って来る。

「天気はこりゃあ変りだな」

末吉は星を見ながら、屋根のない肥桶にしゃあしゃあと放尿した。

黒い二重廻しを着たひとかたまりの人間が、石垣の下をざわざわ話しながら通った。一人おくれて、からから足駄をはき、咳をして来たのは蚕種屋で小金を持っている自作農の仁作であった。話しながら歩いて来た人々は、藪のかげで小便をしている末吉に気がつくとプツリと切った様に話をやめた。

――俺の家の噂をやっていたな――そう思いながら

「お疲れで」と挨拶した。暗がりに顔をすかして見ると選挙がえりの一団だった。

「フン選挙が何だ」

通りすぎると末吉は口に出してそう言った。どうせお仙の事では噂されている事はわかっているが、目のあたり見てはいい気持はしなかった。

と、ひとかたまりの行った方から兄の清次郎がやって来た。頬被りに、紺の、鯉口という筒袖の中に手を引込め、二つの袖ばかりがつんと突出した格好で暗がりにも兄ということはすぐわかった。清次郎はそこに立っている末吉には気付かずに、物臭く片手を出して、障子をあけて入って行った。白い斑をもった雑種の飼犬がころころとあとをついて来て暗がりに立っているのが末吉と知ると白い尾を振った。

「末吉は、未だかえらね?」

「いんえ、先刻帰ったわ」

お仙は炉端のうすべりに突俯して腹を押えながら桑の枝をたいていたが、清次郎の声をきくとさとく体を起した。父の葬式後一度も使ったことのない大釜がかまどにかかって、水をいっぱいいたたえてしんしんと鳴っていた。

「兄さ」

とお仙は改った細い声で兄をよんだ。

「どうも私あ子供がうまれそうだでなあ、こうやってお湯を沸かしておくが……兄さも腹が立つらが今度だけはこらえておくれ。なあ……」

「そんな事をきいている場合じゃねえわ！」

清次郎はひと声吠える様に遮って、

「末吉、末吉、仝の工男が工場裏の稲を刈っているぞ」

清次郎は弟は便所だろうと思って、便所へ行く暗い土間の方へ首を突出して言った。馬鈴薯が腐った乾辛い香がした。

「なに！　稲を刈っている！」

末吉は反対の縁側から、仕事着の短い印絆纏のままで入って来た。坐ると肩から長い藁屑が落ちた。

「そうか。やったか。よし！」

電燈がフッと暗くなって明るくなった。乾いた桑の枝の皮がパチパチと鳴って燃えた。

末吉が興奮して出て行くと、何と言っても自分の問題でない清次郎は湿っぽい炬燵にぶっ倒れて持って来た地方新聞を声をたててよみ始めた。お仙は腹痛の為に目が見えなくなって、用意しておいた布団の上に深い吐息を吐きながら倒れた。……

遠くで瀬戸物が割れるような音がした。お仙は、桑の脂が燃える香を呼吸しながら目をあいた。と、ひろい掌が力いっぱいに横顔を打った。打たれた横顔の皮膚が、びりびりとこまかくふるえたようであった。お仙ははじめてひらいた目を見定めた。更にお仙を打とうとして手を振り上げている骨のたくましい兄の顔が白い紙の様に明るくお仙の顔の上にあった。

「立て！　立たねか。布団は土間へ敷けえ。家の中で今度の産をするこたあならね！　断じてならね！　この野良猫女が！　恥さらし！」

やっと意味がわかってお仙はふらふらと立上った。腹で胎児が足を突張ると、体が一枚の薄絹の様に軽かった。お仙は暗い土間へ布団を引摺り降した。鶏の糞らしい冷いものを足の裏にペタリと踏んだ。

と、また恐しい腹痛が押しよせて来た。お仙は樽の様に布団の上に倒れ、しめった土間の土の香をかぎながら気を失った。

電燈が、立っている清次郎の角刈りの頭の上ですうと暗くなった。

――お仙は死別れた夫の所へは十七で嫁に行った。夫は百姓仕事の合間合間に、井戸突きと言って、温泉の湧出口を地下まで掘り下げてあるく職人だった。時には三十円もの鉄管を地の底へ落してしまうこともあったが、一本の湧出口をつくるのに大抵二十円位かかって三十円位にはなった。父は中風でねてる。母は口の達者な後妻で、夫にとっては継母だった。野良で烏の様に放し飼に育ったお仙と暮しの苦しさに二十六にもなったその年まで女の膚の香も知らずに生きて来た夫とは、一緒になると、すぐにお仙の毎月のものが止った。毎朝起きると肥桶へかがんでゲーゲーと黄色な唾を吐いた。若くってぬかりのない姑は、はじめは見て見ない振りでちょいちょい鋭いいや味を言っていたが、お仙の呼吸が著しく肩の方へ突きあげて来る様になると、どこかから白いひげの様なほおずきの根を探して来た。お仙は受取って寝間の押入に入れておいたが、もう、いつの間にか、腹の中の未だ見ぬ塊に対するふしぎな愛が目ざめてしまったのだった。毎朝顔を合わせると姑は使ったかときいた。何とか言いわけをすると一日中機嫌が悪かった。そして、腹はだんだん目に立つようになって来た。お仙よりも姑の方が腹を見てはらはらした。仕事は少なくって暮しは苦しかった。姑は夫のいない時には奥の間で、お仙を裸にして腹帯をきゅっと〆め直してくれた。腹帯は固くすると目まいがした。終にはお仙は、

「あの根は幾度か使って見ましたが、どうも利かない様でござりますわえ」

　と嘘を言うようになった。と、ある時姑は白い粉薬をどこかから貰って来た。台所から湯呑へ水を汲んで来て、そこで呑めというのだった。そうなるともう仕方がなかった。目をつぶってぐっと二服呑み下した。

　薬はぷんと辛子の香のする、恐しくにがい散薬だった。毒を仰ぐ気持で呑み下すと、腹の底で、がらがらといやな音がした。それから恐しい下痢が始った。五日の間おまるを離せない程だった。それでも幸か不幸か、一度培われた生命は、お仙を離れて行きはしなかった。そして月みちてうまれたのが清江だった。――

　お仙は、低い土間で、夢現で、その時の事を幻の様に思出した。もう、腹の痛みがわからないように神経がへとへとに伸びていた。ふと、これでもう死ぬんじゃないかと思った。女の一生というものは、こんなにも苦しみ多いものかと思ってみた。体を動かすと、足のあたりでぼそぼそと藁の音がした。

　障子にうつった電燈の赤い光が、濁った、と思うとぱっと消えた。

　停電は八ケ岳の風致林の中にある発電所の付近で起ったものらしかった。取入れに忙しい村々の空で風に吹き払われて星が光った。

村外れの田の中に湧き出している共同湯のまわりでは黒く腐った稲の切株の心に、青い柔かい芽がすうすうと伸びはじめて居た。柔かな、硫黄の香を含んだ蒸気が星空に沖してたて髪の様に立昇った。男湯でも女湯でも、労働の汗で塵を吸った体の垢がひじきの様に浮いてはき口に流れ込んでいた。そこでも、裸になっている頭の上でパッと五燭の電燈が消えた。

金製糸工場の寄宿舎の二階では、明日の朝早く県の役人が調査に来るというので、大片付けの最中だった。

「ちっ、何だい。こんな不潔なものを棚にあげといて……」

工場監督の佐野があがって来て、折角、工女達が棚の暗がりに蓄えておいた、指の薬の罐を、眉をひそめて指の先でつまみあげぽんぽん窓の外へ投げすてた。

衛生係で雇ってある年増の看護婦は、あらあらしく押入れをあけて布団を取出し、今晩着てねなければならない布団に、「まあこの汚なさ!」などと言いながら、しゅうしゅう消毒薬を撒いた。綻びて綿がはみ出したり、模様が散ってわからなくなったりしている布団は、強い臭気のある薬でしっとりぬれた。夏の間の不潔と、若い女工達の体温でひどく蔓延して来た虱を一と晩に退治ようというのである。女工たちは、赤くただれた指でのろのろ行李などを動かしたが「お役人の検査なぞが私たちの知った事かえ」という気持が誰にも働いた。それに、平生は豚小屋の様に汚れた室へ押込めるだけの人数を押込んでおいて、検査となると急に衛生面をするのが憎らしかった。看護婦の消毒薬が間違えて行李の上に畳んであった桃色の帯にかかった。帯は細糸のレーヨンだった。忽ち火傷の様な赤いあざが現れた。持主の女工は電燈の下へ持って行って、泣きそうになって、年増の看護婦に突きつけた。薬のかかった個所は黒く変って、さわると炭のようにもろくぽくりと抜けてとれそうであった。

監督は、も一つの電燈の下で薄い布団をひろげていた。摺り切れた縫目を白い虱が、消毒薬で苦しがってぞろぞろ這った。縫ってある糸目と間違えられる程、数多く、何処を目あてにかこまかい足どりでぞろぞろ這った。

こういう事になれない新子（見習）達は呆然と立って見ていた。後の方で時々、こんこんと、肺の悪い咳をして見ている者もあった。――と、ここでもふっと天井の高いところの電燈が暗くなって、ぱっと消えた。暗い隅の方でわっと叫んだ者があった。それに応じてわあっと叫び声をあげて女工達は、消えた電燈の下にいる監督のところへ突貫した。誰かが消毒薬でぬれた布団をかぶせた。と誰かが足で蹴った。糸目の採点し方や、賞与の分配法に不平を持っている者どもは、体の目方をかけて布団を押えた。善兵衛の娘が何不自由なく県立女学校へ通っていることに平生自分でも慰められない反感を持っていた若い娘もあった。その娘は、力を入れて布団の上から頭と思われるところを蹴った。蹴っているうちに、あの喘息持ちの老人の皮膚のたるい体を蹴っているような気がしなくなった。布団の下で押えられているのは、年とっても艶々して手には笑靨のある主人の善兵衛のような気がして蹴りに蹴った。「おい、こら、こら何をする」監督は消毒薬のにおいでくらくらと気が遠くなって、どしんどしんと布団の上から蹴られた。――

小作人の陽之助の家では、籾乾しが始ったので、夕方、隣の仁作の家から自転車をかりて、長男に町から五十燭の電球を買って来させた。マツダ瓦斯入りと書いたので、居間の十燭のと取換えて一寸つけて見ると、ぱっと青い光が室の隅々までさした。擢れ切れて、子供達の踏みつけた飯粒が黒くこびりついている畳が、さらしたように何だかあおあおと見えた。

早速線を引張って庭の庇に五十燭の球を下げた。

「私あへえいやだわえ、盗電までして明るくしなんでもいいらに」

「馬鹿！　どこでもやってるわ。この節この高え電気料に、少し何かやってやらなかあ馬鹿馬鹿しいじゃねえか」

陽之助は朝鮮人のように手拭をかむって唐箕のじょうごに籾をざあざあ入れた。女房は落す穴を加減しいしいごんごんとあおった。重いいい籾は女房の立っている足袋のところへさらさらと落ちた。先が団扇のようにひらいた箕を頭にのせてじょうごに籾を入れる時には陽之助の横顔に、庇から青い五十燭の光がさした。頬に青い光がさすと、そこが切って落したようにこけて見えた。女房は、夫の顔が三つ四つ若く見えるように思った。

子供達は頭の上の明るい電気を珍しがって喜んで籾小屋と唐箕の間の蓆の上を、体より大きい箕を持って、犬の様にころころと往復した。小さい頭に被った手拭に、籾の毛が霜のように降りかかった。背中に入った毛は古いメリヤスのシャツにはみついて、ちくちくと皮膚に刺した。

陽之助は、女房があおり分けた籾を掌にすくって電燈の下へ持って行って見た。籾の皮が黄色で粒が大きく揃っていれば、その年は豊年で米の質がいいのだ。

「畜生、これで八勺も年貢を上げずって言うんだで馬鹿にしているわ」

　今日乾した分は工場裏の田の籾であった。掌で一粒一粒見ると、白っぽい皮にごく微な斑が浮いて籾の丈が変に尖って長い。唐箕のあおり口にあてた俵をたしかめて見ると、まだ五俵分もあおっていないのに、かさかさなしいなが八分目もたまっている。日が当らないために、よく実らずに、皆しいなになってしまうのだ。

　そこへ末吉が興奮してやって来た。

「陽之助さ、金のやつはいよいよやったぜ！」

　興奮のために、末吉の唇は白く見えた。

「今、家の兄さんに知らされて行って見ると、工男が四人ばかりで提灯をつけてわっしょいわっしょい稲を刈っているわさ！」

「やったか」

　陽之助は落着いて言って籾小屋の横まで行って背伸びして見た。葉の落ちた梨畑の向うで赤いほおずき提灯が三つ程動いていた。陽之助は、唐箕がごんごん廻っているわきで、二言三言末吉と何か話した。そして高い声で笑った。陽之助は被っていた手拭をとって、肩に掛った籾の毛をはたき、藁草履を突掛けて、末吉と並んで出て行った。

　女房は夫が出て行ったのは知らずに、唐箕の廻るこもった音で空虚になって、ごんごん唐箕を廻した。しいなは鶏の餌になりそうかどうか、籾はいいか、そんな事は考えるもいやな気がした。朝起きると、穂と籾とをふるい分けて蓆の上にひろげて乾し、稲扱きに行って昼になると朝乾した穂の籾をたたき落すために一度かえって来て、子供を相手に棒でたたき、また田に行って稲を扱き、夜かえって来て、籾としいなをあおり分ける。三年来のリウマチが起りかけて、穂を棒で打つ時には、手首の皮膚の中で、油のきれたような、ぎしぎしという音がした。こんなに苦労して一年中働いても半分以上の米は金の蔵へおさめなければならないのだ。自分で穂をまいて自分で草をとって取入れた米を、半分以上も他人に捧げなければならない！　こんな馬鹿な理屈があるものか。女房は、毎年秋上りの年貢収めの時には、そういう言葉を腹の中で繰返して来た。——

　女房は疲れてごんごん唐箕を廻し、箕の籾を蓆へこぼす子供を大きな声で叱りつけた。

と、不意に電燈の光が赤くなって、ぱっと消えた。女房は、はっとして籾の落ちる口へ蓋をし、球がぶら下っている下へ行って見上げた。

「どうしたえ?」子供たちも不安になって空の箕をさげて母の傍にやって来た。

「大きい球をつけたせいずらよ」

長男はわかり切っている様に、緊張している母に教えた。金の四男の清というのが何処かから貰って来た玉電気をつけたら、どこかでかちんと音がして、工場中の電燈が消えてしまったことがあった。その時技師が来て大きさの違う球をつけたらどこかに故障が出来るという事を言っていた。長男はそれを母に言った。女房は、大変な事になったぞと思いながら、でもひょっとつくかと思って暗い庇を見上げていた。

「電気がけえたか」

と隣の仁作の子供が縁側で大きな声で言った。

「すぐつくわ」

とこちらの子供は口惜しそうに言返した。仁作の家では電燈を引かずに、未だランプをつけていた。屋敷内にはどうしても一本立てなければならない電柱の土地貸料で、電気会社の出張所と喧嘩して、今までランプでやって来た。小金をもっている蚕種屋の自作農であっても、いや、そうであるだけに、そういう所はこまかかった。すすけた火屋(ほや)で、紙のへぞくりかえった笠で赤い舌の様な火のランプが、縁側に立っている子供のうしろに吊ってあった。

「金や、家で大きい球をつけたなんてよそへ行って言うじゃねえぞえ」

女房はたしかめる様に、きつい目で長男を見た。

工場裏の田は、野分の頃に、となりのかりん畑から落葉が吹きつけ、脂気のある蛹の水で真黒に腐り、その上に、穂の短い稲が霜にあたって乱れて倒れていた。石炭がら運びで履いていたゴム底足袋を脱いで素足で入ると腫から背骨を伝って脳の心までジーンとひびく冷たさがあった。四人の工男たちは、夕飯後の、余分な労働に対する不平にくすんで、皆だまり込んで、木の枝に提灯をむすびつけ、鎌を持って田に入った。足を没するまでぬるぬるとぬめり込ます土のきめはこまかかった。刈った稲を振りあげると穂の先についた泥が並んで下を向いている者の顔に冷くぺたりとはね飛んだ。土には、鼻の底を腐らす様な蛹のにおいがくさりついていた。さく……

さく……さくさく提灯の灯は、株を持つ左手の手くらがりになった。新しく買って来た鎌はよく切れた。

風が出た。

善兵衛は、四人だから九時頃には刈り上げてしまうだろうと言っていたが、かなり刈ったつもりでもなかなか前へ進まなかった。工場の窓から落ちて来た折箱のからだの、錆びた鉄のピンなどを折々足に踏んだ。これを拾って背を伸ばして畑の方へ投げると、そった姿勢で暫く休まずには居られなかった。

四人の中の一人の孝三というのは隣村の苦しい小作人の次男だった。家では兄が気狂いになって居り、父が、少しばかりの小作で生活を立てて兄の番をしていた。孝三はこの春から、百姓の生活に見限りをつけてこの工場へ雇われて来た。他の三人はあっちの工場からこっちの工場と渡りあるいている生れながらの労働者だった。

「あの爺いの味方になって、小作人の稲を刈って取り上げるっちゅうわけだなあ」

孝三は最初善兵衛に言いつけられた時にそう思った。額の広い、暗い目をした末吉を、孝三は見知っていた。――しかし、自分の気持は兎に角、吩付けられた事をやらなければならないのが、それが奉公だ――この働き口に離れたら、親爺がまたどんなに苦労するか知れないという気持が無意識に働いて、孝三は、そういう風に自分に言いきかせて田に入ったのだ。

三人は慣れない稲刈りで泥のついた穂をあらあらしく振廻し、やけに土方歌をうたった。孝三はひとりでに三人と離れてあとからさくさくと刈って行った。鎌を持っている手を、ぴゅうぴゅう風が渡った。慣れない三人は、孝三の前に刈って行って、長い穂を平気でこぼした。孝三はつい以前の小作人の気持になって丹念に穂を拾い上げようとし、冷く笑った。

「これは、俺の稲じゃあねえぞ、善兵衛が小作人からむしり取ろうとしている稲だぞ」

穂は、孝三の足の裏で、黒いどろどろの土の中に踏み込まれた。メタン瓦斯がブスブスと足の下で消えた。提灯は木の枝で消えかかりながらゆれた。

「あ痛っ」

一人が鎌を投げすてた。提灯のそばへよって見ると、左の泥だらけの人指し指にかすり傷がついて微に血がにじんでいた。

「大げさな声をだすない。どれ、もっとあかりによせて見せろ」

横合から出した泥だらけの手は冷えて赤くふくれていた。裸木の枝が、びゅうびゅう風に鳴ると、提灯の灯は浪にのっているようにゆれた。

「おい、へえやめようじゃあねえか！」

あまり突然だったので、三人は驚いて孝三の顔を見た。

「時間外の仕事なんだ、この寒さにやっていられるけえ！」

小作人から稲を取上げる善兵衛に対する反感を、孝三はそういう言葉で言った。しかし、間もなく四人は言葉少なにまた泥の中へ入って行った。

暫くするとそこへ陽之助と末吉がやって来た。末吉は、善兵衛に対する計画は二人できめて来たのであったが、自分の田の稲を刈っている四人を見ると、

「貴様等！」

と新に興奮してどもって言った。四人は提灯の灯で末吉の顔をすかして見た。一番向うの畔の際まで刈って行っていた一人が、田を上って廻り道して善兵衛に知らせに行った。

疚しい善兵衛は提灯を持って、向うの梨畑の中まで来て立っていた。

「おい金、用事があるぜ！」

末吉は田をへだてた向うに大きな声で言った。工場の壁はどうんとこだまをかえした。

「貴様おぼえていろよ」

風が、末吉の吠える様な声を、善兵衛のいる梨畑の方へ送って行った。

善兵衛は末吉の手に鎌が光っているように思った。あいつ等に稲を刈らせればあいつ等が持ってかえってしまう。こっちの人夫が刈れば、こちらで持ってかえれるのだ。咄嗟に善兵衛はそう思った。そして、八端のどてらをめくって、泥田へ入って行った。白い、膚のすべすべした大根の様な足が、踝の上まで泥の中に没した。冷い泥の中には、工場の窓から投げたいろいろな固いものがあった。畔の際で、糸の節こきについた長い鉄棒をしたたか踏んだ。それでも善兵衛は一生懸命だった。今稲をとらなければ、田を取上げたら金輪際今までの年貢はとれようはない。そう思って、提灯の柄をしっかりにぎって、ぶるぶるふるえた。

「おい、あの船に、この稲を積んで」

田の畔に、田植の時に苗を運んだり、石灰を運んだりする手押船が乾してあった。工男は主人の焦っている口調には無関心にのろのろその船を、泥の上を押して来た。

「これ、早くせんか！」

善兵衛は一声どなると、辷って後に倒れた。提灯が消えてべしゃっと泥の飛ぶ音がした。泥の中に手を突かなければ、立上ることが出来なかった。起上った時には両手からどろどろな雫が落ちた。しかし、善兵衛は、泥だらけの提灯を離さずに言った。

「早くせいって言ってるじゃないか！」

向うの畔では、陽之助と末吉が風に吹かれて立っていた。早くしないと、二人が田の中へ躍り込んで来て、四人の工男を追払って稲を刈り始めそうだった。どうせ背中が汚れた八端は、もう裾をめくっておく必要はなかった。裾は、蛹くさい泥の上をうちかけのように引摺った。

一時間ばかりして稲刈りは終った。梨畑の枝をさし交した間を吹いて来る風は夜更けらしく冷えてさわさわと工場の屋根で鳴った。陽之助と末吉は、畔の上に案山子（かかし）の様に立っていた。二人がどんな計略を立てているか善兵衛は知らなかった。

稲を山に積んだ船は、孝三ともう一人が泥だらけになって押して来た。善兵衛は船のあとについて、ぜいぜい息を切らしながら八端の裾を引摺って来た。

「こりゃあどうも御苦労さまで」

畔近くまで来ると、陽之助が風よけの手拭をとって善兵衛に挨拶した。背を低くかがめて、いやに馬鹿丁寧だった。善兵衛が面食っていると、

「おかげ様で、この冷てえのに、手も汚さねえで稲刈りが出来まして」

末吉は最敬礼のように頭を地面に近づけてお辞儀をした。それでも鈍感な善兵衛には意味が判らなかった。あざの様に泥のついた顔で、寒さにぶるぶるふるえて居た。

「おい、これで俺達の仕事は済んだちゅうもんだぜ。さあ帰らず」

陽之助と末吉が言っている意味がわかった孝三は、傍に、泥だらけでぶるぶるしている三人を促した。三人は、もう用事はすんだのだろうと思って孝三のあとについて歩き出した。

「おい、飛んでもねえ。この稲はどうするつもりだ。おい」

善兵衛は稲を山に積んだ船の前で呼びかえした。三人は振返ったが、孝三は振返らなかった。三人は一寸ためらったが孝三のあとをついて行った。

「いや、ありがと。ありがと。この稲は私の稲だで私が持って帰りますで」

末吉は、驚いている善兵衛を突き除ける様にして、畔に落ちていた縄をつけ、船を引張り上げた。陽之助が押した。踏み固めた畔を山に稲を積んだ手押船は辷って行った。

木の枝の提灯の灯がゆらゆらゆれた。

「おい、孝三！　千吉！……陽之助さん！　末吉さん」

泥で汚れたどてらの裾は風で冷えてばたばたと重く足にあたった。

末吉は道まで出ると、稲は車に積みなおして、氷りかけた道をがらがら引いてかえって来た。

「よし、これで来年の米は大変助かるぞ」

末吉は愉快で愉快で堪らなかった。

「姉さ、どうして戸を閉めねえ」

障子にあかあかと電燈は灯っているが返事がなかった。

「姉さ……姉さ……」

ふと、姉が先刻産気づいていた事を思って不安になったが足と手は泥まみれで、そのまま家へ入るわけには行かなかった。

土間と室との間の障子があいて、土間の上にあかりがさしているのが見えた。末吉は何気なく土間の戸をあけた。すると、お仙の、藪の様に乱れた髪が、向うから射しているあかりですいて見えた。お仙は襤褸の上にうずくまって頭を持上げていた。

「一体どうしたえ」

お仙は返事をせずに、明るい声でからからと笑った。

「どうしただえ！」

末吉はこわこわとのぞいた。と、鼻が抉られる様な悪臭がぷんと来た。

「子供がうまれたでなあ、こうしたわえ」

お仙は乱れた髪を持上げてからから笑った。傍にたたんである襤褸を室のあかりですかすと、末吉は思わず一足退った。たたんだ襤褸の間から子供の小さい頭が見えた。

「姉さ！」

「ああ、殺したわえハッハハハ」

「なに！」

「ああ殺したわえハッハハハ」

お仙は、室より一段低い土間の土の上に坐って凄く笑った。がさがさと藁の音がした。

殴る

一

日露戦争が始まろうとする頃であった。

十月がすぎると藁の上に雪が降った。白樺の幹は目立たなくなった。こまかい枝から塩の様な雪がさらさら辷り落ちた。空一面灰色の雪が落ちて来た。地面に近くなると塩の様に白くなって落ちた。屋根の庇(ひさし)は重くなったせき板の隙間からきらきらの様に光って吹き込んだ。

重くなった屋根の下にしめった炬燵があった。爪に黒い垢をためて、馬鈴薯のこおるのを心配しながら冬を越さなければならなかった。

藁の髯の被った雪靴は軒下に脱ぎ飛ばしてあった。大きなのが四つ小さなのが六つあった。一つは雪の中にたおれ、一つは籾殻(もみがら)の山の上にほうってあった。その上によくこおった雪がさらさら積った。

父は頭のてっぺんまでよく禿げて酒を呑んだ。赤土の崖の様に赤い皮膚が額まで辷り落ちていた。松造と言った。冷い縁側に坐って背を曲げた。雪の中へうすい手洟(てばな)を飛ばした。子供の方へ首を回し、黒目をよせて睨んだ。それにはこちらを見るなという意味があった。子供等はいじけて、乾飯(ほしいい)を頬ばって体をよじった。三人ともそういうわざを知って居た。炬燵の中で爪の伸びた足がふれ合った。

夏納屋の前の蓆で乾して保存しておいた乾飯は鶏の糞の香がした。もみじの様な鶏の足がはこんだ泥もまじっていた。泥は、黒砂糖をまぜて嚙む時には判別出来なかった。

父は右手で縁の下の藁をがさがさ分けた。鉈(なた)で薪と一緒に切りとった指は一と節足りない所から爪が出ていた。それが鳶口の様に伸びていた。

そこにもこまかい雪が吹きよせていた。それを分けると、手製の酒の甕の蓋が破れる。

白い煙の様な息を鼻毛の中から吐いた。隠しておいた酒甕を縁の上まで引摺り上げた。酒は買えば高いものだ。米を糀屋で甘酒をつくると言って糀と取り換えて来れば手数だけでうまい酒が出来る。役人に見つかる。そんな事は千度に一度もきいた事がない事だ。雪がふれば米の飯より必要な酒だ。

子供らは、学校から持って帰った本の表紙に鉛筆で冗書をして、炬燵布団の上に乾飯をぼろぼろこぼした。父は冷たい甕の縁をとって炬燵の側まで持って来た。また立って行って雪の中に水の様な手洟を飛ばした。

子供らは黒砂糖がなくなって我にかえった時またいつもの事が始っているのに気がついた。

鳶口の様な爪のある手が母の耳のところに打ち下された。雪やけの皮膚の上で、皮の厚い父の掌の思いきり乾いた音がした。つづけて音がした。

母の細い腰には芯の出た腰紐が食い込んでいた。母は狭い背を懶く動かして松造の体を避けた。表情を忘れた顔で赤土の崖のような父の額を見ている様であった。錆びたランプの吊鉤を見ている様でもあった。父は酔った目を母の下瞼のところに据えた。そして女が自分などを問題にせずに鶏小屋の屋根に落ちる雪の音に耳を澄している様に思った。そして団扇の様にひろげていた掌を握った。そしてなぐった。古い木槌で堤の杭を打ち込む時のビーンと来る手応えがなかった。それが物足りなかった。母が倒れると子供は泣き出した。黒砂糖のついた口で喚いた。父は口のかけた湯呑を子供の方へ投げた。酒になってふやけた糀が蛆の様に散った。子供は炬燵を出て更に大声で泣いた。しかし、一番末の四歳の女の子は泣かなかった。低い小鼻を遠くはさんだ二つの目で、下から憎悪をこめて父の鼻の穴を見上げていた。そして何かのはずみにいきなり父の足へ噛みついた。

父の松造ははじめて手が恐しく冷たくなっていた事に気がついた。そして湯呑を拾いあげて酒を酌み出した。雪はさらさら降っていた。子供らの泣く声は家の中にこもった。二人の男の子が泣きやんだ頃に末の女の子は急に割れる様に泣きだした。

二人の男の子は父を恐れた。皆が家の中にあつまってすごす冬が早く過ぎればいいと思った。土間では一日中手洟と俵を編む藁の音がした。子供は手洟の音の聞えない裏口の方の戸口で、遊んだ。味噌桶のかげで、縁から雪の中へ黄色な細い小便をして面白がった。あたたかい小便は雪を黄色に染めて深い穴を穿った。

　末の女の子は火のついた様な赤い髪をもつれさせていた。小鼻が殆んど平な顔をしていた。横から見ると二つの上瞼だけが平な顔のおもてに腫れ上っていた。二人の兄に並んでまじまじと父の顔を見ながらよく飯を食った。茶碗を抱く胸がてかてか光って来た。父も何となしにこの髪の赤い子の目が気になる様であった。この子はたしかに父を恐れていなかった。それが何となく気に食わなかった。

　新聞にはいよいよ戦争が始ろうとしている事が出た。軍艦の写真も出た。村には新聞をとっている家は幾軒もなかった。しかし軍籍にあるものの所へは足止めが来た。そして村人は戦争を知った。

　雪がとけはじめるとあわただしく田の畔に草が生える。凍りあがってとけた畔は崩れた。畔にはいじけたはこべがはみついて生えた。家の中の生活は、畔まで運ばれて行った。青い弱々しいはこべの蔓は少し伸びて行っては根をおろした。そしてまた伸びて行った。

　母は子供を歩ませるのをもどかしく思い、男の兵児帯で背負って行った。女の子は赤い髪で腐った藁の香のする泥をいじった。松造は畔で、母を殴った。手を振上げる時には、堤や堰の所に人が働いている事も忘れてしまった。鳶口の様な爪のある手で鎌をといでいる母をなぐった。かわいた泥がぼろぼろ落ちた。女の子はどうして母が泣かないのだろうかと思った。母は黒い暈(くま)のある目でうすく笑った。そして落ちた櫛を拾ってさした。

　女の子は土の塊を拾って、いきなり父の方へ投げた。土は方角ちがいの、母が鎌をといでいる水たまりの中へ落ちた。父は赤い額の下にある目でじっと女の子を見た。そして田の草の中へ手洟を飛ばした。

　むらむらと胸にこみ上げて来る怒りを待受けている様であった。やがて父の顔がみちて来た怒りの為にぼんやり拡った様に思った。父は近づいて来て拳(こぶし)を振上げた。それが打下された。それきりあとはどうなったかわからなかった。

　白い梨の花が散ると薯の花が咲いた。皺のある葉がくれに、星の様な花が白くぽっと咲いた。長い梅雨がやって来た。家には金が少しもなかった。売る米もなかった。子供等は紙が買って貰えずに新聞紙を切って習字帳をつくった。その新聞紙さえ家にはなかった。父は少し酸くなった酒を呑んだ。蛆の様に糀の浮いたのを呑んだ。酒の甕の蓋を藁で掩うことも面倒になって来た。蓋には白い黴(かび)が生えた。母は田の水を見に行って濡れてかえって来た。父はそれを待受けていた様に何かぶつぶつ言った。そして着換えようとしてぬれた着物を脱いだ所を二つつづけて殴った。白い皮膚の下がぱっと赤くなった。

　戦争は激しくなって来た。一人行き二人行き日の丸の旗で送られて汽車に乗って行った。それが自分達の暮し向とどういう関係があるか、それは誰にもわからなかった。しかし、幾人か戦地へ送っている若者の生命の事を考えるとやはり勝って貰わなければこまると思った。戦地から来る手紙には一つもいい事は書いてなかった。腹いっぱい餅が食いたいとか、脚気で足が立たないとかこんな事が書いてあった。新聞に出て来る様な勇しいものではない事だけが皆にわかった。

　八月に入っても雨がふった。梨の実は長い柄のついたまま落ちて来た。稲の穂はあぶなげな白い粉を吹いた。それが花であった。しかし、一番かわいた風が必要な時にじとじと雨が降った。九月に入っても雨がふった。子供等の傘は紙が爛(ただ)れて破れ、骨に黒い黴がはえた。軒からは膿の様に雨垂が落ちた。屋根板のくさる雫(しずく)がまじって濁っている様であった。草はかんざしの足の様にただすうすう伸びた。そして先のところにぽっと痩せた穂を出した。

　付近一帯は大阪屋という町の酒造問屋の持地であった。鎌を入れる前に小作料低減の下検分をして貰うことを協議した。刈取ってからは文句を言ったとてそれは聞入れられるものではなかった。消防小頭をやっている男と顔ききの老人とが行くことになった。老人は新しい蓑を着た。小頭は冬のマントを被って行った。松造の家の前にぬかった新道があった。道の両側が稲田であった。軽い穂が雨空を向いてツンツン伸びていた。二人は興奮してそれを指した。泥を蹴って行った。夕暮になっても二人は戻らなかった。新道の稲田の上に霧がおりて一時雨はやんだ。そして暗くなった。

　夜になって二人の酔払いが村に戻って来た。マントには泥がついていた。老人は道々いたずらに抜いた穂を指に巻きついてよろけた。公会堂ではランプの真下は油壺のかげだけうす暗かった。そこに皆集って待っていた。二人は肝腎の報告を忘れて帰りに遊廓を覗いた話などを始めた。そしてその間には台所へ立って行って鼻を鳴らして柄杓(ひしやく)で水を呑んだ。便所へ立って行った。瀬戸物を外れて板へ小便の注ぐ音がした。結局用向は果たされなかった。少しの酒でうまく買収されて帰って来たのであった。

父の松造は翌朝庭でその話をきいた。そして無口な彼が今度は自分が行こうと言った。母は父の顔を見た。その心がいかにも見えすいた。父はこまかい女の気持などには気付かずに瓜棚の下へ手洟をかんだ。瓜の掌の様な葉には茶色の星が現れた。それが雨毎にひろがって来た。下った瓜の先からしょぼしょぼ雫が落ちた。いい黄色な酒がごくごくと桝で呑みたいだけ呑める、それが父の行きたい第一の理由に違いなかった。それは買収されに行く様なものであった。頭の赤い禿はいやしく光って見えた。穂が軽くって皆青息している時に、酒が呑みたさに行く夫、その交渉は不調にきまっている。しかし母はいつものとおりだまっていた。疚(やま)しい父に母のだまっている気持が映った。いきなり節の高い腕が重量をもって母の背に飛んで来た。家の中では子供たちが何か奪い合って喧嘩をしていた。

地主は見に来なかった。黄色に変るべき筈の青い稲は灰色になった。根元はくさり出した。取入れが始った。若い男を戦地にとられて手のない家では桂庵から旅の者を傭って来た。雨の晴れ間に、都会風に派手な印絆纏が稲叢の間で鮮な紺に見えた。

母は女の子を負って水の薬缶をさげて行った。父は砥石を腰にさげて子供を叱った。

帰りには父は新しい藁を一束さげて来た。新しい糀は黄色な細く裂いた羊毛の様な毛を生やしていた。甕の底を覗き込むと温度のある酵母の香が頬にさわって来る。彼は薄暗くなったあたりを、嗅ぐように顔を突出して見回した。納屋のかげに、笠を冠った男が立って見ていた様に思った。いきなり甕と反対の方へ背を向けて、煙草入を腰から抜こうとした。が、煙草入は向うの縁に忘れて来た。恐る恐る振向くと未だ立っている。同じ姿勢であった。松造は近よって行って見た。それは、自分がかけておいた土もっこであった。甕には新しい藁がかぶった。丈の短い灰色の藁であった。

米は小作料にも足りなかった。唐箕(とうみ)であおると軽い籾が皆外の俵の口へ踊りだした。独活(うど)の塚の上はしいなで山になった。

十月が来ると初雪が降った。大きい雪が砕けながら落ちて来て地面で消えた。白樺の剝げかけた白い幹は目立たなくなった。雪がやむと斬り込む様に蓼科おろしが吹きまくった。町へ小遣銭だけの米を売りに出る日和がなかった。父は縁に立って新道を巻いて行く埃の行方を見ていた。そして土の上に手洟を飛ばした。

二

そして醜い女の子は自分がぎん子と呼ばれる女であった事に気付いた。

父に打たれる腰の細い母を見ながら成長した。目と目の間はますます平になり、二つの目頭の間は遠く離れた。耳の下の顎骨は岩の様に突出して来た。恐しくなかった父が恐しくなって来た。男は女を打つ為にうまれ、女は男に打たれる為に生れて来るものかと思った。

世の中が、博多の帯の様な二つの鮮な縦縞に織り分けられているのを見た。明るい糸に織り込まれた人間たちは、家の中にいてにこにこと目尻で笑って小作料の米をはかりにかけた。目方の足りない俵は上り框(がまち)に立って蓆の方へ事もなげにほうり投げた。そして膝についた藁塵を気にして細い指で払った。女は男の後にいて次々に赤飯の膳を運んで来さえすればよかった。頬の皮膚の表面だけに薄い皺をよせて笑った。縁の下に股引を履いて立っているのが黒い糸に織り込まれた人間どもであった。それに冷たい風の様な微笑を送ればよかった。言うまでもなく自分達はその黒い糸で織られた縞の一部であった。それは日向と日かげの様な関係でもあった。それは地主と小作人であった。どこまでも並行して行く縞であろうか、と少女は考えたのであった。大樹の日かげにいる様な憂鬱を知った。学校へ行っては暗い廊下で鉛筆を拾った。そして家へ帰って来ると目の爛れた弟に与えて遊んだ。

ある年には堤が切れて洪水が田の上に押流して来た。暗緑色の泥と一緒に、蓼科山の谷から白い斑入(ふいり)の石ころが流れて来た。水が引くと一面花崗岩の磧(かわら)であった。水に浸って黴くさい米は納屋の暗がりに積んでおいた。黒いこおろぎが叺(かます)の下で鳴いた。そこへ差押えが来た。小作料が出せないのは一軒だけではなかった。村中一せいに来た。競売の日どりがきまった。

霜は夜があける前に白く冴えて地面におりた。明月夜の頃であった。公会堂の庭の柳の残り葉は夜どおしばらばらと散った。公魚(わかさぎ)の様に細長い葉であった。梢で風にかわいてばらばらと落ちて来た。裏の桑畑にも吹きよせて来た。桑の枝は三本ずつ藁で結ばれて朝風を梳(す)いて立っていた。執達吏役場の者は自転車に乗ってやって来た。自転車は珍しかった。村は新道にそって勾配の強い屋根を被っていた。父の松造は縁側にかかっている長股引をはいた。母は炬燵に背をふせて咳き込んだ。

米を買いに来た馬方は馬をひいて村の道を行った。あかいたてがみを垂れた駄馬は冷い空気の中に毛の生えた耳を立てた。乾いた地面に落ちた馬の糞は少し砕けた。いきが立昇った。

母は去年うまれた男の子を背負って公会堂へ行った。ぎん子も足袋を履いてついて行った。米の値を呼ぶ声が起った。それに応じる声があった。

母は妨害する為に負(おぶ)っている子供の尻をつねった。柔い弟の尻をつねる母の指をぎん子は下から見上げた。人々は振向いた。髪の乱れた女の背に泣いている男の子を見ると人々は少し腹を立てた。そして執達吏の呼声の方へ注意を戻した。が、さらに男の子は母につねられて喚いた。執達吏は咽喉に絡んだ痰を払った。

ぎん子は必死になって競売を妨害している母の顔を見た。二筋の縞が走った。米を取上げられた自分達は、今鮮に真黒な糸で織込まれた黒い縞であった。

だが、それは、どこまでも並行して行く縞であろうかと少女はまた考えたのであった。そして、ぎん子は、横合から弟の柔い尻を歯を食いしばってつねった。

母は、妨害の姑息だった事を恥じて足の裏の汚い子を負って行った。

米を積んだ馬は辷った。高い金額の取引で気の荒くなった馬方は馬を綱で殴った。馬は積慣れない米の重味で動けなかった。なぐられる毎に悲しげに小便を出した。しゅっしゅっと悲し気に落した。

ぎん子は弟の紫のあざのある柔い尻が赤黒く腫れたであろう事を思った。そして涙を流した。

疣(いぼ)の様な乳首がふと熱くなる事があった。そして痒くなった。痛くなった。そこで桃の花の様に赤くなった。腫れて来た。

着物の下で芯が出来て来た。それを何となくもてあました。若い男とすれ違うとほのかな毛織物の様な香を覚える年頃になった。しかし、男は女を打つ為に生れて来ているのだ。

白い雲の多い七月になった。長い栗の花がぽたりぽたりと落ちて来て、母はまた孕(みごも)った。

太くなった腰には腰紐が食い込まなかった。

瓜棚の父の手洟の飛んでいる所に濁った唾を吐いた。子供等は兄にならって新聞紙を庖丁で切って習字帳をとじた。米は騰ったが百姓は苦しかった。騰った米の値段は土用浪の様なものであった。どこかに打突かって高い物価になって打戻って来た。

栗の花は高い梢から白い尾の様に抜けて落ちて来た。動かないむしむしする空気の中で、生気のない人間の顔だけが白っぽく目立つ様な七月であった。

山の際で鉄砲が鳴った。赫土の山膚にこだましてうすい空気の中を横に響いて行った。梨畑の中を股引の足で走って行く男があった。

女達も牝鶏の様に体を振って走った。踏切小屋のトタン屋根の上のあたりで白い煙があがった。煙が散ってから山にこだまする鉄砲の音がした。

米騒動がこの山間の小駅にも入り込んで来たのであった。線路で礫(こいし)を掘っていた工夫の一団(ひとかたま)りが駅から米を載せて来た馬力を遮った。高い米代に苦しみ裸で働いていた工夫らが憤って米問屋の馬力の米に鶴嘴を打込んだのであった。塵埃焼却場付近で暮しを立てている人達も走って来た。俵を引摺りおろした。馬ははね上って大きい歯をむき出した。新聞記事で怯えていた米問屋の若主人がすわと土蔵の二階にかけておいた猟銃を外して射ったのであった。米が買えないのは何人かの命にかかわる問題であった。二台の馬力の米の収益は具体的にはうら盆の、或る丸ぽちゃな土地の芸者の配り物に錦紗の帛紗(ふくさ)が添うか添わないかの結果しかもたらさない問題であった。それなのに彼はうろたえて土蔵の二階から鉄砲をうった。弾はうどん屋の軒の提灯に飛び込んだ。黄色な、大提灯が波に乗ったように揺れた。馬は軽くなった車を曳いて踊り上った。俵に突刺した鶴嘴の穴から米がこぼれた。玄米は砂の様な音をたててさらさらこぼれ落ちた。女等は、うろたえながらも人に踏みにじられない前にその米を拾うことを忘れる事は出来なかった。ぎん子も埃と一緒に掌で前掛に掬い込んだ。だが、じきに馬鹿馬鹿しく悲しくなった。雀の様に頭数の多い自分等の家族にこの前掛に包み得るだけの米が幾日あるものかと考えた。あの俵数だけの米を奪ったとて一年とあるものかと考えた。その米がなくなった時にはやはりもと通りの欠乏へ、磁石の針が北と南へ落着きたがる様に戻って行くだけだ、と考えた。

保線事務所構内のバラックから線路工夫等が子供達を家に残して引いて行かれた。町も村も静かになった。栗の花は白い尾の様に梢から抜けて落ちて来た。塵埃焼却場付近に住む屑拾い一家の主人たちもあとから引かれて行った。裸で下水の樋（とい）を埋めていた土工等もそのあとから引かれて行った。米問屋の土蔵は青い西空に向けて扉をあけた。貯蔵米に風を通す為に、厚い唇の様に扉を外に向けてあけた。静かな初夏の空気を吸い込んだ。磨いた猟銃が二階にかけてあるのが見えた。土蔵の脇の空地には駅から馬力で新しい材木が運ばれて来た。線路わきの草地へ米屋に懲りた米問屋が製糸工場を建てるとのことであった。しかし、夕暮には米も馬力でとどいて来た。

おくれて駆けつけた軍隊は狭い町の真中へ砲車を据えて示威の為に演習をはじめた。白い煙が散ってから山にこだまする銃声が聞えた。村外れの畔できくと何かはっと胸が轟いた。そして次には憂鬱になった。やはり以前どおりの苦しい百姓であった。深い井戸の底に落ちて手のとどかない青空をのぞむ様な侘しい百姓であった。兵隊は汗と革の香を伴って村の方までやって来た。

すべてが以前どおりの軌道にはまり込んだ。そしてのろのろ動いた。畔ではこべの蔓に米の様な花が咲いた。伸びて行っては根をおろした。母は濁った唾を吐きながら父に殴られた。泥のついた鳶口の様な指を拳の中に握り込んで父は母をなぐった。

ぎん子は、稲荷の森の下をとおって新しく出来た製糸工場へ通った。無数の不幸な娘が、細い歌に合わせて、枠をくるくる繰っていた。絹糸をつくり出す自分等が絹で織った着物をきることが出来ずに、木綿の袖口をびしょびしょに濡らして糸をとった。ぎん子も袖口をぬらして糸をとった。三十円の前借は五円だけ母の産婆の礼になり二十円は借金の戻しに消えた。残りの五円のうちから新しいランプの笠を買って来た。はぜくりかえった新しい笠のランプの下に、六畳の古畳があった。六畳の真中ごろに油壺のかげが薄暗く丸く落ちた。工場から宵に戻ると切れた畳の上で丸いかげが揺れた。ランプを動かして立上った父は縁側で糀を噛みながら甕の酒を呑んだ。硬化した咽喉笛を酒の過ぎる音がごくりと聞えた。

油壺の形は脂くさい母の産褥（さんじょく）の上までゆれて行ってゆれて戻る。いっそ東京へ行こうかしらん、畳を見つめながらぎん子はふとそう考えた。ぎん子は新聞をかりて来てつづき物を母によんできかした。しかし自分はつづき物などに興味はなかった。都会には勇敢な労働争議などがある。すべて都会の人間の生活は、率直で勇気がある。新聞を読んで家の中を見回し、ぎん子はそう思った。しかし、それは誰にも打明けられない事であった。よし、春になったらどうかして東京へ行こうと考えた。

十月が過ぎると藁の上に雪がふった。こまかい塩の様な雪が、白樺の枝からさらさら辷り落ちた。そして三月がやって来ると塩の様な雪は重い大きな淡雪に変った。鶏は藁を足で掻いて青く縮まった草の芽をつついた。ぎん子は森の下を工場へ通いながら雪のとけるのを待った。地主のある所には小作人が必ずあった。資本家のある都会には必ず労働者があった。そして、それはやはり日向と日陰の関係であり、白い糸と黒い糸とに織り込まれた帯の鮮かな縞目であった。貧乏人のある所には必ず貧乏人の運動が起り得る。――しかし、十八歳にしかならなかったぎん子は東京へ行かなければ明るい生活はあり得られないと考えた。

三

埃で赤く霞んだ東京の街を布の様に皮膚にふれて来る春風が吹いた。風が過ぎると空気はぬるま湯の様に淀んだ。淀んだ空気の中を電車は埃をのせて走って行った。そして走って来た。自動車は辷る様に坂を上った。人の傍を通る時には割れる様なラッパの音を吹き流した。轍(わだち)は埃をまき起した。埃は風にまじって布の様に皮膚にふれて来た。

帯を低く締めたぎん子は自働電話を離れた。手拭をつかんで襟のあたりを拭き、風呂敷包を持ちかえた。交換手募集、見習期間短し、初任給二十一円、判任官登用の途あり。自働電話に立てかけた板にはそう書いてあった。白ペンキは銀色に輝いた。蝸牛(かたつむり)の様に一字一字を辿って行き足許の自働電話の日かげに目を落すと休まるのを感じた。初任給二十一円！　判任官とは裁判所の役の名前の筈だが、と彼女は考えて電車にのった。しかし何となく不安であった。宿屋は何処だろうか、と見回した所に交番があった。彼女は無断で家を出て来たのであった。

――根掘り工事の男等は水道口で鼻を鳴らして水を呑んだ。呑み終ると赤い背中を見せて再び穴の中に飛び降りた。コンクリートミキサーはセメントと砂利をまぜて雷の様に鳴って回った。穴を掘りながら頭の上に聞くと他のすべての音は抹殺された。空気には、他の音が入って来る余地がなかった。耳の中を真黒に塗られた気持であった。それは、無音の真空にいるのと同じであった。落光るシャベルで土をすくい、頭の上にほうり投げた。落ちて来るシャベルの先の光るのを見た。土を掬った。頭の上にほうり投げた。――聴覚をつぶされた土工達は自分の手足をばらばらな機械に感じた。渇を覚える時にだけ、前の舗道を走る自動車のラッパを遠い潮鳴りの様に聞いた。目に土塊の入った時にだけ高いビルデングの上の青空を感じた。窓の中の交換手の女を感じた。女は青い顔で黒い胸掛電話機をかけていた。青い顔だな、と思う瞬間に、またもとのばらばらな機械に戻った。コンクリートミキサーだけが音もなく回転している様に見えた。それ程雷の様に喚いて回った。

目立って背の低い土工の磯吉は三十を過ぎていた。土を投げて頭を上げた時に、彼はふと穴の上で女の瞳に突当った。土を掬って再び目を上げた時には彼は女の両顎が耳の下に岩の様に突出しているのを見た。ぎん子は赧くなって中央電話局への道をきいた。彼は聞えずに聞きかえした。目頭の遠い二つの目が瞬いた。彼は吃ってその建物を指した。彼は鶏冠（とさか）の様に赧くなった。彼ははじめて穴の上で翻っていた女の着物の見すぼらしかった事に気付いた。女は田舎者に違いなかった。ミキサーの回転を雷の様に煩く感じた。既にその時には女は礼を言って歩き出した。彼はいつまでも自分の異常に短い背丈を感じ、雷の様な回転を煩く思った。

ぎん子は足袋に埃をのせて出て来た。目のまわりに睡眠不足の黒い枠があった。近づいて来て彼の顔を認めると、赧くなって黒い枠が消えた。彼が女が去ったあとから印絆纏を肩にかけて走って行った。女が、横切る電車を待っていた時に彼は追付いた。半日の労働を放棄したことを彼は悔いはしなかった。

翌朝下谷万年町の浅草の森に面した駄菓子屋の窓は三十分だけ遅くあいた。女は壁に向いて軍隊毛布をたたみ、男は背中に女を意識して、ズボンを穿き終えた。そして体を女の方へ向けるのに硬ばった。ぎん子と磯吉とは既に夫婦であった。世の中のすべての結婚の習慣と手続を嘲って夫婦になった。窓は目の下の飯屋の煤煙をゆるい呼吸で吸い込んだ。毛布の毛埃と一緒に男の衣類の蒸れた香を吐き出した。鉄工場の鋲を打つ音と電車の響とを吸い込んで来た。ぎん子は頭を掻きながら、耳かきのついたかんざしを一本買おうと思った。そんな気持になった。ついでに男の足袋を買って来ようと思った。昨日は十日も前の事の様であった。汽車にゆられた一昨日は一ケ月も前のようであった。男は女を打つために生れて来ている。それは、幾重にも青い山脈にかこまれた、山の中の人間どもにしかあてはまらない理屈だったと思った。一夜で膚が白くなった様に思った。

　生活が始った。窓に新しい茶色の七輪を出し赤い渋団扇であおった。柔い桜炭は下の方から華かな火花をあげた。十銭で買って来る焚付けの袋には「火の母」と書いてあった。火の母とはよく言ったものだ。……自分も母になるのかしらと考えた。もうなっていはしないかと考えた。濡れた手で「火の母」の袋を持ち白い布巾を持つと毒々しい赤がついて来る。

　磯吉は五月の日給をためて袴の生地を買って来た。それを、階下の女房が近所で仕立てさして来た。腰に結びつけて見て、小さい手鏡の足をひらいた。一部分ずつ体をうつして見た。気がさして少し笑った。田舎では袴をはいた女が通れば、家の中から駆け出して見たものだ。小鼻が平で二つの目頭の遠いのが少し気になった。

　布の様に皮膚に触れて来る春の風が吹きまくった。ぎん子は袴をはいて電話局へ通った。男は土工の亭主を知られては可哀そうだと思った。そして電車が止り切らぬうちに飛降りて作業場へ消えた。コンクリートミキサーは雷の様に回転した。女は窓の中で胸掛電話機を掛ける事を習った。通話器具の名称を覚えた。接続を要求して来る信号ランプをパイロットランプと言った。「パイロット」と覚えるために三日かかった。呼び出す事をオーダーすると言った。田舎のオダという言葉ですぐ覚えた。交換手達は電池くさい交換台の前で唇の先で喋った。交代が来ると高い白天井の下で休んだ。

　休憩室まで来るとコンクリートミキサーの響がとどいて来た。それは病院の様な光景であった。しかも肺病院の様な光景であった。女達はなるべく体を動かされぬ様にして電池の香を忘れようとした。張り切った皮膚が艶を失って鮎の死魚の様であった。

　電話局長は欧米視察を終えて戻って来た。電気時計を買って来た。交代室に休息している者を集めた。プラチナの鎖をさし渡して欧州に大流行の電気時計を交換台の上に据えることを話した。親時計が一つで、無数の子時計の針を動かす。それを親燕が子燕の巣へ餌を運んで来る様に愛らしいものの如く話した。彼女達は自分のかかわらない事がらになると頻に足を横坐りにした。そして動かした。春さきになると、交換台の下には白いうどんげが咲いて脚気の気味があった。脚気のないものでも板の間へ坐るのはひどかった。聴き手の体が動いて注意が乱れたと見ると、時計の正確な事を言って恩をきせる様に言った。だが、そこには、自分の通話の為に電話交換をやっている女は一人もいなかった。

彼等が彼等の利益の為にやらせる電話交換の為にいい時計をおく事は、彼等の勝手であった。それは少しも交換手と関係ない問題であった。局長は少してれてネクタイにさわった。「新しく雇員になられた方々へ一言訓辞を」と言った。婦人参政権とか何とか世間で喧しい事を言うが、諸君は男子と同等に、立派に行政にたずさわっておられる。諸君は官庁で立派に働いておられる。これこそ実質的な婦人参政権だ、と彼は言った。それは自動車の中から用意して来た言葉の様であった。しかしそれでも交換手の白い顔は散漫に動いた。救われ難い女等だ！　と腹の中で舌打った。

帰りには彼女は夫の仕事場の前をとおった。袴の裾と足袋との間に白く少し足が見える。それが、女学生とちがった感であった。どうしても交換手の感であった。女学生と見せる為に靴をはいている女もあった。小足に歩けば見破られそうな気がした。大足にぎゅっぎゅっと歩いた。しかし、聴話器の金具を頭へはめたあとが、浪の様に庇髪(ひさしがみ)についていた。そこに電話局があるという事は天下周知の事であった。そこから出て来たと思われたくない為に次の停留場まで歩いて乗る女もあった。講談本だけ風呂敷に包んで、「現代」というのだけを高尚らしく手に持った。そこまで歩くと乗換の女学生が沢山立っていた。逃げ込む様にその群に入ってもやはり彼女達と違う所のある事を自分で感じた。袴の紐の締め方をかえてみた。髪の結い方をかえてみた。やはり、麦にまぎれて生える雑草の鬼麦の様に何となく違うところがあった。

三ケ月たった。田舎では、白い栗の花が抜けて落ちて来る頃であった。東京では高い邸の塀の中に白木蓮が咲いた。電話局への往復の道は白くかわいて来た。間借りの窓の下に白い襁褓(おしめ)がヒラヒラ旗の様に掲げられる四月であった。白い雲が月島の海の方へ流れた。彼女は依然として見習であった。白い制服をきて胸掛電話機をかけ、指の腹で信号キイを向うに押した。赤いランプが呼んで来る。青いランプが終話を信号する。赤いランプは消えたかと思うとすぐ次を呼んでついて来た。仕事は完全に一人前だった。初任給二十一円は拝命してからの事であった。見習期間は手当として十三円しか貰えなかった。電車賃が五円かかった。下駄や足袋やクリーム代に六円はかかった。残りの内一円は共済会積立金で、あとの一円は休息時間の餡パン代にも足りなかった。ぎん子は一人で長い間考え、夜店で仮名つきのパンフレットを買って来た。それには働く者と資本家との関係が親切に書いてあった。長い間の疑問がそれで解けた様に思った。うれしかった。更に今一冊買って来た。更にわかって来た様に思った。

　交代室には制服と脱ぎかえた着物の戸棚があった。二人の主事補が紫の主事補章を肩から下げて、出勤簿を整理し餡パンを売った。交代室監督という名義で露骨に戸棚の着物の番をした。

　ぎん子は交代室をさけて便所の鏡の前に立った。勤務中の女は便所へ行く顔をして鏡の前に来た。聴話機を頭から外し髪についた痕を手でなおした。鏡を覗き込んで懐から紙白粉を出した。ぎん子は傍へ寄って行った。そして見習期間の長い事を話しかけた。女は鏡の中でぎん子の顔を見、強く首肯いた。が、申し合わせて昇給願をでも出そうじゃないのと言うとだまってしまった。鏡に顔を近づけ唇を尖らして口紅を塗った。そういう女が多かった。

　が失望しなかった。新聞通話は午後三時で終った。相場の電話も午後四時には終った。赤いランプは消えて疣（いぼ）の様に並んだ。ぎん子は、触角の様なプラグをとり記録台を呼んだ。そこに退屈そうに鉛筆を削っている見習に赤い信号を送った。相手もプラグをとり応じた。背を曲げて監督台の方を見た。こちらを向いていたずらそうに笑った。ぎん子は、胸掛電話機の椀の様な口に唇をよせて、見習期間の長いことを言った。相手もそうだと答えた、何とかしようじゃないかと言った。蟻の様な声が答えた。それに満足して監督を気にしてプラグを抜いた。が、やはり話は監督台に通じたのであった。監督台は、そこに坐ってプラグをさしさえすれば、すべての交換手の話が聞きとれる装置になっていた。そこで男の加入者との冗話を取締り、交換手同士の雑談をきいた。紫の主事補章を肩に下げた庇髪の女は腰に手をまいて草履を引摺って来た。歩きながら口をあけて欠伸をした。その口を歪めて庇髪の中を掻いて寄って来た。夜勤に回された。

　朝、勤務を終えて寝不足の目で埃の階段に袴の裾を引摺って降りた。もはやコンクリートミキサーが雷の様に回る時間であった。金属製の漏斗（じょうご）に砂利のなだれ込む音が憂鬱であった。脇の下ではニュームの弁当箱の中で箸が鳴った。夕暮、埃の町を電車に乗って来た。建物の角を曲ると男らはセメント袋をかついで行った。鉄片の落下を防ぐ金網の下を背を曲げて通った。疲れて、破れた絆纏を着ているのが夫であった。一番背が低かった。

　夫婦は月と太陽の様に食いちがった。朝二階へ戻って来ると、皿の上にバットの吸殻があった。白粉の箱をいじってみたことがあった。白い粉が畳にこぼれていた。夫の香を探して歩いた。男は一日休んで夜働く工事場を探しに行った。が下駄の鼻緒を切り蟇口を落してかえって来た。浅草の森に花火があがり、夕暮であった。男は裸になって団扇を探した。凸凹な畳の上を歩いた。袴をはいている女に団扇のありかをきいた。夫のかえりを待って出勤時刻におくれた女が二言三言答えた。いきなり駆けて行って裸で女を殴った。

　女は体をよじった。腰の細かった女を思い出した。背の低い男にむかって行こうとしたがふとやめた。

　夫婦は月と太陽の様に食いちがった生活をつづけた。二人が顔を合わせるにはどちらかが休まねばならなかった。九月になった。街路樹の葉はひらき切り、澄んだ風がさわさわと終日渡って行った。彼女はやはり見習であった。十三円のうちから休んだ日数だけの金額が少なかった。幾度かよんで手垢のついたパンフレットを人にすすめた。一と晩で読んで来る様な人間は大抵話がわかった。そして長い見習期間に不平を持ち、仲間を誘う事に同意した。が便所の鏡の前に長く立っている様な女には望がなかった。「ええありがと」と言い洗面流しの縁に置いて刷毛を使った。そして戻りには白粉だけを帯にはさんで、それを置忘れて行った。これが、主事補の手を経て苦い感情で彼女に戻って来た。ある日に突然解雇された。「私儀家庭の都合により……」と書かされ、一円紙幣を十三枚受取った。

　戸棚を片付けていると主事補が何気なく寄って来た。電話局では解雇される者は今まで盗癖者ときまっていた。交代の女達も何となく引掛って来る視線を寝ながら投げて来た。朝であった。女ははぜの佃煮を買って袴の裾をもって二階へのぼって行った。男は一升罎の尻を持上げて茶碗に冷酒を注いだ。茶碗に溢れた酒は畳に流れた。男は酔って皮膚の毛孔があいた。顔をあげて晩に帰って来ない女房はいらないと舌を巻いて言った。小さい赤い目を、女の顔に据えておけない程酔っていた。女は袴のまま立って解雇されて来た事が言えなかった。男の小さい体が拳を振上げて狼の様に向って来た。女は父を思出していた。胸に渦が巻いて来て男の膝の脇の畳に佃煮を投げた。そして目をつぶって殴りかかった。男の背中のやけた皮膚は、脂が浮いて掌が密着する感があった。

　女は十三円で朝顔の鉢を買い、浅草で男の着物を買った。九月が末になるとトタン屋根の上に露がおりた。月は埃の多い空を大きくトタン屋根の上に昇った。のぼりながら小さくなった。朝顔の蕾はねじれて夜のうちに筆の様に尖った。朝になると紫のラッパの様なひ弱い花に開き、昼にはしぼんで夕暮には落ちた。男は残暑の空の下の労働で脂肪を出し切った。藁の様になって帰って来た。窓に腰をかけて掌で膝を撫でて頻に酒を呑みたがった。撫でる掌も膝も乾いてしゃりしゃり鳴っている様に女は思った。一日休むと一日食えない。生活だけが歯車の様に正確に室の中を回転した。女は、北と南を指したがる磁石を思出さずには居られなかった。

　布団に入ると男はすぐ眠った。昼の疲れで溶けてしまいそうに眠った。が、女は畳を鳴らして、幾度か寝返った。

　女は電話局へ出掛けて行った。小使に呼んで貰って下駄箱のかげで話した。若い交換手は何処かに沁み込んだ、電池の香を撒きながら、振返って角の廊下を気にした。そこが主事室になっていた。貴女の馘首（かくしゅ）を皆怒っている。そして不平組がふえたと少女は言って胸掛電話機を揺り、相手の肩に手をかけた。ぎん子は満足して工事場の脇を帰った。夕空に鉄筋を打つ音が響いた。男は家へ戻ると頻に酒を呑みたがった。黴の生えた一升罎を押入れから出して蝿が落ちているので気を悪くした、蝿は濡れて黒く淀んでいた。

　朝、男は女が下で七輪に焚きつけを燃している間に手拭をつかんで出て行った。茶碗を並べていると、梯子段を踏み外す音がした。男は酔って昇って来た。飯前の朝酒が腸（はらわた）にこたえて、材木の様な音を立てて寝転った。女が二言三言言った。男は大きな声を出してねたまま財布を投げた。手膏（てあぶら）のついた空の財布は畳の上に紙の様に落ちた。

　男は体を起して目をあいた。いきなり殴りかかって来た。打下した手を振り上げ下した。女は男の人さし指が一節足りない所から切れている様に思った。そこから鳶口の様に曲った爪が白く出ている様に思った。そして自分の体は、しなやかな母の体の様であった。腰紐が腰に食い込んでそこが痛い様に思った。

　女は飛び出した。浅草の人混みを暫く歩き、宮城前まで電車にのった。そこから電話局まで歩いた。並木を揺って秋の風が吹いた。

　工事場の足場の下には裸の男達が集っていた。女は遠くから磯吉の顔を探した。男等の肩までの背丈の男を探した。そこに夫のいない事をたしかめ、うつろになって近寄って行った。鉄骨を機械で打込む音が頭の上に響いた。近寄ると男等の輪の真中に詰襟の現場監督がいた。男は髯の顔を動かしどなっているのであった。そしてその前に頭を垂れてどなられているのは夫であった。現場監督は青い設計図をポケットからはみ出させていた。手に吋尺（インチじゃく）を持って半ズボンの上に被せた靴下の片足を傍の材木の上に踏みかけているのであった。現場監督は腹の底から押出す声でどなった。そして吋尺で夫の横顔を殴った。

　監督は更に夫を見下して吋尺を持たない方の掌で横に殴った。頭を殴られた夫はもうよろけて傍の男に突当り体を安定さした。それは人間の卑屈な姿であった。ぎん子はいきなり人を分け入って、監督に一と声浴せかけた。人の足をふんで行き卑屈な夫の代りに監督の胸ぼたんの所に自分でもわからない怒声を吐きかけた。監督はたじろいだ。

　瞬間であった。

　監督の方へ向いて卑屈に固っていた夫の顔が、女の方へ向いて赤ダリヤの様にパッと拡がった。夫は何かどなった。夫は拳を振りあげて女の上に振り下した。

　それは見慣れた拳であった。それが力いっぱいに振り下された。女はセメントの濡れている地面に投げつけられた。声をあげて泣いた。割れる様に泣き出した。鉄骨を打ち込む音が頭の上の空にひびいた、呆れて立っている監督の前で夫は妻を殴った。

私は生きる

おとめさんの二度目の見合いの日には共同井戸で真昼からあしたの米をとぐ音がし、カーテンの綻び目から西陽が枕元へ落ちてくる時間にその畳へ私の夕食が置かれた。照りのないファイバーの椀の中に陽がさし込んで、鰹節の破片が浮游物のように浮いているのが四十歳の結婚そのものの感じとして私には受け取れた。

彼女が私の明石をきて階段をおりて行ってしまうと、私は、子供が母親の所在を確かめるように、物置のふとんを取り込んでいる夫の方を見やった。そして、かすれた声でなぜともなく笑ってから、

「ねえ、こんどの見合いはきっとつくわ、善感とかいうのだわ」

私にはなぜかその見合いが、あの種痘というものと一緒くたにして考えられた。

その男に逢ったのち、心の肌へのこされるほてり、腫れ、そこでその瞬間から何かの小さい命の営みがはじまったというような傷痕。愛とか恋とかいうものでもないし、肉欲でもない、肉体が妊娠する一つの手前の心の妊娠といったもの。

「四十歳の処女って恥なのかね。名誉なのかね」

「そりゃあ――だけどもおとめさんの場合はどっちでもないらしいわ」

処女という観念がしばしの間二人の間に器物のように置かれていた。私は夫の興味がそんな方へはしるのを何となく好まなかった。それに処女という抵抗を知らない夫がおとめさんの四十歳の処女を厚い壁の様に途方もなく恐れているのが少し見当ちがいの感覚としていかにも受け取れた。

しかし、私にはそんなことよりも、もう見合いは結果がきまったものとして、男と女の間の理屈のなさといったことが一途に軽んじたく思われた。恣に思うことが許されるならそれをおとめさんの腑甲斐なさのようにさえ思ってみた。

今頃は四十年湛えて来た堅固な堤が思い切り決潰している頃だと思うと、そういう肉体や人生の大きな揺れは、この弱った神経では思ってみるだけで受けとめ切れない気がするのだった。

しかし、それらの焦ら立ちのうしろには、またしても置き去られる、病気に晒され切ったこの白身の魚のような、私自身のにがい思いがあった。

思えば夫に粥を煮させ、髪を結わせ便器をとらせる生活は溺れた人間が救助者の泳ぐ腕にしがみついてしまうような生活だった。私は今までにも会社につとめていた夫に電話をかけさせて心臓の急を訴え早退の連続で夫を馘（くび）になる結果に陥れていた。毎日のことなのに、毎日新たな蒼い憂い顔でそそくさと机を立ってくる夫はその社ではきっと同情を越えた笑いものになっていたに違いなかった。が、ガラガラッと天の岩戸でもひらく勢いで表戸を引く夫の取りいそいだ物音を階下にききつけた瞬間、下手な縫目のように気ままに縫って来た不整脈が急に列伍をととのえて何ごともない並足になるのも我ながら不可解だった。

しかし、こういう愚かな二人には二人だけ通じる思いの背景があるのだった。

私が病院で燃え切れそうな生命の炎を辛くも燃えついで、もう消えるか、もう消えるかと見戍られていた頃、夫は警察の留置場の雑役としてどう手をのばそうにもとどきようのない焦躁で私の命の睡魔を追い払うため虚空に向って力を入れるより外仕方なかった。夫は、その日その日の命の吉左右（きっそう）を知るために、きまってその日の吉凶を看守にたずねるのだった。どういう日が妻の命にとってよい日なのか悪い日なのかまるでわからないとすれば、どういう根拠からか個性づけられたその日その日のそうした神秘的な個性にでもたよる外仕方なかった。

「きょうは何の日ですか」

毎日の質問で看守も夫を憐みながらカレンダーを見た。

「三りんぼだ」

三りんぼときくと夫はひそかに沈んだ。

「或はひょっときょうあたり——」

そして、夜ねるとき、きょう一日は何の知らせもなかったことを思ってほっとしながら心の紐をとくのであった。

その次の日にもやっぱり夫はたずねた。

「きょうは何の日ですか」

「きょうは先勝だ――」

「先勝ですか……」

夫は午前中だけは私の生命が保証されたような気がして心が軽かったが、午後になると午前中の分も加えた憂いでやっぱり沈んだ。唯物論者がかりにもと笑う者は笑え。それに夫はどういうものか、自分の身に嬉しいことがあった日に、私の病状の凶報をきくことが多かった。どうせ嬉しいことと言っても、大福餅が食えたとか湯にはいれたとかの程度のことだったが、ある日沈んでいるこの雑役囚を慰めるために一人の看守が夫を控室につれて行って茶をのめとすすめた。夫は何気なく茶碗を口にもって行った。と、淡い茶だとばかり思ったその琥珀の液体は酒だった。思いがけない芳醇のためにこの頃退化しかかっていた舌も咽喉も総立ちになって麻痺の一つ手前の味覚の惑乱を味わうのだったが、そのとき心の中でピシャリと平手で夫を打つものがあった。

思いがけない酒にありついて餓鬼になっていた瞬間から急転直下、夫はギョッとして平常心にかけ戻って、吉凶の秤を大急ぎで見やるのだった。自分の方が下るときに私の方が上るのはこの頃のもう動かせない経験なのだった。

「しまった！」

と微かに色さえ変える夫を看守が見つめて、

「どうしたんだ」

といぶかるのだった。

その頃私は背の肉が落ちて床に摺れる背の痛みに悩みつづけていた。

ある真昼、とろりと弱い睡りに入った瞬間夫が枕辺に現れた。

「背中の痛い所へは綿を当てて貰え」

と言っただけで溶けやすい真昼の淡夢はさめた。

床摺れには熱がこもるので、かえって綿は悪いということになっていた。しかし、今まで病人に全く縁のない夫が夢枕に立っても尚その無知を現しているのが私にはむしろなつかしかった。私はたわいない涙を流して看病人に夢の話をしてきかせた。

「折角旦那さんがそう仰有るなら、じゃ暫くでもそうしてみますか」

という素直な言葉はそのまま私の心に嵌め込んでよい心なのだった。

あれから私達の身の上も変転した。

夫はとうとう私の所にかえって来た。夫は保釈で出たその日から勤めに出て郊外の邸町が終って細民街がはじまる所に以前俥宿だったこの汚い二階屋を探して担架と自動車で私を移した。

私は多くの人の手で着物をきせて貰ったりぬがせて貰ったり抱き上げられたりして大きい人形のように他愛なくなっていた。抱え上げても首が据わらないので片手で支えていなければならなかった。病気のはじめ病院に入院したとき隣室に便器する前をあけて異様な器物を爽かな風にさらしている青年がいて、その姿のままあどけなく私の方を見た。私は彼の生命力の遠からぬ終焉を直感して頭を垂れた。今、移り変ってその青年が私になっているのであった。ある日お目見えした少女の看病人が便器を畳に置いて私の前をめくると一緒に「ほほ」と眼をふせて私のはずかしがらない恰好を彼女が恥じて真赤になっているのだった。

「ああさにずらう乙女よ。自分にもかつてそんな日はあった」

とその愛らしさを全身で愛撫する神経は減っていないのに、冷やかな空気に触れている前を特別に感覚する私の神経は失われているのであった。

「暑寒い！」

とときどき私は訴えるような傲岸で孤独なむずかしい病人と変っていた。

「わからんことを言うじゃないか。何をどうしてくれというんだい」

と夫は私のそういう神経を叱りながらも暑い寒さ、寒い暑さ、と心の中でその感覚を反覆してみて何とかその入り込んだ感覚を理解しようとしているのが見えた。

夏真昼私はびっしょり汗をかきながら、

「窓をしめて下さいよ。ねえお願いだわ。窓をしめて――」

と繰返しているのであった。

「暑さの中には寒さがあるわ。暑ければ暑いほど寒いじゃないの。そんなことがわからないのかしら」

と私は自分の感覚をどこまでも主張しようとしているのであった。

夫は仕方なしに毛の生えた腕をぬらして汗をポトポト落しながらときどき手拭で拭いて、しめた窓のそばで辞典を繰るのだった。

「ああ無念無想！」

と私はいくども自分に命令して天井の穴はる紙や障子の桟の折れはみないようにした。行っても行っても芸術の道が遠かったように、病気の道も究めれば究めるほど遠いのであった。私は、生と死の二色を旗印にこの孤独な道を一人堂々と進んでいつの間にか病気の英雄になっているのであった。

私の視野からは人生も社会も散大して消えていた。ドイツ贔屓（びいき）の医者がフランダース戦のころ、

「ドイツは近日英本土上陸をしますよ」

と言った言葉一つだけを覚えていて、とんでもない頃、

「もうロンドンは占領されましたか」

とたずねたほど超然としているのであった。またある地質学者が癌で入院した帝大病院で残りの著述を口述したという話をある人が話したとき、私は病呆けた部分と、呆け残った正気の部分とをあげてせせら笑った。

「私は病気三昧でいいのよ。この中に詩もあるし、生活も理想も創造もあるのよ」

それは、看病と生活でひしがれて、少しでも私が身をかがめ起すのを心待ちしている夫の希望を足でにじって土にこすりつけるような言葉だった。そういう言葉の裏ではアイスクリームをせがんで東京のさかり場というさかり場を夫にたずね歩かせたり夜なかに起して湯たんぽをわかさせたり脈を見させたりする私の気随気ままに正しい席が用意されているのであった。

夫が会社を馘になって家で机仕事をするようになってから、私はたびたびこういうことも言うようになっていた。

「ねえ、お願い、灯を暗くして——」

夫は電気スタンドをふろしきで掩って、その下で頁を繰った。しかしそれでも淡いあかりは低い天井ややけた畳の目をほのぼのと照らした。

「ねえお願い、もっと暗くして」

という私の心臓は光さえ見ればやたらに駈け出す野馬のようで手におえなかった。

「そんなに暗くしたら、字はかけないじゃないか！　これが飯の種なんだぞ」

とうとう夫は憤り出した。しかし暗くするだけならまだしもだった。ときどき私は動く人間というものさえ神経に支え切れなくなって、

「ねえお願い、三十分ばかり外に出ていてくれない」

と言いはじめた。

「俺は物好にこんなことをしているんじゃないぞ。一体、どういう気持ならそういうことが言えるんだ。お前はそんなことをいうとき、俺に気の毒だという気持は起らないのか」

「起らないわ……」

　私は例によって細い消え入るような声で、しかししっかりと答えた。

「起らないって！　それは何故だ」

　夫は呆れて私の方を見やった。

「貴方には気の毒だけれどもね、人は病気にかかったら直す権利があるんだわ。仕方ないわ……」

　涙はこの言葉の伴奏としてばらばらと落葉のように落ち散った。所がまたこの言葉は一掬いで夫の足を掬う力をもっているのだった、夫はますます驚いて私の顔を見直したものの何かの正面切った大義名分の理念に一と打ち打ちのめされたらしく気を取り直して更に暗くする工夫をしてから、時計やが時計の部分を照らすような狭いあかりの中でジイジイとペンを走らせるのであった。

　こういう私のそばから看病人は幾人も暇をとって出て行った。しかし私は二人きりになるのを喜ぶだけで、そのほかには何の思慮もなかった。

　そういう所へ、何人目かにおとめさんが現れたのであった。

　それは寒い真冬だった。私の室はとなりの室との境の襖を外して尚窓は深夜でもあけ放してあった。二人は火鉢を間にして一人は継ぎ物をし一人はペンを走らせた。時々手をあぶったり手を吹いたりしてかじかむのを温めるのであった。見れば、私の含嗽罐（うがいびん）に細い針のような氷さえちらちら見える寒さだった。

「寒いね。これじゃ堪らない。しめようや」

と二人は話し合って窓をしめたが、じき私は、

「息苦しい」

と言い出した。

「ちぇ、神経だよ。だけど病人に逆っても仕方がないからあけよう。寒いなあ」

　結局窓をあけることになるのだった。私はまるで、既に病気の力で征服しつくした夫までを病気の手下にして新たに来たおとめさんを料理してかかろうとしているかのようだった。

　実際、夫はどんなに私の病気のためにスポイルされていたか、たとえば私の枕元には小さい錆びた呼鈴を置い

て階下までとどかない呼声の代りにしていたが、それのチンチンとなる音は私の呼んでいる肉声以上の肉声として夫の神経にはとくべつ反応するような習慣になってしまっていた。夫は道を歩いていても、それと似た音がするとビクッとした。あるとき、交叉点を渡る途中で信号柱の上からこの音がけたたましくひびいた。何か考えていた夫ははっと立ち止まって、交通巡査から思い切りどなりつけられたのだった。

それにそもそもの夫は人の雇主というものにはなり慣れないぎこちなさで、人が変ったかと思われるほど、雇った人には弱気に対する人だった。

保釈で出て来たばかりの頃ある日桃色ダリアを三本買ってきて私の枕元にさした。すると、そのときの看病人だった夫の身寄りの娘が、

「あら、きれいな花だこと。私もほしいわ」

と言いはじめた。私と夫がいぶかしく見ている前で彼女は別な花罎に水を汲んで来て、そのダリア一本だけをとって自分の机に挿した。その花罎のおかしさを見てから私の花罎を見ると残りの二本で何とも恰好のつけようなくそれぞれの方角へ勝手勝手に傾いているのだった。

「二本の生花ってあるかしら」

という言葉は微かでも気持の中では握りこぶしに力を入れて、立てない足で地団太をふんでいたのは当然だった。彼女は、その前から、平等主義をどう取りちがえたか、この家ではそれが許されるという顔で病人一人が贅沢をするのは不公平だという建前から、私に肉をたべさせるときには自分も肉をたべ、私が卵をたべる数に近く卵をたべて、私の家に来たときの蒼黒い皮膚の下から、磨き出したような白い艶のある肌を見せるようになっていた。彼女のこうしたやり方にも縁辺の遠慮もあって、

「少し金がかかりすぎるね」位しか言えない夫だったが、その滑稽な生花を見ても、

「二本の生花っておかしいって病人が言っているぜ」としかやっぱり言えないのだった。

しかし、おとめさんの来た頃には、実際の必要からもう大分変っていた。

夫はいつか私がからい清汁を吸っていたのを見てから私の三度の食事はことごとく自分でさきに口に入れてみて「これはからい。病人は衰弱しているからほんの一寸塩分があればいいんだから」と批評した。薬をのませる吸呑の湯さえあついかぬるいか自分で一寸吸ってのんでみてから「さあいいです呑ましてやって下さい。生ぬる

いのはむせるから、熱いかいっそこの位に冷たい方がいいです」

　だから、二人の食物なども思い切り切りつめることをおとめさんに要求した。

　私はその頃毎日七勺ずつ肉汁をのむことにしていた。肉汁をのませようかということを考えはじめたのは夫自身であったが、今までの費用の上にその費用が加わるのは、夫の負担として考慮を要することでもあった。だから夫は、自分の発意でそれを言い出しながら私の返事を見戍っているような気持だった。もしか、私が「あんな呑みにくいものはいや」とでもいう答をしやしないかと微かに期待するような――

　しかし、私は決していやとは言わなかった。肉汁は一度も呑んだことがないし、相当呑みにくいものだとはきき知っていたが、「生きるためですもの呑みにくくたって呑むわ」というはずみをつけた、のしかかる気分で、夫の繊細な気持の上をザザーと擦過して行った。

　夫は考え深い顔をして肉屋へ交渉に行った。肉汁は、洋食の出前があった頃ソースを入れて歩いた罎に入れて搾り粕の肉を竹皮づつみにそえて毎日よこした。

　私以外の二人のお菜代は削られて、その搾り粕が二人の食卓にのるようになったのは自然の勢いだった。

「あああ、まずいまずい。まるで雪駄の裏だね」

　夫は、それの出る食事をすますと、楊枝を使いながら二階にのぼって来た。しかし、それは、少しも不愉快そうではなく、むしろ、私のためにその不味（まず）さをたのしんでいるような響きでさえあった。

　しかし、私はそんな言葉さえ全然耳に入れていなかった。私は毎日天井を眺め、窓の外の青空を眺めて、この頃つづくその青空をさえ言うに言えない気持で嫌悪していた。

「空なんて人間の逃れられない笠ね――全く選択を許されない笠だわ」

　私はまたそれと脈絡もなく、

「夢みることのできない人間は、生きる資格がないっていい言葉だけれど、そう言ったトルラー自身が自殺したっていうことは、なかなか考えさせられることだわ」

　夫は、私の機嫌のよいのを見ると外出を思い立った。

「きょうはよして。何だか脈が結滞しているようだわ」

　なるたけ外出させまいとする私の気持に押されて、結局夫は机の前に坐る外なかった。一日中外に出なくとも、一時間に一度位、「窓をしめて」「あけて」「汗を拭いて」

「布団が重い」と機関銃弾のように注文が連発されるので、夫は運動不足にさえなっていないのだった。

「旦那さん、私何だか腎臓が悪いらしいんですの」

おとめさんがふと言いはじめたのはこの頃であった。

「顔がむくみますか」

「むくむのは大したことはないんですけれど何だか動悸がしてだるいんですの」

「それじゃなるたけ体をらくにして牛乳をもう一本ふやしなさいよ」

しかしこれは今いう栄養失調なのであった。

おとめさんは、夕食を早くして親類へ相談に行った。看病人が夕方の用事を早くしてよく外出する感じには、幾度も人を入替えている私達の経験に訴えてある思い当る感があった。

「おとめさんは家政婦をやめるために結婚の口をさがしているのね」

こういうことにはしるカンは、健康人の千倍の私であった。

おとめさんは子供のときの過失で、夕顔の種のような白い前歯を二本顔面と直角にとび出させていた。彼女は生涯独身ときめて派出婦となった。派出さきの赤児が手をのばして驚異の目でその歯にさわってくる悲哀は、四十歳のこの日まで結婚というものを、全く他人の軌道としていささかの礫を投げつける思いでさえ見て来させた。しかし派出をやめて私の家に住み込んでいささか貯金ができた。その金で歯を直そうという気持は、直したその歯で結婚しようかという気持とは同じ傾斜の途中にあった。そこまでは一転りで転って行ける。

全く、私の想像したとおりであった。彼女は明石をきて見合いをした。一度目はこちらから断った。そうして、また二度目の見合いをすることになったのであった。

夕方おそくゴロゴロゴロと表戸のあく音がしておとめさんはかえって来た。その翌日先方から使が来て階下でいささかの内証話があって、話ははまり込みたがっている所へはまった。

おとめさんが行ってしまうと、すぐに夫の肩にかかってくる日常のこまごました仕事があった。夫はそのことに色々と思慮をめぐらしていたが、私は「割鍋にとじぶたって誰が考えた言葉なんでしょうね」そんなことを言っていた。

おとめさんが向うへ乗り込む日は大安で、私の家と棟割になっているブリキ屋にも嫁が来るという話だった。

その家で朝から二階へのぼったり降りたりする足音のために、私の室は絶えずぐらぐらゆれていた。しかし、きょうはあの鈍間な、金属の切られる悲鳴がきこえないことで、室のゆれることも充分に償うのだった。

「大安か――大安は結婚する日なのか」

夫は窓に腰かけて二階建の長屋のつづいた路地を細い鬱血した目で見はるかした。それは目に見えるものを見るよりも、はるかうしろへのこして来た記憶を見る目つきだった。「大安」と言っただけで夫の胸には自分の思いで八潮の色に染めた留置場の切ない思いが甦ってくる筈であった。

花崗岩づくりの二階建の留置場の看守のうしろあたりの柱にぶら下ったカレンダー。先負先勝三りんぼ……

「大安が結婚の日だとは知らなかったね……」

夫は頻りにそう言った。おとめさんは行ってしまった。行きちがいに自動車が来て、となり家は急に賑かになり一としきりまたこの二階建はゆれるのであった。

その夕暮、夫は傾いた青蚊帳の吊手をもって鴨居の釘を仰ぎながら四すみを回った。蚊の唸りが悲しい歌のようにきこえていた。

「また、貴方に蚊帳を吊って貰うのね」

そういう私の目には、体全体から沁み出して来たような弾力のない涙があった。

そのとき、仰向いた天井板の隙間にパッと隣の二階の記念撮影のフラッシュの光が見えた。一戸の俥宿を二軒に仕切ってあっても、はった天井の裏には仕切りがないのだった。

「歯の結婚――」

その刺激が私にそんなことをつぶやかせるのだった。

夫は私を眠らせる手続として階下から便器をとって来た。そのブリキ製の靴型の器物を私の腰の下にあてがって用事のすむのを待ってから柔かい紙で浄めて持ち去るのは、もう何百遍となく夫にして貰った動作であった。私は赤児のように体半分を夫の前にさらして、無心にそれをして貰って来たのであった。

しかし、今晩は――ふと、私は夫が頭に蚊帳をのせてもぐもぐと蚊帳に這い込もうとしている動作を見たときから、ふっと何かの警戒を感ぜずには居られなかった。

私は、夫が一日でも半日でも私を離れて見えない大都会の壁の彼方にいることをどの位か嫌い悲しんで激しい磁石の様に身のそばへ引きつけて置こうとしていながら夫の顔や体がある距離以上近よって来るだけでさえ息苦しがって玉の汗を出した。接吻は海女が潜水している間のような苦しい時間なのであった。まして、夫が「一寸抱いてやろうか」と冗談を言うだけにさえ身も世もない激しさで拒絶して来た。こういう冗談は案外冗談でないことを知っているさばさばした中年女で私はあったたから。

「お便器は自分でつけるわ。貸して！」

と私は咄嗟の鋭さで言ったがもう間に合わなかった。冷たい便器は臀の下にあてがわれた。

向うの室についた電気スタンドからの淡い光が蚊帳をとおして私の両股のあたりのたるんだ皮膚に微かな白さが見えた。

用事が終っても夫は、便器を外そうともせずその白さの傾いた暗い谷のあたりを異常な目つきで凝視しているのであった。それはもう今までにも幾度か経験したことのある苦い沈黙であった。

何とか優しい慰めを言って、夫の背を静かに撫でてでもやるべき悲しい一と時であるに違いなかった。

にもかかわらず、私は、衰えた私の芯に尚残っている雑草のような雑ぱくさで叫んでいた。

「お尻が痛いわ。早くとって頂戴よ」

その言葉と一緒に、ある瞬間は壁のように崩れた。夫は血の激流が尚はしりやめない手つきで片手にガワガワとゆれる便器の取手をもって慎重に蚊帳を出て行った。

その悄然とした姿に尚追いかけて私はいうのだった。

「今晩は今までどおり貴方は別に蚊帳を吊ってね。お願いだから――」

夫は便器の取手をもったまま蚊帳の彼方のぼやけた線で私の方に向いた。

「俺は神様じゃないんだぞ。一体お前の考えでは俺はどうすればよいと思うか言って呉れえ」

「……仕方がないわ。生きたいもの」

と言って私は泣いていた。

こういう苦さに出発したけれども、私にとって二人きりの生活はやっぱりたのしかった。

病気は私という菜から古い葉っぱを皆もぎとって、青い新鮮な葉っぱと替えたような心地だった。私の古い疲れた血潮は消耗されつくして、否応なしに新しい若い血と入れ替りつつあるのだった。

夫は例の肉の搾り粕を一人でたべて、やっぱり「まずいまずい」と言いながら二階にのぼってくるのだった。

が、昼間便器や粥にとられる仕事の時間は夜更けに補うことになるので、夜更かしはだんだんひどくなって行くばかりだった。

「ねえ、灯暗くしてよ」

を相変らず私は繰返していたが、それは、何とか体に悪い夜更けの仕事を妨害する一策とも変っているのだった。

ある晩、夫は辞書に虫目鏡を当てていた顔を上げて、

「おい一寸、今電灯は何か変っているかい」と訊いた。

「何も変っていないわ」

「変だな。光の芯にだけ光が見えないんだよ」

「おかしいわね――」

とその晩は言っただけだったが、翌日になると買物からかえって来て、

「俺は変だぞ。時々物が見えなくなるんだ。大変なことだ。飯の食い上げだ」

「だって、見た所は何でもないわ。どうしたんでしょう」

と早や私は泣いていた。

夫は医者に行った。血液などの検査が幾度かあってから、何とかいう近代的な眼疾名が言われた。原因はわからないというけれど恐らく眼のことだから栄養と関係はあるに違いなかった。

「仕事をすれば盲になってしまうと言うんだ。弱った」

とはいうものの夫はやはり、一枚いくらの仕事をやめるわけには行かなかった。

何度目かの寒い冬がまたやって来て、夫は寒い窓で手を吹きながら辞書の頁を繰っていた。

「そのうちに、何かいい事があるだろうよ」

と、いうのが、この頃二人の漠然と言い合う慰めだったが、夫は、その頃裁判がすすんで、色々な書類が書留で郵送されて来ることが多かった。その郵便屋の声をきつけて、右隣の子沢山の家で、

「あの家にはよくお金を送ってくるのに家にはどこからも来ない。お前の里なぞ何の力にもならないね」

と亭主が厭味を言って夫婦喧嘩になるという話をきくと、二人は、顔を見合わせて笑った。他人の不幸がこちらの幸福ではないにしても、貧乏にも連れがあるということは慰まることなのだった。

「とても目が見えなくなった。仕事は一時中止するほかない――」

とある晩、夫は言いながらガラとペンを置いて絶望的に床へ入った。そして、赤児を扱うように私のふとんを直しながら、

平林たい子

「俺の目はこんなになったが、お前は生かしてやるぞ。生きたいか。この生きたがり屋！」

「うんうん」

と私はうなずいて、やっぱりもう涙を出していた。

鬼子母神

身幅がだだっ広くて丈が短い子供服というものを、圭子は、いまヨシ子から脱がせながら、はじめてしみじみと見ておかしく思うのだった。けさ、寝巻から換えてやるときには、ついうっかり前とうしろを逆に着せたまま外に出してやって、

「あら、奥さんこの服はうしろにポケットがあるんですか」

と畑で味噌汁の実をつんでいる隣の細君に注意されて

「あっはっはっは」と笑うほかなかったが、心では、自分の気持の隙間を隙見されたような心持で、少なからず愧じていた。

急に事情ある子供を貰うことになり、喜んで貰ってつれてはかえったものの、圭子には母として必要な子供の服装の知識も、育て方の見識も、まるで用意がなかった。強いて言えば、愛情の用意さえない白紙だった。ただ小さいものが演じてみせる珍しい仕草や表情などに小さい発見を感じ、火打石で打ち出したほどの小さい火ではあるけれども、そのたびに小さい驚きの火が心に発するのをたのしいことに思っているのだった。

今も、圭子は、ヨシ子の服を裾からめくり上げて首をくぐらせてから、洗面器の手拭をとって顔から拭きはじめるまでの間に無意味な仕草で腕を摑んだり股を撫でたりしてみた。圭子は、そのとき、ヨシ子の股や腕の水々しい肉づきから、仔牛や仔山羊の肉のことを連想していた。その内の淡い物足らない味を思っていた。幼い時から獣にはよく馴れ親しんで生活にない込んで来た圭子は、人間の子供を判断するには、獣の幼い時へ比較をもって行くのが手早い解説なのだった。

ヨシ子は、圭子に触られる間おしっこも洩れそうなほどの擽(くすぐ)ったさをキャッキャッと叫んだり笑ったりしながら我慢していたが、とうとう叫び声の間に、

「寒い」

と言いはじめた。

「あ、そう、それじゃ、さあさあ、はじめましょう」

と圭子は温い手拭をひろげ、果物のような顔を片手に支えて拭きはじめた。

この艶やかな目、どんな良質の水銀の裏打ちある磨きのよい鏡よりもよく澄んでいるこの目は、まだいくらも人生を映していないということで真新しく、こんなに綺麗なのだと圭子は思った。七月の葡萄の粒のような小さい二つの乳は、これでもこの中に豊穣な稔りを約束する腺や神経が絹糸ほどの細さで眠っているのだと思えば、蕾の時から実の形をつけている胡瓜や南瓜のなり花のように、こましゃくれて見えた。

臍(へそ)はみずみずして母親と交通していた局所が、まだ死にも枯れも乾きもせずに、体とは別な生存を続けていることを示しているようだった。圭子は、乾葡萄のようになってしまった自分の臍を強いて連想させられて、母との間隔の問題を形にして見たような気にもなるのだった。

拭き終って、前とは逆に首から服をきせてもらうと、ヨシ子は、いきいきとした頬に窓の青空の光を受けて居間の方へ片足で跳んで行った。

はじめから気がついた事だが、圭子は自分のヨシ子に対する目があまりに醒めたものであることを自覚していた。世の母親が子供に注ぐ目は、牝鶏の目のように近視で母親の本能が吐き出す霧のようなもので、相手の形をぼんやりぼやかして包んでいる所があった。そういう境地を、圭子は半分では笑いながらも、半分では憧れていた。いずれ自分も、食卓のそばへ粗相した子供のうんこを、皆が顔をしかめる中に一人「まあ、消化のよいきれいなうんこだ」と喜ぶような母親になるのだと思い恐ろしいことも面白いことにも思っていたのだが、そういう模糊とした潮がさして来るには、どうやら視力が強くて正確すぎるらしかった。

愛情とはいったいどんな風にして発生するものだろうか。それの手引としては、あんまり場合がちがいすぎるけれども、夫との間のことを圭子は思い起すより外仕方なかった。

押すかさわるかの、いささかの力でピチッとかかってしまう錠のように、圭子は、夫の良造とは二十年前何の

理屈もなく相寄って一個となり、海よりも深い愛情の海に沈んで行った。

かかりやすい錠なら錠であるほどその構造はむずかしいものであるように、二人の結合も客観的に見たらそれは色色な原因と機会との組合わされたものであったろうけれども、押す力と惹く力とのやみがたい微妙さは、当事者たちにはただ一閃の稲妻を見た思いでしかなかった。そうして、気がついたときには、深い深い海の中にあったのだった。

圭子は、ヨシ子の絹糸のようなお河童をときどき撫でながら、その稲妻がこの二人の間には閃かないことを必ずしも気にする必要はないと自分に言いきかせた。すべての事物が生成する形には、なだらかな丘陵型と鋭い噴水型とがあることを人事森羅万象で、圭子は経験していた。この二人の愛情は丘陵型の道を行くのだろうと圭子は思い、それが、夫への愛情と、ヨシ子への愛情との色や形の違いだとも思った。そしてそれでよいのだとも思った。実際正直に言って若い間圭子は、夢が掲げる虹の道案内に任せて、やむにやまれぬ力で人生の道なき野を踰え山を踰え、女の生き得る限りの幅を生きて来た。あるときには、愛する人を獄中に置き、自らは浮浪者収容所に病む身を置いて固い枕に熱い涙を流したこともあった。またあるときは、無明と絶望とを世に行われる虚無主義に仮托して、すべてを抛つ所にすべてを得ようという奇術師のような発心から、手に配られて来る男をカルタのように扱うことを思想上の見栄と考え、男も逡巡する大銀行の扉を押して、貰ういわれのない金を請いに行くことにソフィア・ペロースカヤのような生甲斐を感じたこともあった。

「万人が経験することを一人で経験したい」と言ったという泰西の大天才の憧れは、東洋の凡女によって、こわいもの知らずに実践されかかったのだった。しかし、今、圭子も四十歳の峠にさしかかって、内にこんこんと湧く女心の泉が涸れかかった訳ではないけれども「女の幅は生きた。この上は幅を求めた力で深さを掘り下げたい」という切なる声をきいていた。そういう転換の真空の中へヨシ子が授けられた。若い時、何かの他意を含めて子沢山の人から一人貰ったらという、勧めをした人があった、その人に向って、

「さあ、こんなに家が狭くっちゃ……どこで飼うかな。庭で飼うことにするかな」

と答えてやったような向うっ気もてらいも、今は既に

圭子からは去っていた。圭子は、自分の殻の中へ入れられた異物を真珠にしてしまう真珠貝のような努力を、ヨシ子に向って雄々しく決心したのだった。異物であることは、たしかに異物であるに相違ないのだが。

　圭子の発意によって、ヨシ子は、良造と圭子との間へ小さい布団を敷いて寝させることにした。はじめ、この案を良造に告げたとき良造は圭子が予期したような熊さん八さんの顔つきになって、圭子が予期した如く「川の字」のことを言いはじめた。圭子はえぐいような顔をして横を向いていた。何もかもが白紙へつく墨のように目新しい経験である圭子には、俗にいう川の字なりの寝姿も、それを言い出す前、一種の感慨をこめて既に頭の中に一ぺん描いてみてあった。そうして最初は川の字に形容した神経を、猥雑なものととるべきか、ただありのままのほほえましい写実ととるべきかについても、一寸考えて圭子なりの結論をもっていた。

　自分と夫とで囲っている家庭を特に取り立てて隣近所の長屋と別なものとするいわれはなかったが、事実、布団を敷いて寝てみて文字どおり川の字になったとき、圭子は情けないような決まり悪いような変な気持になった。そうして、こういう子供を挟んだものとしての夫の姿が真中の子供よりも珍しくて、新しく見直す気持になるのをまざまざと心の中に見た。

　子供は昼の間動きやまなかった手足を懐炉のようにほてらして、布団から転がり出た。抱え込んでも抱え込んでもあっという間に一つか二つのモーションで畳の上に転び出し、額にあらい畳目をつけた。

　さめているときと眠っているときとでは、おとぎ噺の怪物のように目方が違うこともこの頃の発見だった。眠った子供はだらりとして、固体から半分液体になりかかっているように圭子の両腕の真中に垂れた。

　真暗な深夜、圭子は半睡の溶けかかった官能で夫の熱い血の通った腕が自分の腕のそばに来ていることを意識した。二人の緩衝地帯のように子供を間に入れて寝たその晩は、夫にとっても一種の初夜であることが睡る前の雰囲気の続きで圭子の痺れかかった脳髄に意識された。二人は「お母さん」「お父さん」という扮装をつけたお互いを夫婦として再確認しなければやまないのだと圭子は思った。そうして、これはこれなりに、世の人の親になったもろもろの夫婦の一般的な感激の方式にちがいないと思った。

　圭子は、自分の方からも、探り慣れた太い重い腕の方へ自分の片手を動かしてやった。

しかし、さわってみると、そこに転がっていたのはみずみずしくて柔かいヨシ子の片腕だった。

圭子はギョッとして咄嗟にはこの錯覚の裏返しをしようもないのだと思った。

しかし、よく考えてみれば、錯覚でなかったときでも、はたしてこういう場合に、圭子の官能がヨシ子と夫とを区別して受入れ得るものかどうかは疑問に思えた。長い間の習慣から圭子の官能では、このようにしてさわってくるものは、皆夫に対する官能でしか受入れられないようになっているらしかった。我儘であるかも知れなかった。勝手であるかも知れなかった。或いは片輪であるかも知れなかった。しかしもともと圭子の胸の中にはただ一つの器しか用意がないという事実は如何とも仕方のないものだった。

「夫か子供か、どちらかの一つしか棲む場所がないのだ……」

と圭子は思わないわけには行かなかった。そうして暗然としないわけには行かなかった。

圭子はきょうも大薬罐いっぱいの湯を沸かしてヨシ子を拭きはじめた。色々な気持の明暗はくぐっていたが、ヨシ子に対する知識が次第に圭子の中に組み立って行くことは愛の法悦にもまさる法悦だった。圭子は、母親が子供を孕んでからこの年齢に仕上げるまでの何年間に積上げる感情や知識をわずか十数日で集計しようとしている貪婪な忙しい自分を傍からじっと眺めていた。

ヨシ子は、時々思い出したように意味なく、

「お母ちゃん！」

と圭子を呼んでみるようになっていた。圭子はそのたびに、不用意な手許を見すかされたように微かにはっとしたが、その声はどんな美声を誇る禽鳥にもまさる純粋な音色と思えた。

「はあい、なあに」

と、それに答える圭子の声の錆つきようは、また何と不様なものであろう。

こんなとき圭子は上官から点呼を受けているような意識になっているのを滑稽だと思いながら、どうにもできないのだった。

圭子を呼ぶ声が音だとすれば、圭子の答える声はその音のこだまに過ぎないのだった。ヨシ子は、母親の中に確かな手ごたえを見ると、艶やかな目でそれをたしかめるように圭子を見上げた。その視線はまた蜂がとんで来

るよりも鋭くて、圭子には眩しくさえあった。

　圭子もそれに答えて見返しはしたが、見上げる視線と見返す視線とは、どこかで行きちがいになると思われた。圭子は、疚（やま）しくて疚しくて仕方がなかった。「子を持って知る親の恩」という在来の格言に対して有島武郎が「子を持って知る子の恩」と言った事が、ゆくりなくも圭子の頭の中には蘇っていた。

　子を持って知る親の恩という大嘘は、ことに圭子の場合では問題にならなかった。

　しかし、「子を持って知る子の恩」も圭子の経験には当てはまると思えなかった。圭子は、いく度考えても、子供がいわば何かの媒介の役しかしていないことを認めないわけには行かなかった。子供が手引きしてくれている何かに向ってこそ、圭子は敬虔に対座していた。それ故にこそ、こんなにも子供をおそれ恥じる理由があったのだった。

　その「何か」は何だろう。圭子は仮に親でも子でもない第三のものと名づけるよりほか、そのもやもやとしたものを摑むことはできなかった。ただ、それは、女である圭子の胸をパンのようにふくらませ、今までにはなかった新しい一つの清々しい知恵の窓をひらいてくれたものであることだけは言えた。――

　圭子が熱い手拭でいつものようにだんだん拭いて下って行った柔かい太股の間に、半熟の水蜜桃を思わせる可愛いものが、桃に共通した縦の筋をきっかり引いてついていた。

　子供の体中のことは、圭子が獲（と）りたてのほやほやの母としての権利に於いても義務に於いても、知っておく必要があるとは、こないだから思っていたが、こういう場所までを照明してみる権利があるものかどうかは圭子にも疑問だった。

　しかし、こないだから、圭子は、足の方へ拭いて下る通りすがりに、その桃の筋が股を動かす度に割れ目となって、紅絹（もみ）を張ったような赤い中身が半分口をあけているのに何ともいえず目を惹かれていた。それは、「女」というものの実体を、遠慮のいらないこの童女の中で恣（ほしいまま）に検べてみたいような要求に根ざしたものだった。

　圭子のような年齢になって、女の生理のごく一般のことさえ知らないといえば嘘のようだが、それはほんとうだった。その字を知らずには一つの漢語さえ言葉にはさむことを恥としている人間が、どこから尿が出るかを知らずに何万遍となく尿を出しているということは、おかしいといえばおかしいことではないだろうか。しかし、変な社会の常識が、圭子からさえこういう知識を掩っていた。

「ヨシ子ちゃん。ここが汚いわね。きょうはここも拭きましょうね」

　と圭子は二本の足の間へ手拭を押し込むようにして、足と足との間に少しのゆとりを拵えようとした。

「いやあ。擽ったいもの」

　とヨシ子は言って、馬鹿にならぬ力で両股を締めた。

「きょうは拭くのよ。だめよ」

「いや」

　とヨシ子ははっきり拒絶して両股をとざしたまま動かなかった。その拒絶は、女本来の護身の本能に根ざしているのかと思えるほど激しく手きびしかった。神々しくさえあった。圭子は知らず知らずに、その手きびしさの前に晒されるにふさわしい痴れ者のような表情に退いてへらへらといやな笑い方をしながらヨシ子の目を覗き込んだ。

「じゃあね、ヨシ子ちゃん。いいものをあげよう。パの字のつくもの」

　こんなことさえ言いはじめてしまったという呆れで、ますます圭子は誇を失って行った。

「あけてちょうだいよ。一寸ここを。ねえ、いいでしょう。ヨシ子ちゃん」

「いや、ばか」

　というやりとりをしたときには、二人の上に浅く積りかかっていた親の情緒も子供の情緒もいつの間にか剝げて、奇妙な他人が露き出して顔を合わせていた。

「拭く。お母ちゃんはどうしてもここを拭く」

　と言って、割箸を割るように二つの股の間へ突っ込んだ圭子の手には、異状な力がこもっていた。

　ヨシ子はよろけて板の間へ倒れながらわっと声をあげて泣き出した。

　急に目がさめたように目を瞠って、圭子は水で濡れた板の間を見下した。ヨシ子の激しい泣き声は痴けた母親の耳を寒風のように凛冽に打った。

　圭子は、子供の泣くのを始末しようともせずに、暗然として自分の心の中に向いていた。

「ああ自己拡充、女の自己拡充――そのためにこのあとけない者が生けにえに供されて、これからどれだけの血を流すことだろうか――」

　丙午の女は、男を食うという言い伝えがあったが、丙午でなくとも圭子のような女は、つないだ綱の長さが許す範囲の草は、毒草といわず薬草といわず食って食って成長しようとする、動物のような生活力をもっていた。

しかし、そのあたりが裸になるほど食い荒らされるのを恐れる者も綱の短さには案外気がついていないことが多かった。

圭子はふと子供を食ったという鬼子母神の名を思い出して、自らそう名のりたいような淋しい気持になった。

林芙美子（はやしふみこ）

清貧の書

一

私はもう長い間、一人で住みたいと云ふ事を願つて暮した。古里も、古里の家族達の事も忘れ果てて今なほ私の戸籍の上は、真白いまゝで遠い肉親の記憶の中から薄れかけようとしてゐる。

只ひとり母だけは、跌づき勝ちな私に度々手紙をくれて叱つて云ふ事は、――

おまへは、おかあさんでも、おとこうんがわるうて、くろうしてゐると、ふてくされてみえるが、よう、むねにてをあててかんがへてみい。しつかりものぢや、ゆふて、おまへを、しんようしてゐても、そうそう、おとこさんのなまえがちがうては、わしもくるしいけに、さつち五円おくつてくれとあつたが、ばばさがしんで、そうれんもだされんのを、しつてであろう。あんなひとぢやけに、おとうさんも、ほんのこて、しんぼうしなはつて、このごろは、めしのうゑに、しよおゆうかけた、べんたうだけもつて、かいへいだんに、せきたんはこびにいつておんなはる、五円なおくれんけん、二円ばいれとく、しんぼうしなはい。てがみかくのも、いちんちがかりで、あたまがいたうなる。かへろうごとあつたら、二人でもどんなさい。

はは。

ひなたくさい母の手紙を取り出しては、涙をじくじくこぼし、「誰がかへつてやるもンか、田舎へ帰つても飯が満足に食へんのに……今に見い」私は母の手紙の中の、義父が醬油をかけた弁当を持つて毎日海兵団へ働きに行つてゐると云ふ事が、一番胸にこたへた。——もう東京に来て四年にもなる。さして遠い過去ではない。

　私は、その四年の間に三人の男の妻となつた。いまの、その三人目の男は、私の気質から云へばひどく正反対で、平凡で誇張のない男であつた。譬（たと）へて云へば、「また引越しをされたやうですが、今度は、淋しいところらしいですね」このやうに、誰かが私達に聞いてくれるとすると、私はいつものやうに楽し気に「えゝ、こんなに、さう、何千株と躑躅の植つてゐるお邸のやうなところです」と、私は両手を拡げて、何千株の躑躅（つつじ）が如何に美しいかと云ふ事を表現するのに苦心をする。それであるのに、三人目の男はとんでもなく白気きつた顔つきで、「いや二百株ばかり、それも極くありふれた、種類の悪い躑躅が植ゑてある荒地のやうな家敷跡ですよ」といふ。で、私は度々引込みのならない恥づかしい思ひをした。それで、まあ二人にでもなつたならば思ひきり立腹してゐる風なところを見せようと考へてゐたのだけれど、——私達は一緒になつて間もなかつたし、多少の遠慮が私をたしなみ深くさせたのであらうか、その男の白々とした物云ひを、私はいつも沈黙（だま）つてわざわざ報いるやうな事もしなかつた。

　もともと、二人もの男の妻になつた過去を持つてゐて、——私はかつての男たちの性根を、何と云つても今だに煤けた標本のやうに、もうひとつの記憶の埒内に固く保存してゐるので、今更「何ぞ彼ぞ」と云ひ合ひする事は大変面倒な事でもあつた。

二

　二人目の男が、私を三人目の小松与一に結びつけたについては——

お前を打擲すると
初々と米を炊ぐやうな骨の音がする
とぼしい財布の中には支那の銅貨（ドンペ）が一ツ
叩くに都合のよい笞だ
骨も身もばらばらにするのに
私を壁に突き当てては
「この女メたんぽぽが食へるか！」
白い露の出たたんぽぽを
男はさきさきと嚙みながら

　　お前が悪いからだと
　　銅貨の咎でいつも私を打擲する。

　二人目の男の名前を魚谷一太郎と云つて、「俺の祖先は、渡り者かも知れない。魚を捕つてカツカツ食つて行つたのであらう」さういひながらも、貧乏をして何日も飯が食へぬと私を叩き、米の代りにたんぽぽを茹でて食はせたと云うては殴り、「お前はどうしてさう下品な女のくせが抜けないのだ。衿を背中までずつこかすのはどんな量見なんだ」と、さう云つて打擲し、全く、毎日私の骨はガラガラと崩れて行きさうで打たれる為のデクのやうな存在であつた。

　私はその男と二年ほど連れ添つてゐたけれど、肋骨を蹴られてから、思ひきつて遠い街に逃げて行つてしまつた。街に出て骨が鳴らなくなつてからも、時々私は手紙の中に壱円札をいれてやつては、「殴らなければ一度位は会ひに帰つてもよい」と云ふ意味の事を、その別れた男に書き送つてやつてゐた。すると別れた男からは、

「お前が淫売をしたい故、衿に固練の白粉もつけたい故、美味いものもたらふく食べたい故、俺から去つて行つたのであらう、俺は今日で三日も飢ゑてゐる。この手紙が着く頃は四日目だ、考へて見ろ」――

　この華やかな都会の片隅に、四日も飯を食はぬ男がゐる。働かうにも働かせてくれぬ社会にいつもペッペッと唾きを吐き、罵りわめいてゐる男が……私はこのやうな手紙には何としても返事が書けず、「貴方ひとりに身も世も捨てた」と云ふ小唄をうたつて、誤魔化して暮してゐた。

　間もなく、魚谷と云ふ男も結婚したのであらう、大変楽し気な姿で、細々とした女と歩いてゐるのを私は見た事がある。丁度、そのをり、私は白いエプロンを掛けてゐたので、呼び止めはしなかつたけれど、私も早く女給のやうな仕事から足を洗はねばならぬと、地獄壺の中へ、働いただけの金を落して行く事を楽しみとしてゐた。

　それから、――幾月も経たないで、正月をその場末のカフエーで迎へると、又、私は三度目の花嫁となつていまの与一と連れ添ひ、「私はあれ程、一人でゐたい事を願つてゐながら、何と云ふ根気のない淋しがりやの女であらうか」と云ふ事をしみじみ考へさせられてゐた。

三

「君は前の亭主にどんな風に叱られてゐたかね……」

　与一は骨の無い方の鰺の干物を口から離してかういつた。

「叱られた事なんぞありませんよ」

「無い事はないよ、きつときつい目に会つてゐたと思ふね」

　私は骨つきの方の鰺をしやぶりながら風呂屋の煙突を見てゐた。「どんなに叱られてゐたか」何と云ふ乱暴な聞き方であらう、私は背筋が熱くなるやうな思ひを耐へて、与一の顔を見上げた。与一はくずぬいて箸を嘗めてゐた。私は胃の中に酢が詰つたやうに、――瞼が腫れ上つて来た。

「どうして、今更そんな事を云ふの、私を苛めてみようと思ふンでせう、――ねえ、どんなに貧乏しても苛めないで下さいよ、殴らないでよね、これ以上私達豊かになるうなんて見当もつかないけれど、これ以上に食へなくなる日は、私達の上に度々あるでせうし、でも、貧乏するからと云つて、私の体を打擲しないで下さい。もしも、どうしても殴ると云ふのンなら、私は……また貴方から離れなければならないもの、それに、私は今度殴られたら、グラグラした右の肋骨の一本は見事に折れて、私は働けなくなつてしまふでせう」

「ホウ……そんなに前の男は君を殴つてゐたのかね」

「え、このボロカス女メと云つてね」

「道理で君はよく寝言を云つてゐるよ。骨が飛ぶからカンニンしてツ、さう云つて夢にまで君は泣いてゐるンだよ」

「だけど――けつして、別れた男が恋しくて泣いてゐるんぢやないでせう。あんまり苛められると、犬だつて寝言にヒクヒク泣いてゐるぢやありませんか」

「責めてゐるわけぢやない。よつぽど辛かつたのだらうと思つたからさ」

「この鰺はもう食べませんか」

「あゝ」

　飯台が小さい為か、魚が非常に大きく見えた。頭から尻尾まである魚を飯の菜にすると云ふ事は久しくない事なので、私は与一の食べ荒らしたのまで洗ふやうに食べた。与一は皿の上に白く残つた鰺の残骸を見て驚いたやうに笑つた。

「女と云ふ動物は、どうして魚が好きなのかね」

「男のひとは鱗が嫌ひなンでせう」

「鱗と云へば、お前が持つて来た鯉の地獄壺を割つて見ないかね、引越しの費用位はあるだらう」

「さうねえ、引越し賃位はね……でも八円のこの家から拾七円の家ぢやア、随分と差があるし、それに、昨日行つて見たンだけれど、まるで狸でも出さうな家ぢやありませんか」

「拾七円だつてかまふもンか、いゝ仕事がみつかればそんなにビクビクする事もないよ」

「だつて、貴郎はまだ私より他に、女のひとと所帯を持つた事がないからですよ。すぐ手も足も出なくなるだらうと私は思ふのだけれど――」

「フフン、君はなかなか経験家だからね、だが、そんな事は云はンもンだよ」

与一との生活に、もつと私に青春があれば、きつと私は初々しい女になつたのだらうけれど、いつも、野良犬のやうに食べる事に焦る私である。また二階借りから、一軒の所帯へと伸びて行く、――それはまるで、果てしのない沙漠へでも出発するかのやうに私をひどく不安がらせた。

四

風呂敷の中から地獄壺を出して、与一の耳の辺で振つて見せた事が大きいそぶりであつただけに私は閉口してしまつた。何故ならば、遠い旅の空で醬油飯しか食つてゐない、義父や母の事を考へると、私は古ハガキで、地獄壺の中をほじくり、銀貨と云ふ銀貨は、母への手紙の中へ札に替へて送つてやつてゐたのである。いま、「割つて御覧よ」といはれると、中味が銅貨ばかりである事を知つてゐる私は、何としても引込みがつかなく白状していつた。

「割つてもいゝのよ、だけれど……本当はもう銅貨ばかりになつてゐますよ」

「銅貨だつて金だよ、少し重いから弐参拾銭はあるだらう」

この男は、精神不感性でもあるのかも知れない。風が吹いた程にも眼の色を動かさないで、茶を呑んでゐた。

「金と云ふものは溜らぬものさ、――あゝたうとう雨だぜ、オイ、弱つたね」

私は元気よく、柱へ地獄壺を打ちつけた。

ひめくりは六月十五日だ。

大安で、結婚旅立ちにいゝ日とある。

午後から雷鳴が激しく、雹のやうな雨さへ降つて来た。

山国の産のせゐであらう、まるで森林のやうに毛深い脚を出して、与一は忙がしく荷造りを始めた。私はひどく楽しかつた。男が力いつぱい荷造りをしてゐる姿を見ると、いつも自分で行李を締めてゐた一人の時の味気なさが思ひ出されてきて、「兎に角二人で長くやつて行きたい」とこんなところで、――妙にあまくなつてゆく。

私は塩たれたメリンスの帯の結びめに、庖丁や金火箸や、大根擂り、露杓子のやうな、非遊離的な諸道具の一切を挟んだ。又、私の懐の中には箸や手鏡や、五銭で二切の鮭の切身なんぞが新聞紙に包まれてひそんでゐる。

「そんなにゴタゴタしないで、風呂敷へでも包んでしまへよ」

「えゝでもかうやつて、馬穴(ばけつ)をさげて行かうかと思つてゐるのよ」

私達が初めて所帯を持つた二階借りの家から、その引越し先の屋敷跡へは、道程から云ふと、五丁ばかりもあつたであらう。その僅か五丁もの道の間には、火葬場や大根畑や、墓や杉の森を突切らない事には、大変な廻り道になるので、私達は引越しの代を倹約する為にも、その近い道を通つて僅かな荷物を一ツ一ツ運ぶ事にした。荷物と云つても、ビール箱で造つた茶碗入れと腰の高いガタガタの卓子と、蒲団に風呂敷包みに、与一の絵の道具とこのやうな類であつた。

蒲団は勿論私のもので、これは別れた男達の時代にはなかつたものである。浴衣のつぎはぎで出来た蒲団ではあつたが、――母はこの蒲団を送つてくれるについて枕は一ツでよいかと聞いてよこした。私は母にだけは、三人目の男の履歴について、少しばかり私の意見を述べて書き送つてあつたので、母は「ほんにこの娘はまた、男さんが違うてのう」そのやうに腹の中では悲しがつてゐたのであらうが、心を取りなほして気を利かせてくれたのであらう、「枕は一ツでよいのか」と、書いてよこした。私は蒲団の中から出た母の手紙を見ると何程か恥づかしい思ひであつた。上流の人達と云ふものは、恥づかしいと云ふ観念が薄いと云ふ事を聞いてゐるけれど――母親であるゆゑ、下ざまの者だから、なほさら恥づかしいと思ふまいと心がけても、枕の事は、今迄に送つて貰つてゐるとするならば、私はもう三ツ新しい枕を男の為にねだつてゐる事になる。さう考へてゆくと、ジンとする程な、悲しい恥づかしさが湧いて来た。

そのころ、与一は木綿の掛蒲団一枚と熟柿のやうな、蕎麦殻のはひつた枕を一ツ持つてゐた。私は枕がないので、座蒲団を二ツに折つて用ひてゐたので、さう不自由ではなかつたが、目立つてその座蒲団がピカピカ汚れて来るのが苦痛であつた。それで枕は二ツいるのだらうと云つて寄こした母の心づかひに対して、私は二ツ返事で欲しかつたのではあつたが、枕は一ツでよいと云ふ風な、少々ばかり呆やけさせた思はせ振りを書き送つてやつたのである。すると最も田舎風な、黒塗りの枕を私は一ツ手にした。死んだ祖母の枕でもあつたのであらうが、小枕が非常に高いせゐか、寝てゐるのか起きてゐるのか判らない程、その枕はひどく私の首にぴつたりとしない。

後、私は蒲団の事については、長々と母へ礼状を書き送つてやつたのであるが、枕の事については、礼の一言も、私は失念したかの形にして書き添へてはやらなかつた。

五

躑躅は勿論、うつぎや薊の花や桐の木が、家の周囲を取り巻いてゐた。この広い屋敷の中には、私達の家の外に、同じやうな草花や木に囲まれた平家が、円を描いたやうにまだ四軒ほども並んでゐた。

家の前には五六十本の低い松の植込みがあつて、松の梢から透いて見える原つぱは、二百坪ばかりの空地だ。真中にはヒマラヤ杉が一本植つてゐる。

「東京中探しても、こんな長い所は無いだらうね」

与一はパレットナイフで牡蠣のやうに固くなつた絵の具をバリバリとパレットの上で引掻きながら、越して来たこの家がひどく気に入つた風であつた。

玄関の出入口と書いてある硝子戸を引くと寄宿舎のやうに長い廊下が一本横に貫いてゐて、それに並行して、六畳の部屋が三ツ、鳥の箱のやうに並んでゐる。

「だけど、外から見ると、この家の主人は何者と判断するでせうね、私はブリキ屋か、大工でも住む家のやうな気がして、仕方がないのよ」

「フヽン、お上品でいらつしやるから、どうも似たり寄つたりだよ。ペンキ屋と看板出しておいたらいゝだらう。——だが、こんな肩のはらない家と云ふものは、さう探したつてあるもンぢやないよ。庭は広いし隣りは遠いしねえ……」

「隣りと云へば、今晩は蕎麦を持つて行かなければいけないのだけれど、どうでせうか」

「幾つづつ配るもンだ？」

「さうね、三つづつもやればいゝンでせう」

　引越した初めと云ふものは、妙に淋しく何かを思ひ出すのだ。私は何度となくこのやうな記憶がある。別れた男達と引越しをしては蕎麦を配つた遠い日の事、——もう窓の外は暗くなりかけてゐる。私は錯覚を払ひのけるやうに、ふつと天井を見上げた。

「オヤ、電気もまだ引いてないンですよ」

「本当だ、引込線も無いぢやないか、二三日は不自由だね」

　長い間の習癖と云ふものは恐ろしいものだ。私は立ち上ると、人差指で柱の真中辺を二三度強く突いて見た。すると、私自身でも思ひがけなかつた程、その柱はひどくグラグラしてゐて天井から砂埃が二人の襟足に雲脂(ふけ)のやうに降りかゝつて来た。

「ねえ、これはあンた、潰しにしたつてせいぜい弐参拾円で買へる家ですよ。どう考へたつて、拾七円の家賃だなんて、ひどすぎるわ、馬鹿だと思ふわ」

　与一は沈黙つて、一生懸命赤い鼻の先を擦つてゐた。

「この女は旅行に出ても、色々と世話を焼きたがる女に違ひない。前の生活で質屋の使ひや、借金の断りや、家賃の掛引なんぞには並々ならぬ苦労を積んで来たのであらう」与一はそんな事でも考へてゐたらしく、ズシンと壁に背を凭せかけて言つた。

「僕はとてもロマンチストなんだからね、だが、君のどんなところに僕は惹かされたンだらう……」

　さうむきになつて云はれると、私はまた涙ぐまずにはゐられなかつた。「またこの男も私から逃げて行くのだらうか」男心と云ふものは、随分と骨の折れるものだ。別れた二人の男達も、あれでもない、これでもないと云つて、金があると埒もなく自分だけで浪費してしまつて、食へなくなるとそのウップンを私の体を打擲する事で誤魔化してゐた。

「ねえ、私のやうな女は、そんなに惹かされない部類の女なの？　だつて夫婦ですものね、それに、私は誰からも金を送つてもらふ当はないし……」

与一は二寸ばかりの黄色い蠟燭を釘箱の中から探し出すと、灯をつけて台所のある部屋の方へ疳性らしく歩いて行つた。真中の暗い部屋に取り残された私は、仕方なく濡れた畳に腹這つて、袖で瞼をおほひ、「私だつてロマンチストなのよう」と何となく声をたてて唄つてみた。

六

長いこと、人間が住まなかつたからであらう、部屋の中は馬糞紙のやうな、ボコボコした古い匂ひがこもつてゐて、黒い畳の縁には薄く黴の跡があつた。

「おい、隣りだけでも蕎麦を持つて行つといた方が都合がいゝぜ、井戸が一緒らしいよツ」

カツンカツン鴨居に何かぶつつけながら与一は不興気に私に呶鳴つた。

私は参拾銭の蕎麦の券を近所の蕎麦屋から一枚買つて来ると、左側の一軒目の家へ引越しの挨拶に出向いた。

隣りと云つても、田舎風にポツンポツンと家の間に灌木が続いてゐるので、見たところ一軒家も同然のところである。私は何度も水を潜つて垢の噴き出たやうなネルの単衣を着て、与一のバンド用の、三尺帯をぐるぐる締めてゐた。

「何をする人だらう」と考へるに違ひない。尋ねた場合は、「絵の先生をしてゐます」とでも濁しておかうと、私は私の家と同然な御出入口と書いてあるその硝子戸を引いた。

この家の主は、よつぽど白い花が好きと見えて、空地と云ふ空地には、早咲きの除虫菊のやうなのが雪のやうに咲いてゐた。

家根の上から白い煙があがつてゐる。

花の蔭では、蛙が啼くから帰らうと歌つて、男の子がポツンとひとりで尿をしてゐる。

一軒だけ挨拶を済まして帰つて来ると、与一は、私が買つて来て置いた、細い壱銭蠟燭に灯をつけて台所に続いた部屋の壁に何かベタベタ張りつけてゐた。

家の中はもう真暗だ。

「何をする人なンだ?」

「煙草専売局の会計をしてるンですつてよ」

「ホウ、固い方なンだね」

土色の壁にはモジリアニの描いた頭の半分無い女や、ディフィの青ばかりの海の絵が張つてあつた。

　こんな出鱈目な色刷でも無聊な壁を慰めるものだ。灯が柔いせゐか、濡れてゐるやうに海の色などは青々と眼にしみた。

「その隣りが気合術診療所よ」

「へエ、どんな事をやるンかね」

「私一人でこの家を見に来た時、気合術診療所の娘が案内してくれたのよ、とてもいゝ娘だわ」

「さう云へば、僕もあの娘が連れて来てくれたんだが、俺ンとこと同じやうなもンらしい、瓜、トマト、茄子の苗売りますなんて、木の札が出てるあそこなんだらう」

　与一が灯を持つて、三ツの部屋を廻るたび、私はまるで蛾のやうにくつついて歩いた。右側の坊主畳の部屋には、ゴッホの横向きの少女が、おそろしく痩せこけて壁に張りついてゐる。その下には簞笥の一ツも欲しいところだ。この部屋は寝室にでも当てるにふさはしく、二方が壁で窓の外には桐の枝がかぶさり、小里万造氏の台所口が遠くに見えた。

　真中の部屋は勿論与一のアトリエともなるべき部屋であらうが、四枚の障子が全部廊下を食つてゐるので、三ツの部屋の内では、一番さうざうしい位置にあつた。

　与一は、この部屋に手製の額に入れた自分の風景画を一枚飾りつけた。あんまりいゝ絵ではない。私はかつて、与一の絵をそんなに上手だと思つた事がない。それにひとつは私は、このやうに画面に小さく道を横に描くことはあんまり好きでないからかもしれない。「私は道のない絵が好きなんだけれど」さうも言つて見た事があるけれど、与一はむきになつて、茶色の道を何本も塗りたくつて、「君なんかに絵がわかつてたまるもンか」と、与一はさう心の中で思つてゐるのかも知れない。

七

　山は静かにして性をやしなひ、水は動いて情を慰む、静動二の間にして、住家を得る者あり、私は芭蕉の洒落堂の記と云ふ文章の中に、このやうにいゝ言葉があると与一に聞いた事がある。

　そんなによい言葉を知つてゐる与一が、収入の道と両立しない、法外もなく高い家賃で、馬かなんぞでも這入つて来さうな、こんな安住の出来さうもない住家に満足してゐる事が淋しかつた。

台所の流しの下には、根笹や、山牛蒡のやうな蔓草がはびこつてゐて、敷居の根元は蟻の巣でぼろぼろに朽ちてゐた。

「済みませんねえ。疲れてゐなかつたら台所へ棚を一ツ吊して下さい」

「棚なんか明日にして飯にでもしないか」

「え、だけど何も棚らしいものがないから、どうにも取りつき場がないわ」

「眼が舞ひさうだ。飯にしよう」

与一が後ろ鉢巻きを取りながら、台所へ炭箱を提げて来た。

鮭が二切れで米が無い。

それで、与一が隣りの部屋に去ると、私は暗がりの中に、割りそこなつた鯉の地獄壺を尻尾の方から石でもつてコツンコツンと割つて見た。

脆い土屑がボロボロ前掛けの上に壊れて、膝の上に溢れた銅貨は、かなりズシリと重みがあつた。どれを見ても銅貨のやうだ。私は一ツ一ツ五拾銭銀貨が一枚ぐらゐ混(ま)ざつてゐはしないかと、膝の上にこぼれた銭の縁を指で引掻いて見た。

銅貨が丁度二十枚で、拾銭の穴明き銭と五拾銭銀貨が一枚づつ、私の胸は暫くは子供のやうに動悸が激しかつた。

抜き替へたこの一銭銅貨がみんな五拾銭銀貨であつたならば、拾円以上にもなつてゐるであらう——私は笊を持つと、暗がりの多い町へ出て行つた。

軒の低い町並みではあるけれど、割合と色々な商ひ店が揃つてゐて、荷箱のやうに小さい、鳩と云ふ酒場などは、銀座を唄つたレコードなんかを掛けてゐたりした。

その町の中程には川があつた。白い橋が架つてゐる。その橋の向うは、郊外らしい安料理屋が軒を並べてゐて、法華寺があると云ふ事であつた。

私は米を一升程と、野菜屋では、玉葱に山東菜を少しばかり求めて、猫の子でも隠してゐるかのやうに前掛けでくるりと巻くと、何度となく味はつたこれだけあれば明日いつぱいはと云ふ心安さや、又そんな事をいつまでも味はつて暮さなければならなかつた度々の男との記憶——いつそ、何処かに突き当つて血でも吹き上げたならば、額でも割つて骨を打ち砕いたならば、進んで行く道も判然とするであらう。仕事をする為にか、食べる為にか、どんな為に人間は生きてゐるのであらうか、私は毎日が一時凌ぎばかりであるのが、段々苦痛になつて来てゐた。

　手探りで枳の門を潜ると、家の中は真暗で、台所の三和土（たたき）の上には、七輪の炭火だけが目玉のやうに明るく燃えてゐた。

「何処へ行つてゐたんだ？」

「私、ねえ……お米が無かつたから、通りへ行つてゐたのよ」

「米を買ひに？　何故さう早く云はないんだ。もう動けないよッ」

　与一は大の字にでも寝てゐるらしく、さういひながら、転々と畳をころがつてゐるやうなけはひがしてゐる。

「早くさう云ふつもりで云ひそびれたのよ、……すぐ焚けるからねえ」

「うん、――あのね、何も遠慮する事はないんだよ。金が無かつたら無いやうにハッキリ云ひ給へ。ハッキリと云へばいゝンだ。……俺は明日上野の博覧会にでも廻つてみよう。ペンキ屋の仕事のこぼれが少しはあるだらうと思ふンだ。働かないで絵を描いて行かうなんて虫が良すぎる。さうだよ！　芸術だの、絵だのつて、個人の慰みもンだアね、俺なんかペンキで夏のパノラマでも描いて、田舎の爺さん婆さんに見てもらつた方が相当なンかも知れないよ、それが似合つてゐるんだ」

「貴方、私を叱つてゐるんですか？」

「叱つて。叱つてなんかゐないよ、だから厭なんだ、君はひねくれない方がいゝ。――僕が君に云つたのは貧乏人はあんまり物事をアイマイにするもンぢやないと云ふ事だ。遠慮なんか蹴飛ばしてハッキリと、誰にだつて要求すればいゝぢやないかッ！　ヒクツな考へは自分を堕落させるからね」

　米を洗つてゐると涙が溢れた。

　卑屈になるなと云つた男の言葉がどしんと胸にこたへてきて、いままでの貞女のやうな私の虚勢が、ガラガラと惨めに壊れて行つた。

　与一はあらゆるものへ絶望を感じてゐる今の状態から自分を引きずり上げるかのやうな、まるで、笞のやうにピシピシした声で叫んだ。

「今時、溺れるものが無ければ生きて行けないなんて、ゼイタクな気持ちは清算しなければいけないんだ。全く食へないんだから……」

「食はなくつたつて、溺れてゐた方がいゝぢやないの……」

「君はいつたい何日位飢ゑる修養が積ンであるのかね、

まさか一年も続くまい」

八

清朗な日が続いた。

井戸端に植ゑておいた三ツ葉の根から、薄い小米のやうな白い花が咲いた。

壁のモジリアニも、ユトリオもデイフイも、おそろしく退屈な色に褪めてしまつて、私は、与一が毎朝出掛けて行くと、一日中呆んやり庭で暮らした。

人気のない部屋の空気と云ふものは何時も坐つてゐる肩の上から人の手のやうに重くのしかゝつて来る。まして家具もなく、壁の多い部屋の中は、昼間でも退屈で淋しい。

青い空だ。

白米のやうな三ツ葉の花が、ぬるく揺れてゐる。

「小母さんはどうして帯をしないのウ」

蛙の唄をうたつた小里氏の男の子が、こまつしやくれた首の曲げ方をして、私の腰のあたりを不思議さうに見てゐる。

「小母さんは帯をすると、頭が痛くなるからねえ」

「フン、――僕のお父ちやんも頭が痛いの」

私は、青と黄で捻つたしごで紐で前を合せてゐた。――ああ、疲れた紅(あか)いメリンスの帯はもうあの朝鮮人の屑屋の手から、どこかの子守女へでも渡つてゐる事だらう。帯を売つて五日目だ。もう今朝は上野へ行く電車賃もないので、与一は栗色の自分の靴をさげて例の朴のところへ売りに行つた。

「何程つて?」

「六拾銭で買つてくれたよ」

「さう、朴君はあの靴に四ツも穴が明いてゐるのを知つてゐたんでせうか?」

「どうせ屋敷めぐりで、穴埋めさ、味噌汁吸つて行けつてたから呑んで来た」

「美味かつた?」

「あゝとても美味かつたよ……弐拾銭置いとくから、何か食べるといゝ」

私は今朝から弐拾銭を握つたまゝ呆んやり庭に立つてゐたのだ。松の梢では、初めて蟬がしんしんと鳴き出したし、何も彼もが眼に痛いやうな緑だ。

唾を呑み込まうとすると、舌の上が妙に熱つぽく荒れてゐる。何か食べたい。――赤飯に支那蕎麦、大福餅にうどん、そんな拾銭で食べられさうなものを楽しみに空想して、私は二枚の拾銭白銅をチリンと耳もとで鳴らしてみた。

しんしんと蟬は鳴いてゐる。

透けた松の植込みの向うを裸馬が何匹も曳かれて通る。

「良いお天気で……」

屑屋の朴が秤でトントン首筋を叩きながら、枳の門の戸を蹴飛ばして這入つて来た。

「朴さん、あの靴、穴が明いてゐたでせうに……」

「よろしいよ。どうせ屋敷で儲けるからねえ」

「助かりましたわ」

「よろしいよ。小松さんは帰りは遅いですか?」

「えゝいつも夜になつてから……」

「大変ですな。――ところで、石油コンロ買ひませんか、金は三度位でよろしいよ」

「えゝ……どの位ですウ」

「九拾銭でよろしいよ。元々、便利ですよ」

朴は冷々と気持ちがいゝのであらう、玄関の長い廊下に寝そべつて、私が石油コンロを鳴らしてゐる手附を見てゐた。大分、錆附いてはゐたけれど、灰色のエナメルが塗つてあつて妙に古風だ。心に火をつけると、ヴウ……と、まるで下降してゐる飛行機の唸りのやうな音を立てる。

「石油そんなに要りません。一鑵三月もある。私の家もさう」

石油コンロを置いて朴が帰ると私はその灰色の石油コンロを、台所の部屋の窓ぎはに置いて眺めた。家具と云ふものは、どうしてこんなに、人間を慰めてくれるのだらう。

夕方井戸端で、うどんを茹でた汁を捨ててゐると、小里氏の子供が走つて来て空を見上げた。

「ねえ、小母さん! 飛行機が飛んでらア」

「何処に?」

「ホラ、音がするだらう……」

私は、空を見上げてゐる子供の頭を撫でていつた。

「小母さんところの石油コンロが唸つてゐるのよ、明日お出で、見せて上げるから……」

さういつて聞かせても、子供は、(炭や薪で煮焚きしてゐるのであらう、小里氏の屋根の煙を私は毎日見てゐる)不思議さうに薄暗い空を見上げて、「飛行機ぢやないの」といつてゐた。

九

与一は日記をつけることがこまめであつた。私であつたら、馬鹿らしく、なにも書かないでゐるだらう、そんな無為に暮れた日でも、雨だの、晴れだの与一は事務のやうにかき込んでゐた。

雨だの晴れだのが毎日続くと、与一自身もやりきれなくなつてしまふのか、終には「蚊帳が欲しい」とか「我もし王者なりせばと云ふ広告を街で見る」そんな事などが書き込まれるやうになつた。

だが飢ゑる日が鎖のやうに続いた。もうこまめな与一も日記をはふりつぱなしにして薄く埃をためておく事が多くなつた。

さうして、日記の白いまゝに八月に入つた或る朝、――跌づいた夢でも見たのであらう、私は眼が覚めると、私はいつものやうに壁に射した影を見てゐた。浅黄色の美しい夜明けだ。光線がまだ窓の入口にも射してゐない。

その時、私は新しげな靴の音を耳にした。「まだ五時位なのに誰だらう」そんな事を考へながら、襖を押して庭の透けて見える硝子戸を覗くと、大きな赭ら顔の男が何気なく私の眼を見て笑つた。背筋の上に何か冷いものが流れた気持ちであつたが、私も笑つて見せた。

「小松君起きてるウ？」

「随分早いんですね、只今起します」

朝の光線のせゐか、何も彼も新しいものをつけてゐる紳士が、このやうに早く与一を尋ねて来ると云ふ事は、よつぽど親しい、遠い地からの友人であらうと、私は忙がしく与一を揺り起した。

「そんな友人無いがね、小松つて云つたア？」

「えゝ、起きてゐるかつて笑つて云つてゐるのよ」

「変だなア」

与一が着物を着てゐる間に、私は玄関の鍵を開けた。

すると、どうであらう、四五人の紳士達が手に手に靴を持つたまゝ、一本の長い廊下を、何か声高く叫びながら、三方に散つて行つた。驚いて寝室に逃げこむ私の後からも、二人の紳士が立ちはだかつて叫んだ。

「君が小松与一郎君かね？」

与一も面喰つたのだらう、唇を引きつらせてピクピクさせてゐた。

「一寸、署まで来て貰ひたい」

「へえ、……いつたい何ですウ、現行犯で立小便位なら覚えはあるンですが、原因は何んですウ」

「そんなに白つぱくれなくてもいゝよ」

「君は小松与一だらう？」

「さうですよ。小松与一と云ふペンキ屋で、目下上野の博覧会でもつて東照宮の杉の木を日慣らし七八本は描いてゐますよ」

「フヽン君が絵を描かうと描くまいと、そんな事はどうでもいゝんだ、一応来て貰ひたい」

「思想犯の方でですか？——僕は今ンところは臨時雇ひで、今日行かないと、また、外の奴に取られツちまふんですがね」

「まあ、男らしく来て、一応いひ開いたらいゝだらう」

「何時間位かゝるンですか？　長くかゝるンぢやないンですか？」

落ちついたのか与一は唇を弛めて笑ひ出した。

「二十九日だなんて事になると厭だから、こんなもンでもお見せしませう」

さういつて押入れの中から、与一は召集令状を出して見せた。

「本当に何か人違ひでせう？　僕はこの月末はかうして、三週間兵隊に行くンですがね」

他の二ツの部屋を調べた紳士諸君も呆んやりした顔で、

「オイ、どうも人違ひらしいぜ」

「そんな事はない。この男だよ、僕は確証を得てゐるンだ」

「さうかねえ、でも一寸をかしいよ君、——君、この与一は雅号ではないだらうね。本名は小松世市、かう書くンだらう」

「だから、召集令状を見たらいゝでせう」

一枚の小さな召集令状が、あつちこつちの紳士諸君の手に渡った。

「不思議だねえ、もいちど探しなほしだ。ところで、他に客は無いだらうね」

枳の門の外には、白い小型の自動車が待つてゐた。仕入れに行く魚屋や、新聞配達等が覗いてゐる。

「チェッ、何の為に月給貰つてゐるンだ。おいッ！　加奈代、塩を撒いてやれ」

「だつて、塩がないのよ」

「塩が無かつたら泥だつていゝぢやないかツ、泥が無かつたら、石油でもブッかけろ」

「こんなに家中無断で引掻きまはして、済みませんなンて云はないッ」

「云ふもンか……あンなのを見ると、食へないで焦々してゐるところだ、赤くなりたくもなるさ」

「小さい頃、私の義父さんも、路傍に店を出して、よく巡査にビンタ殴られてゐたけれど——全く、これより以上私達にどうしろつて云ふのかしら？」

一〇

上野の博覧会の仕事もあと二三日で終ると云ふ夕方、与一は頭中を繃帯で巻いて帰つて来た。

「八方塞りかね。オイー！　暑いせゐか焦々して喧嘩しちまつたよ」

「誰とさア」

「なまじつか油絵の具を捏ねた者は、変な気障さがあつて困るつて、ペンキ屋同士が云つてるだらう、だから、僕の事なンですか、僕の事なら僕へはつきり云つて下さいつて、云つてやつたンだ。するとね、あゝちんぴら絵描きは骨が折れるつて云つたから、何をお高く止つてるンだ馬鹿野郎、ピンハネをしてやがつてと呶鳴つてやつたら、いきなりコップを額にぶつつけたンだ」

「マア、まるで土工みたいね、痛い？」

「硝子がはひつたけど大丈夫だらう」

バンド代りに締めた三尺帯の中から、与一は十三日分の給料を出していつた。

「日当弐円五拾銭だちつて、かうなると、五拾銭引いてやがる。おまけに、会場の方は俺達の分を四円位にしといてピンを刎ねるンだから、やりきれないさ」

それでも、参拾円近い現金は、一寸胸がドキリとするやうに嬉しかつた。

「でも、故意に喧嘩して、止めさせるンぢやないの？」

「さうでもないだらうが、皆不平を云ひながら、前へ出るとペコペコしてるンだからね」

「そンなものよ」


久し振りに石油を一升買つた。

灰色の石油コンロは、円い飛行機のやうな音をたてて威勢よく鳴つてゐる。

二人は庭へ出て水を浴びた。

黝くなつた躑躅の葉にザブザブ水を撒いてやりながら、

何気なく与一の出発の日の事を考へてゐた。

「もう後六日で兵隊だねえ……」

「あゝ」

「留守はどうしよう」

「参拾円近くあるぢやないか、俺の旅費や小遣ひは五円もあればいゝし、家賃は拾円もやつとけば、残金で細々食へないかい？」

「さうだね」

気合術診療所から貰つて来たトマトの苗が、やつと三ツばかり黄色い花を咲かせてゐた。あの花が落ちて、赤い実が熟する頃は帰つて来るのだらう。――私一人で何もしない生活の不安さや、醬油飯の弁当を持つて海兵団へ仕事に行つてゐた義父が、トロッコで流されたと云ふ故郷からの手紙を見て、妙に暗く私はとらはれて行つた。

唐津出来の茶碗や、皿や丼などを、蓙を敷いて、「どいつもこいつも、茶碗で飯を食はねンだな、ホラ唐津出来の茶碗だ。五ツで二分と負けとこウ、これでも驚かなきや、ドンと三貫、えゝツこの娘もそへもンで、弐拾五銭、いゝ娘だぜ、髪が赤くて鼻たらし娘だ！」

私は、長崎の石畳の多い旧波止場で義父が支那人の繻子売りなんかと、店を並べて肩肌抜いで唐津の糶売りしてゐるのを思ひ出した。黄色いちやんぽんうどんの一杯を親子で分けあつた長い生活、それも、道路妨害とかで止めさせられると、荷車を牽いて北九州の田舎をまはつた義父の真黒に疲れた姿、――私は東京へ出た四年の間に、もう弐拾円ばかりも、この貧しい両親から送金を受けてゐる。

結局、義父たちが佐世保に落ちついてもう一年になるけれど、海兵団のトロ押しが、たうとう義父の働く最後であつたのかも知れない。

暗雲にヒッパクした故郷からの手紙だ。

――それで、おまへが、なんとかなれば七円ほど、くめんをして、しきう、たのむ、おとつさんも、いたか、いたか、きつてくれ、いいよんなはる。せきたんさんで、あらいよつとぢやが、べういんにいつたほうが、よかあんばいのごとある。

私は夕飯の済んだ後、与一に故郷からの手紙を見せようと思つた。与一は何か考へてゐるのであらう、何となく淋しさうに窓に凭れて唄をうたつてゐた。その唄の節はひどく秋めいた、憂愁のこもつたものであつた。私は何度となく熱い茶を啜りながら、手紙を出す機会を狙つてゐたが、与一はいつまでもその淋し気な唄を止めなかつた。

二

沈黙(だま)つて故郷へは送金しよう、――私はさう思つて毎日与一の額の繃帯を巻いてやつた。

「一寸した怪我でも痛いンだから、これで腕や脚を切断するとなると、どんなでせう？」

「それはもう人生の終りだよ、俺だつたら自殺する」

「働かないとなると、生きてゐても仕様がないからね……」


与一が、山の聯隊へ出発した日は、空気が灰色になるほど風が激しかつた。「まるで春のやうだ、気持ちの悪い風だ」誰もさういひながら停車場に集つた。

「石油コンロは消してあつたかい？」

与一は、こんな事でもいふより仕方がないといつた風に、私の顔を見て笑つた。

奉公袋を提げて下駄をはいた姿は、まるで新聞屋の集金係りのやうで、私はクックッと笑ひ出して、「火事になつた方がいゝわ」と、言葉を誤魔化した。

「一人で淋しかつたら、診療所の娘でも来て貰ふといゝ」

「大丈夫ですよ、一人の方が気楽でいゝから……」

与一に対して、何となく肉親のやうな愛情が湧いた。かつての二人の男に感じなかつた甘さが、妙に私を涙もろくして、私は固く二重顎を結んで下を向いた。

「厭ンなつちやふ、まつたく……」

私は甘いものの好きな与一の為に、五銭のキャラメルと、バナヽの房を新聞に包んで持たせてやつた。

「どうせ今晩は宿屋へでも泊るンでせう？」

「知つた家はないし、どうせ兵営の傍の木賃泊りだ」

「召集されて随分悲惨な家もあるンでせうね」

「あゝ百姓なんか収穫時だ、実際困るだらう」

海水浴場案内のビラが、いまは寒気にビラビラしてゐて、駅の前を行く女達の薄着の裾が帆のやうにふくれ上つてゐた。

拡声機は発車を知らせてゐる。

「元気でゐるンだよ」

長いホームを歩いてゐる間中、与一は同じ事を何度も繰り返した。私は、そんな優しい言葉をかけられると、妙に胸が詰つた。で、いかにも間抜けた女らしく見せるべく、私は頬つぺたをふくらまして微笑んで見せた。頬をふくらましてゐると、眼の内が痛い。私はぢつと唇をつぼめて、与一が窓から覗くのを待つた。

山へ行く汽車は煤けたまゝで、バタバタ瞼のやうに窓を開けた。窓が開くと、沢山の見送りが、蟻のやうに窓に寄つた。与一は網棚の上に帽子と新聞包みを高く差し上げてゐる。咽喉仏(のどぼとけ)が大きく尖つて見えた。その逞しい首を見てゐると、耐へてゐた涙が鼻の裏にしみて、私は遠い時計の方を白々と見るより仕方がなかつた。

「おいツ！」

与一はもうキャラメルを一ツむいて、頬ばつたらしく、口をもぐもぐさせて私を呼んだ。

「何？」

「キャラメル一ツやらう」

誰も私達の方を向いてはゐなかつた。与一の座席は洗面所と背中合せなので気楽に足を投げ出して行けるだらう。与一は思ひ出したやうに指を折つて、「三七、二十一日もかゝるンかね」一人で呟いてうんざりしたかの風であつた。

「誰も見てくれるもンが無いンだから、病気をせんやうに、気をつけるンだぞ」

私は汽車が早く出てくれるとい丶と念じた。焦々した五分間であつた。その辛い気持ちをお互ひにざつくばらんにいへないだけに、余計焦々して私はピントを合せるのに、微笑の顔が歪みさうであつた。

一二

一人になつたせゐであらう。昼間でも台所の部屋などは、ゴソゴソと穴蔵蛩が幾つも飛んでゐた。与一が出発して九日になる。山から来た最初の絵葉書には、汽車が着いて、谷間の町の中を、しかも、夜更けて宿を探すに厭な思ひをしたと書いてあつた。

第二番目の葉書には、松本市五〇聯隊留守隊、第二中隊召集兵、小松与一宛と住所が通知してあつた。

三番目の絵葉書は、高原の白樺が白く光つて、大きい綿雲の浮いた美しい写真であつた。文面には、「今日は行軍で四里ばかり歩いた。田舎屋で葡萄を食べて甘美かつた。皆百姓は忙がしさうだ。歩いてゐると、呑気なのは俺達ばかりのやうな気がして、何のために歩いてゐるのか判らなくなつて来る。かうしてゐても、気が気でないと云ふ男もゐた。留守はうまくやつて行けさうか。知らせるがいゝ」こんな事が書いてあつた。

私は徒爾な時間をつぶす為に、与一の絵葉書や手紙を、何度となく読んでまぎらした。あの下駄はどう処分したであらうか、逞しい軍人靴をはいて、かへつて、子供のやうに楽しんでゐるかも知れない。出発の日の与一の侘しい姿を思ふと、胸の中が焼けるやうに痛かつた。

第四番目の手紙は、どうも俺は、始終お前に手紙を書いてゐるやうだ。お前は甘い奴と思ふかも知れない。――遠く離れて食べる事に困らないと、君がどんな風に食べてゐるンだらうと云ふ事が案ぜられるのだ。まだ一度も君から手紙を貰つてゐない。君もこれから生活にチツジョを立てて、本当に落ちついたらいゝだらう。落ちつくと云ふ事は、ブルジョアの細君の真似をしろと云ふのではない。俺と君の生活に処する力を貯へる事さ。金のある奴達は酒保へ行く。無いものは班にゐて、淋しくなると出鱈目に唄をうたふ。唄をうたふ奴達は、収穫を前にして焦々してゐるのだらう。俺の隣りのベッドに船大工がゐる、子供三人に女房を置いて来たと云つて、一週間目に貰つた壱円足らずの金を送つてやつてゐた。そんなものもあるのだ。マア元気でやつてくれるやうに、小鳥が飼つてあるとか、花でも植ゑてあるならその後成長はどんな風かとでも聞けるが、そこには君自身の外に、何も無いンだからね。――元気で頼む」

かつて知らなかつた男の杳々とした思ひが、どんなに私を涙つぽく愛(かな)しくした事であらう。

私は手鏡へ顔を写して見たりした。「お前も流浪の性ぢや」と母がよく云ひ云ひしたけれど、二十三と云ふのに、ひどく老け込んで、唇などは荒(す)さんで見えた。瞼には深い影がさして、あのやうに誇つてゐた長い睫も、抜けたやうにさゝくれて、見るかげもない。

紅もなければ白粉もない、裸のまゝの私に、大きい愛情をかけてくれる与一の思ひやりを、私は、過去の二人の男達の中には探し得なかつた。それに、子供の頃の母親の愛情なんかと云ふものは、義父のつぎのもののやうにさへ考へられ、私は長い間、孤独のまゝにひねくれてゐたのだ。

五番目の手紙には、「まだ、お前の手紙を手にしない。君は例の変な義理立てと云つた風なものに溺れてゐるのだらう。もう一二年もたつたらそれがどんなに馬鹿らしかつたかと解るだらうが、そんな古さは飛び越える決心をして欲しい。君は、僕に、なるべく悪い事を聞かすまい、弱味を見せまいとしてゐるらしいが、そンな事は吹けば飛ぶやうな事だ。マア、兎に角困つた習癖だと云つておかう。同封の金は、隊で貰つたのと、東京を出る時、旅費や宿料の残りだ。僕は壱銭もなくなつた。だが生きるやうなものは食つてゐる。困らない。山は快晴だ」

第六番目の手紙、「君は僕の心の中で、段々素直に成長して行く。手紙は読んだ。一字も抜かさないやうに読んだ。君のやうに怱々と読むンではない。君の姿を空想して読むのだ。僕の送つた弐拾円ばかりの金が、よつぽど応へたらしいが、何かあるのだらうとは思つてゐた。――お母さんへ拾五円送つたつて、そんな事を僕が怒ると思つたら、君は僕の事について認識不足だよ。僕からも、佐世保へ手紙を出しておかう。君は働きたいとあるが、それもいいだらう。

弐円ぐらゐでは十日も保つまいし、たゞ女給と云ふ商売は絶対に反対だ。威張る商売ではない。僕は色々の事を兵営で考へさせられた。――ところで、こんな甘いことも時に考へる。二人で佐世保へ新婚旅行ぐらゐしてみたいとね。兵営の中は殺風景で、寝ても起きても女の話だ。僕もそろそろ君への旅愁がとつつき始めた。十日すれば会へる。女給以外の仕事であつたら、元気に働いて生きてゐてくれ。小里氏が気が狂つたさうだが、気の毒な隣人は大いに慰さめてあげる事だ」

トマトの花が落ちて、青い実を三ツ結んだ。かつてなかつた楽しさが、非常に私を朗らかにした。私は与一の手紙が来てから、朴の紹介で気合術診療所の娘と、朝早く屑市場へ浅草紙を造る屑を択りに通つた。日暦を一枚一枚ひつぺがしては、朝の素晴しく威勢のいい石油コンロの唸りを聞いて、熱い茶を啜る事が、とても爽やかな私の日課となつた。

第七番目、第八番目、第九番目、山の兵営からの手紙は頬を染めるやうな文字で埋つてゐる。――吾木香すすきかるかや秋くさの、さびしききはみ、君におくらむ。とても与一の歌ではあるまい。だが眼の裏に浸みる歌のひとふしではあつた。

河沙魚

　空は暗く曇つて、囂々と風が吹いてゐた。水の上には菱波が立つてゐた。いつもは、靄の立ちこめてゐるやうな葦の繁みも、からりと乾いて風に吹き荒れてゐた。ほんの少し、堤の上が明るんでゐるなかで、茄子色の水の風だけは冷たかつた。千穂子は釜の下を焚きつけて、遅い与平を迎へかたがた、河辺まで行つてみた。――どんなに考へたところで解決もつきさうにはなかつたけれども、それかと云つて、子供を抱へて死ぬには、世間に対してぶざまであつたし、自分一人で死ぬのは安いことではあつたけれども、まだ籍もなく産院に放つておかれてゐる子供が、不憫でもあつた。

　吹く風は荒れ狂ひ、息が塞りさうであつた。菱波立つてゐる水の上には、大きい星が出てゐた。河へ降りてゆく凸凹の石道には、両側の雑草が叩きつけられてゐる。岸辺へ出ると、いつもは濡れてぬるぬるしてゐる板橋も乾いて、ぴよぴよと風に軋んでゐた。

　窓ガラスのやうに、堤ぎはの空あかりが、茜色に棚引き光つてゐた。小さい板橋を渡つて、昏い水の上を透かしてみると、与平が水の中に胸にまでつかつて向うをむいてゐた。

「おぢいちやん！」

　風で声がとゞかないのか、渦を巻いてゐるやうな水のなかで、与平は黙然と向うを向いたまゝでゐる。口もとに手をやつて乗り出すやうな恰好で千穂子がもう一度、大きい声で呼んだ。ずうんと水に響くやうな声で、お、うと、与平がゆつくりこつちを振り返つた。

「もう御飯だよツ」

「うん……」

「どうしたンだね、水の中へはいつてさ。冷えちまふぢやないかね……」

与平はさからふ水を押しわけるやうにして、左右に大きく軀をゆすぶりながら、水ぎはに歩いて来た。棚引いてゐた茜色の光りは沈み、与平の顔が只、黒い獣のやうに見える。なまぐさい藻の匂ひがする。近間で水鳥が鳴いてゐる。与平が水のなかに這入りこんでゐたのか、千穂子には何となく不安な気持ちだつた。

「風邪をひくだアよ。おぢいちやん。無茶なことしないでね……」

「網を逃がしてしまつたで、探しとつたのさ」

「ふン、でも、まだ寒いのに、無理するでないよ……」

「うん、――まつは起きてるのかえ？」

「起きてなさる」

「ふうん……えらい風だぞ、夜は風になるな」

ずぶ濡れになつたまゝ、与平はがつしりした軀つきで千穂子の前を歩いて行く。腿のあたりに、濡れたずぼんがからみついてゐた。裏口の生垣に咲いてゐるこでまりの白い花の泡が、洗濯物のやうに、風に吹かれてゐた。千穂子は走つて、台所へ行き、釜の下をのぞいた。火が燃えきつてゐた。あわてて松葉と薪をくべると、ひどい煙の中から炎がまひたつて、土間の自転車の金具が炎で赤く光つた。

千穂子は納戸から、与平のシャツと着物を取つて来た。濡れたものをすつかり土間へぬぎすてて、裸で釜の前に来た与平はまるで若い男のやうな軀つきである。千穂子は炎に反射してゐる与平の裸を見て、誰にともなく恥づかしい思ひだつた。

「おぢいちやん、風邪ひくで……」

「うん、気持ちがいゝンだよ」

与平は乾いた手拭で、胸から臍へかけてゆつくりこすつた。千穂子がかたづく以前から飼つてゐる白猫が、のつそりと与平の足もとにたゝずんでゐる。小さい炉では、鍋から汁が煮えこぼれてゐた。与平はシャツを着て、着物を肩に羽織ると、炉端に上つて安坐を組んで煙草を吸つた。人が変つたやうに千穂子が今朝戻つて来てからと云ふもの、むつつりしてゐる。――今日は戻つて来るか、明日は戻つて来るかと隆吉を待つ思ひでゐながら、何時の間にか半年はたつたのだが、隣町の安造も四日ほど前に戻つて来たと云ふ話を聞いた。すべては与平と相談の上で、何も彼も打ちあけて隆吉に許しを乞ふより道はないと、二人の話はきまつてゐるのではあつたけれども、与平が何となく重苦しくなつてゐるのを見ると、千穂子はゐてもたつてもゐられない、腫れものにさはるやうな気持ちだつた。千穂子は今は一日が長くて、住み辛かつた。姑の膳をつくつて奥へ持つて行くと、姑のまつは薄眼を明けたまゝ眠つてゐた。枕もとへ膳を置き、「おかあさん、御飯だよ」と呼んでみたけれど、すやすや眠つてゐる。千穂子はかへつて吻つとして、そこへ膳を置き、炉端へ戻つて来た。

「よく眠つてる……」

「うん、さうか、気分がいゝんだろ……」

「おぢいちやん、そこに酒ついてますよ」

　炉の隅の煉瓦の上に、酒のはいつた小さい土瓶が置いてある。与平は、汚れたコップを取つて波々と濁酒をついで飲んだ。千穂子は油菜（あぶらな）のおひたしと、汁を大椀に盛つてやりながら、さつき、水の中へはいつてゐた与平のこゝろもちを考へてゐた。死ぬ気持ちであんな事をしてゐたのではないかと思へた。そんな風に考へて来ると涙が溢れて来るのである。ざあと雨のやうな風の音がしてゐる。もう、この風で、最後の桜の花も散つてしまふであらう。千穂子は猫にも汁飯を少しよそつて、あがりつぱなに丼を置いてやつた。

「伊藤とか云ふ人の話はまだきまらねえのか……」

　小さい声で、与平がたづねた。千穂子は不意だつたので、吃驚したやうに与平の顔を見た。いままでも、小柄で痩せてゐた千穂子ではあつたけれども、子供を産んでしまふと、なほさら小さくなつたやうで、与平は始めて、薄暗い燈火の下で千穂子の方を見た。伊藤と云ふのは、千葉の者で、千穂子の子供を貰つてもいゝと云つてくれる人であつたが、産婆の話によると、もう少し、器量のいゝ赤ん坊を貰ひたいと云ふ事で、話が沙汰やみのやうになつてゐるのであつた。千穂子の赤ん坊は月足らずで生れたせゐか、小さい上にまるで、猿のやうな顔をしてゐて、赤黒い肌の色が、普通の赤ん坊とは違つてゐた。赤ん坊は生れるとすぐ蟹糞をするのだけれど、まるでその蟹糞色のやうなどす黒い肌であつた。――藁の上から、親切な貰ひ手があれば一番いゝのである。産み月近くには、二人ばかり貰ひ手の口もあつたのだけれど、いざ生れて、猿つこのやうな赤ん坊を見せられると、二人の貰ひ手は、もつと器量のいゝ子供をと云ふことになつたのであらう。千穂子は日がたつにつれ気持ちが焦つて来た。このまゝ誰も貰ひ手がないとなると、与平との相談も、もう一度しなほさなくてはならないのだ。与平も、赤ん坊の片づく話を待つてゐたのだけれども、千穂子の顔色で、うまく話が乗つてゆかなかつたと云ふことをさとつてゐた。

「伊藤さんも、このごろ、少し、気が変つて男の子がいゝと云ふのさ……」

私の子供は器量が悪いから駄目だつたのだとは云ひづらかつた。乳もよく出るのではあつたけれども、どうせ手放す子供なら、早くした方がいゝと云ふので、生れるとすぐ乳は放してしまつた。そのせゐか、小さい軀は皺だらけで、痩せた握りこぶしをふりあげてゐる恰好は哀れで見てゐられなかつた。親指を内側にして、しつかり握りこぶしをつくつてゐるので、湯をつかはせる時には、握りこぶしのなかに、袂ぐそのやうな汚れたものをつかんでゐた。

「やつぱり、金でもつけねえと駄目か……」

千穂子はふつと涙が突きあげて来た。腰の手拭で眼をこすつた。


降吉が兵隊に行つて四年になる。千穂子との間に、太郎と光吉と云ふ子供があつた。あとに残つた千穂子は、降吉の父親の与平の家に引きとられて暮すやうになり、骨身をしまず千穂子は百姓仕事を手伝つてゐた。そのまゝでゆけば何でもないのであつたけれど……。千穂子は臆病であつた為に、ふつとした肉体の誘惑を避けることが出来なかつたのだ……。一度、軀を濡らしてしまへば、あとは、その関係を断ち切る勇気がなかつた。若い女にとつて、良人を待つ四年の月日と云ふものはあまりに長いのである。良人の父親と醜いちぎりを結ぶにいたつては、獣にもひとしいと云ふ事は、いくら無智な女でも知つてゐる筈であるのに……。田舎の実科女学校まで出た千穂子が、かうしたあやまちを犯し、あまつさへ、父との間に女の子供を生んでしまつたと云ふことは哀しい運命に違ひない。子供がまだ腹にあるうちに終戦になつた。復員の兵隊を見るたびに、千穂子も与平も罪のむくいを感じないではゐられなかつた。姑のまつは中風症で、もう五年ばかりも寝たきりである。家のものの眼を怖れる事はなかつたけれども、千穂子は、ぶざまな姿で良人に会ふ事が身を切られるやうに辛かつた。世の妻たちは、一日も早く良人の復りの早いのを祈つてゐると云ふのに……、千穂子は、一日も遅く良人が帰つて来ることを祈つてゐた。早く身二つになつてから、良人の前に罪を詫びたいと思つたのだ。——妙なことには、遠きもの日々にうとしで、日夜、一緒に暮してゐる与平へ対する愛情の方が、いまでは色濃いものとなつてゐるだけに、千穂子はその情愛に悩むのである。隆吉の姿がいまではぼやけてしまつて、風船のやうに、虚空に飛んでしまつてゐる。——与平も千穂子も寅年であつた。二匹の雌雄の虎がう丶と唸りながら、一つ檻のなかで荒れ狂つてゐるやうな思ひ出が、千穂子の軀を熱く煮えたぎらせた。若い男とさ丶やきあふやうな口先で、秘密をつくるやうなことはしなかつた……。只、偶然に、讐敵に会つたやうな、寅年の二人の肉体が呼びあつたのだ。田の字づくりの四部屋ばかりの家で、北の一部は板の間の台所。台所の次は納戸で、こ丶には千穂子達の荷物が置いてあつた。東の六畳に始め、千穂子たちは寝てゐたのだけれども、朝晩の寝床のあげおろしに時間がとれるので、何時の間にか、千穂子達は万年床のま丶で置くにふさはしい、与平達の六畳の寝床を使ふやうになつてゐた。高い窓が一つあるきりで、その窓ガラスも茶色にくもつてまるきり戸外は見えないまでに汚れてしまつてゐる。襖をたてると昼間でも黄昏のやうに暗い部屋だつた。押入れのはめこみの中の仏壇の前に、姑のまつが寝たつきりであつた。その次に与平の寝床、真中は子供二人の寝床。それでもう狭い部屋はいつぱいになつてしまふ。夏も冬も、千穂子は子供達の後から寝床へはいりこんで眠つた。七ツになる太郎は、時々、朝、大きい声で、「おぢいちゃん、昨夜、おれの寝床へはいりこんで来たよ。寝ざう悪いンだなあ……」と笑つた。四ツになる光吉も片言で、「おぢいちやん、怖い夢みたのかい？」と聞いてゐる。千穂子は子供の前に赧くなつた。与平はぶつつとして子供からそつぽを向いた。——与平も苦しまない筈はないのだ。毎晩、どんな工面をしても酒を飲むやうになつてゐた。だけど、酒を飲むと人が変つたやうに与平は感傷的になり、だらしなくなつてゐた。酒に酔つて帰つた与平に対して、千穂子が怒つてぷりぷりしてゐると、頻りに頭をこすりつけてあやまるのだ。深酒をした夜など与平の気持ちは乱れて、かつと眼を開いてゐるまつの前でも与平は千穂子に泣くやうにしてあやまるのである。与平にとつては、嫁の千穂子が不憫で可愛くて仕方がないのであつた。降吉に別れてゐる淋しさが、千穂子との間にだけは、自分の淋しさと同じやうに通じあつた。千穂子も淋しくて仕方がないのだと、まるで、自分の娘を可愛がるやうなしぐさで、千穂子の背中をさすり、子守唄を歌つて慰めてやりたくなるのである。その可愛さが段々太々しくなり、しまひには食ひ殺してしまひたい気持ちになるのも酒の沙汰だけとは云へないのだ……。器量のいゝ女ではなかつたけれども、餅のやうにしんなりした肌をしてゐた。よく光る眼をしてゐた。眉は薄く、顔つきもまんまるだつたが、茶色の眼だけは美しかつた。髪も赤つ毛で縮れてゐた。K町の実科女学校に行つてゐる頃、与平は千穂子にたびたび道で出逢つた。ちつとも目立たない娘であつた。さうした無関心でゐた娘が、降吉の嫁になつて来てから、今日に到るまでの事を考へると、与平は偶然な運命と云ふものを妙なものだと思つた。深酒に酔つて、しばらくごうごうといびきをたてて眠ると、夜中になつて、与平は本能的に何かを求めた。暗がりの中で、まつが眼を覚ましてゐようとゐまいと、与平はかまつてゐられないのだ。考へる事と、行動力は別々であつた。皮膚を一皮むいてしまひたいやうな熱つぽい感じなのである。一日一日罪を贖つてゆく感じだつた。夜になると、千穂子へ対する哀れさ不憫さの愛が頂点に達してゆくのだつた。昼間、決断力が強くなつてゐる日ほど、夜になると、不逞きはまる与平の想像がせきを切つて流れて行つた。相手が動物になつてしまふと、もう、与平にとつて、哀れでも不憫でもなくなる。意識はひどくさえざえとして来て、自分で自分がしまひには不愉快になつて来るのだ。自分の寝床へ戻つて来ると、息子へ対してしみじみと自責の念が湧き、千穂子と云ふ女が厭になつて来るのであつた。千穂子に限らず、あらゆる人間が厭になつて来るのであつた。その厭だと思ふ気持ちが、前よりもいつそう人づきあひの悪い老人になり、千穂子が荒川区の或る産院に子供を産みに行つてからは、与平は釣りばかりして暮してゐた。釣りをしてゐる時だけが愉しみであつた。与平だけでは二人の子供のめんだうは見られないので、千穂子は与平に頼んで、葛飾にある、自分の実家の方に二人の子供をあづけた。母と姉とが、このごろ野菜の闇屋になつて暮してゐた。姉の富佐子は、結婚してゐたけれど、良人が日華事変の当時出征して戦死してからと云ふもの、勝気で男まさりなところから、子供のないまゝに、野菜荷をかついで東京の町々へ売りに行つて、いまでは小金も少しは貯め込んでゐた。野菜がない時は、静岡まで蜜柑を買ひに行つたり、信州までリンゴを買ひに行つたりした。終戦になつてからも、ずつと商売はつゞけてゐた。男の運び屋のやうに、沢山の荷を背負つては来なかつたが、リンゴも三度に一度は取りあげられると、浮ぶ瀬がないので、味噌とか、ゴマのやうなものを混ぜて買つて来ては、結構利潤がのぼつてゐた。

富佐子は久しく、千穂子に逢ふ事がないので階川の家の様子も判らなかつたけれども、母親の梅は、様子の変つて来てゐる千穂子と与平の関係をそれとなく感じてゐる様子だつた。与平が怒りつぽい男なので、只、そんな話にふれる事をさけてゐるきりであつたが、心のうちでは、梅は娘の身の上をひどく案じてゐた。

千穂子は女の子を産んだ。

肉親の誰一人にも診てもらふでもなく、辛い難産であつた。太郎や光吉の時も、このやうな苦しみやうはしなかつたと思ふほどな辛さであつた。——階川の家には、隆吉と与平の自転車が二台あつたのを、与平は自分のを売つて金に替へて、千穂子に持たせた。土地もない小百姓だつたので、現金も案外持つてはゐなかつたし、与平にとつては、自分の貯への中から、お産の金を出すと云ふ事は、隆吉に顔むけならない気持ちで、自分の自転車は盗まれた事にすればよいと思つてゐたのだ。

女の子供が生れたと聞いても、与平は別にうれしくもなかつた。隆吉の下に霜江と云ふ娘があつたけれど、十一の時に肺炎で死なせてしまつた。いま生きてゐれば、二十三の娘ざかりである。

与平は仄々とい丶気持ちに酔つて来た。やがて隆吉が戻つて来ると云ふ事が少しも不安でなくなり、慰めでさへあるやうな気がした。早く逢ひたいと思つた。ラジオで聞く、リバテイ型といふ船に乗つてゐる、兵隊姿の隆吉のおもかげが浮んで来た。千穂子との、狂つた生活も、いまではすつかり落ちつくところへ落ちついてゐる……。だが、何事もひしかくしにして済まされるものではあるまいと思つてゐた。さう思つて来ると、与平はずしんと水底に落ちこむやうな孤独な気持ちになつて来た。酒のせゐか、さつきほど、思ひつめた気持ちにはなれなかつたが、もう少し、呼んでくれる千穂子の声がしなかつたら、あの風の中に、河へはいつたま丶与平はそのま丶網と共に、自分も流される気でゐたのだ。

水の中へ少しづつはいつてゆくと、寒さもかへつて判らなかつたし、水の上は菱波立つてゐながら、水の底は森々とゆるく流れてなまぬるかつた。くひなのやうな鳥の声が、ぎやあと遠くに聞えてゐるのも耳についてゐた。

与平は一歩づつゆるく川底にはいつてゆきながら、眼をすゑて水の上を眺めてゐた。石油色のすさびた水の色が、黄昏のなかに少しづつ色を暗く染めていつた。水しぶきが冷たかつた。そのくせ、河明りの反射が、まるで秋のやうにさえざえしてゐた。

「どの位、金をつけりやいゝのだえ？」

与平が引つこんだ眼をぎよろりと光らせた。さて、いくらつけたらよいかと問はれて、千穂子は、このごろの物価高の相場を吊りあはせる金銭の高が云へなかつた。かうした不幸な子供の貰ひ手には、金が目当てで、筋のよい子なら、一万円もつけるのもあるだらうけれど、普通に云つても、千円や、二千円はつけなければならないのだ。

「新聞に出して貰つたか？」

「えゝ、一度出して貰つたンですけど、てんからないンですよ。虫眼鏡でみるやうな広告が、新しい新聞で八拾円なンですものね」

千穂子は心のうちで、もう一度、伊藤さんに頼んでみようと思つた。心は焦りながら、そのくせ、一日しのぎで、千穂子は上の男の子達よりも不憫がまして来てゐるのである。貰はれてゆけばすぐ死にさうな気がした。自分の勝手さだけで、子供をなくしたくない執着が強くなり、今朝、産院を出て来たばかりだのに、さつきから、赤ん坊の事が気にかゝつて仕方がないのだ。千穂子のもう一つの考への中では、姉に打ちあけて、姉の子供にして貰ひたかつた。

「いゝンだよ。私が勝手に何とか片をつけるもン、おぢいちやんは心配せんでもいゝのよ……」

与平はコップを持つてゐた手を中途でとめて、ぢつと宙を見てゐた。大きい耳がたれさがつて老いを示してゐたが、まだ、狭い額には若々しい艶があつた。白毛まじりの太い眉の下に、小さい引つこんだ眼が赤くたゞれてゐた。

「何とかなるで……金の工面をした方がよからう？」

「うん、だけど、これ、私の考へだけどねえ、私、姉さんに話してみようかと思ふンだけど、どうでせう……。そして、隆吉さんが戻つて来る前に、私、女中でも何でもして働きに出ようと思つてるンだけど……」

「ふン、太郎と光吉はどうするンだえ？」

太郎と光吉の事を云はれると、千穂子はどうにも返事が出来ないのだ。新しい嫁を貰つてもらふわけにはゆかないものだらうかと、千穂子は心の底で思ふのだつた。

血腥いことにならなければよいがと云ふ気持ちと一緒に、隆吉が思ひきりよく、新しい嫁を選んでくれゝばいゝと云つた様々な思ひが、千穂子の頭の中を焙るやうに弾ぜてゐるのだ。

　隆吉からは同情的な施しを受けてはならないと思つた。殴るか、蹴るか、どんなにひどい仕打ちをされてもかまはないと思ふのである。自分と云ふ性根のない女を、思ひきり虐なんで貰はなければならないやうな気がした。そのくせ、千穂子は与平を憎悪する気持ちにはなれなかつた。俎板の上で首を切られても、胴体だけはぴくぴく動いてゐる河沙魚（はぜ）のやうな、明瞭（はつき）りとした、動物的な感覚だけが、千穂子の脊筋をみゝずのやうに動いてゐるのだ。

　風が弱まり、トタン屋根を打つ雨の音がした。なまあたたかい晩春の夜風が、どこからともなく吹き込む。麦ばかりのやうな黒い飯をよそつて、千穂子は濁酒を飲んでゐる与平のそばで、ぼそぼそと食べはじめた。

　風のむきで河の音がきこえる。与平は、空になつたコップを膳の上に置いて、ぽつねんと、丼をなめてゐる猫を見てゐた。

「おぢいちゃん、私、御飯を食べたからかへりますよ」

「うん……」

「変な気をおこさないで下さいよ。おぢいちやんがそんな気を起すと、私だつて、ぢつとしてはゐられないもの……」

　与平は眼をしよぼしよぼさせてゐた。薄暗い電気の光りをねらつて、かげろふのやうな長い脚の虫が飛びまはつてゐる。――与平が五十七、千穂子が三十三であつたが、お互ひは、まるで、無心な子供に近い運命しか感じてはゐないのだらう……。二人とも、只、隆吉だけを怖ろしいと思ふだけである。そのくせ、隆吉に対する二人の愛情は信仰に近いほど清らかなものであつた。

　まつが、起きたやうな気配だつたので、千穂子は箸を置いて奥の間へ行つた。暗い電気の下で、ぶるぶる震へる手つきで、飯をぽろぽろこぼしながらまつは食事をしてゐた。

「おかあさん、起きたの知らなかつたンだよ」

　甲斐々々しく膳を引きよせて、千穂子は姑の口へ子供へするやうに飯を食べさせてやつた。――隆吉は、千穂子より一つ下で世間で云ふ姉女房であつたが、千穂子は小柄なせゐか、年よりは若く見えた。実科女学校を出ると、京成電車の柴又の駅で二年ばかり切符売りをしたりした事もある。降吉にかたづく二十五の年まで浮いた事もなく、年をとつても、てんから子供のやうななりふりでゐた。

　隆吉との夫婦仲は良かった。隆吉は京成電車の車掌をしてゐたが、それも二三年位のもので、あとはずつと、与平に手伝つて、百姓をしたり、土地売買のブロオカアのやうな事をして暮してゐた。中学を中途でやめた、気性の荒い男だつたが、さつぱりした人好きのされる性質で、千穂子よりは二つ三つ老けて見えた。背の高い、ひよろひよろしてゐるところが、弱さうに見えたけれど、芯は丈夫で、歩兵にはもつて来いだと云ふ人もあつた。


　千穂子は、その夜泊つた。

　翌る日、千穂子が眼をさますと、もう与平は起きてゐた。うらうらとした上天気で、棚引くやうな霞がかゝり、堤の青草は昨夜の雨で眼に沁みるばかり鮮かであつた。よしきりが鳴いてゐた。炉端の雨戸も開け放されて気持ちのいゝそよ風が吹き流れてゐた。

　与平は炉端に安坐を組んで銭勘定をしてゐた。いままで、かつて、さうしたところを見たこともなかつたただけに、千穂子は吃驚して、黙つて台所へ降りて行つた。

「おい……」

　与平が呼んだ。千穂子が振り返ると、与平はむつつりしたまゝ札を数へながら、

「今日、これだけ持つて行つて、よく、頼んでみな……」

　諸を売つたり、玉子の仲買ひをしたり、川魚を売つたりして、少しづつ新円を貯めてゐたのであらう、子供が幼稚園にさげてゆく弁当入れのバスケットに、まだ五六百円の新円がはいつてゐた。

「千円で何とかならねえか、産婆さんに聞いてみな……貧乏なンだから、これより出せねつて云へば、どうにかしてくれねえものでもねえぞ……」

「えゝ、これから行つて、よく相談します」

　千穂子は髪ふりみだしたまゝ、泣きさうな顔をして、モンペの紐で鼻水を拭いた。涙が出て仕方がなかつた。中国にゐる隆吉のかへりも、もう間近であらうと云ふ風評である。千穂子は、産院へ戻る前に、姉の富佐子に打明けて相談をしてみたかつた。どうせ、あんな赤ん坊は貰ひ手はないとあきらめるより仕方がないのだ……。犬猫を貰つてもらふやうに簡単な訳にはゆかない。器量のいゝ赤ん坊でなかつた事が不幸ではあつたけれど、千穂

子自身は、生れた赤ん坊に、一ケ月近くもなじんで来ると、器量なぞのよしあしなぞ親の慾目で考へる事も出来なかつた。只、不憫がますばかりだつたし、与平に一眼だけ見せたくてたまらなかつた。どこかへ貰はれてゆく前に、一眼だけ、与平に見せて抱いて貰ひたかつたのだ。

千穂子は台所へ降りて、竈に火をつけて、すいとんをつくつた。裏口へ出ると、米をまいたやうに、こでまりの花が散り、つゝじの赤い花がむらがつて開いてゐた。霞立つたやうな河の水が、あさぎ色にあたゝかく明るんで、堤防の下を行く子供達の賑やかな声がした。千穂子は、太郎たちの事を思ひ、切なかつた。家を飛び出す事も出来なければ、死ぬのも出来ないのも、みんな子供達の為だと思ふと、千穂子はどうしやうもないのである。頭が混乱してくると、千穂子は、軽い脳貧血のやうなめまひを感じた。

食糧を風呂敷包みにして、千円の金を持つて千穂子は産院に戻つて来たが、赤ん坊はひどい下痢をしてゐた。産婆の話によると伊藤さんは他から、器量のいゝ二つになる赤ん坊を貰つたと云ふ事であつた。千穂子はがつかりしてしまつた。産院に千円の金をあづけて、三日目にまた与平のところへ相談に戻つて来たが、与平はひどく機嫌をそこねて、いつとき口も利かなかつた。

「これは運だから仕様がないけど、当分、貰ひ手がつくまで、あづかつてもらつておかうと思ふンだけど、一度、おぢいちやんにも聞いてみようと思つて……私だつて、只、ぶらぶらしてるンぢやないンですよ。困つちやつたンだもン」

「昨夜、富佐子が来て、太郎たち引取つて貰ひてえと云つて来たよ」

「あら、さうですか……もう二ケ月以上にもなりますからねえ……男の子は手がかゝるしねえ」

与平は筍を仕入れて来たと云つて、これから野菜と一緒にリヤカアで、東京の闇市へ売りに行くのだと支度をしてゐた。

「おい、隆吉が戻つて来たぞ……」

ぽつんと与平が云つた。

千穂子ははつとして眼をみはつた。

「手紙が来たの？」

「うん、佐世保から電報が来た」

与平はもう一日しのぎな生活だつたのだ。千穂子は気が抜けたやうな恰好で、縁側に腰をかけた。表口へ出る往来添ひの広場に、石材が山のやうに積んである。千葉県北葛飾郡八木郷村村有石材置場と云ふ大きい新しい木札が立てられた。千穂子は腰かけたなり、その木札の文字を何度も読みかへしてゐた。その墨の文字が、虫のやうに大きくなつたり縮んだりして来る。長閑によしきりが鳴いてゐる。

「おぢいちやん。隆さん、何時戻るの?」

「明日あたり着くンだらう……」

色の黒い商人風な男が、玉子はないかと聞きに来た。与平は顔なじみと見えて、部屋から玉子の籠を出して来ると、玉子を陽に透かしては三十箇ばかり相手の籠に入れてやつた。男は釣銭はいらないと云つて、百円札を置いて行つた。その男の後姿を見て、千穂子は何と云ふ事もなくぞつとするやうなものを感じた。死神とはあんなものではないかと思へた。片耳が花の芯のやうに小さく縮まつてしまつて、耳たぶがなかつたのだ。

「あゝ、気持ちの悪い男だね……」

千穂子は立つて行つて、暫く男の後姿を眺めてゐた。与平はやがて支度が出来たのか、隆吉の自転車にリヤカアをくゝりつけて、「夜にやア戻つて来る」と云つて出掛けて行つた。

千穂子は与平が出て行くと、裏口へまはつて、奥の間へ上つた。まつは、不恰好な姿で、這ふやうにしておまるをかたづけてゐた。

「おしつこですか?」

もう用を足したと見えて、まつはものうさうに首を振つてゐる。痩せて骨と皮になつてゐたけれど、まだまだ生命力のあると云つた芯の強さうな様子があつた。

「おばあちやん、隆吉さんが戻つて来ますよッ」

千穂子がまつの耳もとでさゝやくと、表情の動かないまつは、ぢいつと千穂子の眼をみつめてゐた。千穂子はみつめられて厭な気持ちだつた。隆吉が戻つて来れば、もう、いつぺんにこの静かな河添ひの生活から切り離されてしまふのだと淋しかつた。千穂子はたまらなくなつて裏口へ出て行つた。半晴半曇の柔い晩春の昼の陽が河の上に光りを反射させてゐる。水ぎはに降りて行つた。もう、追ひつめられてしまつて、どうにもならない気持ちだつた。「死ぬッ」千穂子は独りごとを云つた。死ねもしないくせに、こゝろがそんな事を云ふのだ。肉体は死なないと云ふ自信がありながら、弱まつた心だけは、駄々をこねてゐるみたいに、「死ぬッ」と叫んでゐる。

四囲は仄々と明るくて、何処の畑の麦も青々とのびてゐた。

苔でぬるぬるした板橋の上に立つて、千穂子は流れてゆく水の上を見つめた。藁屑が流れてゆく。何時見ても水の上は飽きなかつた。この江戸川の流れはどこからこんなに水をた丶へて漫々と流れてゐるのだらうと思ふのだ。——薄青い色の水が、こまかな小波をたてて、ちやぷちやぷと岸の泥をひたしてゐる。広い水の上に、尾の青い鳥が流れを叩くやうにすれすれに飛び交つてゐた。後の堤の上を、自転車が一台走つて行つた。千穂子はさつきの、耳のない男の後姿をふつと思ひ出してゐる。

どうしても、死ぬ気にはなれないのが苦しかつた。本当に死にたくはないのだ。死にたくないと思ふとまた悲しくなつて来て、千穂子はモンペの紐でぢいつと眼をおさへた。全速力で何とかしてこの苦しみから抜けて行きたいのだ……。明日は隆吉が戻つて来る。嬉しくない筈はない。久しぶりに白い前歯の突き出た隆吉の顔が見られるのだ。いまになつてみれば与平との仲が、どうしてこんな事になつてしまつたのか分らない……。自然にこんな風にもつれてしまつて、不憫な赤ん坊が出来てしまつたのだ。——長い事、橋の上に蹲踞んでゐたせゐか、ふくらつぱぎがしびれて来た。千穂子は泥の岸へぴよいと飛び降りると、草むらにはいりこんで誰かにおじぎをしてゐるやうな恰好で小用を足した。い丶気持ちであつた。

骨

――なんぢ兄弟の眼にある物屑（ちり）を見て
己が目にある梁木（うつばり）を感ぜざるは何ぞや――馬太伝

骨を返してくれツて、をかしい事もあるものだわ。骨を下げて貰つて、あの大臣の奥さんはいつたいその骨をどうするつもりなのだらう……。ぢいつと眼をつぶつてゐると、道子は涙が眼尻に熱く湧きあがつて来た。こんな心は鬼になつたのかもしれないけれども、空つぼの、良人の骨箱を貰つてこのかた、自分の人生はくるりと変つてしまつたのぢやないかと、道子は、それ以来泥んこの道を歩いて来たことを頭に浮べる。人に聞いてみても、案外、心から同情はしてくれない。――戦犯大臣が死刑台に立つて死んだあと、その骨を貰ひたいと大臣の夫人が嘆願してゐると云ふことを新聞で見たけれども、道子はその記事を見て、急にわあつと声をたてて泣きたくなつてゐた。冷い雨夜の街に出て、道子は男をひろふのだ。ひいふう、みいよう、数をかぞへながら、息を殺して、ぢいつと駅の方を見る。男が歩いて来ると、道子は心のうちで「一寸、骨を頂戴よオ」と呶鳴りたくなるのだ。飛び飛びに幽霊のやうな男が駅から這ひ出して来る。骨がきしきしと鳴りながら歩いて来る。骨には只淋しさうなぎらぎらした眼差しが点じられてゐて、その眼が光つて近寄つて来る。そして最初の日の出来事が何度もくりかへされる。その最初の記憶は道子にとつて忘れがたいものであつた。――

「いくら?」と訊かれて道子はとまどひして、幾度も唇に手の甲をあてて笑つた。いくら? と訊かれた事は道子との一夜の値段を聞かれたのだと彼女は気がつくと、腰のあたりがぢいんとしびれて来た。夢中で男と歩いた。男は薬臭い匂ひをしてゐた。先輩のランちやんが教へてくれた家へ行つた。カフェーの客引きの女達の出つばつてゐる武蔵野館の前を通つて、ムーランの小舎の前まで行くうちに、道子は少しづつ勇気が出て来た。正面の石崖の上に細い月が出てゐたせゐか、何だか武者ぶるひするやうな気もした。両側のネオンの光が乾いて光つてゐるなかを、道子は時々凸凹の道につまづきながら歩いた。ひそかに、この無情な月に向つて手をあはせてみる。何処まで歩いても薬臭い。この男は医者なのではないかと、まだ、お互ひによく顔を見合つてゐるわけではなかつたけれども、寄り添つて来る男の外套の手ざはりか時々道子の手の甲にチクチクと痛かつた。広いみづうみに出たやうな、なまぐさい風が崖の上から吹きおろしてゐた。いろいろな音が耳についた。そしてまた、この崖下の街通りに油臭い匂ひもした。窖のやうな崖下の暗さのなかに地面がゆすぶれる。省線の出入りが四囲を硝子箱のやうに軋ませてゐる。「まだかい?」「ええ」「旅館なの?」「えゝ」男は立ちどまつて、何と云ふ事もなく後の方を振り返つた。人が歩いて来ると、男は道子から離れた。そして帽子をまぶかくかぶつてゐる。そのしぐさに道子はぞつとしながら、自分も離れてゆつくり歩く。男の後姿が見窄らしいのだ。暗い石崖が、襤褸を積み重ねたやうに見える。道添ひから、歪んだ不規則な石の段々を道子は上つて行つた。あ、そつちかと云つたそぶりで男は急いで後戻りして、道子の後から息をはずませながら石の段々を登つて来た。青梅の方へ向ふ広い街道へ出ると、月がくるりと眼の下のネオンの海の上に高く浮びあがつた。京王線の電車の路面が木琴の鉄板のやうに凸凹してゐる。砂風を巻きあげる風。不安な音。下界の街からあがる死の呼声のやうな物音がごうつと波になつて響いてきた。男はほつとしてまた肩を寄せて来る。「本当に、いくらやつたらいゝンだい?」道子はショールで鼻をかくした。「私、初めてだから判らないンです」「ほう……初めて? 譃つけ!」かあつと乳房のあたりがあつくなつて、道子は、ビロードのショールで鼻をすゝつた。「お前は人がよささうだな……」道子は二度ほど小さいくしやみをしてショールのはじで鼻汁をかんだ。薄明るい空に、だんだらになつた白い雲が、卵の白身のやうに泡立つてゐる。広い道を構切つてまた暗い崖下へ降りて、旭町のごみごみしたバラック街へ出る。昨日教はつた桔梗家と云ふ旅館の前に来ると乳母車が塀ぎはにとまつてゐて、白いエプロンをした女がそのそばに寒さうに立つてゐる。道子は一寸たじろぐ気持ちだつたが、勇気を出して丸太で門をつくつた中へ這入つて行つた。昨日逢つた女中が心得て二人を二階の奥まつた暗い部屋へ案内してくれた。節穴だらけの廊下は三人が歩く度ぎしぎしと鳴つた。襖の菊の花を散らした紙がたるんでゐる。女中はすぐ道子を廊下へ呼び出して、「ねえ、あンた、貰つた？」と尋ねた。「う、ん、まだ」「さきに貰つとくのよ。ランちやん、もうさつき来てるわ。今夜、あンた泊り？」「判らないわ」「ぢやア、泊るやうにして、何か飲みものでも註文させなさいよ。――大丈夫よ。蒲団は廊下へ出しといてあげるから、兎に角、貰ふものを貰つてさ、泊りかどうか、帳場へ払つとかなくちや駄目よ」「え、」道子は汚れたショールをくるくると巻いて部屋の中へ這入つた。男は灰色の帽子をあみだにかぶつて立つてゐた。案外若い男であつた。外ではそんなにも思はなかつたのだけれども、天井が低いせゐか、男は背が高く見えた。痩せてゐた。骨ばつた手首の時計を見てゐた。「泊つてもい、のかい？」道子はほつとして手の甲を唇のところへ持つて行つて微笑した。男は馬鹿に気に入つた様子で、道子の手を握つた。汗ばんだあた、かい手の感触が、道子には哀しい気持ちだつた。「お金を帳場へ持つて行かなくちやいけないンですけど……」男はあ、さうかいと云つた表情で、どつかと荒目な畳の上にあぐらをかいて、内ポケットから古びた札入れを出した。「いくら？」道子の顔が歪んだ。早く値段を云はなければならないと思ひながらも、どうしても云へないのだ。ランちやんは、取るだけ取らなくツちやいけないと教へてくれたのだけれども、いざとなつてみると、見ず知らずの男に、いくらいくら欲しいとはどうしても云へない。廊下の外で蒲団を置く音がして、入口の襖がふはつとしわつてくる。男は百円札を一枚づつ勘定して十枚を道子の手へ握らせた。「あのう、何かお飲みものはいりませんか？」「お銚子二本。それから南京豆少し貰ふかな、それでい、よ」道子は廊下へ出て、うすべつたい蒲団をまたいで階下の帳場へ行つた。百円札を六枚取られた。ついでに厠へ行くと、シュミーズ一枚の上に外套を引つかけた背の高い女が、髪をふりみだしてばたんと厠の板戸を閉ざして道子のそばを通り抜けてぱたぱたと走つて行つた。厠の中には新しい桃色の花型をしたナフタリンが匂つてゐた。その匂ひに混じつて、さつきの女のつけてゐたらしい胸の悪くなるやうな香水の匂ひが残つてゐる。道子はハンドバッグから百円札を出して、四枚数へた。そして、ふつと舌をべろりと出した。涙が出さうだつた。厠の小窓を開けて冷い空気を吸つた。あらゆる思ひ出がざつと流れ込んで来るやうな一瞬であつた。小窓の外は往来なのか、自動車の光の反射が硝子戸を明るく染めてすぐ消えて行つた。汚ない窓枠に両手をかけて、そこへあごをのせて、冷い空気を吸ひながら道子はさめざめと泣いた。戦死した良人の事をわざと考へてみる。かうした事は仕方がないと思つた。そんな事をしなくても、何か他にする仕事はあるだらう……と耳もとで良人がさゝやくやうな気がした。他にいゝ仕事があるかもしれないけれども、私にはもうさうした仕事を探す勇気もないのよ、と云つてみる。父の顔や笑子の顔、勘次の顔が絵のやうに瞼の中でくるくる舞つてゐる。泣くだけ泣いたせゐか、気持ちがさつぱりして、コンパクトを出して赤くなつた眼のふちを汚れたパフで強くおさへた。二階へ上つて行くと、女中と男がひそひそ話してゐた。男は手酌で盆の上の盃に酒をついで飲んでゐた。三四枚の百円札をかきあつめるやうにして、女中は道子と入れ変りに廊下へ出て行つた。「君も一杯どうだい」「私、飲めないンです」蒲団が部屋の隅に入れてあつた。織部床には、印刷物らしい美人画の軸がかゝつてゐた。痩せた美人が只立つて髪に手をやつてゐる。裾がみだれて細い脚が朱色のけだしから出てゐる。窓は一つ。隣りの声が聞えるやうな薄い緑色の壁。四畳半の畳には窓ぎはに渦巻線香の焼けこげが跡をとゞめてゐた。「まづい酒だ」「さうですか……」「水で薄めて儲けるンだな」「さうでせうか」「君はいくつだ?」「もう、年をとつてゐます」「あててみようか?」「えゝ」「二十五かい?」「二十六です」「若く見えるね」「さうですか……」「未亡人かな?」「いゝえ……」「まさか、男を知らないつて云ふンでもないだらう?」「え、本当は一度かたづいてゐました」「戦死したの?」「え、、まア……」男は銚子を一本空にして二本目にうつつた。突然、隣りの部屋で、「いやだねえ、くすぐつたいよウ」ががらとした女の声がはつきり聞えた。男は銚子を持つたまゝ顔を挙げた。笑はなかつた。笑はなかつたので、道子はかへつて男の表情が怖いやうに見えた。あごが長いので、昔の花王セッケンの広告のやうだと思つた。この男の一夜をともにすると云ふ事が腑に落ちないのだ。一寸のがれに時を刻んでゐるやうな気もして、道子は疲れたハンドバッグの金具を開けたり閉めたりしてゐた。ふつと、さつき旅館の門のところでみた乳母車のところに立つてゐた白いエプロンの女の事を思ひ出してゐる。その女のひとは、何の関連もないのに、急にその事を思ひ出すのが不思議だつた。のつぺらぼうな顔の女が立つてゐるやうだつた。暗いところで、白いエプロンを見たせゐか、その女の顔が案外はつきりしない。笑子の乳母車によく似てゐたので、忘れられないのかとも思ふ。道子は、乳母車と、あの白いエプロンの女を、これからも時々思ひ出すのではないかと気持ちが悪かつた。隣りでどんと壁に突きあたる音がした。道子はうつむいて膝頭にのりまきと書いた。指の先きにまで涙がしたゝりさうな心の凍るやうな雰囲気を道子はどうしやうもないのだ。この夜をはねのけてしまふには、頑強な力がいる。真黒い溜息のやうなものが咽喉へつまつて来る。「どうしてこんなところを知つてるの？」「お友達に教はつたものですから」男はふうんと云つて、別に道子の身の上を訊くでもなかつた。道子は小柄なせゐか、坐つてゐる膝が短くて女学生が坐つてゐるやうだつた。形の崩れた紺色の外套を着て、ほつれた色あせたクリーム色のジャケツの胸がふつくり盛りあがつてゐた。首が細くて顔が小さかつた。「首ンとこのその傷はどうしたンだい？」「えゝ、小さい頃、リンパ腺がはれて切りましたの……」道子の細い首に一寸ばかりのるいれきの跡があつた。「貴方、お医者様ですか？」男は初めて皓い歯を見せてにやにや笑つた。「そンな風に見えるかね？」「えゝ」男は別に医者だとも云はなかつた。鞄一つ持つてゐない男は、何となく身軽な生活をしてゐる様子に見えた。軈て、酒も飲みつくしたので、男は生あくびをしながら初めて外套のポケットからピースを出してライタアで火をつけた。「そろそろ寝るかな……」「今、幾時でございますの？」「十時一寸過ぎだ」寄るべもないほどぽきつとした返辞だつた。道子が不器用に蒲団を敷き始めると、男は立つて厠へ行つた。道子はのりのきかないべとついた敷布をかけて、薄い二枚のかけ蒲団をかぶせた。人絹の青い絞りが裂けて綿のはみ出てゐるところがある。扉になつた襖を大きく開けて男が戻つて来た。部屋の空気が大きくゆれた。「寒いねえ……」「カアテンがないせゐですね」男は何の感傷もない様子で、さつさと外套をぬぎ、洋袴をとり、ネクタイを引きちぎるやうにして、灰色のスェータアを頭からすつぽりぬぐ。Ｙシャツもぬいだ。茶色のメリヤスだけになるとそのまゝ蒲団のなかに滑り込んだ。「わあツ寒いツ。君、俺のもの全部蒲団の上へかけてくれよ」男は首をあげて、蒲団の上をあごでさした。「序でに入口の鍵もしといてくれ」「はい」道子は男の枕元に硝子の灰皿を置いた。さつきの吸ひかけの煙草が長いまゝで消えてゐる。やはな鍵をかけて、乱暴にぬぎ捨てられた外套や服やＹ

シャツを蒲団の男の寝姿の上へ丁寧にかけてやると、蒲団の裾がもぞもぞと動いて、まるまつたメリヤスのズボン下とさるまたのやうなものがにゆつと蒲団の裾からはみ出て来た。道子ははつと胸をつかれ、何とも云へない厭な気持ちがした。女学生の頃読んだことのあるシュトルムの詩をふと思ひ浮べてゐた。今日のみぞ、たゞ今日のみぞ、それから何とか云つたけれど、その後の文句ははつきり覚えてゐた。明日ははや、あゝ明日ははや、なべて変り果てなむ。たゞこのひとときぞ、わがものと君を思ふは、死にゆかむ、あゝ、死にゆかむ、われはたゞひとり……。この詩を戦地の良人への手紙の中へ書いて送つた事もある位好きであつた。貴方が戦死なすつたら、私は笑子と二人でおあとをしたつてきつと死にます、とも書いた。敗戦のあと、ポツダム宣言と云ふ言葉を聞くたびに、シュトルムが、フーズムと云ふ生れ故郷から去つて、プロイセンのポツダムに行つて、そこの軍法会議の判士補とやらになつたと云ふ伝記を思ひ出した。ポツダムと云ふところは、シュトルムと云ふ人がゐたところだとはつきり記憶にある。別にとりたてて本を好きで読むと云ふわけでもなかつたけれども、女学生時代のグループにそんな友達もゐて、誘はれて読んだ本のなかに、このシュトルムの詩が馬鹿に心に触れたと云ふだけであつた。

道子は汚れたもののやうに、蒲団の裾からはみ出た男の肌衣には手を触れなかつた。「あゝ寒い。早くあつたまりたいな」男はさう云つてわざとらしく歯をがちがちと鳴らした。道子は外套をぬぎ、ソックスを取つて、燈火を消した。四囲が暗くなると同時に、寒さが身にこたへた。寒さばかりではないけれども、軀が小刻みに震へた。「おい、早くはいれよ」

一晩中道子は眠れなかつた。

夜が仄々と明るくなつてゆくのを見た。男は床の方を向いて鼾をかいてよく眠つてゐた。天井のシミが少しづつはつきりして来る。四囲が森閑としてゐた。ざらついた男の脚が気にかゝつてくる。寒いので背中をぴつちりあはせてゐたが、道子は足さぐりで自分の腰のものを引きよせて蒲団の中でその腰のものに足をつゝこんだ。あゝと溜息が出た。罪深い気がして仕方がなかつた。これが人間なのでせうかと神に問ひかけるやうな気で、道子は眼をあげてあさぎに明るんで来た磨り硝子を見つめた。男がくるりと寝返りを打つて、道子のジャケツを着たま〻の胴へ手探りで手を巻きつけて来た。孤独なところに閉ぢこめられてゐた一つの心が、昨夜よりも自由に羽音をたててゐる。道子はそつと男の腕に自分の手をからませた。誰かが自分のそばにゐてくれることは慰めなのだ。好きでもない男だけれども、一夜で道子は馴れたやうな気がした。男の腕は何の反応も示さなかつた。不意に、道子は昨夜見た乳母車の事を思ひ浮べた。白いエプロンの女が寒い風に吹かれて立つてゐる姿も……。遠い昔、良人とかうした時刻があつた。道子はぢいんと耳鳴りのするやうな悲哀を感じて、枕にこぼれる涙を右の手で拭いた。左の手では男の骨太い腕をさすりながら……。身を落すと云ふ事は案外たやすい事だと道子は肩の荷が軽くなつた気がした。近くで鶏が刻を告げてゐる。男が笛を吹くやうな唸り方で夢にうなされてゐた。道子は眼を開けたま〻、壁をみつめてゐた。土の中に埋没してゆくやうな厭な声であつた。

道子は背中に重病人をか〻へて眠つてゐるやうな気がして、少しも堕落したとは思へなかつた。人間と云ふものが無情な動物に出来てゐるのかも知れないのだ。執拗に良人へ対して貞節であると云ふ事に甘えてゆかうとして、自分は良人が戦死をしたためにこんな風に堕落したのだと思ひ込まうとしてゐる。道子はその事の罪深さに気がつかないでもなかつたけれども、いくらかの金で自分の軀を用立てたに過ぎないのだと口答へをしてみる。雨が降つてゐるやうな気配だつた。窓硝子にぎらぎらした水の光りが影をつくつてゐた。男は自分の唸り声に眼を覚ました。「あ〻、厭な夢を御覧になつたの?」男の髪の毛が道子の首筋に冷く触れた。「どんな夢を見た」「うん、兵隊を殺した夢だ。死にかけた奴を殺して、そいつの肉を焙つて食つた……」「まア！　怖いのねえ。貴方、戦地へ行つていらつしたの?」「うん、六年行つてゐた」「兵隊を殺したンですか?」「ないね。マニラの山の中で蛇を殺して食つた事はあつたが、人間を殺した事はない……自分が死にかけた事はあつたさ。――君の連れあひは何処で戦死したンだ?」「沖縄です」道子にとつて、その思ひ出はいまでは邪魔なものに思へた。現実がぐんぐん歩いてゐるだけだ。夜が明けると、暗い雨だつた。鬼界ケ島に流された者同士のやうに、時々お互ひに頭を挙げて窓の透けたところを見るだけで、二人はまた枕に頭を沈める。木葉微塵に砕かれた二人の心が、鱗になつてきれぎれの思ひの中に光る。戦争をくゞつた二人の環境が何処か似てゐるせゐで、二人とも手術を受けたあとのやうに黙りあつてゐた。戦争の混乱をとほつて過去を振り返る気もしないものぐさな思ひが二人を只そこへ寝かせてゐるだけだ。男は立つて外套を引つかけて厠へ行つた。道子は枕元のハンドバッグからコンパクトを出して乾いた額や頬にパフを押しあてた。樋をつたふ雨音が激しくなつて来た。あの男は何をしてゐるのかと推量をしてみる。そつと手をのばして、蒲団の上の背広のポケットへ手を入れた。手ずれのした財布や、名刺入れや、飴色のパイプ、二つ折りになつた四五千円位の厚味のある百円札のやうなものが手に触れる。廊下に音がしたので、さつともとどほりに背広を放つて、道子は蒲団の中へ手を引つこめた。「おゝ寒い」男は首をすくめて寝床へ這入ると腹這つて灰皿を引き寄せて、枕元に置いてある腕時計を見た。「そろそろ起きるかな」「お勤めですか?」「そんな風に見えるかい?」煙草に火をつけて深く吸ひながら、男は片手を道子の腹の方へ持つて来た。不思議な感動で、道子はその手のゆくへを心で探つてゐる。一日でも二日でもさうしてゐたい気がした。夜が明けるにしたがつて四囲は真暗くなるやうな気がした。階下で時計のベルがけたたましく鳴つた。恋とは似ても似つかない思ひで、道子は男の軀の方へ寄り添つて行つた。劇しい心のしぶきが雨の音の中に溶け込んでゆく。過去も未来もない。只、眼のさきの男の軀に必死になつて道子はしがみついて行つた。髪の毛が焼けつくやうなしびれた思ひで、道子は男の指の爪を噛んだ。

その日から、道子は再びその男に逢ふ事もなく、一直線に泥沼の中へ堕ちて行つた。少しづつさうした仕事に馴れて来た。そして馴れるにしたがつて、最初の日のやうな感動もなく、次々に男のいやらしさの中へ同化してゐた。必要に迫られて来る男ばかりを相手にしてゐるせゐか、どの男も肉慾以外には心を持たない人間に見えた。単純で何の解釈もいらない男ばかりが道子のそばに渦巻いて来た。この事だけが男達の目的であるかのやうに道子は悟つた。道子は少しばかり出歯で、額の狭い小さな顔をしてゐた。本能的に唇に手をあてて出歯をかくす癖を、男は初々しいしぐさと見るやうだつた。夜になると彼女は生々として来た。あらゆる男は自分から求める事が出来る。眼の前へ来る男へ狙ひをさだめる。一眼で男の財布の中の価値が判るやうにもなつた。道子が心を失つてゆくほど、自分の頬を吹きつける風は一つの意識を刺激した。男にとつて、大切な必要な存在であると思ふ自惚れで、道子は夜が待ちどほしく、違つたねぐらを探す事にもうまくなつて行つた。病気にもなつたけれども、道子は知りあひの医学生に実費でペニシリンを打つて貰つた。医学生は三人ばかりで二階借りをしてゐたが、道子はこの狭い部屋で汚れた学生の蒲団に寝転んで痛い注射をして貰つた。三人の学生が思ひ思ひに道子の軀を診てくれるのも、道子にはその反応を心得て、まるで少女のやうにしなだれてゆく術（て）も心得てゐた。道子は胸を悪くしてゐた。

　道子は戦死した良人とは恋愛結婚であつたが、良人との甘い思ひ出もいまではもう夢よりも淡い過去の水沫のなかに消えて行き、子供の顔のなかに良人のおもかげをちらちらと見るだけである。三月九日の下町空襲の夜、本所石原町の家を焼かれて以来、道子は転々と六回も家を変つて、いまでは四谷荒木町の西洋洗濯屋の二階の一間を借りて住んでゐた。自分の父親と、子供の笑子と、弟の勘次との三人暮しである。父は以前は陸軍大佐まで行つたひとであつたが、それも昭和の初めに退役して恩給がついてゐるのを頼りに保険会社に勤めてゐた。母は道子が女学校を卒業した年に亡くなり、道子も卒業と同時に父の友人の紹介で丸の内の保険会社へ勤めた。道子は会社で同じ課にゐる良人と知りあひ、式も挙げずに結婚してしまつたのだけれども、一年ばかりは会社へ黙つて二人で勤めてゐた。結婚して間もなく太平洋戦争が始まり昭和十八年の暮に良人は戦地へとられた。良人には長崎に兄がゐたけれども、これも海軍将校で早くから戦争に出てゐた。道子は良人の出征まぎはに笑子が生れたので籍を入れて貰つた。とぼしいながらも平和な生活がほんの暫く続いたけれども、良人が沖縄で戦死と同時に、父がリューマチスで動けなくなり終戦になつた。川崎の工場に学徒動員で行つてゐた弟の勘次も戻つては来たけれども、勘次はすつかり胸を悪くして、無為徒食のありさまであつた。銭湯で血を噴いてぶつたふれてタンカでかつがれて帰つて以来、勘次は寝たきりで、これはどうにもならないのである。父は恩給もなくなり、会社勤めも出来なかつた。道子は少しばかり英語が出来たので、進駐軍のレッドクロスに勤めを求めたが、胸が悪いので半年ばかりでそこをやめて編物の内職をしたり、洋裁店の外交員にも傭はれてみたけれども軀が悪くて思はしくなかつた。保険会社で同じ椅子にゐた相沢ラン子にふつとした事で行きあつて以来、ラン子は繁々と来ては道子に夜の女になるてつとりばやい職業をすゝめてくれた。

幾月か道子はさうした転落の道に行くべきかどうかを迷つてゐた。一日一日の生活が残酷なほど道子の身辺をせばめて来る。「少々の事をしたつて、誰も知りやアしないし、見向きもしない事よ。まごまごしてゐるうちに飢ゑて死んぢまふわ」ラン子にさう云はれてみると道子はそんな気にもなるのだつたけれども、弟のうつろな眼を見たり、這ひながら歩く父親の姿を見ると、転落してゆく気もしないのだつた。だけどもまた、空つぽの骨壺の中に、無邪気に花をいれて遊んでゐる笑子の愛らしい姿を見ると道子は迷はないではゐられなかつた。骨の箱は粗末で、中にはほんの少し赤い泥がはいつてゐるきりである。笑子はその箱の中へ仏にそなへる花を入れて「パパの花ね」と云つた。道子は思ひ切つてラン子の教へを乞うた。医者の話では、勘次の命数は正月を越すまではもたないであらうと云ふ宣言だつた。道子はこの長い病人に疲れてゐるのだ。早く亡くなる事を祈る時もあつた。その姉の思ひを、弟はちやんと心に受けとめてゐるせゐか、一日ぢゆう無口で、たまに腹立たしい事でもあると、軀のきかない父に向つて細い手で枕元の水飲みを「この糞爺」と投げつけたりした。道子はさうした場面に立つて、黙つて弟を睨んだ。心の中では早くくたばるといいと祈る気持ちだつた。父はくだけた水飲みの薄い硝子を震へる手でひろひながら、おろおろしてゐる。朝になると道子は、もう勘次が死んでゐるのではないかと期待してそつと眼を開ける。ふつと、大きい眼を剝いて天井を見てゐる勘次の眼に行きあふと、道子はあゝと心の中で溜息をつくのだ。「気分はどう?」勘次は返辞もしない。「気長にのんびりしてるのよ。若いンだから、そのうちぐんぐんよくなるわ。寒くなれば軀の調子が出てくるンだツてね。生きてゐなくちやア……」「死にやアしないよ。死ぬ気はないンだよツ」勘次はせゝら笑ひのやうな微笑で姉の方を見る。道子はぞつとして病人の蒼い顔を盗み見るのだ。「今日、卵を二つばかり買つてよ」小さい卵でも二十二三円はしてゐるのだ。病人は食べたいものを何気なくねだる。「本当に卵買つて来てね。何でも、俺のものみンな売つてくれよ……」道子は憎々しい思ひで胸の中が熱くなつた。部屋ぢゆうに、父と弟の専用のおまるの臭気が、クレゾオルの匂ひと一緒に鼻をさすほど匂ふ。やりきれない気持ちだつた。どうにかならないものかと思ふ。朝は早くから、電気の洗濯機のぶうんと唸る音が二階の畳に響いて来る。このみじめな生活様式を変へない事には自分も笑子も生きてはいけないのだと、道子は弟の死を必死になつて願ふ気持ちだつた。

　秋になつて道子はラン子と同じやうな道をたどつた。少しも苛責は感じなかつた。金が貯まつてゆくと、道子は自分の軀で汚れた紙幣を良人の骨箱へかくした。闇で一枚の毛布を買ふ事も出来た。勘次へ毎日一つづつ卵も買つてやる事も出来た。病人は卵を痩せた手で受けてにやりとしながら、明るい方へ透かしてみてゐる。まだ二十歳にもならない勘次の鼻の下にうつすりと髭のはえてゐるのが厭らしい。頬骨が高く出て、眼はくぼみ、耳をおほつてゐる長い髪の毛が、芝居のほふかい坊のやうに気味が悪いのだ。汗びつしよりになつた寝巻きを着替へさせてやる時の苦痛はたまらなかつた。何時も丈夫な男の手ごたへを肌に知つてゐる道子には、弟のあばら骨の出た色の悪い肌が気持ちが悪いのだつた。尿瓶を前に当てがつてやる時に、ふつと見る、弟の男としての暗い一部がものがなしく、道子の眼をかすめた。なんてしぶとい生命なのだらう……。駱駝の瘤のやうなものが、痩せた股に目立つてゐる。あゝ、まだこの少年は生きようとしてゐるのだ。弟は着物を替へて貰つて、疲れてばたりと蒲団の上に倒れる。「このごろ、お母さんが度々やつて来るよ……」「お前を守つてゐるンだらう……」「もう、長くないかね？」道子は瞼が熱くなつた。「どうしてさ？」「妙なことが時々あるからさ……」「寝て、くだらん事を考へてるからだよ。お母さんによく頼みなさいよ」「うん、俺は死にたくないなア……ちつとも死にたくはないンだのに、どうして、神様は冷酷なのかね？」道子は応へる言葉もない。「死にたくはないね。親爺より早く死ぬなンてないよ。ねえ、新聞を見たらピンポン療法つてあるンだツてね。肺の中へピンポン状の球を入れて狭くするといゝンだつて、そンな手術は随分金がかゝるんだらうな……」「へえ、そんなのが出来るの？」勘次は光つた眼色で、ぐつと道子の顔を見た。「ねえ、姉さんあの金俺に貸さないか？」ヘツ、道子は赧くなつた。骨箱にかくしてある金をどうして知つてゐるンだらう……。「俺、手術してよくなつたら、働いて返すよ。俺、生きたいンだよ。死にたくない、このまゝ死にたくはないンだよ……」涙が枕にあふれてゐる。「手術するツて、あれだけぢや足りツこないわよ。二三日を生きて行くのがせいぜいよ。そンな事して、もしも手術が悪くて駄目になるよりは、美味いもの食べて養生した方がいゝわ」「腹いつぱい食はしちやくれないぢやないかツ……親爺がみんなかくしこんで食つてるンだよ。あの糞爺が……俺に早く死ねつて云ふンだよ。一杯の茶も俺にはけちんぼして飲ましちやくれない。誰に頼つて俺は養生すればいゝんだい？　笑子だけだよ、自分のものを分けてくれるのは……それでも病気がうつるから、そばへ行つちやいけないと姉さんが子供に教へてるぢやアないかよ。俺、みんなに病気うつしてやるツ」道子は汗で汚れた勘次のものを廊下に放り出して、「何云つてるのさ、あんたは……私が、いつたいどうして皆を毎日食はしてるのか知つてるの？　え、？　辛い思ひをして働いてるの判ンないのかい？　私はね、笑子を連れて、こゝから逃げ出す事だつて出来るのよ。私はお前達に甘いンだ。甘いンだツ！　鬼になれない。どうしても鬼にはなれない気持ちを、お前だつて判つてくれないかねツ。お前はお前のさうした不運な運命なンだよ。私だつていまにお前みたいに寝つくにきまつてる。きまつてるからやぶれかぶれで汚れた商売してンだよ。私に食つてかゝるより戦争を呪ふがいゝやツ。義兄さんだつて死んぢまつたぢやないか。私に何の責任があるンだい？　卵食ひたいの、蜜柑買つて来いの、林檎買つて来いのツ、みんな姉さん何とかしてやつてるぢやないのツ……工場へ行つて、馬鹿正直に働くからそンな病気にとりつかれたのさ。お前がへまなンだよ。ね、お前、姉さんの云ふとほり、療養所でも何処へでも行つておくれよ。今度こそ手続きをするツ。仕方がないだらう？」勘次は声をたてて泣いた。父は黙つて、笑子と廊下のこはれた籐椅子に腰かけて日向ぼつこをしてゐた。「俺、こゝにゐる。こゝにゐた方がいゝンだ。どうせ死ぬのならこゝにゐる……」消え入るやうな細い声で泣きながら、子供のやうに「こゝへゐたい」としつこく云つてゐる。――勘次は正直に働く事を誇りとした。そして、常に真実を持つて仕事に向ひ、戦争には勝たなければならぬと力んでゐた。あの仕事ぶりは少しも虚偽ではなかつたのだ。悔いなく働いてこのみじめな運命にとりつかれる筋合ひが、勘次には判らない。その激しい仕事のなかに、勘次はひたむきな祖国愛を燃やしてゐたのだ。寝るにも起きるにも額に巻いた日の丸の鉢巻きを取る事もなく、勘次は機械にとつくんで働いてゐた。気が遠くなるやうな暑熱のなかでも、一日も休みなく勘次は仕事に励んでゐた。

勘次が息を引きとつたのは十二月にはいつた或る雨の朝であつた。父は勘次の死んでゐるのを知らなかつたが、七歳の笑子が、冷くなつてゐる勘次の死を知つた。道子が泊りで戻つて来たのは十時頃であつた。枕元には父の心づかひで、水のはいつた茶碗と、割箸のさきに白い裂れを巻いたのが置いてあつた。「亡くなつたの？」道子はへたへたと勘次の枕もとに坐り、紫色の汚れた風呂敷を死者の顔から取つた。すつかり死相に変つた弟の顔をぢいつと眺めてゐるうちに、道子は、笑ひが咽喉もとにこみあげて来た。殆んど叫ぶやうな声を挙げて、道子は弟の胸をゆすぶつた。唇にも鼻にも血がにじんでゐた。瞼が少し開いてゐる。臭い空気の中に、死者のところだけが森々と冷えこんで重い品物を置いてゐるやうだつた。「勘ちやん、血で息がつまつちやつたンだつて……」笑子が血で汚れた手拭ひや洗面器を見せた。「お父さん知らなかつたの？」「ちつとも、知らんのだよ」「息子の死んでゆくのも知らないなンて、だから間抜けなンだよ。あンたつてひとは……」隣りの部屋の、魚の闇をしてゐる細君が、廊下からそつとおくやみに来てくれた。「夜中に、何だか唸つてなさつたけどね。いつものことだと、ついうつかりしましてねえ、どうもとんだ事でしたねえ……」道子は初めて、勘次の孤独なりんじゆうを哀れむ思ひだつた。誰にも愛されない短い一生が不憫でならなかつた。それでも、父の世話で胸に手を組ませて貰つてゐるのが痛々しく、道子は放心して、勘次の胸の両手をしつかり握つてやつた。冷い。地獄の底につきつめてゆくやうな苛責が胸を噛む。道子はすつかり疲れきつてゐた。ふつと、乳母車と、白エプロンの女が瞼に浮んだ。綿のやうに疲れてゐるせゐか、死者の冷い手が自分の熱い手には気持ちがよかつた。不気味に思ひながらも、せめて、この一瞬だけでも弟の手をつないでゐてやりたいのだ。隣室の細君はいづれまた後でお手伝ひに参りますと云つて、空の魚籠をさげて階下へ降りて行つた。雨がびしよびしよ降つてゐる。どうせ骨箱にある金は、弟の為に使うやうに出来てゐたのだと、道子は、良人の骨箱を茶箪笥の上からおろして蓋をあけた。赤い泥の上にさまざまな道を通つて来た汚れた紙幣が折り重なつてはいつてゐた。

道子は紅のついたガーゼを勘次の顔にかぶせてやつた。時々思ひ出したやうに、父が箸のさきを濡らしてガーゼを持ちあげては勘次の唇をしめしてやつてゐる。

医者の診断書や、区役所の手続きも済んで、リヤカアで粗末な勘次の寝棺が落合の焼場へ運び去られたのは、勘次が亡くなつて四日目であつた。四畳半の部屋が広々として来た。水溜りをまたぎながらリヤカアが路地を抜けて行くのを洗濯屋の看板の前に立つて道子は笑子と二人で見送つた。リヤカアのゴム輪の音に耳を傾けながら、道子は路地から大きくゆれながら消えた粗末な棺の白さを心に焼きつけてゐた。いづれは自分もあのやうな運命になるのだと自分の罪を慰める気もして、道子は道に立つたまゝ激しく泣いた。黝んだ塊のやうな一点が、薄陽の射してゐる洗濯屋の硝子窓にちらちら明滅してゐた。父と笑子と二階へ上ると、父も窓から乗り出してゐた。父と笑子と道子とで、棺の釘を叩いた石が置き忘れられてゐる。道子はその石をつまんで良人の骨箱の上に置いた。

　道子にとつて死は他愛のないものであり、馬鹿々々しくさへあつた。ほろびるものはずんずん無力なまゝに此の世から消えて行くのだ。それしか自分達のやうな人間の解決の道はない。棺を送つたその夜も、道子は街に出た。誰が悪いのかも解らないまゝに道子は只現実の中に歩む。運命が悪いのだらうか？　此の様に生れあはせた運命が意地悪くせめぎたてて来るのであらうか。美しい、光つた自動車を見たり、毛皮の外套をまとった幸福さうな女を見ると、道子は肌にトゲを刺されたやうなたまらない嫉妬を感じた。あのやうな世界がある。あのみじめな戦争をとほつて来てもくたばらない一つの階級が道子には不思議でならない。――自分の良人は何処にもゐない。そして何処からも絶対に戻つては来ない。もうすぐクリスマスが来る。笑子はサンタクロスの来る事を信じてゐた。絵本にはサンタクロスの絵が子供の夢と慾をそゝるやうに描いてある。棺を焼場に送つて三日目に、道子は笑子を連れて落合の火葬場に行つた。勘次の骨は三等で焼いて貰つて、もうちやんと骨壺にをさまつてゐた。小春日のぽかぽかする焼跡のバラックの街を、道子は胸に骨壺を抱いて歩いた。笑子は歩きながら、近所の誰かに教はつたのであらう我が主エス、我を愛すと讃美歌をうたつて歩いてゐる。長い間の疲労で、道子はぐらぐらする頭の痛さを我慢してゐる。案外、骨壺は重かつた。一台の粗末な乳母車が、畳屋の前に置き忘れられてゐる。道子はくるりと笑子の手を引いて細い路地の中へはいつて行つた。焼場の煙突が思ひがけなく近く、十字架のやうにゆつと正面に大きく見えた。太い煙突からは石油色の煙が青い空に立ちのぼつてゐる。ふつと、道子は、父の死は何時頃であらうかと思つた。

下町（ダウン・タウン）

　風が冷いので、りよは陽の当たる側を選んで歩いた。なるべく小さい家を目的にして歩く。昼頃だつたので、一杯の茶にありつける家を探した。軒づたひに、工事場のやうな板塀を曲つて、銹びた鉄材の積み重ねてある奥をのぞくと、硝子戸の中で、ぱちぱちと火の弾ぜてゐる小舎があつた。後から自転車で来た男が、片足を地へつけて「葛飾の区役所はどこだね？」と訊いた。りよは知らなかつたので、「私も、通りすがりのもので知りませんね」と云ふと、自転車の男は小舎の方へ行つて、大きい声で区役所はどこだらうと聞いてゐる。硝子戸を開けて、鉢巻をした職人風な男が顔を出した。「四ツ木の通りへ出て、新道をまつすぐ駅の方へ行けば判るよ」と教へた。りよは、鉢巻の男の様子が、人柄のいゝ人物のやうに思へたので、自転車をやりすごしてから、おそるおそるそばへ行つて、「静岡のお茶はいりませんでせうか……」と小さい声で聞いてみた。暗い土間では、七輪に薪を燃やして、鉄棒の渡しをかけた上に大きいやかんが乗つかつてゐた。「お茶？」「はい、静岡のお茶なンですけどねえ……」りよは、微笑しながら、さつさとリュックを降ろしかけた。鉢巻の男は何も云はないで、土間の腰掛に行つた。りよは、勢よく燃える火に、ほんのしばらくでもあたらせて貰ひたかつたので、「随分、歩いたンですけど、とつても寒くて……少し、あたらせて下さいませんでせうか？」とおづおづと云つてみた。「あゝいゝとも、そこンとこ閉めて、あたつて行きな」男は股の中へ小さい腰掛をはさみかけてゐたが、その腰掛をりよの方へやつて、自分はぐらぐらする荷箱の方へ腰をかけた。

　りよはリュックを土間の片隅に降ろして、遠慮さうに蹲踞（しゃが）んで、火のそばへ手をかざすと、「その腰掛へかけなよ」男は顎でしやくるやうに云つて、炎の向うにほてつてゐるりよを見た。なりふりかまはないかつかうではあつたが、案外色白い器量のいゝ女であつたので、「お前さん、行商に歩いてゐるのかい？」と訊いた。

やかんの湯がちいんと鳴り出した。

煤けた天井に、いやに大きい神棚がとりつけてあつて、青々としたさかきが供へてある。窓の下には黒板がぶらさげてあり、穴だらけのゴム長が一足、壁ぎはに置いてある。「この辺がいゝつて聞いたものですから、今朝早く来たンですけどね、一軒きりしか商売がなくて、もう、帰らうかと思つたンですけど、どこかで弁当でもつかはせて貰つて、と思ひましてね、そンなところを探して歩いてゐたンです……」「弁当はこゝでつかつて行けばいゝさ……商売つてものは、その日の運不運でね、もう少し、家のこんでるところでもまはれば、案外、またいゝ商売もあるかもしンねえよ」男は、歪んだ本箱のやうな棚から、黄いろくべとついた新聞包みを出して鮭の切身を出すと、やかんをおろして鉄棒の渡しへ乗せた。香ばしい匂ひがした。「さア、その腰掛へかけて、ゆつくり弁当をつかつたらどうだね……」りよは立つて、リュックから弁当箱の風呂敷包みを出して、腰をかけた。「何の商売も楽ぢやアねえな、静岡の茶つて云ふのは、百匁いくら位するンだい？」男は手で鮭をひつくり返した。「売りは百二三十円つてとこなンですけど、屑も出ますし、高くしちやア仲々売れませンしね……」「さうさなア、年寄りでもゐる家なら買ふだらうが、若いもンの家ぢやあ、仲々骨だらう」りよは弁当を開いた。まつくろい麦飯に、頰差しの焼いたのが二尾と、味噌漬がはいつてゐる。「何かえ、お前さんの家はどこだえ？」「下谷の稲荷町なンですけどね、まだ東京へ来ましたばかりで、西も東も判らないンです」「ほう、間借りでもしてるンかい？」「いいえ、一寸、身をよせてるところなンです……」男は汚れた毛糸の袋から、大きいアルマイトの弁当箱を出して蓋をとつた。蓋の上に、焼けた鮭を手でつかんで入れると、またやかんをかけて、小さい木裂（こっぱ）を七輪につつこんだ。りよは、弁当の食べさしを腰掛に置いて、リュックから商売物の茶袋を引き出して、鼻紙に少し取りわけると、「これ、やかんに入れてかまひませんか？」と、尋ねた。男は恐縮したやうに手を振つて、「高いものをいゝのかね」と、にこつと笑つた。大きい皓い歯が若々しく見えた。りよはやかんの蓋をつまみあげて、茶をさつと湯気の中へ放つた。

ぐらぐらと茶は煮えたつて来た。男は棚から湯呑みと、汚れたコップを出して壁ぎはの新しい荷箱の上に置いた。「お前さん、旦那は何してるンだい?」男はさう云つて、鮭を半分手でむしつて、りよの飯の上に差し出した。りよはとまどひしながら、有難く鮭を貰つた。「主人はシベリアにゐるんですけど、まだ、戻つて来ませんので、こンな事でもしなくちや食べてゆけないンですわ」男は吃驚したやうに顔を挙げて、「ほう、旦那はシベリアのどこにゐるンだね?」と訊いた。

バイカルのスウチンと云ふところから、音信があつて、秋がすぎ、また今年の冬をやつと越した。りよは、毎朝眼が覚めて気が滅入ることも習慣になつてしまつてゐる。あまりに距離がありすぎるために、何の実感もないのだけれども、もう、その実感のないと云ふ事にもいまでは慣れて来てゐた。異国の丘と云ふ歌が流行してゐると云ふので、留吉に歌つて貰つたが、その歌を聴いてゐるうちに、りよは侘しくなつて来るのだ。自分の周囲にだけは、まだ、戦争気分が残つてゐるやうに思へた。遠ざかつて行く記憶のもやの中に、自分のところだけが、平和な色あひから取り残されてゐるやうなのだ。神様なンてあるものぢやないわ。りよは口癖のやうに云つてゐた。暑い季節には、毎日が焦々と待ちこがれてやりきれなくなり、少しづつその暑熱の気候があせてゆくと、冬の来るのが責められるやうに淋しかつた。人間の辛抱強さにも限度があるとりよは独りで怒つてゐた。シベリアで四度も冬を迎へる隆次のおもかげが、まるで幽霊のやうに段々痩せ細つて考へられて来る。

六年間と云ふもの、隆次が出征してからは、りよは飛び立つ思ひの幸福は一度もなかつた。歳月の速度は、りよの生活の外側で、何の感興もなく流れてゐるのだ。いまでは、誰も戦争の事は云はなくなり、たまに、良人はまだシベリアですと人に云ふと、その人は、まるで、使ひに行つたものが戻らないやうな気軽な同情しかよせてはくれない。シベリアと云ふところが、どんなところかは判らないけれども、りよには広い雪の沙漠のやうなところにしか空想出来ないのだ。

「バイカルのそばのスウチンと云ふところださうですけど、まだ戻れないンです……」「自分もシベリアからの引揚げでね、黒竜江に近いムルチで、二年ほどばつさいをやらされたンだがね。――人間、何でも運不運でね、旦那もそりやア大変だが、待つてるお前さんも大変な事だなア……」鉢巻を取つて、その男は、鉢巻の手拭で湯呑みとコップを拭いて煮えたぎる茶をついだ。「まア！　貴方も復員のかたなンですか？　でも、よく丈夫で、戻つて来られましたンですね？」「どうやら死にもせンで、日本へ戻れたと云ふもンさ……」りよは弁当箱をしまひながら、つくづくと男の顔を見た。平凡の男のやうに感じられるだけに、りよは気安く話が出来、居心地がよかつた。「子供さんあるのかね？」「えゝ、八ツになる男の子がありますけれど、いま、転入とか、学校の事でごたついてをりますンですよ。配給の手続きが遅れてゐるものですから、その手続きからしなくちやならないし、子供は学校へも上れない始末で、全く、商売で忙しいところへ、毎日手続きの事で区役所へまはつてへとへとなンです」

男はコップを取つて、熱い茶をふうふう吹きながら飲んでゐる。「美味い茶だね」「あら、さうですか？　もつといい茶があるンですけど、これは二番茶で、原価は一貫で八百円位なンです。――でも、案外美味いつてお客様はおつしやいますわ」りよも湯呑みを両の手に取つて熱い茶を吹きながら飲んだ。

いつか風向きが変つて、西風が強く吹きつけて、トタン屋根をびよびよ鳴らしてゐた。りよは外へ出るのが心細い気がして、少しでも火のそばにゐたい気がした。「二百匁ほど買つとくかな……」男はさう云つて、仕事着のポケットから三百円出した。「あら、お買ひにならなくても、私、二百匁位なら差しあげますわ」りよは、急いで百匁袋を二本出して、荷箱の上へ乗せた。「なアに、商売は商売だね。ただ貰ふつてわけにやゆかないよ。――また、このあたりに来たら寄つて行きなさい」「えゝ、もう、そりやア寄らせていたゞきますとも……こゝにお住ひなンぢやございませンのでせう？」りよは狭い小舎の中を見まはした。男は弁当箱をしまふと、木裂（こっぱ）の細かくさゝけたところをはがして、それを妻楊枝にしながら、「こゝに住んでるンだよ。こゝの鉄材の番人兼運送係りつて仕事で、飯だけ近所の姉のところから運んで貰つてるンさ……」さう云つて、男は神棚の下の扉を開けた。押入れのやうなところにベッドが出来てゐて、板壁に山田五十鈴のヱハガキが鋲でとめてあつた。「まア！　便利に出来てゐますのね？　気楽でせうね……」りよは、この男はいくつ位だらうと思つた。

　その日からりよは四ツ木へ商売に来るやうになり、この鉄材置場の小舎へ寄ることになつた。男は鶴石芳雄と云ふ名前だと云ふ事も知つた。鶴石は、りよの来訪をよろこび、甘いものを買つたりして待つてゐることもあつた。鶴石のところへ寄れる愉しみが出来たと同時に、少しづつ茶を買つてくれるなじみも出来て、このあたりを歩く商売も楽になつた。りよは、五日目には留吉を連れて四ツ木の鶴石の小舎へ出掛けて行つた。鶴石は留吉を見ると、とてもよろこんで、留吉を連れてどこかへ出掛けて行つたが、暫くしてまだ熱いカルメ焼きの大きいのを二つ留吉が持つて戻つて来た。「これ、坊やがふくらかしたンだな……」鶴石はさう云つて、留吉の頭をなでながら腰掛にかけさせた。りよは、鶴石に細君があるのかどうかと思ふやうになつてゐた。それは別に大した思ひかたではなかつたけれども、留吉も可愛がつてくれる鶴石を見て、ふつと、りよはさう思つたのである。りよは良人の事以外は三十歳になる今日まで考へた事もなかつたけれども、鶴石ののんびりした気心を知るやうになると、鶴石への自分の感情が、少しづつ妙な風に変つて来てゐるやうにも感じられた。りよはこの頃、なりふりも少しづつかまふやうになり、商売にも身を入れて歩くやうになつた。茶のほかに、静岡の親類から鯖や鰮のけづり節も送つて貰つて、それも一緒に売つてみたが、むしろ、茶の方より、けづり節の方が案外よくさばけて行く時もあつた。

　りよが鶴石のところへ行き出して、七八日たつた頃であつたらうか。まだ浅草を見た事がないと云ふ、りよと留吉を案内して、鶴石が一日休みがあるので、二人を連れて行つてやらうと云ひ出した。桜には、まだ早かつたが、時間があつたら上野公園も歩いてみようと云ふので、約束の日に、りよは鶴石に教へられた通り、上野駅のなかの、旅行案内所の前に留吉と立つて待つてゐた。半晴半曇のどんよりした日であつたが、雨さへなければばかへつておだやかな日である。十分位もして、鶴石がゆきたけのつまつた灰色の古ぼけた背広姿でやつて来た。

　りよは青い波模様の、着物地でつくつたワンピースに、これも綿入りの薄茶の背広の上着を着て、何となくおめかしをして留吉の手を引いてゐた。不断より若く見えたし、ひどく背の高い鶴石と並ぶと、りよは洋服のせゐか女学生のやうに背がひくく見えた。

「雨が降らなきやいゝがなあア……」鶴石は人ごみの中を、気軽に留吉を抱きあげて歩いた。りよは大きな買物袋をさげて、それにパンや、のり巻きや、夏みかんを入れてさげてゐた。地下鉄で浅草の終点まで行き、松屋の横から二天門の方へ歩いて、仲店の中へはいつて行つた。

りよは、浅草と云ふところは、案外なきたないはづれな気がした。朱塗りの小さい御堂が、あの有名な浅草の観音様なのかとがつかりしてゐる。昔は見上げるやうに巨きいがらんだつたのだと、鶴石が説明してくれたけれども、少しも巨きかつたと云ふ実感が浮いて来ない。只、ぞろぞろと人の波である。この小さい朱塗りの御堂を囲んで人々がひしめきあつてゐる。トランペットやサキソオホンの物哀しい誘ふやうな音色が遠くでしてゐた。公園の広場の焼け跡の樹木は、芽をはらんだ梢を風に鳴らして、ざわざわと荒い風にあへいでゐる。

古着市場のアーチを抜けると、食物屋のバラックが池のぐるりにぎつしり建つてゐた。油のこげつく匂ひや、関東煮の大鍋の湯気が四囲にこもつてゐた。留吉は箸の先に盛りあげた黄いろい綿菓子を鶴石に露店で買つて貰つて、しやぶりながら歩いてゐる。――かりそめのめぐりあひとは云へ、りよは十年も一緒に鶴石とゐるやうな気がして力丈夫だつた。少しも疲れなかつた。映画館やレヴィュー小舎が軒をつらねてゐる。アメリカ風な絵看板が、みんな唸つて迫つてくるやうな大きい建物の谷間を、三人はぶらぶら歩いた。「雨が降つてきたね」鶴石が片手をあげたので、りよも空へ顔をむけた。大粒の雨が降つてきた。折角の遊山も台なしだと思ひながら、りよ達はメリーと硝子行燈の出てゐる小さい喫茶店にはいつて行つた。思ひがけなく桜の造花が天井からさがつてゐるのが案外寒々しく見えた。紅茶を取つて、りよはのり巻きやパンを出して鶴石や留吉に食べさせてやつた。鶴石は煙草を吸はなかつたので食事も案外早く済んだが、雨は本格的になり、雨宿りの客もいつの間にかいつぱいたてこんできた。

「どうしませう？　随分な雨になりましたね……仲々あがりさうもないわ」「一寸待つて小降りになつたら送つてあげるよ」送つてあげると云ふのは、稲荷町のりよの家の事であらうかと思つた。りよの家へは送つて貰つたところで、鶴石を家へあげるわけにもゆかないのである。同郷の知りあひへ、部屋がみつかるまで腰かけにおいて貰つてゐるのだつた。寝る時は玄関の二畳にやすむので、自分の部屋といふものがない。りよは稲荷町よりも、四ツ木の鶴石のところへ行きたかつたのだけれども、鶴石の小舎には、満足に腰掛もないのでしみじみと落ちつくといふわけにもゆかない。

りよは鶴石に見られないやうに、買物袋の中の財布をしらべてみた。七百円ばかりの金があつたので、これで、どこか雨宿りさせてくれる宿屋のやうなところはないものかと思つた。「どこか、宿屋みたいなところはないでせうか？」宿屋はないかと云はれて、鶴石は妙な顔をしてゐた。りよは、遠慮しないで、自分の家のことを正直に話した。「だから、私、このまゝで帰りたくないンですの。映画も見て、小さい旅館でもあつたら、そこで、休んで、おそばでも取つて貰つて、愉しくさよならしたいンですけど……ぜいたくかしらね」鶴石も同じやうな事を考へてゐたと見えて、自分の上着をぬぐと、それを留吉の頭からかぶせて、りよと雨の中へ出て行き、近くの映画館の軒下へ走り込んだ。――映画は椅子もなく立つて見なければならなかつたので、人いきれと立つてゐるのでへとへとになり、留吉はいつか鶴石の背中でぐつすり眠つてしまつてゐた。早く旅館へ行った方がいいと云ふので、一時間位して、映画館を出ると篠つく雨の中を旅館を探して歩いた。芭蕉の葉を叩くやうな音で、雨は四囲に激しく鳴つてゐる。やつと、田原町の近くに小さい旅館を見つけた。

節穴だらけのぎしぎしとなる廊下の突きあたりに狭い部屋があり、そこへりよ達は通された。べとついた柔い畳が、気持ちが悪かつた。

りよは濡れたソックスをぬいだ。留吉は床の間の前にごろりと寝ころがして置いた。鶴石が汚れた座蒲団を留吉の枕にしてやつてゐる。樋もないのか、膨脹した水の音が、ばしやばしやと軒にあふれて滝になつてゐた。鶴石は黄いろくなつてゐるハンカチを出して、りよの髪の毛を拭いてやつた。自然なしぐさだつたので、りよも何気なくその好意に甘えた。雨音のなかに眇めるやうな幸福な思ひがりよの胸に走つてくる。なぜ愉しいのだらう……。長い間の閉ぢこめられた人間の孤独が、笛のやうにひゆうと鳴るやうな気がして来る。「こんな処で、食べ物を取つてくれるかな？」「さうね、私、訊いてくるわ……」りよは廊下へ出て茶を持つて来た洋服姿の女中に尋ねてみた。中華そばならとれると云ふので、それを二つ頼んだ。

茶を飲みながら、二人は火のない箱火鉢を真中にして暫く向きあつてゐた。鶴石は足を投げ出して、留吉のそばに横になつた。りよは少しづつ昏くなりかけてゐる雨空を窓硝子越しに見てゐた。「おりよさんはいくつだね？」突然鶴石がこんな事を聞いた。りよは顔を鶴石の方へ向けてくすりと笑つた。「女の年は判らないよ。二十六七かね？」「もう、お婆さんですよ。三十です」「ほう、自分より一つ上だ……」「まア！　若いのねえ、私、鶴石さんは三十越してンだと思つたわ」りよは珍しさうに鶴石の顔をみつめた。鶴石は眉の濃い人のいゝ眼もとをちらと染めるやうに輝かせて、投げ出した自分の汚れ足をみてゐた。鶴石も靴下をぬいでゐる。

雨は夜になつてもやまなかつた。

遅くなつて、冷えた中華そばが二つ来たので、りよは留吉をゆり起して、眠がる留吉に汁を吸はせたりした。――二人は泊つて行くことに話をきめた。鶴石が帳場へ行つて、泊り賃を払つてきてくれた様子で、案外こざつぱりした夜具が三枚運ばれてきた。りよが蒲団を敷いた。部屋の中が蒲団でいつぱいになるやうな感じである。留吉のジャケツだけをぬがせて、厠へ用をたしに連れてゆき、蒲団の真中に寝かせた。「夫婦者だと思つてるね」「さうね。お気の毒さまですね……」りよは蒲団を見たせゐか、何となく胸さわぎがして、良人に済まないやうな気がしてゐる。さきの事は判らないけれども、雨が降るから、仕方なくこんな風になつたと思ひたかつたし、心で、そンな云ひわけをしてゐた。

夜中になつて、りよがいゝ気持ちにうとうとしてゐると「おりよさんおりよさん」と、鶴石の呼ぶ声がした。りよがはつと枕から顔を挙げると、「おりよさん、そつちに行つてもいゝかい？」と鶴石がさゝやくやうに云つた。雨脚が少し弱まつて、軒の水音もたえだえにきこえる。「いけないわ……」「やつぱり、いけないかね？」「え、困るわ……」鶴石は深い溜息をついた。「ねえ、鶴石さんは、私、聞かなかつたけど、奥さんはどうなすつて？」「いまゐないよ」「前はあつたの？」「あゝ」「その方、どうなすつて……」「兵隊から戻つたら、別の男と一緒に暮してゐたよ」「貴方、怒つたでせう？」「うん、まアね、やつぱり怒つたね。――だけど、行つちまつたものは仕方がないね……」「さうね、でも、よくあきらめられたわね……」鶴石はまた暫く黙つてゐた。「何か話しませうか？」「うん、別に話をする事もないよ。……あの、中華そばはまづかつたなア」「……えゝ、本当ね、一杯百円だなンて……」「君達も、部屋があるといいね……」「えゝ、鶴石さんの近くにないかしら……私、鶴石さんのそばに引越したいわ……」「まづ、ないね。そりやア、あつたらすぐ話してやるさ。――おりよさんは偉いなア」「あら、どうして？」「偉いよ。女はみンなだらしがないつてわけでもねえンだな」りよが黙つた。一緒に抱きあつてみたい気がした。そして……。りよは鶴石に知れないやうに、少しづつ、ちぎつて捨てるやうな苦しい溜息をついた。腋の下が熱くなつて来た。家をゆすぶるやうにトラックが往来を走つて行く。「戦争つて奴は、人間を虫けらみたいにしちまつたね。大真面目で狂人みたいな事をやつてたンだからなア。自分は二等兵で終つたが、よく殴られたもンだよ。もう、二度なンか厭だなア……」「鶴石さん、お父さんやお母さんは……」「田舎にゐるよ」「田舎は、どこ？」「福岡だよ」「お姉さんは何してるの？」「おりよさんみてえに独りで、子供二人そだててる。ミシン一台持つて洋裁やつてるよ。亭主は華中で早く戦死したンだ……」鶴石は、少しばかり気が持ちなほつたのか、話声もおだやかになつた。

りよはかうした夜の明けてゆくのがをしまれてならない。鶴石があきらめてくれたのだと思ふと気の毒な気がした。まんざら始めから知らない人間なら、かうしたことも何でもないのかも知れない。鶴石は、りよの良人については一言も訊いてくれようとはしなかつた。

「あゝ、何だか眼がさえちやつて寝られねえなア……どうも、馴れねえ事はするもンぢやねえよ……」「あら、鶴石さん、貴方、遊びに行つた事はないの？」「そりやア、男だもの、あるさ。玄人ばかりが相手だ」「男は、いゝわねえ……」りよは、男はいゝわねと、つい口に出したが、さう云ふか云はないうちに、鶴石がさつと起きて来て、りよのそばへ重くのしかゝつて来た。蒲団の上からであつたので、りよは男の力いつぱいで押される情熱に任せてゐた。りよは黙つたまゝ暗闇の中に眼をみはつてゐる、鶴石の黒い頭がりよの頬の上に痛かつた。ぱあつと、瞼の裏に虹が開くやうな光が射した。りよの小鼻のあたりに鶴石の不器用な熱い唇が触れる。

「駄目か……」りよは蒲団の中で脚をつつぱつてゐた。ひどい耳鳴りがした。「いけないわ……私シベリアの事を考へるのよ」りよは思ひもかけない、悪い事を云つたやうな気がした。鶴石は変なかつかうで蒲団の上に重くのしかゝつたまゝ、ぢいつとしてしまつた。頭を垂れて、神に平伏してゐるやうな森閑としたかつかうだつた。りよは一瞬、済まないやうな気がした。暫くして力いつぱいで鶴石の熱い首を抱いてやつた。

二日ほどして、りよは、留吉を連れていそいそと四ツ木の鶴石のところへ出掛けて行つた。何時もその時刻には、小舎の硝子戸のところに、鉢巻をして立つてゐてくれる鶴石が今日は見えなかつた。りよは不思議な気がして、留吉をさきに走らせてみた。「知らない人がゐるよッ」留吉がさう云つて走つて戻つた。りよは胸さわぎがした。入口のところへ行つて小舎の中をのぞくと、若い男が二人で、押入れの鶴石のベッドを片づけてゐるところである。「何だい、をばさん……」眼の小さい男が振り返つて尋ねた。「鶴石さんはいらつしやいますか?」「鶴さん、昨夜、死んぢやつたよッ」「まア!」りよは、まア! と云つたきり声も出なかつた。煤ぼけた神棚にお光りがあがつてゐるのも妙だと思つたけれども、まさか鶴石が死んだ為とは思はなかつた。

鶴石が、鉄材をのつけたトラックに乗つて、大宮からの帰り、何とかと云ふ橋の上から、トラックが河へまつさかさまに落ちて、運転手もろとも死んでしまつたのだと教へてくれた。今日、会社のものや、鶴石の姉が大宮で鶴石の死骸をだびにふして、明日の朝は戻つて来ると云ふのである。りよは呆然としてしまつた。呆んやりして、二人の男の片づけ事を見てゐると、棚の上にりよが初めの日に買つて貰つた茶袋が二本並んでゐた。一本は半分ほどのところで袋が折り曲げてあった。「をばさん、鶴さんとは知り合ひかい?」「え、、一寸知つてるもンですから……」「い、人間だつたがなア……何も大宮まで行く事はなかつたンだよ。つい、誘はれて昼過ぎから出掛けちやつたンだ。わざわざ復員して来て、馬鹿みちまつたと云ふもンだなア……」肥えた方が、山田五十鈴のヱハガキをはづして、ぷつとヱハガキの埃を口で吹いた。りよは呆んやりしてしまつた。七輪もやかんも長靴もそのまゝで、四囲は少しも変つてはゐない。黒板に眼がいくと、赤いチョークで、リヨどの、二時まで待つた、と下手な字で書いてあつた。りよは留吉の手を取つて、重いリュックをゆすぶりあげながら、板塀を曲つたが急にじいんと鼻の奥がしびれる程熱い涙があふれて来た。「をぢさん死んぢやつたの?」「うん……」「どこで死んだンだらう……」「河へはまつちやつたンだとさ……」りよは歩きながら泣いた。涙が噴いて眼が痛くなるほど泣いた。

りよと留吉が浅草へ出たのは二時頃であつた。駒形の橋の見える方へ出て、河添ひに白鬚の方へ歩いた。こゝが隅田川と云ふのだらうと、りよは青黒い海のやうな水を見て歩いた。——もしもの事があつて、子供が出来たら困ると云つたら、鶴石はどんな責任でも負ふから心配しないでくれと云つて、あの朝別れる時に、鶴石はりよに、毎月二千円づつ位は、自分にもめんだうをみせてくれと云つた。鉛筆をなめながら、小さい帳面にりよの稲荷町の住所を書きとめてゐた。別れしなに、鶴石は田原町の洋品屋で留吉にネーム入りの野球帽子を買つてくれたりした。雨のあがつたぬかるみの電車通りを、やつとミルクホールを探しあて、三人で一本づつ牛乳を註文して飲んだ。

りよは河風に吹かれながらぶらぶら河ぶちを歩きながら思ひ出してゐるのだ。白鬚のあたりに水鳥が淡く群れ立つてゐた。青黒い流れの上を、様々な荷船が往来してゐた。りよはシベリアの良人のおもかげよりも、色濃く鶴石のおもかげの方が、はつきりと浮んで来る。「お母ちやん、漫画買つてくれよ」「あとで買つてやるよ」「さつき、いつぱい本のある店の前通つたね……」「さうかい」「見なかつた?」りよはまた後へ引きかへした。どこを歩いてい、のかわけが判らない。二度とあゝした男にめぐりあふ事はあるまいと思へた。「お母ちやん、何か食べようよ」りよは次から次とねだつて来る留吉が急に癪にさはつて来る。白い野球帽子の赤いネームのがかはいかつた。どこへ行くあてもなかった。りよは、河ぶちのしもたや風なバラックの家々を眺めて、家のある人達が羨ましかつた。二階に蒲団を干してあるのが眼について、りよはその家の格子を開けた。「静岡のお茶でございますけど、香りのい、お茶、如何でございますか?」と、愛嬌のい、声で呼んだ。返事がないので、もう一度りよが呼ぶと、正面の梯子段の上から、「いらないよッ」とつつけんどんな若い女の声がした。りよはまたその隣りの家の硝子戸を開ける。「静岡のお茶でございますが……」「はい、いりませんよオ」玄関わきの部屋から男の声で断わられた。りよは一軒々々根気よく玄関に立つたが、一軒もりよに荷をおろせと云ふ家はなかつた。留吉はぐづりながらりよの後から歩いて来る。淋しみをまぎらすために、りよは誰も買つてくれなくても、一軒づつ戸口に立つのが面白かつた。乞食よりはましだと思つた。二貫目あまりのリュックは相当肩にしびれて来る。りよはリュックのベルトのあたる肩のところへ、手拭を一筋づつあててゐた。

翌る日、りよは、留吉を家に置いて、一人で四ツ木へ出掛けた。子供を連れてゐないせゐかしみじみと独りで鶴石の事を思ふ自由があつた。板塀を曲ると、思ひがけなく小舎の中で火が弾ぜてゐる。りよは、最初の日のことがなつかしくリュックをずりあげながら硝子戸に近よつて行つた。はつぴを着た年を取つた男が七輪に薪を燃やしてゐた。いぶつた煙がもうもうと小さい窓から噴いてゐた。「何だね？」その男が、煙にむせながらこつちをむいた。

「お茶を売りに来てたもンです……」「あゝお茶はまだ上等なのが沢山あるからいらねえよ……」りよは硝子戸へ手をかけてゐたのをやめて、すつと小舎から離れた。あの小舎の中へ這入つてみたところでどうにもなるものではないのだ。あの老人に聞いて、鶴石の姉の家を尋ねて、せめて線香の一本でもそなへて来たいとも考へないではなかつたのだけれども、りよはそれもあきらめてしまつた。どうなるものでもないのだ。いまは、何も彼ももの うい気がした。何の聯想からか、りよは、鶴石の子供をもしも、みごもるやうな事があつたら、生きてはゐられないやうな気がして来た。シベリアから何時かは良人は戻つて来てくれるだらうけれども、もしもの事があつたら死ぬより仕方がないやうにも考へられて来る。――だが、珍しく四囲は明るい陽射しで、河底の乾いた堤の両側には、燃えるやうな青草が眼に沁みた。りよの良心は案外傷つかなかつた。鶴石を知つた事を悪いと云つた気は少しもなかつた。

　行商をしてみて、茶が売れなかつたら清水へ帰るつもりで、上京して来たのだけれども、りよは、商売があつても、なくても東京がいゝと思つたし、のたれ死しても東京の方がいまはいゝのだ。

　りよは堤の青草の上に腰を降ろした。眼の下の、コンクリートのかけらのそばに、仔猫の死骸が向うむきに捨ててあつた。りよはすぐ立つて肩の荷をゆすぶりあげて駅の方へ歩いた。ふつと横路地をはいると、玄関の硝子格子に、板の打ちつけてある貧しげな家へ声をかけた。「静岡のお茶はいりませんでせうか？」「さうね、いくら？　高いのでせう？」りよが格子を開けると、足袋の芯縫ひを内職にしてゐるらしく、二三人の女がこつちを向いた。「一寸待つて下さいな。いま空罐探してみますからね」と、次の間へ小柄な女が消えて行つた。自分と同じやうな女達がせつせと足袋底を縫つてゐる。時々針が光つた。

尾崎（おさき）　翠（みどり）

第七官界彷徨

よほど遠い過去のこと、秋から冬にかけての短い期間を、私は、変な家庭の一員としてすごした。そしてそのあひだに私はひとつの恋をしたやうである。

この家庭では、北むきの女中部屋の住者であつた私をもこめて、家族一同がそれぞれに勉強家で、みんな人生の一隅に何かの貢献をしたいありさまに見えた。私の眼には、みんなの勉強がそれぞれ有意義にみえたのである。私はすべてのものごとをそんな風に考へがちな年ごろであつた。私はひどく赤いちぢれ毛をもつた一人の痩せた娘にすぎなくて、その家庭での表むきの使命はといへば、私が北むきの女中部屋の住者であつたとほり、私はこの家庭の炊事係であつたけれど、しかし私は人知れず次のやうな勉強の目的を抱いてゐた。私はひとつ、人間の第七官にひびくやうな詩を書いてやりませう。そして部厚なノオトが一冊たまつた時には、ああ、そのときには、細かい字でいつぱい詩の詰まつたこのノオトを書留小包につくり、誰かいちばん第七官の発達した先生のところに郵便で送らう。さうすれば先生は私の詩をみるだけで済むであらうし、私は私のちぢれ毛を先生の眼にさらさなくて済むであらう。（私は私の赤いちぢれ毛を人々にたいへん遠慮に思つてゐたのである）

私の勉強の目的はこんな風であつた。しかしこの目的は、私がただぼんやりとさう考へただけのことで、その上に私は、人間の第七官といふのがどんな形のものかすこしも知らなかつたのである。それで私が詩を書くのには、まづ第七官といふのの定義をみつけなければならない次第であつた。これはなかなか迷ひの多い仕事で、骨の折れた仕事なので、私の詩のノオトは絶えず空白がちであつた。

私をこの家庭の炊事係に命じたのは小野一助、でそれに非常に賛成したのはたぶん佐田三五郎であつたらうと思ふ。なぜなら、佐田三五郎は私がこの家庭に来るまでの三週間をこの家庭の炊事係としてすごし、その三週間はいろいろの意味から彼にとつてずゐぶん惨めな月日で、彼は味噌汁をも焦がすほどの炊事ぶりをしたといふことであつた。この家庭の家族は以上の二人のほかに小野二助と、それに私が加はり、私は合計四人分の炊事係であつた。みなの姓名を挙げたついでに、私は私自身の姓名などについて言つておかう。私は小野一助と小野二助の妹にあたり、佐田三五郎の従妹にあたるもので、小野町子といふ姓名を与へられてゐたけれど、この姓名はたいへんな佳人を聯想させるやうにできてゐるので、真面目に考へるとき私はいつも私の姓名にけむつたい思ひをさせられた。この姓名から一人の痩せた赤毛の娘を想像する人はないであらう。それで私は、もし私の部厚なノオトが詩でいつぱいになつたときには、もうすこし私の詩か私自身かに近しい名前を一つ考へなければならないと思つてゐた。


私のバスケットは、私が炊事係の旅に旅だつ時私の祖母が買つてきたもので、祖母がこのバスケットに詰めた最初の品は、びなんかづらと桑の根をきざんだ薬であつた。私の祖母はこの二つの薬品を赤毛ちぢれ毛の特効品だと深く信じてゐたのである。

特効薬を詰め終つてまだ蓋をしないバスケットに、私の祖母は深い吐息をひとつ吹きこみ、そして私にいつた。

「びなんかづら七分に桑白皮三分。分量を忘れなさるな。土鍋で根気よく煎じてな。半分につまつたところを手ぬぐひに浸して――いつもおばあさんがしてあげるとほりぢや。固くしぼつた熱いところでちぢれを伸ばすのぢや。毎朝わすれぬやうに癖なほしをしてな。念をいれて、幾度も手ぬぐひをしぼりなほしてな」

祖母の声がしめつぽくなるにつれて私は口笛を大きくしなければならなかつた。しかし私の口笛はあまり利目がなかつたやうである。祖母はもうひとつバスケットに吐息を吹きこみ、そして言つた。

「ああ、お前さんは根が無精な生れつきぢや。とても毎朝は頭の癖なほしをしてくれぬぢやろ。身だしなみもしてくれぬぢやろ。都の娘子衆はハイカラで美しいといふことぢや」

私は吹いてゐる口笛がしぜんと細くなつてゆくのをとどめることが出来なかつた。私は台所に水をのみに立つて、事実大きい茶碗に二杯の水をのみ、口笛の大きさを立てなほすことができた。

私がしばらく台所で大きい口笛を吹いて帰つてくると、祖母は涙を拭きおさめて、一度バスケツトにつめた美髪料をとりだし、二品の調合を一包みづつに割りあててゐるところであつた。障子紙を四角に切つた大きい薬の包みを一つ一つ作つてゆきながら祖母は言つた。――さうはいつても、都の娘子衆がどれほどハイカラで美しいとて人間は心ばえが第一で、むかしの神さまは頭のちぢれてゐた神さまほど心ばえがやさしかつたといふではないか。天照大神さまもさぞかしちぢれたお髪をもつてゐられたであらう。あにさんたちのいふことをよくきいて、三五郎とも仲よくくらして……そして私の祖母は私の美髪料の包みのなかに涙を注いだのである。

私のバスケツトはそんな風でまだ新しすぎたので、それをさげた佐田三五郎の紺がすりの着物と羽織を、かなり古びてみせた。三五郎は音楽受験生で、翌年の春に二度目の受験をするわけになつてゐたので、彼の後姿は私の眼にすこしうらぶれてみえた。しかし私は三五郎のこんな後姿を見ない以前から、すでに彼の苦しみに同感をよせてゐた。三五郎は国もとの私にいくたびか手紙をよこし、受験生のうらぶれた心もちを、ひどく拙い字と文章とで書き送つてゐたのである。

三五郎と私が家に着いたとき、家のぐるりに生垣になつてゐる蜜柑の木に、さしわたし四分ばかりの蜜柑が葉と変りのないほどの色でつぶつぶとみのり、太陽にてらされてゐた。この時私ははじめて気がついた。私の手には蜜柑の網袋がひとつ垂れてゐて、これは私が汽車のなかでたべのこした一袋の蜜柑を、知らないではだかのまま手に垂らして来たものである。それにつけても、この家の生垣は何と発育のおくれた蜜柑であらう。――後になつてこの蜜柑は、驚くほど季節おくれの、皮膚にこぶをもつた、種子の多い、さしわたし七分にすぎない、果物としてはいたつて不出来な地蜜柑となつた。すつぱい蜜柑であつた。けれどこの蜜柑は、晩秋の夜に星あかりの下で美しくみえ、そして味はすつぱくとも佐田三五郎の恋の手だすけをする廻りあはせになつた。三五郎はさしわたし七分にすぎないすつぱい蜜柑を半分たべ、半分を対手にくれたのである。しかし三五郎の恋については、話の順序からいつても、私は後にゆづらなくてはならないであらう。

　このやうな生垣にとり巻かれた中の家といふのは、ひどく古びた平屋建で、入口に張られた三枚の名刺が際だつて明るくみえるほどであつた。小野一助、小野二助、佐田三五郎の三枚の名刺は、先に挙げた二枚だけが活字で、三五郎の分は厚紙に肉筆で太く書いた名刺であつた。「受験生とは淋しいものだ。一度受験して二度目にも受験しなければならぬ受験生はより淋しいものだ。こんな心もちは小野一助も、二助も、とつくに忘れてゐるだらう。小野町子だけが解つてくれるだらう」と私に書き送つた佐田三五郎は、彼自身の名刺の姓名だけでも筆太に書いて、彼の心を賑やかに保つつもりになつたのであらう。

　三五郎は玄関わきの窓から家のなかにはいり、ぢき玄関をあけてくれたので、私はぢき名刺をながめることを止して三五郎の部屋にはいつたが、しかしついでながらさつきの三五郎の手紙のつづきは次のやうであつた。

「こんな心もちを小野二助がとつくに忘れてゐる証拠には、彼は僕の部屋と廊下一つだけ隔てた彼の部屋で、毎夜のやうにこやしを煮て鼻もちのならぬ臭気を発散させるので、おれは二助の部屋からいちばん遠い地点にある女中部屋に避難しなければならぬ。こやしを煮ることがいかに二助の卒業論文のたねになるとはいへ、この臭気が実にたびたびの事なのだ。しかしそれは我慢することにしても、女中部屋には電気がないので、宵から蒲団をだして寝てしまはなければならないし、用事のあるときは蠟燭の灯でやるほかはない。今夜もおれはこの手紙を女中部屋のたたみの上で書いてゐるのだ。おれは悲しくなる。今夜は殊にこやしの臭ひが強烈で、こやしの臭ひは廊下をななめに横ぎつて玄関に流れ、茶の間に流れ、台所をぬけて女中部屋に洩れてくるのだ。おれは悲しくなつて、こんな夜にはピアノをやけむちやに弾いてやりたくなるよ。

　しかしそれも僕は我慢することにしても、女中部屋に先客のあるときはじつに困る。一助氏はふすま一重で二助に隣りあつてゐるので、たいていな臭気には馴らされてゐるやうだが、それでもこやしの臭ひの烈しすぎる夜には、一助氏がすでに女中部屋に避難して、僕の蒲団のなかで、僕の蠟燭の灯で勉強をしてゐるのだ。そして一助はろくろく本から眼をはなしもせずおれに命じるには、『なにか勉強があるのなら、蠟燭をもう一つつけて尻尾の方にはいってはどうだい、どうもこやしをどつさり煮る臭ひは勉強の妨げになるものだからね。アンモニアが焦げると硫黄の臭気に近づくやうだ』

おれは女中部屋から引返し、おれの部屋の窓を二つとも開けはなしておいて銭湯に行く。それから夜店のバナナ売りを、みんな売れてしまふまで眺めてゐるのだ。でなければ窓を二つとも開けはなした部屋に一助の蒲団を運んできて、なるたけ窓の方の空気を吸ふやうに努めながら、口だけあいて声はださない音程練習をしてみるのだ。一助も二助も夜の音楽は我慢ができないから、音楽は昼間みんなのゐないうちに勉強しておけといふのだ。おれはいつになつたら音楽学校にはいれるのだらう。自分ながら知らぬ。小野町子の予想を知らしてくれ。町子の書いてくれる考へはおれを元気にしてくれ。

二助はまだこやしを煮止めないから、今夜はもうひとつ大切なことを書かう。これはこのあひだから書かう書かうと思ひながら書けないでゐた大切なことなんだ。おれはいま、小野町子にだけ打ちあけたいことを持つてゐる。そのつもりでゐてほしい。じつはかうなんだ。

このあひだ、分教場の（おれが毎日の午後通つてゐる音楽予備校は分教場といふ名前の学校なのだ）先生が、おれの音程練習をわらつた。おれの半音の唱ひかたが際どいといつて、おれの耳に『プフン』ときこえたところの鼻音で、一つだけわらつたんだ。おれは悲観して分教場を出たので、帰りにマドロスパイプのでかいやつを一本買つてしまつた。この罪は、おれの気まぐれの罪ではなくて、おれの音程練習を怒らずにわらつた分教場の先生の罪だとおれは思ふが、小野町子はどう思ふか。人間といふものは自己の失敗をわらはれるよりはむしろ怒鳴られた方が常に愉快ではないか！　殊にわらひといふものは短いほど対手を悲観させるものではないか！

パイプ屋の店でおれのほしいと思つたマドロスパイプは、おれの想像の三倍にも高価だつたので、おれは一助氏から預かつてゐた『ドツペル何とか』といふ本の金も、ほとんどパイプにとられてしまつたわけだ。以来おれは一日のばしに丸善に寄るのをのばしてゐる。それからおれは一助氏には、毎日丸善にお百度を踏んでゐて、丸善にはまだ『ドツペル何とか』が来てゐないと言つてあるのだ。

おれはマドロスパイプをまだ一度もすつてみないでピアノのうしろにしまつてゐたので、一助氏も二助氏もゐない午前中に通りがかつた屑屋にパイプをみせたら、屑屋は三十銭といふ値をつけた。何といふことだこれは。おれは屑屋をうらやましいと思つたり、三十銭で『ドッペル何とか』を買へたらなあと思つたりしたよ。そして最後に僕が願つたのは、小野町子が一日も早く僕のところにきて僕の窮境を救つてくれることだ。もし旅立ちがおくれるやうだつたら、すぐお祖母さんから町子がもらつて、それを僕に送つてくれ。『ドッペル何とか』は多分六円する。僕が一助氏から預かつてゐたのは六円であつた」

この手紙が私の旅立ちを幾日か早めたことは事実である。しかしこれは三五郎の窮境を救ふためではなかつた。彼の消費は私の旅立つ前すでに補はれてゐて、その補つた金といふのは、私の祖母が私の襦袢にポケットを縫ひつけ、その中に入れてくれた金であつた。祖母は言つたのである——都にゆけばぢき冬になる。都の冬には新しいくびまきが要るであらう。ゐなかの店のくびまきは都の娘子衆のくびまきに見劣りのすることは必定であろ。この金で好いた柄のを買ひなされ。一人で柄がわからんぢやつたら三五郎に歩んでもらつて、二人でとつくり品さだめをして、都の衆に劣らぬよい柄のを買ひなされ。

襦袢のポケットの金は、丁度私に好都合であつた。私はひそかにその紙幣を五円一枚と一円とに替え、そして三五郎のいつてよこした定額を紙幣で三五郎への手紙に封じた。それから四枚の一円をもとのポケットに入れ、ホックをかけておいた。祖母は私の襦袢のポケットにホックをもつけてくれたのである。私の祖母はホックといふものはたいへん便利なものだといつて、私の着古した夏の簡単服のホックをいくつか針箱にしまつてゐた。

私の旅立ちを早めたのは、漠然としたひとつの気分であつた。

三五郎は玄関わきの一坪半の広さをもつた部屋に、ピアノと一緒に住んでゐた。ピアノはまことに古ぼけた品で、これがもし新築家屋の応接間などにあつたら、りつぱな覆布をかけておかなければならなかつたであらう。このピアノは家つきの品で、三五郎がこの古びた家屋と共に家主から借り受けてゐるのだといつた。ピアノの傍には一個の廻転椅子がそなはつてゐて、この方は天鵞絨の布よりもはみ出した綿の部分の方が多かつた。三五郎はその椅子の上に一枚の風呂敷をかけ、その上に腰をかけ、網袋の蜜柑をたべながら私に話した。私はバスケットの傍で聴いてゐた。三五郎のうしろには蓋をあけたままのピアノがあつて、その鍵の上には一本のマドロスパイプが灰をはたかないままで載つてゐた。三五郎が話したことは――家つきピアノがあつたためにこんな古ぼけた平屋を借りてしまつたのだが、三週間住んでみて、こんな厄介な家はないと思つて居る。小野二助と一緒に住む以上は、二階建でなくてはだめだ。ピアノがなくてもいいからもうすこしは新しい、二階に二室ある二階建をみつけて、二助と一助を二階に住まはせ、階下では僕と町子とで住まうではないか。（三五郎は蜜柑の皮をピアノの鍵の上におき、次の蜜柑をとつた）二人で探せばぢきすてきな家がみつかるよ。二助は勝手に二階でこやしを煮たらいいだらう。臭気といふものは空に空に昇りたがるものだから、階下に住んでゐる僕たちには関係なしだ。もし一助氏が階下に避難する夜には、こやしも試験管で煮るときにはそれほどでもないが、二助が大きい土鍋で煮だすとまつたく我慢がならないからね。だから一助氏は当然、ときどきは階下に避難するさ。そしたら僕の部屋を一助に貸すから、僕は町子の部屋に避難しよう。二助たちと階上階下に別れて住むやうになれば、僕も夜の音程練習を唱つてもいいしね。今の状態では、午後は分教場に行くし、夜は一助たちから練習を止められてゐるし、まるで僕の勉強時間がないんだ。午前中は、一助氏と二助が出かけてしまふとばかに睡いだけだよ。何しろ毎朝はやく起きて朝飯を作るのは僕にきまつてゐたんだから。はじめの約束では、二助は、町子の来るまで炊事を手つだつてやると言つてながら、一度だつて手つだつたためしがないんだ。卒業論文の研究で宵つぱりをするといふ口実の下に、二助くらゐ朝寝をする人間はゐないね。その上しよつちゆう僕にこやしの汲みだしを命じるくらゐだ。ともかく今の状態では僕はまた失敗にきまつてゐる。僕は二度とも音楽学校につづけて落つこちたくはない。だから二人でできるだけ早く二階家をみつけることにしよう。一助と二助のゐない間にさつさと引越しをして、それには引越しの荷車代がいるけど、町子は持つてゐるだらう。いくらも掛りあしないんだ。東京に来たてといふものは、誰のポケツトにも多少の余裕はあるものだから、もちろん一助と二助には絶対にだまつてゐて断行するんだ。すつかり荷物をはこび、二階の設備が終つたところで、一助氏の病院と二助の学校とに速達をだしといてやればいいんだ。この家の玄関に移転さきを張りだしとくだけでもいい。彼等はただ自分の部屋が一つあつて、勉強だけ出来れば満足してゐるよ。飯でもよほど焦がさなければ文句はいはないほどだ。二助の試験管や苗床や土鍋の類がとても厄介な荷物だが、それは僕と町子とが手ですこしづつ運ぶんだ、仕方がない。だからあまり遠くには越せないし、したがつて引越し代はあまりかからないわけだ。

蜜柑の皮がいくつかピアノの上に並び、網袋の蜜柑がなくなつたとき、三五郎はマドロスパイプを喫ひはじめた。そして新しい話題に移つた。彼のマドロスパイプはただの金で僕はじつに安心した。すぐ丸善で例の本を買つて一助氏にわたし、一助氏はいまその本を研究してゐる。──このあひだ手紙に書いてあつたほど大きくなかつた。すと「分裂心理学」といふのだ。一助氏のつとめてゐるこの本の『ドツペル何とか』といふ名前を日本語になほ病院は、この分裂心理といふのをもつた変態患者だけを入院させる病院で、医者たちはそれ等の患者を単一心理に還すのを使命としてゐる。こんな心理学の委しいことは僕等にはわからないが、一助氏の勉強は二助のやうに家庭で実験をしないだけは助かる。それからあの金は月末におやぢから送つてきたときに返す。

私はもうさつきからバスケットの蓋をあけ、丹波名産栗ようかんのたべのこしや、キヤラメルなどをたべてゐた。もう午すぎで、私は空腹であつた。三五郎も私の手から栗ようかんをとつて口に運び、また彼はバスケットの中から生ぼしのつるし柿をとりだして私にも分けてくれた。これは祖母が道中用に入れてくれた品で、私はこんな山国の匂ひのゆたかなものを汽車のなかでたべることはすこし気がひけたので、たべたいのを忍んでゐたつるし柿であつた。

見うけたところ三五郎も空腹さう、で、彼は煙のたちのぼるマドロスパイプをピアノの上におき、椅子から下りてきて、しきりにバスケットの中を探しはじめた。けれど、三五郎はピアノを粗末に扱ひすぎないであらうか。このピアノの鍵はひと眼みただけで灰色とも褐色ともいへる侘しい廃物いろではあつたが、ピアノといふ楽器にはちがひないのである。この楽器の鍵の上には蜜柑の皮につづいて柿のたねがたくさん並び、柿のたねにつづいてパイプが煙を吐いてゐた。

三五郎は私が浜松で買つた四つの折をバスケットの外に取りだし、一つの封を切つた。中には焦茶いろの小粒のものがいちめんに詰まつてゐた。三五郎はつまんでたべてみて、

「ばかにからいものだね。うまくない。もつとうまいものはないのか」

　私もはじめて浜松の浜納豆といふものをたべてみた。たべてみた結果は三五郎とおなじ意見であつた。浜納豆は小野一助が浜松駅で忘れずに買つて来るやう私に命じたもので、彼の端書は「数箱買求められ度、該品は小生好物なれば、浜松駅通過は昼間の方安全也と思惟す。夜間は夢中通過の虞あり」と結んであつた。

　三五郎はつひにバスケットのいちばん底にあつた私の美髪料の包みをあけた。彼にきかれて私がその用途を話したとき彼はいつた。

「そんな手数はいらないだらう。今ではちぢれ毛の方が美人なんだよ。おかつぱにして焼鏝をあてた方がよくはないか」

　私は襦袢の胸に手をいれ、かなり長くかかつて襦袢のポケットから四枚の一円紙幣をだすことができた。そして三五郎にたのんだ。あの金は返してくれないで、これを足してくびまきを一つ買つてほしい。

「さうか。では預かつておく。合計十円のくびまきだね。もうぢき月末には、いい柄のを買ひにつれてつてやるよ。しかし丁度腹がすいたから昼飯をたべに行かう。さつきからすいてるんだが、支度をするのは厄介だし、丁度金がなかつたところだ。今月はパイプでひどいめに逢つたからね」

　玄関をしめに行つた三五郎は、私の草履をとつてきて窓から放りだし、つづいて私を窓から放りだした。

　炊事係としての私の日常がはじまつた。家庭では家族がそれぞれ朝飯の時間を異にしてゐたので、朝の食事の支度をした私は、その支度をがらんとした茶の間のまんなかに置き、いつ誰が起きても朝の食事のできるやうにしておいた。それから私は私の住ゐである女中部屋にかへり、睡眠のたりないところを補つたり、睡眠のたりてゐる日には床のなかで詩の本をよみ耽る習慣であつた。旅だつとき、私は、持つてゐるかぎりの詩の本を蒲団包みのなかに入れたのである。しかしまことに僅かばかりの冊数で、私はそれだけの詩の本のあひだをぐるぐると循環し、幾度でもおなじ詩の本を手にしなければならなかつた。

　毎朝時間のきまつてゐるのは分裂心理病院につとめてゐる一助だけで、あとはまちまちであつた。二助は学校に出かける時間がちつとも一定しなかつたが、毎朝きまつて出かける十分前まで朝寝をし起きるなり制服に着かえ、洗顔、新聞、食事などの朝の用事を十分間ですますことができた。家庭に最後までのこるのは常に三五郎で、彼は午前中しか勉強時間がないといつたに拘らず、午前中朝寝をした。そして彼が午に近い朝飯をたべるときは必ず女中部屋の私をよび、私といつしよに朝飯をたべることにしてゐた。

佐田三五郎が午後の音楽予備校に出かけた後が私の掃除時間であつたが、この古ぼけた家の掃除に私はさう熱心になるわけにはいかなかつた。殊に小野二助の部屋に対しては手の下しやうもないほどであつた。二助は家中でいちばん広い部屋を占め、その部屋は床の間つきであつたが、半坪のひろさをもつた床の間はいちめんの大根畠で、いろんな器に栽培された二十日大根が、発育の順序にしたがつて左から右に並べられ、この大根畠は真実の大根畠と変らない臭ひがした。したがつて二助の部屋ぜんたいに大根畠の臭ひがこもつてゐた。しかしこの大根畠の上には代用光線の設備があつて、夜になると七つの豆電気が光線を送るしかけになつてゐた。

二助は特別に大きい古机をもつてゐて、ここもまた植物園をかねてゐた。古机の上には、紙屑、ノオト、鉛筆、書籍、小さい香水の罎などと共に、私の知らない蘚［こけ］のやうな植物が、いくつかの平べつたい器の湿地のうへに繁茂し、この湿地もまたこみいつた臭気を放つてゐたのである。

二助の部屋の乱雑さについて、私はいちいち述べるのが煩瑣である。たたみの上には新聞紙に積んだ肥料の山がいくつか散在し、そのあひだを罎につめた黄ろい液体のこやしが綴つてゐた。三五郎の不満のたねとなつてゐる例の土鍋は、日によつて机の上、戻の間、椅子の上などに移動し、ピンセツト、鼻掃除の綿棒に似た綿棒、玩具のやうな鍬、おなじくシヤベル等の農具一式、写真器一個、顕微鏡一個、その他、その他。

この乱雑な百姓部屋を、どう私は掃除したらいいだらう。これは解決を超えた問題ではないか。一度私は床の間にはたきをかけようとして、いくつかの試験管をならべた台をひつくり返してしまつた。私はこの百姓部屋を、普通の部屋なみに扱ひすぎたのだ。それ以来二助の部屋の掃除は品物のない部分につもつてゐる塵を手で拾つておくほか仕方がなかつた。

私のひつくり返した一組の試験管には、黄ろい液体に根をおろした二つ葉の二十日大根が、たいへんな豊作で繁茂してゐた。二助は耕作者としてこんなに成功してゐたのに、私のはたきは、このひとうねの大根を根柢からひつくり返し、試験管をこなごなにし、黄ろいこやしは私の足にはねかかつた。そしてこやしをはなれた二十日大根は、幾塊のつまみ菜となつてたたみの上に横はつた。

その日の夕方学校から帰つてきた二助を、私はつまみ菜の傍に案内しなければならなかつた。日ごろの時間どりからいへば、私はもう夕飯の支度を終つてゐる時刻であつたが、この夕方の私は夕飯どころの沙汰ではなく、私の顔には涙のあとがのこつてゐた。二助の失望をどんな心で私はきいたことか。彼は「むうん」とひとこゑ、地ひびきにも似たひくい歎声をもらしたのである。それから漸く会話の音声をとりもどして彼は言つた。

「この部屋にはたきを使つては、じつに困る。幸ひこの試験管は、昨夜写真にうつしておいたから不幸中の幸ひだ。（それから彼は私に背中をむけた姿勢で独語した）女の子はじつによく泣くものだ。女の子に泣かれると手もちぶさただ。なぐさめかたに困る。（それから彼はくるりと此方を向いて）この菜つぱを今晩おしたしに作つてみろ。きつとうまいはずだ」

私は急にわらひだしさうになつたので、いそいで三五郎の部屋に退いたが、ここでまた私の感情は一旋回した。私は丁度音楽予備校から帰つたばかりの三五郎の紺がすりの腕を涙でよごしてしまつたのである。三五郎は新聞紙で私の鼻のあたりを拭いたり、紺がすりの腕を拭いたりして、それから二助の部屋に行つた。

廊下一つをへだてた二助の部屋では次のやうな問答があった。

「へえ、どうしたんだ、この菜つぱは」

「どうも女の子が泣きだすと困るよ。チヨコレエト玉でも買つてきてみようか」

「チヨコレエト玉もわるくはないが、早く夕飯にしたいな。おれはすつかり腹がすいてゐる」

「おれも腹がすいてるんだが、チヨコレエト玉は君の分ぢやない。女の子にくれてみるんだ。君は早くこの菜つぱを集めて、おしたしに作つてみろ。おれの作つた菜つぱはきつとうまいはずだ。こやしが十分に利いてるからね」

「しかし、こやしに脚を浸けてゐた菜つぱを――」

「歎かはしいことだよ。君等にはつねに啓蒙がいるんだ。こやしほど神聖なものはないよ。その中でも人糞はもつとも神聖なものだ。人糞と音楽の神聖さをくらべてみろ」

「音楽と人糞とくらべになるものか」

「みろ。人糞と音楽では――」

「さうぢやないんだ、音楽と人糞では――」

「トルストイだつて言つてるんだぞ――音楽は劣情をそそるものだ。そして彼は、こやしを畠にまいて百姓をしたんだぞ」

「ベエトオヴエンだつて言つてるぞ――」

　私はもうさつきから涙をおさめて二人の会話をきいてゐたが、やがて台所に退いた。


　二助のとなりの一助の部屋はずつと閑素で、壁のどてら一枚のほかには書籍と机のある、ありふれた書斎であつた。ここでは安心して掃除することができ、また私はときどき私の詩集をよみ飽きたときには一助の部屋にきて、一助の研究してゐる分裂心理といふのを私も研究することにした。

「互ひに抗争する二つの心理が、同時に同一人の意識内に存在する状態を分裂心理といひ、この二心理は常に抗争し、相敵視するものなり」

　私はそんな文章に対してずゐぶん勝手な例をもつてきて考へた。――これは一人の男が一度に二人の女を想つてゐることにちがひない。この男はA子もB子もおなじやうに愛してゐるのだが、A子とB子は男の心のなかで、いつも喧嘩をしてゐるのであらう。

　こんな空想は私を楽しくしたので、私は次をよみつづけた。

「分裂心理には更に複雑なる一状態あり。即ち第一心理は患者の識閾上に在りて患者自身に自覚さるれども、第二心理は彼の識閾下に深く沈潜して自覚さるることなし。而して自覚されたる第一心理と、自覚されざる第二心理もまた互ひに抗争し敵視する性質を具有するものにして、識閾上下の抗争は患者に空漠たる苦悩を与へ、放置する時は自己喪失に陥るに至るなり」

　この一節もまた私の勝手な考へを楽しませた。――これは一人の女が一度に二人の男を想つてゐることにちがひない。けれどこの女はA助を愛してゐることだけ自覚して、B助を愛してゐることは自覚しないのであらう。それで入院してゐるのであらう。

　こんな空想がちな研究は、人間の心理に対する私の眼界をひろくしてくれ、そして私は思つた。こんな広々とした霧のかかつた心理界が第七官の世界といふものではないであらうか。それならば、私はもつともつと一助の勉強を勉強して、そして分裂心理学のやうにこみいつた、霧のかかつた詩を書かなければならないであらう。

　しかし私の詩集に私が書いてゐるのは、二つのありふれた恋の詩であつた。私はそれを私の恋人におくるつもりであつたけれど、まだ女中部屋の机の抽斗にしまつてゐた。私の机は佐田三五郎が四枚の紙幣の中から買つてきてくれた品であつた。そして三五郎は粘土をこねて私の机の上に電気スタンドを作つてくれ、のこつた粘土で彼のピアノの上におなじ型の電気スタンドを作つた。そのために彼は音楽予備校を二日休み、粘土こねに熱中した。彼は女中部屋でその仕事をしたので、そのあひだ私は女中部屋で針金に糸をあみつけた不出来な電気笠を二つ作つた。


　佐田三五郎の感じかたには、すべてのものごとにいくらかの誇張があつた。小野二助がこやしを調合して煮る臭ひはそれほど烈しくはなかつたし、三五郎が夜ピアノを止められてゐるといふのも当つてゐなかつた。三五郎は早寝をしない夜はこやしがたまらないといつて女中部屋に避難し、さうでない夜はピアノを鳴らしながらかなり大声で音程練習をした。それから受験に必要のないコミツクオペラをうたひ、ピアノを掻きならした。けれど三五郎のピアノは何と哀しい音をたてるのであらう。年とつたピアノは半音ばかりでできたやうな影のうすい歌をうたひ、丁度粘土のスタンドのあかりで詩をかいてゐる私の哀感をそそつた。そのとき二助の部屋からながれてくる淡いこやしの臭ひは、ピアノの哀しさをひとしほ哀しくした。そして音楽と臭気とは私に思はせた。第七官といふのは、二つ以上の感覚がかさなつてよびおこすこの哀感ではないか。そして私は哀感をこめた詩をかいたのである。

　けれど私は哀感だけを守つてゐたわけではなかつた。三五郎がオペラをうたひだすと、私は詩集を抽斗にしまつて三五郎の部屋に出かけ、二人でコミツクオペラをうたつた。二助が夜の音楽について注意するのは、コミツクオペラの声の大きすぎる時だけであつた。

「二人とも女中部屋に行つてやれ。そんな音楽は不潔だよ」

　三五郎と私とがオペラの譜面とともに女中部屋に来ると、女中部屋では一助が避難してゐて、私の机で読書してゐる。そして彼は私たちをみると彼の研究書をもつて部屋へ帰つてゆく。そして三五郎と私とは、もはやコミツクオペラをうたふ意志はないのである。

「僕がしよつちゆう分教場の先生から嗤はれるのはピアノのせゐだよ。まつたく古ピアノのせゐだよ」

三五郎は大声でコミツクオペラを発散させたのちの憂愁にしづみ、世にもしめやかな会話を欲してゐるのだ。私もおなじ憂愁にしづみ、しめやかな声で答へた。

「さうよ。まつたくぼろピアノのせゐよ」

「音程の狂つた気ちがひピアノで音程練習をしてゐて、いつ音楽学校にはいれるのだ。勉強すればしただけ僕の音程は狂つてくるんだよ。勉強しないで恋をしてゐる方がいいくらゐだ」

「ピアノを鳴らさないことにしたら――」

「あればしぜん鳴らすよ。女の子が近くにゐるのとおんなじだよ」

三五郎と私とはしばらく黙つてゐて、それからまた別な話題を話すのである。

「どうもあのピアノは縁喜がわるいんだ。鳴らしてるとつひ悲観してしまふやうにできてゐるよ。場末の活動写真にだつてこんな憂鬱症のピアノはないからね。僕は一度調律師に見せてくれと家主に申しこんだら、家主は、とんでもない！　といつたんだ。

こんなぼろピアノに一銭だつて金をかける意志はありません！　屑屋も手をひいたピアノです！　あの音楽家にはほとほと手をやきましたよ！　あいつが一銭でも家賃をいれたためしがありますか！　その揚句が、やくざなピアノを残して逃げだしてしまつたのです！　捨てようにも運搬費がかかるんでもとの場所においてある始末です！　あのピアノが不都合な音をだすとおつしやるなら、いつさい鳴らさないで頂くほかはない！

僕はピアノの修繕はあきらめて、屋根の穴だけはふさいでくれと頼んだんだ。ピアノを鳴らしてゐると、丁度僕の頸に雨の落ちてくるところに穴がひとつあいてゐたからね。

家主はさつそく来て屋根の穴をふさいで、それから生垣の蜜柑の熟れ工合をよくしらべていつたよ。おそろしいけちんぼだ。

あのピアノは、きつと音楽学校に幾度も幾度もはいれなかつた受験生が、僕の部屋に捨てておいたピアノだよ。その受験生は国で百姓をしてゐるにちがひない。僕も国にいつて百姓をしようと思ふんだ」

私は鼻孔からかなり長い尾をひいた息をひとつ吐き、ひそかに思つた。三五郎が国で百姓をするやうになつたら、私も国で百姓をしよう。

「しかし悲観しない方がいいね。女の子に悲観されると、こつちも悲観するよ。百姓のはなしは、オペラのうたひすぎた時思ふだけだよ。僕はもうコミツクオペラをうたはないでまじめに勉強するよ。約束のしるしに、オペラの楽譜をみんな町子にやらう。一枚のこらずやつてしまはう」

三五郎は彼の部屋にのこしてゐる楽譜をも取つてきて、オペラの楽譜全部を私にくれた。これで三五郎と私とは、怠けがちな過去の生活に大きいくぎりをつけた気がしたのである。私は楽譜を机の抽斗の奥ふかくしまひ、

私は新しい希望が湧いたので三五郎にいつた。

「ピアノの蓋に錠をかつておくといいわ。鍵は私が匿しとくから」

「鍵なんか家主だつて持つてやしないよ。しかしもう大丈夫だ。僕はもう絶対にピアノは鳴らさない。僕はこれから一生懸命健康な音程練習をするんだ」

私が誰にも言はなかつた一つのことがらを三五郎に打明けたのは、こんな夜のことであつた。私は詩人になりたいといふひそかな願ひを三五郎に打明けたのである。三五郎はまるで私の予期しなかつたほどの歓びを爆発させ、私のちぢれた頭を毬のやうに腕で巻き、更に私を抱きあげて天井に向つてさしあげた。そして私たちは、詩と音楽とを一生懸命に勉強することを誓ひ、コミツクオペラのやうな不潔な音楽はうたはないことを約束した。

しかし三五郎と私の約束はぢき破れた。私たちは幾たびかコミツクオペラの合唱をくり返したのである。

月末に、三五郎はくびまきを買つてくれないで却つてたちもの鋏をひとつ私に買つてくれた。

私の祖母の予想ははづれなかつたやうである。私は、バスケットの底の美髪料をまだ一度も使はなかつた。それで私の頭髪は鳶いろにちぢれて額に垂れさがり、私はときどき頭をふつて額の毛束をうしろに追ひやらなければならなかつた。私の頭髪はいよいよ祖母の涙にあたひするありさまであつた。そんなありさまも三五郎にたちもの鋏を思ひつかせる原因になつたのであらう。

その夜、三五郎は百貨店の包紙を一個私の部屋にはこんだ。彼は紙の中からたちもの鋏と、まつくろなボヘミアンネクタイとを取りだし、そして私に詫びた。

「くびまきは買へなかつたから来月にしてくれないか。今日分教場の先生に嗤はれてネクタイをひとつ買つてし

まつたんだ。先生に嗤はれてみろ、きつと何か買ひたくなるものだよ。あとで考へると役にたたないものでも、その場では買ひたくなるものだよ。それあ僕はボヘミアンネクタイに合ふ洋服なんか持つてゐないさ。ただ先生に嗤はれると、何か賑やかなやつを買ひたくなるんだ。丁度百貨店のエレベエタアでボヘミアンネクタイをさげたやつと乗りあはしたから、それで僕も買つたんだよ。くびまきはまだ急がないだらう」

　私は三五郎の心理にいちいち賛成であつた。まだくびまきのぜひ要る季節ではないし、私の行李のなかには灰色をした毛糸のくびまきがひとつはいつてゐたのである。

「仕方がないからネクタイはこの部屋の飾りにしよう」

　三五郎は女中部屋の釘にボヘミアンネクタイをかけた。私の部屋にはいままで何ひとつ飾りがなかつたので、まつくろなボヘミアンネクタイは思ひつきのいい装飾品となつた。

「女の子の部屋には赤い方がよかつたかも知れない。まあいいや、髪をきつてやらう。赤いちぢれ毛はおかつぱに適したものだよ。うるさくなくて軽便だよ。きつと美人になるよ」

　私はとんでもないことだと思つた。そしてはじめて決心した。バスケツトの美髪料は毎日使はなければならないし、髪も毎日結はう。

　私は急に台所のこんろに火をおこし、美髪料の金だらひをかけた。

　私がそのとき頭を解いたのは美髪料でちぢれをのばすためであつたにも拘らず、三五郎はそのとき東西文化の交流といふ理論を私に教えて、つひに私から髪をきる納得を得てしまつた。その理論といふのは、東洋の法被が西洋にわたつて洋服の上衣になつたり、西洋の断髪が東洋にきておかつぱになつたりするのは、船や飛行機のせゐで、これは時代の勢ひだから仕方がないといふ理論であつた。そして三五郎はつけ加へた。かづらの薬でちぢれ毛をのばすのは祖母の時代のこのみで、孫たちは祖母のこのみをそのまま守つてゐるわけにはいかないのである。

　三五郎はこの理論を教えこむためにかなり時間をとつたので、話の中途で台所からものの焦げる匂ひがしてきた。金だらひの美髪料がみんな発つてしまつたのである。金だらひに水をかけながら私は髪をきつてしまはうと思つた。

　しかし、三五郎が机の上に立てかけた立鏡を私はみたくもなかつたので、私は眼をつぶつてゐた。

「痩せた女の子にはボオイスアップといふ型がいいんだ」

　私は何も答へなかつた。私の思つたのはおばあさんはどうしてゐるであらうといふことであつた。

　最初のひとはさみで、厚い鋏の音が咽喉の底にひびいたとき、私は眼をひとしほ固くし、心臓のうごきが止みさうであつた。私の顔面は一度蒼くなり、その次に真赤になつた感じであつた。

「はなを啜るんぢやない」

　三五郎はうつむきがちになつてゆく私の上半身を幾度か矯めなほし、このとんでもない仕事に熱中してゐる様子であつた。私はつぶつた眼から頤にかけて涙をながし、ずゐぶん長い時間を、涙を拭くこともならなかつた。

　左の耳の側で鋏が最後の音を終ると同時に私はとび上り、丁度灯を消してあつた三五郎の部屋ににげ込んだ。私の頸は急に寒く、私は全身素裸にされたのと違はない気もちで、こんな寒くなつてしまつた頸を、私は、暗い部屋のほかに置きどころもなかつたのである。——私の頸を、寒い風がいくらでも吹きぬけた。

「おばあさんが泣く」三五郎の部屋のくらがりで、私はまことに祖母の心になつて泣いたのである。「おばあさんが泣く」

　二助が部屋からでてきて、丁度廊下にやつてきた三五郎にきいた。

「どうしたんだ」

「おかつぱにしてやつたんだけど、いきなり逃げだしたんだ。まだ途中だし困つてしまふよ」

「よけいなもの数奇をするからだよ。ともかくあかりをつけてみろ」

　三五郎が電気をつけた。私はピアノの脚部の隅つこに頸をかくしてゐた。

「みてやるから、よく見えるところに出てごらん」と二助がいつた。彼は制服の上にしみだらけの白い上つぱりを着て、香水の匂ひをさせてゐた。彼はこやしをいぢりながらときどき香水の罎を鼻にあてる習慣であつた。

　二助は私の頭の周囲を一廻りした後、

「平気だよ。丁度いいくらゐだ。女の子の頭はさつぱりした方がいいんだよ。そんなに泣くものぢやない」

　そして二助は香水の罎から私の頭に香水をたつぷり振りかけてくれた。

　一助もいつしか部屋の入口に立つてゐて、彼も私の頭について一つの意見をのべた。

「おかつぱはあまりいいものぢやないよ。しかしぢき伸びるだらう。すこしのあひだ我慢しなさい」

そして彼は部屋に帰つていつた。

二助は私のうしろに立つてゐて三五郎に命じた。

「この辺の虎刈りをすこし直してやつたらいいだらう。この部屋では電気が暗いから、僕の部屋でやつたらいいだらう」

二助の部屋では、かなりの臭気がこもつてゐたけれど、部屋のまんなかに明るい電気が下つてゐて、頸の刈りなほしに適してゐた。二助はその上に大根畠の人工光線をもつけ、新聞紙の肥料の山を二つほど動かし、その跡に土鍋のかかつた火鉢を押しやつた。これはみんな二助が三五郎に腕前をふるはせるための設備で、彼は虎刈りはみつともないといふことを二度ばかり呟いた。私の頸にはよほど眼につくだんだらがついてゐたのであらう。

三五郎は部屋のまんなかに私を坐らせ、丁度電気の真下で刈込みをつづけることになつた。二助は上つぱりのポケツトから垂れてゐたタオルをはづして私の肩を巻き、香水の罎を私の横においで三五郎にいつた。

「今夜はすこし臭くなるつもりだから、ときどき香水を当てたらいいだらう。女の子にもときどき当ててやれ」

三五郎は私の頸に櫛を逆にあて、鋏の音をたてた。彼は折々臭気を払ふために鋭い鼻息を吐き、それは一脈の寒い風となつて私の頸にとどいた。しかし私はもう泣いてゐなかつた。ひととほり泣いたあとは心が凪ぎ、体は程よく草臥れてゐたのである。ただ私の身辺はいろんな匂ひでかためられてゐて、肩のタオル、私の頭から遠慮もなく降りてくるゆたかな香水の香、部屋をこめてゐる空気などが私を睡らせなかつた。

二助は土鍋をかき廻し、試験管を酒精ランプにかざし、土鍋に粉の肥料を加へ、また罎のこやしを加へ、団扇でさましたこやしを蘚の湿地に撒き、顕微鏡をのぞき、そしてノオトに書き、じつに多忙であつた。

睡りに陥りさうになると私は深い呼吸をした。こみ入つた空気を鼻から深く吸ひいれることによつてすこしのあひだ醒め、ふたたび深い息を吸つた。さうしてるうちに、私は、霧のやうなひとつの世界に住んでゐたのである。そこでは私の感官がばらばらにはたらいたり、一つに溶けあつたり、またほぐれたりして、とりとめのない機能をつづけた。二助は丁度、鼻掃除器に似た綿棒でしきりに蘚の上を撫でてゐるところであつたが、彼の上つぱりは雲のかたちにかすみ、その雲は私がいままでにみたいろんなかたちの雲に変つた。土鍋の液が、ふす、ふす、と次第に濃く煮えてゆく音は、祖母がおはぎのあんこを煮る音と変らなかつたので、私は六つか七つの子供にかへり、私は祖母のたもとにつかまつて鍋のなかのあんこをみつめてゐたのである。——丁度二助がそばにやつてきたので、私はつとめて眼をあけた。二助は私の肩のタオルを彼の手ふきにも使ふために来たので、彼は熱心に手を拭いたのち、さつさと行つてしまつた。二助が机のそばに行つてしまふと、私の眼には机の上の蘚の湿地が森林の大きさにひろがつた。二助はふたたび綿棒をとつて森林の上を撫で、箒の大きさにひろがつた綿棒をノオトの上にはたいた。

それから二助が何をしたのかを私は知らない——私の眼には何もなく、耳にだけあんこの噴く音が来たのである。私が次に眼をあいたのは三五郎の不注意から私の頸に冷たいたちもの鋏が触れたためで、そのとき二助はしきりに顕微鏡をのぞいてゐた。

「蘚の花粉といふものは、どんなかたちをしたものであらう」私は心理作用を遠くに行かせないために、努めて学問上のむづかしいことを考へてみようとした。「でんでん虫の角のかたちであらうか」しかしぢき心は遠くに逃げてしまひ、私の耳は、二助のペンの音だけを際だつて鮮かにきいた。

「うつむきすぎては困る。また泣きだすのか」

三五郎の両手が背後から私の両頰を圧した。それはだんだん前屈みになつてゆく私の姿勢をなほすためであつたが、彼の右手はたちもの鋏を置かないままだつたので、鋏のつめたい幅がぴたりと私の頰を圧し、鋏の穂は私の左の眼にたいへんな刃物にみえてしまつた。私はたちまち立ちあがり、二助のそばに行つた。しかし二助のそばに立つたときもう私は睡くなつてゐた。私はただ睡いのである。それで、中腰になつて顕微鏡をのぞきながらノオトを書きつづけてゐる二助の背中に睡りかかつた。二助は姿勢を崩さないで勉強をつづけた。

「どうしたんだ。我儘は困る」と三五郎が言つた。「すこしだけだんだらが残つてゐるんだ。あと五分だけ我慢しろ」

「睡いんだね。夢でもみたんだらう」二助はやはりペンの音をたてながら言つた。「すこしくらゐの虎刈りは、明後日になれば消えるよ。ともかくおれの背中からとつてくれなければ不便だ。伴れてつて寝かしてやつたらいいだらう」

　私は二助の背中から彼の足もとに移り、たたみに置いた両腕に顔をふせてただ睡つてしまひさうであつた。

「もう一つだけだんだらを消せば済むんだ。消してしまはう」

　三五郎はそのために二助の足もとにきた。

　私はそれきり時間の長さを知らなかつたが、そのうち三五郎の手で女中部屋に運ばれた。つめたい部屋に運ばれた時に、私はすつかり睡気からさめた。

　三五郎はすでに寝床としてのべてあつた掛蒲団のうへに私を坐らせ、彼自身は私の机に腰をかけてゐて言つた。彼は組んだ脚の上に一本の肱をつき、そのてのひらに顔をのせてゐたので、抑えつけられた唇から無精な発音がでた。

「さつぱりした頭になつたよ。重さうでなくて丁度いい。頸の辺はむしろ可愛いくらゐだよ。明日は一助氏の鏡をもつてきて、二つの鏡で頸を映してみせてやらう。おやすみ」

　三五郎は机から立ちあがり、また腰を下し、前とおなじ姿勢をとり、そして前とおなじ発音で言つた。

「今夜はたぶん徹夜だよ。二助がこやしを二罎ほど汲みだせと命じてゐるし、二助の蘚が今晩から恋をはじめたんだ。おれは徹夜で二助の助手をさせられるにちがひない。おやすみ」

　しかし、三五郎はやはりてのひらに顔をのせてゐて、立ちあがらうとはしなかつた。

　しばらくだまつてゐたのちに、三五郎は頬杖を解いて腕ぐみになほし、腕の環に向つて次のやうなとりとめのないことを言つたのである。

「こんな晩には、あれだね、あのう、植物の恋の助手では、あれなんだよ。つまり、つまらないんだよ。しかし、あのう、じつはかうなんだ。蘚の恋愛つて、変なものだね。おやすみ」

　彼はいきなり私の頸に接吻をひとつした。それから私を抱いたままで机に腰をかけ、私の耳にいつた。

「泣くんぢやないよ。今晩二助は非常に忙しいし、二助くらゐ女の子に泣かれるのを怖れてゐる人間はゐないからね。二助は泣いてばかしゐる女の子に失恋したことがあるんだ。それ以来二助は植物の恋愛ばかし研究してゐるし、女の子に泣かれるのは大きらひなんだ。今晩も町子に香水をかけてくれたり、タオルをかけてくれたりしたらう。二助は女の子には絶対に泣かれたくないんだよ。

だから泣くんぢやない」

　私は泣きだしさうではなかつたので、三五郎の胸のなかでうなづいた。

「しかし、女の子といふものは、こんな晩には、あとで一人になつてから、いつまでも泣いてるものではないのか。（私は三五郎の胸のなかで頭をふつた。私はあとで泣きさうな不安を感じなかつたのである）ならい丶けど、もし泣きだされると、二助はきつと恐怖して、どうしたんだときくからね。きかれたつて僕は訳をはなしたくない。こんなことがらの訳は、一助氏にも二助にも話さないでおいた方が楽しいにきまつてゐるだらう」

　私は三五郎の胸のなかでうなづいた。それで三五郎は私の耳からすこし遠ざかつた。

「なんしろ二助は今晩蘚の恋愛の研究を、一鉢分仕上げかかつてゐるんだ。二助の机の上では、今晩蘚が恋をはじめたんだよ。知つてるだらう、机のいちばん右つ側の鉢。あの鉢には、いつも熱いくらゐのこやしをやつて二助が育ててゐたんだ。熱いこやしの方が利くんだね、今晩にわかにあの鉢が花粉をどつさりつけてしまつたんだ。蘚に恋をはじめられると、つひ、あれなんだ、つまり――まあいいや、今晩はともかくそんな晩なんだ。僕は蘚の花粉をだいぶ吸つてしまつたからね。

　ともかくいちばん熱いこやしが、いちばん早く蘚の恋情をそそることを二助は発見したんだ。熱くないこやしと、ぬるいこやしと、つめたいこやしとをもらつてゐるあとの三つの鉢は、まだなかなか恋をする様子がないと二助は言つてゐたよ。町子は二助の論文をよんだことがあるか。（この問ひに対して、私は、かすかに、自信のない頭のふりかたで答へた）さうか。しかし僕は町子も一度よんでみた方がいいと思ふ。二助の机の上にノオトが二つあるだらう。一つが二十日大根の論文で一つが蘚の論文なんだ。二十日大根の方は序文がおもしろいだけで、本論の方はさうおもしろくない。蘚の方はとてもおもしろいから僕はときどき読むことにしてあるんだ。植物の恋愛がかへつて人間を啓発してくれるよ。二助氏は卒業論文に於てはなかなか浪漫派なんだ。ただ僕にしよつちゆうこやしの汲みだしを命じるから困る。汲みだしといへば僕なんだ。仕方がないから僕は垣根のすつぱい蜜柑をつづけさまに二つもたべてから汲みだしをやるんだ」

　しかし、私はさつき三五郎の胸のなかで嘘をひとつ言つた。私は、もう以前から二助の論文のノオトを二つとも読んでゐたのである。「荒野山裾野の土壌利用法について」といふのが二十日大根の方の研究で、その序文は二助の抒情詩のやうなものであつた故に私の心を惹き、「肥料の熱度による植物の恋情の変化」（これが蘚の研究であつた）は、私のひそかな愛読書となつてゐた。

けれど私はそれ等の論文をよんだことを、何となく三五郎に打ちあけてしまふことができなかつた。蘚の論文は、丁度、よんだことを黙つてゐたい性質の文献で、「植物ノ恋情ハ肥料ノ熱度ニヨリテ人工的ニ触発セシメ得ルモノニシテ」とか、「斯クテ植物中最モ冷淡ナル風丰ヲ有スル蘚ト雖モ遂ニソノ恋情ヲ発揮シ」とか、「コノ沃土ニ於ケル蘚ノ生殖状態ハ」などといふ箇処によつて全文が綴られてゐたのである。

二十日大根の序文は、これはまつたく二助の失恋から生れた一篇の抒情詩で、

「我ハ曾ツテ一人ノ殊ニ可憐ナル少女ニ眷恋シタルコトアリ」といふ告白からはじまつてゐた。「噫マコトニ涙多キ少女ナリキ。余ノ如何ナル表情ニ対スルモ常ニ涙ヲ以テ応ヘ、涙ノホカノ表情ニテ余ニ接シタルコトアラズ。哀シカラズヤ、余ハ少女ノ涙ヲ以テ、少女ガ余ニ対スル情操ノ眼瞼ヨリ溢ルルモノト解シタルナリ。サレド少女ニハ一人ノ深ク想ヘル人間アリテ、ソハ余ノホカノ青年ナリキ。而ウシテ少女ノ涙ハ、少女ガ余ノ悲恋ヲ悲シム涙ナリキ。余ハ少女ノ斯ル涙ヲ好マズ。乃チ漂然トシテ旅ニ出ズ。

余ハ荒野山三合目ノ侘シキ寺院ニ寄寓シ、快々トシテ楽マズ。加フルニ山寺ノ精進料理トイフモノハ実ニ不味ニシテ、体重ノ衰フルコト二貫匁ニ及ビタリ。

一日麓ノ村ヨリ遥々余ニ面会ヲ求メ来レル一老人アリ。彼ハ荒野村ノ前々村長トカニテ、彼ハ白面ノ余ヲ途方モナキ学究ト誤認シ、フトコロヨリ一個ノ袋ヲ取リ出ダシテ余ノ面前ニオキ、礼ヲ厚クシテ余ニ一ツノ懇願ヲ提出セリ。袋ノ中味ハ黄色ツポイ土ニシテ、老人曰ク、コハ荒野山裾野ノ荒蕪地ナリ。貴下ハ肥料学御専攻ノ篤学者ニアラセラルル由、何卒貴下ノ御見識ニテ裾野一帯ノ荒蕪地ヲ沃土ト化サシメ給ヘ。ワガ裾野一帯ハ父祖ノ昔ヨリ広漠タル瘦土ニシテ、桑ハ固ヨリ、大根モ　蒡モ稗モ実ラヌ荒蕪ノ地ナリ。先年村民合議ニヨリ、先ヅ稗ノ種子ヲ撒キテ稗ヲ実ラセ、実リタル稗ニ烏雀ノ類ヲヨビヨセ、烏雀ノ残シユク糞ニテ荒野ヲ沃土ト化サム決議イタシ、第一着手トシテ稗ノ種子幾石ヲ撒キタレド、アア、稗ノ芽モ出ネバ烏雀ノ類モ集ラズ、稗ノ種子幾石ハ空シク瘦土ニ委シタル次第ナリモシ貴下御専攻ノオ力ニヨリ

テ、ヨキ肥料御教示ヲ給ハランニハ、ワガ歓ビ如何バカリナラン。村民共ノ歓喜、アア、如何バカリニ侯ハン。ヨキ智恵ヲ垂レ給ヘ。猶願クバ村民一同ニ一場ノ御講演ヲモ給ハリタク、御研究ニテ御多忙ノ折カラ、万一御承諾ヲ得タラムニハ、老人コレヨリ馳セ帰リテ村内ニフレ廻リ、折返シオ迎ヘノ若者ヲモ差シツカハシ申スベシ。枉ゲテ御承諾ヲ給ヘ。

余ハ茫然トシテ、老人ノ紋ツキ羽織ニ見トルルコトシバラクナリキ。

ソノ日、余ハ宵闇ニマギレテ侘シキ山寺ヲ出発セリ。住職ハ余ノ村人ニ発見サルルヲ気ヅカヒテ、余ニ隠簑ノ如キ一枚ノ藁製ノ外套ヲ借与ス。余ハコノ外套ヲ頭ヨリ被リテ村ヲ抜ケ、村ハヅレノ柿ノ木ニ尊キ外套ヲ懸ケオキタリ。

余ガ東京ノ下宿ニ着キタル時ハ、恰モ小野一助ガ彼ノ下宿ヨリ来リテ余ヲ待チタル時ニ相当シ、一助ハ余ニ一週間ノ入院ヲ強請セリ。余ハ憤然トシテぽけつとヨリ土袋ヲ取リイダシ、荒蕪地ヲ沃土ニ変ヘム決心ヲ為シタリ。余ハ仮令失恋シタリトハイヘ、分裂病院ニ入院スル必要ヲ毫モ認メザルナリ。

其後一助ハ佐田三五郎ニ命ジテ、廃屋ニモ等シキ一個ノ家ヲ借リウケ、一助、余、三五郎ハ、各々下宿生活ヲ解キテ廃屋ノ住者トナル。余ハワガ居室ノ床ノ間ヲ大根畠ニ仕立テ、荒野山麓ノ瘦土ニ種種ノ肥料ヲ加ヘテ二十日大根ノ栽培ニ努ム。ソノ過程ハ本論ニ於テ述ベムトス。序論終リ」

さて、私は二助の論文のことでいくらか時間をとつてしまつたけれど、私はここでもとの女中部屋の風景に還らなければならないであらう。

女中部屋の机の上では、やはり三五郎と私とがゐて、三五郎の膝の上での私の心理は、私がすでに二助の抒情詩をよんだことと、そして蘚の論文をもよんでゐたことを、三五郎にだまつてゐたい心理であつた。これはまことに若い女の子が祖母や兄や従兄に対して持ちたがる心理で、私はすでに蘚の花粉なぞの知識を持つてゐたことをやはり自分一人のひそかな知識としておいて、三五郎には蔽つておきたかつたのである。

二助の部屋の臭ひが廊下にながれ、茶の間を横ぎり、台所にきて、それから女中部屋の私たちを薄く包んだ。しづかな晩であつた。

三五郎はしづかな声でいつた。

「しかし、垣根の蜜柑もいくらかうまくなつたよ。おやすみ」

三五郎はふたたび私に接吻をした。それから私を掛蒲団の上におき二助の部屋に出かけた。

これは私が炊事係になつて以来はじめての接吻であつた。しかし私は机に肱をつき、いまは嘘のやうに軽くなつてしまつた私の頸を両手で抱え、そして私は接吻といふものについて考へたのである。――接吻といふものは、こんなに、空気を吸ふほどにあたりまへな気もちしかしないものであらうか。ほんとの接吻といふものはこんなものではなくて、あとでも何か鮮かな、たのしかつたり苦しかつたりする気もちをのこすものではないであらうか。

三五郎と私との接吻は、十四の三五郎が十一の私に与へた接吻とあまり変りのないものであつた。十四の三五郎と十一の私とは、祖母が檐下に干してゐた一聯のつるし柿をほしかつたので、三五郎は私を肩ぐるまにのせ、私が手をのばしてうまくつるし柿を取ることができた。そのとき三五郎は胸いつぱいにつるし柿を抱えてゐる私を地上におろし、歓喜のあまり私に接吻をしたのである。それから十七の三五郎が祖母の眼の前で十四の私に接吻をしたとき、祖母はいつた。ああ、仲のよい兄妹ぢや、いつまでもこのやうに仲よくしなされ。――三五郎と私とは、幼いころからいつたいにこんな接吻の習慣をもつてゐたのである。

私たちの家族が隣人をもつたのは、佐田三五郎が私の髪をきつてしまつた翌日のことであつた。その朝、私はまづ哀愁とともに眼をさました。台所から女中部屋にかけて美髪料を焦がした匂ひが薄くのこり、そして私を哀愁にさそつたのである。もし祖母がゐたならば、祖母は私のさむざむとした頸に尽きぬ涙をそそいだであらう。そして祖母は頭髪をのばす霊薬をさがし求め、日に十度その煎薬で私の頭を包むであらう。

私は祖母の心を忘れるために朝の口笛が必要であつた。口笛を吹き吹き、私は釘から一枚の野菜風呂敷をはづし、机の上の立鏡に向つて頭を何でもない風にかくす工夫をめぐらした。しかし、私の口笛は心の愉しいしるしとして三五郎の耳にとどいたやうである。三五郎は彼の部屋から私のコミツクオペラに朝の伴奏を送つてよこした。彼はもともと佗しい音程をもつた彼のピアノをなるたけ晴れやかにひびかせるために音程の狂つた箇処を彼自身の声楽で補つた。この伴奏のために私達の音楽はいつもよりずつと愉しさうな音いろを帯び、そして意外な反響を惹きおこした、小野二助の部屋から、二助自身の声楽が起つたのである。二助は私達といつしよになつて早朝のコミツクオペラをうたひだした。これはまことに思ひもかけない出来ごとで、私が二助の音楽を聴いたのはこの朝が最初であつた。しかし、私は、なんといふ楽才の兄を持つてゐたことであらう。私は口笛をやめ、野菜風呂敷を安全ピンで頭に止めようとしてゐた作業をやめて二助の声に耳をかたむけないわけに行かなかつた。二助のコミツクオペラは家つきの古ピアノの幾倍にも侘しく音程が狂ひ、葬送曲にも似た哀しさを湛へてゐたのである。しかし、二助自身はなかなか愉しさうな心でうたひつづけた。三五郎が急に伴奏をやめても、二助は独唱でうたひつづけた。伴奏がなくなると、二助のうたつてゐる歌詞は彼の即興詩であることがわかつた。「ねむのはなさけば、ジヤツクは悲しい」とうたはなければならないところを、二助は「こけのはなさけば、おれはうれしい、うれしいおれは」などとうたつてゐた。

　私は伴奏をやめてしまつた三五郎の心理を解りすぎるくらゐであつた。伴奏を辞退した彼は、ピアノに肱をつき、二助が音楽の冒瀆を止めるのを待つてゐることであらう。私も女中部屋でおなじ心理を持つてゐた。

　独唱がやんだと思ふと二助は彼の部屋から三五郎に話しかけた。

「植物の恋愛で徹夜した朝の音楽といふものは、なかなかいいものだね。疲れを忘れさしてよろこびを倍加するやうだ。音楽にこんな力があるとは思はなかつたよ。僕もこれからときどき音楽を練習することにしよう。五線のうへにならんでるおたまじやくしは、何日くらゐで読めるやうになるものだい。二週間あればたくさんだらう。二つめの鉢が恋愛をはじめるまでに二週間ある予定だから、そのあひだに僕はおたまじやくしの研究をしよう」

　三五郎は返事のかはりにピアノをひどくかき鳴らし、それから別のオペラを弾きはじめた。彼は二助のあまり知らないやうな唄を選んだにも拘らず、この朝の二助は決してだまつてゐなかつた。二助はひどい鼻音の羅列でピアノについてきたのである。こんな時間のあひだに私はもはや祖母の哀愁を忘れ、そしてむろん合唱の仲間に加はつた。

　早朝の音楽はつひに小野一助の眼をさました。一助は、彼の部屋で、眼をさましたしるしに二つばかり咳をし、それから呟いた。

「じつに朝の音楽は愚劣だ」

一助はさらに咳を二つばかり加へた。

「今日はいつたい何の日なんだ。みんな僕の病院に入れてしまふぞ。僕はまだ一時間十五分も睡眠不足をしてゐる」

三人のうち誰も合唱をよさなかつたので、一助はいくらか声を大きくした。

「三人のこらず僕の病院に入れてしまひたいな。三五郎、ピアノをよして水をいつぱい持つてきてくれ。食塩をどつさり入れるんだ。朝つぱらの音楽は胃のために悪いよ。君たちの音楽は、ろくな作用をしたためしがない」

三五郎が台所で食塩水の支度をしてゐるあひだに、一助と二助とは部屋同志で話をはじめた。二人とも寝床にゐる様子であつた。それで三五郎はコツプの水を持つたまま私の部屋に道よりした。三五郎は女中部屋の入口でコツプの水を半分ばかりのみ、それから私の机にきて腰をかけた。徹夜のためであらう彼はよほど疲れてゐて、憤りつぽい顔でほとんど机いつぱいに腰をかけ、そして無言であつた。私は二本の安全ピンで野菜用の風呂敷を頭にとめたままこの作業を中止してゐたため、風呂敷ののこつた端は不細工なありさまで私の肩に垂れ、幾本かの安全ピンは三五郎のお尻のしたに隠されてしまつた。私は一時も早く安全ピンを欲しいと思つてゐるにも拘らず、三五郎は私の安全ピンを遮つてゐる事実をすこしも知らないありさまで、彼はただ膝のうへのコツプをながめ、そしてときどきまづさうにコツプの塩水をなめた。三五郎の様子では、彼はどうもまた国へいつて百姓をすることでも考へてゐるやうであつた。この想像は、私にしぜん遠慮がちなためいきをひとつ吐かせてしまつた。すると三五郎ものみかかつてゐたコツプに向つて、よほど大きいためいきをひとつ吐いた。

こんな時間のあひだに、一助と二助とは彼等同志の会話をすすめてゐた。一助はもはや音楽の悪い作用のことや、食塩水のことも忘れはてた様子で、たいへん熱心に話しこんでゐた。

「人間が恋愛をする以上は、蘚が恋愛をしないはずはないね。人類の恋愛は蘚苔類からの遺伝だといつていいくらゐだ。この見方は決してまちがつてゐないよ。蘚苔類が人類のとほい祖先だらうといふことは進化論が想像してゐるだらう。そのとほりなんだ。その証拠には、みろ、人類が昼寝のさめぎわなどに、ふつと蘚の心に還ることがあるだらう。じめじめした沼地に張りついたやうな、身うごきのならないやうな、妙な心理だ。あれなんか蘚の性情がこんにちまで人類に遺伝されてゐる証左でなくて何だ。人類は夢の世界に於てのみ、幾千万年かむかしの祖先の心理に還ることができるんだ。だから夢の世界はじつに貴重だよ。分裂心理学で夢をおろそかに扱はない所以は――」

一助があまり夢中になりすぎたので、二助はひとつの欠伸で一助の説を遮り、そしていつた。

「蘚になつた夢なら僕なんかしよつちゆうみるね。珍らしくないよ。しかし、僕なんかの夢はべつに分裂心理学の法則にあてはまつてゐないやうだ」

「どんな心理だね、その蘚になつたときの心理は。いろいろ参考になりさうだ。委しくはなしてみろ」

「しかし、言つたとほり、僕はべつに分裂医者の参考になるやうな病的な夢はみないつもりだ。それより僕は徹夜のためじつに睡くなつてゐる」

「僕だつて睡眠不足をがまんして訊いてるんだ。分裂心理学では、人間のあらゆる場合の心理が貴い参考になるんだぞ。いつたい二助ほど分裂心理の参考にされるのを厭ふ人間はゐないやうだ。それも一種の分裂心理にちがひない」

「そんな見方こそ分裂心理だよ。人間を片つぱし病人扱ひにするのはじつに困つた傾向だ」

「みろ、そんな見方こそ分裂心理といふものだ。ひとの真面目な質問に答へようとはしないでただ睡ることばかしを渇望してゐる。僕の病院にはそんな患者がどつさり入院してゐるよ。こんなのを固執性といふんだ」

「いくら病名をおつ被せようとしても僕は病人ではないぞ。そのしるしには、僕はどんな質問にでも答へてやれる。僕は何を答へればいいんだ」

「さつきも訊いたとほり、小野二助が蘚になつた夢をみたときの、小野二助の心理を、誇張も省略もなく語ればいいんだよ」

「どうも、心理医者くらゐものごとを面倒くさくしてしまふものはゐないやうだ。こんな家庭にゐることは、僕は煩瑣だ。下宿屋の女の子は年中僕の前で泣いてばかしゐたにはゐたが、心理医者ほど僕を苦しめはしなかつたと思ふ。僕はいつそ荷物をまとめて、あの下宿屋にまひ戻らうかしら」

「変な思ひ出に耽るんぢやない。僕はもうさつきからノオトとペンを用意して待つてゐるんだぞ。あまり早口でなく語つてみろ」

「僕は、ただに、もとの下宿に還りたくなつた。そこには、僕の——」

「いまだにそんな渇望をもつてゐるくらゐなら、即日入院しろ。僕が受持になつて、下宿屋の女の子のことなんか一週間で忘れさしてやるとも。丁度第四病棟の四号室があき間になつてゐる。昨日までやはり固執性患者のゐた部屋だ」

「僕はあくまで病人ではないぞ。蘚や二十日大根をのこしておいて僕がのんきに入院でもしてみろ。こやしは蒸れてしまふし、植物はみんな枯れてしまふにちがひない」

「もし二助が健康体なら、この際僕にさつさと夢の心理を語るはずだよ」

「語るとも。かうなんだ。僕が完全な健康体としてしよつちゆうみる蘚の夢といふのは、ただ、僕自身が、僕の机のうへにある蘚になつてゐる夢にすぎないよ。だから僕は人類発生前の、そんな大昔の、人類の御先祖に当るやうな偉い蘚の心理には、夢の中でさへ還つたためしがない。それだけの話しだよ。僕はもう睡つてもいいだらう」

「もつと、ありつたけを言つてしまふんだ。どうも二助の識閾下には、省略や隠蔽の悪癖が潜んでゐるにちがひない」

「僕は、僕の識閾下の心理にまで責任をもつわけにはいかないね。じつに迷惑なことだ」

「だから識閾下の問題は僕がひき受けてやるよ。それで、いま僕の知りたいのは、さつきから幾度となくきいてゐるとほり、二助が蘚になつてゐる夢の中の蘚の心理だ。隠蔽しないで言つてみろ。僕の病院では、隠蔽性患者の共同病室だつてあるんだぞ。十六人部屋で、野原のやうにひろい病室なんだ。たしか寝台が二つほどあいてゐたと思ふ」

「僕はそんな寝台に用事のないしるしに、夢の心理をはなすよ。いいか。僕は、僕の机のうへの、鉢のなかの蘚になつてゐるんだ。だから小野二助といふ人物は、僕のほかに存在してゐるんだ。そして僕は、ただ、小野二助が僕に熱いこやしをどつさりくれて、はやく僕に恋愛をはじめさしてくれればいいと渇望してゐるのみだよ。そのほかの何でもありやしないよ。僕はただ、一刻もはやく恋愛をはじめたいだけだよ」

「それから」

「そして眼がさめると、僕はもとの小野二助で、蘚は二助とは別な存在として二助の机の上にならんでゐるんだ。

僕の夢についてはこれ以上語る材料がないから僕はもう寝る。これ以上に質問はないだらう」

「あるとも。次の質問の方が貴重なくらゐだ」

「僕はいつそ女中部屋に避難したいくらゐだ。迷惑にもほどがある。今日は午後一時から肥料の講義をききのがしてはならない日だ。僕は肥料のノオトだけにはブランクを作りたくない」

「じつはかうなんだ。僕の病院に――」

「僕はどんな病室があいてゐたつて一助の病院に入院する資格はもつてゐないぞ」

「入院のことでないから安心しろ。じつはかうなんだ。僕の病院に、よほどきれいな――（一助はここでよほどしばらく言葉をとぎらした）――人間がひとり入院してゐるんだよ」

「その人間は、男ではないだらう」

一助は返辞をしなかつた。

このとき、女中部屋では佐田三五郎がコツプの塩水をかなり多量に一口のみ下し、そして三五郎は私にいつた。

「僕はじつに腹がすいてゐる。何かうまいものはないのか」

私ははじめて解ることができた。今朝からの三五郎の不機嫌はまつたく空腹のためであつた。

私は女中部屋の窓の戸をあけ、窓格子のあひだから外にむかつて手をのばした。私の手が漸く生垣の蜜柑にとどいたとき三五郎はいつた。

「蜜柑は昨夜のうちに飽食した。僕はいま胃のなかがすつぱすぎてゐるんだ。僕と二助とはどうも蜜柑の中毒にかかるにちがひない。こんどから、二助が徹夜を命じたら炊事係も徹夜しなければ困る。徹夜くらゐ腹のすくものがあるか。何かうまいものはないのか」

私はくわゐの煮ころがしがいくつか鍋にあることを思ひだしたので、台所に来た。そしてつひに鍋は見あたらなかつた。

「何かないのか」

私は炊事係として途方にくれた。昨夜の御飯がいくらかのこつてゐるはずの飯櫃さへもなくなつてゐたのである。

「そんなものはむろん昨夜のうちに喰べてしまつたよ。あの飯櫃はよほどながく大気のなかにさらして、中の空気を抜かないとだめだ。二助の部屋にすこしでも置いたものは、何でもさうだ。何かうまいものはないのか」

私は戸棚をさがして漸く角砂糖の箱と、お茶の鑵をひとつ取りだすことができた。私の台所には、そのほかにどんな食物があつたであらう。お茶の鑵のなかには二枚の海苔がはいつてゐた。

三五郎は角砂糖をたべては塩水をのみ、海苔をたべては塩水をのんだ。彼はずゐぶんまづさうな表情でこの行動をくり返した。

こんな時間のあひだに、一助と二助はふたたび会話をはじめた。

「この際睡つてしまはれては困る」と一助がいつた。「僕はぜひ今朝のうちにきいておきたい質問をもつてゐるんだ。もうすこしだけ我慢できるだらう」

二助は返辞しなかつた。

「睡つてしまつたのか」一助はいくらか声を大きくした。

「僕は睡るどころではない。さつきも訊いたとほり、その人間は男ではないだらう」

「そんな興味はよした方がいいだらう。悪癖だよ。話の中途で質問されることは僕は迷惑だ」

「一助氏こそ隠蔽癖をもつてゐるやうだ。僕は睡ることにしよう」

「睡られては困るよ、じつはかうなんだ、その人間は男ではない患者で、蘚のやうにひつそりしてゐて、僕の質問に決して返辞をしないんだ」

「その質問はどんな性質のものか、やはりききたいね」

「それあ、いろいろ、医者として、治療上の質問だとも。治療以外のことで僕はその患者に質問したためしがない。二助はどうも穿鑿性分裂におちいつてゐるやうだ。主治医と患者のあひだの問答は当事者二人のあひだの秘密であつて、二助の穿鑿はじつに迷惑だ」

「そんなおもしろくない話に対しては、僕はほんとに寝てしまふぞ」

「じつはかうなんだ」一助は急に早口になつた。「その患者は僕に対してただにだまつてゐて、隠蔽性分裂の傾向をそつくり備へてゐるんだ。これは、よほど多分に太古の蘚苔類の性情を遺伝されてゐるにちがひない。典型的な蘚の子孫にちがひない」

「平気だよ。種がへりしたんだ。僕は動物や人間の種がへりの方はよく知らないが、なんでも、いつか、何処かで、尻尾をそなへた人間が生れたといふぢやないか。医者がその尻尾をしらべてみたら、これはまつたく狐の尻尾であつて、これは人間が進化論のコオスを逆にいつたんだといふ。じつにうなづけるぢやないか。人間が狐に種がへる以上は、人間の心理が蘚に種がへるのも平気だよ」

「僕は平気ではないね。なぜといつて、よく考へても見ろ、主治医が病室にはいつていつても、笑ひも怒りもしないんだよ。僕はまるで自信をなくしてゐる」

「泣きもしないのか」

　二助の質問はたいへん乗気であつたのに対して、一助はひどくしよげた答へかたをした。

「泣いてくれるくらゐなら、僕はいくらかの自信を持ち得たらうに」

「しかし、泣く女の子には、あらかじめ決して懸念しない方がいいね。ひとたび懸念してしまふと忘れるのになかなかの月日が要るものだし、そんな月日の流れはじつにのろいものだよ。僕は――」

　二助の会話はしだいに独語に変り、ききとれない呟きはしばらくつづいた。

　一助は二助の呟きに耳をかたむけてゐる様子であつたが、しばらくののち彼は急いで二助の呟きを遮つた。

「そんな推測は僕には必要ではない。決して必要ではない。僕はただ、一人の主治医として患者に沈黙されてゐることが不便なだけだ。僕たちの臨床では、主として主治医と患者との問答によつて病気をほぐして行くんだ。そこにもつてきて患者に沈黙されることは、主治医としてよほどの痛手ではないか。察してもみろ、患者が識閾の下で何を渇望してゐるかを知る手段がないのだぞ。そこにもつてきて、主治医以外のもう一人の医員がいふには、これはおお、何といふ典型的な隠蔽性分裂だ！　僕もこの患者を研究することにしよう！　といつたんだ。しかしこれは口実にきまつてゐる。そのしるしには、あいつはしばしば僕の患者にむかつて、ひとつの質問をくり返してゐるんだ。もう長いことくり返してゐるんだ。この質問は治療上にはちつとも必要のない質問で、患者をくるしめるに役だつ質問なんだ。僕にしろ、こんなおせつかいをされたくない。患者がたつた一度だけ口をひらき、そしてあいつにむかつて拒絶してくれたら、僕はじつに安心するだらうに」

「女の子といふものは、なかなか急に拒絶するものではないよ。拒絶するまでの月日をなるたけ長びかせるものだよ。あれはどういふ心理なんだ、僕は諒解にくるしむ」

「僕の場合は病人だから、健康体の女の子とおんなじに考へられては困る。非難は医員のやつに向けろ。あいつは主治医のゐないときに限り病室にはいつて行くんだぞ。

悪癖にもほどがある。僕はいづれあの医員の分裂心理もほぐしてやらなければならないだらう。

それで、主治医にしろ、自分の患者をだらしのない医員に任しておくわけにはいかないだらう。だからあいつが病室にはいつて行くたびに、主治医も病室に行くんだ。するとあいつは手帖にむかひ、鉛筆をなめるふりをしてゐるんだ。その手帖は、じつに主治医の関心にあたひする手帖で、主治医はあいつの手帖をみてやりたいんだ。じつに見てやりたいんだ。しかしあいつは手帖を一度だつてポケツトのそとに置きわすれたためしがない。そのくせあいつは主治医が病室に持つてきた診察日記を主治医の手からとりあげ、よほど深刻な表情でしらべるんだ。これはあいつが主治医と患者とのあひだの心の進展をしらべるためなんだ。

僕の病院では、毎日こんな日課がくり返されてゐる。僕は、毎日がまるでおもしろくない」

「そんなとき、人間はあてどもない旅行に行きたいものだよ」

「僕は、むしろ、あてどもない旅行に行きたい」

「僕は家族の一人にそんな旅行に行かれることを好まないね。のこつた家族は、たれ一人として勉強もできないにきまつてゐる」

「僕にしろ、二助の旅行中には本を一ペエヂもよめなかつた。診察日記もかけなかつたほどだ。僕はそれをがまんしてきたんだぞ。こんどは二助ががまんしろ」

「ともかく、一度患者の女の子にものを言はせて見ろ。そのとき、女の子の返辞が受諾なら、あてどもない旅行に行かなくてもいいだらう」

「そんな幸福を、僕は、思つて見たためしがない。僕は旅行に行つてしまはう」

「被害妄想はよせ。そんな被害性分裂におちいつてゐると、却つて一助氏を病院に入れてしまふぞ。旅行に行くのは拒絶された上でたくさんだ。そのときは荒野山のお寺に行くといいね。僕はお寺の坊さんに紹介状をかくことにしよう。あのお寺は精進料理だけど、庫裡の炉のそばに天井から秤を一本つるしてあつて、体重をはかるに不便しないからね。精進料理といふものは、どうも日課として体重をはからせたくするやうだ」

「それは料理のせゐではなくて失恋のせゐだよ。失恋者といふものは、当分のあひだ黙りこんで肉体の痩せていく経路をながめてゐるものだよ」

「はじめ、秤の一端に手でつかまつてぶらさがつたとき、いくらか塩鮭になつたやうな気がするが、向ふの一端では坊さんが分銅をやつたり戻したりして、じつに長い時間をかかつて、正確に体重をはかつてくれるよ。丁度ぶらさがつてゐるとき炉の焚火がいぶつて、燻製の鮭の心境を味はふこともできるよ。それからその鮭をたべたくなるんだ。あれは僕の心理が、鮭の心理と、小野二助の心理と二つに分裂するにちがひない。

それから、麓の村から一人の老人がたづねてくるにきまつてゐるからね、僕は一助氏に伝言をひとつ托することにしよう。荒野山の裾野の土壌は絶望です、と伝へてほしい」

「この際絶望といふ言葉はよくないだらう。僕ならもうすこしのぞみのありさうな言葉を選ぶつもりだ。縁喜のわるいにもほどがある」

「言葉だけかざつても仕方がないよ。あの裾野の土壌は、ただ地球の表面をふさいでるだけで、耕作地としては絶望だよ。僕の二十日大根がこんなに育つたのは、裾野の土のせゐではなくて、僕の調合したこやしのせゐだからね。僕はあの老人の参考のために、一助氏に処方箋を一枚托することにしよう、僕の調合したこやしの処方箋を。そしたらあの老人は僕の調合したこやしがどんなに高価なものかを知つて、裾野の利用法をあきらめるにちがひない」

「僕は山寺にゆくことをよさう。老人は裾野の土地を愛してゐるんだ。何をもつてしてもあきらめきれない心理で愛してゐるんだ。僕はそんな老人の住む土地に出かけていつて、同族の哀感をそそられたくないよ」

「僕の調合した処方箋で、老人がなほあきらめをつけない様子だつたら、一助氏は老人を診察する必要があるよ。したがつて氏はぜひお寺に出かけなければならないわけだ。老人は、どうも偏執性分裂をもつてゐるよ。ともかく僕は二十日大根の研究をうち切ることにしよう。大根畠をとりはらつて、床の間には恋愛期に入つた蘚の鉢をひとつづつ移していくんだ。僕はさうしよう。僕はうちの女の子に大根畠の掃除を命じることにしよう。僕の勉強部屋は、ああ、蘚の花粉でむせつぽいまでの恋愛部屋となるであらう。

二十日大根のノオトは、どうも卒業論文にあたひしないやうだ。卒業論文にしろ恋愛のある論文の方がおもしろいにきまつてゐる。さて僕は睡ることにしよう」

「僕は、今朝から、まだ早朝のころから、じつに貴重な質問をききのこしてゐる」一助はひどく急きこんでいつた。「かうなんだ、あれほどにおもい隠蔽性患者は、十六人部屋に移して共同生活をさした方がいいんだが、患者自身が決して一人部屋から出やうとしないんだ。あれは、やはり、人間の祖先であつた太古の蘚苔類からの遺伝であつて、蘚苔的性情を遺伝された人間といふものは、いつもひとところにじつと根をおろしてゐたい渇望をもつてゐるんだ。じつに困る。一人部屋は主治医にとつて都合がいいが、同時にもう一人の医員にとつても都合がいいんだよ」

「どうも、恋愛をしてゐる人間といふものは、話をその方にばかり戻したがつて困る。むしろ女の子を退院させろ」

一助は返辞のかはりとして深いためいきをひとつ吐いた。それで二助は次のやうにいつた。

「僕はのろけ函をひとつ設備することにしよう。僕の友だちに一人の男がゐて、彼はとても謹厳な男なんだぞ。その部屋にはのろけ函といふ函をひとつそなへてあるんだ。一度金を入れたら、決して金の還つてこない函なんだぞ。訪問者のはなしの性質によつては五十銭玉を二つでも入れなければならない意味の函なんだ。僕の友だちは絶えずこの函を鍵であけ、それから映画館に行くことにしてゐる。そして彼は一年中映画女優に恋愛をしてゐるんだ」

「彼の罰金は、何処ののろけ函に入れるのか」

「僕の友だちは、肉体をそなへた女に恋愛をするのは不潔だといふ思想なんだ。だから映画の上の女優に恋愛をしても罰金はいらないにきまつてゐる」

「どうもその男はすばらしい分裂をもつてゐるやうだ。僕はぜひその男を診察することにしよう。今日のうちにその男を僕の病院につれてきてくれないか」

「僕は年中こやし代に窮乏してゐる。僕はのろけ函の収益でこやしを買ふことにしよう」

「僕の質問は学問に関する質問であつて、まるでのろけ函にあたひしない質問なんだ。僕はいよいよきくことにしよう。かうなんだ、昨夜二助が徹夜をして一鉢分をしあげた蘚の恋愛は、どんな調子のものだらう。僕が非常に委しく知りたいのはこの問題なんだ。僕は蘚にそつくりの性情をもつた患者の、不幸な主治医だらう。それで、僕は蘚の恋愛を僕の患者の治療の参考にしたいと思ふのだが、やはりあれだらうか、二助の机のうへの蘚は、隠蔽性を帯びた黙つた恋愛をしたり、二人のうちどつちを恋愛してゐるのか解らないやうな分裂性の恋愛をしたであらうか」

「僕の蘚は、まるで心理医者の参考になるやうな恋愛はしないよ。僕の蘚はじつに健康な、一途な恋愛をはじめたんだ。蘚といふものはじつに殉情的なものであつて、誰を恋愛してゐるのか解らないやうな色情狂ではないんだ。こじつけにもほどがある」

「ああ、僕は治療の方針がたたなくて困る。二助の蘚はA助とB助のうち、しまひにA助の方だけを恋愛してゐたことが解るやうな、そんな方法はないのか。あつたら実験してみてくれないか。そしたら僕は二助の方法を僕の患者に応用することが出来るんだ」

「みろ、僕の部屋は蘚の花粉でむせつぽいほどだ。これは蘚が健康な恋愛をしてゐるしるしで、分裂心理なんか持つてゐないしるしなんだ」

「二助は蘚の分裂心理を培養してみてくれないだらうか。僕の治療の参考になる蘚ができないだらうか」

「なんといふことを考へつくんだ。僕がそんな異常心理をもつた蘚を地上に発生させるとは、もつてのほかだ。熱いこやしとつめたいこやしをちやんぽんにやつたら、ひとたび発生さしてみろ、その子孫は、彼等の変態心理のため永久に苦しむんだぞ。僕は一助氏一人の恋愛のために植物の悲劇の創始者になることを好まない。まるでおそろしいことだ。僕は睡ることにする」

「こんな際にねむれるやつはねむれ。豚のごとくねむれ。ああ、僕は眼がさめてしまつた」

　一助の深い歎息とともに会話は終りをつげた。

　一助と二助の会話はよほどながい時間にわたつたので、このあひだに私は朝飯の支度を終り、金だらひの底をもみがくことができた。そして三五郎はもう以前に私の部屋で深い睡りに入つてゐたのである。

　一助はもう朝の食事をしなければならない時刻であつたが、彼は起きてくる様子はなくて、彼の部屋からは幾つかの重い息が洩れてきた。最後に彼は小さい声で独語をひとつ言ひ、それから家中がひつそりした。

「僕は治療の方法をみつけることができなかつた。ああ、ひと朝かかつてみつけることができなかつた。僕は今日病院を休んでしまはう」

　このとき、私の勉強部屋は三五郎の寝室として使はれてゐたので、私は本を一冊茶の間にもちだし食卓の上で勉強してゐた。しかし私の頭工合は軽いのか重いのか私にもわからない気もちで、私は絶えず頭を振つてみなければならなかつた。そして読書はなかなかはかどらなかつたのである。私の頭髪は長い黒布で幾重にも巻きかくされ、黒布の両端はうしろで結びさげにしてあつて、丁度私の寒い頸を保護するしかけになつてゐた。しかし、私の頭は何と借りものの気もちを感じさせるのであらう。――私はいくたびか頭をふりそして本はいつまでもおなじペエヂを食卓のうへにさらしてゐた。私はちつとも勉強をしないで、却つて失恋についての考察に陥つたのである。

私の頭を黒いきれで巻いたのは佐田三五郎の考案であつて、彼は角砂糖と海苔とでいくらか徹夜のつかれをとりもどし、それとともに私の頭の野菜風呂敷をにがにがしく思ひはじめたのである。彼は私の頭をまるで不細工なことだといひ、もつとも野蛮な土人の娘でもそんな布の巻きかたはしないものだといつた。彼はそんな呟きのあひだに私の頭から二本の安全ピンをのぞき、風呂敷をとつてしまつた。

「泣きたくても我慢するんだ。女くらゐ頭髪に未練をかけるものはないね。じつに厄介なことだ。一助氏の鏡をかりてきて二つの鏡で頭ぢゆうをみせてやつたら、泣くどころぢやないんだがなあ。みろ、一助氏はいま失恋しかかつてゐるんだぞ。（このとき一助と二助とはまだ会話の最中であつた）僕はこの際一助氏の部屋に鏡をとりに行くことを好まないよ。だから、目下のところは、鏡をみてしまつたつもりで安心してゐればいいんだ。その心理になれなくはないだらう」

私はやはり頭を包むものをほしかつた。外ではすでに朝がきてゐて、もしむきだしの頭で井戸に水をくみに行くならば、晩秋の朝日はたちまち私の頸をも照らすであらう。そして私にこんな頭を朝日にさらす決心はつかなかつたのである。

私がふたたび野菜風呂敷をとり膝のうへで三角に折つてゐるとき、三五郎はつひに立ちあがつて釘の下に行つた。そして彼が釘のボヘミアンネクタイに向つて呟くには、

「せつかくのおかつぱをきれで包んでしまふとは、これはよほどの隠蔽性にちがひない。じつに厄介だ。僕はまるで不賛成だが、しかし、女の子の渇望には勝てさうもない」

そして三五郎はネクタイのむすび目を解き、ボヘミアンネクタイを一本の長い黒布として、私の頭髪を巻いたのである。

「こんな問題といふものは」三五郎は私の頸にきれの房

を垂れながらいつた。「外見はむしろ可愛いくらゐである にも拘らず、外見を知らない本人だけが不幸がつたり恥しがつたりするんだ。女の子といふものは感情を無駄づかひして困る。それから、はやく飯を作つて一助を病院にやつてしまはないと僕は睡れなくて困る。なにか失恋者どもをだまらせる工夫はないのか。せめて僕はこの部屋で睡つてみることにしよう」

このとき一助と二助とはまだ会話の最中であつた。そして三五郎は床にはいるなり睡つてしまつた。

佐田三五郎は睡り、小野二助は睡り、そして小野一助はだまつてしまつた後では、家の中がしづかになり、朝飯の支度を終つた私が失恋について考へるのに適してゐた。この朝は、私の家族のあひだに、失恋に縁故のふかい朝であつて、私の考へごとはなかなか尽きなかつた。しかし、私はどうも頭の工合が身に添はなくて、失恋についてのはつきりした意見を持つわけにはいかなかつたのである。私はつひに自信のない思ひかたで考へた――失恋とはにがいものであらうか。にがいはてには、人間にいろんな勉強をさせるものであらうか。すでに失恋してしまつた二助は、このやうな熱心さでこやしの勉強をはじめてゐるし、そして一助もいまに失恋したら心理学の論文を書きはじめるであらうか。失恋とは、おお、こんな偉力を人間にはたらきかけるものであらうか。それならば（私は急に声をひそめた考へかたで考へをつづけた）三五郎が音楽家になるためには失恋しなければならないし、私が第七官の詩をかくにも失恋しなければならないであらう。そして私には、失恋といふものが一方ならず尊いものに思はれたのである。

私がこんな考察に陥つてゐたとき、ふすま一枚をへだてた一助の部屋で、一助が急に身うごきをはじめた。彼は右と左と交互に寝がへりをくり返してゐる様子で、そして彼は世にも小さい声で言つたのである。

「僕はこんな心理にならうと思つて僕の病院を休んだのではない。人間の心理くらゐ人間の希望どほりにいかないものがあるか。あたまをひとつ殴りつけてやりたいほどだ。心臓を下にして寝てゐると、脈搏がどきどきして困る。これは坊間でいふところの虫のしらせにちがひない。心臓を上にして寝てみると、からだの中心がふらふらして困る。これはやはり虫のしらせの一種にちがひない。僕はまるで乏しい気もちだ。何かたいせつなものが逃げてゆく気もちだ。ふたたび心臓を上にしても、みろ、やはり虫のしらせがおさまらないぢやないか。これは、よほど、病院の事態に関する虫のしらせにちがひない。僕は今にして体験した。人間にも第六官がそなはつてゐるんだ。まちがひなくそなはつてゐるんだ。人間の第六官は、始終はたらかないにしろ、ひとつの特殊な場合にはたちまちにはたらきだすんだ。それは人間が恋愛をしてゐる場合なんだ。僕はもういちど心臓を下にしてみることにしよう。みろ、依然として第六官の脈搏が打つぢやないか。僕はまるつきり乏しい気もちだ。ああ、僕の患者は、いまどうしてゐるだらう。誰がいま、僕の患者の病室にはいつてゐるであらう。僕はかうしてはゐられない。（一助は急にとびあがつた）僕は病院にいつてみなければならない」

　一助が茶の間にでてくる前に私は台所に避難してゐた。黒布で巻かれた私の頭を一助の眼にさらしたくなかつたのである。私はさらに女中部屋に避難しなければならなかつた。一助は台所にきて非常に急いだ洗顔をし（彼は洗面器を井戸ばたに持つてゆく時間を惜しみ、丁度私がみがいておいた小さい金だらひで洗顔した）ぢき茶の間に引返した。私は熟睡をつづけてゐる三五郎の顔のそばから台所に引返した。

　私は一助からいちばん遠い台所の一隅に坐り、いま女中部屋からとつてきた私の蔵書の一冊を読むことにした。けれど此処でも私の読書は身に添はなかつた。障子一枚の向ふで、一助が曾つていつたことのない食事の不平を洩らしたからである。

「どうもこの食事はうまくない。じつにわかめと味噌汁の区分のはつきりしない味噌汁だ。心臓のどきどきしてるときにこんな味噌汁を噛むのは困る」

　私はこんな際に一枚の海苔もなくなつてゐることを悲しみ、戸棚をあけてみた。丁度戸棚のいちばん底に、浜納豆の折がひとつのこつてゐた。これは私がとつくに忘れてゐた品で、振つてみると乏しい音がした。私は腕のとほるだけの幅に障子をあけ私の腕を五寸だけ茶の間の領分にいれ、漸く浜納豆の折を茶の間におくことができた。

　浜納豆は急に一助の食慾をそそり、一助はこの品によつて非常に性急な食事を終り、そして食後の吐息とともに意見をひとつのべた。

「浜納豆は心臓のもつれにいい。じつにいい。もつれた心臓の消化を助ける。僕は僕の病院の炊事係にこの品の存在を知らして、心臓のもつれた患者の常食にさせよう。これはじつにいい思ひつきであつて、心臓のほぐれたときにのみ浮ぶ心理なんだ。心臓のほぐれは浜納豆を満喫した結果であつて、僕はこの品の存在をぜひ僕の病院の炊事係に知らせ――しかし、僕は、食後、急にのんびりしたやうだ。病院の事態を思へばのんびりしすぎては困る。僕はかうしてはゐられない」

そして一助はあたふたと勤めに出かけた。

のこつた二人の家族は熟睡をつづけ、私は茶の間にかへり、私の家庭はじつに静寂であつた。この静寂は私の読書をさまたげ、却つて睡りをさそつた。

三五郎の部屋では、寒い空気のなかに、丁度三五郎の寝床がのべてあつた。私は早速睡りに入らうとしたが、二助の部屋からつづいてゐる臭気のなごりと寒さとのために、私はただ天井をながめてゐるだけであつた。丁度私の顔の上に天井板のすきまがひとつあつて、その上に小さい薄明がさしてゐた。三五郎の部屋の屋根の破損は丁度垣根の蜜柑ほどのさしわたしで、私は、それだけの大きさにかぎられた秋の大空を、しばらくながめてゐた。この閑寂な風景は、私の心理をしぜんと次のやうな考へに導いた――三五郎は、夜睡る前に、この破損のあひだから星をながめるであらうか。しばらく、星をながめてゐるであらうか。そして午近くなつて三五郎が朝の眼をさましたとき、彼の心理にもこの大空は、いま私自身の心が感じてゐるのとおなじに、深い井戸の底をのぞいてゐる感じをおこさせるであらうか。第七官といふのは、いま私の感じてゐるこの心理ではないであらうか。私は仰向いて空をながめてゐるのに、私の心理は俯向いて井戸をのぞいてゐる感じなのだ。

そのうち私は睡りに陥つた。

この日の午後に、三五郎と私とは、二助の大根畠の始末にとりかかつた。この仕事を私たちに命じたのは小野二助で、そのために三五郎は音楽予備校を休んだのである。

三五郎の部屋で私は意外に寝すごしてしまつたので、二助は私をおこすのによほど骨折つた様子であつた。私が夢のさかひからとびおきて蒲団の上に坐つたとき、私の眼のまへに二助が立つてゐて、二助は肥料学の講義に遅刻することをたいへん恐怖しながら（そのしるしは彼の早口にありありとあらはれてゐた）命じた。

「今日のうちに二十日大根の始末をしといてくれ。たいせつなことは……寝ぼけてゐては困る。しつかりと眼をあくんだ。僕はまるで風と話してゐるやうだ。たよりないにもほどがある。（しかし私はあながち寝ぼけてゐたのではなく、一方では頭の黒布を二助に対して気兼ねに感じてゐたのである。ボヘミアンネクタイは私が睡つてゐたあひだにかなりゆるんでしまひ、布の下からは頭髪が遠慮なくはみだしてゐるやうであつた）たいせつなことは、今日こそ、菜つぱを、一本もむだにしないで、おしたしに作ることだ。解つたのか。（私はうなづいた）僕はぜひ僕の処方箋のもとに栽培した菜つぱの味を味つてみる必要があるんだ。これは僕の肥料処方箋が人間の味覚にどうひびくかの実験だから、菜つぱを捨てられてはじつに困る。ごまその他の調味料は最少限の量を用ひ、菜つぱ本来の味を生かすおしたしを作つてみろ。ああ、僕はいま、たいせつな講義に遅刻しかかつてゐる。それから、大根畠をよした床の間は、発情期に入つた――（ここで二助は急に言葉をきり、ひどくあわててゐる気配であつた）いや、さうぢやないんだ。どうも、徹夜の翌日といふものは、ありのままの用語をつかひすぎて困るやうだ。じつに困る。ともかく、僕の部屋の床の間は、蘚のサロンになるといふことなんだ。三五郎に命じてくれ、例の鉢を、さういへば三五郎は知つてゐるからね、そのひと鉢を非常に鄭重に床の間に移す――しかし、僕は、つひに遅刻しかかつてゐる。僕はとてもかうしてゐられない」

そして二助はあたふたと学校にでかけた。

私はよほどたくさんの仕事をひかえてゐる気もちで責任がおもかつたので、三五郎のところに来てみた。私が女中部屋の入口に坐つたときは、女中部屋の入口に位置してゐる三五郎の顔が眼をさましたときであつた。私は三五郎に相談した。

「大根畠をとつてしまはなければならないの。けれど――」

私がわづかこれだけ話しかかつたとき三五郎はいつた。

「何といふことだこれは。あの百姓部屋から大根畠をとつてしまふとどうなるんだ。大根畠のない室内に、こやしだけ山積してみろ、こやしの不潔さが目だつだけぢやないか。きたないにもほどがある」

「床の間を、蘚のサロンにしておけつて二助氏がいつたの――」

「すてきなことだ。これはすてきなことだ。二助氏の考へはじつにいい。もともと二助の部屋は百姓部屋すぎるよ。大根畠と人工光線の調和を考へてみろ。不調和にもほどがある。豆電気といふものは恋愛のサロンにのみ適したものなんだ」

「でも、分教場をあんまりたびたび休んでもいいの」

「休むとも。僕は絶えずその方が希望なんだ」

三五郎はとび起きて身支度をした。彼は台所に行き、私が炊事用の手ふきとして使つてゐる灰色の手ぬぐひを頭に結んだのである。三五郎の態度は私を刺戟した。私もゆるんでゐる頭ぎれを締めなければならないであらう。

私がボヘミアンネクタイの結びめを解かうとあせつてゐるとき、三五郎は一挙に私の頭ぎれをもぎとり、皺になつたボヘミアンネクタイをながながと女中部屋の掛蒲団のうへに伸べた。

「そつちの端をしつかりつかまへてゐるんだ。頭ばかし振るんぢやない。まるで厄介なことだ」

三五郎は私の机の下から結髪用の櫛をとりだして私に与へた。そして私は漸く額の毛束をとめることが出来た。

掛蒲団の上では、三五郎と私とが、両端をおさへてゐるボヘミアンネクタイをぱたぱたと叩いた。これは私の頭ぎれの皺をできるだけのばすためで、私たちはたいへん熱心に叩いた。

三五郎と私との朝飯はもう午をすぎてゐて、二人とも頭ぎれを巻いた食事であつた。けれど三五郎は何を考へはじめたのであらう、彼はさつきとび起きたときの勢ひに似合はず黙りこんでしまひ、そして考へ考へたべてゐる様子であつた。私はこのような沈黙時間を好まなかつたので、今私の心でいちばん重荷になつてゐる二十日大根の始末について三五郎に相談した。よほどたくさんある筈のつまみ菜を、私は最初どんな器で洗つたらいいのであらう。これは炊事係にとつてじつに迷ひの多い仕事であつた。

「水汲みバケツのなかでこやしのついた品を――」

「食事中によけいな話題をだすんぢやない。こんな時にはこやしに脚をつけてゐる大根のことなんか考へないで、しづかに蘚のことを考へるんだ。蘚の花粉といふものは……」

三五郎は急に番茶を一杯のみ、急にはものを言はなかつた。私はこのやうな話題をつづけられることを好まなかつたので、丁度三五郎が沈黙に陥つてゐるあひだに三五郎のそばを去り、二助の部屋の雨戸をあけに行つた。若い女の子にとつては、蘚の花粉などの問題は二人同志の話題としないで、一人一人で二助のノオトを読めばよかつたのである。

私が縁の雨戸をあけ終つて二助の部屋にはいつたとき三五郎はやはり私にとつては好ましくない状態にゐた。

彼は二助の椅子に腰をかけ、机に二本の頰杖をつき、そして蘚の鉢をながめてゐたのである。二本の肱のあひだにはペエヂを披いた論文があつた。

こんな状態に対して私はさつさと仕事をはこぶ必要があつたので、私は障子ぎわに立つてゐて室内を見わたした。けれど、二助の勉強部屋は何と手のつけられないありさまであらう。室内はまつたく徹夜ののちの混乱に陥り、私は、何から手をつけたらいいか解らないのである。私はつひに飯櫃のそばにぼんやりと立ちつくし、そして混乱した室内風景のなかに、私の哀愁をそそる一つの小さい風景を発見した。三五郎のかけてゐる椅子の脚からこやし用の土鍋のある地点にかけて、私の頭髪の切屑が、いまは茶色つぽい粉となつて散り、粉のうすれたところに液体のはいつた罎があり、粉のほとんどなくなつた地点に炊事用の鍋があつた。そして私はいまさらに祖母のことや美髪料のことを思ひ、ボヘミアンネクタイに包まれた私の頭をふつたのである。

三五郎はやはりおなじ状態をつづけてゐて蘚をながめ、それからノオトをながめ、また蘚をながめて取りとめのない時をすごしてゐたが、不意に私に気づいた様子で言つた。

「何だつてはなを啜るんだ」

そして三五郎はすこしのあひだ私の顔をながめたのち、初めて私のみてゐる地点に気づいたのである。三五郎は頭をひとつふり、やはりたたみの上をみてゐて呟いた。

「どうも僕はすこし変だ。徹夜の翌日といふものは朝から正午ごろまで睡つても、まだ心がはつきりしないものだらうか。僕は大根畠の排除にちつとも気のりしないで、却つてぼんやりと蘚のことを考へてゐたくなつたんだ。女の子と食事をしてゐるときふつとそんな心理になつてしまつたんだ。しかし、たたみのうへにこぼれてゐる頭髪の紛つて変なものだな。ただ茶色つぽい粉としてながめようとしても決してさうはいかないぢやないか。女の子の頭髪といふものは、すでに女の子の頭から離れて細かい粉となつても、やはり生きてゐるんだ。僕にはこの粉が生きものにみえて仕方がないんだ。みろ、おなじ粉でも二助の粉肥料はただあたりまへの粉で、死んだ粉ぢやないか。麦こがしやざらめ砂糖と変らないぢやないか。しかし頭髪の粉だけは、さうはいかないんだ」

三五郎は何かの考へをふるひ落す様子で頭を烈しく振り、そしてふたたびノオトに向つた。

三五郎の様子では大根畠の始末はいつ初まるのか見当

もつかなかつたので、私は飯櫃の蓋をあけてみた。飯櫃のなかには一粒の御飯もなくて二本の匙がよこたはり、二本の匙は昨夜二助と三五郎とがどんな食べかたをしたかを示すに十分であつた。それから私は炊事用の鍋の蓋をあけてみた。そして私は此処でも徹夜者たちの空腹を十分に偲ぶことができた。鍋のなかには、くわゐの煮ころがしのお汁までも完全になくなつてゐたのである。私は飯櫃のなかに鍋をいれ、そして台所にはこんだ。

私が雑巾バケツをさげて帰つてきても、三五郎はやはり机についてゐて、熱心な態度で蘚の論文をよんでゐた。そして私は一人で大根畠の始末にとりかかつた。私は右手で試験管一個分の二十日大根をつまみあげ、左手にさげたバケツの水のなかに浮かせ、次の試験管にかかり、そしてしばらくこの仕事をつづけた。

三五郎と私は丁度たたみを一畳半ほどへだてて背中をむけ合つた位置にゐてそれぞれの仕事をつづけてゐたが、雑巾バケツの水面が二十日大根で覆はれたころ、三五郎はたたみの上にノオトを放りだし、そして向うをむいたままで言つた。

「今日のうちに引越しをしてしまはうぢやないか。丁度大根畠は今日でなくなるし、引越しをするにはいい機会だよ」

私は雑巾バケツをさげたまま三五郎の背中をみた。彼は頭を両手で抱え、それを椅子の背に投げかけた怠惰な姿勢をとつてゐた。

三五郎は私の返辞をまたないで次のやうな独語をつづけ、そして私は彼の独語のあひだ彼の背中をながめることを止したり、またながめたりしてゐた。

「僕は、なんだか、あれなんだ、たとへば、荷物をうんと積んだ引越し車を挽いてやりたい心理状態なんだ。何しろ今日は昨夜の翌日で、昨日は二助の蘚が恋をはじめたり、花粉をつけたり、ひいては僕が花粉をどつさり吸ひながら女の子の頭を刈つてやつたり、それから……ああ、女の子は昨夜がどんな日であつたかを覚えてゐないのか。女の子といふものはそんな翌日にただ回避性分裂に陥つてゐるものなのか。僕は二助のノオトを持つてゐるのに、女の子の方では二人で蘚の論文を読まうとはしないで却つて雑巾バケツを持ちだして来るぢやないか。だから僕は大根畠の試験管を叩きこわしてやりたい心理になるんだ。僕はぼろピアノを叩き割つても足りないくらゐだ。僕は結局あれなんだ、何かを摑みつぶしてやりたいんだ。だから僕は、摑みつぶす代りとして引越し車の重たいやつを挽くんだ」

三五郎は急に椅子から立ちあがり、さつき放りだしたノオトを拾つた。そして彼は披いたノオトを楽譜のつもりで両手にもち、曾つて出したことのない音量でコミツクオペラをうたつたのである。けれど三五郎の音楽はただ破れるほどの大声で何かの心理を発散させるための動作で、ただ引越し亘を挽く代りの動作であつた。そして三五郎はつねに大根畠の方に背を向けてゐた。

三五郎がうたひたいだけをうたひ終るにはよほどの時間を費したが、そのあひだ私はただ三五郎の背中をみてゐた。そして私は三五郎がコミツクオペラを止め、二三度頭をふり、そして頭の手拭ひを結びなほしたとき部屋を出た。私は雑巾バケツの野菜を一度井戸ばたにあけて来なければならないのである。

私がふたたびバケツとともに部屋にかへつたとき、三五郎は大根畠の前に来てバケツを待つてゐるところであつた。彼は大根畠の取片づけに気の向いたしるしとして私も天井にさし上げ、私をたたみの上に置くと同時に熱心に働きはじめた。三五郎がせつせと野菜の収穫をしながらうたひはじめた音楽は、平生どほりの音量の音程練習であつた。そして彼は音程が気にくはないと収穫を中止し、作物のとり払はれた試験管の列をピアノの鍵としで弾きながら練習した。

私が二人の隣人に初対面をしたのは、丁度二十日大根でいつぱいになつた雑巾バケツをさげて玄関を通り掛つたときであつた。けれど私の家庭では音楽のため隣人に迷惑をかけなかつたであらうか。二人の女客は、もうせんから来訪してゐたさまで玄関に立ちつくしてゐたのである。私の眼には最初二人の訪客が一つの黒つぽいかたまりとしてみえた。これは彼女達の服装の黒つぽいためで、一人は全身に真黒な洋服をつけ、すこしうしろの方に立つてゐる一人は黒い袴をつけてゐた。そして彼等が二人の来訪者であると知つたとき私は玄関のたたみのうへに坐り、お辞儀をした。しかし、私たちの家庭の空気や私の身なりなどは、来訪者にあまり愉快な印象を与へてゐないやうであつた。私の頭にはネクタイの黒布が巻きつき、私の膝のそばには大根畠の匂ひをもつたバケツがならび、そして奥の方ではまだ三五郎の音楽がつづいてゐたのである。このやうな状態のなかで訪客の一人は(これは洋服をつけた方の客で、先生のやうにみえた)私に向つて隣家に越してきたことを言ひかかり、すぐやめてしまつた。そして私は漸く三五郎を呼んでくることを思ひついた。

　しかし三五郎が玄関に出てきても、私たちは隣人に快い感じを与へることは出来なかつた。三五郎と私とはやはり二人とも頭ぎれを巻いてゐて、二人は玄関のたたみのうへに並んで坐つたのである。先生の隣人は何の感興もない様子で隣人としてのもつとも短い挨拶を一つのべ、三五郎と私とは言葉はなくてただお辞儀をした。このとき、もう長いあひだうしろの方に立つてゐた訪客は（これは黒い袴をつけた方の客で、生徒のやうにみえた）ふところから紙片を一枚とりだし、なるたけ玄関の隅の方においた。それは丁度障子のかげから半分だけみえてゐる雑巾バケツのそばであつた。そして三五郎と私とは、隣人たちの帰つていつた玄関で、しばらくは引越し蕎麦の切手をながめてゐたのである。

　私の家庭がたえず音楽で騒々しいのに引きかえて、隣人の家庭はつねに静かであつた。そして初対面のとき黒い袴をつけてゐた生徒の隣人と私との交遊は、前後を通じて非常に静粛で寡黙なものであつた。これは隣人と私とが互ひの意志をつたへるのにほとんど会話を用ひないで他の方法をとつたためであつた。

　この隣人は彼女もまたとなりの家庭の炊事係で、女中部屋の住者であつた。彼女は初対面のとき黒い洋服をきてゐた先生の隣人と二人分の炊事係で、黒い袴は彼女が夕方から夜にかけて講義をききに行くときの服装であつた。私の隣人は昼間を炊事係として送り、夜は夜学国文科の聴講生として送つてゐたのである。それから、初対面のとき先生のやうにみえた隣人は、事実宗教女学校といふ学校の英語の先生で、彼女はすべての物ごとに折目ただしい思想をもつてゐる様子であつた。先生の思想は、たとへば、二人の若い炊事係が井戸ばたなどで話をとりかはすのは決して折目ただしい行動ではないといふやうな思想ではないであらうか。

　さて二人の炊事係の交遊ははじめ井戸ばたではじまつた。丁度二助の大根畠を取りはらつた翌日のことで、私は雑巾バケツでつまみ菜を洗ひ、隣人は隣家の雑巾バケツで黒い靴下を二足あらつてゐた。そして私たちはすこしも会話のない沈黙の時間を送り、そのあひだに行動でもつて隣人同志の交情を示したのである。――隣人の洗ひ終つた靴下が石鹼の泡をおびた四つの黒いかたまりとして私の野菜のそばに並んだとき、私は二十日大根の一群を片よせ、隣人はその跡に彼女の雑巾バケツを受け、そして私はポンプを押した。これは丁度私がポンプの把手の近くにゐたためであつた。けれど私の押してゐるポンプは非常に乱調子で、そのために隣人の雑巾バケツには水が出たり出なかったりした。私はもはや頭ぎれを巻いてゐなかつたので、私の頭髪はポンプの上下と共にたえず額に垂れかかり、そして私はたえず頭をふりながらポンプを押したのである。この状態をみた隣人は彼女の頭から小さいゴムの櫛を一枚とり、井戸の周囲を半廻りして私の頭髪をとめてくれた。

私はこの日の朝からもう頭ぎれを巻いてゐなかつた。朝眼をさましたとき、私の頭ぎれはすでに私の頭をはなれて女中部屋のたたみのうへに在つた。そして私は、もはや頭髪をつつむことを断念したのである。三五郎の買つたボヘミアンネクタイは、いまは、ひとつの黒いかたまりとなつて美髪料とともに私のバスケツトの中に在つた。

隣人が四本の靴下を蜜柑の垣に干す運びになつたとき、私は三本の靴下をさげて垣根までついて行つた。隣人は彼女の手にあつた一本を干し、二本目を私の手からとり、そして私の手に最後の一本がのこつたとき私は蜜柑のうへにそれを干した。そして私たちは無言のまましばらく靴下の雫をながめてゐたのである。

最後に隣人は私の野菜の始末を手つだつてくれたので、私は意外に早く二十日大根の臭気をのぞくことができた。隣人と私とは私の雑巾バケツで洗つた分を隣人の雑巾バケツに移し、それから笊にあげる手順をとつた。そして最後に隣人と私とはかはるがはるポンプを押し、ずゐぶん長いあひだ二十日大根に水を注いだのである。

野菜がすつかり清潔になつたとき、私ははじめて隣人に口を利いて遠慮がちにつまみ菜をすすめてみた。隣人はやはり遠慮がちに私の申出でを断り（それは彼女の家族がたぶん食べないであらうといふ理由からであつた）そして蜜柑の木に仮干しをしてあつた四本の靴下をさげて彼女の家庭に帰つた。

夕方に、私は台所の上り口に腰をかけ、つまみ菜の笊をながめて考へ込んでゐた。二助の栽培した二十日大根をいよいよ調理することに対して、私にはなほ多くのためらひがのこつてゐたのである。けれどこの問題は丁度前後して帰つてきた三五郎と二助とによつていろんな方面から考察されることになつた。ひと足さきに帰つてきたのは三五郎の方で、彼は非常にうれしさうな様子で台所を横ぎり女中部屋の障子をあけてみた上ではじめて台所口の私に気づいた。三五郎は右手に一本のヘヤアイロンをもつてゐて、ときどき私の頭髪を挟みあげ、またヘヤアイロンを音楽の指揮棒のやうに振つたりしながら言つたのである。

「今日分教場の先生にほめられたから頭の鏝を買つたんだ。非常にほめられると、やはり何か買ひたくなるものだね。僕は先生から三度うたはされて三度ほめられたんだ。(三五郎は音楽をうたひ、指揮棒を波のやうに震はせた。このとき二助は丁度台所にきて三五郎のうしろに立つてゐた)今晩は町子の頭をきれいにしてやるから七輪の火を消さないでおくんだ。忘れてはいけないよ」

「いろんな方向に向つてゐる髪をおなじ方向に向けてしまふといいね。しかし僕は腹がすいた。早く僕の作物でおしたしを作らないと困る」

「僕はこんな作物のおしたしはどうもたべたくないね。(三五郎は笊をとりあげて鼻にあててみた)みろ、やつぱり大根畠そつくりの匂ひがしてゐる」

二助も笊の匂ひをしらべてみて、

「これは二十日大根そのものの匂ひだよ。こやしの匂ひはちつとも残つてゐないぢやないか。試験管のことを忘れて公平に鼻を使はないと困る」

三五郎はふたたび笊をしらべたのち私にきいた。

「ほんとにすつかり洗つたのか」

それで私は昼間隣人と二人で二十日大根を洗つた順序を委しく物語つたのである。すると三五郎は急に笊をおいて言つた。

「隣人の靴下を二足あらつた雑巾バケツで菜つぱを洗つたのか」

「ええ。それから長いことかかつて笊のうへから水をかけたの」

「何にしてもきたないことだよ。この二十日大根は隣家の雑巾バケツを通して隣家の先生の靴下に触れたんだ。それに僕はどうも隣家の先生を好まないよ。第一初対面の時に僕は汚ない手拭ひで頭をしばつてゐるところを見られてゐるし、それに、何となく、あれなんだ、欠点を挙げられさうな気がして、僕は、隣家の先生がけむつたいんだ。威厳のありすぎる隣人だよ。だから僕は今日分教場の帰りに、宗教女学校の帰りの先生と同じ電車にのり合はしたけど、電車を降りてうちに帰るまで決して隣家の先生の前を歩かなかつたんだ。だから僕は先生の真黒な靴下をよくみたが、あんな棒のやうな、ちつとも膨らみのない脚は、ただけむつたいだけだよ。あんな靴下を洗濯したバケツで洗つた菜つぱの味は、けむつたいにきまつてゐる」

「平気だよ。もともとこの二十日大根は僕が耕作した品なんだ。隣家の雑巾バケツの中を二三分間くぐつてきたことはまるで問題ぢやないよ。僕は隣家の先生にはまだ面識をもたないが、三五郎の考へかたにはこのごろどうも偏見があるやうだ。こやしを極端にきたながつたり、隣家の靴下をけむたがつたり、何か一助氏に診察させなければならない心理が生れかかつてゐるのか。公平に考へてみろ、こやしも靴下もことごとく神聖なものなんだ」

「二助氏こそ公平に考へてみろ。（三五郎はヘヤアイロンのさきに一群の二十日大根を挟んで二助の鼻にあてた）それから僕はべつに一助氏に診察させるやうな心理には陥つてゐないよ。ただ、おなじ隣人を持つくらゐならもうすこし威厳のすくない隣人を持つて――」

二助はヘヤアイロンの野菜を大切さうにつまんで笊に還し、そして私にきいた。

「ともかく精密に洗つたんだね」

私はもう一度隣人と代る代るポンプを押した話をくり返した。

「すると、隣家の先生がポンプを押してくれたのか」

「さうぢやないよ。（三五郎は私に代つて答へた）解らないにもほどがあるね。隣家の先生はほんのさつき僕と前後して隣家に帰つたと聞かしてあるぢやないか。もう一人生徒の隣人がゐるんだよ。黒い袴をはいた生徒なんだ。あれはたぶん夜学国文科の生徒にちがひないね。頭髪が黒くて国文科らしい顔をしてゐるよ。僕はさつき分教場から帰るとき、この隣人にも逢つたんだ」

「黒い袴をはいた女の子なら僕もすれちがつたよ。僕は丁度三五郎のぢき後から帰つて来たからね。あれが隣家の女の子なのか。しかし（二助はしばらく考へこんでゐた）僕はもうおしたしを止さう。隣家の女の子は、やはり、あれだよ、つまり、涕泣癖をもつてゐさうなタイプだよ。太つたタイプの女の子には、どうも、涙がありすぎて――（二助は深い追想に耽る様子であつた）ともかく僕はあのタイプの女の子が洗つてくれた野菜を好まないよ」

そして二助の耕作した二十日大根は、私の台所で二三日たつうちに色が蒼ざめ、黄いろに褪せ、つひに白く萎れてしまつたのである。

祖母の送つてくれた栗の小包には三通りの栗がはいつてゐて（うで栗、生栗、かち栗）幾つかの美髪料の包みも入れてあつた。けれど私の頭はもはや三五郎の当ててくれたへヤアイロンの型に慣れ、そして私自身もすでにアイロンの使ひこなしに慣れかかつてゐたのである。私は哀愁とともに美髪料の包みをバスケツトのなかに入れ、そして机の上の三つの皿にうで栗を盛つた。二助の部屋からはいつもの匂ひがながれ、三五郎はさつきピアノとともに二度ばかり音程練習をしてそれきりだまつてしまつた。一助の部屋はただひつそりしてゐて何のおとづれもなかつた。そして私は次々に三つの部屋を訪れ、三人の家族の消息を知ることができたのである。

私がうで栗の皿を一助の部屋にはこんだとき、小野一助は何もしてゐなかつた。彼はただ机の下に脚をのばしてたたみの上に仰臥し、そして天井をみてゐるところであつた。彼の頭の下には幾冊かの書籍が頭の台として重ねられ、それらの書籍は一助の頭の下ではみだしたのや引つこんだのやまちまちであつた。一助はこの不揃ひな枕の上に両手で抱えた頭をのせ、何ごとかを考へてゐたのである。私が彼の肱のそばに栗の皿をおいても、一助はやはり天井をみてゐた。

私は栗のそばに膝をつき、しばらく一助の胸のあたりをみてゐた。彼の呼吸は幾つかを浅くつづき、その後にはきつと深く吸つて深く吐きだす一つの特別な息があつた。そして私は、人間がどのやうな場合にこんな息づかひをするかを偲ぶことができた。

部屋のなかは空気ぜんたいが茶褐色で、一助の胸も顔も、勤めから帰つて以来一助がまだ着替えないでゐるズボンとワイシヤツも、壁のどてらも、そして栗の皿も、みんな侘しい茶褐色であつた。これは一助が明るい灯を厭ひ、机の上の電気に茶褐色の風呂敷を一枚かけてゐるためであつた。

私は小野一助が部屋を茶褐色にし、着替へもしないで天井をみてゐる心理を知つてゐた。一助はこのごろいつもワイシヤツとズボンの服装でまづさうに夕飯をたべ、そして洋服のバンドのたけが一寸も不用になつたほど痩せてきたのである。私は栗の皿を一助の胸の近くにすすめておいて女中部屋に帰つた。

二つ目の皿を二助の部屋にはこんだとき、二助の室内は白つぽいほどに明るくて、二助は相変らず乱雑をきわめたこやしの中で熱心に勉強してゐた。この部屋は大根畠をとりはらつた当日だけいくらか清潔で、今ではふたたび煩瑣な百姓部屋であつた。ただ床の間の大根畠が一鉢の黄色つぽい蘚の湿地にかはり、机のうへに四つならんでゐた湿地が一つ減つただけであつた。

私が足の踏み場に注意をはらひながら二助の机に近づき、皿のおき場処を考へてゐたとき、小野二助はピンセツトを持つたまま栗に気づいた様子であつた。彼のピンセツトの下には湿地から抜きとられた一本の蘚がよこたはつてゐた。二助はピンセツトをはなさない手で栗を一粒つまんで口にはこびかかつたが、ふたたび皿に還し、床の間に出かけ、床の間の蘚をピンセツトにつまんで帰つてきた。そして二助はノオトの上の二本の蘚をしばらく研究したのち、栗を一粒つまんでたべたのである。二助の研究は二本の蘚をならべて頭のところを矘めたり、脚の太さを比較したり、息を吹きかけてみたりなかなか緻密な方法で行はれた。そしてつひに二助は左手の人さし指と拇指に二本の蘚の花粉をとり、一本づつ交互に鼻にあてて息をふかく吸ひこんだ。これは花粉の匂ひを比較するための動作で、二助はしづかに眼をつぶり、心をこめて深い息を吸ひこんだのである。けれどこのとき室内に満ちてゐるこやしの匂ひは二助を妨げたやうであつた。彼は右手のピンセツトをおき、上つぱりのポケツトから香水をだして鼻にあてた。このあひだ左手は大切さうにノオトのうへに取りのけられてゐて、二助は決して右手に近づけなかつた。二助は左の指に香水のつくことをひどく恐怖してゐたのである。

香水によつてこやしの臭気を払つたのち二助はあらためて左指をかたみがはりに鼻にあてて長いあひだしらべ、漸く眼をひらき、そして栗をつまんだ順序であつた。このとき私はまだ皿をおかないでゐた。けれど二助はなほ蘚から眼をはなさないでうで栗を噛み割つたので、うで栗の中味がすこしばかり二助の歯からこぼれ、そしてノオトの上に散つたのである。そして私は知つた。蘚の花粉とうで栗の粉とは、これはまつたく同じ色をしてゐる！　そして形さへもおんなじだ！　そして私は、一つの漠然とした、偉きい知識を得たやうな気もちであつた。――私のさがしてゐる私の詩の境地は、このやうな、こまかい粉の世界ではなかつたのか。蘚の花と栗の中味とはおなじやうな黄色つぽい粉として、いま、ノオトの上にちらばつてゐる。そのそばにはピンセツトの尖があり、細い蘚の脚があり、そして電気のあかりを受けた香水の罎のかげは、一本の黄ろい光芒となつて綿棒の柄の方に伸びてゐる。

けれど、私がノオトの上にみたこの一枚の静物画は、ぢき二助のために崩された。二助があわてて二本の蘚をつまみあげ、そしてノオトから栗の粉をはたいてしまつたからである。二助がふたたびノオトの上に蘚をならべたとき、私は頭をひとつ振り、ノオトの片隅に栗の皿をおいて女中部屋に帰つた。

女中部屋で私は詩のノオトをだしてみた。私はいま二助のノオトの上にみた静物画のやうな詩を書きたいと思つたのである。しかし私が書きかかつたのはごく哀感に富んだ恋の詩であつた――祖母がびなんかづらを送つてくれたのに、私にはもうかづらをつける髪もない。ヘヤアイロンをあててもらひながら頸にうける接吻は、ああ、秋風のやうに哀しい。そして私は未完の詩を破つてしまつた。

私が三つめの皿を運んだとき、佐田三五郎は廻転椅子に腰をかけ、ピアノに背中をむけた姿勢で雑巾バケツをながめてゐた。この雑巾バケツは、夕方雨の降りはじめたころ私がたたみの上に置いた品であつた。私はうで栗の皿をピアノの鍵の上におき、三五郎のそばに立つてしばらくバケツの中をみてゐた。バケツの底にはすでに一寸ほどの雨水がたまつてゐて、そのなかに屋根の破損から雨が落ち、また落ちてきた。そして水面にはたえず条理のない波紋が立つてゐた。

「栗をたべないの」

私は三五郎の膝に栗の皿を移してみた。三五郎はピアノに皿を還し、

「雑巾バケツがあると僕はちつとも勉強ができなくて困る。僕が音程練習をやりかかると、きまつてバケツに雨が落ちてきて、僕の音程はだんだん半音づつ沈んで行くんだ。雑巾バケツの音程はピアノ以上に狂つてゐるよ」

私が女中部屋に帰つて生栗の皮をむきはじめたころ、三五郎は急に勉強にとり掛つた。彼は雑巾バケツのためにいつまでも不勉強に陥つてゐる彼自身を思ひ返したのであらう。けれど三五郎は栗をたべては音程練習をうたひ、また栗をたべてゐる様子で、このとぎれがちな音楽は非常に侘しい音いろを帯びてゐた。私は侘しい音楽を忘れるために何かにぎやかなものを身につけてみたくなつたので、祖母の作つたかち栗の環をひとつ頸にかけてみた。祖母の送つてくれたかち栗は、まんなかを一粒一粒針でとほして糸につなぎ、丁度不出来な頸かざりの形をしてゐたのである。

　隣人と私とのあひだに一つの特殊な会話法がひらかれたのは丁度この時であつた。隣人もまた隣家の女中部屋の住者で、隣人の窓は私の窓と向ひあひ、丁度物干用の三叉のとどく距離であつた。あひだには蜜柑の垣根が一重あるだけで、隣人が彼女の窓から手をのばすとき彼女の手は垣の向側にとどき、私の手も部屋にゐて垣の此方側の蜜柑をとることのできる距離であつた。そして隣人は、私の膝に栗の皮のたくさん溜つたころ三叉の穂で私の雨戸をノツクしたのである。

　三叉の穂には筒の形をした新聞紙の巻物が一個下げてあつて、新聞紙の表面は雨にぬれ、中には一枚の楽譜がはいつてゐた。そして手紙にはそこはかとない隣人の心境がただよつてゐた。

「楽譜を一枚おとどけいたします。私は三日前にこの品を買つてきましたけれど、今日までその始末について何だか解らない考へをつづけてゐました。今晩学校から帰つてお宅の音楽をきいてゐましたら、やはりこの品は買つたときの望みどほりの所におとどけしたくなりました。だしぬけをお許し下さい。私の家族はすべてだしぬけなふるまひや、かけ離れたものごとを厭ふ傾向を持つてゐますけれど、私はこのごろ何となくその傾向に叛きたい心地で居ります。

　この品を買つた夜は何となく乗物にのりたくない気もちがしましたので、学校から家まで歩いて帰りました。そして私は三十分遅れて帰りました。家族は私の顔いろがすぐれないといつて乗物の様子などをききましたので、私は停電だと答へてしまつたのです。ああ、人間は心に何か哀しいことがあるときこんな嘘を言ふと申します。私の家族は夜学国文科などは心の健康にいけないやうだから、春からは昼間の体操学校に行つたらどうだらうなどと呟きながら学校案内をしらべました。何と哀しい夜でせう」

　隣人から贈られた楽譜は「君をおもへど　ああ　きみはつれなし」といふ題の楽譜であつた。私は手紙とうで栗とを野菜風呂敷につつみ、隣人とおなじ方法でとどけた。

「さきほどはありがたうございました。今晩は私も栗の皮をむきながら心が沈んでゐます。家族たちも一人をのぞくほかはみんなふさいでゐますので、これから頂いた音楽をうたつて家族たちを賑やかにしたいと存じます。栗をすこしおとどけいたします」

　隣人はよほど急いだ様子で、折返し次のことをきいてよこした。この手紙は野菜風呂敷に包んであつた。

「いま音楽をうたつていらつしやる御家族はなぜこのやうにとぎれがちな、ふさいだ歌ばかりおうたひになるのでせう。あなたは栗の皮をむきながら誰のことをお考へになつたのでせう。心がふさいだり沈んだりするのは、人間が誰か一人の人のことを思ひつづけるからではないでせうか。私の心もこのごろ沈んでばかしゐます。私の家族のねむりをさまさないやうに雨戸をしめないで御返事を待ち上げます」

「ピアノのある部屋には夕方から雨が洩りはじめました。この部屋はときどき屋根がいたんで、家族たちにいろんな心理を与へる部屋です。せんに私はその破れから空をのぞいてゐましたら、井戸をのぞいてゐる心地になつたことがありますし、今晩はその部屋に住んでゐる家族が屋根の破れのためにふさぎ込んでしまひました。雑巾バケツに雨だれの落ちる音はたいへん音楽に悪いと彼は申します。それで栗をたべながらとぎれがちな音楽をうたつてゐるところです。次に私が栗の皮をむきながら考へたのは祖母のことでした。このやうな雨の夜には祖母もまた栗飯のために栗の皮をむいてゐることでせう。こんなことを考へて私は心が沈みました」

「ピアノの部屋の御家族のふさいでいらつしやるわけとあなたの沈んでいらつしやるわけをお知らせいただいて、私の心理もなんとなく軽くなりました。さつき申しわすれましたけれど栗をありがたうございました。これから夜ふけまで私は栗をいただいて御家庭の音楽をききませう。私はもともと音楽をうたふことがたいへん好きですけれど、私の家族はそんなかけ離れたことを好みませんので控えてゐます。けれどうたひたい音楽をうたはないでゐることは心臓を狭められるやうな気がして仕方がありません。それから私の家族は朝早くおき、夜はきまつた時間にねむるといふ思想を持つてゐます。けれど、このごろ私は不眠症のくせがついてしまひました。そして夜ふけまでも御家庭の音楽をきいたりいたします。ピアノのお部屋にバケツのなくなる時を祈念申しあげます。おやすみなさい。

申しおくれましたけれど二伸で申しあげます。私の袴は、家族のスカアトを二つ集めて作つたものです。夜学国文科に入学するとき私は国から海老茶いろの袴をひとつ持つて来ましたけれど、この方は不用になつてしまひました。私の家族はすべて黒い服装を好んでゐます。家族のだしてくれた二つのスカアトは、一つはすこし新らしく、一つの方はよほど古いスカアトでしたから、私の袴は前身と後身といくらか色がちがひます。私は私の家族のとほい従妹にあたるものですけれど、やはり家族の好みに賛同することができません。私はいつも国から持つてきた袴をはきたいと思つてゐます。おやすみなさい」

長い会話を終つたのち私は楽譜をもつて三五郎の部屋に出かけた。三五郎は栗のなくなつた皿を鍵盤のうへにおき、そのそばに肱をつき、そして沈黙してゐた。私が三五郎の顔の下に楽譜をおくと三五郎は標題をよみ、それから表紙をはねて中の詩をよんだ。

「これは片恋の詩ぢやないか。どうしたんだ」

「隣人から贈つてきたの」

三五郎はややしばらく私の顔をながめてゐたのち、独語をひとつ言つた。

「どうもこのごろおかしいんだ。僕が電車を降りて坂を上つてくると、むかうは坂を下りてくる運びなんだが、夕方の坂といふものは変なものだね。夕方の坂といふものは、あれなんだ、すれ違はうとする隣人同志に、わざと挨拶を避けさしたり、わざと眼をそらさしたりするものなんだ。僕は、このごろ、僕の心理のなかに、すこし変なものを感じかかつてゐる。僕の心理はいま、二つに分れかかつてゐるんだ。女の子の頭に鏝をあててやると女の子の頸に接吻したくなるし、それからもう一人の女の子に坂で逢ふと、わざと眼をそらしたくなるし、殊にこんな楽譜をみると……」

三五郎は急に立ちあがつて部屋をでた。そしてすぐ帰つてきた。彼は一方の手に心理学の本を一冊抱え、一方の手には栗をひと摑み持つてゐた。そしてふたたび廻転椅子につき、小さい声で私にいつたのである。

「一助氏はじつにふさいでゐるね。寝そべつて天井ばかしみてゐるよ。栗なんかひと粒もたべてゐないんだ。（彼は手の栗を鍵盤のうへに移し、深い息を吐き）恋愛はみんなにとつて苦しいものにちがひない」

それから彼は心理学のペエヂを披いた。私は佗しい思ひでペエヂのうへに眼をおとしたが、「分裂心理は地球の歴史とともに漸次その種類を増し、深化紛叫するものにして」といふやうな一節をよみかかつたきり私はピアノのそばをはなれた。私はもはや一人の失恋者にすぎないやうな気がして、こんな難しい文章をよみ続ける気がしなかつたのである。そして私は雑巾バケツのそばに坐り、波紋をみてゐた。

三五郎が急に本をとぢてピアノの上に投げあげ、ピアノとともに片恋の楽譜を練習しだしたとき、私はこの音楽に同感をそそられる思ひであつた。そして私はふたたび三五郎のそばに立ち、片恋の唄をうたつたのである。

片恋の唄は一助の同感をもそそつたやうであつた。三五郎の部屋に出かけてきた一助はやはりズボンとワイシヤツの服装でゐて、彼はピアノに立てかけてある楽譜に顔を近づけ、しばらくのあひだは歌詞をよんでゐた。表紙裏にいくつか並んでゐる詩は「きみをおもへどきみはつれなし　草に伏しきみを仰げど　ああきみは　きみはたかくつれなし」といふやうな詩であった。

一助はつひに小さい声で合唱に加はつた。彼の楽才や声の美醜については述べることを控えなければならないけれど（それはただ、すこしも二助に劣らなかつたからである）彼のうたひかたは哀切をきわめてゐた。一句うたつては沈黙し、一句うたつては考へこみ、そして一助はいつまでも片恋の唄をうたつたのである。

けれど私たちの音楽は、小野二助が勉強部屋にゐてならべたひとりごとによつて終りをつげた。それはごく控え目な、小さい声のひとりごとであつた。

「どうも夜の音楽は植物の恋愛にいけないやうだ。宵にはすたちの音楽はろくな作用をしたためしがない。宵にはすばらしい勢ひで恋愛をはじめかかつてゐた蘚が、どうも停滞してしまつた。この停滞は音楽のはじまると同時にはじまつたものにちがひない。こんな晩に片恋の唄などをうたはれては困るんだ。一助氏まで加はつて、三人がかりで片恋の唄をうたふやつがあるか。うちの女の子まで今日は悲しさうなうたひかたをするんだ。うたふくらゐなら植物の恋情をそそるやうなすばらしい唄を選べ」

いつしか雨がやんでゐたので、私は一助のうしろから雑巾バケツをさげて三五郎の部屋をでた。廊下から部屋までのあひだ一助はただ頸を垂れて歩いた。

小野二助の二鉢目の蘚が花粉をつけたころ、垣根の蜜柑は色づくだけ色づいてしまひ、そして佐田三五郎と私の隣人とは蜜柑をたべる習慣をもつてゐた。

二助が多忙をきわめてゐる夜、三五郎は二助に命じられてこやしの汲みだしにゆき、そして長いあひだ帰つてこなかつた。丁度私が二助の部屋に飯櫃をはこんだとき、（これは二助と三五郎の徹夜にそなへるためで、飯櫃のうへにはべつに鍋一個、皿、茶碗各々二個、箸等のそなへがあつた）二助はこやしを待ち疲れてゐるところで、彼は火鉢と机と床の間とのあひだを行つたり来たりしてゐた。そして私にこやしの様子をみてくることを命じ、上つぱりのありかをたづねた。二助はいつになく制服のままでゐて、私は昼間洗濯した上つぱりをまだ外に干し忘れてゐたのである。

目的の場処に行くと、三五郎はゐなくてこやしの罎が二つ土のうへにならび、罎は空のままであつた。私は星あかりにすかして漸くそれを認めることができた。物干場は私のゐる地点から対角線にあたる庭の一隅にあつた。そして三五郎と隣人とは、丁度二助の上つぱりの下に垣をへだてて立つてゐたのである。

二助から命じられた仕事にとり掛らうとして、私は、土のうへにいくらでも涙が落ちた。三五郎がそばに来たときなほさら涙がとまらなかつたので、私は汲みだし用具を三五郎の手にわたし、そして上つぱりの下に歩いていつた。

三五郎が女中部屋に来たとき、私は着物のたもとと共に机に顔をふせてゐて、顔をあげることが出来なかつた。三五郎は室内にしばらく立ちどまつてゐたのち私のそばにあつた上つぱりを取り、息をひとつして出ていつた。その後三五郎が幾度来てみても私はおなじありさまでゐたので、三五郎は一度も口をきかないで息ばかりつき、そして二助の部屋に帰つていつた。

最後に三五郎が来たとき、私はあかりが眼にしみて眩しかつたので、机に背をむけてゐた。丁度むかうの釘に一聯のかち栗がかかつてゐて、これは私の祖母が送つてくれた最後の一聯であつた。そして私は羽織の両脇に手を入れ、机にもたれ、この侘しい部屋かざりをみてゐたのである。

三五郎は机に腰をかけ、しばらくかち栗をながめてゐた。彼はなにかいひかかつてすぐよした。私がふたたび涙を拭いたためであつた。三五郎はかち栗をはづして私の頸にかけ、ふたたび机にかけ、そして幾たびか鋭い鼻息をだした。これは三五郎が二助の部屋で吸つた臭気を払ふための浄化作用のやうであつたが、耳のうへでこの物音をきいてるうちに私はだんだん悲しみから遠のいてゆく心地であつた。三五郎は私の胸で栗の糸を切り、かち栗を一粒ぬきとり、音をたてて皮をむき、また一粒をたべ、そしていつまでもかち栗をたべてゐた。

三五郎の恋愛期間はこの後幾日かつづいただけで短く終つた。けれど私はこの期間をただ悲しみの裡に送つたのである。隣人が夜学国文科から帰る時刻になると、三五郎はこやしがたまらないなどと呟きながら女中部屋に避難し、寝そべつて天井をながめては呼吸してゐた。すると私は詩のノオトをもつて一助の部屋に避難した。けれど一助が電気に風呂敷をかけ、そしてただ天井をみてゐることは私に好都合であつた。私は一助に私の涙を気づかれないで時間を過すことができると思つたのである。

茶褐色の部屋のなかで、私はどてらの衿垢を拭いて一助の脚にかけたり、一助の上衣にブラシユをかけたり、別なネクタイをとりだして壁にかけたり、何か一助の身のまはりの仕事をさがした。そして仕事がなくなると一助の机にむかひ、私のノオトに詩を書かうとした。一助の机の前には丁度彼の脚がはいつてゐていくらか狭められてゐたけれど、私はその脚と並んで坐り、一助の顔に背中をむける位置を好んだ。そして一助は私が脚のそばに行くと、ズボンにつつまれた彼の脚を隅つこの方に片づけ、私の詩作のために彼の机を半分わけてくれたのである。けれど私は、はなを啜るのみで詩はなんにもできなかつた。

家族のなかでかはらず勉強してゐるのは小野二助ひとりで、彼はすでに二鉢目の研究を終り、三つ目の蘚にとりかかつてゐる様子であつた。そして隣室のこやしの匂ひや二助のペンの音は、私にひとしほ悲しかつた。

隣家の移転はひつそりしてゐて、私が家族たちの部屋を掃除してゐるあひだに行はれたやうであつた。この日の午後私は二助の部屋でよほど長い時間を費してしまひ、予定の雑巾がけを怠つたほどで、これは私が二助の論文を愛誦したからである。小野二助は学校に出かけるとき私に命じた——机のうへで最も黄いろつぽい鉢を床の間に移しといてくれ。この鉢はひと眼みただけでそれと解る色を呈してゐるから女の子も間ちがへることはないであらう。それから、女の子が僕の上つぱりを洗濯してくれたために僕自身が身ぎれいになつて部屋のなかがきたなく見えるやうだ。なるたけ清潔にしてみてくれないか。つまり僕の室内を僕の上つぱりに調和するやうに掃除すればいいわけだ、しかし、うちの女の子はこのごろすこしふさいでるね。このごろちつとも音楽をうたはないし、いまはうつむいて、何か黒いものを縫つてゐるが、何を縫つてゐるんだ。

私は黒い肱蒲団を一つ縫ひあげ、二つ目を縫つてゐるところであつた。縫ひあげた分は小野一助ので、縫つてゐる分は私ののつもりであつた。私は一助の室内をなにか賑やかにしたいと考へ、つひに肱蒲団を思ひついたのである。私の材料は、この幾日かを黒いかたまりとなつてバスケツトのなかに在つたボヘミアンネクタイであつた。女中部屋はいろいろの意味から私に隠気すぎるので、私は一助の机のそばで仕事をすることにした。鏝でボヘミアンネクタイの皺をのばし、このネクタイについてのいろんな回想に陥り、そして私は、一助と私と揃ひの肱蒲団を作らうと考へた。この考へは一助に対する同族の哀感の結果であつた。

二助の問ひに対して、私は一助の机の下にしまつてゐた肱蒲団をだしてみせた。

「いいねこの蒲団は。うらの女の子はなかなか巧いやうだ。(これはすべて二助が私に与へるなぐさめであつた)僕にもひとつ作つてくれないか。さうだ、僕は丁度きれいな飾り紐を二本もつてゐる。(二助は境のふすまを開けて赤と青の二本の紙紐をもつてきた)これは昨日僕が粉末肥料を買つたとき僕の粉末肥料を包装してあつた紐だが、丁度肱蒲団の飾りにいいだらう。僕のを青くして女の子のを赤くするといいね。ふさいでないで赤い肱蒲団をあてたり、それからうんと大声で音楽をうたつてもいいよ。僕は昨夜で第二鉢の論文も済んだし、当分暢気だからね。今晩から僕はうちの女の子におたまじやくしの講義を聴くことにしよう」

そして二助は学校に出かけたのである。

私は家族たちの部屋を掃除し、二助の部屋に対しては特に入念な整理を行ひ、命じられた鉢をも指定の場処に移し、それから論文をよんだ。

「余ハ第二鉢ノ植物ノ恋情触発ニ成功セリ。

第一鉢——高温度肥料ニヨル実験

第二鉢——中温度肥料ニヨルモノ

第三鉢——次中温度肥料

第四鉢——低温度

今回成功ヲ見タルハ余ノ計画中第二鉢ニアタル鉢ニシテ、右表ノゴトク中温度肥料ニテ栽培ヲ試ミタル蘚ナリ。

余ハ此処ニ於テ、今回ノ研究ニ際シテ余ガ舐メタル一個ノ心理ヲ語ラザルベカラズ。即チ余ハ今回ノ開花ヲ見ルマデノ数日間ヲ焦慮ノ裡ニ送リタリ。花開カムトシテ開カズ、情発セムトシテ発セズ。実ニ焦慮多キ数日間ナリキ。而ウシテ、余ノ植物ノ逡巡低徊ノ状態ハ、余ニ一個ノ懐疑ヲ抱カシムルニ至レリ。余ハ懐疑セリ——余ノ植物ハ分裂病ニ陥レルニ非ズヤ、アア、分裂患者ナルガ故ニ斯ク逡巡低徊ヲ事トスルニ非ズヤ。

　余ノ斬ル思想ハ、余ノ恐怖悲歎ニアタヒセリ。余ハ小野一助ノ研究資料トナルゴトキ分裂性蘚苔類ヲ培養セル者ニ非ズシテ、常ニ常ニ健康ナル植物ノ恋情ヲ願ヘル者ナリ。然ルニ、余ノカカル態度ニモ拘ラズ、余ノ植物ハ徒ラニ逡巡低徊シテ開花セザルコト恰モ一助ノ眷恋セル患者ノゴトシ。

　以上ノゴトク不幸ナル焦慮期間中ニ、一夕、余ハ郷里ノ栗ヲチヨコレエト玉ト誤認セリ。余ノ視野ノハヅレニ一皿ノチヨコレエト玉ノ現レタルハ、余ガ机上ニテ二本ノ蘚ノ比較ヲ試ミ居タル時ニシテ、一皿ノチヨコレエト玉ハコトゴトク銀紙ノ包装ヲノゾキ、チヨコレエト色ノ皮膚ヲ露ハシ、多忙ナル余ノ食用ニ便ナル玉ナリ。余ハコノ心ヅクシヲ心ニ謝シ、乃チ一個ヲトリテ口辺ニ運ブ。而ウシテ、アア、コハ一粒ノ栗ナリキ」

　二助の論文はなほ長くつづいてゐて、栗とチヨコレエトを間ちがへた心境などをもし一助に語るならば、一助はすぐ二助を病院に運ぶから、極秘に附しておかなければならないことや、二鉢目の蘚が将に花をひらかうとする状態のままで数日間ためらつてゐたのは、これはまつたく中温度肥料を用ひたせゐで、二助の蘚は決して分裂病ではなく、非常に健康な恋愛をはじめたことなどを委しく記録してあつた。

　論文の終つたとき、私は障子のあひだから、家主の老人が蜜柑を収穫してゐる光景をみた。この収穫はいつからはじまつたのであらう。私は障子をもうすこしあけ、二助の土鍋のそばに坐つて庭の光景をながめてゐた。老人は毛糸のくびまきを巻いてゐて、さしわたし七分にすぎない蜜柑を一つもぎ、足もとの小さい笊にいれ、また一つもぎ、垣根に沿つてすこしづつ進んだ。笊がいつぱいになると大きいぬの袋に蜜柑をあけ、また収穫をした。ぬの袋には口からすこし下つたところに太い飾紐がつき蜜柑の木蔭に丁度きんちやくの形で据りよくおいてあつた。そして私はこんなに大きくて形の愛らしいきんちやくを曾つて見たことがなかつた。これはたぶん家主の老人が晩秋の年中行事のために苦心して考案した品であらう。私に気づいたとき家主は蜜柑をざつと一杯はいつた笊を手にして縁にきたが、しかしこの老人は私の頭に対してよほど奇異な思ひをしたやうであつた。私は丁度、二助のノオトを読んでゐたとき頭髪をうるさく感じたので、近くにあつた紐ゴムの環を頭にかけ頭髪を宙に浮かして耳や頸を涼しく保つてゐたのである。家主は漸く笊の蜜柑を縁にあけ、私に硯と紙とをもとめ、一枚の貸家札をかいた。そして小さい字の註をひとつ書き加へたのである。「隣家にピアノあり、音楽を好む人をのぞむ」——たぶん隣家の先生は従妹の心理状態などをすべて三五郎のピアノにかこつけて引越しを行つたのであらう。家主の老人は、どうもあのピアノは縁喜がよくない様だなどと呟きながら私に糊をもとめたので、私は一塊の御飯を老人の掌にはこんだ。

私の隣人は手紙をひとつ三叉の穂に托し、蜜柑の木から私の居間の窓にわたしてゐて、私がそれを手にしたのは夕方であつた。丁度私の窓さきまで収穫をすすめてきた家主は何かおまじなひのやうなものがあるといつて私に注意したのである。

「昨夜、夜ふけに私の家族が申しますには、私に神経病の兆候があるやうだからもうすこし静かな土地へ越した方がいいであらう、心臓病のためにもピアノのない土地の方がいいであらうと申しました。私は急に悲しくなつて、御家族から六度ばかり蜜柑をいただいたことや、蜜柑はいつも半分づつであつたことや、それから三叉の穂で会話をとり交したことをみんな言つてしまひました。私の家族は、そんなかけ離れたふるまひ、そんなかけ離れた会話法は、それはまつたく神経病のせゐだから、いよいよ土地を変へなければならないと申しました。そして体操学校の規則書をとる手つづきをいたしました。でも御家族と私とのとり交はした会話法は家族の思つてゐるほどかけ離れたものではないと思ひます。私の国文教科書のなかの恋人たちは、みんな文箱といふ箱に和歌などを托して——ああ、もう時間がなくなりました。私の家族はすつかり支度のできた引越し事のそばでしきりに私を呼んでゐます」

私がいくたびかこの手紙をよんだころ、家主の老人はぬの袋を背にして帰途についた。老人の背中はきんちやく型の袋で愛嬌深く飾られてゐた。そして私の家庭の周囲には一粒の蜜柑もなくなり、ただ蜜柑の葉の垣が残つたのである。

私の恋愛のはじまつたのは、ふとした晩秋の夜のことであつた。この日は夕飯の時間になつても一助が勤めから帰つて来なかつたので、食卓に集つたのは二助と三五郎と私とであつた。そして食事をしたのは二助と三五郎の二人にすぎなかつた。私は二人の給仕をつとめながらまだ一助の身の上を思つてゐたのである。

食事を終つて勉強部屋に帰つた二助は、小さい声で呟いた。

「一助氏はどうしたんだ。あてどもない旅行にいつてしまつたのか」

三五郎はしばらく食卓に頬杖をついてゐたのち私の部屋に行き、私の机に頬杖をついた。そして三五郎は頬杖をしない方の手で私の肱蒲団を持つてみたり、私のスタンドを置きなほしてみたり、私のヘヤアイロンで彼の頭をはさんでみたりしたのである。三五郎は茶の間と台所のさかひも、台所と女中部屋のさかひも閉めないでゐたので、彼の動作は食卓のそばの私にもみえた。三五郎はつひに彼の部屋に行き、「みちくさをくつたジヤツクは　ねむの根つこに腰をかけ　ひとり思案にしづみます」といふコミツクオペラをすこしばかりうたつた。これは、はじめ赤毛のメリイを愛してゐたジヤツクが途中で道草をはじめて黒毛のマリイと媾曳をして、そしてしまひにはまた赤毛のメリイが恋しくなつたといふやうな仕組のオペラであつた。三五郎は元気のないうたひ方でジヤツクの心境をすこしばかりうたひ、しばらく沈黙し、それから外に行つてしまつた。そして彼と入違ひに八百屋の小僧が電話を取りついできたのである。

「柳浩六の宅から小野一助様の御家族に申上げます」

八百屋の小僧が電話の覚書をこれだけ読みあげたとき、小野二助が出てきて覚書をとり、そして部屋に帰つた。私も二助の部屋について行くと、二助は小僧のつづきを次のとほり読みあげた。

「小野一助様は今日夕刻主人柳浩六と同道にて心理病院より当方に立寄られ、夕食は主人とともにしたためられました。御心配下さいませぬやう。さて夕食後、小野一助様は主人柳浩六と主人居間にていろいろ御相談中でありますが、何やらお話がこみ入つてまゐりまして、御両人は急に大声でどなり合ひ、また急に黙つたりなされます。お話は心理病院に入院中の患者様につきまして、御両人が知己あらそひをして居られる様子に見受けます。一方が十三日に主治医になつたと申されますと、いま一方は既に十二日には予診室にて知己になつたと申されますやら、よほど難かしい打合せになりました揚句、小野一助様の申されますには、一助様の本棚のもつとも下の段に「改訂版分裂心理辞典」と申す書籍がありまして、その左側に茶色の紙で幾重にも包んだ四角形の品があり、それを至急持参してもらひたいと申されました。四寸に五寸くらゐの四角形と申されます。火急の折から使者はどなた様にてもよろしく、要はひと足も早く御来着下されますやう」

二助は一助の部屋で指定の品をさがし、三五郎の部屋に行つたが、三五郎はまだ不在であつた。二助は部屋に帰つて来て指定の品を私に与へた。

「僕が行くと非常に手間どるから、使者は女の子がつとめてくれないか。この電話をかけた老人は柳浩六氏の家に先代からつとめてゐる従僕で、僕の顔をみるとたちまち懐古性分裂に陥るんだ。浩六氏や一助氏が心理病院につとめてゐることを非常に恐怖して、僕が百姓の学問をしてゐるのを非常に好んでゐるからね。だから僕の顔を見ると電話のとほり鄭重な用語でもつて浩六氏の親父のはなしを四時間でもつづけるんだ。困る。では道順を説明してやらう」

二助は丁度手近にあつた新聞紙に大根や林の形を描き、彼の学問にふさはしい手法で道順を説明した。

「通りを横ぎつてバナナの夜店のうしろから向ふにはいつて行くんだ。少し行くと路の両側が大根畠になつてゐるだらう。するともう遠くの方で鶏小舎の匂ひが漂つてくるから（二助は一本の大根のうへに湯けむりのやうな線の細いものを四五本描いた。これは私が大根畠にさしかかつたとき匂つてくるはずの鶏小舎の匂ひであつた）この匂ひを目あてに歩けばいいんだ。するとだんだん鶏糞の匂ひがはつきりして来て、しぜんと鶏小舎に突きあたるからね。（鶏小舎を一棟描き）幾棟も鶏小舎がならんでゐて、僕はこの家でときどき肥料を買ふことにしてゐる。ここの鶏糞は新鮮で、非常に利くんだ。（二助はここで椅子からふり返り、室内の肥料の様子を見わたした。けれど二助はすこし落ちつきすぎてゐないであらうか。私はいま火急の使者に立たなければならないのである）丁度僕の鶏糞がきれかかつてゐるから今晩買つてきてくれないか。鶏の糞を一袋といへばいいんだ。一助氏の話はどうせ長びくにきまつてゐて帰りには肥料屋が寝てしまふ虞れがあるから、行きに買つといてくれ。肥料を買つたのち右の方をみると楢林があつて、そのさきのある一軒屋が柳浩六氏の家だよ。解つたらう」

二助は鉛筆をおき、なほ二三の注意を加へた。玄関をはいると稀薄な香気に襲はれるやうな心理が涌くが、これは浩六氏の親父が漢法の医者であつた名残りだから平気だ。ただ、従僕の老人が何処にゐてもなるたけ彼の方を省みないやうにしろ。彼はよく玄関の椅子にかけてゐたり、炉の部屋にゐたりする習慣をもつてゐるが、彼がたとひ玄関口の椅子にゐて眼をあいてゐても、なるたけ知らない顔で通過することだ。でないと老人はたちまち昔ばなしをはじめ、先代の先生の頃には当病院の玄関は患者の下足でいつぱいでしたといひ始める。帰りは一助氏を待つてゐて一緒に帰つたらいいだらう。

電話を受けとつてからもうよほどの時間がたつてゐたので、私はいそいで毛糸のくびまきをつけ、そして出かけた。通りの街角で私は三五郎の後影をみとめた。彼は銭湯に行く姿で夜店のバナナをながめてゐたのである。

大根畠にさしかかると寒い風が私の灰色のくびまきを吹き、私の頭髪を吹いた。私は三五郎のことを考へて哀愁に沈みながら歩いたので、二助に命じられた買物を忘れるところであつたが、すこし後もどりして一袋の鶏糞を買つた。そして私は一助にわたす品を左手に抱え、二助の買物を右手にさげて柳浩六氏の玄関に着いたのである。

丁度玄関の椅子はからで（これは三五郎の廻転椅子よりももつと古びた木の腰かけであつた）従僕の老人は室内の炉の前で居ねむりをしてゐた。そして私は深い頬ひげに包まれた従僕の顔を見たときはじめてあたりにただよつてゐる古風な香気を感じ、そしてこの建物が私たちの住んでゐる家屋にも増して古びてゐることに気づいた。

炉の部屋を横ぎつて廊下に出ると病室のなごりらしい部屋が二つ三つならんでゐて、いちばん奥のが柳氏の勉強部屋になつてゐた。室内では柳浩六氏と小野一助とが椅子にかけ、そしてたぶん使者を待ち疲れたのであらう、二人とも深い沈黙に陥つてゐたのである。私は肥料の袋を一助の椅子の後脚にもたせかけ、それから指定の品を一助にわたした。この品は小包み用の紐で緻密に縛りつけてあつたので、一助は茶色の紙のなかから彼の日記帳をとりだすまでによほど手間どつた。それから彼は日記帳ばかりみてゐて柳氏に言つた。

「みろ、僕の気もちは日記帳に文字で記録されてゐる。十三日、新患者入院、余主治医となる。隠蔽性分裂の兆候あり。心惹かるること一方ならず、帰宅してのちまでも——」

「しかし君のうしろにはまだ使者の女の子が立つてゐるんだ。そんな話題はしばらく止せ」

私は一助のうしろで頭を幾つかふり、くびまきを取つた。私の頭髪は途上の風に吹かれたままで、額や耳に秩序もなく乱れてゐる様子であつた。

柳氏は一助のとなりに椅子をひとつ運び、そして私をかけさせた。

「僕は、どうも、いま、変な心理でゐるんだ。君のうちの女の子の顔を何処かで見た気がする」

「小野二助だらう。二助が勉強してゐる時の顔と、うちの女の子がすこしふさいだ時の顔とは、いくらか似てゐるやうだ」

「どうも小野二助ではないやうだ」

「変なことをいつてないで話をすすめやうぢやないか」

「しかし僕たちの話題に女の子がゐては困るよ。それから僕は、どうも、君のうちの女の子が誰かに似てゐて、思ひだせなくて困る。こんな問題といふものは思ひだしてしまふまで他の話題に気の向かないものだ」

柳氏が本棚の前を歩いたり、また椅子にもどつたりしてゐるあひだに私は空腹を感じてきた。私はまだ今日の夕飯をたべてゐなかつたのである。このとき丁度柳氏は廊下に立つて老僕をよび、私のために何かうまいものを買つてくるやうに命じた。老僕はその命令は素直に受け、そして次のやうに口説いた。

「若旦那様、もはや心理病院なぞはやめて下さりませ。きつぱりとやめて下さりませ。心理医者なぞは医術の邪道でござります。況んや小野一助様と御両人で、一人のヒステリ女を五時間もあらそはれるとは！　ああ、これもみな御両人様が分裂病院なぞと申すも邪道に踏みまよつて居られる故でござります。あのやうな病院とはきつぱり縁をきり、先代の先生がのこされた当病院を——」

「早くうまいものを買つてこないか」

柳浩六氏は部屋に帰るなり本棚から一冊の書籍をぬきだし、そして早速目的のペエヂを披いた。

「いまうちの老人の愚痴をきいてゐるあひだに僕は思ひだしたよ。うちの老人の思想はただうるさいだけだが、不思議に忘れたものごとを思ひださせる。懐古性分裂者の思想は、何か対手の忘却にはたらきかける力を持つてゐるのか。（これは柳氏が一助に問ひかけた学問上の相談のやうであつたが、一助は頭をひとつふつただけで答へなかつた。彼はいろんなことがらのために話の本題に入れないのを不本意に思つてゐる様子であつた）ともかく君のうちの女の子に似てゐたのはこの写真だよ。これで僕の心理は軽くなつたやうだ。似てるだらう」

一助はあまり興味のないありさまで書籍をうけとり、一人の女の小さい写真をながめ、それから私には独逸文字か仏蘭西文字かわからなかつたところの文章をすこしのあひだ読んだ。そのあひだ私は女の写真をながめてゐたが、この写真はよほど佳人で、到底私自身に似てゐるとは思はれなかつたのである。

「似てゐるだらう」

柳氏が賛成を求めたのに対して一助は私とおなじやうな意見をのべた。

「どうも異国の文学を好む分裂医者といふものは変な聯想能力をもつてゐるやうだ。この女詩人とうちの女の子とは、ただ頭髪が似てゐるよ。こんなだだつ広い類似なら何処にでもころがつてゐる」

そして一助は書籍をとぢ、私の椅子の肱かけにおいた。私はその書籍をもつて部屋をでた。私は二人の医師の話題を何処かに避けなければならないのである。

丁度次室の扉の前で私は老僕と出逢つた。老僕は懐古の吐息とともに、皿と土瓶と茶碗とをのせた盆をはこんできた所であつた。そして私は老僕の導くままに次室の客となつた。老人があかりをつけると此処はたたみの部屋で、一隅に小さい机がひとつあり、丁度私が書物をみるのに好都合であつた。老人は机のうへに盆をおき、そして彼の懐旧心を私に語りたい様子であつた。けれど私は彼に対して拒絶の頭をふり、そしてすこし湧いてきた涙を拭いた。ふかい頬ひげのなかから洩れてくる彼の言葉はただ哀愁を帯びてゐて、私はふたたび聞くこころになれなかつたのである。老人は両つの掌で私の顔を抱き、そして無言の裡に出ていつた。私は涙を拭きおさめ、塩せんべいにどらやきを配した夕食をたべながら書籍のペエヂをさがしに掛つた。これは何処かの国の文学史であらうか。それともその国の詩人たちの作品集であらうか。ペエヂのところどころに男の写真があり、たまに女の写真があつて、そして他の箇処は私にわからない文字で埋められてゐた。

隣室ではすでに柳氏と一助の話がはじまつてゐて、これはまつたく老僕の見解どほり、二人の医師が一人の入院患者に対する論争であつた。たがひに日記をしらべて患者と知己になつた遅速をくらべたり、決して口を利かない沈黙患者が態度でもつて二人に示した親愛を論じたり、そして交渉は尽きないありさまであつた。

二人が非常にながい沈黙におちいつてゐるあひだに、私はよほど部厚な書物のなかから漸く目的のペエヂをさがしあてることができた。この異国の女詩人ははじめ私が一助の横からみたほどに佳人ではなかつた。私はペエヂを横にしたり縦にしたり、いくたびかみた。そしてこの詩人は、やはり一人の静かな顔をした佳人で、そして私はいつまでこの詩人をみても、やはり柳浩六氏の見方に賛同するわけにいかなかつた――私自身は佳人に遠いへだたりをもつた一人の娘にすぎなかつたのである。

　辺りが静寂すぎたので私は塩せんべいを止してどらやきをたべ、そしていつまでも写真をみてゐた。そしてつひに私は写真と私自身との区別を失つてしまつたのである。これは私の心が写真の中に行き、写真の心が私の中にくる心境であつた。この心境のなかで急に隣室の一人が沈黙を破つた。私にはどつちの声かわからなかつたが、

「ああ、僕はすこし煩瑣になつてきた。ありたけの論争ののちには、こんな心理が生れるものか。僕は病院の女の子を断念してもいい心境になつたやうだ」

　するともう一人が僕は断念するといひ、また一方が僕は断念したと宣言した。彼等は競争者のゐない恋愛に、はりを失つた様子であつた。そしていまは私も夕食とあついお茶のために睡気をおぼえ、そしてつひに写真のうへに顔を伏せてしまつた。隣室の友人同志はしづかに何をか語りあつてゐるやうであつた。

「僕はいよいよこの家を引きあげることにしよう。漢法薬の香気はじつに人間の心理を不健康にするからね。僕が君の患者に心を惹かれたのも、まつたく僕がこんな古ぼけた親父の病院に住んでゐたからだよ」

「しかし君のうちの老人が承知しないだらう。老人はこの建物のほかに住み場所はないと思つてゐるからね」

「それもまつたく漢法薬の香気のためだよ。うちの老人の懐古性分裂はこの建物を出ればその場で治つてしまふよ。何にしても僕は君の患者を断念すると同時にこの建物がいやになつた。僕は何処か遠い土地に行くことにしよう」

　この会話をなごりとして私は睡りに陥つた。

　私は自分でたてた皿の音によつて仮睡からさめた。隣室も家のなかもただ静寂で、古風な香気だけがあたりを罩めてゐた。私が隣室にいつてみようと思つたとき、丁度柳浩六氏が境の扉から顔をだした。氏はたぶん机のうへで私が動かした皿の音をききつけたのであらう。「女の子はまだ待つてゐたのか」

　そして氏は机のそばに来て、塩せんべいを一枚たべながら書物の写真をしばらくながめ、それから私をながめた。

「一助氏はさつき帰つたから、僕が送つてやることにしよう」

　老僕は丁度玄関の椅子で居睡りをしてゐて、椅子の脚

のところには私のくびまきと肥料の袋とが用意してあつた。そして私は毛糸のくびまきをつけ肥料の袋をさげて廃屋のやうな柳氏の居間を出たのである。

　楢林から鶏小舎を経て大根畠の路を歩くあひだ、柳氏は書物のなかの詩人について私に話してくれた。彼女はいつも屋根部屋に住んでゐた詩人で、いつも風や煙や空気の詩をかいてゐたといふことであつた。そして通りに出たとき氏はいつた。

「僕の好きな詩人に似てゐる女の子に何か買つてやらう。いちばん欲しいものは何か言つてごらん」そして私は柳浩六氏からくびまきを一つ買つてもらつたのである。


　私はふたたび柳浩六氏に逢はなかつた。これは氏が老僕とともに遠い土地にいつたためで、氏は楢林の奥の建物から老僕をつれだすのによほど骨折つたといふことであつた。私は柳氏の買つてくれたくびまきを女中部屋の釘にかけ、そして氏が好きであつた詩人のことを考へたり、私もまた屋根部屋に住んで風や煙の詩を書きたいと空想したりした。けれど私がノオトに書いたのは、われにくびまきをあたへし人は遥かなる旅路につけりといふやうな哀感のこもつた恋の詩であつた。そして私は女中部屋の机のうへに、外国の詩人について書いた日本語の本を二つ三つ集め、柳氏の好きであつた詩人について知らうとした。しかし、私の読んだ本のなかにはそれらしい詩人は一人もゐなかつた。彼女はたぶんあまり名のある詩人ではなかつたのであらう。

こほろぎ嬢

名前をあかしても、私たちのものがたりの女主人を知つてゐる人は、さう多くないであろう。私たちのものがたりの女主人は、この世の中で知己に乏しく、そしていろんな意味で儚い生きものであつた。その原因をたづねたら、いろいろ数多いことであらうけれど、しかし、それは、このものがたりに取つてあまり益もないことである。ただ、私たちは曾つて、微かな風のたよりを一つか二つ耳にしたことがある。風のたよりによれば、私たちの女主人がこの世に誕生したとき、社交の神、人間の知己関係を受持つ神などが、匙かげんをあやまつたのだといふ。または、その神々が短かい午睡の夢をむすんでゐた不運なときに、私たちの女主人がこの世に生を享けたのだともいふことである。また、すこし理屈の好きな風は、私たちに向つてまことらしく言つた——この儚いものがたりの女主人の生れた頃は、丁度神々の国で、何とかといふ思想が流行してゐた。この思想のかけらが、ふと、女主人の頭の隅つこにまぎれ込んだものであらう。或は心臓の隅つこかも知れない。この何とかといふ思想は（と、理屈の好きな風は、なほも私たちに向つて続けたのである）たいへん静寂な思想であつたともいふし、非常に騒々しい思想だつたといふ説もある。神々の国の真相は、われわれ風には掴めさうもないから、それは神様に預けて置かう。それで、この女主人は、神々の静寂な思想のかけらを受けて、騒々しいところ、たとへば人間のたくさんにゐるところなどを厭ふやうになつたのか、或は神々の騒々しい思想のために耳がつんぼになつたのかも知れない。つんぼといふものは、もともと（理屈の好きな私たちの来客は、いくらか声を大きくして、最後の断言をした）社交的性情に乏しいものである！　厭人的性癖に陥りやすいものである！　逃避人種である！　この理屈好きな風の見解は、私たちに半分だけ解つたやうな感じを与へた。解らない部分は、私たちも、やはり、神々の国の、霧のなかに預けておくことにしよう。そして私たちは、朧ろげながら思つたことである。このものがたりの女主人は、たぶん、よほどの人間ぎらひなのであらう。それならば、私たちは、よほど心して彼女を扱はなければならない。彼女の影を見失はないやうに、私たちは静かに蹤いて行きたいのである。

　ものがたりの初めを、いろんな風のたよりで汚してしまつたけれど、私たちは、なほ、薬に就いて何程かのたよりを耳にした。聞くところによれば、私たちのものがたりの女主人は、褐色の粉薬の常用者だといふ。この粉薬の色については、説がまちまちで、私たちはどれを採用していいか解らないのである。褐色でなくて黄色つぽい薬だともいふし、白い細かい結晶体とも聞いた。褐色にみえるのは罎の色で、だから中味は劇薬にちがひないともいふし、黄色つぽくみえるのは柔軟オブラアトの色だといふ風説もあつた。所詮こんな問題は、煩瑣なものごとをつかさどる神様に預けておくほか仕方もないであらう。ただ私たちは地上の人の子として、薬の色などを受持たれる神の神経が弥よ細かに、そして総ゆる感官のはたらきも豊かでゐて下さるやう願ふのみである。

　色はどうにもあれ、私たちの女主人は、一種の粉薬の常用者であつた。これは争ふ余地もない事実であつた。けれどその利き目について、私たちは確かな報道をすることが出来ないやうである。私たちのものがたりの女主人が、身のまわりの騒々しい思想のために、つんぼにされてゐるかも知れないことは前にも述べたけれど、彼女は、このつんぼの憂愁から自身を救ひだすために、このやうな粉薬を用ひはじめたともいふし、よけいつんぼになるために用ひ続けてゐるともいふ。何にしても、これは精神麻痺剤のたぐひで、悪徳の品にちがひない。健康な良心や、円満なセンスを持つ人々の口にすべき品ではないであらう。

　それから私たちは、その粉薬の副作用について、一握の風説をきいた。この粉は、人間の小脳の組織とか、毛細血管とかに作用して、太陽をまぶしがつたり、人ごみを厭つたりする性癖を起させるといふことである。その果てに、この薬の常用者は、しだいに昼間の外出を厭ひはじめる。まぶしい太陽が地上にゐなくなる時刻になつて初めて人間らしい心をとり戻し、そして二階の借部屋を出る。（こんな薬の常用者は、えて二階の借部屋などに住んでゐるものだと私たちは聞いた）それから彼等が借部屋を出てからの行先について、私たちは悪徳に満ちたことがらを聞いた。こんな粉薬の中毒人種は、何でも、手を出せば摑み当てれるやうな空気を摑まうとはしないで、何処か遠い杳かな空気を摑まうと願望したり、身のまわりに在るところの生きて動いてゐる世界をば彼等の身勝手な意味づけから恐れたり、煙たがつたり、はては軽蔑したり、つひに、映画館の幕の上や図書館の机の上の世界の方が住み心地が宜しいと考へはじめるといふことだ。薬品のせゐとはいへ、これは何といふ悪い副作用であらう。この噂をはじめて耳にしたとき、私たちは、つくづくと溜息を一つ吐いて、そして呟いたことであつた。この粉薬は、どう考へても、悪魔の発明した品にちがひない。人の世に生れて人の世を軽蔑したり煙たがるとは、何といふ冒瀆、何といふ僭上の沙汰であらう。彼等常用者どもがいつまでも悪魔の発明品をよさないならば、いまに地球のまんなかから大きい鞭が生えて、彼等の心臓を引つぱたくにちがひない。何はともあれ、私たちは、せめてこのものがたりの女主人ひとりだけでも、この粉薬の溺愛から救ひださなければならない。

けれどそのやうな願ひにも拘らず、私たちはその後彼女に逢ふこともなくて過ぎた。すると彼女は、このごろ、よほど大きい目的でもある様子で、せつせと図書館通ひを始めてしまつたのである。

さて私たちは、途上の噂ばなしなどを意味もなく並べて、よほど時間を取つてしまつた。けれど人々はそれ等の話によつて私たちのものがたりの女主人を、一人の背徳の女と決めてしまはれなくても好いであらう。何故といへば、私たちが並べた事々は、みな途上の風のたよりである。ただ私たちはものがたりを最初に戻して、この女主人は、あれこれの原因から、名前をあかしてもあかさなくてもの生きものであつた。

時は五月である。原つぱの片隅に一群れの桐の花が咲いて、雨が降ると、桐の花の匂ひはこほろぎ嬢の住ゐにまで響いてきた。こほろぎ嬢の住ゐは二階の借部屋で、三坪の広さを持つてゐた。障子のそとの濡縁はもうよほど木が古びてゐて、部屋の女あるじが静かに歩いても、きう、きう、きうと啼く。

今日は丁度あつらへむきの雨で太陽もさほど眩しくはなかつたので、こほろぎ嬢は昼間から図書館へ出掛けることにした。ざつと一時間前にとやかく身支度をして、空模様について考へてゐるあひだに、私たちのこほろぎ嬢は、何となくうつらうつら睡くなつて来たので、机の下に足をのばし、頭の下には幾冊かの雑誌を台にして、丁度有りあはせの枕の上で嬢は一時間の仮睡を取つたところであつた。そして眼がさめてみると、都合よく雨の音がはじまつてゐて、身辺には桐の花の匂ひがひと頃よりは幾らか白つぽく褪せ漂つてゐたわけである。それで、外套だけ羽織れば身支度が終つた。こほろぎ嬢の外套はさう新らしい品ではなくて、丁度桐の花の草臥れてゐるほどに草臥れてゐたのである。左のポケットには、これは外套よりもひとしほ時を経た小型の手鞄。右のポケットからは四折りにした分厚な洋服の端がはみ出してゐた。こほろぎ嬢の様子は略こんなありさまで、あまりくつきりと新鮮な風采ではなかつた。そして外套の中の嬢自身も、私たちの眼には、やはり外套とおなじほどの新鮮さに見えた。

雨降りの原つぱに出る。桐の匂ひが、こほろぎ嬢の雨傘の裡いつぱいに入つてきた。これは仕方もないことである。この原つぱでは、このごろ、空気のあるかぎり桐の花の匂ひもあつた次第である。けれどこほろぎ嬢は、此処の空気をあまり歓ばない様子であつた。嬢は、鼻孔の奥から、せつかちな鼻息を二つ三つ、続けさまに大気のなかに還した。しかしこほろぎ嬢がこの原つぱを出ないかぎり、吸ふ息も吸ふ息も、みな草臥れた桐の花の匂ひがした。それでこほろぎ嬢は知らず知らず左手で左のポケットの手鞄をつかみ当てつつ鼻息の運動を幾たびかくり返した。

雨の降る原つぱを行きながらこほろぎ嬢が桐の花の匂ひを拒んだわけに就いて、私たちは幾らか説明しようと思ふ。私たちの知るかぎり、桐の花といふものは昔から折々情感派などの詩人のペンにも止つたほどの花で、その芳香を拒んだりするのは、よほど罰あたりな態度と思ふのである。とはいへ、いまこほろぎ嬢の身のまわりを罩めてゐる桐の匂ひは、もはや散りぎわに近く、疲れ、草臥れ、そしてもはや神経病にかかつてゐるのは争はれない事実であつた。そしてこほろぎ嬢の方でも、悪魔の粉薬ののみすぎによつて、このごろ多少重い神経病にかかつてしまつた。

話はいくらか飛ぶけれど、私たちは曾つて分裂心理病院といふ病院の一医員幸田当八氏を知つてゐた。幸田当八氏は、曾つて、分裂心理研究に熱心するあまり、ひと抱えの戯曲全集とノオト一冊を持つて各地遍歴の旅に発ち、そして到着さきの一人の若い女の子に、とても烈しい恋の戯曲をいくつでも朗読させ、その発音やら心理変化のありさまをノオトに取るなど、神秘の神に多少の冒瀆をはたらいてきた医者であつた。当八氏のノオトについて、私たちは愛すべき一握の話題を持つてゐるけれど、それは別の日に残しておいて、私たちはいま、図書館へ向けて雨のなかを歩いてゐるこほろぎ嬢の一つの心理を説くために、曾つての旅で幸田当八氏が発見した学説の片れ端を思ひ浮べたいのである。五月の原つぱは一面の糠雨。季節に疲れた桐の匂ひ。そしてこほろぎ嬢の色あせた春の外套は、借部屋を出て二分あまり、すでにいちめん湿つぽかつた。人間の後姿といふものは、時に、見るものの心を湿つぽくするものらしい。いま、五月の原つぱの情景に、私たちはしぜんと吐息を一つ洩らしてしまつたのである。こほろぎ嬢の風姿は、それはあまり春の光景にふさはしいものではなかつた。嬢の後姿を包んでゐるものは、一枚の春の外套であるとはいへ、もはや色あせて、秋の外套の呼名にふさはしい色あひであつた。

そして私たちは、こほろぎ嬢の風姿をいつそ秋風の中に置きたいと思つたことである。さて幸田当八氏の学説は、おほよそ次のやうなものであつた。——人間が薬品の副作用とか心の重荷などによつてひとたび脳神経の秩序をこわしてしまふと、彼は夏の太陽のごとき強烈なものから頻りに逃避しようとする。同時に彼は、凋落に近い花の芳香のごとき繊弱なものをも拒むやうになる。これは罹病者の体質に由来する心理的必然であつて、敢て余等分裂心理学徒の牽強附会ではないのである！　もしこの罹病者が太陽の光線の強い季節に於て外出の必要に迫られたらば、彼は昼間の外出を夜に延ばし、または窓をとざした部屋に籠居して、雨の降る日まで幾日でも待つであらう。また晩春の桐の花の下などを通らなければならないときは、彼はしきりに鼻孔を鳴らし、性急な鼻息を以つて神経病に罹つてゐる桐の芳香を体内に入れないやうにするであらう。これを要するに、神経病者は神経病者を拒否するものである。これは同族者への哀感を未然に防ぐためであつて、彼と桐の花とは、たとひ人類と植物との差ありとはいへ、ひとしく神経病に侵されてゐる廉をもつて同族者である云云。

朧ろな記憶力のために私たちは幸田当八氏の学説を曲

げたかも知れないけれど、こほろぎ嬢が桐の匂ひを吸はないやうに努めたのは、丁度以上のやうな心理からであつた。そして嬢は桐のそばを通り抜け、停車場から図書館へ運ばれた。

私たちは、ごく小さい声で打明けることにしよう。悪魔の製剤の命ずるままに、私たちのものがたりの女主人は、このごろ一つの恋をしてゐたのである。この恋情のはじまりを私たちは何と説明したらいいのであらう。これはなかなか迂遠な恋であつた。

一日、こほろぎ嬢は、ふとしたことから次のやうな一篇のものがたりを発見した。

「むかし、男女、いとかしこく思ひかはして、ことごころなかりけり」

といふ古風な書出しで、一人の変な詩人の恋愛ざたを述べたものであつた。詩人は名をゐりあむ・しやあぷ氏といつて、ふとした心のはずみから、時の女詩人ふいおな・まくろおど嬢に想ひを懸けてしまつた。二人の恋仲は、人の世のあらゆる恋仲にも増して、こころこまやかなものであつた。そしていろいろ、こころをこめた艶書のやりとり、はては詩のやりとりもあつたといふ。私たちの国のならひにしたがへば、たぶん

君により思ひ習ひぬ世の中の
　人はこれをや恋といふらむ

かへし

習はねば世の人ごとに何をかも
　恋とはいふと問ひし我しも

などの歌にも似た詩のやりとりがあつたのであらう。

けれどここに一つの神秘は、世の人々が、つひぞ、まくろおど嬢のすがたを見かけなかつたことである。それ故まくろおど嬢は、時の世の人々にとつては、何となく空気のやうにも思へる女詩人であつた。嬢は、人に知られない何処かの片隅に生きてゐて、白つぽいみすてり派の詩といふのを書いてゐたといふ。時として、まくろおど嬢は、わが思ふ人しやあぷ氏のもとに滞在して、幾日かの時を送ることがあつた。けれどまくろおど嬢は、此処で、どんな様子の時間をすごしてゐるのであらう。嬢はただ、詩を書くのみで、つひぞ風姿に接することのできない神秘の詩人であつた。そこで、しやあぷ氏は折々知人などから抗議を申込まれたのである。彼等は、みす

て り派などといふものを地上に許さぬともがらで、氏に口説いていふには「ふいおな・まくろおど嬢は、よほどみめ美しくけざやかな女詩人におはすといふ。しかるに貴殿は、余等友人に対しまるでやぶさかである。まくろおど嬢を一度たりとも余等にひきあはしたことがない。今日こそ余等は嬢の風姿に接するつもりである。この望みのとどくまで、余等は何時間でも待つことにしよう」

これを聞いたゐりあむ・しやあぷ氏は、よほど額を曇らせ、対手の顔を見もやらないで呟いた。氏自ら何を言つてゐるのかを知らないありさまで、とぎれとぎれ、晩秋の芭蕉のやうな呟きであつた。「ああ、懶きのぞみを聞くものかな。まくろおどは、もう、旅に行ってしまつた。嬢は、もはや、余の身近にゐない。昨日夕方のことであつた、おお、余は、なにゆゑともなく放心して、時を、時間の長さを、忘れかかつてゐるけれど、たぶん昨日の晩景のことであつた。ふいおなと余は、寄り添ふて、ああ、たがひに寄り添ふて、大空の恒星を見てゐた。すこし離れて、遊星は……」

「しやあぷ氏！」と来客はつひにたしなめたのである。「余等の望むところは地上のことがらである。天文の事ではないのである。恒星！　そして遊星！　何といふことだこれは。空つとぼけとはこの事にちがひない。だから恋をしてゐる人間はだらしなく、そして抜け目がないといふんだ。おのろけを半分だけ言つて、あとは天文の事に逃げてしまふ。しやあぷ氏！　たがひに寄り添ふて、そして貴殿は……」

そこでしやあぷ氏は答へた。こんな種類の来客といふものは、所詮接吻のこと寝台のことを語らなければ納らないものである。ゐりあむ・しやあぷ氏は、吐息とともに、

「むろん、接吻はした。さはれ、余とふいおなに、接吻が何であらう。

余が遊星を見てゐた折、ああ、余のふいおなは、余の心臓より抜けいだし、行方もわからず……」

「おお、懶きのろけを聞くものかな。余等は泡だち返す一盞のしとろんと、団扇を欲しくなつてしまつた。団扇は、東洋の七輪など煽ぐ渋団扇。なるたけ大きいのを持つて来てくれ。余等は聞いたことがある。この品はよほど渋面作つた色を呈し、のろけを聞かされた耳に、一脈の涼風を送つてくれるといふことだ」

しやあぷ氏はつひに黙つてゐた。客はなほもまくろおど嬢を引きあはせろと言つて、余等の鼻は佳人に対して

こよなく敏感である。嬢は余等と九尺とは離れないところに居るにちがひない。おおこの香気！　まくろおど嬢は隣室にゐて、化粧にうきみをやつしてゐる！　これはおお、つたんかあめん時代より、てんめん（ママ）として人の世に伝はる何とかの香料である！　それが佳人の肌の香と複合するときは、余等伊達男を悩殺してしまふ！　しやあぷ氏！　まくろおど嬢を化粧部屋から伴れだせ！　などと叫んだのである。しやあぷ氏はつひに黙つてゐた。

かくて、ゐりあむ・しやあぷと、ふいおな・まくろおどとの間に、幾多の年月がながれた。年月のあひだ、人人は、つひに、まくろおど嬢の風姿をみることはなかつた。そしてつひに、しやあぷの歿かつて幾らかの月日がたつたのち、人々は知つた。ふいおな・まくろおど嬢は、よき人ゐりあむ・しやあぷと同じ日同じ刻に、悠久の神の領土に召されたのである。しかもゐりあむとおなじ床、おなじ病ひによつて召された。ただ、人人の眼にふれたなきがらは一つだけであつた。男性ゐりあむ・しやあぷの骸ひとつ。

さて私たちは、この古風なものがたりを読んでゐたこほろぎ嬢の許に還らなければならない。この古風な一篇を読み進んだこほろぎ嬢は、身うちを秋風の吹きぬける心地であつた。このやうな心地は、いつも、こほろぎ嬢が、深くものごとに打たれたとき身内を吹きぬける感じであつて、これは心理作用の一つであるか、それとも一種の感覚か、それを私たちははつきり知らないのである。そして秋風の吹きぬけたのちは、もはや、こほろぎ嬢は恋に陥つてゐる習ひであつた。対手はいつも、身うちに秋風を吹きおくつたもの、こと、そして人であつた。

ふとした頭のはずみから、私たちは恋といふものの限界をたいへん広くしてしまつたやうである。とまれそんな順序にしたがつて、私たちの女主人は異国の詩人に恋をしてしまつた。

話が前後したけれど、この古風なものがたりは次のやうな結びで終つてゐた。ひとつの骸で両つのたましひが消えていつた。これは世のつねならぬ死であつた。けれどその細かいいはれを誰が知らう。人々は、地上に生れて大空に心をよせた詩人ゐりあむ・しやあぷのなきがらを葬つたのみである。（彼もまた、よき人ふいおな・まくろおど嬢とおなじにみすてりの詩人で、太陽のあゆみや遊星のあそびに詩魂を托したといふ）葬りつつ、幾人かの人はひそかに思った——まくろおど嬢は、何処の土地で、ゐりあむの死を歎いてゐるであらう、と。また腰のぽけつとにいつもふらんすのはむを、はみ出すばかり詰め込んでゐる紳士どもは、野辺おくりの行列で一入肥満してしまひ、心中憚りのない大声で思つたことである——これは、どうも、年中雲だの霞だの呟いてたしやあぷ氏も、つひに天上してしまつた！　蒼ざめた魂め、まるで故郷に還つたつもりでゐるだらう！　月だ星だ太陽の通り路だ無限悠久久遠惝怳！　何といふことだこれは！　摑みどころのない物ばかし並べてやがる！　だから、たましひは風とともに歩みて涯しなき空を行き、といふ事にもなるんだ！　まるで世迷言ではないか！　ところで、この葬列が着くべき所に着いた時、余等は太つた方の紳士を代表して、しやあぷ氏の霊に一片の弔辞を捧げることになつてゐる！　何といふ矛盾だ、これは！　もうぢき葬送の行列は着くべき所に着くんだぞ！　仕方がない！　余等は日頃の大声をいくらか湿つぽくして、

会葬の紳士淑女諸君！
ゐりあむ・しやあぷ氏は
気体詩人でありました！
氏は栄ある生涯に於て
三冊、或は七冊の詩集を書かれたといひますが、
それはみな

抽象名詞の羅列による高貴な思想であります！

と言つておくことにしよう！　次はふいおな・まくろおど嬢のこと！　おお、まくろおど嬢！　余等は、しやあぷの吝嗇のため、つひぞ嬢の眉に触れることなく過してしまつた！　しやあぷのやつ、いつも言を左右に托して、まくろおど嬢を一度も余等に引きあはせないでしまつた！　何といふやきもちだ！　まくろおど嬢！　今こそ貴嬢は、しやあぷのやきもちから解き放たれ、のうのうと何処かの土地で欠伸してゐることだらう！　とかく、女といふものは、よき人を失った翌日から、すでに御飯を食べるものだ！　これは余等が千の女を体験して樹てた久遠の哲理である！　眼には涙を流しながら、口にはすでに新しい皿の御飯を食べてゐる奴さ！　余等のまくろおど嬢は、おお、何処の土地で新しい皿を待つてゐるのであらう！　ああ、余等の鼻には、またも、つたんかあめんの香料が匂つて来た！　余等は草を分けても嬢の姿を探しだし、そして！　床まきの香料はどれにしたものか、余等は、もう選択に迷つてしまふ！　女といふ生物はみんな体質によつて肌の香を異にしてゐるものだからな！　ああ！　余等は、しやあぷの謂れないやきもちによつて、まくろおど嬢の肌の香をまだ知らないのであ

る！　これほどのやきもちが二人とあるか！　何にしても余等は草を分けてもまくろおど嬢を探しださなければならぬ！　嬢は詩の上では、しやあぷと同じように雲や霧のことばかり言つてるけれど、しかし草を分けても探しだしてみれば、意外の肉体を持つてゐるかも知れないぞ！　噂によれば、しやあぷに宛てた艶書の中には、彼女の詩境とはまるで反対に、随分烈しいやつもあるといふ！　まことにさもあるべき事だ！　まくろおど嬢は必定雲や霧のやうな柳腰の女ではないであらう！　このごろ東洋の何とかいふ所に変な病院が建てられたといふことだ！　其処の一医員幸田当八の報告によれば、柳腰の女が却つて脂肪に富んだ詩を書いたり、腰の太い女が煙のやうな詩を書くといふ！　何とすばらしい説であらう！　余等はいよいよ草を分けてもまくろおど嬢のからだを探しださなければならない！

かくて、静かな葬列は、いろんな思ひをのせ、着くべきところへ向つて流れたのである。けれど人々は、ふいおな・まくろおどの居場所について皆思ひ誤つてゐた。嬢はいま、人に知られぬ処、ゐりあむ・しやあぷの骸のなかに、肉身を備へない今一人の死者として横はり、人知れぬ葬送を受けてゐたのである。ふいおな・まくろおどは、まつたく幻の女詩人であつた。詩人しやあぷの分心によつて作られた肉体のない女詩人。それゆえ嬢は、よき人しやあぷとともに地上から消えた。けれど生世のうち、二人の艶書のやりとりは、それは間ちがひのない事実であつた。分心詩人ゐりあむ・しやあぷの心が男のときはしやあぷのペンを取つてよき人まくろおどへの艶書をかき、詩人の心が一人の女となつたとき、まくろおどのペンを取つてよき人しやあぷへ艶書したのである。かかるやりとりについては、今後時を経て、「どつぺるげんげる」など難かしい呼名のもとにしやあぷの魂をあばく心理医者も現はれるであらう。また、ふとして、東洋の屋根部屋に住む一人の儚い女詩人が、彼女の儚い詩境のために、異国、水晶の女詩人を、粗末なペンにかけぬとも言へないのである。心理医者、そして詩人。何といふ冒瀆人種であらう。いつの世にも、彼等は、えろすとみゆうずの神の領土に、まいなすのみを加へる者どもである。彼等が動けば動くだけ、ゐりあむ・しやあぷの住んでゐたみすてりの世界は崩されるであらう。

――こほろぎ嬢の読んだ古風なものがたりはこれでおしまひであつた。

図書館は、普通街路からいくらか大空に近い山の上にある。全身灰色を帯びてゐた。この建物の風丰は、こほろぎ嬢にとつて気まぐれな七面鳥であつた。陽が照ると取り澄ました明色の象牙の塔となり、雨が降ると親しみ深い暗色に変つた。雨で暗色した灰色は、粉薬で疲れた頭をも、さう烈しくは打たないものである。

とはいへ、こほろぎ嬢の心を捕へてしまつたゐりあむ・しやあぷ氏は、図書館の建物の中で、何と影の薄い詩人であつた。幾日かの調べに拘らず、こほろぎ嬢のノオトは、いつこう、豊富にはならないのである。そしてこほろぎ嬢は深い悲歎に暮れ、ノオトの空地空地に心を去来するいろんな雲の片はしを書いてみたり、尨大な文学史を読み進むことを止めて（何故なら、文学史の図体が大きければ大きいほど、その作者は、こほろぎ嬢の探し求めてゐる詩人に、指一本染めてゐなかつた。これはこほろぎ嬢の悲しい発見であつた）文学史家のセンスについて考へ込み、そして私たちのものがたりの女主人は、植物ほどに黙り込んだ、効果ない時間殺しをしてしまふ。これは地球上誰の役にも立たない行ひであつた。

しやあぷ氏に関するこほろぎ嬢のノオトは、前にも述べた訳から大変貧弱であつた。そしてつひに、こほろぎ嬢の手にした幾冊目かの文学史には、嬢の哀愁にあたひする一つの序文がついてゐたのである。

「なほ最後に断つておかなければならないことは、この出版書肆の主人は、一種気高い思想を持つてゐて、健康でない文学、神経病に躍つてゐる文学等の文献は、一行たりとも出版しないことを吾人に告げた。それで吾人は用意した原稿の中から主人の嫌悪に値ひする二三の詩人を除かなければならなかつた。吾人は此処に割愛された詩人の名前だけを挙げて、心やりとするものである。順序不同、「考へる葦のグルウプ」三氏、「黄色い神経派」中の数氏、「コカイン後期派」全氏。おすか・わいるど氏は背徳行為の故をもつて。ゐりあむ・しやあぷ氏は折にふれ女に化けこみ、世の人々を惑はしたかどにより」

こんな序文がこほろぎ嬢にとつて何の役に立つであらう。頭痛がひどくなつただけであつた。人間とは、悲んだり落胆したりするとき、日頃の病処が一段と重るものであらう。それ故に、嬢は蹌踉と閲覧室を出て、地下室の薄暗い空気の中に行かなければならなかつた。

踏幅の狭い石段を下りると右の廊下に出る。右は売店二三戸の地下室内の街。左に進むと、からだは自然と婦人食堂へはいる。此処は、食事時のほかはいつもひつそりしてゐて、薄暗い空気が動かずにゐた。そしてこほろぎ嬢のためには粉薬用の白湯も備へてあつたわけである。白湯は大きい湯わかしからこんこんと湧いて出た。窓の薄あかりにすかして、これは灰色を帯びた白湯であつた。そしてこほろぎ嬢は古鞄の粉薬を服用したのである。人々は見られたであらう。この室内の空気はまことに古ぼけたものであつた。また地下室の庭には、窓硝子の向ふに五月の糠雨が降つてゐる。こんな時、人類とは、大きい声で歌をどなるとか、会話をするとか、或はパンを喰べたくなるものだ。私たちのものがたりの女主人は、日頃借部屋の住ひの経験から、このやうな人類の心境をよく知つてゐる。それでこほろぎ嬢は、いま、せめてパンを喰べてみようと思つた。丁度この時であつた。地下室の片隅から、鉛筆をけづる音が起つたのである。地下室の一隅のもつとも薄暗い中に一人の先客がゐた。そしてこほろぎ嬢は、もはや疑ふところもなく、先方を産婆学の暗記者と信じてしまつたのである。これはこほろぎ嬢にとつて丁度いい話対手であつた。しかし先方では、いつこうこほろぎ嬢の挨拶を受ける様子はなくて、無闇と勉強をつづけてゐたのみである。嬢がよほど長いあひだ先方を知らなかつた以上に、先方はまだ此方に気づかない有様であつた。これは何といふことであらう。仕方もないのでこほろぎ嬢は食堂を出てパン屋に行つた。

「ねぢパンを一本」

会話を忘れかゝつたこほろぎ嬢の咽喉が、無愛想な音を吐いてしまつた。パン屋の店の女の子は多少呆れた様子でこほろぎ嬢を見上げ、それからパンの袋を渡した。

食堂でねぢパン半本を喰べるあひだ、私たちは、こほろぎ嬢の心の色あひについて言ふべき事もなかつた。嬢はただパンに没頭してゐたのである。そして先刻以来文学史の序文によつてひどく打ちつけられてゐる事実をも忘れてゐる様子であつた。パンがそれだけ済んだ頃、こほろぎ嬢の喰べかたは非常にのろくなつて、そして、チヨコレエトのあんこを無精に舐めながら、向ふの片隅の対手に向つて声は出さない会話を話しかけたのである。

「あのう、産婆学つて、やはり、とても、難かしいものですか」

しかし対手は限りなく暗記物の上に俯向いてゐて、いつまでも同じポオズであつた。こほろぎ嬢は、食卓二つを隔てた対手の薄暗い額に向つて、もう一つだけ声を使はない会話を送つた。「御勉強なさい未亡人（この黒つぽい痩せた対手に向つて、こほろぎ嬢はこの他の呼び方を知らなかつた）この秋ごろには、あなたはもう一人の産婆さんになつていらつしやいますやうに。そして暁けがたのこほろぎを踏んで、あなたの開業は毎朝繁盛しますやうに。こほろぎのことなんか発音したら、あなたはたぶん嗤はれるでせう。でも、私は、小さい声であなたに告白したいんです。私は、ねんぢゆう、こほろぎなんかのことが気にかかりました。それ故、私は、年中何の役にも立たない事ばかし考へてしまひました。でも、こんな考へにだつて、やはり、パンは要るんです。それ故、私は、年中電報で阿母を驚かさなければなりません。手紙や端書は面映ゆくて面倒臭いんです。阿母は田舎に住んでゐます。未亡人、あなたにもお母さんがおありになりますか。ああ、百年も生きて下さいますやうに。でも、未亡人、母親つて、いつの世にも、あまり好い役割りではないやうですわね。娘が頭の病気をすれば、阿母は何倍も心の病気に憑かれてしまふんです。おお、ふいおな・まくろおど！　あなたは、女詩人として生きてゐらした間に、科学者に向つて、一つの注文を出したいと思つたことはありませんか――霞を吸つて人のいのちをつなぐ方法。私は年中それを願つてゐます。でも、あまり度々パン！　パン！　パン！　て騒ぎたかないんです」

地下室食堂はもう夕方であつた。

佐多稲子（さたいねこ）

牡丹のある家

一

　店先に夏蜜柑、ラムネ、駄菓子などを並べている土間の広い安宿や、荷車をつけたままの大きな牛がつないである軒の低い運送店や、肥料屋などのある駅前の通りを過ぎて間もなく村を出はずれると、もう左手は青々と麦のそよいでいる田圃であった。田圃は広く、中程には、その裾に沿って小川の流れている土堤道が太々と横に貫いていた。土堤の側面はびっしりと草がはえて青く、土堤の上をくるくると廻ってゆく自転車が微かに白い埃りを後ろに上げていた。ときどきその自転車のどこかに陽があたり銀色に光った。

　右手は木の多い小さな山の連りが奥へのびていて、すぐまぢかの高い土堤の上に山陽本線がゆるくうねって、山の間へ曲がっていた。その土堤に女の子供達が二人、三人、陽を浴びて土筆を摘んでいる。

　村を出はずれた道は、線路の土堤の下の、トンネルのように丸くくり抜いて煉瓦でかためた穴をくぐり、山の裾へ這入っている。道の片側にはここにも小さな溝川が流れ、澄んだ水がちょろちょろと音を立てていた。ゆるく登りになっているその道を少し奥へ入ると、左手に、米谷の家の桃山がある。

　その道を、姉妹は山へ向かって歩いていた。七歳になる末娘のきぬ子は母親や長兄に似た色白な面長の顔を汗ばませて、何か摘みながらあとになり先になりした。昼飯の重箱を提げている姉のこぎくは、娘らしく花模様のメリンスの帯をお太鼓に締めて、薄い色の綿セルの袖を両脇にはさんでいたが、都会から帰った娘たちがよくやるように洋傘を持ったりなどせず、すっぽりと手拭を頭の上にかけ、両端を口にくわえていた。陽の光はすんなりと都びたこぎくの背に直射していた。頭にかけた手拭の下に、この頃の流行風にうなじの上にきっちりと束ねた髪がのぞいている。妹にかまわず、すたすたと藁草履の音を立てて歩いた。

松の木の多い一つの山裾を廻るとすぐその後ろに、陽に向かってまっ白に花を咲かせた桃山の梨が見えていた。家では「桃山」と呼んでいるように、山には桃が多いのだが、もう桃の花は散って今は梨が咲き始めている。道の途中から山へ登って行くと、やや裏手に当る葡萄畑に薄蒼い煙が登り、ぱちぱちと芝の燃える可愛い音がはじけていた。

「大っけえ姉ちゃん、待ってつかはよう」

きぬ子の甲高い声が下で呼ぶ。

「あんた、何しとってん？　早うきなはれ」

ちょっと下を向いて立ち止り、そう返事をしたこぎくは、せいせいと息を切らして気むずかしそうに眉を寄せていた。

山では祖父と長兄の市次が桃の木の害虫取りをしていた。桃林の中で、噴霧器の筒先を上に向け、自分も仰向いたまま「飯かあ」と市次が呶鳴った。桃の葉かげに太陽がちろちろとこぼれ、背の高い、シャツ一枚の市次の身体に細かな模様を落していた。飯の声ですぐ出て来たというように、七十八になる祖父の厚ぼったい顔がこちらを向いてすたすたと前こごみに歩いてきた。頬かむりの手拭の端に、白い、太い頬に髪がのぞいている。無口な、いつも変ったことのないおだやかな表情で、気に入りのきぬ子にぼそぼそと口をきいた。

「きぬ子はんもおいでたんか」

「何言いよってん。お祖父さん」

甲高い少女の声が山の中できわ立つ。

こぎくは弁当をそこへ拡げてやると、自分だけ梨の木の下に一人離れて坐った。市次が彼女の何か一人になろうとするのを気づかうように、飯は食わんのか、と聞いたが、あし、家で食べるんや、と答えて、さすがに兄に対しては微笑んで見せた。

頭にかけた手拭を取るこぎくの顔は、梨の花の白さの故か、白々と透いて、都会なれた唇元が薄く、疲れた色が目を強くしていた。市次とそっくりの腫れぼったい瞼は、市次の持っている優しさが無くて、重くたるんでいた。

こぎくはわざと男のように仰向けに寝そべって目をつぶった。木の下をくぐって静かに風が吹いていた。薄く目を開けてじっと見るともなく空を見ていると、太陽の光がどういう風になるのか、薄蒼い空の色は下の方からだんだんに拡がるように桃色に変ってゆく。平らな地面にぴったりと仰向けに背を合わせて、そういう空の色などを見ていると、背中のだるさがじじと音を立てるようにひろがり、薄れてゆくように思われた。

正午の上りの汽車であろう、山あいに汽笛が聞え、それがあたりに響いた。汽笛は空の広さを思わせるように響いた。じっと目を据えてこぎくは汽笛のあとを追っていた。そこには朝の閑な一刻(とき)を、掃除を済まして手を洗って来た娘たちが商品の蔭にそっと寄り合って思い思いの話題に微笑み合っていた。きらびやかな高い天井と朝から点いている大きな電燈のこもった光線と、商品の特殊な匂い、その中に点々と立っている空色の事務服の仲間の姿、まだ客の少ない朝の時間には、点々と立つこの空色の事務服が遠くまで見渡された。やがてぞくぞくと満ちてくる客の波の中に、もう自分の時間など無く立ち続けるそれらの姿だった。

二年間のそこの単調なくり返しの朝夕は人生について真面目に対してゆこうとしていた一少女の考えから生活の希望を奪っていた。脱けどころのない疲労は若い健康の上に押し重なっていった。お店なんて、肺病の巣だっせ、みんな言ってはるわ、などと仲間同士で語り、友達の二人三人の死を送りながら、遂に自分に廻ってくるのをどうしようもなく、自然に胸を折るように背中のうずくのをじっと、目を強く据えて見つめるばかりであった。こういう娘にとって、或る朝起き抜けに、咳き込む拍子にぶくぶくとあぶくといっしょに吐き出されたまっ赤な血は、生活に変化をもたらすやけくそな希望にさえ見えた。病的に熱した目をきらきらと光らせて、縁先の土にぶつぶつとあぶくの消えてゆく自分の血を見つめていた。それからまっ蒼になり、床についた。

そういう思いもあるのに、ひとり離れて田舎へ帰って来ていると、こぎくは堪らなく友達が恋しかった。それはただもう娘らしく友達が恋しいのであろう、決して二年間の女店員の生活ではないのだ、と自分自身でさえ腹立たしくなり、そう思って見るのであった。

兄の何か叫ぶ声がふと聞えた。反射的に、がば、と起きたこぎくの耳に、燃えていた芝の音がぱちぱちぱちぱ

ちと大きく聞え、同時に、

「おっけえ姉ちゃん、山、火事だっそ」

きぬ子の声が絶望的に響いた。

山裾から段々にぱちぱちと少しずつ上の方へ燃えつづけていた芝地の火が、勢いよく拡がろうとしていた。市次と祖父が、上着の半纏を振りかざし、跳ぶようにして、ぱっ、ぱっと地面に火をたたき伏せていた。その半纏の下をすり抜け、火はぼぼうと音を立てて横に飛び、前にとんだ。太陽の下で芝の燃える色は薄黄色く見えたが、ときどき、きろ、きろっと赤く光り、半纏を振りかざし必死になってあとを追う兄たちの手の下に、ますますあおられるようにぼぼうと猛り立って前へとんだ。

「村へ言うてこい」と市次がまっ赤になって呶鳴った。呶鳴りながら自分は火を追うて横へ飛んだ。老人は表情だけは少しも変えていないのだが、市次に負けず半纏を振り上げているその動作で異常なのが知れた。

きぬ子が短かいおかっぱの毛を後ろへはね上げるようにしてもと来た道を跳んでいた。こぎくもそのあとを追って走った。

きぬ子の知らせで、駅前の運送屋からすぐ、荷馬車を輓く村の若い男たちの自転車が、三、四台つづいて線路の下のトンネルをくぐり山へ向かった。

「お母はあん」

きぬ子は土間へ駆け込むと、せっかちに甲高く、山がなア、山がなア、としゃべり出した。土間の隅で、味噌豆を煮ていた母親の小房は、竈の前を立って来たが、きぬ子の甲高い声を手で制して、

「嫂さんに聞えたらあかんのだっせ、静かにしなはれ」

女の本能で咄嗟に産褥の嫁のことを言いながら、土間に下駄の音を立てて門口へ出て来た。この駅前の通りのはずれから見ると、まだ山の方に煙などは出ていない。若い駅員が二人線路に立って火の手を探すように身を寄せていた。それを見ると、小房はくすんと鼻をすすり、忙わしく前垂れで手をこすりながらまた家の内へ入るのだった。眉を寄せたことのない小房は、今も目を伏せただけで、ただせかせかと歩いた。燻っている竈に、松葉をつかみ入れてかき立てながら、土間に薄蒼い煙が立ちのぼると、小房はふと竈の外にまでぼっと燃え上る松葉の火を、あわてて長い火箸でせかせかと押し込んだりした。

奥の部屋で嫁の信江の苦しんでいる声がときどき聞えていた。もう二日も床についてうなっている信江を、小

房は大仰な、と思い、今押し込んだ竈にすぐ追いかけて一とつかみの松葉を投げ入れた。

　こぎくは道をよけて山裾を少し奥へ這入り、熊笹にぐったり身をよこたえていた。登ってゆく自動車の音や、高い男の声など物騒がしく走り過ぎてゆく。ぶるぶるとふるえる指先で、唇をそっと抑え、うつつのようにそれを聞いていた。怒濤の中に身を浮かせているような、捨て切った気で、大きな悲劇を待つ気持であった。太陽の下でキラキラと赤くはじいていた薄黄いろい炎を思い、それが山一面に燃えひろがってゆくところを想像した。その火が、この山に移って来ても、逃げ出す気力はなく、頭の上の松に火が跳んできたら、じっと目をつむろうなどと考えたりした。別に悲しい気はないのに、涙がぽろっぽろっとこぼれた。頬に笹の葉が突きささり、ちょっと頭をうごかせば取れるのさえ、その気にならず、ひりひりと痛さを押しつけていた。

　さっき、きぬ子のあとを走り出して間もなく、まだ山路の途中で、ぶくぶくと泡の盛り上ってくるような胸の気配に、こぎくははっとして溝川のふちにしゃがんだのである。

　ぱっと水の中に血が散って、にじみながら流れ、また落ちて、にじんで流れた。やがて村から人が駆けてくることを思うと、こぎくは水をすくって口をゆすぎ、唇を袖で拭きながら熊笹の蔭を探したのであった。

二

あくる朝であった。

灰色の雲が空一面に大きく動いてゆき、白々とした空気の中に井戸端の牡丹の花の色がほのかに浮いていた。微かな風が花の上を軽く吹いていた。

　小房は、米とぎの桶を小脇に抱えて、飛び石にカタカタと下駄の音を立てて井戸端へ出て来た。澄んだ朝の空気に釣瓶の音が大きくきしり、水の音も冴えて流れた。小房は米を洗って白水が出ると流し許から牡丹の方へ二、三歩足を運んで、その白水を牡丹のかこいの中へ流し入れてやった。米谷の家の自慢のこの牡丹は、背の高い小房の丈ほどもある古いものであった。その赤味を帯びた根はたくましく四方へ枝を張って、大きな葉が三畳敷ほどの竹囲いの外にあふれていた。人の顔よりも大きな花輪が、色も形も深々と開いていた。

　小房の流してやる白水は、赤味のまじり合った鮮明な葉の蔭にじゅくじゅくと吸われてゆき、蜂が一匹飛んだ。

「お早う」

市次が手拭いを首に巻いて、すたすたと出て来て、牡丹の傍にしゃがんだ。

「へえ、お早うさん」

小房はトンと米磨ぎ桶を石の上において、市次をむかえるように手を休め、

「昨日は、えらい騒ぎやったな。あれで済まなんだら大ごとやな」

「今頃、こないしとられへなんだな」

市次は笑って、「どない、吃驚したぞう」

「ほんまにいな」

釣瓶をたぐりながら、

「牡丹もみんな咲いてしもたな。蕾はもう無いだっしゃろ」

「うん、今年もよう咲いたな」

「牡丹がまだ盛りよるうちは、家(うち)も気が強ええな」

「どないだかア。この牡丹の木売らんならんこと出けるかも知れへん」

「しょうむないこと言いなはんな」

小房はわざとからからと笑って土間へ這入った。市次は顔を合せない機会を摑まえるように後ろから声をかけた。

「信が、安井のお母はん呼んでくれ、言いよったん」

「へえ、そう」

声の調子を変えまいとするように、「おまはん今日運送屋から電話かけさしてもらいなはれ、安井の家の前の郵便局で呼んでくれまっそ」

「ふん、そうやな」

「へえ、そうしなはれ。今日も山へ行くん？」

こぎくは一人で、裏に面した六畳の部屋に寝ていて、母親と兄の会話を聞いていた。市次が母親に優しいので評判なのを思い出したりした。昨夜も隣りの部屋にうなりとおしていた嫂の信江が気の毒に思えたりした。苦労せずに育ったせいか、信江は、まだ若い姑と夫の間にすばしこく立ち廻り割り込んでゆくことさえ出来なかった。

とんとんと年寄りが煙管をはたいている。

外では、夏の小道を誰か通るらしく、市次と言葉をかけ合っている。

小房も今日は畑へ出て行き、家の中では信江の世話をしに来た取り上げ婆さんの引きずるような足音がときど

き土間にするだけであった。信江は今日もただうめいていた。こぎくは裏に面した六畳に一人寝て、じっと天井に目を据えている。

裏庭には子供の騒ぐ声もなく、正午前の一ときのしーんとした静かさがあった。薄雲が一杯流れていて、太陽がどこにあるのかわからないような、ばあっとした弱い陽が射している。その薄ねむいようなにぶさの中で牡丹の花がゆらゆらとして見えた。

まだ生きていた父親が、一時素麺の製造などをやっていて、この古い牡丹を自慢にし、花の盛りには客など呼んだりしたものであった。その酒の席で父の膝にいた被布姿の自分を、こぎくは今も思い出す。

この辺りの地方は百姓の貧富の差が少なくて、一般に地主があまり無く、大抵小さな自作農であった。土地の狭い故か、みんなやっと食べている自作農ばかりである。米谷の家もその一つであったが、父親が存命していたひと頃は、素麺の製造や、山にはその村で初めての果樹栽培などをやり、父親は活花などを道楽にしたりする余裕もあった。

その父親にこぎくは可愛がられた。こぎくという、その土地の古めかしい名なども父の好みであった。こぎくは殆ど百姓をさせられたことなく、高等小学を出ると、彼女は大阪の叔母の嫁入先に働き場所を探して出て行った。素麺など造って見ようとしたり、村で誰もやらない果樹などをやった父親の気性がこぎくに残っていた。同時に、羽織をきながして、活花など道楽にしようというところも、こぎくのきれい事のすきな気質に現われていた。こぎくは都に出て働いていた間中、牡丹の花見の席に、主人役の父の膝に抱かれていた幼時の記憶でわが家を考えていた。次女のふじ江が姫路の紡績に入ったことを聞いた時、大阪へくればいいのにと、自分の働いている場所と、妹の工場を比べたことがある。

取り上げ婆さんが、ことことと、土間へ信江の飲み水を汲みに出て来た。表の土間のまっ黒な土の上に角封筒が重く落ちていた。婆さんは拾い上げ、目のそばに持って行って見たが、解ったのかどうか、懐ろへ入れて、水のみの茶碗といっしょに信江に出して見せた。厚ぼったい顔を苦しさに汗ばませて、泣き出しそうな顔をしている信江は、弱々しい目をちょっと見開いて手紙を取り上げたが、

「こぎくはんじゃ」

と言ってまた枕につきながら六畳を軽く指した。

「へえ、こぎくはんけえ。そう」

間の襖を開けて、「こぎくはん、お手紙だっそ」

「へえ、おっき」

そのまま立話でも始めそうにした婆さんは、ふと門口に人の声を聞いて「へえ。どなたはん」と振り返った。

声をききつけた信江が、「さ、お母はん」と呼ぶように言った。こぎくはそっと起きて、婆さんが開け放して行った襖をそっと閉めた。

「まあ、どないしたん。おまはん。えらい心配しとった」

きびきびした信江の母親の声がし、それまで持ち堪えていた気持が急に崩れるように、信江の、お母はん、と言っておいおい泣き出すのが聞えた。その訴えるような泣き声と、どうしたどうした、と言っている母娘の声を聞いていると、こぎくは居辛いような圧迫を感じながら、いつか引き込まれるように、くくっくくっと息を押えて泣いていた。取り上げ婆さんが何かくどくどと言っていたが、信江の母の怒る声がふと聞えた。

「何や、お前、何をお前敷いて寝とん。筵やないか」

嗚鳴るように言うのを、こぎくははっとして身を固くして聞いた。

「阿呆らしい、何や、何でこないなもの敷いとん。いじらしや。二日もこの上に寝とんか。何で蒲団敷かんのか」

信江がまた新しく泣き始めた。

「ええ、ええ、泣くことありますかいな、何で自分でそう言わんのや」

ごとごとと荒く押入れを開けて蒲団を出している気配がした。こぎくは真っ赤になる顔を蒲団の襟に押しつけていた。

ちょうど小房は昼の支度に帰って裏から土間へ這入っていて、信江の母のこの言葉を聞いていた。彼女は黙って、竈の方へ入り、湯を沸かす支度をした。

暫くすると信江の母の呼んだ産婆がやって来た。海老茶の袴をはいて、革の手提げ鞄を持って、自転車で駆けつけたこの若い産婆がやってくると、取り上げ婆さんはこそこそと井戸端へ出て水を汲んだりした。

産婆はちょっと見ると、

「まあ、まあ可哀想に」と言って、甲斐々々しく腕まくりした。

すぐ、ブリキの便器にほとばしるような小水の音がし、それと同時に赤児が出た。赤児は男の子でもう死んでいた。

　市次たちも昼飯に帰って来てい、「もう二時間おくれたら駄目でしたっせ」という産婆の言葉をはさんで、気まずい空気が流れた。信江の母親は大きな黒塗りの仏壇のおいてある一部屋に市次を呼んで、信江は今日一日そっとしておいて、明日は自動車で実家に連れて帰り、ゆっくり静養させるから、と言うのだった。

「市次はん、あんたが悪いとは言いまへんけど、信江は死んでしもたかも知れまへんのだっせ。あしは、今日すぐにも連れて帰りたい思いまっせ」

　険しい目をして言い始め、それから襦袢の袖口を引き出して目頭を押えるのだった。市次はつぎの当ったズボンの膝をきちんと折ってその上に手をおいていた。

「信江もその方がよう休まるやろ、思いまっさかい」

　そう言って頭を下げた。

　夫が村の小学校の校長をしている信江の母は、小さな束髪にし、襟元をきちんと合せていた。小房は手髪の丸髷を殆ど一年中くずしたことがなかった。二人はどちらも険しいものを内に押えながら挨拶していた。

　こぎくはそれを聞いていて、小房の、決して調子を変えない柔かいもの言いと、さっきから嫂の出産に決して何ひとつ手助けをしなかったらしいのと思い合せ、気が強いのだな、と思うのであった。

「こぎくは御飯出て食べられへんか」

　いつものように柔かに呼ぶ母の声に、何か外に対して構えている張り切ったものを感じた。彼女は目を反らしたまま頭を振った。

　信江が連れて帰られると、小房はぱたぱたと障子を開けひろげ、蒲団は裏庭に運んで竿にかけた。ぱあっぱあっと勢いよく畳を掃き出している。

　こぎくが堪り兼ねるように、「お母はーン」と呼んだ。

「何もそんなに荒々しくせんかてええだっしゃろ」

「えらい埃や」

　母親はこぎくの癇に障っているのはわからないらしく、知らんふりになおもぱあっぱあっと掃いた。こぎくは再び言う気はなくて、黙って顔をしかめていた。

「おまはんとこも掃いたろ、ちょっと起きなはれ」

　そう言って小房はぴたぴたと縁の障子を開けた。

「いらへん。閉めといてつかは」

「よう辛気くさい、閉めきっておかれるな」

　そう言いながら、小房は仕様なしに障子を閉めた。

　まだ幾分上ずっているらしい母親の動作を見ていると、

こぎくはふと意地悪くなって言った。

「お母はん、嫂さんに莚しかしとったん？　安井のお母はん、どうないおこりはりましたっせ」

「なに言いよん。女が子を産むのに莚敷くの当り前じゃ、わしら、お前ら産むのに座敷で寝たことなどあらしまへんで。いつかて土間で産んだもんじゃ。どない、わしが辛いことでもしたように言いよん」

「そいかて、安井のお母はんの言い分かて無理ないでっしゃろ、二日も三日も嫂はん苦しんだんやもの。お母はんの言うように許りいかんわ」

「安井じゃあ、この頃、どうない家のこと見くびっとんじゃ、そりゃ安井じゃあお父つぁんは丈夫で勤めとってやし、家かて小人数やし、家らより裕福やろさ。そいかて、どない、長やんの時かて悪う言うとったか。信江はんかみんな言うじゃ。長やんの時は、わしはどない辛い思いしたか知れへんだっそ」

「長やんの時、そない悪う言うたん？」

「へえとも」

小房は不断の無口に似ず珍らしく、話しつづけるのであった。信江の実家のことを言って好い縁組みだ、と近所へ自慢したものであったが、嫁の家から見くびられた、ということが小房にとっては心外でならなかった。

市次と一緒にいると、くっくっと忍び笑いばかりしてい、きりきりしゃんとゆく質でなかった信江はんも、ずい分我慢していたもんだ、などとも小房は言うのだった。

こぎくは、次兄の長次の話が出、神戸の造船所にいていつか不良になったこの兄を思い出した。まだこぎくが家にいた頃、ときどき帰宅しては、すぐこぎくの友達の娘などに、「嬉しい返事を菊の花」などと女郎部屋からでも覚えたらしい文句の手紙などをやったりした兄であった。喧嘩をして、今は傷害罪で刑務所に入っている。

母親の小房にとっては、この息子が帰宅すれば、どんなに小さくても一軒、家を分けてやらなければならないと、それが今から苦労になっていた。

こぎくは次兄を思い出して、厭な気がした。安井の家で悪く言ったことも当り前だ、と思いながら、そのことではやはり腹が立った。腹が立ちながら、傷害罪の次兄がいるのかと、今更のように自分の周囲が厭だった。いっそ、刑務所にいるのなら、まだ共産党の方がよかったろうなどとも思うのであった。長次の家の事を言い出す母親を、彼女はまた意地悪く突っつくのであった。

「長やんが帰って来たら、お母はん、牡丹かて売ってしまうかも知れまへんで」

言いながら、昨日の朝、市次も牡丹を売ることを母親に言っていたことを思い出し、自分たちがみんな家に結びつけて牡丹に大きな希みをかけているようなのを気づくのだった。

「牡丹は死んだお父つぁんが大事にしとったもんじゃ、わしが生きとるうちは手離すようなことはさせやへん」

傷を突かれたような小房はおろおろした気持を、自分で打ち消すように真剣に言って、ガラス越しに鮮やかに見えている牡丹に目をやるのであった。

三

「きぬ子」

「へえ」

裏に何かして遊んでいるらしいきぬ子の返事が聞えた。

「きぬ子」

こぎくはまた呼んだ。

「何ぞいな」

「ちょっと来てつかは」

「用をそこで言うたらええんじゃ」

「来なはれ言うたら来なはれ」

こぎくは甲高い声を上げた。

きぬ子の不服そうな、遠慮したような顔が縁からのぞいた。そして中を見て、

「もうおさわさん帰ったったん」

「きぬ子、おさわさん言う子、新田の中村の子やな」

紡績にいる妹のふじ江の友たちだった娘が、今こぎくの見舞に来て帰ったところであった。

こぎくの問いにきぬ子は頸を振って甲高くしゃべった。

「ちがいまは。おさわさんな、ほら駐在所のうしろのお国おばはんのところの人やで」

「あ、そうや。あの中村の子やな。道理で」

こぎくは繰り返し「道理で」と言って、駐在所のうしろの小さな家を思い出した。すると馬鹿にされたようにくしゃくしゃしていた気持ちが、自分の家の優越感で幾らか消えた。お国は、死んだ亭主のかわりに、村でたった一人の、運送屋の牛車輓きだった。

「どうしてもこきつかわれるさかい。病気になるのも無理ないだっしゃろ」

おさわという娘がそう言ったのだ。

誇りだった都会の生活と希望の崩れてしまった今の自

分に、母や兄に対してさえ大きな退け目を感じながら、わずかにそれを強気で押しているこぎくであった。こきつかわれるなどとあけすけに言われ、一般の勤人と同じように、自分でさえ触れずにそっとしておきたかった生活の根本的な点を衝かれて、思わずこぎくは恥ずかしめられたように感じたのであった。このころはおさわも牛車輓きまでしているではないか。自分の家より貧乏な家の娘だ、と分ると「道理で」と逆に考えた。

「用はもういいけえ」

「あ、そのインキ壺取ってつかはれ」

こぎくは床の下から、角封筒を出してもう一度読みかえし、返事を書こうとするのだった。お互いにそれとなく好きだった男の店員から来たもので、始めての手紙なので遠慮がちながら、自分の気持ちなども書いてあった。「いつまでもいつまでも、あなたのお帰りを待っています」

伝票などで見なれた男の字を見ながら、待っていてどうするのだろう、などとまだ寄宿舎にいるその若い店員を嘲笑的にも考えた。

――私の家には近郷でも評判される程まれに見る立派な牡丹の木があります。私は、わが家を、その牡丹でばかり粧って考えていました。そして、そのおろかさに初めて気づいています。田舎で肺病で寝ているのは苦しいことでございます。私はわがままで、その苦しさを突っぱってはいますけれど、やがてそれも長くなれば居づらくなりましょう。親身であっても人の心は個人的なものだと私はよくわかります。あなたは働くものの同志愛、だとおっしゃっていますけれど、私は自分の周囲を見て、そう考えられません。みんな自分の家の体裁をよそおうのに一生懸命です。私は邪魔物になりたくない。私はどうすればいいでしょう。思い返せば、私は故郷を一つの誇りで考えていたようですけれど、そこにも私の破れた身体を休ませる場所はありませんでした。

半月過ぎ、一ヵ月過ぎて、麦の刈入れの忙しい時になっても、信江は帰ってこず、そのうちに、先方からの離縁話になった。家中の者と一緒にいる時にも、笑いを含んだ目でじっと夫の顔ばかり見た信江のことを思い、市次は、仕事をするのさえ厭になり、刈入れの鎌を捨てたくなるのだった。捨てることもならぬ鎌をさくさくと麦の根に切り込ませながら、市次は泣いた。信江の家にひとり頼みに行ってみようかとも思い、しかしそれは彼の自尊心がゆるさなかった。逃げてでもこられそうなもの、こないところを思い合わせると、自分もその気なのだと、田圃へ出て暑い暑いと言った信江を思い出し、小房と同じように、自分の家が見くびられたという考えになり、劇しく腹が立った。

まあ、あんとき山が焼けた、と思えや。

と、対手を見くびるつもりでそう思って見たが、それは意外にも真実の気持ちなのに、市次ははっと気づくのであった。どうせ手工業的な生産ではあったし、委託販売の手に安買いされるものではあるが、山がもし焼けていたら米谷の家はこの上どうなるのか、想像してみると、それは女房の問題に代えがたいものに考えられた。

「女房と金と比べるようじゃおしまいだ」

市次は弱々しく嘲笑してみたが、それは動かすことの出来ない実際のことであった。

もともと比較できないものを、焼けもしない山に比べて、精神的な苦痛を諦める市次の姿に、経済的に押されてゆく自作農の弱々しい、個人的な処世観が映し出されていた。

「また、ええ嫁はん、探しまっさ」

どこか晴々とした母の調子に、市次は気づいて、ぷすっと向こうを向くのだった。

「当分、一人じゃ。めんどうな」

祖父は話の筋合いが理解出来ているのかどうか、いつもの和やかな顔ですぱすぱと煙草をすっていた。母と息子の気持ちに、ほとんど同時にすうっと、こぎくのことが浮んだ。どちらも黙っていた。

ある日、こぎくは市次をつかまえて言った。

「嫁はん探すのに、わしが寝ていて悪いな」

縁談の邪魔になるだろうという意味であった。市次は敏感にそれを察した。自分の気持ちを見すかされたような気がし、市次は逆に荒々しく言った。

「なに言いよん。そんな心配する間に早うようなったらええじゃ」

「なかなかようならへん、なったところでわし何のために生きとんのかわからへんもん、死んだ方がましじゃ」

「嫁入りしたらええやないか」

「どこへ。田舎へは嫁入り出来へんし、伯母はんみたいな勤人言うたかて、息のつまるようなもんだっせ。苦労してまで嫁入りせんかてええわ」

その調子に、市次は何か絶望的なものと、拗ねた気分を感じ、そない、心配するな、と言って座敷を出て行った。

　その夜、老人も子供も眠り、小房も床に入っていた。市次だけが外へ出てまだ帰らなかった。

　次の部屋のこぎくの気配に、小房は何かいつもと変ったものを感じていた。眠られないまま木枕に首をのせてさっき電燈のネジをぴしんとひねったこぎくの細い腕の影を思っていた。

　こぎくはまだ眠らないらしい。

「こぎくはん、早う眠りなはれ」

「へえ」

　こぎくははっとしたような素っ頓狂な声を上げた。

「お母はん、また起きとってん」

　そういう声は不断のこぎくらしくなく、細く慄えていた。小房は何か哀れになり、

「眠られんのなら、話しにいて上げまほか」

と床を出た。と、こぎくは泣くような、叫び声を上げた。

「いけんわ。お母はん。いけんわ」

　小房はその声で却ってぱっと起きて間の襖を開けた。こぎくはじっとしている。

　電燈をつけ、母親はほっとして、娘の蒲団の襟元へ寄って「どないしたん」と覗いた。

　ふと、異様な臭気に気づき、小房ははっといつか鼠を取るのに使ったことのある薬の臭いを思い出した。よくも咄嗟に思い出したという程古いことなのだったが。

　小房は娘の蒲団をはいで見ようとした。こぎくはその襟をしっかりと押えていたが、顔を下向け、わあっと泣き出した。

　蒲団の中にこぎくの計画を見つけると、小房はさっと顔色を変え、息を弾ませて、「阿呆なことしなはんな」と言いながらそれを引ったくるようにして畳に抛った。

　こぎくはおいおいと泣いた。母親が抱くようにして次の自分の部屋に連れてゆくのにもこぎくはぐったりとなされるままになっていた。六畳の部屋で、空の床の傍に、かき餅についた薬が、気味悪く青く光り、畳のあちこちにもちろちろと光っていた。小房は気味悪くなり、台所から雑巾を持って来て拭いた。と今度はその雑巾が台所の闇のなかでまたちろちろと光っていた。

　小房は、そっと娘のかたわらに寝ながら、裏のごみ捨て場に抛ったチューブが、そこでも青く光っていたのを何か怖ろしいように思って気になった。彼女はまだちょうど、降り出した雨の中を裏に出て、ごみの中にも一度

それを拾い、肥を汲む便所には捨てられぬと思い、紙に包みながら途方に暮れた。

　露地から裏へ帰って来た市次に、小房ははっと驚き、それから、

「今まで、何しとってん。家は大騒ぎや」

　そう言って紙包を懐ろに押し込んでそそくさと家の内へ這入った。


　こぎくはその後、だんだん起きるようになった。母の代りに昼飯の清物など出しておいたり、果物の袋などを貼って手伝った。

　こぎくはその間に、自分の身体をためすように、二年間の通勤の朝夕をじっと考えるようになった。二分遅れても庶務課の課長の前へ印を押しに行く朝の時間に、足駄を履いて、雨傘を横に風にさからって行く雨の日の通勤の辛さが生々しく思い出されていた。

　もう九月に入り、じりじりと暑かった。昼過ぎの停車場は風を通しながらも、かあっと照りつけられてうだっていた。

　駅のへちま棚の下に遊んでいたきぬ子は、這入って来た上りの汽車を見ようとして柵の方へ飛んで行ったが、向かい側のホームにちらとこぎくの姿をみとめた。柵の上に足をかけてよじ登り、窓の一つ一つを見ようとしたが、姉の顔はもう見えなかった。

　こぎくは小さな風呂敷包を膝の上にのせ、雨傘と日傘との二本の傘をいっしょに傍らにおいてじっと窓の外を見ていた。

　どうしても口へ入れられなかったかき餅の、ひどい臭気と、薬を買いに行った時の、じっと握りしめた掌の中で印形がじっとり汗ばんでいたのを、いつまでも忘れなかった。

　彼女の膝の上の風呂敷の中には、一枚の着換えの他には、紺絣の雨合羽と一足の足駄が入っているだけであった。彼女の用意周到な雨支度の中に、悲壮な決心が語られていた。


「からだはもうええんやろか」

　と小房は言った。

「へえ、黙って行ったんけえ、おかしいな」

　これは老人であった。

「わし、見たんじゃ、わしほんまに大っけえ姉ちゃんが汽車に乗るとこ見たんじゃ」

きぬ子は重大なところを見たというように目を見張ってしゃべった。

「ええ、うるさい、黙っとらんか」

市次は叱りつけ、独り言のように、

「どうも仕様ないいんやろ」

とつぶやいた。

井戸端の牡丹はいつか葉ばかりになり、山では桃が採れた。

「山で啼くとりを、田圃で聞けば」

と市次の唄う声が桃林に聞えた。

山で啼く鳥を　田圃で聞けば
思いきれきれ　きれと啼く……

鋏の音がぱちんぱちんとそれにまじって聞えていた。

虚偽

一

まだ甲板へ出てはいけないということだった。が、とにかく船が無事に目的地へ着いたということは、年枝の気持をほっとさせた。ほっとした気持の中には、どうやら死なずにきた、というおもいもあったが、それはそう深い程ではなく、八日間船艙に暑苦しく寝てきたものが、行きつくところへきた、という単純に息つくおもいの方が強いのであった。その証拠に彼女は、舷窓にのび上って、小さい丸い穴から外を眺めて、そこに幾日かぶりで船の向うに生活の気配を感じて心をおどらせた。船はおもったよりもずっと港のうちに入り込んでいた。舷窓からすぐ近くに、深緑に包まれた小さな島が動いていて、その深緑の樹の間には赤い屋根の家々もはっきりと眺められた。小さな舟も青い海の上を動いていた。船が港へ入ってゆくとき、遠くからゆく手の陸地の全貌を視野におさめて徐々にそれに近づいてゆく航海ではなかったので、着いた、という知らせで、窓からのび上って、いきなりそこに手のとどきそうな近さに島や家が動いてゆくのを見て、年枝はまるで顔の前にひょいとそれらの景色が浮び上ったように感じた。幾日間か舷窓の外はさえぎるもののない広い海であった。彼女はこの窓へ頭を出すまでもまだ、窓の外ははるかに陸地が眺められるにしても、目の前は海ばかりであるとおもっていた。この幾日間か、ときおりのび上ってみる舷窓の外はいつも盛り上った海のおもてであった。どうやら死なずにきた、というおもいは、今の瞬間は、肉体的に息をつくおもいの方に消されているとしても、舷窓から目の下にうねっている海を眺めるとき、彼女もまたやっぱり、きまってこの波の上に自分の身体をおく場合のことを結びつけて眺めてきた。が、海の面は力づよく盛り上っていて、彼女が自分の身体をそこへおくといつも身体はちゃんと海の上に浮くように感覚された。浮いているというよりも、海の盛り上げる力の方が強くて、彼女の身体はゴム造りのように沈むよしもなく、立って歩けそうにさえ感じられた。この広い海原の上にしろ、波は水なのだ。身体は沈むにちがいないし、海水は顔に当って息を塞ぐのである。と、彼女はときに自分の心に言い聞かせたが、ぼおんと張っている海の面は妙に親しかった。魚雷のうわさは、この船の前やうしろに聞かれ、浮袋は始終手元においての航海であったので、南へさがるにつれて厚着をして寝てきた。いつか年枝の想像の中には、船の沈んだあとの、波の流れるどす黒い波の上に木切れなど、こまごましたものだけが浮いて、その間に、人間の浮いたり沈んだりする光景もちゃんと出来上っている。自分もまたその波のうねりに顔を叩かれているひとりであり、年枝の頭の内にこういう想像の出来上るまでには、船艙の話題は幾度かそれに費やされて、もしもの場合の心得を冗談にまぎらして、あるいは不安をさらした苦笑いで、無聊の時の塞ぎにもしてきたのであった。

年枝の、波に浮ぶ想像や、死ぬかも知れぬというおもいは、妙にどこか不敵なものがあった。死ぬことがこわくない彼女のこの感覚は、彼女の性格の隅に巣喰っている妙な強さであったし、それが今日まで彼女の経てきた経験の荒さで固められて彼女の精神を蔽う厚皮ともなっているものであった。が、ときに彼女は自分のその死ぬことのこわくなさを、じいっと追いつめてみることがあった。ピストルを持っているかも知れぬ刑事に付けまわされていた頃の、共産党の最も困難だった時の街頭連絡で、表と地下を結ぶ役に毎日を費やしていて、年枝は一度も恐怖から逡巡したことがなかった。その日から留置場のはげた箱弁当が食べられ、夜もよく眠るという図太さは、それまでの彼女の生活の激しさで養われたものにちがいなかった。

が、その年枝が今は兵隊とともに戦場へおもむくこの船の中で、やっぱり死ぬことをおそれていない、ということは、彼女の不敵なものが、その根に思想をおいていず、いわばばくち打の度胸に似たものであったのであろうか。たしかに彼女の今日の図太さは、この船に乗るまでに何度か飛行機に乗り、鉄砲の音のする塹壕にも寝てきたという経験が、彼女の経験の上に金網を張ってきたものにちがいなかった。

しかし年枝は、自分の神経の太さについて、そのときここまで考えたわけではない。むしろ彼女は、兵隊とともに戦場へゆく自分に意識的な虚偽を表面におくことをもって、その図太さを理解した。だから、もし南方へ向うこの船で死ぬことになったなら、彼女の心底を知らぬ人々が、止しアいいのに、と、その程度に笑うにちがいない、と、そのことの方が彼女を鼻白ませた。

が、とにかく船は無事に着いたのである。船艙はにわかにざわめき出していた。彼女たち数人の作家とジャーナリストの一組は、この二千トンに止らぬ貨物船の船底の一廓に、ひとかたまりにおかれていた。そこは炊事場に近い一個所に、幅長く十二、三畳の古畳も敷いて、狭い通路との境に手すりほどの高さに板囲いをした場所であった。この場所の上は船長室などになっている。甲板の底に当る広い方の船艙には、軍属になって南方の島の役所に事務をとりにゆく十四、五人の若い女もいた。また商売を開きにゆく料理屋の一組は、主人に引きつれられた料理人から数人の女中は勿論、下足番の爺さんらしい気弱そうな老人や、小唄の師匠というぬき襟の老婆までそろえていた。万才師のような芸人もおり、甘いことを夢見て、せめての慰めにしているにちがいないにしろ、流れてゆく哀れさは、肌ぬぎになって汗をぬぐう小唄の師匠の痩せた肩のあたりにもみられた。

船が無事に着いてよかった、と年枝は、広い船艙の方へ、ふとその思いを通わせた。年枝たちの場所でも、鞄を持ち出して荷造りなどはじめた。そのざわめきにまじると年枝もいっぱし浮き浮きとしてみせ、鱶（ふか）の餌食にならずにすんだ、と、顔などを拭きはじめた。

と、そのとき、ばたばたと広い船艙の方から二、三人の娘が駆け込んできて、

「着きましたのよ、着きましたのよ」

と、靴を脱いで畳へよってきたが、そのうちの一人は、年枝の膝にいきなり顔を押しつけて泣き出した。

「うれしいわ、うれしいわ。無事に着いてうれしいわ」

と言いながら、声を上げて泣いた。連れの娘たちもまた、この場の他の婦人作家と、無事を喜び合って昂ぶった高声になっていた。

年枝は自分の膝で泣いている若い娘の素直さに、ふと胸をつかれた。年枝はこのおおらかな顔立ちの娘を、船に乗るときから特に見覚えていた。小さな入江の宇品の

船つき場で彼女たちが乗船するとき、この娘は班長に選ばれて、みんなに番号を呼ばせる号令をかけていた。半袖の白いブラウスに紺のスカートで、つばの広い夏帽子の紐をおとがいの下で結んでいるのが、目鼻立のひろびろとした顔に愛らしくうつってもいたし、きりっとさせてもいた。彼女の号令をかける声は、秋の真昼の海辺に澄んでひびいた。年枝のこの南方へゆく娘たちを見る目にはある不安もひそんでいないことはなかった。が、この娘の号令を聞くと彼女は何となしほっとし、娘たちが兵隊流にきびきびとしようとしている心根をいとしく感じた。この娘はまた船中で一度慰安の隠し芸の出し合いがあったとき万才や、小唄の本芸にまじって、兵隊も踊るという中で、ひとり立って歌を唄った。譜本を両手に持って細い声で歌うその歌は、かえれソレントへ、という歌であった。この娘の気性の闊達さと、女学生のような歌い方の清浄さが、通路に立って聞いている年枝を微笑ませた。

しかし、これらの印象は、いったいに強いさばさばしたものだった。いきなり飛び込んできて、年枝の膝に顔を伏せて声を立てて泣きはじめたこの娘に、年枝はおもいがけなく胸をつかれた。この素直な愛らしさで、南方へ勤め口を求めて出かけてきたその本音はなんなのだろう、と、年枝は娘の背に手をおいて、彼女もまたうっすらと涙ぐんだ。

「だって南方で、私たちタイピストがなくて困ってるんですって。もう今になれば、私たちもやっぱり行かなきゃいけないんでしょう」

いつかその娘がこう言ったとき、年枝はその無邪気さの照り返しに、狼狽を覚えた。が、年枝のその狼狽のうちには、年枝自身がこの娘たちとひとつ船に乗っているということそのことが、彼女たちの無邪気さをまやかしている、ということまで含んではいなかった。年枝もまた、戦地の兵隊に通わせる心情には、この無邪気な娘の幼い純情に似たものを持っていたからである、ただこの戦争の本質を知っていて、そして結末の様相に対する想像も不逞なものを抱いていて、そして娘たちの純情な表情に自分の顔も並べている、ということに狼狽を感じたのである。年枝は今、娘の伏せた顔のぬくもりを膝に感じながら、自分も涙を浮べたまま、心のうちでは、そのときの狼狽をもいちど感じ出していた。

二

マレー、ジャバ、スマトラなどの一帯ではこの頃、正面からの戦いは一応切れて、シンガポールの町には、まっ赤な花をつけた街路樹の下を、朱塗りに金具で模様を打った人力車が日本人を乗せて走っていた。街一面が海へ向ったここでは、明るい陽をいっぱいに浴びて、かりっと焼けながら海からの風で空気をかえていた。歩いている日本の男たちの半袖と半ズボンの姿は、港町を見物している田舎者のどこかうろうろしたものを聯想させた。他の島へ行先を持っているものも一応ここへ集る故もあって、それは実際に港町へ立寄った気分をつくりなしているのにもちがいなかった。ここへ来るまえに上海を見てきているというだけの年枝の目にさえ、安物屋としかおもえぬ店の飾窓に顔をすり寄せているのを見ると、同胞への悲しみを彼女は感じた。が、そういう年枝たちの姿も、この街では何か目立ち、目立つということでそれは女の姿のうす汚なさになるものであった。海岸に面したオフィス街から鉄の橋を渡ってゆく先きに、卵色の壁が土蔵のようにもみえる古風な建物に、軍の郵便局の門標を見たが、その中から丁度出て来た一人の兵隊が、開いた貯金帳をあらためながら歩いてゆくのに、年枝はその兵隊の故郷を感じた。故郷への結びつきなしに、どうして戦地で貯金をする気になろう。年枝の戦地の兵隊に通わせる心情の一層強くなったのは、彼女がこの前中支那へ行ったときからであった。宜昌の揚子江向うを、小山伝いに奥へすすんで、まんじゅう山と名づけた陣地の塹壕まで夜路をかけてたどりつき、そこで兵隊に接した経験は、彼女の感情を涙に溺れさせるに充分であった。もともとここまできたということのうちに、彼女の、行かせるというのなら行ってみてこよう、という、うちにひそめた意図の外に、前も隣りもすじ向うも、戦地へ内親をおくった悲痛に堪えているという環境が、彼女の気持を追い立てたのであった。波のように小山の頂きの連なっている中支那の奥地で、虫の音さえしない真夜中の静寂は、山の腹に抜いた、塹壕をしんとしめつけていた。ろうそくの灯がゆらぐと、山肌に毛布を垂らした壁に人の影が大きく揺れ、若い中隊長を中にした十人ばかりの兵士は、感情の昂ぶりを押えて、黙しがちであった。ここを死場所に定めている、と語る兵士が、当時日本で行われていた転業を気づかい、自分の商売はもう始められないだろうか、と聞いた。許嫁の心変りに頬をぶるぶる慄わせるものもあり、「お前もだろう、言えよ」と怒りをともにしようとする昂ぶった声を聞いても尚、答えようとしないものもあった。夜が明けかけて、そういう塹壕の中にぴゅーんと鉄砲の音が伝わってきて、伝令の報告する声は、切迫した調子を伝えた。この雰囲気の中で、生と死の微妙にからんだ人間の真実が、塹壕いっぱいに張りつめているように迫っていた。

年枝のこのときの感情が、彼女を再び南方へおもむかせたということは、戦争の持つ悲壮さ、または戦場の感傷に彼女が溺れたということでもあったにちがいない。だから彼女は、西洋と東洋との文化で混成された港町の陽の明るい路上で、貯金帳を見ながら歩く兵隊の陽やけした顔を目にとどめたのにちがいなかった。そして、海の見えるブキテマの草の丘で激戦の跡をふみながら、また、ジョホールの長い橋の中ほどで、やや崩れた花輪の、水面へ下げて供えてあるのを見ながら、またゴム林に沿った道路の端に幾つも立てられた卒塔婆の、鉄かぶとをかぶせてあるのを見ながら、年枝はただ、ここで死んでいった兵隊と、その兵隊の故郷の母と妻と子の上にのみ限って心を慄わせた。今度の戦争の本質を知っているとおもっている彼女の理性は、戦争の生々しさに巻き込まれ、涙にくずれて当てを失ったというべきであったろう。

が今は、シンガポールは一応戦いが終り、軍政がしかれて、軍人と官吏の間には、家族を呼ぶべきか否や、という問題も提起されるような時期であった。年枝たちが船からおりたとき、シンガポールの埠頭は夕方の静かな白い明りに包まれていたが、船からは数枚の畳が高々と宙に振られておろされていた。小唄の師匠まで連れてきた料理店が、リノリユームの床に敷く用意のものである。

シンガポールの街は戦禍に傷手を受けているというほどのことはなかったが、二、三のビルディングの壁は崩れ落ちた外壁を塗っていた。中国人の婦人労働者が泥や石を運んでいた。上着もズボンも青か黒一色の服で、おもしろい帽子ようの被りものをしている。その色が赤ばかりであったり、青ばかりであったりした。まだ陽のある夕方、人通りのない土地の人の住宅街というような所を年枝は歩いていた。向うから四、五人並んでくるのは、その青いズボン姿と、赤い被りもので、仕事から帰ってくるあの労働者だということが遠くから見分けられた。如何にも一日の仕事を終えたというふうに、ゆったり歩いてくる。南の夕陽はどこか憂愁をふくんで大きな幅を持ち、二階建ての木造家屋の並んだこの通りを静かに照らしている。女たちは誰も口をきかず、しかし、疲れたという足どりでもない。揃って、南方の中国人らしく大らかな顔立ちで、無表情に近かったが、それは太く落ちついていて、まるで、ここの大きな夕陽の色調を人間の顔でしっかり受けとめているというように見えた。人力車で来る日本の女など見上げようとしていない。

　年枝がこの女たちの生活をみたいとおもったのは、彼女のいわば何でも見て来よう、という詮索心であったが、日本の軍政の行われているこの土地へ来て、土木工事をする中国婦人の顔に感心して、その生活を見たところで、僭越なおせっかいに過ぎないのである。

　毎朝この赤と青の被りものの女たちが集合して、そこでトラックに乗るという町角は、シンガポールの西方に当っていた。このあたりの角にたつと、街の上に張り出された生活の旺盛なはためきに先ずおどろかされる。二階と三階とどの窓からもいっせいに路上へ向って、洗濯ものをぶら下げた物干竿が突き出されているのである。洗濯ものは殆ど黒い布が多い。だから街は黒色の幅長い旗で蔽われているようにみえるのだ。それを頭上にした歩道の上は、やっぱり家の中から持ち出された生活のがらくたで狭くなっていて、赤ん坊さえ這っているので、露店はみんな車道の上で開かれている。道の上に八百屋や果物屋や、紐やボタンを殆ど直かに並べている。八百屋の店では、南瓜も幾つにも切り分けて、一切二銭ほどで売っている。年枝を案内しているいなせな顔立の若い中国人は、この町をさばいている町角に事務所を持った顔役の男である。この男はどの家にも黙って入った。三階建ての階下も二階も三階も、一様に片側に通路を通して奥へふかい。部屋は寝台ひとつぐらいずつに無造作に仕切られて、通りへ向かって物干竿の突き出された窓以外には明りの射すところはない。屋根と板壁のあることで部屋と呼ばれ得るだけである。通路は部屋毎の台所にもなっている。そこで煮炊きをする娘も、年枝を連れた男に遠慮がちに身体をよけるが、挨拶はしない。寝台に寝ているのは病気らしい老人。仕事に出ている女たちはまだ帰っていない。

　年枝が事務所へもどってくると、ここまで年枝を連れて来たひとりの中国人の娘が待っていて腰を上げた。年枝は顔役の男に礼を言ってこの娘と連れ立って外へ出ると、その娘への礼ごころに近くの小さな飯店へ入って行った。この娘は日本語を話すので市庁で受付の仕事をしている。

肩をすぼめたような、内気に見える娘で、細い顔は蒼く透いている。日本語は広東にいる頃から覚えた、と言う。ひとりの兄が今度の戦争中に行方不明で、あとは両親と暮らしていると。そのことも娘の方で話したわけではない。そのことをあらかじめ聞いていた年枝の問いに言葉数少くうなずくだけだ。

ここで一日一万人近くの中国人が何日か続けて殺されたという話を聞いている年枝は、娘の兄の行方不明を、それに結びつけて考えているが、娘の方では何も言わない。表情をひそめて伏目がちなのは、年枝をはばかっているせいにちがいない。日本語が出来るばかりに、兄を行方不明にした日本政府の役所に働いているこの娘の心情を、年枝は年枝なりに察したが娘の方では、年枝を知るはずはない。敵意さえ表わさない娘の静かさのうちに年枝は悲しみを感じ、それに対している自分の、御飯などふるまう仕草に、ばつの悪さを感じた。としても、年枝にそれ以上の何が、この娘にむかって囁かれ得よう。年枝は、このような事情の娘を、ただ、私は見た、と心にとどめることで満足した。

三

このようにして始まった年枝の南方見物は、それは全く彼女がどうおもおうと、見物というような旅にすぎなかった。マレー半島のゆく先々に日本の兵隊の流した血のあとは、兵隊同士の手でまずしい木柱や板切れの卒塔婆で記念されていた。日本の兵隊の血のあとには、また幾多の外国人の血も流れている筈であるが、年枝は、それらの卒塔婆の前で、ひそかに、日本の一部の上層部の野望に強いられた犠牲を胸のうちで憤りはしたが、先きに立つものはまず涙であった。年枝は、その涙でもって、彼女の意識的な虚偽の皮を厚くした。が、その過程に、無意識に自らをあざむいていることには気づいていなかった。日本の軍閥は数人の作家とジャーナリストを南方へ呼び、日本の民衆をして占領の成果が自分たちのものであるかのような錯覚に導く、その役目を負わせようとしていた。しかも巧妙に、軍はそれをジャーナリズムの自費において行わせた。新聞社や雑誌社に席を持たぬ作家たちは、それらのジャーナリズムに身を寄せるしかない。けれども彼らの一行は、行く先々でいささかの困難にもあわなかった。たとえばクワラルンプールでは、ここの市政長官はもと華僑の大金持の家だったという高台の、外壁をもも色で塗ったけばけばしく豪奢な邸を宿舎にしていたが、年枝たちの一行はここに泊った。この家からみえる景色は、黒いほどに緑の色の濃い丸く厚ぼったい樹木が、尾の短い燕のひらひらと飛び交う明るい空に浮いてアンリ・ルソウの絵に似ていた。ペナンでは朱色の帆を上げた舟のすべるように夕陽の中を入ってくる海辺のホテルで泊った。ホテルの費用は軍の会計でまかなわれた。年枝たちの乗ってゆく自動車は、兵隊の運転するものだった。東京っ子だというその兵隊は脚の内側に曲った小柄な男で、声も細かったが、歯切れのいい巻舌でものを言い、職人気質のような神経を持っていた。掌に乗るほどの小猿をペットにしていたが、その小猿は小柄なその主人以外のものにはなじまず、のどが渇くと車の窓からそっと外側へ手を廻して、通り抜けてきたスコールで糸のように濡れている雨脚のあとを撫でそれを口へ持っていった。腹が空くと、皮の腰かけの上で、キッキッキッ、と歯をむき出して、地団太を踏むように全身で弾んだ。すると主人の兵隊は例の巻舌で、

「それがいけねえよ。おめえ、それがいけねえよ」

と、こういうときの一種の調子を持った言い方で片手に抱き上げた。あるところではシンガポールにいる報道部長への土産だといって、生きた小鰐を箱へ入れて、年枝たちの脚の先においた。

これらの南方色で彩られた旅行は、年枝たちに軍が負わせる役目をお互いが承認しているということの上に成り立っているものにちがいなかった。タイとの境に近いアロルスターという町で、年枝ともうひとりの婦人作家のFとが、将校や官吏との食事やホテルの食べものに飽きて、二人きりで抜け出して、田舎町のようなそこの道端の小さな飯店で腹ごしらえをし、ようやくうまいものを食べた、と実感で言い合い、隣の食卓に二人連れで食事をしている兵隊に料理を分けあったりした、ということは、この旅を縛る紐の先でふっと吐息を吐く程度のことであった。しかし南方の実体は、この一行のごく少数をのぞいては、強力なものにならなかった。南方の日本軍政部はゴムも椰子も錫も手に余していたし、マレーのサルタンや華僑に対し、イギリスの施設にのって威厳を保つのにきゅうきゅうとしていた。マレーの表道路も、日が暮れると日本の高級自動車は中国共産党の襲撃を受けるという話であった。年枝の宜昌の山奥で夜更けに聞いた銃声も、中国共産軍のものであった。このマレーの

山奥にも中国共産党員が潜んでいる、と聞くと、年枝は中国共産党員の広い活動を称讃の思いで聞いたが、それを称讃するひそかな思いは彼女がまだ自分の虚偽の上に安心を持っている故であった。

　年枝は、一行の連れに対しても、いわば虚偽をよそおっていた。彼らは月のあるマラッカ海峡を渡ってスマトラへ移って行ったが、一行は、スマトラ北部のアチエ州を廻って、タケゴンという、山奥に湖のあるところへ入り込んでいった。暗くなった山道を入ってゆきながら、自動車のヘッドライトを目がけて象が出る、虎が出る、と、案内の新聞記者の嘘まじりに、旅行の気分を煽って強調する話のうちに、ようやく警備隊の詰めている宿舎へ着くと、丁度その入口でひとりの兵隊が、蠍に足の指を刺された、と言って色を変えて同僚の肩に寄って手当てに飛び出すところであった。そんな山の国の小さな村なので彼らに当てがわれた宿も中国人の経宮している灯の暗い旅館であった。臭気の染みついた部屋は身体を休ませる椅子もなかった。山の中なので夜気が冷々と、半袖の腕を鳥肌にするほどであった。一行は長い車の動揺で疲労していたが、食事をすませたもののがらんとした部屋に引きこもる気もせず、廊下のようなその食堂に残ったまま、雑談にくつろいでいた。窓の外は闇にかくれてどのような景色ともみえない。それが一層この部屋の空気をわびしくしていた。案内役を受け持っている立場の新聞記者が、一行の気分を解かすようにここの伝説などを語っていた。この山の湖水は不思議に塩分を持っているので、村民は湖を海だと信じているという話や、昔、ある少年が湖で魚を捕えてくると、それが美人に変り、二人は夫婦生活をいとなんで子どもをもうけたが、ある時妻は陸にいる約束の期限が切れたといって泣く泣く湖へもどって行った伝説などをする。今でも、子どもが湖に向って呼ぶと、湖水の中では魚の泣く声がするのだ、など、と。

　そういう話のあとで、年枝たちの連れの一人が旅の間に何かを感じていた、というように、真情のこもった言い方で言った。

「しかし、今度の戦争は、ほんとうに、飽くまでも聖戦の目的を達しなけりゃあいけませんね。今度の旅行をして、つくづくそのことを感じましたよ」

「どうしてですか」

　と、年枝は率直に、ある驚きを表わして聞き返した。

対手のUはふと気弱な微笑を浮べて、

「だって、原住民の生活は、あまりにもひどいじゃありませんか」

すると、もう一人の婦人作家であるKが、背を前へ差し出すようにして、

「そうお思いになりますか。私は、そうはおもいません」

「私も」

と、年枝もあとについた。「日本にも、ここの原住民よりも、もっとひどい生活をしているものはたくさんありますわよ」

「そうですかね」

「そうですわ。亀戸、大島の方なんて……ねえ」と、Kをかえりみると、今度はKが、

「農村だって、日本の農村はひどいですよ、ここより増し、ということはありませんわ」

「しかし、そうだとしても、始められた戦争の目的は、果さなければならないでしょう。兵隊はそのために苦労をしているのですから」

「兵隊さんは、聖戦を思い込まされているかも知れません。そのために苦しんでいる兵隊さんは、可哀想ですよ」

アロスターの先きで、マレー人の子どもに日本語を教えていた兵隊の、真底からその子どもたちを愛しようとしていた努力を年枝はおもい出した。この兵隊は山口県で小学校の教師をしていた。ミナサン、キョウハ、ニホンカラ、アナタガタノベンキョウヲ、ミニキテクダサイマシタ、ホントウニ、ウレシイデスネ、と、その軍服の先生は、マレー人の子どもに教壇にのび上るようにして言っていた。この兵隊はマレー人の子どもを、日本で教えていた子どもと同じに見る、ということに自分の精神を傾け、そこに生きる境地を見出しているかのようであった。それでいて、この兵隊の顔の真剣な表情は決して明るいものではなかった。どこかで自分を瞞着しなければならないものがあるのにちがいなかった。原住民に食べものを与えなければならぬ、という問題に当って、苦しんでいる兵隊もいた。このような、他民族の大衆と直接打つかっている兵隊の感じている矛盾が、Uに何かを感じさせているのであろう。彼は自分の正義感で尚も主張した。

「そうですよ。兵隊は純情をもって原住民に接触していますよ。南方民族に対して約束された聖戦は……」

「聖戦ではありませんよ。聖戦などとなまじっか言うか

ら、よけいに兵隊さんは苦しむんですよ。二重に苦しめられている。今度の戦争は聖戦なんかじゃ、絶対にありませんわ」

年枝はUに対する友情で本心の語調になっていた。それに似たことをKも言い、この場にいる二人の女だけが、言い合せたようにこの戦争に対して否定的な言辞になった。

すると、それまで黙っていた年長者のHが急に二人の女を詰問するように、しかも一言で中心点を摘発するように言い出した。

「で、結局、それならば、おふたりは、今度の戦争を、勝つようにと思っていますか。負ければいいと思っていますか」

年枝はこの男の問い方に憤りを感じた。今度の旅行ではじめて顔を見たこの大衆雑誌の編輯長はしばしば婦人作家を簡単に女あつかいにした。宿へ着いたとき、マレー人の運転手にも飲みものを、と注意したことのあった年枝にむかって、

「いや、なかなかいい奥さんぶりです。女の人はそういう心がけでなくてはいけませんな」

そして、自分のうちの女中のしつけを自慢話につづけた。

年枝もKも瞬間、口をつぐんだ。他のものも黙っている。するとHは首をかしげるようにして、なおそそのかすように言った。

「その点だけですな」

「そりゃ」と、年枝は打っつけるように、「はじめた戦争なら勝たなけりゃならないでしょう」

言い終ると、ぐっと、苦いつばをのんでわきを向いた。Hはうなずきながら、この争論の片をつけるように区切りをつけて言った。

「いや、それならよろしい。それで、お互の心持はいっしょです」

年枝は自分の虚偽を友人のいる前にぬけぬけと言葉にもした、という自分に対して屈辱を感じ、そしてHに対する憎悪をふくめて胸のうちで、ええいっと、呻った。彼女の鼻の奥がこくんと鳴った。

四

年枝が表面の虚偽を、内心で意識することに頼っているときも、その表面の役割は彼女をしばしば滑稽な立場に立たせ、そこに立てば彼女は、それの演技をやっての

けた。それは彼女が日本を代表するひとりの役に立たせられるときである。パダンは、スマトラに住んでいる民族のうちで最も文化的である、と、日本の役人の誰からも同じことを聞かされるメナンカヴォ人の住んでいるところであるが、ここの役人たちは、メナンカヴォ人の知識的な女を、有名な美人もいる、ということからも、年枝たちに逢わせたがった。

パダンのホテルで、年枝たちが着くと、もう、数人の、小学校の先生や、女学校の経営者の婦人や、英語を話すお嬢さんが待ち構えていた。

「日本人は、学校で日本語をおしえろと言います。われわれは自分たちの言葉で教育してもいいのではなかろうか」

それが通訳で伝えられて年枝と、Kとの、日本を代表する婦人作家に答えを求められる。

「御もっともだとおもいます。しかし、日本と手を握り合ってゆくとすれば、日本の言葉を覚えることは便利でしょう」

そのとき、まっ赤なマレー服をきている背の高い、どこかに西洋人の血の混っていそうな顔だちの若い女が、フン、と捨てぜりふに似た言葉づかいをした。

――また和蘭陀のやった通りの同じことがはじまる。――

と、それは言ったのであった。

「日本では、我々を救う、と言っているが、日本にもまた、年貢の納められない農民の娘が、身売りをする、と、書かれたもので読んだことがある。そのようなことは如何？」

「それは実際です。たいへん遺憾なことです。私たちはそのために、政府に向って、このようなことを無くすように抗議の文章を書いています」

と、日本側の婦人は答える、すると、傍らの日本人が、ほんとうですか、と奇妙な問いをはさむ。「ほんとうに、そんな抗議文を書いてるんですか」

「ほんとですよ」年枝は不機嫌な表情も日本人にはそのまま振り向けた。またしても問い。「東亜共栄圏というならば、日本はスマトラに独立をさせていいのではないか」

「独立の時期ということがあるでしょう。今では危い、と日本はおもっているのではないでしょうか」

否！　というように何人かの婦人は卓を叩いた。すると、年枝の心の中に、演技の真がのりうつり、彼女はほんとうに日本政府を代表しているような傲ぶった感情になった。

「もう、いいかげんでおしまいにしましょうよ」

と、日本人にずけずけ言った。

このあとで、年枝たちが女だてらに煙草を喫んだ。酒も飲んだ、と聞くと、反抗のまなざしのまん中に立っていた自分の姿を、年枝は鏡に映してみるようにおもった。自分の目にもそれは決して好感を与える謙虚なものには映らなかった。

次の日の夜、ここの海岸通りをマレー人の馬車で通っていると、もう老人のその馭者が何か言って、ある建物を鞭で指した。そこは捕虜収容所であったが、一緒に乗っていた言葉の分る新聞記者が、

「ここは何だ」とわざと聞いた。

「前の長官が、今は変り果ててこの中にいるよ」

彼は、そう言い、それが年枝たちにも通じたと知ったとき、あははは、と高声に、ゆったり笑った。それは何かおそろしいほど、底抜けに喜ばしそうな笑い声であった。だから聞き手の日本人に決して追従しているのではない、ということもはっきり感じさせた。老人の馭者は、それきり黙って車の動揺に身を任せながら、ちょッちょッ、と、馬をあやすように舌を鳴らして、鞭を振っていた。印度洋の海は沖に漁火ひとつみえず、波の音さえ聞えていなかった。

年枝の経験する微妙な心理は、所詮、旅の間中続くものだった。メダンの近郷は、所謂、宝庫と口々に宣伝するゴム林や煙草園やサイザル畑で埋まっていた。メダンそのものが、この町の名も畑とか平地とかの意を表わしており、その上に戦場という意味もふくんでいるというのであったが、如何にも周囲を農園で囲まれている町らしく、戦場ということもまんざらあてはまらないことはないようにおもわれた。メダンから南に二時間ほど自動車で走ったところに、シャンタルという公園のような町がある。そこにオランダ人の経営しているホテルがあり、ここでは主人のオランダ人一家は抑留を逃れて経営を続けていた。年頃の娘は髪も流行の形に結って、店にも姿を出していた。殊更愛嬌を見せるでもないが、顎をすくうような挨拶を投げてよこす。

このシャンタルは、メダンよりももっと農園のまん中にあった。町を出はずれれば、もうそこからどこまでもつづくゴム林や、大王椰子の林になった。表どおりへ出ずに奥へ入ると、そこも、マニラ麻に似た繊維になるサ

イザルの畑であった。年枝はこの農園に四、五日滞在した。サイザルは竜舌蘭に似て、それよりも一枚の葉の丈も幅も大きい。サイザル農園の中には製品に仕上げる工場もあり、畑の中にはガソリンカーが走っており、苦力の長屋には学校もある、という広さである。中心の場所には、かつて農園長をはじめその他の技師たちの住んだ数軒の西洋家屋があった。今はこの家の二、三軒に日本人の関係者が住んで、あとは空けたままにしてある。宿の前に立って眺めると、視野一面、緑青色の海のようであった。海とおもった錯覚のつづきか、海面すれすれに、白い鷗の飛んでゆくように見えるのがある。年枝は、何の鳥であろう、と目を凝らしていたが、尚、ひらひらと見えかくれしている。やがて暫くして、ようやくはっきり見え出すと、それは自転車に乗って走って来る男の、白いワイシャツの裾が風に吹かれているのであった。それがはっきりしてさえ、年枝のところから自転車上の男の顔は見えなかった。部屋の中にいると、ごおう、と家の前の方へ自動車の入ってくるような音がする。それはサイザルの葉末を鳴らして過ぎる風の音であった。

高級社宅の通りは、二抱えもありそうな合歓の木の並木で、両側から道の上を蔽い陽の光さえさえぎっていた。離れていては、葉の色にまぎれていたが、見上げるとうすもも色の花がいっぱい咲いていた。

この農園には、直接には、日本人としては所長と、それにもうひとり、青年がいるだけだった。この二人が、マレー人や中国人の工場の労働者や事務員や苦力を働かせている。所長は色の黒い顎の張った三十七、八の男である。目はすわっていたけれど、単純に気のいいところのあるというふうな、それは彼がもとからこのあたりのゴム林に働いていた日本人である、ということでうなずけるものだった。彼はおもいがけなくこの戦争で、ぼう大な農園の所長になったのである。ちまちまとした愛らしさのある妻と、ひとりの男の子と一緒の写真が、彼の宿舎の机の上にかざってあった。妻子は郷里の熊本に帰してあった。

「こんなうれしいことはない、という気持は、私以上にわかるもんはないでしょう。昔は、私たち日本人がどんなにここで辛い目をしたか、子どもが外へ出ればいじめられる。家は口惜しいけれど、雨が洩るというふうでしょうか、その前をしゃあっと立派な自動車で奴さんたちはシャンタルのホテルへ飯喰いに行きよらすでしょうが。そんな口惜しいおもいを日本人がせにゃならんじゃったということはですな、日本の政府が我々海外に働くもんを一向構ってくれんじゃったからですよ。しかし、今はもういいですよ。この生活を、一度、妻や、子どもにさせてやりたいとおもいますな」

「ずい分御苦労なすったのですね。でも、今も大変でしょう」

「なアに。やれんことはありません。ただ、食料がですな、以前にタイやビルマから来とった米が来んでしょうが。苦力たちの食料問題ですよ。もろこしを今、さかんに作らせとります。どうせ苦力ども、たいして忙しくはないのですから。それに、こうしてあなた方のような、ちゃんとした日本婦人をこの人間に見せてやることは、どうしてたいした効果ですよ」

　マレー人の女中が、裾をこまかくさばく足どりで部屋に入ってくると、彼は急に表情を作って何か指図した。その言葉の中に、メンということがあり、それについて彼は自分から説明した。

「ここではですな。ニヨニヤ、と言いますでしょうが、奥さん、ということですな。ところが、奴さんたちは自分の女房をマレー人にニヨニヤとは呼ばせなかった。メン、と呼ばせたのです。私も、ここで、あなたを、メンと呼ばせます」

　所長の、どこか子どものような話しぶりを、もう一人の青年は、自分はもうこの男の程度を知っているというように、私に他の話をしようとしている。年枝がこの青年をどこかでみたようにおもうのは、彼がいちばん初めに年枝に逢ったとき、年枝の本を自分はよく読んでいる、と言ったからであったかも知れない。だんだんに聞くと、この青年はある名の知られた貿易会社の息子で、彼がここへ来ているのは、つまり商売見習いなのだということであった。が、色の白いおだやかに書生風だという彼もまた、所長とはちがった気の好さと品のよさを持っていた。

「この人などは、貿易会社の御曹子ですもん。今のうちの苦労だけですよ」

と、ここでは上役の位置にある所長も、彼のことをそう言う。そんなあとでさきほどの女中が入って来て、小腰をかがめ、「ニヨニヤ」と何か年枝に言いかけた。年枝が顔をそちらへ向けようとすると、それを押しとどめるよう、所長はどんと床を踏んで、顔色さえ変えた。同時に、

「ニヨニヤではない。メン！」と、最後を大きく怒鳴っ

て睨んだ。それは異状な固執ぶりであった。

　青年は、南方へ向けて日本の学者などを最初におくり出すとき途中で沈没した、T丸で不思議なように助かった一人であったので、年枝と二人きりになると、あのときは、ここで死んでしまえば、また日本に父のない子がひとり増える、と思った。などと心境を洩らした。年枝と苦力の長屋を歩いているとき、一匹の犬を見つけると、「おや、まだ残ってる」と言った。犬は主人を失って苦力小屋の軒下に命をつないでいるのにちがいない。まっ白な房々した尾を持った犬の横ばいになっているのは堂々として、苦力の女より立派にみえるのであった。

「僕は犬が大嫌いでしてね」

　年枝にそう言い、苦力の女にむかって、何か言った。やあ、と女がうなずく。

　彼は歩き去りながら今のことを説明した。

「喰うことを与える。と、言ったのですよ。ボレ・マカーン。喰ってしまえ、ということです」

「犬を?」

「マレー人は犬を喰います。今までにたいていの犬は喰わしてしまいました」

　そう言ってから、彼は、自分の粗さに神経を慄わせたようであった。

「僕はここまでくるのに、いろいろなことをやらされました。人間を拷問することもやりました。ここの工場のもとの技師や職工たちは、工場の機械をかんじんのところを抜いて、廻転不能にして行ったのですよ。どうしてもそれを明らかにしなければならぬ、という命令だったのです」

「どういうところで?」

「御案内しましょうか」

　彼はぴりぴりと頬の筋肉を引きつらせた。自分の罪業を露わにすることで、心の重荷から救われようとでもしているようであった。

　青年の案内してゆく先きは、どんな片隅のおそろしいところか、と年枝はおもっている。野生ゴムの、蛇のように根の垂れさがった森のあたりも過ぎた。倉庫の前も通った。事務所の前からは平坦な例の大合歓の並木の道になる。この大きな合歓の木が、闇に包まれるとき、一斉に、この茂った葉を手を合せるようにとざすのか、とおもうと、急に無気味な感じになるものだった。幹があまりに大きく、葉があまりに茂っているせいだ。この葉が闇とともに、さあっととざすときの様子は妙に生きもののように感じられ、夢のような花の淡い色まで、幽霊の軽い裾をおもい出させた。

そのあたりはもう年枝の宿に近かった。今日はおやめですか、と年枝が言おうとしたとき、青年は並木の下から、道の外側に並んでいる洋館の方へ入って行った。このあたりの家は以前技師たちの住んでいたもので、外の板壁を青ペンキで塗って、道路にむかって窓がついている。樹木の蔭で、家はしっとりと暗い。

「この家です」

と、青年は三、四段の階段を昇って、ギイーと扉をおした。開けたとたんに、彼は、はっとあわてていた。

「何だ、まだ片づけていない」

そう言って、彼は、太いロープや、転がっている馬穴を、腰を曲げて拾いはじめた。が、それは瞬間に片づけられるものではなかった。太いロープは長々ととぐろを巻いている、床の上に転がっている馬穴はひとつではない。空家の中にそのときのままの乱雑さが、何日か今まで残されていたのである。彼は、あきらめたように、手のロープをまたそこへ放り、子どものような口づかいになった。その部屋は、彼の言う、人間を拷問した場所であったのだ。

「僕はもう、何が何だかわからなくなっちゃいました。だって、今まで教えられてきたことの、反対ばっかりやっているわけなんですもの。人には親切にせよ。乱暴はするな！　僕たちはここで盗みさえ公然としているのです」

「そうですね。いわばこの戦争そのものが盗みでしょう」

年枝は、はじめてそこで自然の言葉を口にした。

青年は、もとのままの部屋の扉をそっと閉めて道路へ出ながら、

「資本主義の矛盾と兇暴の中に、僕たちははまり込んでいるのですね……その点」

と、彼は所長の名を言って、「あの人なんか仕合せです。僕たちの苦しみを知らないから」

合歓の木の下を歩いている二人のうしろから、自転車で来た所長は、ヘルメットの下に目を光らせ、白い歯を出して笑った。

「あなたが歩いてゆく姿を、苦力どもが見ていますよ。私は、自分の胸がふくらむような気がしますよ。堂々と少し歩きまわって下さい」

五

日本へ帰ってからの年枝の生活は、その仕事の上では、ゆく前と変ることもなかった。昔ながらの友達が、一度ゆっくり年枝さんの南方の話を聞こう、と言ったりすると、年枝は、お互いに了解されているものを感じて、その気易さによりかかっていた。そして、実際の場所を見て来た自信のようなもので、新聞の記事の裏を突っついたり引っくり返したりして戦争の推移を見極めた。が、彼女の戦争について語る言葉は、内容はちがっていたけれど、その調子にどこか女壮士に似たものがあった。彼女の戦争の終極に対する判断は狂わなかったけれど、が、彼女はその後に起る、自分もふくむその後のことについては、のほほんとしていた。が、それはすぐ友人の気配にわかることだった。

年枝は、はっ、とした。年枝のこのときの、はっ、としたおもいほど、深く強烈なものはないにちがいない。それははっとした最初の瞬間から、意識のうえに鮮明な思考力を保って、ずうーんと拡がっていったのだ。

四畳半に八、九人の男女が談笑していた。彼らはお互いの今日までの苦痛について、笑いながら話していた。殊に最近のことについて語っていた。

「外食券食堂で、三人前を目の前に並べておいて食べ出して、他の人がびっくりしたんですって」

「それをみんな喰ったの？」

「いやア。汽車の中の弁当にしようとおもってね」

最後にそう言うのは、網走の刑務所からひとりで東京へ帰って来たMであった。

「君は、兵隊に行ったのだろう。終戦で帰って来たんだね」

「そうだそうだ」と、Nが答えてそこから兵営の話に弾んでゆき、久しぶりの高笑いがはじける。

「しかし、みんな変らないなア」

自分も不思議なほど変っていないもうひとりのNは、やっぱり十七年間の牢獄から出て来ている。そう言って一座を見まわしたが、その視線も、年枝は自分のところだけ素通りしてゆくのを感じた。年枝はその場の話の中へ入ってゆけない。人が入らせないよりは、彼女自身が、無理に割り込んでゆけば自分だけ言葉つきの違ってゆきそうなものを感じ、唇は自ずと結ばれたままだ。年枝はその時までの生涯に、我が手に招いた恥辱に身をさらした経験を持たなかった。年枝にとって言えば、この座敷に集っている人の外に心底打ち明けるほどの友達を持たなかった。

　年枝は、その夜の帰り道に、足許をよろけよろけした。はっ、と気のついた考えは深くにじみ込んでゆくばかりであった。一緒だとおもっていたところから自分だけ遠く離されていた、とおもうと、羞恥といっしょに、ぽつんと肩先のうそうそする孤独感を感じた。が、だって、と、年枝は昨日までの友情をたぐるようにし、だって、と心のうちで弾き返した。年枝は朝まで眠らず、眠るとまたすぐ目を覚ました。覚めると、まるで夢の間にもその考えが続いていたように、一瞬の隙もなく、また同じ考えの中に入って行った。だって、だって、という反問であった。彼女の主観で、悪いことをしたとおもえないところに、だって、という反問が生じた。彼女のよそおった虚偽について、友達は、知っていたのではないのか。

「プロレタリア作家のなれの果て、さ」

　シンガポールで、ある役人が、年枝の蔭口をこのようにはっきりと囁いたということを聞いたときも、年枝は、自分の虚偽を信じることで、笑い流した。それにみえるにちがいない、と、笑い済ます拠りどころは、自分の虚偽を敢えて行わせる基点を、年枝はこの数人の友人の上においてきたとも言えた。私がいちばん身軽なのです。飛んで行ってみて来ましょう――この自分に虚偽をかぶせる習慣は、彼女のここ数年の文壇と、階級運動との表と裏の使い分けからもきていた。彼女は実際以上に身軽に見られた。

　そして、年枝はそういううちで、日本の兵隊を、人民大衆と同じものにみてしまい、その中に自分自身を解消してもいたのである。

　私は誤謬を犯したのであろうか、と、年枝は目をあけているときは、いつも何かを見つめてそうおもいつづけた。

　そういう年枝の耳に、彼女の南方行きが金のためだった、という噂が入ってきた。

「じゃ、なんで行ったの？」

　鋭い語調で問い返されて、年枝は言葉が喉に詰まり、あとをつづける気力を失っていた。

　金のためでなければ、何で行った？

　このような考えも存在するのであろうか。

　それは年枝の部屋で、友達のMとこの問題について話しているときのことであった。

年枝はぽつんと吐息のように言った。

「私は、見たかったのです」

「しかしね、作家は、ただ、見たいから、って、立場があれば行けないのよ」

「ええ、それならば、わかります」

言って、うなずきながら、年枝は心のうちで、また、それならばわかる、とくり返した。が、戦争の終る少し前に、この友達が自分の食べ料の米袋を下げて、年枝の家にも寄ってくれたのは何だったろう、とおもい出した。が、とにかくこの瞬間に、年枝の心の中で虚偽だけが、ふわり、と浮いた。中支那で、南方で、さらしてきた虚体だけが、ふわりと浮いた。

すると、それに対する羞恥は単に自分の誤謬に対する恥としてではなく、敢えて虚偽を構えて見せた対手方に対してまで、彼女は恥ずかしさを感じた。根本もなしに、よくその顔をさらしてきた、とおもうと、年枝は、視線を伏せるおもいであったし、よくもぬけぬけと虚偽を演じた、と対手方にののしられたとしても、それへの受け答えは出来ないことであった。それを支えるものは何にもなくなったのである。

年枝は、Mをおくり出した玄関に立って、壁に顔を伏せた。二重に重なる羞恥に、実体をさらして責めを受けるしかないと、年枝はおもった。が、年枝の勝気な性格は、あああ、と、歯がみをするように、性格そのものがぎしぎし鳴った。

白と紫

　客も私も、丁度三時のニュース放送が茶の間から聞えていた間、どちらも話を中断させて黙っていた。大沢芳子の方から、あ、ニュースですね、と言ったので自然に話がやみ、私は茶の間の方へ顔をかしげ気味に、大沢芳子は庭へ視線を投げた形でそれを聞いていた。二人のそれまでの話も、ニュース放送に黙ってしまうのが、まるっきり別の事柄へ入ってゆくことでもなかったのだ。

　ニュースがすんで次の紹介をするアナウンサーの声に代ったとたん、茶の間のラジオは切れて、入れかわりに、雑木林の茂みの向うで大きな音のアナウンサーの声がぼやけたように拡がって聞えた。大沢芳子は今まで聞いていたニュースのことは何も言わないで、ちょっと空を見上げるようにして、

「野鳩が、鳴いてますね」

と言った。

　もう花の落ちた栗の木が廂のそばまで茂っていた。空は曇っているというよりもむしろ、黒い雲を一面に引きのばしたようで、暗いけれどもきれいに見えるそういう色合いをしていた。その下で栗や櫟の低い林が緑にこもって、先の方まで細い幹を黒く浮き立たせていた。そのどこか近くで野鳩が、バウ、バウ、グルウルウと鳴いている。

　芳子は肩の折目のはっきりした茶っぽい単衣にしゃれた縞の博多帯をしていた。襟元も、帯のあたりも、可能な限り締めつけたようなきりきりしゃんとした着方をしていたが、それはどこか、わきの短い筒っぽをきた少年に似ていた。あさ黒い頬の締まった顔、いつでもちらっと相手を見据えてすぐさっと流す目づかい、自信ありげ

な薄手の口元、それは悪戯ずきのはしっこさに見えたが、親身なものはつかめない、というようなものでもあった。これはよくいう「佐賀人」の力のある固い淡白さでもあったが、女子大の学生だった頃、同郷ということからときどき私のうちへも来ていた時からみれば、十年以上経った今、彼女のこの印象はますます強い調子に固まっているようであった。

彼女は私から視線を反らしたまま話し出した。

「あそこは、きれいな町でした。町というより村ですね。きれいな村でした」

話をするとき、いつでも相手から視線を反らしているのは彼女の癖で、それでいて決して陰気なというのではなく始終冗談を飛ばしているのだが、その冗談を言っているときでも相手と目を見合わない。だから冗談がいつも何かから逃げているためというようなものを感じさせるのであったが、今話し出した調子は冗談めかしてはいない。それは先程からのつづきで、いつになく本気なものがあるので、私は黙って先を待っていた。

「私が今、あそこの町や村の風景を話すなどということは妙なことかもしれませんね。妙なことかもしれない、という気持は、私の中でいちばんはっきりしているんですよ。だから私は、そんな皮肉な立場なんかに立ちたくないから、今の勤め先なんかでは、絶対に、あそこの話なんかしません。こんな前おきをして話すわけにもゆきませんもの。

ラジオを聞く度に私はそこの町や村の様子が浮んできます。さっき、水原といっていましたね。あそこは小さい村ですよ。壊れた城壁の残った農村です。けれども李朝の驕りのあとの残っているこの水原は、美しい、静かな村でした。初夏の明るい陽の中で、今は眠ったようにして建ち残っている城壁は、しかしそれなりに、この静かな土地にかつての権力を想像させるように大げさなものでもありました。高く広い石段、その上の幾層にも屋根の反った楼、城壁の煉瓦の囲いなどは、下を見おろして何かにそなえて構えていました。が、今はこの八達門の城壁に、日曜を利用した見物人の私たち、私と、その時の連れの二人の友人の他は、人影もなく、午後の黄色い陽をはらんだ空ばかり広く見えました。城壁には夏草が茂り、虫さえ鳴いていました。城壁は半ば崩れて、はるか先までつづいています。松の樹などが城壁の土堤の上から空を泳ぐように枝をのばしていました。城壁から見おろす村家は、低い樹木の間に、亀の甲羅に似た丸く平たい形で、藁屋根をのぞかせていました。

華紅門だの、訪花随柳亭などというのは村に近く、村にまじったところにあるのですが、それだけに、この華美をしのばせる楼閣や四阿屋は、青田の中にいわば忽然と建っている感じです。それも妙にしーんとした風景でした。田植の終ったばかりの水田に、柔かくそよいでいて、その薄緑の中に白鷺がゆっくり舞いおりてきて、翼をおさめてすうっと立つのです。水原は白鷺の多いところだということは聞いていたのですが、高い松の梢に、白鷺は群れていました。そのまわりで、ゆるやかに飛翔している白鷺のまっ白な羽の色は晴れた空の色を対照して、私たちに通俗な絵を連想させながら生きた美しさを描くのでした。しかし、この華紅門も村人の生活に全く関りなくもなかったのです。片方の石段から上へ上ってゆくと、丹塗りのさびた丸柱が大きな屋根を支えて、四方を見晴している広い楼の中で、十歳ばかりの少女が二人、毬つきをして遊んでいました。白いチョゴリに桃色のチマをはいて、一人の少女の編んで下げた髪の毛の先に、赤い布が結んでありました。毬をつくとき、その赤い布がちょんちょんとはねていたので記憶に残っているのです。ふと耳にとめると、その毬歌は日本語でした。

『リヨジュン、カイジョウ、ヤクナリテ』という、私たちも子どもの頃お手玉の歌で歌ったあの乃木大将の歌です。けれども、こういうことはそのときの私など、別に珍しいことでも何でもなく、むしろ普通のことでした。ただ、李朝の遺跡を見ていた気持に、毬歌が乃木大将の歌だった、ということで心にひょいと残っただけだったのです。

総督府鉄道局の営業課に勤めていた私は、朝鮮人の生活などについて格別関心を持っていたわけでもありません。御存知のように女子大を出ると一度は郷里へ帰らねばならなかったので九州へ帰り、二、三年は郷里で学校に勤めていましたが、伝手（つて）のあるのを幸い、ひょいと京城へ行ってしまっただけなのです。

最初、もっと違ったものを期待していた私は、京城があんまり日本の都会に似てしまっているのにがっかりしたものです。生活も格別の相違がないのでした。元町の日本人の家の二階を借りて、竜山の鉄道局へ通っている分には、内地、あのときむこうにいたものはみんな日本のことを内地と言っていたのですが、その内地の生活と表面はちがいはないようでした。が、それでも私は、京城へ行って、やっぱり一種の解放感みたいなものを感じたのも事実です。これはあるいは、日本人の田舎者的な感覚かともおもうのですが、郷里の家で、女学校の教師をしていたのにくらべれば、その仕事も適当に外へ拡がってゆきましたし、また、あんまり内地の都会に似ているとおもった京城の街も、やはり慣れるにつれて、朝鮮らしさが出てくるのです。総督府の、大きな背景をなしている北岳の肌の白珊瑚のような色からちがっています。その白珊瑚のような山肌は固いけれども美しく、幾つかの頂きを連らねてこの都会の外を大きく囲っていました。その遠い山肌の色に、単色の朝鮮服は、自らの調和をなしているのでした。

けれども、これは漢江通りを京城駅へ走っている電車の中のことでした。

『臭いよ。もっと、あちらへ行かんね』

少女の声でした。それは何の逡巡もなく、むしろ率直に聞えました。却って意地悪さも横柄さも感じられないほどのものでした。三、四人の女学生の隣りに今腰をおろしかけた爺さんは、そう言われてまた腰を上げました。自分ひとりの薄笑いを浮べて、短いズボンの脚をひらくようにして電車の端へ歩いてゆくその爺さんの朝鮮服は、汚れて黄色くなっていました。少女たちはちらりとそれを見送りましたが、それは一瞬で、彼女たちはすぐ自分たちの中から発せられたその言葉にも、それで立ってゆく爺さんにも何の関心も残さなかったように、女学生らしい彼女たちの弾んだ話のつづきに入ってゆきました。それは実に自然に行われました。

あそこで暮して、終戦で引揚げてくるまでの七年間、こんなことはありふれた出来事ですね。端的なひとつの記憶にすぎません。私自身にもそれはちょっとした情景という程度のものです。私はもっぱら、自分ひとりの生活をととのえて暮していました。女の、しかも他国でのひとり暮しなどというものは、いつとなく肩を張った依怙地なものになるのでしょう。私の肩を張ったものは、意識的には、内地人同士に対するものでした。そして、それを一層傲慢なものにするのは、自分の気づかぬ間の、臭いよ、あっちへ行かんね、という、あの感覚です。私の意識的に肩を張るものが、内地人に対してだった、ということは、何も私だけのことではないのでしょう。これは宿命みたいなものだったかとおもうのです。そこでは、私が学生のときも、その後も、如何に真面目な人間だったかということなど誰も知らないのです。私が朝鮮へ来たことも、ただ少し自由に暮してみたかったからだ、ということも、説明すれば妙に聞えてしまうというようなことだったのです。内地を離れた女のひとり暮し、それは何かいわくがあるのだろう、とおもわれないまでも、一度は軽んじる視線に合うこともたびたびでした。日韓合併になって三十数年の、今こそよほど薄れているのでしょうが、「朝鮮くんだり」までという感情は、微妙な実績の上に伝統となって、今日も残っているわけです。内地人同士、暗黙のうちに自己をひけらかし、相手を軽んじあいながら、しかも狎れ合っている。そういうものがあるのでした。そしてそれらの不幸な感情は、朝鮮人にむかうとき、それが自己の支えであるかのように優越と侮蔑とを示すものになるのでした。いわば日本人のひとりひとりは、朝鮮人に対してすら、一種の卑下感を持ち、その変形されたものとしての優越の誇示となるのかもしれないのでした。それはまた、根づよい抵抗に対する計算的な、あるいは無智な恐怖の変形でもあったのでしょう。いわば電車の中の女学生たちにしろ、

『私たち、メンタイの子は、どうせ、内地で結婚はできないのよ』という自己認識を与えられていました。朝鮮産物のメンタイ、つまり、メンタイの子というのは、朝鮮生れ、あるいは朝鮮育ち、ということでした。こうした自己認識の上に、メンタイの子は、つけつけと、朝鮮人に対し、優越を示しているのです。

私は、自分の生活の殻をつくるのに必要なだけ、仕事に忠実でしたし、それだけ人間関係に対しては適当に無関心でした。それは朝鮮人の同僚に対しても、少くとも私はこの態度を変えてはいなかったとおもうのです。

田貞姫は、女ではたったひとりの朝鮮人の同僚でした。同僚といっても同じ仕事をしていたわけではありませんが。営業課で出している観光雑誌の仕事に田貞姫が採用されたというのは、彼女の、朝鮮でこれはよほどのことにちがいない経歴の故であったにちがいありません。田貞姫は日本に渡って、ある女子の専門学校を卒業してきているインテリでした。無造作にうしろで髪を束ねた丸顔の、押えたように横にひろがっている小鼻のあたり、朝鮮人らしい容貌でした。しっかりと歯を嚙み合わせているような口の結び方、いつも何かを内に制止しているように眉根を寄せた細い目、それは明るい表情ではないのですが、彼女の内容の自然なあらわれに過ぎない、というふうで、特に暗いというような強い印象となるほどのものでもありませんでした。

田貞姫は、求めて私と親しくなろう、としているよう

でした。彼女の生真面目な話ぶりは、私にはほんとうは合わないのでした。私はその場その場を冗談で弾ませ、やることだけはさっさと片づけるという主義でした。男たちに対抗するのに私はいつかそういうふうになっていましたが、対抗といっても私のそういう態度は、男連中にある程度、私というものを認めさせるのに役立ちました。私は課長のお気に入りでもあって、秘書のような立場にいて外の応対や、内地からの観光客の事務万端、またはは接待の手配など取り計らうような仕事をしていました。私はまた課長さんの奥さんとは仲よしで、彼女が三越や本町で着物の買物をするときの相談役でもありました。

肩の盛り上ったような大柄の課長は、それで口元の小さい、内心は気の弱い男でしたが、広島の人間で総督府鉄道局に勤めて十数年、だんだんに今の地位まで上った人でしたが、彼は女子大を出た私を下僚に持っていることを自慢にもしているようでした。

『大沢君は、独身主義かね、そうでもあるまい。どうする気かね』

と、課長は彼の気質で半ば親身に、半ばからかい気味に聞くこともありました。

『独身主義なんて、今頃、はやりませんよ。冗談じゃナカ』

と、九州弁もここでは通用するので、わざと茶化した使い方にして逆手に答えると、

『ふーん、そうだろうね』

と、今度は親身一方にそれだけ憐れがった調子もまじっています。

『あッら、いやだ。そんな、可哀想なはこの子でござい、なんて顔、しないで下さいよ。失礼ですよ。ゆきたくなったらゆきますよ。そのときは、課長さんも仕事もおっぽり出してゆきますからね。あしからず』

こんなような具合なのです。ところが、田貞姫は、日本の古典文学について、あるいは、島崎藤村について、私に語りかけるのでした。私は、あなたを前にして悪いけれど、文学少女ではないのです。

『大沢さんは、紫式部と清少納言と、どちらがお好きですの。どちらが好きかということで、その人の性格がわかるって言われたことがありますのよ』

田貞姫の日本語は、殆ど濁音も表現し得るほどのものでした。のよ、と終りに言うのが癖でした。

『あらア、忘れとった。そんな先輩がいたこと』

と、私はつい軽口になるのです。

『源氏物語、読まれました？』

『あんなもの、読むものですか。のたまひてだの、はべらせければ、なんて、学校にいた頃、盲腸の手術をして寝てたとき、友達が貸してくれたから、読みはじめたけど、しばらく読んでいると、新聞の三面記事が読みたくなったわ。せいぜい若紫あたりでやめたでしょう』

『ああいう古典は、やっぱり読まなけりゃいけないのでしょうか』

田貞姫は私の返事に関りなく、自分の問いたいことを聞いているのです。

『さあ、どうかしら』

『私は、清少納言の感覚は、すばらしいとおもいますのよ』

田貞姫の表情は、そういう話題に入って、生々と積極的にみえました。田貞姫にとって、日本で勉強をしたという経歴は貴重なものであったにちがいなく、しかも彼女の故国で、この誇を呼吸する話題に相手を見出すことは殆どなかったのではないでしょうか。そういうことは、今、わかることなのです。

『島崎藤村の、桜の実の熟する時、読まれました？』

彼女はこの機会を出来るだけ離すまいとするようでした。学生当時なら、読んだか、と相手が問うほどのものなら、こちらも少くとも興味があるといったようなものです。毎日机を並べているのですから、田貞姫は、今、その調子で私をつかまえているのです。

田貞姫はいつも朝鮮服でした。私もいつも着物でした。私が決して洋服を着ないということは、私の何かを示すものでしたが、それは田貞姫が、そして、朝鮮の女の誰でも、朝鮮服以外にきなかったということとは、同じ性質のものではなかったでしょう。田貞姫はさきに言ったように、いつも何かを内に押えたように眉根をよせていましたが、決して私に対し、卑屈でもなく、従って競争的でもありませんでした。だから私も少くとも日本人の誰に対しても幾分は無関心であったように、彼女に対しても、深入りをしない程度に、格別同情的でもありませんでした。そこに自らな二人の関係があったに過ぎません。

私はひとり暮しの生活を自分の気に入ったように楽しもうとしていました。私は一度一人の男に心を動かされました。それは鉄道局が招待した東京の画家で、朝鮮の都会や景勝の地をあちらこちら歩いては、何度か京城へ帰ってくるというような滞在のしかたでしたが、私は彼が京城へ帰ってくると、朝鮮ホテルへ室をとってやり、次の旅程の相談や手筈などの世話をしました。それがいつになく楽しく、心が弾むのでした。その画家の私に対する態度はここで一度も経験しなかったような、優しさと丁寧さと、おもしろさを持っていました。私は朝鮮ホテルの彼の室へ行くとき、胸がおどりました。朝鮮ホテルの庭園で蔦に蔽われた皇穹宇に並んで立っていたりする時、私は何かしら甘い夢を描いているのでした。彼は夜の散歩にも幾度か私を誘いました。私は鐘路の芝居小屋で彼と二人で朝鮮芝居を見たりしました。周囲に日本人のいない、朝鮮人ばかりのその小屋では私は傲った気分になり、彼に対してもどんなあからさまな素振りでも見せてしまうことができるような気になるのでした。彼は前に逢った妓生をもう一度見たいと言って朝鮮料理屋へも私と一緒にゆきました。青い紗の上衣をきて、まっ白な袴の下に片膝を立てて坐ったその妓生を彼が写生するとき、かたわらで私は丸莫蓙の上で身体をくねらせて、彼の鉛筆の走るのをのぞき込んでいましたが、妓生の、透きとおるほど白い顔が私の胸の中で別に存在していたりしました。他の部屋で、宴会があるらしく、ぴしり、ぴしりと打つ精力的な太鼓の音がして、老妓でも歌うのでしょう、原始的な声をおもわせる激しい調子の歌が聞えていました。それはアリランなどで一般に知られているような哀調のものではなく、荒々しく激しいものでした。その響は何か私の感情をかき立てました。しかし彼は私にそういう気持をかき立てたまま内地へ帰ってゆきました。正面からこちらの目の中をのぞき込むようにして話しかける彼の表情は、外国生活をした人間の普通のものだったのかもしれません。私だけがひとり角力をしたのでしょう。しかしその後私はいよいよ自分の周囲ではそういう感情を持ち得なくなりました。私はいよいよ固まってゆきました。気に入った着物を買ってみたり、旅行をしたりしました。

私は、本当は朝鮮の風景のお話をするつもりだったのですよ。無責任に、半ば傲慢に歩いてまわった私の記憶に、朝鮮は、美しい風景で残っています。朝鮮は美しいところです。この国の歴史の残したものをひっそりと抱いて、自身の風格に息づいています。私が金剛山めぐりに出かけるというとき、田貞姫はいつもの表情のまま言いました。

『朝鮮人は誰でも、死ぬまでに一度は、金剛山に行きたい、とおもっています。私もまだ行っていません。きっと、きれいです』

一生のうちに一度は、金剛山を見て死にたい、というのが朝鮮人の終生かけた願いになっている、ということ、それは、田貞姫におしえられるまでもなく私も聞いていることです。朝鮮にいる内地人が、日本から来る観光客に対して金剛山を自慢するとき、常にその証明のようにして、このことが引合いに言われるのでした。今おもえば、いわば、外国人である日本人が、朝鮮の景勝をわがもの顔に自慢するとき、朝鮮人のこの悲願を引合いに出したということは、不当、無慙なことだったかもしれません。けれどもそれは今だから言うことです。朝鮮から引揚げなければならぬ、という事態に打つかって初めて、その後に、ああ、朝鮮は朝鮮の国だった、と気づくことです。田貞姫の、私にそのことを言うときの表情が、いつものままだった、ということも、それに慣れていた私には何も探らせはしませんでした。私もまた行っていません、という田貞姫の表情は、羨望も、また皮肉も、勿論憤りなどは尚のこと、いささかも現わしてはいませんでした。それはいつもの、内に何かを押しとどめている不断の表情でした。不断の表情の中に、すでに定着されてしまっているものを、私は気づきませんでした。

私などハイキングのようなつもりです。郷里の女学校のときの友達が、総督府の官吏の妻になって京城に来ていましたが、この友達の仲間の奥さん連三人と私との四人づれは、がやがやと行くのでした。朝鮮に来たからには金剛山も見ておこうというつもりです。内金剛の渓流に沿って登ってゆくと、流れを挟んだむかいの山峡の一軒家の下で、まっ白な朝鮮服の若い女が渓流に出てきて米を洗っていました。山は迫っているけれど、のびやかに広い渓谷で、まっ白な朝鮮服の若い女が流れにこごんで米を洗う風景は、静かで美しいのでした。そういう山峡を伝わってゆくと、ひょいとおもいがけないように、一廓の、屋根を連ねたお寺があらわれるのです。五色の彩色をほどこした広い寺が、樹木に囲まれた山腹の中に急にひらけてみえるとき、何かそれは忽然として夢のようでした。ゆるやかに高い石の段々は、石の肌さえ風雨に洗いさらされて枯れたような色で朽ちていました。楼門や本堂や廻廊の、五色の細かな彩色も年月に寂びて、殆ど一色に混り合った複雑な美しさでした。ふと見上げたとき、そういう楼門の上で、白麻の服をきたひとりの坊さんが、のんびりと胡坐をかいて、石段を登ってゆく私たちを見おろしていました。内庭で丁度盛りの牡丹や芍薬が、これだけは鮮やかな色なのが、あたりのぼうとかすむような色合いの建物の前では不思議なほどでした。

長安寺をおりて、再び山峡の道を万瀑洞へ登ってゆくとき、樹々や岩の間を、栗鼠が飛ぶように駆けまわっていました。この山道を朝鮮人の山男に腕を支えられてゆくひとりの妻君をうしろから見て、私たちははやし立てました。

『おツリよ、山よぼとアベックで行きよらす』

私たちは気楽になるとき、いつも郷里の言葉をわざとつかうのでした。

田貞姫の郷里は開城でした。が、今は開城に家はないとのことでした。開城、そこは悲しいほど古さびた街です。高麗の盛衰の跡は忠臣の血痕さえ石ににじませており、南大門の梵鐘は、朽ちかけた石段の上の古色蒼然たる楼の中に、悲しい響きをひそめているといった感じです。この楼の上から見渡す村のうちは、陽を俗びているのに、その陽光に色あせて枯れたという色合いです。高麗の王宮の址、満月台は、小高い丘の上に、ゆるやかな石段や、宮殿の礎石ばかりもとの位置に布かれたまま雑草の生い茂るにまかせられ、夢の跡さえ儚いものになっている寂しさです。が開城は、自らの歴史を今も囲いめぐらし、それを抱いたまま古色な誇に生きている感じです。陽を浴びて声もなきか、とおもっていたのに、小高い山の間では、その日、弓射の会が行われていました。腕に覚えのある射手たち、屈強な男らは日本の弓の半分ばかりの短い弓を引いて、矢を放っています。屈強な男たちは、色たくましく、物語の勇者のような顔をしていました。その昔、武人たちが弓射の技を練ったところだというこの丘の歴史は、今も、この射手たちの顔にさえ残っているのです。それぞれの組をあらわすらしい色とりどりの長旗が、松の木の間に吹き流れています。白い旗、赤い旗、黒一色の旗さえあって、それは武者絵のような趣です。集まった、といってもこの山の上で、それはひとかたまりの人数に過ぎませんが、その男たちさえ、今日はひとりも洋服はありません。老人など冠さえかぶって、長い煙管を手にしています。こちらの丘からいよいよひとりの射手の弓矢が放たれると、向いの丘では、それが的に当った合図に、どどどん、と太鼓を打ち鳴らしてきました。その太鼓の音が谷を伝わってくると、今まで土の上にあぐらをかいていた旗持が、やあアーと呼び声を長く引いて、旗を振るのです。彼らは、たまたままじり込んだ日本人の女などに見むきもしませんでした。

開城へ行ったあとで、田貞姫は私にそこの印象を問うのでした。

『開城は、どんなふうでした』

『静かなところね。まるで灰色だもの。それでもいちばん、朝鮮らしいけれども』

私は、田貞姫が文学好きなので、ついそういう表現をするのです。開城は灰色、それは、ただ開城だけのことではなく、朝鮮の古いものの多く残ったところは、慶州にしろ仏国寺にしろ、そして金剛山の五色の彩色のあせた寺にしろ、私のその印象は灰色でした。屋根の低い民家も、また着物は泥に汚れ、脛までまくった跣で、頭にだけ優雅な冠のようなかぶりものを置いている百姓の爺さんの姿も、それは灰色に見えるのです。それが私などに朝鮮らしさとして見えるのです、というよりも、そういうふうに見るのが私の気に入っていたのでしょうか。平壌の街にただよっていた労働者の強烈な体臭、大同江のはるかな向岸に林立していた工場の煙突、それは、楽浪の古蹟の数々や、李朝の栄華の跡の建物より、はるかに今日の活力に満ちていたことも、私は知らないわけではなかったのですが。

田貞姫は、いつになく、全くいつになく、その眉根を一層悲しげに寄せ、ややほとばしるように言いました。『灰色にですか。あなたには開城は灰色に見えました？　私は悲しい』

田貞姫はそう言って少し微笑して、

『開城は、私には、白と紫ですのよ。私は少女の頃、あの満月台にひとりで坐っていて、よく、昔のこと、将来のことを夢に描きましたの。開城は美しいです。あなたに灰色に見えたということは、悲しいですわ。私には開城は、白と紫ですの』

私は、いつになく、田貞姫に同情しました。彼女たちの故国に寄せる愛情は、その色さえ美しいのを同情しました。白と紫、それはあながち私にもうなずけないことはありませんでした。

田貞姫の、いずれ開城の名門だったにちがいない田貞姫の夢は、満月台の草に蔽われた城址の礎石をたどって、どのように描かれていたのでしょう。白と紫、おのずとわかるものがあるのです。そして彼女の将来の構想も、ここで形づくられていたのでしょうか。あるとき、田貞姫が仕事のことで、朝鮮の上流の家庭を訪問するというので、私は一緒に連れて行ってもらいました。昌徳宮に近いあたりで、高い松の木などが道に影をおとしていて、低い土塀のつづく屋敷町でした。私たちが門を入ってゆくと、門に対して家の造りは三方形に、厨から居間、座敷、奥の間というふうに形づくられていて、門の内は内庭のようになって、大きな壺や瓶などがおいてありました。この家の女主人は、六十歳近い未亡人でしたが、ふっくらした頬には白粉さえはいて、精力的に、ゆったりしていました。螺鈿の小簞笥や、精巧な小筐などを重ねたオンドルの座敷で、この女主人は私たちに、ふんふんとうなずきました。田貞姫は、ここで彼女の故国の言葉を使いました。ぐるん、ぐるんと響いてまわるような朝鮮の言葉を聞いていると、ぽつんと取り残された私は、皆目手持ちぶさたになるのでした。何か私のことを話しているらしく、田貞姫の言葉にうなずいて、ちらちらと私の方を見る女主人に対しても、また田貞姫に対しても、私は白けた気持になるのでした。

その帰り道で、私は田貞姫に言いました。

『朝鮮語は私たちさっぱり分らん』

すると田貞姫は言いました。

『あなたたちは朝鮮語を覚える必要がないんですもの』

で、私は何となく田貞姫の気をむかえるように言いました。

『田さんは、日本語、すっかり完全ね』

すると田貞姫は、

『完全ではありませんのよ』

と、即座に、日頃から用意してあったように答えました。

『私たちは、日本の言葉も完全ではないし、それでいて、朝鮮の言葉もやっぱり不完全ですの。文章を書こうとするといちばんよく分るのですのよ。日本語でも書けない、朝鮮語でも書けないのですもの』

『それでも、普通に用が足せてるでしょう。それなら、いいじゃないですか』

私は自分の言葉が九州弁のごつごつしたものなのも、気にかけていないくらいでしたから、田貞姫の言分に今度は私は同情を持ち得ませんでした。

『普通の用、そうですね』

田貞姫は、うつむいて暫く黙って歩きました。ハンドバッグを持ったまま両手を前に重ねるように下げていました。それで肩が前へすぼまるようになって、つつましい東洋の女の姿勢をあらわしていました。胸の横に結んだ上着の紐が、上着よりも長く垂れています。押えたような小鼻のふくらみ、歯を嚙み合せたような口元、耳を出してうしろで強くまとめた髪は、小さな頭の形をはっきり見せていました。

田貞姫は強い、まぶしげな視線を上げると、ためらいとか、はじらいなどというもののない、一本気な熱情で言いました。

『私は作家になりたいとおもっているのですのよ。小説を書きたいとおもっていますの。ずいぶん書きかけてみるのですけどね。人間の微妙な心理や、正しい描写などをしようとすると、私には言葉が出てこないのですの。どっちの言葉で書いたらいいのか、日本の言葉もデリケートには出てきませんし、朝鮮の言葉も中途半端になってしまっているのですよ。そうすると言葉だけでなく、何だか私は、自分というものが、こう、宙に浮いてしまって、とても苦しいですの。私は今でも、どうしたら作家になれるかしら、とおもって、ときどき泣きますのよ』

『へええ』

と、私は例のおどけた調子になりました。また実際に、へええ、とおもったのです。田貞姫が自分の言葉を失ってしまっている、ということより、彼女が作家になりたい、とずばずばと言ったことの方が私には珍らしかったのです。だから私はおどけた調子になりました。

『田さん、小説家になろうとしてるって？　おッそろし、私たちア、おもいも及ばん』

田貞姫は、すうっと視線を空の方へ上げました。私の言葉を聞いていたのか、それともそれは聞かずに自分の考えを追うていたのか、むしろ私の言葉は聞いていなかったような視線の反らし方です。

私が軽口になるのはいつもの癖です。私は日本人同士の友達にも、やっぱりこの場合、こんな調子でものを言ったとおもうのです。私が今そう言うのは、少し抗弁に過ぎるでしょうか。とにかく私の軽口の調子は受け応えなしに、だから何となく白けたものになりました。

その頃は満州へ日本からどんどん集団的に開拓団というのを移入させていたり、いろいろの事業が満州に拡げられているそんなときでした。朝鮮は一層、内地化されねばならぬということだったのでしょう。『創氏』ということが行われはじめました。朝鮮人の姓名を日本風に変えろ、というお達しです。地方の内地人官吏は自分の成績を上げるために、殆ど強制的に、『創氏』を強要したようです。これは朝鮮人にとっては大変な侮辱であったらしいのです。朝鮮では結婚しても同じ姓を名乗らない習慣でした。妻も最後まで実家の姓を名乗るのでした。それが姓を変えろというのですから、朝鮮人にとって、『創氏』は、家そのものの抹殺になる、というわけで、内心の反抗はうつぼつたるものであったようです。

田貞姫は、しかし『創氏』を行いました。彼女は田村貞子、となりました。日本で勉強し、総督府関係で働いている彼女は、そうする方がよい、とおもったのでしょうか。しかし『創氏』をすませてからの田貞姫は、何となく以前よりもとげとげしくなりました。以前の彼女は私たちに対し、卑下的でもなく、だから競争的でもなかったのです。むしろ、初めから彼女などは日本人と同等に自分を自覚することで、対等であろう、としていたのでしょう。対等の自覚を彼女はむしろ日本の学校にいたときには持ち得たのかもしれません。母国へ帰ってから、却って彼女は微妙な立場になっていったのかもしれません。彼女が日本名の、田村貞子という名刺をつくったとき、改めて私にもその一枚をくれました。

『編輯長がつけて下さいましたのよ』

このとき、今までにはなかったような、暗い調子の、そして阿諛的なものが感じられる言い方でした。そのくせ彼女はその前頃から、以前のように私に近づこうとはしないようになっていました。私にとっては、それはどうということはないことです。

あるとき彼女たちの仕事室へ何かの用事で入ってゆくと、田貞姫は、ひとりの内地人の男記者を相手に、言い争いをしていました。

『いいえ、私はそれでいいとおもいますのよ。文章は人です。その文章には私というものが出ているとおもいますのよ。訂正されると、その文章は死んでしまいますのよ』

対手は、文章の問題ではなく文法的な誤りなのだ、というふうなことを言っていました。彼は、女に、朝鮮の女に抵抗を受けて、とげとげしい目になっていました。

『それなら、その原稿は没にして下すっていいですわ。私は内地の学校にいたとき、文法は満点でしたのよ。変ですわね』

田貞姫は、机の上をさっさと片づけて、部屋を出てゆきました。私は編輯長の机に両手を立てて、彼女の出てゆくのを振り返って見ていました。私のそういう態度は明らかに、殆ど日本人ばかりのこの編輯室の空気に私も与しているものでした。

日本の戦争が所謂『大東亜戦争』というものになって拡がってゆくにつれ、朝鮮も戦時体制が強くなってゆきました。一年間くらいのうちに、朝鮮の工芸品である螺鈿の箱だの、金具をいっぱい打ちつけた箱だの、その他の美しいものは贅沢品として製造を禁止され、商店などは急激にさびしくなってゆきました。

田貞姫は『創氏』を行って田村貞子になって、何となくとげとげしくなっていったのですが、これは、戦時体制の強くなってゆくにつれ、朝鮮の全体の表面にもあらわれてゆきました。それは実に何となくあらわれていったもので、丁度空気が濁ってゆくみたいなものでした。私の二階借りをしている家の小さい中学生はこう言っていました。

『朝鮮人は恩知らずだね。日本の世話になっとりながら、ちっとも協力せん、先生がそう言っていたよ』

それに答える母親の声も聞えました。

『どうせ、朝鮮人は、もう。……』

日本人のこういう態度は、別に、戦争が激しくなり朝鮮の空気も変っていったからというわけではありません。電車の中の女学生の、臭いよ、あっちへゆかんね、というものは、彼女たちが日頃から学校でも叩き込まれていたものです。ただ、朝鮮人の態度は、明らかに空気を変えるように変ってゆきました。

私はあるとき、満州に勤めている親戚のものが京城へ立寄ったのを案内して、『和信』へゆきました。『和信』は朝鮮人経営の、朝鮮人相手の百貨店です。『三越』が日本人対手なら『和信』は朝鮮人相手というわけです。私は親戚のものに、朝鮮らしい土産でも求められるかとおもってわざと『和信』へ行ったのです。店内を見てまわるのに上からだんだんに降りて来ようということになって、エレベーターへ乗りました。二階、三階、と上昇して、もうこの次かな、とおもって、私はエレベーターガールに声をかけました。

『この次、いちばん、上?』

『屋上です』

と、肩の丸い、十七、八歳の少女が答えました。

『あら、屋上まで来ちゃった。屋上には何もおみやげはないでしょう』

『お猿さんか?』

と、従兄は言い、二人は高声を上げて笑いました。そのときエレベーターは屋上へ着いたのですが、運転の少女は扉をあけるなり何か叫んで、乗客より先きに肩を振り切るような格好で飛び出してゆきました。

何か異常だったので、おや、と目をとめたとき、その叫んだ言葉が了解されました。

『笑いなさんなよッ』

と言ったのです。初めて少女のとっさの振舞が、私たちへの反抗だったことがわかりました。彼女には私たちの言葉の意味はわからなかったのです。その高声の笑いが、自分を嘲ったものだとおもったのです。少女がいちばん先に走り出てしまったあとから私たちはエレベーターを出ました。少女は片隅の腰かけでそこにいた同僚の少女に訴えかけて、私たちを睨んでいました。

『笑いなさんなよッ』という言葉は、女中か主婦から言われるときの言葉づかいです。彼女は日本人の主婦から、そういう言葉を浴びせかけられた経験でもあるのでしょうか。

『へえ、朝鮮人は、こわいね』

と従兄は言いました。

いつか朝鮮人の人の好さそうな中年の女が子ども連れで、三越へ入ってきたことがありました。すると官吏の妻君でもあるらしい肥った強い顔の女が、

『ここは、あんたたちの来るところではないよ。「和信」へ行きなさい』

と、立ち止まって、朝鮮の女が子どもを連れて出てゆくまで見定めていたことがありました。

『これじゃア、朝鮮人は、扱いにくいね。そこへ行くと、満州は』

と、従兄は言ったのです。今おもえば実におかしなことです。

鉄道局でも、朝鮮人の従業員がこの頃扱いにくくなった、という話でした。そういう中で朝鮮人の内部では、どんなふうだったのか、私には知る由もありません。

冬のことでした。雪は降りませんけれど、締めつけるように寒気の厳しい京城では、内地人もオンドルはほめるのでした。私が出勤してゆくと、もう噂で持ち切っていました。田貞姫が昨夜自殺をしかけたというのです。

『へええ』

私はそういうとき、ちょろちょろと話に加わってゆかない方でした。話したところでしょうがないではありませんか。課長が出勤してきてこの話を聞くと、女だから私に一応見舞いに行ってこい、ということになりました。彼女はパゴダ公園に近いある通りの小さな病院に入っていました。

田貞姫はひとりの朝鮮婦人に付き添われて汚ないベッドに横たわっていました。下宿をしているうちの主婦ででもあるらしいふうの中年のその女は日本語がわからないとみえ、私をみると、ただ、うなずくだけでした。田貞姫は眠ったまま、何か、ぶつぶつ言っていました。受付へ行って彼女の容体をたずねると、今日一日持てば大丈夫だろう、とのことで、間でときどき意識はとりもどすけれども、まだ本当にはっきりしてはいないとのことでした。何か薬品を飲んだらしいとのことです。

病院全体、何かちがった臭気がしみついているようです。私は再び病室へ入ってゆきました。私もそのうしろから田貞姫をのぞき込んで何か言いました。付添人が田貞姫をのぞき込みました。田貞姫は何も見ていないような空ろな目をしていましたが、付添の言葉が分ったのでしょうか、じろり、と私を見つめました。見つめたかとおもうと彼女は、ぐるりと顔をそむけました。そして、

『このひと、嫌いッ』

と言いました。おかしな言い方ですけど、それは実にはっきりした意思表示でした。病人のわがままなどというものより、もっとはっきりしていて、いわば彼女自身、ほんとうにそれを言ったことを知っているのかどうかはわからないのです。病的に失われた意識が、ひょいひょいと鮮明になるとき、それは何らの夾雑物なしに、澄んで浮び上り、そのまま表現される、そういうもののようでした。私の頬をぴしゃりと叩かれたような気がしました。付添の女はそれもわかったのかわからないのか、私に対し、うなずいたり、横に首を振ったりしました。

彼女は何かぶつぶつと言い始めました。それは次第に急速に高くなりました。

『くろい、薬をのみましたア、あかい、くすりをのみましたア』

と、長く引っぱって、小学生が本を読むときのような調子です。

『あか、しろ、むらさきイ』

そう叫んだかとおもうと、今度は前の言葉に突然変って、調子のちがう朝鮮語になりました。アーン、ジェクジョ、アーン、ジングショ、と私には聞えます。田貞姫は叫びながら片腕を出して激しく宙に振りまわしました。付添人はおどおどして、その腕を押えてやりました。田貞姫は今度は激しく首を振って、尚も高いうわ言をつづけます。そしてその異常なうわ言は、朝鮮語の間に、日本の言葉が、意味なくまじり合っているのでした。朝鮮

語で叫んでいるかとおもうと、

『知らない、知らない。私は知らないイ』

と日本語になり、そしてまた朝鮮語になると言ったぐあいです。のけ反ってゆく田貞姫の顔は力んでいるので赤ばしり、何も見ていない目が眉根を寄せて開いたまま、口だけ精力的に動かしていました。おかざきせんせい、という言葉も聞えます。日本の学校のことでもおもい出しているのでしょうか。

『とにも、かくにも、きょうまではア』

とそれは何のことかわかりません。朝鮮語に変ると、一度、は、は、はん、と笑い声のようなものをまじえました。やがて、おおう、おおう、と言葉のない叫びになって、やがて疲れたとみえ、眠りに落ちてゆきました。彼女の額は、冬だというのに、びっしょり汗をかいていました。

私はびっくりして、早々に飛び出しました。何だか割り切れない気持です。けれどもそれよりも彼女の異様なうわ言のおそろしさの方が強烈で、私は寒気の故ばかりでなく身体が慄えるのでした。

田貞姫は命をとりとめました。が、鉄道局は辞めてしまいました。私は田貞姫が一度、局へ挨拶に来たときいなかったので、とうとう田貞姫に逢いませんでした。田貞姫は平壌に近い小さな村へ帰ったとも聞きました。

私は美しい朝鮮の景色のお話をするつもりだったのに、陰惨なお話をしてしまいました。私は日本へ帰ってきて、こうして働いておりますが、この頃は朝鮮の美しさがおもい出されてしかたがありません。勤めているところで何故私が朝鮮の話をしないかという理由に、一度こういうことがあったのです。私が朝鮮を懐しがった話をしたことがありました。そばにいた若い男の同僚が妙に冷かすように言いました。

『植民地で暮らしてきた味は、忘れられないものらしいな、誰でも。しかし、大沢さん、もう行けませんよ。もいちど行きたくてもね。たとえ行けたとしても、以前のようなぐあいにはゆかないですよ』

『ええ、私も、もう一度ゆけるとはおもっていませんよ』

反撥的に私も答えていました。

私は日本へ帰ってきて、始終何かしら、すうっとなじんでゆけないものが自分の中のどこかにあるのを感じるのですよ。そういう気持の故なのでしょうかね、田貞姫のことをときどきおもい出すのは。もしも、田貞姫にそう言えば、彼女は何と答えるでしょう。

『あなたにはおわかりになりませんのよ。全然、ちがっていますのよ』

と答えるでしょうね。

ただ私は、田貞姫の国、朝鮮は、美しいところだった、ということをお話ししたかったのでした」

由縁の子

私が京都へ行くのは、たいていの場合、私の所属している婦人団体の何かの集まりのときである。ある年の大会を京都で開くことがあるし、中央委員会の会場を京都にするときもある。また、京都の支部の活動として講演会を持ったりし、そんなことで京都へゆく。

その日十時十五分のひかりに乗った私の京都ゆきも、やはり同じであった。講演会が企画され、講師にはアジア・アフリカ問題に詳しいある婦人を依頼してあったが、私は、主催する婦人団体側の人間として挨拶をするという役を負っていた。その集会は明日である。私は一日早く出てきていた。

「今度の京都ゆきね、一日くらい暇をつくっていいんだけど、街を歩きません？」

京都へ行くのが決まった直後のある日、半ば相談で私がそう誘った相手は、同じ団体の大阪での活動家、宮森良江である。私より三歳年長の、白髪、童顔の老女である。白髪は男のように短かく刈っている。いつも鞄をひとつは肩にかけ、もひとつの袋を手にさげて、てくてくという表現そのままに歩いているこの人の姿は、ズボンにセーターの、ときにマフラーを首に巻いている位の、至って無造作なのだが、それがどこか人目を引くのは、丸い額の上にのせたベレー帽のせいでもあろうか。お茶の水女高師卒という経歴が、そのベレー帽に出ているかもしれない。しかし、ベレー帽をかぶってハイカラなのだが、それはちっとも当人に意識されていないし、インテリぶってもいないで粗末な靴でてくてくと歩いているから、すれちがった人の目も好意的になるというところがある。大阪では古くから知られている人でもある。私とのつきあいは戦後だが、それでももう三十年、しかし知り合った最初からすでに白髪の、今と同じ姿だったような気がするのは、始終逢っているものの慣れのせいであろうか。東京へ来たときは私宅を宿にする。その日の私の話しかけも、わが家の茶の間でのことであった。

「そうですな。御いっしょしてよろしいですよ。どこへ御案内しよ」

　早速話に乗ったという笑顔で、もう弾み出すように肩をゆすった。

「宇治はどうです。いつか行かはったわね」

「京都の街でいいの。この前清水を歩いてるとき、鳥辺山へ連れてってやる、とおっしゃったわ」

「そうでしたな。鳥辺山やったらすぐですわ」

「どこか宿をとって下さいますか」

「それはまあ、なんとでもなりますわ」

　関西の言葉だから、この人の語尾の、わ、というのは決して上へははねない。押えるように低くなる。そんな言い方でなお打合わせをした。宮森良江は若いとき京都に住んだ一時期があって、市内にも詳しかった。

　集会でしゃべるという機会は私にも少なくはないのだが、いつになっても慣れず、その度に気が重かった。京都の街を歩こう、と云い出したのも、この気の重さを散らそうとしてである。人前に明かせば無責任にもなるが、新幹線の車内での私は明日の集会を気にかけることからいっとき逃れて、今日の街あるきに心をもたせかけていた。鳥辺山というのが先ず私を心情的にしている。私が宮森に云ったように鳥辺山へ案内するというのは、この前二人で清水を歩いていたとき、宮森の方から云い出したのである。清水の舞台の下で前方の谷を指差しながらその辺りが鳥辺山だ、と彼女が云ったとき、私はおもいがけない気がしたものだ。清水へは何度も来ていて、鳥辺山がそのそばだというのを私は知らなかった。鳥辺山というのは、京都の町のはずれとでも、ただ漠然とおもっていた。鳥辺山といえば、歌舞伎芝居の、心中道行の舞台である。そういうものとして鳥辺山という名だけは、私の心にひとつの色合いでしみついていた。だから今日、その鳥辺山へ行くのは、私としてはこの前の宮森との約束を待ちのぞんでいた機会と云えた。「……いかなる人も遂に行く鳥辺の山を死場所と……」というのを、岡本綺堂の「鳥辺山心中」で昨夜、私は読んできた。半九郎がそう云い、お染が、折角の二人の春着を「……あたら形見に残そうよりも、死んでゆく身の晴小袖」と答えていた。おまん源五兵衛というのも近松の心中ものにあるらしいし、宮森良江はおしゅん伝兵衛の墓を私に見せる、と云っている。いかなる人も遂に行く鳥辺の山は、今の私たちには哀れな物語に彩られて浮び出てくるものであった。ズボン姿の宮森が意外なほど浄瑠璃に詳しい。

天気はよかったし、沿線のどこかでは繁った若葉がまるで柔かく何かの満開の花のように見えたりした。まだ聞いていない今夜の宿泊のことが、ちらと頭をかすめる。宮森は昨夜の打合わせの電話でも、妙にはっきりは云わず、ただ、ちゃんとしておく、とだけ云っていた。宮森は、頼り切った私を引受けるのをたのしみにしてくれているらしい。一時十五分着の、京都駅のホームで、車中の私をいち早く見つけた宮森は、もうそんな笑顔で、腰を少し落した恰好で走り寄ってきた。

「お天気でよろしかったね」

「先ず、うどんを食べましょう」

私は関西へ行くと、いつも薄口味のうどんを食べたい。

「はいはい、それじゃ」

と宮森が先に立って、駅前でうどん屋を見つけた。私はやはり気になっていて尋ねる。

「今夜の宿はどこになりますの」

「それがね、あなたが気兼ねなさるといけない、とおもったんですけど、わりあいと便利なところに私の親しい家がありますの。そこに泊って頂きたいの」

と、宮森良江は遠慮がちに明かした。

「御親戚ですか」

「親戚というのでもないんですけど、私のちょっと、由縁(ゆかり)のある子オがね。京都におりましてね」

ゆかりのある子オというのが古風に聞えた。そう云うとき宮森良江は何故か、はにかんだ表情を見せた。

「いつかそれ、お話したことありますでしょ。亡くなった友達の赤ん坊をあずかったこと。その子オが京都で世帯を持っていますんですわ。ちっとも気兼ねなさらんかてよろし。私の京都でのわが家みたいなもんですよって」

そんな話をはっきり覚えていないのが、何故だったろう、という気がした。これまでのおたがいのつきあいで云えば、宮森良江にそんな「由縁の人」があったのをちゃんと知らないでいたのはおかしいのだ。

「そのお話、うかがったかしら」

「お話せなんだかね。したとおもうけど」

宮森は早くその話を切り上げたいように、そのあとをそそくさと云って視線を伏せた。

「若いときの、人道主義ですねん」

そのはにかみが、やはり私に詳しく話していないらしいとおもわせた。

「あとで聞かせてね。男の子どもさん、女の子さん？」

「女の子オです。子オ云うてももう四十越してますけど」

珍しいことを聞いて、しかしとにかく私たちは、鳥辺山へむかった。宮森は、タクシーに乗りたがる私を押さえて、四条河原町まで電車に乗せた。そこからバスで清水へ、それもひとつ手前で降りて五条坂へと歩かせる。五条坂の途中から横へ入ってゆくと西大谷廟の土塀に沿った道へ出た。片側には小さな格子の家もつづいているが、ゆっくりと坂になったその小道は、観光客の多かった五条坂の一側裏手というのが嘘のようにひっそりとして、行き逢う人も少い。宮森は大谷廟の土塀の下で、白い花をつけたはこべの間に、薄むらさきの菫を見つけたりする。私は知らずに歩いていたが、その路はもう鳥辺山へかかっていた。大谷廟の土塀が切れて、谷へかかった場所へ出たとたん、傾斜の地形一帯が墓石で埋まって見渡せたのである。その広さで、谷の上が巨大な空間に見える。が、そのひろい谷の向うを区切っているのは、近代の高速道路で、東山のうしろへと自動車のすべってゆくのが、ミニチュアカーでも走らせているように見えている。宮森と私は墓地の間へと入って行った。塔形の古いもの、今ふうのもの、墓石は新旧が入れまじってつづいているが、墓地はととのって、山の緑も深いから、いつか嵯峨の仇野に立ったときの、胸のちぢむようだった寂寞としたものはなかった。平安の頃は火葬場だったというここは、その後もいかなる人も遂にゆく場であり、今も墓石に埋まっているのだが、今日の鳥辺の山は明るいと云わねばならぬのだろう。宮森良江も同じことをおもうらしい。

「鳥辺山もなんやすっかり明るうなってしもうて」

と彼女はつぶやいた。私たちのここに寄せた期待が勝手だったのでもあろう。

先きに立ってゆく宮森良江は、おしゅん伝兵衛の墓を探している。丸形の古い石塔をたどってゆくと、江戸時代の年号がつづいて目につく。「近頃河原達引」というのがおしゅん伝兵衛の芝居だが、おしゅん伝兵衛は私の口にもすぐ出てくるのに、私はその芝居の筋は忘れてしまった。墓があるから実在したふたりである。元文三年に呉服商井筒屋伝兵衛と先斗町の遊女お俊の心中した実話を描いたものという。これは私のあとで知ったことだ。宮森は墓を探しあぐね、立ちどまって辺りを見まわすようにしたが、

「ちょっと聞いてきますわな」

そう云うと、墓地の上手に一筋通っている道へあがって行った。私もゆっくり、そのあとをついてゆく。宮森は、その道の寺院の並びに一軒だけある店から、もう出てくるところだった。

「おしゅん伝兵衛の墓は、この先きのお寺の中に移されてるそうですわ。時間で今日はもうお寺の門が閉まってしもうたらしい。おしゅん伝兵衛さんに縁がなかった」

私はそのことより、宮森の出てきた店に気をとられていた。墓地を前方に、寺院に並んで一軒だけの店である。一軒だけのその店は、如何にも昔から伝わるという構えで、しかも商うものが変っていた。白髪染の油という看板である。墓地に面した片側道の、人の通りもない場所に一軒だけの店、それが白髪染の油を売っている。誰がここまで買いに来るのだろう。奥行は深くはないが、ちょっとした間口の、商う品は白髪染だけという古めかしい店。昔の風が音もなくて吹いてくるようだ。私は一瞬、ひんやりとなった。鳥辺の山で商う白髪の油、何かの秘法で作られる油なのであろう。私は店の前までゆく気力を持たなかった。そのまま墓地の間を帰り道にたどる。古い石塔にトタン板の小片が針金で結びつけてあるのが目につき出した。トタン板に文字の書いてあるのを読むと、この墓に詣でた人は寺務所まで届けられたし、とある。その墓の縁者を探しているらしい。かなりそれの多いのがわかる。江戸時代の年号の石塔は、守る縁者もいつか失って無縁仏となっているのであろう。それに混じって、陸軍軍曹何某の墓と軍籍をしるした丈高い新しい墓石もいくつか目につく。云うまでもなく昭和の墓。鳥辺の山に寄せた私の情緒が、今日に立ちもどされてゆくようでもある。が、なぜかやはり私は、ぼんやりとなっていた。宮森良江ももう黙って歩いている。どこかの横の道を抜けたとき、突然のようにして、団体客の流れる清水の坂へ出た。それは私にはまったく突然のようにおもえた。が何も云わず私たち二人は、活気あふれる人の流れをくぐるようにして三寧坂へむかった。

道路に接した座敷一面に渋塗りの格子をはめ、その一方の端にこれも同じような格子戸のある、如何にもこの

町らしい家のつづく通りであった。烏丸今出川を通ってきて、ひとつの角でタクシーを降りた。その横町である。渋塗りの格子戸をあけて宮森が先きに入り、声をかけた。

「こんにちは。お着きになりましたでエ」

　土間が奥の方までつづいている。入口近い座敷には卓を出して、菖蒲を二本活けた花びんがおいてある。それがしいんとした感じた。すぐ「はあい」ときれいな声がして、二階から降りてきながら、割烹着を脱いでいるのがこの家の主婦なのだろう。藤色のセーターに黒のズボンをはいている。

「気がつきませんで。さ、どうぞおあがりください。むさいところで……」

　肩つきの細い、中年のひとである。おなじように細おもての、瞼を途中においたような柔かなまなざしで、宮森にすぐ話しかけた。

「おばちゃんが来られるいうのに、あいにくお父ちゃんがな、出張で。よろしゅう云うてましたわ」

「あ、そう。橋本さん留守なの。ま、お世話になります」

「なんにもおかまいできんのですけど」

　そう云った人は私との挨拶のとき、

「おばちゃんが、いつもお世話になります」

と宮森について、身内側のもの言いになった。

　宮森の云う由縁のある子オ、がこの人なのであろう。探るようにおもいながらその人に案内されて、三部屋つづいたいちばん奥の座敷に通った。松や椿などを植えたちんまりした庭が座敷の先きにあり、庭の片側が手洗い場になっている、これも関西ふうのつくりだ。庭を囲ったしっくい塀の向うに背中合せの二階家の物干しが見えている。座敷ではすぐ蛍光灯がついた。

「お風呂のないのがいけませんな。銭湯へいかはりますか」

　そう聞くと銭湯も珍しいと気が動いたが、やはりおっくうであった。それではすぐ、とその人は土間の台所へ降りた。夕食は「しる幸」あたりですませてゆこうと、私がわずかに知っている店の名を云って誘ったとき宮森は、これからゆく家で仕度がしてある、と立ちどまりもしなかった。

「至ってふつうの子オですけど、おかずごしらえだけは手早うて、また人に食べてもらうのが好きな子オですわ」

「あなたの隠し子かなにかみたいね」

「一度は自分の子にしようかとおもうたこともありまし

たんです」

と、宮森は由縁の一端にふれた答えをした。

宮森良江はついに独身で過ごした人である。大分以前だったが、友達が寄って気楽にしゃべっているとき、若いひとりが、「宮森さんは恋愛しはったことありますのん」とぶしつけにたずねたことがある。そのとき宮森は「わしかて、あるでエ」と切り返して、座をわあっとわかしたが、またこれもあるとき女同士の旅行をして、宿の大風呂でのこと、ひとりが卓見ででもあるかのように云ったのである。「やっぱり生娘のままの宮森さんの肌はきれいねえ」と。そう云った当人はほめたつもりなのだ。そのとき宮森は、決して湯気のせいではなく羞じらいで、顔を赤くした。愛らしく見えたその羞じらいがまさに、云われた言葉を裏書きしたようでもある。だから、隠し子などでは勿論あり得ない。この家に来てからの二人の応対にも何かの湿ったかげりはなかった。

もとちゃん、と名を呼んで宮森が、

「なにか手伝おうか」

と台所へ声だけをかける。すく返ってきた答えもさっぱりしていた。

「おばちゃんに手伝うてもろうたら、よけいおそうなりますわ」

「そんなようなこっちゃ」

「せやったら、云わんときなさい」

「えら、すんません」

そんなふうに遠慮なげだが、明るい。

やがてお膳の仕度がされて、いかのさしみ、鰆（さわら）のてり焼、つくしのごま和えが並び、ビールが出た。もとちゃんと呼ばれた人と宮森の間では、半ばは私にも説明しながら、この家の息子や娘の話になる。娘は今年ある百貨店に就職し、息子は高校生らしい。その人はまた私にむかっては、大阪と京都は近いのだけど、宮森に逢うことはめったになくて、世話もできない、と、私が二人の縁のすべてを知っているつもりの口ぶりで云う。

私が宮森からその事情を聞くのは、二階座敷で床に入ってからであった。宮森の話は先ず、頂点だけをとりまとめた、というふうに簡単であった。

「あの子が生れて一週間して、母親は死んでしもうたんですわ。そのとき私が、あの子を連れて帰って……」

この言葉だけは私もすでに聞いていた。宮森には、これがポイントなのかもしれない。

「何年頃のこと？」

「昭和七年でしたな。四月でしたわ。私は学校をやめて、なんでもできるときやった。シンパのようなことでつかまって、学校をやめてましたからね。可哀想な人でしたわ。私に知らしてくれ、云うたそうで病院から知らせがきて、もう間に合わなんだんですけど……」

「どういう人？」

と、私はこまかく聞き返すしかない。宮森の話は、遠い過去のせいか上澄みだけを掬うようで、私には具体的にならないのだ。私に押されて語り出す宮森の話は、ようやく私にとっても深刻になった。

「ハウス・キーパーということがありましたやろ。友達は、そういうことだったんですね。純真な人で、顔は、いまのあの子がよう似てますわ。私もあるときはその人が家を借りる、いうのに、新しい七輪ではあやしまれるいうて、私とこの七輪を持って、いっしょに荷物運んだことがありましたわ。そのときの人があの子の父規かどうかは、しらんのですけど。その友達は、あの子の父親を、とうとう言わずに死んでしもたんですわ」

「まあ、どうして？」

と私は平凡な言葉を、ただ少し語気強く発した。宮森は声をくぐもらせて答えた。

「私が、死に目に間に合うていたら、あるいは云うたかもしれんのですけど。それが可哀想で……もしかしたら、父規はそのとき、もうつかまっていたのやないか、おもうのですけど」

私にようやく事情がわかりかけてゆく。昭和六、七年を、当時の左翼運動の上で私が知っているということでわかりかけてゆく。

「昭和七年の四月」

と、私は偶然の一致に気づいて、今聞いた年月を改めた。私がその同じ時に娘を生んでいる。父親は逮捕されて警察にいた。多くの友人たちが一斉に挙げられたときである。そのうちで、検挙の網をぐぐって非合法に入った親しい男友達が、ある夜、入院中の私のベッドのそばにひそかに現われて、十円札をおいて行った。その一枚の十円札が、どれほど私に貴重であったろう。が私の場合は、警察に挙げられているにせよ、生れた子の父親は明らかであり、私自身の生活も公然としていた。ただ私には、当時の非合法という活動の在りようがわかる。対権力との関係でわかる。ハウス・キーパーと呼ばれる活動のありかたに私が当時から疑問的だったとしても、それが非合法である限り子供を生んだひとは父親の名を明かすことができなかった、いわば明かす自由がなかった、ということが、弾圧の激しかった当時の事情でわかる。宮森が云うように、秘かに明かすとすれば、その相手は宮森でしかなかったのかもしれない。その人は、自身の非合法面を抱えたまま、だからあとにも不分明を残して死んだ、ということであろうか。産褥熱だったとのこと。

「精神的にも生活的にも、苦しかったからでしょうな。郷里の山口から親御さんも来ていられたけど、生まれた子オは勿論、喜ばれはしませんわな。どうしょう云うことになって、可哀想で、可哀想で。それで私が、貰うて育てます、いうことになって、抱いてきてしもたんですわ」

「あなたが、抱いて?」

「そう。落したらあかん、おもうて、こちこちになって……」

私はまた迷路に引きずり込まれる気がしないでもない。私のたどるのは赤子の日常になる。

「乳はどうしたの。牛乳をのませて?」

「はあ、そんなことで。なんやごちゃごちゃいろんなことして。赤ん坊のあるひと見つけては頼んで乳もろうたり。だけど一度えらくおこられたことありましたわ。友達が来て、私のしてることみて、そんなことしてたら死んでしまう、いうて、大きな声でおこられて……」

宮森自身もこの間、殆ど眠らなかったというから、そのときの宮森は赤子とともに気息えんえんとしていたのではなかろうか。友達の何人かが見兼ねて動き出して、それで一ヵ月ほどのちに箕面のある農家に里親の当てがつき、そこへあずけたとのこと。

「あの子のもと子いう名は、私がつけましてん。素、という漢字です。宇野哲人先生の漢和辞典で見て、しろぎぬ、いう意味が好きやったんですわ」

それでも素子が戸籍にのったのは、四ヵ月のちであった。プロレタリア文化運動の読書会で仲間だった小さな印刷所の主人夫婦に、事情を明かして頼んで、その戸籍に入れてもらうことのできたのが、その時期だったのである。宮森は、その上でやがて養女として自分の戸籍に素子を移すつもりであった。だから宮森は、素子の養育費の捻出のためにも、ある社会事業関係の出版部に就職した。宮森は、月末になると、箕面の里親の家へ、養育費を持参がてら、赤子を見に出かけた。赤子が無心に、宮森に笑顔を見せたとき、宮森は涙がこぼれたという。あるときは百貨店でタオル地の小さな服を漁っているのを知人に見つかって羞ずかしかったとも云う。宮森はきっとそのときも、顔を赤くしたのであろう。

素子の戸籍上の両親になった印刷所の主人夫妻が、自分たちで素子を育てる、と云い出したのは、宮森のそんな行為にそそられてのことだったろうか。宮森の純情一途としか云いようのない行為はその夫妻には、素子の出生の事情と結びついて見えたにちがいない。それは当時の左翼の持った透明度でもある。素子を生んだひとの残した不分明さは、周囲の心情によって尊重されたということでもあろうか。素子は乳離れする頃、戸籍上の両親の許に引きとられた。そのことで素子は兄と姉を持った。

素子が宮森をおばちゃんと呼ぶのは、幼時からのつづきなのである。今の素子にとって宮森は、彼女の生母を知っているただひとりの人であり、最初の時期に自分を生につなげたともおもう人にちがいない。素子の両親になった人たちは先年亡くなったとのことだが、兄姉はいる。

素子の、実の父であるべき人は現存しているのだろうか、というおもいが、当然、私の胸に生じた。が私は、それを言葉にはしなかった。それは何か微妙な心理操作であった。

翌日私は朝寝をした。かたわらを見ると、宮森は枕の上で宙に目を見ひらいていた。私に気づくと、笑顔になって云った。

「なんや、きのう昔のことお話したら、今朝もいろんなことおもい出されて」

「私もはじめて大変なお話きいて。いつも私たち今のことばかり話しているから」

「ま、今も大事やから」

宮森はそう云って「起きましょか」とふとんをはいだ。昨日、おしゅん伝兵衛の墓探ししたことを、私たちはもう念頭からはずしている。

昨夜私も挨拶したこの家の娘と息子はもう出かけた時間で、下はひっそりしている。が私たちが降りてゆくと、食卓が用意されてまっ白な布が掛けてあった。

「きのう、鳥辺山でおしゅん伝兵衛の墓探しで、疲れてしもうて……」

と宮森は朝寝の言訳をした。

私には素子の、瞼を途中においたような控えめの表情が、もう別のおもいになる。よく似ているという彼女の生母の顔を描き出そうとするからだ。宮森は素子に言う。

「今日の講演会は一時始まりやからね。おくれんように来なさいや」

「へえ、早うかがうつもりです」

素子は私たちが出かけるとき、宮森に、買っておいたというカーディガンをきせた。ベージュの薄手のモヘヤであった。

「おばちゃんも、少し身ぎれいにせんと」

「してますがな」

と、二人は戯れて云い合った。

京大の中のひとつの会館が今日の会場であった。狭いせいもあって、会場は女たちであふれた。その入口近くに素子は、そっとまじっている。「第三世界の女たち」という講演を私も聞きながら、丁度向いの席にいる私は、ときどき素子を見た。会場の空気は講演の内容とともに熱気をはらんでいる。この熱気の中にいる素子は、非合法のつながりのまま死んだ生母を胸によび起しているのではなかろうか。昨夜の話を強く残している私の想像がそのように動く。宮森と私のほかは、この会場にそんな素子のいることを誰も知らない。

壺井（つぼい）　栄（さかえ）

大根の葉

一

健のお母さんは、今夜また赤ん坊の克子をつれて神戸の病院へ行くことになっている。健はどうにかしてお母さんについて神戸へ行きたいと思うのだったが、お母さんはどうしても、よい返事をしてくれない。部屋いっぱいに並べられた着類や、手まわりのものなどを大きな柳行李に入れたり、またそれを取り出してつめかえたりしているお母さんのそばにつっ立って、健はふくれかえっていた。いつだって、どこへ行くときだって、お母さんは克子をおんぶして、健の手を引いて出かけた。お祭りに行ったときも、学校の運動会のときも、いっしょにつれて行ってくれた。それなのに神戸へはどうしてもつれて行ってくれない。この前のときにも、そしてまた、こんども克子だけをつれて行って、健は隣り村のおばあさんの家で留守番をしておれというのだ。健は不平でならなかった。自分はまだ一ぺんも汽船に乗ったことがないのに、克ちゃんは赤ん坊のくせに、もうこれで二へんも乗るのだ。健はどうしても汽船に乗ってお母さんに手をひかれて神戸へ行きたかった。

「なあ健、お土産買うてきてやるせに、おもちゃや、バナナや、な。かしこいせに健、おばあさん家で待っちょれよ、え。」

お母さんは何べんめかの言葉をくりかえし、荷づくりの手をやめて健の顔を見つめた。

「ええい。健も神戸い行くんじゃい。」

健も何べんめかの口ごたえをした。こんりんざい、おばあさん家へは行くまいとするかのように、肩をゆすって一歩すさった。

「ふむ、ほんな、健はもう馬鹿になってもえいなあ。」

お母さんは向きなおって、健に膝をよせた。

「ん、馬鹿になってもえい。」

「そうか、ほんな健は馬鹿じゃ、今(いん)ま半べのような馬鹿になる。それでも、えいなあ。」

「ん、えい。」

健はつねづね馬鹿になるのが、ひじょうにいやだった。半べという馬鹿の大男がのっしのっしと終日(いちにち)、村中をほっつきまわっているのが世の中で一ばん恐ろしかった。半べのようにならないためにでも、健はお母さんのいうことをきき、お使いをしたり、いたずらをやめたりした。だが、今日はちがう。お母さんといっしょに神戸へ行けるなら、あとで半べになってもいいと思った。お母さんは、きまじめな顔をしている健を見、そして笑いだした。

「健、そんなに神戸い行(い)きたいか。」

「ん、行きたい。健、行きたい行きたいんで。船にのってな。」

健はじぶくれた顔をゆるめ、お母さんを見て笑った。

「困ったなあ、健は馬鹿になってもえいというし。」

お母さんは、またもとへ向いて荷づくりをはじめた。

健は目をぱちぱちしながら、いそがしく動くお母さんの手もとを見ていた。だが、やっぱり行李の中へは克ちゃんの洋服と着物と、それからお母さんの着物や羽織や、新しい毛糸の束などを、たくさんつめこんで蓋(ふた)をしてしまった。そして、健の着がえの洋服やエプロンは別の風呂敷に包んだ。それを見ると、健はまたもとのすねた顔にもどり、くるりと背をむけて、うつむいてしまった。

お母さんは白いエプロンの袖をまくりあげて、できた荷物を部屋の隅に押しよせ、サッ、サッと荒々しく箒(ほうき)をつかった。

「おっ、大けなゴミがあるな、ここに。あら、このゴミ足があるがい、おもしろい、おりゃ、洋服着とる……。なんじゃ、ゴミか思たら健か。」

お母さんは健の前にまわり、目を足からだんだん上の方へ移していった。健は、いつものように笑って逃げだそうとはせず、また、くるりと背をむけた。そこだけよけて掃いてしまうと、お母さんは隣りの部屋に寝かせている克子のそばへ行って着物を着せかえ、こんどは健のそばへ来てだまって洋服をぬがせ、でくのぼうのようにしている健をなれた手つきで手っとり早くパンツまでとりかえた。健の好きなラクダ色の毛糸の洋服であった。

タオルに薬缶（やかん）の湯をそそぎ、健の頭を手荒く、ひっ抱えて顔をふいた。そして、自分も縞（しま）メリンスのちょいちょい着に着かえて、よそいきの紫矢絣（やがすり）の負（お）ぶい半纏（はんてん）で克子を背負い、どんどん戸締りをした。健は、けっきょく追い出されるように、仕方なく縁側に出た。靴がちゃんとそろえてある。東京にいるお父さんから送ってきたお正月の革靴（かわぐつ）である。それでも健の気持はほぐれない。

「さ、早よ靴はいて。」

　お母さんはしゃがんで片っ方の靴を持ってまっている。

健はやっぱし黙って縁の上につっ立って、だらりと両手をたれ、ぽかんとしたような、不貞（ふて）くされたような、それでいて今にも泣きだしそうな、複雑な表情であった。お母さんは困った顔をして靴をまたそこへ置き、縁側に腰をおろした。そして、腰かけたままのところから、ひとりでに目にはいってくる観音山の方を見るともなく眺めた。観音の山からは、ごーん、うおんうおん——と、たえまなく鐘の音がひびいてきた。雑木林の山肌のところところが彼岸桜（ひがんざくら）にいろどられて、そこだけ一足さきに春が来たように鮮やかな薄紅色に浮きだしている。山の中腹から人家のある山裾まで段々畑がつづいて、その青い麦畑や、みかん畑をぬって曲りくねった遍路道（へんろみち）に、山からおりてくる巡礼（じゅんれい）の白い姿が見えかくれ、御詠歌が手にとるように聞こえた。

　やがてお母さんは健のそばによって来て、その顔をのぞきこんだ。

「健、お正月が来て何ぼになったんぞいな。」

　やさしい声である。もうおばあさん家（く）へ行くのをやめたような顔に見えた。健は思わず引き入れられた。

「五つ。」

「克ちゃんは何ぼになったんぞいな。」

「二つ。」

「健と克ちゃんと、どっちが大けい。」

「けん。」

「ほんな、健と克ちゃんとどっちがかしこい。」

「けん！」

　健は得意になった。大きい鼻がひろがって、頬をゆるめて笑うと頬っぺたの垂れさがった、丸い顔が大きくなった。お母さんは、なおもにこにこして顔をさしよせ、健の肩を両手ではさんだ。

「健と克ちゃんと、どっちがお母さんのいうこと聞くぞいなあ。」

「けん！」

「よし！　そんなら健はおばあさん家、行くなあ。」

お母さんは理づめでせめてきた。思わず不覚をとった健は、あわてて地だんだをふみ、

「ええい、ええい、健、神戸い行くんじゃい。おばあさん家やこい行かんわい、行かんわい、克ちゃん行きくされ、健、行かんわい。」

　縁側をどんどん踏みならした。お母さんは急にこわい顔になり、健の肩から手をはなした。立ちあがって、くるりと向こうをむいた。

「ほんな、健ひとりでおり。なあ克ちゃん、おばあさん家行て、太郎さんや秀子ちゃんと遊ぼ、なあ克ちゃん。」

　お母さんは背の克子に首をねじむけて話しかけながら歩き出したが、ちょっと引っ返してきて健の着類のはいった風呂敷包みを抱えた。

「そんなら健ちゃんさよなら。——克ちゃんほん好き。健ちゃん馬鹿なあ。」

　お母さんは丸い背中を見せて、こんどはふりかえりもせずに歩いていった。飛石を敷いたところを通りすぎ、隣りの家の鶏小屋の前を通りすぎた。右に曲って、とうとうそのうしろ姿が見えなくなった。

「お母さあん！　お母さんが行てしもたあ！」

　健は力いっぱいの大声で泣きだし、縁からころげ落ちそうにしてすべりおり、はだしでかけだした。ふと見ると鶏小屋のそばからお母さんの顔がのぞいている。笑いながらお出でお出でをしている。健は立ちどまり、泣くのをやめて、くるりとむこうを向いた。うつむいて親指をかんでいる、ああ、ああ、といいながら、お母さんの下駄の音が近づいてきた。こんどこそあきらめたような顔をしてお母さんは戻ってきた。克子を背からおろしておしっこをさせ、縁側に腰かけておっぱいを出した。克子は手さぐりで乳房を押さえ、そこへ顔をこすりつけていった。眉間の肉がもりあがるほど眉をしかめ、目を伏せたまま、ごっくりごっくりのどを鳴らして飲んでいる。

「克ちゃん、目々あけて見いの。え、目々あけてくれ。」

　もののわかる子にいうようにいって、お母さんは近々と克子に顔を寄せていった。

　もう誕生がこようというのに、克子はおもちゃを見せても素知らぬ顔だし、指をちらちらさせながら目のそばへ近づけていっても目ばたきもしない。そのくせ目玉はひっきりなしにくるくると動かしている。よく見ると瞳孔が魚の目のように、ぎらりと白く光る。それでいて明かるいところではいつでも眉をひそめ、目をつぶったま

まうなだれこんで顔も上げなかった。同じころに生まれあわせたよその赤ん坊たちがみな愛嬌よく育ち、だんだん知恵づいてくるのに、克子は、いつまでたっても笑わない、きまじめな顔をしていた。赤いガラガラを見せても手は出さず、握らせてふって見せると、その音を聞いて、はじめて笑う。視点の定まらぬ瞳をくるくる動かしながら、力まかせにガラガラをふりまくっては、にこにこした。だが、何かのはずみでそれをとり落しても、ふたたび握らされるまで手を出そうとはしない。とり落したガラガラがまた手に帰ることなどは念頭にないのだ。泣きもせず、しずかな表情でただ、眼球を動かしてだけいた。物を見て喜ぶことも、騒ぐことも、何か欲しくて泣いて訴えることも知らない。まるまるとふとって風邪ひとつ引かない体でありながら、克子の感情の世界はただ食欲にともなうものよりほか、その成長をはばまれているようであった。それさえもお乳のほかはすべて受け身であった。あてがわれて唇にふれてきてはじめて口を開いた。おとなしい子だと村の人たちにほめられるたびに、お母さんはひとり、つらい思いをした。克子は母親の顔を覚えず、声を聞いて喜んだり、泣いたりするようになった。ちょうど二、三か月前、正月休みにあちこちの目医者をまわって診てもらった。四、五年待ったうえで、とみないいあわしでもしたように匙を投げた見立てであったが、ただひとり神戸の医者が、見えないけれども光りと闇を知っているという診断をくだした。くるくる眼球を動かしているのは、どうにかしてものを見ようとする視神経のけんめいな努力の現われ方だと説明され、だから視神経のそのけんめいな活動が中止しないうちに、一日も早く手術をするようにといわれた。

「一生けんめいにものを見ようとしているのに、それをほっておくと、視神経は、もうあきらめてしまって、見ようとする努力をしなくなるのです。」

そう聞いて、お母さんは声をあげて泣いた。うれしかったのであった。しかし、その場で手術がうけられるほど裕福でないお母さんは、一たんは思いあきらめて帰らねばならなかった。ちょうど寒いさかりで、毛糸編物屋のお母さんには仕事がたくさんつかえているし、それをほっぽり出すわけにはいかない。健たちのお父さんがずっと長いあいだ思わしい仕事がなくて、そのためお母さんは母子三人の暮しを自分で働いて立てていかねばならなかった。四、五年前、器用からはじめた毛糸編物の内職が、時をえて今では本職になり、かたわら小さい毛糸屋をかねて、お母さんの商売はちょうど忙しいさかりであった。昼も夜も編棒を動かしていた。お父さんは、ときどき帰ったがすぐまたいなくなって、健たちはいつも三人暮しである。そんな暮しの中でどうして手術を受けたり、三週間も入院したりすることができよう。しかし、どうしてもしなければならない。お母さんは、視神経の努力という言葉が忘れられず、毎日手をむしるような思いで春を待ったのであった。病名が先天性白内障、いわゆるそこひと聞いてお父さんの家の人たちはみな、もう克子は一生めくらだと思いあきらめていたが、お母さんだけは望みをすてなかった。たとえ少しでも見えるようにしてやりたいとねがった。そして、とうとう今日はその神戸の病院へ行く日なのであった。

「克ちゃんよ、どうしてそない目々あけんのぞいの。」

お母さんは克子の顔ばかり見ている。

「克ちゃん、目々あけて見いの。え、目々あけて見せてくれ。」

健はそろりそろりとお母さんに近づいていった。お母さんの膝にそっと両手をふれてその顔を見あげた。いつものようにお乳をさすることができない。克子はお母さんの右腕にもたれるようにして、乳を吸うたびに白い顎を動かしている。健はゴクリと唾をのんだ。お母さんはやっぱり健には目もくれず、じっと克子の顔ばかり見ている。

目白が、チ、チ、と鳴きながら、蕾の赤らんだ杏の枝を渡り歩いている。とつぜん、お母さんは克子を乳房からはなし、抱きかかえて日向の方へその顔をさしむけた。克子はおどろいて眉をしかめ、まぶしそうにうなだれこんで、上体をねじまげながらお母さんの胸にしがみついていった。

——ほんまに光りは感じとるがなあ——

つぶやきながら克子の頭を胸から離すようにして二、三歩あるきだした。そして敷石の上に立ち、かげのない午後の陽ざしにむけて、もう一度克子の顔をさらした。克子は一生けんめいの力でお母さんにしがみつき、その胸の中へ顔を押しつけていった。

「おうよし、よし、わかる、わかる。かわいそうになあ、こらえてくれよ克ちゃん、今ま見えるようにならんかいなあ。」

縁側にもどると、やつと安心したように克子はしがみついていた手の力をゆるめ、心もちお母さんの胸から顔を離した。目の悪いせいなのか肉のやせたまぶたをして、くまどったように黒く長いまつ毛を伏せ、全神経を額に集めたかのように、しかめた眉の上にくぼまりをつくり、あごを胸につけて、じっとうなだれている。

――めくらの相をしとるな――

お母さんは大きいため息をつき、また乳をふくませたが、克子はすぐにぷっつりと離した。うつむいて眉に皺をよせたまま両手で乳房を押さえた。満足したときの克子のしぐさの一つであった。お母さんは、はだかった胸をかき合わせ、負ぶい半纏にくるんで縁の片隅に寝かせた。身動きもせず、寝かされるまま寝ころんでいる克子を、上からおっかぶさるような恰好でしばらく見つめていたが、やっと腰をのばして健の方をむいた。そして、さっきからおとなしい健をうしろ向けに抱きあげて膝にのせながら縁に腰をおろした。健はほっとして、うしろのお母さんをふり向こうとしたが、お母さんの手は健の頭を押さえてむりやりに観音山の方へ向けたまま動かせなかった。

「健、じっとしとりよ、ほら、見えるか？」

「見えん。」

健は両方のまぶたをつままれていた。

「健ちゃん、それ、キャラメルあげよ、さあここにあるで。」

お母さんはよそいきのような声を出した。健は両手をさしのべて、えへらえへら笑った。

「それ、健ちゃん、キャラメルで。キャラメルいらんのか。」

「いる。――キャヤマレル、早よおくれいの。」

「さあ、キャラメル、早よ取りいの。」

健はもどかしがって、お母さんの手をかなぐり捨てた。キャラメルはどこにも見えない。お母さんの手にも、ふところにもない。健はお母さんの袖の中へ手を入れたり、うしろをのぞいたりした。どこにもない。

「キャマレルは、キャマレルはないが。」

どこにかくしてでもいるのか、それとも嘘をついているのか、さぐるように目を見はった。お母さんは笑いながら手提袋を引きよせ、こんどはほんとうにキャラメルを取りだして見せた。

「これ、キャラメル、これ健に上げるんで、なあ。これ健のキャラメル、ほら、ここに置くせに健ひとりで取るんで。」

キャラメルは縁の板の上にコトンと音を立てて置かれた。健がにこにこしながら手をのばそうとすると、お母さんはすばやくそれをさえぎって、また目かくしをした。

今度は手のひらで押さえた。

「さあ、健ちゃん、キャラメル取り、ひとりで取り。ひとりで取ったらみな健ので。」

　健は、お母さんがいつになくふざけているのだと思ってきゃっきゃっと笑った。膝をすべりおり、両手を前に出して、目かくしのまま動くと、お母さんも腰をかがめてついて動く。めくら鬼のように右によったり左によったり、健は笑いながら手の届くかぎりさぐりまわしたが、左の方には克ちゃんの着物が手にさわるだけで、キャラメルはどこへ行ったかどうしてもわからない。

「手々はなして、よう、お母さんの手々はなしていの。」

　お母さんの手はへばりついてなかなか離れない。健はやっきになって、それをもぎ取ろうとした。歯を食いしばって、うんうん言いながら指を一本ずつ離そうと試みた。一本離れるとまた一本が蓋（ふた）をする。健はいまにも泣き出しそうになった。もうちょっとで泣き声がもれそうになった。肩で息をした。ふと、お母さんの指がだんだんひろがってきた。息をつめると、見える、見える、指と指とのあいだからキャラメルが見える。縁（えん）の真中に赤い箱がポツンと見える。あんなところだ。急いで近づこうとすると、またもお母さんは指をとじ、前よりかたく蓋をしてしまった。手のひらでこめかみをきつく押さえられて痛い。こんどは指も離れない。泣き声を出して、やっとお母さんの手は離れた。あまり強く押しつけられて健はちょっとのあいだ、なにも見えなかった。目をパチパチやったり、こすったりしているとだんだん見えてきた。お母さんがのぞきこんで笑っている。お母さんはキャラメルを健の手に握らせ、こんどは、こっち向けで抱きあげた。そして、じっと健の目を見ている。健も笑いながらお母さんの目を見あげた。しばらく二人は笑っていた。やがてお母さんは健を強く抱きしめた。

「健、かしこいせにな、ほんまに健はかしこいせにな、お母さんのいうことよう聞けよ。な、健はいま目々が見えなんだなあ。お母さんが目かくししたせに。目かくしせいでも見えなんだら、健どうする。」

「ほんなん、好かん。」

　健は目をはげしくまたたいて、しみじみとしたようにお母さんの顔を見あげていた。

「健、キャラメルあげる、いうても見えんの。ほら健よ、おもちゃあげる、いうても見えんの。どんなおもちゃかわからんの。健よ、ごはん食べんか、いうてもお茶碗見えんの。忠（たあ）ちゃん実（みつ）ちゃんが、健ちゃん遊ばんかあ、いうて遊びにきても顔が見えんの。あの山も見えんの。」

　お母さんは観音の山をさした。健もそれにつれてふりかえった。山の頂き近く、白い雲がゆっくりと流れていた。

「――それから、ほら、桟橋い汽船が来ても見に行けんので。大けな大けな軍艦がいつかしらん来たなあ。ほら、沖で晩に電気いっぱいつけて、仰山仰山、ならんどったなあ、あんなんが来ても健は見えんの。――健が道歩きよって、恐ろしい恐ろしい、角の生えたこって牛が駆けつけてきても健は目々が見えんせに角で突かれる。血が出るぞ。恐ろしいなあ。健がめくらじゃったらどうする。健めくら良いか、悪いか？」

「悪い！　牛が突いたら痛いなあ！」

　健は右の人さし指で自分のおでこを突き、まるで牛に突かれたように痛い顔をした。お母さんもいっしょに痛い顔をした。そして、

「痛いとも、牛に突かれたら痛いど！　――ほんな健はめくら好きか、好かんか。」

「好かん！」

　眉をよせ、顔をしかめて、きっぱりと答えた。

「好かんなあ、めくらかわいそうなあ。」

　お母さんは健にうなずきながら、袂からハンカチを取りだして、かわるがわる目を押さえた。

「なあ健、健は目々が見えてよかったなあ。克ちゃんは目々が見えんので、お母さんの顔も、健のも見えんの。克ちゃん、かわいそうなあ。」

「ん、ほんな克ちゃん牛に突かれるん？」

「そう、ほじゃせに神戸い行くん。神戸のお医者さんが痛い痛い目薬さしたら目々が見えるようになるんで、健は目々が見えるせに目薬さしに行かいでもえいん。克ちゃんは早よ行て目薬さして来にゃかわいそう、なあ。」

　お母さんはまた目を押さえ、そしてむせぶような咳をし、鼻をかんだ。その常ならぬ顔を、健はうたてそうに眺めた。

「お母さん、健、ほんなおばあさん家で待っちょろか。――おばあさん家の太郎さんと、秀子ちゃんと遊んで待っちょろか。――浜で遊んで待っちょろか、よう。」

「……。」

「お母さん、健泣かんと待っちょる。ようお母さん、またこんど、健がめくらになったら神戸い行くんのう。ほじゃせに健おばあさん家で待っちょろ。――克ちゃんにキャマレルやろうや。」

　健は、顔からハンケチをはなさないお母さんの膝を

そっとすべりおり、寝かされて泣きもせず、いつのまにか眠っている克子に近々と顔をよせて行った。

「克ちゃんよ、兄やんがキャマレルやるぞ。二つやるぞ、ほら、ほら、紙とってやろうか、克ちゃんかしこいなあ。」

二

南をうけた小さい入江にそって、村道が海と陸とのへだてとなって東西へのび、段々畑の連なった広い丘を背負って四、五十軒の家が海にむかって並んでいる。健のおばあさん家はこの村の真中どころにあり、切手やはがきなどを売っていた。門のそばの板壁には赤い四角な郵便箱がかかっている。毎日お昼すぎごろになると郵便屋がその箱をあけにきた。健がおばあさんの家へ来てから、もうかれこれひと月になる。健はときどきお母さんの手紙を持ってきてくれる郵便屋さんが大好きで、今日もその姿を見ると、一人で縁に寝ころんで絵本を見ていたのが急に起きあがって、かけだして行った。郵便屋さんは大きな鍵をガチャガチャさせて箱の横腹をあけた。口がちょうど健の目の上の高さなので、背のびをすると箱の中がよく見える。いつも手紙やはがきが重なりあっていた。

「郵便さん、健に手紙来とるか。」

健はきまって、そうきくのであった。

「来とらんがいの。」

「ほうよ、そんな仰山、みなよその手紙か。」

「はあ、よそのてまぎじゃ。」

郵便さんは健の口まねで答え、箱の中からつかみ出した手紙やはがきを手のひらの上でそろえて黒い鞄の中にしまい、箱の中に細い紐で結えてぶら下がっている判こを帳面に押して、ぱたんと蓋をしめた。

「さよなら健ちゃん。」

郵便さんは自転車に乗って走っていった。だんだん遠ざかっていく黒いうしろ姿が村はずれの藪のかげにかくれて見えなくなると、健はくるりと左をむいた。道路にむかって開けはなしの門までのあいだを、つま先に踵をつけて小きざみに足をかわした。今朝おろし立ての鼻緒に赤い紙をないこんである藁草履がうれしかった。

鬼ごとするもんようって来い！

鬼ごとするもんようって来い！

裏の荒神様の森で、つれをよび集める子供の声がする。珍しく家で遊んでいた太郎と秀子が、そろいの藁草履をつっかけて土間から裏口へかけだして行った。健も急いであとを追っかけた。よくふとって顔は一つ年上の太郎よりも大きいのに、背は一つ年下の秀子と同じくらいよりなかった。大きい頭をふりながら走ると、よたよたしていつでも秀子にさえまけた。健はゆっくりと荒神様の石段を上がっていった。そこは秀吉の朝鮮征伐のときに、人夫としてこの村からかり立てられて行った人たちが朝鮮から持って帰って植えたものだといい伝えられている、三本のバベの木でこんもりとした森をつくり、空をおおって大きくひろがった枝の下に荒神様の社があった。三本の親木は、そのどれもみな健たちが五人手をつないでやっと抱えられるほどの大木であった。社の前の空地で、五、六人の子供がじゃんけんをしていた。つかまえ鬼である。健ははじめてなので、じゃんけんなしで仲間入りをしたが、すぐ鬼になった。おもしろくて、はあはあ笑いながら追いまわした。つかまえようとすると、くるりとはずされた。こんどこそやっとつかまえたと思うと、取ってがえしにやられて、また鬼である。檜の根方や、大小のバベの木を縫って、石の鳥居や燈籠をぐるぐるめぐって追っかけた。くりくりした丸い胴体に、ちょこんとのっかった、並はずれの大きな頭をふりふり駆けた。健より足のおそいものは誰もない。健はいつまでたっても鬼よりほかになれなかった。胸がどきどきしてきた。顔をしかめ、立ちどまってフウフウ肩で息をした。鬼が立ちどまると、みんなも立ちどまった。

　鬼が来んまに豆煎って嚙あまそ
　鬼が来んまに豆煎って嚙あまそ

みんな健の間近へよって来て、思い思いに鬼をとりまいてしゃがみ、てんでに地べたをかきまぜて豆を煎った。鬼が身をかまえると、さっと腰を浮かしてわあっと逃げだす。健は真顔になって追っかけた。真赤に上気して、ころびころび駆けた。紺の毛糸のズボンがずれて足にからまった。とうとう泣きそうな顔でバベの木に胸をつけてもたれこんでしまった。

　鬼が来んまに豆煎って嚙あまそ

もう健は見むきもしなかった。バベの木の小枝にも、ぶれついている青黒い葉っぱや、黒いざらざらした木肌のところどころに、もやしのようにひょろひょろと伸びた薄赤い新芽を手あたりしだいにむしっては捨てた。山茶花のような艶のある小さい葉が足下に落ちて、たまっていった。やがて、健はしょぼしょぼと鳥居の方へ歩きだした。

「健ちゃん、もうせんのか、え。」

「健ちゃん、鬼んなってやるせに来い。」

口々に呼びかける。それでも健はとうとう敵に背をむけて荒神様の石段をおりかけた。ずっこけたズボンを胸までこきあげて、一段一段を念入りにおりて行った。

　鬼んなってつらかってえ
　大根の葉あがからかってえ

みんなのなぶる声が追っかけてきた。石段をおり、細い小路を横切るとすぐ家の空地であった。右手の納屋の前の大きな柿の木の下でおばあさんが豚の飯米をつくっていた。健はそのそばへよって行って、だまってしゃがみこんだ。

　大根の葉あがからかってえ

からかう声がまだ聞こえる。おばあさんは菜っ葉をきざむ手を休めずに、一人で帰ってきた健に笑いかけた。

「健、どうしたん。」

健は眉をよせ、上唇をせりあげるようにしてかたく口をつぐんでいた。

「なあ、荒神様で遊んでこい。仰山つれがおろがいや、太郎もおろがいや。」

おばあさんは荒神様の方をふりむいていった。

「ほたって、みんなが大根の葉あがからかって、いうんじゃもん。」

「そうか、そりゃ困ったなあ。大根の葉あがからかったんかいや。」

笑いながらおばあさんは菜っ葉をきざんでしまい、大きな板を柿の木に立てかけておいて流し場の方へ行った。米のとぎ汁や残飯の入っている桶を持ってきてそれを豚桶に移したり、醤油工場からもらってきた大豆の煮汁をそれにまぜ合わせたりした。健はつきまわっておばあさんが立つたびに立ち、しゃがむたびにしゃがんだ。

「おばあさん、豚ん家い健も行こうか。」

「そうよなあ、大根の葉あがからかったんなら仕方がない。豚ん家いでも行きましょかいな。」

「みんなに黙って行こうか。」

健はうれしくて、声をひそめた。おばあさんはしゃがんで、豚桶にわたした担い棒を肩にのせ、右手で柿の木につかまって、よいこらしょ、と立ちあがった。二つの豚桶が前とうしろでドボドボと音を立てて少しずつ中のものがこぼれた。

豚小屋は裏の段々畑の丘の中ほどにあった。荒神様の横を通りすぎて上をむくと、藁葺の小屋がこちらをむいて立っているのが見える。畑と畑とにはさまれたなだらかな坂道を、おばあさんは健の首までもある大きな豚桶をになって、えっちらおっちら上がって行く。その後から健もえっちら、おっちらとついて行った。道は、真中の人の踏むところだけ残して、枯れた芝草の中から蓬(よもぎ)や嫁菜(よめな)の青い葉が雑草といっしょに萌(も)えだしていた。坂が急なところへくると、おばあさんは蟹(かに)のように横むけになって足をかわした。よいこら、よいこら、とかけ声をかけた。

「おばあさん、豚桶、重たい重たいか。」

「重たい、重たい、と。」

おばあさんの返事はかけ声であった。

「帰(い)にしなには軽い軽いか?」

「かるい、かるい、と。」

「ほんなら帰(い)にしなに健の手々ひいておくれよ。」

「よし、よし、と。」

おばあさんの鼻の上にも健の鼻の上にも、プツプツ汗が浮いていた。だいぶ傾いた日が豚桶をかついだおばあさんと健の影法師を、細長くななめに地に映(うつ)して、その影法師もえっちら、おっちらと動いた。

「おばあさん、影がおもしろい、おもしろいな。」

石垣があったり、道が曲ったりするたびに影法師はかがんだり伸びたりした。おばあさんといってもまだ白髪(しらが)もなく、腰もしゃんとした大柄なからだのおばあさんにくっついていると、健は赤ん坊のように小さく見えた。だいぶくたびれて、健は両手を膝の上にあてて腰をかがめ、力いっぱいの大またに足をかわした。

上の方から鍬(くわ)をかついだよそのおっさんがおりて来た。

「ほう、あっちの孫さんかいな、お父さんによう似とらや。」

おっさんは片足を畑に入れておばあさんに道をゆずりながら、挨拶がわりに健の顔をのぞきこんで行った。

「おばあさん、あれだれぞいの?」

「あれかいや、あれはのう、太郎んどんのおっさんじゃ。」

「たどんろんおっさんか——孫さんかいのう、よう似とらあ、いうたのう、おばあさん。」

健はおっさんの口調をまねた。

「おばあさん、孫さんいうたら何?」

「孫さんいうたら健のことじゃがい。」

おばあさんはふり向かずに答えた。

「ええい、健、孫さんちがうがい、健やがい。」

もうだいぶ丈(たけ)がのびて、穂をふくんだ麦畑の中から、とつぜん大きな笑い声がおこった。健はびっくりしてその方をむくと、石垣で道よりも一段高くなっている畑の青い麦の中から、背戸のばあやんの手拭をかぶった頭が出てきた。ばあやんは草取り籠をかかえ、麦をかき分けて近づいてきた。腰のぐるりにたくさんはせている鬼穂が麦とすれ合ってサラサラと音を立てて、青い麦が波のようにゆらいだ。ばあやんは石垣のはなに立ち、健たちが通りすぎるのを待って、雑草のいっぱいつまっている籠を道にぶちまけた。腰の鬼穂もとり捨て、かぶっている手拭をはずして額をふきふき話した。

「孫さんじゃない健さんかいの、健さんは今日もおばあさんのお供かいの。」

「へえ、もういつまでたっても連れとよう遊ばいでなあ、何じゃろと、こうやってお婆(ばあ)のあとにばっかりつきまとうんじゃぞな。」

　おばあさんが黙っている健にかわって答えた。背戸のばあやんはまた手拭をかぶって、麦の中にその姿をかくした。こんどはうしろから上がってきた人が、健に追いついて並んだ。豚小屋と隣りあっている、みかん畑のうちのばあやんであった。からっぽの目籠を背負っていた。

「ご精(せい)が出ますなあ。」


おばあさんの背中へ挨拶をしておいて、ばあやんは健の頭を軽く押さえた。

「健ちゃん、お父さんは。」

「東京にいる。」

「ふーん、東京にいるん。東京で何しよん？」

「手紙(てまき)書きよん。」

健はばあやんを見あげた。ばあやんは白い歯を見せて、はっはと笑った。

「てまぎ書きよんか。てまぎどういうてくる？」

「イシダケンサマ、いうてくる。」

ばあやんはまた笑った。そして健の頭をなでた。

「ほんなお母さんは？」

　健は急に親しみをこめた目つきをしてばあやんに向かい、だいぶよごれの目立つ毛糸の上着やパンツを引っぱって、

「これのう、健のお母さんが編(す)いたんで。ジバンも、パンツも、洋服も、みなお母さんが編(す)いたんで。」

　得意になって説明した。ばあやんも調子をあわせて腰をかがめ、健の青っぽい上着にさわったり、袖口を引っぱって見たりした。

「ほんにい、きれいに編(あ)んどら。健ちゃんのお母さんは

器用もんじゃなあ。」

　おばあさんが気をもんで、「さきに行てつかあされ。」といっても、ばあやんは「急ぎゃしません。」と答えて健の手をひいた。健はうれしかった。

「あのの、お母さんはいま克ちゃんと病院行たんで。遠い遠い病院で。克ちゃんに目薬さしたら戻ってくるん。健、泣かんと待っちょるせにバナナも買うてくるんで。バナナ美味いんで。んまい、んまいんで。おもちゃも買うて、えいもんも買うていんま戻ってくるんで。」

　手をひろげたり、指を折ってみやげものを数えたりして、急にしゃべりだした健につりこまれて、ばあやんもにこにこした。

「えいもん買うてきたら、ばあやんにもくれるか。」

「ん、あげる。バナナあげる。んまいんで。」

　健は唾をのみ、へえ、と下唇をひろげ、甘ったれた口をして笑った。

　ばあやんは、おばあさんに話しかけた。

「何かな、おばさん、ねんねさんは目が快うなって戻りますんかな。」

「どんなことやらなあ。」

　おばあさんはゆっくりと立ちどまって息を入れ、担い棒の肩をかえた。

「まだ誕生やそこらの子を、手術じゃとやら何とやらいうて、生きた目をつつき回すんじゃそうなが、そんなことしてえいことかなあ。たいがい、いまどきの若いもんは気が強いぞなあ、一ぺんでげんが見えにゃ二へんでも三べんでも仕直しするんじゃいいますがいな。ほんまに恐ろしやの、目の子の玉に針さしたりして、えい目もつぶれろぞ思いますけんど、何せ日本でも名高い医者のいうことじゃというし。――昔からそこひは直らんといわれとるせに、何かしらん直るいうのが嘘のような気がして、あれが町の医者にだまされとんじゃないかと気がもめますがいな。」

「ほんになあ、そんな生まれ子にまでそこひじゃことというたりして、かわいそうに、嫁さんも苦労しましょし、えらい金入りでござんしょうぞなあ。」

「へいな、銭のある衆はよろしいけんど、うちらのような貧乏人にゃ、たまらんぞな。」

「ま、何をおっしゃる、おばさんのような。」

　ばあやんが急に笑うと、おばあさんはよけいまじめな声になった。そして押さえつけるような声で、

「いいええ、ほんまのとこたまりゃしませんぞな。貧乏

人のするこっちゃないぞな――ちっとは信心でもすりゃよろしいけんどな、第一あれに信心ごころが一つもないんじゃせに、しょうがない。信心にゃ金はかからんせにいうても、ただに医者医者いうてな。きも玉が大けいいうたら、今日びは金さえかけりゃめくらでも直る世の中じゃ、借金してでも手術してやるというてな、あんじょうもう気負いこんで行とりますじゃが……」

除虫菊のきつい匂いがただよってきた。ばあやんの家のみかん畑が近くなり、青黒く繁った葉っぱに見えかくれて黄色い夏みかんがなっている。からたちの垣根をすかして、ところどころ真白に除虫菊の花が咲いている。ごめんなされ、といいながらばあやんは畑の中へはいって行った。

豚小屋へ来た。おばあさんは待ちかねたように畑のとっつきで荷をおろした。そして桶から担い棒をはずしてそれを立て、両手ですがりつくようにして腹をのばした。そして、やれ、やれ、やれ、と太息をついた。健もならんで同じように、やれ、やれ、と肩で息をした。すうっとかすかな風が通って、汗ばんだ肌に気持よくしみた。二人とも赤い顔をしていた。健はさっと両手をひろげ、くるくると舞いながら空にむかって大きな声で叫んだ。

鳶、とんび、舞い舞いせえ
ほうらく割ったら買うてやろ

だが鳶も舞わず空は薄藍色にひろがっていた。豚が見つけて騒ぎだした。小屋の板がこいにとびついて前足をかけ、よごれた顔を出してぐうぐう呼びかけている。狭い板敷の小屋の中をどさどさ駆けまわって喜んでいるのもある。健は一ばん端っこの子豚のいるところへ走った。かこい板は健の頭より高いのでしゃがみこんで下からのぞいた。豚どもは健には見向きもせずに、おばあさんの方へしきりに鼻を鳴らした。

「おばあさん、早よ豚に飯やりいの、豚がぐうぐういいよるがい。早よ飯くれ、早よ飯くれ、いいよるがい。」

健はおばあさんのそばへ来て、前かけを引っぱり、背の高いおばあさんを見あげた。

「そうあわてなっちゃ、まだ日は高いんじゃ。」

やっぱり担い棒にすがりついたまま、おばあさんは豚小屋に背を向けて海の方を眺めながら落ちつきはらっている。目の下には同じような構えで家々の黒い屋根瓦がむらがっている。そのところどころをかき分けてすももの白い花や、杏の大きく枝を張った赤い花が咲いている。これらの一かたまりの人家を抱えこむようにして、左右にのびている岬のかげには小さい漁舟が浮かんで、凪いだ海面は湖のように静かであった。遠い四国地の方はふんわりとした靄に包まれて陸も空もぼかされたようにかすんで見える。

　健はまたおばあさんの前かけを引っぱった。

「おばあさん、何見よんどいの、早よ豚に飯やらんかいの。」

「よし、よし、せわしのういうなっちゃ。」

　おばあさんはやっと動きだした。にない棒を豚小屋の軒に立てかけ、豚桶を一つ一つさげてきた。細長い小屋は四つにくぎられて、その一つ一つの入口に、外側から与えられるようにこしらえてある長方形の食物桶の中へ、おばあさんは汚れた柄杓をもって、順々にかいこんでやった。豚は先をあらそって悲鳴をあげながら気狂いのように食べた。顔中を桶の中へつっこんで、泥芋のようによごし、夢中であった。子を産んでいる親豚には醤油粕や残飯ではなく、とくべつに麦飯を炊いてやるのであった。親豚は、子牛ほどもあった。子豚が乳房にぶら下がって離れないのを、がむしゃらにふりほどいても、ふりほどいても子豚はキュウキュウ鼻を鳴らして、また、乳房に吸いついて行った。桃色にすきとおった、ころころしたからだを銀色の産毛に包まれた子豚は、親豚に似つかぬきれいな、まるでびろうどのおもちゃが生きて動いているようであった。親豚は五つの子豚を乳房にぶら下げたまま、麦飯をうまそうに食べている。健はしゃがんで板と板とのすきまから眺め入った。天井向きになって乳房に吸いついている子豚が、かわいくてたまらなかった。健は目を細くして、声をかわいくした。

「おばあさん、ねんねの豚は歯がないせに乳のむんのう。」

「そうとも、そうとも。健じゃって歯がないときは乳のみよったんじゃ。」

　豚から目は離さず、健は自分の口に指を入れ、試すように歯にさわって見た。前歯で指をかんでみた。

「おばあさん、豚大けになっても歯はえなんだら？」

　健はおばあさんをふり向き、大発見のように小鼻をひろげてきいた。

「大けになったら歯ははえる。」

　おばあさんの答えは簡単であった。食物を分けてしまって、おばあさんも健のそばへ来て小屋板に片手をかけ、板がこいの上からのぞいた。

「おばあさん、ねんねの豚、大けになったらどうするん。」

健はまた小鼻をひろげ、おばあさんの顔の下から見あげた。

「大けになったらまた銭もうけてくれるん。——健も大けになったら偉ろなってな、銭もうけてくれよ。」

「ん、健大けになったら兄やんになって学校い行くんで。——おばあさん、豚大けになっても、どして学校行かんの。」

健は立ちあがっておばあさんの答えをまった。

「ええ、豚がかいや、学校いかいや、やれまあきょうとやの、きょうとやのう。——健のお父さんはな、小んまいとき学校が偉ろてな、大学校まで行たんじゃけんど、今じゃ職がのうて、職がのうて、銭もうけがでけんがいや、え、健よ、お前もお父さん見たよになるなえ。豚はな、学校に行かいでもちゃんと銭もうけてくれるわいや。」

おばあさんは豚を見い見いしゃがんだ。健はおばあさんの肩に手をかけて、ん、ん、とうなずいていた。

「おばあさん、犬も大けになったら銭もうけるんよ。」

「いいや、犬は糞にもならんわいや、鶏ごろねんがけたりしてな。」

「ふーん、ほんな犬は馬鹿やのう。——ほんな猫は、銭もうけるんよ。」

「猫かいや、猫はもうけんけんど、ネズミ取ってくれる。」

「ほんなかしこいのう。——ほんならあ、うさぎは?」

健はうさぎのように両肘を小脇にあてて、手首をちょんと前に出し、もう豚に横を向けておばあさんと向かいあっていた。しゃがんでいるおばあさんと、立っている健の顔は並んで一尺と離れていない。健は真剣な顔つきで偉いものと、馬鹿なものの区別をした。おばあさんは、むずかしそうに首をかしげて考え考え答えた。

「うさぎか——ええと、そうじゃなあ。うさぎと。うさぎやどうやらもうけてくれるげな。」

「ほんなかしこい。ほんなあ、亀は。」

「こんどは亀か。ええと、亀はあ、——ん、亀はぐずまじゃ、健のようにぐずまじゃ。」

健はびっくりした。口をとがらせた。

「ええい、健ぐずまちがう、ほんな駆けってみようか。」

くるりと向きなおって、走りだした。ちんちくりんの丸い体をふり立てて、とっとと走った。茄子や胡瓜や唐きびの苗床が麦藁をかぶせてある、その上をかまわずどんどん走りまわった。おばあさんは豚が小屋を破ってとび出したときのようにあわてた。追っかけたが、苗床を踏みつけまいと、よけて走るのでなかなかつかまらない。

「こら、健よ、こらえてくれっちゃ、健はぐずまじゃない。こらえてくれ、こらえてくれ。」

おばあさんは地べたを見い見い、着物をはしょって追っかけた。健は鬼ごとをしているようにいい気持で走った。おもしろくてたまらない。おばあさんの鬼は健よりも弱い。

　鬼が来んまに豆煎(い)ってかーまそ

健はしゃがんで土をかきまぜ、きゃっきゃっ笑いながらそこらじゅうをとびまわった。そのうち、一段高く土をもり上げた苗床につまずいて、とうとうころんでしまった。しめった土に顔をしたたかぶっつけて急に起きられなかった。やっとおばあさんが来て抱き起した。顔じゅう土だらけになって目も鼻もない。ペッ、ペッ、と唾(つば)を吐いた。

「ほら見い、ほら見い。走りよったら危ないんじゃ。泣くなよ、泣くなよ、目々あけなよ。」

おばあさんは片手で健を引っかかえて頭を支え、もうたけて花のついたしゅん菊をむしりとっては口や鼻をぬぐった。しゅん菊の高い香りが健の鼻の奥へつき通るようにしみこんできた。健は土だらけの手を払いのけようとした。

「くさいがい、くさい菜好(ななす)かんがい。健、くさい菜(なな)ほん好かんがい。」

「おおそうかそうか、ちょっと待てえよ。」

おばあさんは健を抱いたまま歩き、今度はほうれん草をちぎってふいてやった。

ぶううん――と、尾を切ったような汽笛がひびいてきた。汽船が健の村の港を出たのであった。

「ほら、ほら、蒸汽が来るぞ、いんま見えるぞ。」

おばあさんは、バタバタと健の上着をはらい、パンツをはらった。健も手のひらの土をパチパチはらった。そしておばあさんと同じように顔に手をかざして沖を眺めた。岬の鼻から汽船はしずかに姿を現わした。

夕日が映えて海は金色に輝いてまぶしかった。きらきら光る波の上を船はだんだん速力をまして、潮を切ってまっすぐに西へ西へと進んでいった。

「おばあさん、あの船でお母さんは戻らんかいなあ。」

「さあ、戻らんかいなあ。何しよんじゃあろになあ。」

おばあさんはそれをしおに豚小屋をしまいはじめた。低い軒にたくし上げてある筵(むしろ)ごもをおろして小屋をかこっていた。

「お母さあん、早よ戻りい、——健がここにいるぞお——。」

だんだん小さくなっていく船にむかって、健はとんきょうな声をはりあげた。おばあさんも驚き、豚もびっくりして、ガサガサと敷藁をけとばして小屋の中をとびまわった。

「お母さあん、早よ戻ってこーい。」

腹を曲げ、ほんとうに腹の底からしぼり出すような恰好で、顔をしかめて、声をかぎり大きく呼びかけた。声は近くの山にこだましてかえってきた。おばあさんは手早く小屋をかこい終ると、健のそばに来て頭を撫でた。

「健よ、あの蒸汽はなあ、高松い行く船じゃせにお母さんは乗っとらんので。お母さんが乗っとったら、もう今ごろは船から降りて健を迎えに来よるやらしれん。そうじゃ、さあ早よ帰(い)なんか、早よ帰なんか。」

おばあさんは健の肩を引っぱってかけだすような恰好をした。

二人は手をつないで歩いた。

「早よ帰なんかあ、早よ帰なんか。」

おばあさんが歩きながらいうと、健もそれについで、

「早よ帰なんかあ、早よ帰なんか。」

一ぺんがわりに、歌うように調子をとって、それに合わせて道をおりて行った。おばあさんのかついだからっぽの桶がふらりふらりと動いた。

「おしまいなさったかな。」

「へい、お帰り。」

畑帰りの人たちが声をかけながら二人を追いこしてだんだん帰っていった。

　早よ帰(い)なんかあ、早よ帰なんか

　早よ帰なんかあ、早よ帰なんか

健もおばあさんもやっぱり歌いながら、ゆっくりと石ころ道をおりていった。

三

浜は学校帰りの子供たちをまじえてだんだん活気づいてきた。健は、その群に近づいていったが、はいりそびれて、うらやましそうに見ていた。健の洋服はよごれ、暖かくなって下着は一枚ぬがされた。それでも健はまだ村になじめず、毎日のようにお母さんの帰りが待たれた。

汽船が通る。欧州航路の大きい汽船、近海まわりの小さい汽船、もっと小さい上方(かみがた)通いの発動機船がポンポン音を立てて行き来する。子供たちにとってはそれらの船

はみな軍艦になった。沖へ向いて声援した。大きな軍艦が小さい軍艦を追いこした。蒸汽波が沖からうねりながら押しよせてくる。小さい漁舟が木の葉のようにゆられている。子供たちは、喊声(かんせい)をあげて陸の方へかけだした。ザザア！　と大波が打ちよせ、打ちかえし、時化(しけ)のようにはげしかった。波は一寄せごとに小さくなり、あとは嘘のように静かなもとの海辺になった。今度は陸戦隊であった。子供たちは手に手に棒切れをもって敵も味方もなくかけまわった。健は棒切れが頭にあたりそうでうろうろした。やっとそれをのがれると、こんどは誰かの頭にあたりそうで、ひやひやして目をしばたたいたりした。

郵便飛行機が飛んできた。東の方からうなりがだんだん近づいてくると子供たちは遊びをやめて空を仰いだ。両手をあげてばんざいで迎えるもの、片手を額にかざしてその姿に見入るもの。

「見える、見える、わいら、乗っとる人が見えたがいや。」

「あっ、羽に日の丸がついとるど。」

「英語書いとんも見えたど。」

頭の真上をとび去る飛行機から、めいめい誰もが気づかないものを見つけだそうと顔を空に向けて夢中になっているうちに、いつかその姿を見送っていた。

「飛行機のおっさん、のせておくれえ！」

とつぜん大声で叫んだ。健である。みな笑いだしたが、しかしすぐそれに和して子供たちはみな四股(しこ)をふんだ。

「飛行機のおっさん、のせておくれえ！」

「一、二の、三！　飛行機のおっさん、のせておくれえ！」

飛行機はだんだん小さくなり、やがて見えなくなってしまった。いつか、日が落ちかかっていた。家へ帰ると太郎のお父さんも醤油工場(しょうゆぐら)から帰ったばかりでまだ仕事着のまま縁に腰かけていた。太郎も秀子もお父さんにもぶれついて甘ったれていた。太郎たちのお父さんは健のお父さんの兄で、双児(ふたご)のようによく似た顔をしている。健は小きざみに草履を引きずりながらそばへ寄っていって、おじさんの顔を見あげ、ふ、ふ、と笑った。おじさんは立ちあがって健の方へ近づいて手をひろげた。醤油工場のにおいがした。

「どら、どら、健、おお、重たいぞ、重たいぞ、なかなか持ちあがらんぞ。こりゃ重たい、健は克ちゃんの兄やんだけあって石のように重たいわい。」

おじさんは健の両脇を抱え、重たくて重たくてたまらない顔をしてだんだん持ちあげていって、とうとう頭の上まで差し上げをしてふりまわした。健はうれしくてたまらなかった。大きく口を開けて、わは、は、はと笑った。台所の方でおばあさんの貰い笑いが聞こえた。

「太郎も重たいか見て、ようお父さん。」

「秀ちゃんも。」

縁の上にいる二人がだんごになってお父さんに飛びついてきた。

「こら、危ない、危ない。」

二人を腰で支えながら、おじさんはしずかに健を草履の上におろした。茶の間でおばあさんの声がした。

「さあさ、みんなご飯じゃぞえ、太郎も、健も、早よおいで。」

「わあい、ごはんじゃ、ごはんじゃ。」

太郎も秀子もそのまま茶の間へとんでいった。

「太郎一等賞っと！」

「秀子も一等賞っと。」

二人が大きな声で叫んでいる。ちゃぶ台の上の食器ががちゃがちゃ音を立てているのが聞こえる。健はおじさんといっしょに縁の右手の入口へまわり、暗い土間へ入っていった。太郎のお母さんが大きな鍋をさげてかまどこから出てきた。

「太郎さんのお母さん、今日は味噌汁炊いたんよ、うまげなかざがするがい。」

「ま、この子のいうこと。」

太郎のお母さんは、茶の間の上り框の鍋すけに鍋を置き、土間の小縁で着物を着かえているおじさんと顔を見あわせて笑った。

「じっさい健は変ったとこがあるぞな、やれ鶏が笑よったとやら、蟻が走れと言わいでも走ったとやら、たいがいこまかいとこがあるっちゃ。どだい太郎らとちごとる。」

おじさんは呆れたようにいいながら、帯を結び、かまどこをぬけて流し場の方へ手を洗いにいった。健は草履をていねいにぬぎそろえ、小縁を這いあがると上の間をかけぬけて、太郎の横にすわり、

「健、一等賞！」

天井にむかってどなった。太郎が承知しない。肘をよせてせまってきた。

「あ、あ、健一等ちがわい、太郎が一等じゃがい。こら、健のぐずま、健のびりっこ、びりかす、びり等賞よ、馬鹿くそよ！」

「健、ほたって草履ぬぎよったんで。」

　健は申しわけなさそうに額に皺をよせていった。ただ、そこへ坐れば一等賞だと思ったのが、ビリ等賞で馬鹿くそなのは、自分がぐずまであったことだと思って、一生けんめいにいいわけをしようとするのだが、言葉までがぐずまになってどもってくるのであった。そうなると太郎はよけいに承知しない。向きなおって健を小突きまわした。

「ええい、健のぐずま、健はいつでもぐずまじゃがい。健の馬鹿くそよ、健はケがつくケン十郎、ケレレンのケレブクロをケッタカ、ケッタカ。蹴ってやる。おどれや、もう健帰にくされ。健はうちの子とちがうがい、健家い帰にくされ。」

　健は泣きそうになった。助けを求めてぐるりを見たが、おばあさんは仏壇におひかりをあげに立っていていなかった。太郎はますます開きなおった。

「こら健、帰にくされいいよんのに帰なんかい！　もう飯くわさんぞ！」

「ほたって健、帰んでもお母さんがおらんので、ほたらどうすん？」

　健は太郎と膝をつき合わせ、一生けんめいであった。

「ええい、帰にくされ、ここは太郎ん家じゃがい、帰にくされ、一人で帰にくされ。」

「ほたら健、誰と寝るん？」

　健の声はだんだんふるえてきた。

「一人で寝くされ、一人で寝よったら、化けもんが出てきてとって食うぞ、ほら、早よう帰にくされ。」

　太郎がしつこく小突いていると、秀子が尻馬に乗ってきて健のうしろにまわった。

「健一人で帰にくされ、健ほん好かん。」

　二人にはさまれて健はかたくなっていた。やっと奥の間からおばあさんが出てきた。おじさんも上がってきた。

「こら、みんな喧嘩するんじゃないが。三人仲よく、じゃないか。」

「誰が一ばんおとなしいぞな。」

　おじさんもおばあさんも三人の顔を見くらべた。みなおとなしく膝に手を置いた。健だけが大きな溜息をした。太郎のお母さんが、おひつにご飯をうつして上がってきた。もやもやと湯気が立ちのぼっている。おじさんが窓を背にして、引出しのついた高いお膳にすわった。その前の大きなちゃぶ台をかこんで、右側に太郎と健がならび、左側に秀子とおばあさん、おじさんの真向かいのいちばん上り框に近い場所にお母さんがすわった。おばあさんとお母さんとのあいだには鍋とおひつがすわった。

「ほら、小んまい順々に。」

　おばあさんがごはんをついでくれた。

「ほら、今度は大きい順々。」

　お母さんが味噌汁をよそってくれた。今日は珍しく小さい煮魚がついている。秀子はおばあさんにそれをむしってもらった。太郎はお母さんにむしってもらった。

　健は家にいるとき、東隣の漁師のおっさんと仲よしで、毎日のように魚をたべつけているので一人でむしった。左の指でおさえては、握り箸をあやつってじょうずにはさんだ。ときどき左の手でつまんで箸にはさませて口に入れたりした。頭の上でぱっと十燭の電燈がともって、薄暗くなりかけた部屋が、急に明かるくなった。それを見上げながら健はごはんをかきこみ、ふと聞き耳を立てた。門の戸がしまる音がする。足音が近づいてくる。入口の障子戸が開いて誰かがはいって来た。

「今晩は。」

　健は箸を持ったままみなの顔を見た。みな健の顔を見て笑っている。

「ほりゃ、ほりゃ、誰かしらん来たぞ。健のほん好かん人げなぞ！」

　おじさんが真顔でいった。健は恐ろしいほど緊張して茶碗を下に置いた。

「健ちゃん！」

　お母さんの声である。お母さんが笑い顔をしたときの声である。健はもじもじした。太郎のお母さんがふりかえって、「さあ、おあがり。」といった。

　おばあさんが土間へむかって声をかけた。

「今日ので戻ったんかいな、一人かいな？」

「へえ、克子を近所へ頼んでとんで来ましたんじゃ。健が待っちょろぞ思てな。」

　お母さんは上り框の簀戸をあけて話しながら敷居のそばにすわり、どうも長いことお世話でござんした、と手をついた。みんなお母さんの方を見ているのに健だけは横顔を見せてうつむいている。お土産の帽子を持ってそばへ来てすわっても、その帽子を顔のそばへつきつけても横を向いてだまっている。鳥の毛のついた兵隊さんの帽子は太郎とおそろいで、太郎はもうそれをかぶって手を振って歩いている。秀子も小鳥の車を引っぱって座敷をかけまわっている。

「健、えらかったなあ。」

　お母さんが頭を撫でた。

「健、どうしたんぞいや。船見て叫んだりしといて、お母さん忘れたんかいや。」

　おばあさんが顔をのぞきこんだ。健は歯を食いしばって息をつめているらしく、くっ、くっ、という声が漏れた。何かの拍子で泣きだしそうなのを我慢しているのだ。おばあさんがまた何かいおうとするのをお母さんは手をふってとめた。みな、わざと知らん顔をしていた。

「で、克子はどうぞいの。」

　おじさんが一ばんにきいた。

「へえ、それがなあ――」

　お母さんはいいにくそうにちょっと言葉を切った。みんながその顔を見つめた。

「――だいぶ見えるらしいんですけど、片一方がまた失敗してなあ。……もう一ぺん手術せんならんのですけど、まあ一ぺん戻らにゃ節季もあるし、持っていった私の仕事も編んでしもたし、それに費用の相談もあってなあ――」

　みんながっかりした顔になり、言葉もなく吐息をもらした。お母さんは、それを引き立てるように頭を上げた。

「克らの目はまだえい方でな。緑内障じゃとか、また、なかにゃ黒玉のない人や、黒玉があっても瞳さんのないもんがあるそうな、そんな人はもう手の下しようがないけんど、それに比べたら直る見込があるだけでも喜ばんならん思てな。世の中にゃ目で苦労する人も仰山ありますぞいな。」

「克のはどういうんぞいの。」

　おじさんが箸箱をしまいながらきいた。

「克のは白内障いうてな、水晶体のにごりをとりのけたら見えるようになるんじゃけんど、なかなかその手術がうまいこと行かいでなあ。」

「ふむ、それで、も一ぺん手術したらかならず見えるんかいの。もし直らなんだらやっぱり銭の入れ損かいの。」

　おばあさんが不安げにきいた。

「そりゃ手術して見ん先にはっきりいい切れませんけど――」

　お母さんはみんなの顔をかわるがわる見た。

「どのていどに見えるんぞいの。」

　おじさんが言葉すくなくきいた。お母さんはその顔を見、しばらく考えていた。

「――まあ相手がまだ小んまいせに話が聞けるわけでもなし、十分わかりませんけど、だいたい二メートルぐらい見えるげなようです。ものをよけて歩いたり、おもちゃをつかみに来たりするようになってなあ。先生も意気ごんでくれるし、看護婦さんまで喜んでくれてなあ。――それがもう片方がそうとう良うなれば、ずいぶん見えるはずじゃけんど、まだ白いのが取れいでな。も一ぺんどうしても手術せんならんのですけど――」

どういって説明すればわかってもらえるかと、お母さんは考え考えいうのであったが、誰ものみこめた顔をしなかった。

おじさんが首を傾けて、ぽんと煙管(きせる)をはたいた。

「むつかしい病気じゃな、どうもわしらにゃ合点(がてん)がいかん。まさか医者がインチキとも思えんし、お前も馬鹿でなけりゃそれがわからんはずもなかろし……しかし、何じゃなあ、水晶体をとりのけたりして見えるもんじゃろか？　ふしぎじゃなあ。」

おじさんは腕を組んで考えこんだ。おばあさんが待ちかまえたように膝を向け、

「お前、どうなるかわからんもんにそやって銭入れて、死に銭じゃがいの。それより信心でもしてみい。信心で直ったためしもあるんじゃし、そりゃ克もかわいそうじゃけれど、わが持って生まれた不仕合わせじゃ。今いうようにちっとでも見えりゃ、またあんまになってでもずぶのめくらよりえいがいの。あきらめるわいの。……なあほれ、どこやらの人じゃなあ、お大師(だいし)さんに信心して、お水をいただいて来て目を洗(あ)ろたら、お大師さんのお姿が現われ……」

「おばあさん！」

おじさんが顔をあげておばあさんをさえぎった。

「そう、今どき信心信心いうたって、そんなわけにゃいかん。しかし、医者にかかっても直らん者もあるんじゃせに、よう考えて馬鹿見んようにせんならんわい。」

お母さんは、急にポロポロ涙を流した。そしてみんなの前に手をついた。

「どうぞ克のことだけは私にまかしてつかあされ。私はもう、たとえ見えるようにならいでも、するだけのことはしてやらんとあきらめがつかいで……わたしは死に身になって働きます。どうぞもう一ぺん手術さしてつかあされ。」

みんなだまっていた。お母さんは袖口で目を押さえた。煙管をとり上げ、煙草をつめたまま吸いつけもせず考えこんでいたおじさんが、顔をあげた。

「わしもな、どうせ弟にはたとえちっとのものでも分け

んならんのじゃけんど、何せ弟（あれ）は、何ちゃくれいでもえいせに学校へ行きたいいうて、あやって兄弟中で一人だけ大学までやった。それだけ他のものより金も費（つこ）うとる。うちらの身分としちゃ、大学どころか中学も行ける身分じゃないとこをやったんでなあ。……そこいもってきて、醤油会社（かいしゃ）がつぶれたりして、うちもだいぶ辛いんじゃ。……しかし、十のもんが一つになったって、半分ずつは分けるんが、これ、兄の責任じゃと思うとる。ゆくゆくは畑の一枚なり、またたとえ二た間の家でも建ててやるつもりじゃった。しかし、今はそれよりもまず克のことを考えた方が、よさそうに思う。そうなるとしかし……まあ、どうせあとでやるのも、今やるのも同じこっちゃ。そのつもりで、家を建てようと、克の目にいれようと、ということにして、わしもこのさいできるだけのことをしようわいの。」

　おじさんは煙管を持ちなおして、また考えこんだ。

「すみません。すみません。」

　お母さんは二度も三度も頭を下げた。おばあさんが肩で息をしながらにじり寄って、

「お前、そりゃあ死に銭じゃないかえ。いつまで借家住まいもでけんで、さきのことも考えにゃどもならんで、克ひとりが子じゃないんじゃせに――」

　お母さんは、やはり、すみません、すみませんと、頭を下げた。

　やがて、話は麦刈りまでにも一度手術をするということになり、お母さんはまたあらためて手をついて、みんなに挨拶をした。お茶碗を片づけていた太郎のお母さんも、健のことを頼まれて、すわっておじぎをした。

「さ、そんならぼつぼつ帰（い）のうか健、克ちゃんが待っちょるせにな。」

　いつのまにかあたりまえの顔になっていた健は、お母さんの言葉が終るか終らぬうちに、急に立ちあがって中の間をぬけて、納戸（なんど）から風呂敷包みを持って出てきたので、みんな、声をあげて笑った。

「ほんな健ちゃん、また来いな。」

「ん。」

「夜道じゃ、気いつけて帰（い）になされよ。」

　口々に別れの言葉をかわした。鳥の毛の帽子の太郎が、鳥の毛の帽子の健にしみじみした顔つきで、

「健ちゃんよ、また浜で遊ばんかなあ。」

「ん。」

　健は大きくうなずいておいて、急に「失敬！」と直立

不動の姿勢をとったので、また皆が笑った。外はもう薄ねずみに暮れていた。門を出ると、何かいい忘れたことがあるような気がしてお母さんは、いったんしめた戸に手をかけたまま、しばらく考えていたが、また思いなおしたように、何か口の中でつぶやきながら歩きだした。海沿いの道を、健はお母さんの手を引っぱって歩いた。

「お母さんの手々、ぬくいぬくいなあ。」

　声はお母さんの腰の下から聞こえた。お母さんはだまって健の前にしゃがみ、背中を向けてうしろへ手をひろげた。健はとびついて行ってお母さんの首をかかえた。そして、へえ、へえ、と笑った。ほのかな灯の漏れてくる家々の尽きたあたりで、お母さんは背中の健に首をねじらせて顔を近づけた。

「健、克ちゃんがなあ、赤いべべ着せてやったら喜ぶんで。……べべを見てなあ。」

「ふーん。」

「ほて、お菓子見せたら、手々出してとりにくるんで。」

「ふーん。」

　ペタン、ペタン、と渚（なぎさ）を洗うしずかな波の音が聞こえる。夕闇はだんだん村を包んでいった。

「健、克ちゃんがな、お母さんの顔見たら笑うんで。」

「ほうよ。」

「それからな、克ちゃん早よおいで、いうたら、手々出してとんでくるんで。」

　いつか遠く村を出はずれて、あたりはひっそりと静まりかえり、お母さんの下駄の音がかたかたと闇にひびいた。むせるような若葉の匂いがあたりにみち、暗い畑のところどころに大根の白い花がほんのりと浮かんでいる。

「ほてな健、お母さんがこぼしたご飯つぶを克ちゃんが見つけてなあ、つまんで拾いよんで。おもしろいな。」

「ん。」

「目々のとこいお母さんが手々もって行ったらなあ、恐ろしげにして、目々つぶるん。おもしろいな。」

「ん。」

「今度もう一ぺん行てきたら、克ちゃんはもっと何でも見えるようになるんで。」

　暗い海の上には、ゆっくりと流している漁舟の篝火（かがりび）が右に左に動いて、しばらくぶりに見る空は秋の夜のように星がかがやいている。

「まあ、きれいな星、見い健！」

　お母さんは立ちどまって背の健をゆすりあげた。

妻の座

壺井　栄

一

　広いアスファルトの道路をへだてて、戦災をのがれた向う方には大きな建物が並び、街路樹も青々と繁っている。もとは兵営だったその建物も今は占領軍の宿舎になっているとかで、ぬり替えられた白い壁にくっきりと窓々のブルーの被いが、晴れた夏空に、いかにも暑さを静めるかのように並んでいる。目のさめるような色どりだった。繁った街路樹の下かげに幾台ものジープなどのとまっているその風景は、焼けあとの瓦礫(がれき)さえもまだ片づかぬ終戦後一年のこちら側と、僅か道路一つのへだたりとは受けとれぬほど対照的で、遠い外国をながめるようであった。一本であって二本に区別されている道は、ブルーの窓かけともろこし畑を向い合せにして行く手の電車通りへ続いている。よほど気をつけないとつまずきそうなでこぼこの歩道を、ミネを交えた四五人の一団が歩いていた。ある小さな集りの帰りである。思いがけなく酒が出たりなどしたので、男たちは真っ赤に顔を染め、ひどく機嫌がよかった。赤くないのは女のミネひとり、しかもミネは一しょにかたまって歩いている野村へのこだわりから変に気が滅入り、みんなの機嫌のよさが普段のようにすらりと受けとれないような、妙な気持の状態で男たちを眺めていた。ゆるい上り坂の道が、暑さに弱いたちのミネにずっくりと汗をかかせる。あえぎながら顔の夕日を白扇でさえぎっているミネの手に、思いがけない痛さで道端のもろこしの葉がふれた。

「あっ。」

　小さく声をあげ、切れた手の甲をなでている間にミネの足はたちまちおくれた。それなりミネは自分だけの足の早さになり、ゆっくりと歩いた。歩きながら自分に無関心の恰好で、だんだん間隔をのばしてゆく二人の男の後姿を、感慨ぶかく眺めずにいられなかった。二人の男、その一人はミネの夫の悠吉であり、も一人の野村は近ごろ結婚したばかりのミネの妹の夫である。紺の背広の上衣を腕にひっかけて歩く悠吉の白いワイシャツと、やはり紺っぽい無地の着物を尻端しょって歩く野村の白いチヂミのステテコが、夕日にまぶしい。二人とも無帽の頭は、一人は禿げ、一人はもじゃもじゃの多い髪の毛なのだが、禿げた悠吉に劣らず、もじゃもじゃの野村の白髪の多さは、共々に五十に手の届いた年齢を語っていた。野村は作家であり、悠吉は詩人である。そして、その二人の後姿を眺めて感慨にふけるミネ自身もまた同じように小説などを書いている。三人は共々に戦後の新しい文学運動の流れの中に歩調を合せようとして、今日の集りにも加わったのであった。かつて、ある時代の激しい風雨をそれぞれの姿でくぐってきた三人である。四人といえぬところに妻に死なれた野村の大きな不幸があり、その不幸を埋めるような回り合せで、ミネの妹の閑子（かんこ）は、つい最近野村と結婚したのであった。野村の元の妻は終戦の少し前、永い病気のあとなくなったのであったが、葬式に集ることさえできないほど空襲のはげしい時のことで、知らせのはがきをうけとった時はもう半月もたっていた。庭に咲いたひめ日まわりの花をもって、防空服装でミネたちは野村の家を訪れた。仏をまつる花さえも不自由な時で、床の間の小机にのせられた白い包みを飾る花も申しわけのように淋しく、その前にしょんぼり坐って伏目がちの野村の姿も哀れを催させた。帰る途々、ミネは悠吉にいった。

「野村さんて、ひどく、へたへたね。」

野村が危篤の妻の枕辺で手をとり合って泣いていたという噂などを聞いていたミネは、今いよいよ妻に死なれて、まともな声も出せないほどしおれている野村の姿を見て、驚いたのである。それを夫婦の情愛とみるにはあまりにも異様に感じられるほど、がっかりした様子だった。なぜそんなにもがっかりしているのか十分理解出来ないほど、それまでの野村との交際は薄かったともいえる。まして野村の妻となれば、普段は思い出すことさえも少ない没交渉で終った。死んではじめてはっきりとミネたちの心に割りこんできた野村の妻は、ミネの感じでは、ただ平凡な世の常の妻としての印象しか残ってはいない。結婚して二十年、二十歳を頭に四人の子供を夫に残して、戦争のさ中に世を去る妻のかなしさは、手をとって泣いても泣き切れぬものがあったにちがいない。しかし残った夫の落胆が野村のようだとすると、何となくさっぱりしないとミネは思った。思いやりの足りなさなのだろうか。

「私が死んでも、あなたもやっぱりあんな風になるのかしら。」

野村たちと同じくらいの年月の長さを悠吉との家庭生活で経てきたミネは、一種の思いをこめて夫をみた。

「そりゃそうかもしれん。夫婦も二十年もたったら一つのからだみたいだろうからな。しかし、野村のは、ありゃ特別だね。気の小っちゃい男だから。」

「でしょう。何だかもう、みてると旦那さんに死なれた奥さんみたいに、野村さん、しょんぼりしてるんですもの。きっとしっかりした奥さんだったのね。死なれると旦那さんをうろうろさせるほど、手綱をにぎってたのね。」

今野村の家を出てきたばかりで、そんなこころないことを口にするほど、それまでの野村との交友は深くはなかった。いわば同業者の近所づき合いの程度だったのだ。

その野村と妹とが結ばれようなど、その時のミネは夢にも考えなかった。ところが、それから僅か一年の後、妙ないきさつで、閑子は野村のところへゆくことになってしまった。終戦直後のはげしい社会の移りゆきは、野村や、悠吉たちを含めての一部の作家の作家活動の上に加えられていた重圧をも払いのけ、ひそめていた心をひろげて見せ合うような方向へと進んで行った。その新しい流れの中へ飛びこんで行ったことで、新鮮な友情がおたがいの心に流れ合うような気持にされたのであろうか。野村はミネに手紙をよこし、妻のあっせんをたのんできた。その手紙を、ミネは旅行の汽車の中で読んだ。

先日はおじゃましました。悠吉君は立候補しましたか？

とつぜんでへんですが、ぼくは女房をさがしてるんですが（といってもまだ誰にもいったことはないんですが）てきとうな人はありませんでしょうか。何しろ現在のところでは身うごき出来ないで困ってしまいます。元来私のような場合、ごく事情のわかったきょうだい親せきで、まあ割れ鍋にはとじぶたという釣りあいでさがしてくれる例を知っていますけれど、何しろ二人の妹は満州と広東に嫁にいっていて消息なく、二人の弟はどちらも戦死してしまい、昔の友人もありますけれど、二十年も生活がちがっていると、ちょっと見当がつきかねる感じで、そびれております。——

こんな書き出しで、四人の子供をかかえたやもめ暮しの大変さをかきつらね、野村としては今度の結婚をただ便宜的にだけ考えているわけではないが実は困りぬいていること、だしぬけにこんなことをいって猫の子をもらうようなわけにはゆかぬし、やぶから棒でびっくりしたかと思うが、自分のようなところへでもきてくれそうな人に心あたりがあれば、世話をたのみたいこと、自分としては、今かいている小説を仕上げて、死んだ女房の思い出にケリをつけてからと考えているのだが、子供たちがせがむので、一周忌の六月が過ぎたら結婚したいと考えていること、こういう便宜的動機をたぶんにふくんで妻をさがすなど、これもこの時代と、自分のような中年者の特徴かもしれないと思うが、私自身は軽率な気持はないつもりだから、よろしくたのむとかき、最後に「文学がわからなくてもけっこうです。お針のできるやさしい人なら理想的です。どうかこの手紙を気らくによんで下さって、かっこうなのがあればくらいで、なければ忘れておいて下さい。今夜子供といろいろ話した末、フッとあなたに手紙でならかきよいので書きましたが、まだだれにもいったことはありません。おやすみなさい」と結んであった。

ミネはある感動をもって、この手紙をくりかえし三度ほど読んだ。こんな重大なことを、誰よりも先に相談されたことへの喜びにも似た気持、妻のない家庭のごったかえした押入の中を、そっくり襖(ふすま)をはずして見せられたような、率直な野村の手紙はミネの心を打ち、ミネはこれまで持っていた彼への他人行儀をこの一通の手紙で捨ててしまったほど、親しい気持で野村を考えた。旅行は、終戦後初めての総選挙に立候補をすすめられて郷里へ帰っている悠吉のために、ミネも一役を買わねばならないという、ミネにとっては最も苦手な種類の旅行目的であった。そのほかにも、もう一つ目的はあった。それは郷里にいる妹の閑子を東京へ引っぱってくることだった。終戦直後に、遠縁の孤児の赤ん坊を引とって育てねばならない回り合せになっていたミネは、子育ての忙しさまでが加わり悲鳴をあげていた。それを、閑子に助けて貰う魂胆なのであった。閑子は丙午(ひのえうま)年生れの女であった。そのために受ける不当な迫害と取っ組んで、ミネにいわせれば必要以上にまで青春を葬り、身一つをただ潔白に守り通すことで年をとってしまったような女だった。今では永年の裁縫教師をやめて、ミネの実家に独り暮しの淋しさを続けているのだったが、その閑子を、ミネは急に野村の手紙と結びつけて考えた。裁縫の出来るやさしい女、裁縫の出来るやさしい女。ああ実に彼女こそは裁縫の出来るやさしい女ではないか。ミネは四十の閑子がこれまで独りでいたことが、まるで野村のために待ってでもいたかのような気がしてき、閑子のことを誰かに聞いて野村はこの手紙をよこしたのではあるまいかとまで考えたりした。しかし野村との浅い交際の中で、野村が閑子の存在を知っているはずはなかった。ただ閑子の方は、書かれたものを通して野村を知っていた。ミネが野村の手紙を見せると、

「私なんか、とても。」

　赤い顔をしてひどくあとじさりをした。だが二度三度話すうちにそれではミネに任せようといった。

「でもね、私がこういっても、これはまだ一方的な話だけで、向うで何というか分らないのだから、ダメだったらかんべんしてね。」

「もちろんよ、そんなこと。ただ私もこの頃いろいろ考えるようになったのよ。一生独りで暮すつもりでいたんだけれど、この年になるとあとあとが思いやられて、やっぱり適当な相手さえあればと思うようになってね、戦争中に、もう一人でいることにうんざりしたの。かといって人のお世話にならない限り、自分ではどうとも出来ないんですもの。」

　これまでに起った度々の縁談を、ぴしぴし投げすてていたことを悔いるような口調で、閑子はいった。始めて聞く閑子の弱音だった。ミネは、閑子の気持のほぐれをしみじみと感じ、野村の方がダメであっても何とかしてほかに身の置き所を考えてやりたいと思って東京へ帰った。だが、こうなると、ミネの口からは何となく野村に告げにくくなった。ミネは親しくしている、同じグループの川島貞子に事情を話した。野村の考えを聞いて貰いたかったのだ。

「あら、いいじゃないの。とてもいいじゃないの。」

　貞子はにこにこしながら野村の手紙をよみ、ミネの申入れを承諾したのだった。貞子にしろ、いわば昔からの仲間である野村が、そんな手紙をミネによこしたことについては、ミネと同じように喜び、野村のために計りたい気持を、その弾んだ言葉に現していた。しかしそこに

は、閑子が妹であるという、余分の弾みをもつミネの気持の照りかえしが多少とも含まれていたかも知れない。ミネが平凡な女の気持にまで堕しているのに比べて、一しょに喜んでくれてはいても貞子には、第三者の冷静さと、作家らしい複雑さで野村を思いやっていることが、ふとミネに感じられた。貞子がふうっと笑顔を消した瞬間のことである。ミネは少してれながら、

「裁縫のできる女なんて条件を第一にしているからなのよ。私の妹なんて、平々凡々の女だけれど、そういう平凡さが野村さんにもあるでしょ。そんな気がして。」

「そうよ。だからその点では、閑子さんは打ってつけなんだけれどね。」

ミネはまだ、貞子の言葉にかすかなこだわりを感じてだまった。その点ではうってつけというのは？　ミネのそんな心のゆらめきを知ってかどうか、貞子は、

「野村さんの奥さんは、美人だったわね。わたし、いつだったかお年始に行ったのよ。野村さんはお留守で、奥さんと三人の娘さんがぞろぞろ出てきてね、きれいな着物をきてずらっと玄関に並んだの。みんなべっぴんさんでしょ。派手なの。ほんとにきれいだった。」

その美しさとのつり合いをも貞子は考えているのだろうか。当然それは思い出されることにちがいないのだが、野村の妻や子供たちとは相逢う機もなく過ごしてその美しさを知らぬミネも、閑子の姿の上に現れた器量の悪さだけは大きく心に浮んだ。そのゆえにも閑子は婚期を逸していたのである。いつか貞子と一緒の旅行の途次、ミネの郷里によって、閑子を知っている貞子が、野村の妻と閑子とをくらべ合せる自然さをミネは十分のみこみながら、何となくひけ目を感じて辛かった。みめ美しく生れない女の、口に出せぬ悲しみというものを、美しく生れた人たちは知っているであろうか。形の上での美しさを得られぬ不幸を、目に見えぬものの上で築こうとする、美しからぬ女の努力、しかもその努力は常に買われること少なく、美しいものを好む人間の自然な心の前に、へり下る。そのへり下る心をさえも、受けとってもらえぬ悲しみ。それを貞子はその怜悧(れいり)さで分ってくれるだろう。だが分っている貞子自身もその美しさが文名と共に聞えている作家なのであった。その美しい貞子が感嘆するほどの妻を失った野村の気持を、貞子は又別の気持で思いやらずにいられないのではないだろうか。だがミネの平凡な常識は、野村の置かれた不幸を一つの条件として、女の器量の悪さと差引こうとするようなところがあった。

それは野村の妻や子供を見たことのないミネの向うみずだったかも知れない。田舎者のように気の利かぬ感じの野村、口ではいえず、手紙にかいてよこした野村の小気さ、それがミネの心をひいた。

「私から話してもいいけれど、それでは断る場合に野村さんが辛いと思うの。だから、あなたから話してよ。」

そこまで考えてミネは貞子にたのんだのであった。作家である貞子が世の常の仲人（なこうど）的な強引さでは、野村にそれを伝えることが出来ないでいるらしい中に、ミネは野村と会う機会ができてしまった。ちょうど悠吉も一しょだった。野村のやもめ暮しが、あわれをとどめているような、敷きっぱなしの蒲団（ふとん）をそのまま二つに折って部屋の隅に押しやっているのなどを見ると、ミネは貰った手紙に返事をしていないことも気になり、思いきって閑子のことをしゃべった。不器量な女であることも強調した。一瞬明るい顔になった野村は急に坐り直して、膝に手を置いて聞いていたが、ぴょこんと頭を下げながら「いやもう、来て下さるということだけでありがたいことです。」といった。ミネは、貞子とよく相談してくれるようにといって辞した。その道々、貞子をだしぬいたような結果になったことを、軽く悔いながら、並んで歩く悠吉を見上げた。

「私、押っつけがましくなんか、なかったわね。貞子さんに伝えてあるからっていったんですもの。断るなら断るで、貞子さんとらくに相談できるでしょ。」

「いいよそんなこと。いやにお前は卑下してるがね、閑ちゃんはあれで立派なものさ。けんそんはいいが、卑下することないよ。」

「だって。四十までも独りでいたってことは、考えようではひけめよ。でも野村さんて、自分で奥さんの探せないたちの人でしょ。だから、再婚となればよけい人に頼ることになるのね。その気の小っちゃさが、今度の場合、安心なのよ。閑ちゃんだってかけ引のない小気（しょうき）な女だから。」

ひめ日まわりの花をもって野村の家を訪れてから一年目の同じ道を、その時ミネたちは歩いていた。

貞子を通して野村から閑子の写真を求められたのはそれから二三日のあとであった。容貌に自信をもたぬものの一種の無関心から、閑子も写真の少ない女だった。学生時代から、女教師生活に亘っての間にとったのは袴をつけたものばかりで、突然には人に見せる写真もなかった。たった一枚だけ近所の子供を抱いて笑っているのがある、それをミネは渡した。しかし四五日たって写真は戻ってき、貞子の口を通して、一応話は打ち切られることになったのである。理由は、写真だけではよく分らないが、自分の考えているタイプと遠いというのだった。ミネはその言分をよく理解しながらも、がっかりした。野村や貞子に対しても何となく恥しかった。それにもまして、野村の意向も聞かずにせっかちに閑子の気持をほじくり出したことを悔い、正直に手紙で閑子にわびた。しかし一方でミネは、今度の機会に閑子がこれまでの独身主義をかたくなに固持するものでないことを知り、別の安心もしていた。ところがまもなく、貞子を通してもう一度話を戻したいと野村はいってきたのだ。その時閑子はしばらくミネの家を手伝うだけの目的でいよいよ上京の日取りまで知らせてきていた。もう今日にも田舎をたつばかりの時だった。

「私はもう、妹にはっきりことわったのですよ。だから、身軽に来ようとしているのよ。どうしたらいいかしら。それならまたそれで、持ってくる荷物も変ってくるでしょうからね。」

眉をよせる心に、また半分の希望を与えられそうなのを、ミネは迷ったままの気持でうけた。

「それでいいじゃないの。決まれば新婚旅行に二人で荷物をとりに行ってもらうことにして……だから、とにかく妹さんが来た時、も一度話してよ。」

早口の貞子はそれを吃り吃りいった。野村との間にどんな語りあいがあったかは知らぬが、交りけなく話す貞子の態度は、ミネの心のかげりを吹きとばしさえした。そして、話はまたよりを戻した。閑子は始めちょっと気色ばんで反対したが、しかし結局は承諾した。世間の縁談などというものがそんなものだという風に。そしてそうなってみると急に驚くほどの女らしさを見せ、けんきょな気持でいろんな面での自分の無知を恥じながら、

「私のような、文学のことも政治のことも何にも知らない者でも、それをやっている人を助けることでみんなの仲間入りが出来るというなら、私決心するわ。私は私の身についたもので暮すより知恵のない人間ですもの。」

結婚は秋までのばしたいという閑子のたった一つの希望条件も、男の側のせっかちな申出にまけて、八月の暑熱の中を式は挙げられることになった。どうせゆくなら一日でも早くいって助けてあげる方がいいという貞子の助言もあったからである。その時、野村の心にどんな打算があったとしても、とにかく閑子は望まれて、一応は

人にもすすめられて嫁いだのである。その道筋に多少のつまずきがあったとしても、閑子の気持はいたわってやらねばならない。四十となれば世間的な見栄や、かけ引などもあったかも知れぬが、ミネはそれをそっと包んで平凡な女の誇りを持たせようとした。大きな四人の子のある野村の条件が、裁縫のできる女であることは、閑子にとってどんな喜びであったろう。こんな条件を出す男をミネは自分の回りには見出せなかった。野村がなぜそれほど裁縫に大きな期待をもたねばならなかったかというよりも、そこでこそ自分を生かすことの出来る閑子をミネは押出すことに心を奪われてさえいた。作家の野村がただ妻をと求めていたのなら、ミネはそこへ閑子を結びつけようとはおそらく思わなかったにちがいない。式があげられる前に野村は閑子に一度家の中をみて貰いたいといってきたことがある。そしてその日野村の三人の娘たちは閑子を迎えにきた。十七から下へ二つちがいという年で、きゃっきゃっと笑いさざめきながら、始めて訪れたミネの家の玄関を、出たり入ったりして恥かしがる。その子供っぽい態度は、いかにも母を得る喜びにみたされていて、ミネは閑子のために喜び、涙ぐみさえした。少し腺病質らしいが、貞子のいう通り全く顔立ちのやさしくととのったきれいな子供たちだった。野村の田舎者らしい素朴さに似ぬほど、色の白い、都会の子らしい顔つきをしていた。この子供たちの母として、閑子はやはり似合ってはいない。いかにもそれはとってつけた母と子の感じだった。だが当の閑子はいささかもそれに不自然を感じないらしく、みんなに話しかけていた。そしてミネも一しょに出かけたのだった。その日閑子は、上の男の子には半ズボンを、女の子にはそれぞれスリップを、お手のもののミシンで仕立てて土産にもっていった。男の子は早速ズボンをはいてにこにこしていた。それがひどくみんなの心をなごませ、野村までがもう蒲団の修繕などについて閑子に相談している。いかにもそれは、永い間野村の一家に主婦の座が空席であったかを語るようだった。閑子はもう、その日からこの家における自分の座に、はっきりとした自信と自覚をもったように、ミネは感じた。そんなことがあとで、いかに閑子の妻の座を邪魔することになろうなど、その時どうして気がつこう。いわばお人好の閑子であったのだ。ここまでくるまでに、見合のあと野村がまた迷ったことを閑子は知らされてはいなかったのである。その小さな野村の不安を閑子に知らせずに押し切ったことは、野村を含めた周囲の者に責任があると同時に、小さな問題として決断に欠けた野村の責任は最も大きいとミネは思う。そのことを始めから誰よりも大きく懸念していたのは貞子であったかもしれぬが貞子は遠慮で、十分のことを言葉に出せなかったのだろう。その危惧をミネはまだミネとして何となく感じていながら、それを貞子の、こまやかな心づかいであり、女としての閑子への思いやりとも理解していた。しかもお互いの遠慮心はその感情の外を流れる奔流にさらわれてしまったのである。その時も野村は相当に迷ったらしく、貞子に手紙をよこしていた。閑子の容貌が野村の妹にあたるひどくケチンボの女に似ているというのである。そこで、閑子がその心までケチンボに似ていたら甚だ困るのだが、その点どうだろうと聞いてきたのだ。その時にも貞子はいった。

「きれいな奥さんだったからね。」

もうだめだとミネは、直感した。

「この話、一応打ち切りましょう。その方がいいと思うわ。」

誘い出されて貞子の家の方へ歩いてゆきながら、ミネがはっきりそういうのへ、

「でも、ほんとはどうなの。」

と、貞子自身甚だいやな回り合せを意識した笑いを浮べて聞きかえした。

「聞かれてからいうの、何だか私いやよ。わかるでしょ。」

「わかるわよ。私だって仕方がないから聞くのよ。」

「わかるわ、それも。でもね、本当はあの妹はケチンボではないのよ。どうかするとなさすぎて、困るくらいなこともある。」

ミネは閑子が女教師時代に依怙贔屓のなさで同僚と気が合わなかったこと、幾つかあった縁談の相手が、いつも経済力のある女としての彼女を求めることへの反発から、あと半年で恩給がつくところで、思いきりよく教員生活の足を洗った女であること、これまでの縁談がどうして主婦としての自分を迎えてくれないかと嘆くような女であることを語り、

「ただね、変人に見えることがあると思うの。あの時だってぷすっと黙ってるでしょ。いくら見合といっても四十にもなってさ、何か話の糸口ぐらいと思ってもそれが出来ないの。ひどくきまり悪がりやなのよ。私の田舎ではそんなのを『ネコニカマレ』なんていうわ。へんくつね。そのくせ馴れるととても明るいのよ。大きな声で

歌も歌うし、素人ピアノぐらいひけるのよ。学芸会などあるでしょ。大勢の先生の中で二部がひけるのは裁縫教師の閑子なんですって。だからプログラムの終りにする先生の合唱は閑子の伴奏という風なの。そんな風に見えないでしょ。妹は取っつきは悪いけれど、だんだん味の出てくる、そんなたちの女だと、私は思うの。でも、これ肉親のひいき目もあるでしょう。だけど私、今になってこんなことをいうの、ほんとにいやなんですがね。」

「じゃ、そういってたっていいましょうよ。」

「でも取消してもいいのよ。決めなきゃならんわけではないんですもの、それもいってね。でも、そういうのもいやね。何だかかけひきみたいで。おおいやだ。」

「その通りいうわ私。」

仕方なく二人は笑った。笑いながらミネはやっぱりいやだった。何となくあと味がよくない。野村のいやだというケチンボの妹のことなどミネは知ろうはずがない。しかし、もしも閑子がその人に似ずに、美しい人に似ていれば、たとえ閑子がケチンボであっても何の懸念もなく気持も共に美しい女として話は決るのだろうか。そんなものなのだろうか。そういう男の側の気持を、貞子のもっている危惧とない合せて、ミネはもうとても素直な気持になれなかった。そうと聞けば閑子もそれは絶対にうけつけないだろうし、どうでもこうでもというほど気持が傾いているわけでもなかったのだ。

「やっぱり一応打切った方がいいと思うけど。」

ミネが決然というのを貞子は物分りよく押えて、

「だってさ、そういうものじゃないわよ。閑子さんもその気になってるんだし、ケチンボでなければそれでいいじゃないの。だからこのこと、まだ妹さんにはいわないでおいた方がよくはない。ね、ちょっとまちなさいよ。あなたのいった通り、も一度野村さんに話してみるわ。」

おそらくこの一ぶしじゅうが、野村に伝わったのだろう。話は遂にまとまってしまった。このいきさつを知らずに閑子は、つつましくそれをうけたのであった。ミネはそのことにこだわりを感じた。嘘をいったわけではない。だが素知らぬ顔もできなかった。おりをみてミネはこまごまとその日のための仕事に忙しい閑子に、

「野村さんて、ケチケチするの、きらいなんだってよ。あんたのことだから大丈夫と思うけれど、普通の家庭のように倹約するのが妻の美徳なんて考えなくてもいいらしいから、まあよかったわね。とにかく閑ちゃんのもっているものを十分生かしてみんなを喜ばすことだわね。」

ケチンボの女に似ているといわれたことも知らずに、閑子は無邪気に喜んでいるようだった。足許から鳥が立つような慌しさの中にも、八という末広がりの日を選んで、世間なみの式を挙げることになった。その日家を出るときミネは、彼女の唇にうすく口紅をつけてやった。色の悪い唇の生地の色を、紅で彩ることもなかったろう閑子の半生を哀れに思い、ミネは舶来のその口紅を彼女にやった。素直にそれを受けとったことも、子供のように唇をつき出して口紅をつけさせたことも、二人にとっては思いがけないことにちがいなかった。これまでの閑子は、口紅をつけぬ女であったのだ。ミネはふと、誰に見しょとて紅かねつける……そんな唄を思い出しながら、これからの閑子が野村との生活にどのような彩りを加えてゆくかと、不安な思いにとらわれたりもした。花嫁はミネの黒つぽい絽の着物に、貞子の帯を借りてしめた。自分の手で無造作にゆった頭も、それと分らぬほどの化粧も、婚礼にゆく女とは思えぬほどの色彩の乏しさであった。それは地(じ)のままの閑子の姿であり、昨日からそのまま続いている姿でもあった。それを野村にふさわしいものと閑子は考えていたらしかった。そのようににじみな姿の花嫁ではあったが、披露の宴に連(つらな)った人々は、二十年の野村の作家生活に心をつなぎ合った、社会的にも知名の作家や画家たちが顔を並べていた。それはまたミネたちの共通の知人や友人でもあった。その席で花嫁の前途におくった貞子の言葉は、ミネの家でみた閑子はいつも何か仕事をしているのに気がついた、しかしこれからの閑子さんは、どうかあまり仕事に熱中しないで、子供さんと一しょに遊ぶお母さんになってほしい、というようなことを、貞子自身少女時代に継母と暮した経験と較べ合せて語った。それは貞子の閑子に対して始めから感じていた気持を、親切な思いやりにくるんで希望した言葉で、ミネの心にもぴんと応(こた)えたのであったが、閑子自身はそれをどのように感じとったものであったろうか。そのごに二度三度ミネの家へきた閑子は、いつも忙しがってばかりいた。

「ほんとに大変なのよ。いきをつく間もないくらいなの。だって、五人の家族が、その日着る下着にも不自由してるくらいなんですもの。四時半に起きて四つのお弁当で送り出すことだけでも大変なの。からだがもち切れるかと思うほどよ。これまでが独りの呑気暮しだったから、なかなか馴れないのね。何しろハガキ一枚かくひまがないのよ。」

「そんなことといわずに、少し遊びなさいよ。貞子さんがいってたじゃないの。」

「わかってるわ。だけどね姉さん、家の中へ入ってごらんなさい。子供と遊ぶには一そう忙しくしなくちゃならないのよ。家政婦ね。」

「そうだろうね。永い間の不自由のあとだもの。そのかわり喜んでくれるでしょう。」

「子供たちだけは、私のすることが何もかも珍しかったり、うれしかったりするらしいわ。」

「野村さんは？」

「さあ。」

　はにかみでなく閑子は目をそらす。二度目の時も、三度目の時も、野村のことを聞くといつも閑子は眼を伏せて、多くを語らなかった。ミネはもう、決定的な不安を感じて、じっとしていられず、ある時閑子のあとを追うようにして不意に野村の家を訪ねたりした。その時の野村の慌てた瞬間の表情をミネは忘れることが出来ない。落ちつきを取戻してからも野村は、何かいい出されはしまいかと警戒するような態度で、平凡な世間話をする。その取りつくしまのないような、よそよそしい態度に堪りかねて、閑子のとめるのを聞かずに、ミネは辞した。門を出ればたちまちまた不安は湧き出してくる。何かあるのだ。何かいい分があるにちがいない。それをどうしても知らねばならない。何かをかくしているらしい野村の心を知るには、とにかく野村に会わねば話にならない。ミネはここ一か月間案じつづけ、考えつづけていたのである。

　そんな気持から、無理に出なくてもすんだ、ただの親睦会のような今日の集りにもミネは出てきたのであった。野村も悠吉も酒の加減でか、機嫌よく話してはいるが、やっぱり御座なりの文学談くらいで、男同士の悠吉にさえ、何かを警戒しているように、ミネには思えた。

　会場で顔を合した時にも、野村は素気(そっけ)ない眼つきで、何にも語らなかった。もっと親しくしてよいはずではないか。一言ぐらい閑子について語ってもよいではないか。語らぬことで悟れというわけでもあるまいに、気に入らないなら入らないように、それとなく洩らしてくれてもよいはずだと思った。結婚以来何にもいわない野村、その野村は、今悠吉と何を話しているのか、百歩を離れたミネにはもう聞えないのだが、後ろから見ていると、それは全く他人の姿であった。電車通りに出ると、二人は足をとめてミネを待っていた。ほかの連中の姿はもう見えなかった。ミネは足を早め、まるでここで始めて野村を見かけでもしたように近づいていって、肩をならべた。そして思いきっていった。

「閑ちゃん、どうですか。」

「ああ。」と野村はうなずいて「今肩をこらして困ってるんですがね。頭が痛いとかで、今日は寝てましたが。」

「あら、そうですか。近くにあんまさんないんですか。」

「いや、あるにはありますがね、女だもんでこたえないというんですがね。子供たちが大分もんだりしていましたが。」

まっすぐに夕焼の空に向って話す野村の顔は、油絵にかいた老人のように赤く、疲れた額の皺が目立った。

「ひどくこらしたんですね。もしよかったら一日うちへ寄こしてみたらどうでしょう。近所にいいあんまがありますから。」

すると、野村は急に笑顔になり、気弱くそれを消しながら、

「そうですか、じゃあ早速そうしましょう。」

ひどくほっとした様子だった。野村を真中にして、めったにくることのないその通りを一つ先の停留所まで本屋などをのぞいたりしながら、三人は肩をならべて歩いた。それきり閑子の噂は出なかった。そして翌日、お昼前閑子はやってきた。結婚以来、はじめてみる明るい顔だった。

「二晩泊りできたのよ。」

子供のように嬉しそうだった。前日申込んであったので、あんまは約束通り一時にやってきた。あんまが終っても閑子は起き上ろうとはせず、夜についで眠りつづけた。大きないびきをかいて眠っている。その枕元へミネが立っても知らずに寝ていた。髪を枕の外へ波打たせて、軽く口を開けて眠りほうけている姿、色の白くない、大きな顔、早や白髪の交った赤茶気た髪、そして、いびきをかいて眠っている。みていてミネは辛くなった。

「伯母ちゃん、ひどく疲れてんのね。いびきかいてる。」

ミネの娘の正子までが、思いやりをこめた眼で眺めた。翌日のお昼前、ようやく眼を覚した閑子は、はばかりをすますとまた寝床にもぐりこんだ。そして、今度は静かな寝息で眠りつづけた。

「ずい分疲れてんのね。お昼御飯どうしようかしら。」

正子が相談するのへ、ミネはいった。

「さめるまで寝かしときなさい。藪入り(やぶい)なんだから。」

その声が聞えたらしく、やっと起き出した閑子は、ミ

ネの浴衣(ゆかた)をきたまま髪をふり乱しただらしない恰好で、

「ああよくねたわ。ひと月分の寝不足をとりかえしたわ。」

敷居際の柱にもたれて坐るのへ、ミネは、

「毎日二十分でも、昼寝しなさいよ。この頃のあんたの眼、疲れてきたないよ。」

「それが出来るくらいなら……」

「昼寝しないの、野村さんちは？」

「するわよみんな。しないの私だけよ。していられないのよ、その日雇いの家政婦だもん。」

「冗談じゃない。」

「でもそうなのよ。ほんとにそうなのよ。」

あたり前のようにいうのだがミネははっとした。いやだった。そばに正子がいなければ、立ち入って聞きたいのを押えた。夜でも機(おり)をみて、聞かねばなるまいとひとり考えるミネの気持を知ってか知らずにか、閑子は立ち上り、

「さあ、髪でもゆって、そろそろ帰るわ。御飯だけ御馳走になってから。」

「あら、二晩泊りじゃないの。」

「でも、もう元気になったんですもの。その代りまた来させてもらう。」

急にそわそわと帰り支度をする閑子へ、ミネは買っておいてくれと頼まれていた蒲団地の布を取出してやり、正子のいないのをみて聞いてみた。

「閑ちゃんたちの寝室は、書斎なの。」

閑子はちょっと暗い顔になり、

「ちがうのよ。私は子供と一しょ。」

ミネは呆れた顔で、

「ほんと。」と聞きかえした。

「そうよ。だって子供たちが一しょに寝ようって聞かないんですもの。」

「野村さんそれをだまってるの。」

「何にもいわないわ。」

ミネはすぐには返答も出来なかったが、小さな声で、

「それは間ちがいよ閑ちゃん。そういいなさいよ。」

「そんなこと。」

閑子は赤くなり、

「私は子供のお母さんであるつもりなの。だから家政婦よ。」

閑子が帰ったあと、ミネはそのことが心を離れなかった。何となく感じていた得体の知れぬものが、はっきり

したことで、不可解な野村の態度が心に戻ってきて、一そう胸の中が重たくなった。どうしたらよいだろう。考えれば考えるほど閑子の不幸の大きさが頭一ぱいにかぶさって、その夜は眠ることさえ出来ず、あぐんだ。はっきり理由も聞かない今、それは不当なことかも知れないと思いながら、野村を恨みたい気持が、どうしても納まらない。もういけないとは思うが、性急に閑子を引とるというのも、二晩の休暇を一晩で帰ってゆく閑子の気持を思うと、考えなしには出来ないし、出来たとしてもそうなったら、閑子はどうするだろう。あの体裁屋ともいえるほど自尊心の強い閑子にとって、それは致命的なことにちがいない。もう半分はあきらめて、子供たちの母だといったあの気持は、容易にくだけそうにもないことを思うと、これは野村に、今一度頼むしかないと思えた。それが、どんなに野村にとって困ることであろうとも、閑子をこの境遇においた責任の一半は野村にもあるはずだ。それに訴えるしか外に道がない。そう考えてミネはとび起きた。

――今日閑子にたのまれていました蒲団地を渡すとき、蒲団の話から、閑子が子供さんたちと一しょに寝ているという話を聞きました。これは大変なことではないかと、考えるのですが、どうか子供の母としての役目は昼だけにして、夜は妻の座に置いてやって下さい。こんなおせっかいを申上げますこと、きっと気をわるくなさるかも知れませんが、申上げずにいられない私の気持、おくみとり下さい。――

きわめて明るく書こうとして、書いてしまったミネは、さめざめとないた。仕事をする机の上で、仕事と同じ原稿紙に、誰にも告げずこんなことを書かねばならない辛さのために、泣かずにいられなかったのだ。悠吉にさえも、貞子にさえも話すことも出来ずに、これを野村に訴えねばならない悲しさ。壊れてしまったものを継ぎ合わそうとする空(むな)しい努力であるかもしれないが、閑子を思えば捨てては置けない。そして、これを閑子には知られたくない気持から、手紙は固く飯粒で封じ、翌日自分で出しに行った。人を喜ばせるためにのみ努力した結果がこんなことになるなど、しかもそれは、全然予期しなかったことではなかったはずなのに。貞子のあの含みのある言葉の数々が、笞(むち)となってこたえる。なぜもっと大きくそれを考えなかったろうか。

ミネはその足で貞子の家へ行こうとした。貞子ならばまたちがった知恵を出してくれるかも知れない。目たたきしても瞼が熱っぽいほどのぼせた頭を、ミネは農婦のように手拭で包み、日かげをよってうつむいて歩いた。通りに向って同じように並んだコンクリートの塀を、貞子の家の方へ曲ると、思いがけなくぱったりと貞子に出会った。

「あら、行くところだったのよ。」

笑って引き返す貞子の、その笑顔の中に、ミネは何とないかげを見つけて、はっとしたが、それを貞子の、自分への思いやりと察してだまって肩をならべた。昨夜ほとんど眠っていないミネの顔は、あらわな疲れが出ているにちがいない。

「閑子がきていてね、昨日かえったんですけど。」

「そう。」

それきりだまって歩いた。庭を回って貞子の部屋のぬれ縁から上った二人は、しばらくは互いに黙って向いあっていたが、やがて貞子はふところから白い封筒の手紙をとり出し、

「困ってしまってね。」

と、ミネの前に置いた。ミネはまた胸をつかれた。

「野村さんは、あなたに見せないでくれってかいてあるけれど、見てもらうしかないと思うの。困ってしまった。」

息苦しいほどの興奮のまま、ミネは野村の手紙を、ふるえながらとり出した。やっぱりいけないんだ。やっぱりだめなんだ。慌てた気持で眼を通す手紙が、ミネの心にすらりと入るはずがない。一枚の便箋をミネは何度もよみかえした。「閑子さんに欠かんがあるわけではありません。私の方でなじめないのです。二十一年間のせんの女房がそまりついていて、それが邪魔して閑子さんになじめないのです。——閑子さんの手、足、腰の線、声、眼、髪、そのどっかからもぐりこもうと思っても、私はいつかせんの女房の共通点をさがしているのです。閑子さんはまるでちがいます。せんの女房は九文の足袋をはく女でした。私の腕の中にはいってしまう女でした。子供はもう猫の子のようになついています。しかし、裁縫ができて、家計が上手だということだけで、男はなかなか惚れはしない。——」

堪えられなくなって、それをたたむミネの手はふるえていた。貞子が押えつけるような、少し癇高な声で、

「今更こんなこといったって、もう前へ進めるしか道がないじゃありませんか。ねえ。」

そして少し声を落し、

「やっぱりいけないのねえ。……きれいな奥さんだったもの。」

　ほうっとためいきをしていった。ミネは、まだ空事(そらごと)を聞いているような、へんに実感の伴わぬ気持で、畳んだ手紙を封筒に戻すと、笑顔を作り低い声でいった。

「さあ、困った。」

　不思議に気持が落ちついてきたような恰好で貞子を見た。そしてもう一度手紙を手にとって眺めた。重ねてよむ勇気はなかったが、野村が閑子の留守にこれを書いたことが察しられ、遂に終局がきたということは考えられた。疲れ果てた閑子が食事も忘れていびきをかいて眠っている時、野村はこの手紙を書いているのだ。せんの女房は九文の足袋をはく女でした。私の腕の中にはいってしまう女でした。……閑子は九文七分の足をもつ大きな女であることをかくしていたとでもいうのか。野村はそれを知らずに結婚したとでもいうのか。やっぱりきれいな奥さんがほしかったのだと、貞子はいう。野村は結婚して始めてそれが分ったとでもいうのか。それとも不器量な閑子を押しつけられたとでも考えているのか。それとも知らず、寝室を共にしてくれと愚かな手紙を書いたことがミネの心をかきむしる。これほどのいきさつとも知らずに、閑子はまた野村のところへ帰っていったのだ。土産の数々をととのえて、二晩を一晩にちぢめて帰っていった閑子、野村はそれを、どんな態度で迎えたろうか。今にして晴れた野村の不可解な態度が一つ一つ思い出されてきて、ミネの唇はふるえ、恥と怒りと痛恨が次第に全身にみなぎってくるのを一生けんめいで押えていた。

貞子もだまってうつむいていた。

二

　一九四六年十月末の三日間を、ミネたちのよっている文学団体の第二回全国大会が渋谷公会堂でもたれていた。この日のために地方から上京してきてミネの家に泊っている支部の若い詩人や、夫の悠吉たちは朝早く家を出た。みんなの弁当の支度に手間どって、ミネはひとりおくれて出かけた。するとなんとなく気らくに歩けた。出がけに娘の正子が一種の同情をもっていった言葉を思い出す。

「お父さんたら悠吉なんて名前のくせに、ほんとにせっかちね。もうあと五分ぐらいなのに待ってくれたっていいじゃないの、わがままね。」

　弁当の支度が少しおくれたからといって男はその理由

など考えずにどなりつけることができる。女はそうはゆかない。日頃ならどなり返しも出来るのだが、泊っている人に気がねでおとなしく、あとから持ってゆくからといっておくり出したのである。一しょに目がさめても、男は寝床で新聞をよみ、女は起きて台所に立たねばならぬ。男たちが起きて顔を洗っている間に女は掃除をすまし、朝食と弁当の支度をする。それが五分おくれたといって文句をいえるのは男だけで、女は結局三人分の弁当をかかえてあとから出かけることになる。それを夫も妻も不思議と思わず、娘の正子だけが男のわがままと考えている。それだとて女同士のかげ口としてなのだ。

「おべんとだって三人分となると肩がこるわよ、わたしが持っていこうか。」

近ごろ急に弱くなったミネの身を案じて正子はそんなこともいった。

「まさか、戦争中は買出しにもいったんだからね。それを思えばお茶の子さ。」

しかし、混んだ乗ものにゆられていると三人分の弁当は相当に重く、ミネは何度も手をかえた。だがそれで腹が立つというのでもない。それどころか、今日のミネはそれが楽しくさえあった。久しぶりに自分で作った弁当、いり玉子にハムのきざんだの、配給のアミの佃煮を煮なおし、とろろこんぶと小蕪の漬物、紅しょうがもそえた。黄と桃色と茶色と白と、蕪の葉がもえたつ若葉のように美しい。とりどりの色を楽しんで念入りに並べていて、そんなことで弁当はおくれたのであった。正子にまかせた昨日の弁当は、梅干入りのむすびだった。それがあまりに佗しく、私たちのお祭りなんだからふんぱつしようと、いうことになったのだ。それを悠吉が知ろうはずがない。弁当を開いて悠吉は驚くだろうか。梅干入りのむすびに不平もいわぬ悠吉は今日の弁当にも特別の感興はもたないかもしれない。こんなことは女の甘い考えでしかないのかもしれない。しかしミネはうれしいのだ。そのうれしさの中には、自分は弁当を届けるだけの妻ではなく、この弁当を、同じ目的で集った大ぜいの人たちと一しょにたべられる女であることのよろこびも含まれていたろう。無学な、貧しい労働者の娘であるミネを、こういう集りに参加させる女にまで引っぱってきたのは、何といっても悠吉の力が一番大きい。どなる悠吉、妻や娘をあごで使うことに不自然を感じない悠吉の中に、妻を引っぱって肩を並べてゆこうとするものも隣りあっているのだ。なれあって、それをなれあっているとも感じないほど古さを引きずっている夫婦であるかもしれないけれど、同じ弁当をもって集ってゆく夫婦というものは、そう多くはいない。ミネの先輩である高木千恵子の夫婦があり、かつて川島貞子の夫婦があった。だが高木千恵子の夫は今日はこないだろうし、川島貞子の方にもう今では夫婦ではない。三組の夫婦は永いつきあいの中でさまざまな風雪をかぶり、戦争をくぐってきた。そうして、今日晴れがましく壇上に立つのは高木千恵子である。戦争中の年月を泥までかぶってしまった恥多いミネたちの処世にくらべて、風に向って胸をそらしていた高木千恵子の堂々さは、終戦と共に大きな力とかげをもって溢れる泉のようにみんなの心にしみこんでいた。永い獄中生活から解放された夫を迎えて、夫婦ともどもに急激な生活の異変の中で、活気にみちた日々を暮しているのを、今のミネは、個人的な近さでは見ることができなくさえなっている。刑務所の夫に面会にいった帰りを千恵子はよくミネの家へきて泊った。防空頭巾にモンペをつけ、一合の米の袋に一切れの牛肉、一個のリンゴの土産をもったいぶって差出せたような辛い時代、はげしさをうちに沈めているような千恵子は、ミネにさえも甘えたような気安さで接してきた。

「ああ、あ、どう？　ミネさん。」

千恵子はミネの肩に両手をかけ、疲れをそのまま疲れとしてさらけ出していた。ミネの家へくるのを藪入りだといって、くるなり帯をとき、足袋をぬぎ、紺サージの前掛をしめて、度の強い近眼のめがねまではずしてしまう姿を、ミネは単純に喜んで、彼女のために力一ぱいのもてなしをした。ここでは気を許しているのではないかと思い、嘘やかくしのない心を見せあった。

「高木ったら、もう一年もしない中に出てくる算段ばかりしてるのよ。帰ってきたら私、あわてちゃうわ。」

彼女は若妻のように無邪気に、輝く眼をしていった。戦争のさ中に、これが治安維持法違反で無期を言渡され、近く網走へおくられる夫と、その妻の確信をもっていう言葉だったのである。そしてその通りになった。たくさんの人が思い及ばなかったことが、刑務所の中の人にはちゃんとわかっていたのだ。そして高木が帰ってきてからは、もうミネの肩にもたれて、ああ、あ、と疲れた顔をみせる必要はなくなった。もうずい分久しく会わないとミネは思う。その千恵子にも今日は会える。少しからだを悪くしていると聞く千恵子が、今日の大会に報告者として出るために、自動車を回してくれと要求したとかで、それをとやかくいう声もミネの耳に入っていた。自動車はなかなかの時だったし、そのためにとやかくの声も出たのだろうが、千恵子が自動車を要求したということは、ミネにしては非常に千恵子らしく思えて微笑さえわいてきた。千恵子はひとまわり大きいのだ。何もかも人より寸法がはずれているのだ。というのがあたらぬならば、少なくも今のミネのように三人分の弁当をひとりでもって、それを気楽だなどとは思わない女ではあるだろう。しかしその千恵子でさえも一つだけミネに些細な不審をもたせることがある。それは獄中にいたときの高木との手紙の往復に、千恵子の方だけが呼び捨てにされていることである。このごろ雑誌などに発表される高木との往復書簡には、一つとして宛名の千恵子に様がついていない。それはしきたりを無視した現れかもしれないが、みていて自然ではなく、男の方だけが嵩張っている感じだった。それだけではなく、自伝的な作品を通して感じられる千恵子には、古い日本の女のようにかしずいているような感じを時々もたせることがある。それを思い出してミネは、弁当をかかえている自分と千恵子のどこかしらを比べてみて、おかしかった。この二人の女は生れも、育ちも両極端であるように、身につけたものすべてがちがっている。いつか二人は信州の山の中に十日ばかりの旅をしたことがあった。千恵子が刑務所から出てきてまもなくのことである。東京の暑さをさけて出かけたのに、信州はもう秋の気配がこく、日本アルプスの山々は白く雪をきていた。朝夕の散歩に千恵子はいつもその日本アルプスの山々を眺め胸をはっているのに、ミネの方は足下の高山植物や、小さな雨蛙が八ツ手の葉の上で昼寝している姿のおかしさばかりが目についた。この相違が二人の相違なのだと、ミネはよくそのことを思い出す。たく山の書物をもっていった千恵子と、編物の毛糸を荷物の中に入れていったミネと、草原に腰をおろすと、千恵子は岩波文庫をひろげ、ミネは毛糸の編棒をとり出す。この相違は教養のちがいであり気質のちがいであるだけでなく、おかれてきた境遇のちがいでもあった。その頃のミネはまだ小説を書こうなどというあてはなかった。信州の温泉などへきてはいても、経済的な負担は千恵子の方でもっていて、ミネは千恵子のために毛糸をあんでいたのだ。毛糸は高木の足袋であったり、セーターであったり、千恵子の防寒用の下ばきであったりした。それから十何年もたっている。原っぱに立つ喬木のような千恵子も、路地の片隅の雑草のようなミネも、同じ会合へと集っている。壇上に立てば男も及ばぬ雄弁家の千恵子だが、それでもやはり、女として妻として何かの思いはあるのだろう。あるにちがいない——。

　女の立場からミネは千恵子の創作に現れる女について考えながら渋谷の駅を出た。そして出口のそとでうろうろしている婦人作家の三谷ひろ子をみつけて、呼びかけた。三谷ひろ子は細いやせた顔をこちらに向け、

「あーらよかった。こないだは失礼。」

　戦争中郷里の広島へ疎開し、そこで原子爆弾をくぐってきた彼女も今日のこの集りに間に合うように上京してきたのである。四十をすぎて結婚生活に入ろうとしている彼女は、相手が共産党員であるということのつながりからでもあろうか、上京するなりミネのところへやってきた。以前結婚生活の経験も持っている彼女は、破婚の苦々しさも知っているわけ。仕事をもつ女の、妻としての複雑な思いから解放されて、永い間独り暮しをしていた彼女が、今また新しい結婚をしようとしているのだ。原子爆弾をうけて、一瞬に消えてゆく人間の命を目のあたりにみてきた彼女の人生観が、ここまできたのだろうかと、ミネはある好意で彼女をみたのであった。

「結婚なんぞもうこりこりのはずなんですがね、やっぱり女はそんなわけにもゆかんのじゃね。でも共産党の人なら普通の男のように分らんことはいいなさるまいって、母もそういうんですよ。どうでしょう。」

　淡々と、田舎なまりをまぜてひとごとのようにいうのだが、頬紅をこくぬったひろ子の化粧からさえ、彼女の心がもう決っているのをミネはさとった。結婚が一種の流行のようになっている中で、野村と閑子の結婚は新聞消息にも出されていた。そんなことからもひろ子は、らくな気持でミネを訪ねてきたのだろう。年も閑子と同じだった。しかし、閑子の方は今それどころではない。結婚してまる二か月の今、野村はもう大きな荷物として閑子をもて扱っている。しかも、互いにそれをまだ表面の問題とするところまできていないだけにミネの気持はもたもたしていた。三谷ひろ子をみてミネは急に閑子を思い出したのだ。貞子への手紙でミネにはいわずにいてくれという野村の気持が、どうにか納まるものと思ってはいないのだが、さりとて、ミネの方からどんなことがいえよう。今日の大会ではその野村とも顔を合さねばならないと思うと、ミネの心はさわぎ立った。渋谷という地名からも野村や閑子を思い出さずにはいられない。電車にのれば二十分ほどでゆける野村の家で、閑子は今どう

しているだろう。今ゆけば野村も子供たちも留守なのだ。いってよく様子を見てこようか。心は迷いながら、おもては楽しそうにミネは三谷ひろ子と肩をならべて会場の方へ歩いてゆく。秋晴れの快い風を全身にうけ強い日ざしに目を細めながら二人は歩いた。ふとって大きなからだのミネと、きゃしゃなひろ子と、その二人のあとから一目でそれと分る足どりの男たちが近づき、そして追いこしてゆく。

「あれは会の人じゃね、一目で分る。その先の人もそうじゃろ。」

ひろ子が広島なまり丸出しでいう。

「あ、あれはKさんですよ、詩人の。そのさきのはSという人じゃないかしら。『農民ごよみ』なんていう小説をかいた。」

道路に向って開け放した建物の広い石段を上りながら、ひろ子は、今気がついたという風に、

「貞子さんは?」と、一しょでないのを不思議そうに聞く。

「お仕事でね。午後にはくるはずよ。」

いいながらミネは、くっくっ笑い、ひろ子の手を引っぱって段を下りながら、

「区役所よ、ここ。あなたが自信ありげに上ってゆくもんだから。」

「だって大会なんだから立派な石段の方だと思ったのよ。」

公会堂の入口はそのとなりの狭い段々であった。会場のはり札がつつましく人目をひいた。会はもう始まっていた。外からくるとまるで映画館の中に入ってきたように薄ぐらく、後ろの方の人の顔はすぐには分らなかった。一番とっつきの椅子にひろ子と並んでかけると、まるでミネのくるのを待ってでもいたように前の方の席にいたらしい野村が近づいてきた。壁際の通路を少し猫背になって、ミネを見てひょいと頭をさげた。いかにもそれは、ミネをよんでいることが分ったので、ミネはすぐ立っていった。野村は目立たぬ出口の方の隅へミネをさそい、これ、といいながらいんぎんというような態度でミネに白い封筒を差出した。そしてすうっと後ろへひくようにして長くいきをすいこみ、あごをあげたような姿勢で眼をぱちぱちさせてから、ひょこんと頭を下げた。口の中で何かいったけれど、ミネには聞きとれなかった。

いよいよ、やってきた!

胸の動悸が音を立てるほどはげしくなった。便所へ

いってミネは手紙を開いた。

この手紙があなたにどんな悲しみをあたえるかと思うと容易にかけません――

ミネはあわててまた手紙をもとに納めた。

――ひどい。こんな場所で、いきなりこれを渡すなんて。

気持を乱されたことに憤りに似たものを感じながら、ミネは席にもどった。壇上では貞子の夫であった評論家の田沢が量のある声でさっきからのつづきを話している。そのわきの議長席には悠吉がむずかしい顔で控えていた。ミネの頭に何にも入ってこないうちに田沢の報告は終り、悠吉が立って何か小さな声でいった。すると議長、と呼びながら右手よりの前の方の席から野村が立ち上った。底沈みのした蒼い横顔をみせて質問をはじめたが、野村の声が低いのかミネの席が離れているのか、少しも言葉が分らない。老人のように耳に手をやったが、やはり聞えない。悠吉の声も分らなかったのだ。ミネは、のぼせあがって自分の耳が変になっていると思った。野村の顔をみていると、夫婦の間の面白くなさが顔色にまで淀んでいるように思えて、せまるものがあった。ミネはだまって立ち上り、受付へ悠吉たちの弁当を預けておいて外にでた。羽織がぬぎ捨てたいほどのまぶしい日ざしが、白い道路にあふれている。ゆっくりと歩きながら、ハンカチーフを頭にかぶると、急に涙があふれてきた。野村から貞子への手紙以来、ミネの涙腺は異状を来したように、だらしなくなっていた。閑子のために泣いて泣いて、本当に夜を泣き明したこともある。枕がぐっしょりぬれて、とりかえねばならぬほど涙をすった。

「いい加げんにしろよ、お前のからだがまいっちゃうぜ。」

ミネの嘆きのつきあいをさせられる悠吉が、もてあましていうのへ、ミネは泣き腫(はら)した顔を、それでもそのときは笑いながら、

「涙で枕をぬらすなんて、通俗小説の悲劇かと思ったら、ほんとにあるのね。湯のような涙ってほんとよ。こぼれてくるのが本当に湯のようにあついんだもの。それがわき出してくるの。私、生れてはじめてよ。いや、これで二度目だわ、あのときと、ほら。」

あのとき、それは悠吉に、女の問題であるつまずきがあったことをさしていた。それをミネがいうと悠吉はい

つもだまって苦笑する。もう十年も前の悠吉たちにとってはよりどころの見失われそうなけわしい時代のことだった。とはいえ、世間なみの女房でしかなかったミネにとってはそれは大きな打撃にちがいなかった。ミネはよく泣いた。目をつり上げて相手をはりとばし身をひかすことでその問題をのりこえた。本当に勝ったのか負けたのかミネはしらない。永年夫婦であったというつながりが表面ではミネを勝たしたような状態においただけだ。しかしミネはそこから、新しい出発をしたような気がする。ミネが小説をかき出したのもそのすぐあとだった。そのことで自分の身についた古さの多少を捨てさることができたと考えている。胸倉をとって小づき回せるような狂態も永い夫婦生活の間には生れるということ、極言すればそんなところからも夫婦の情愛などというものが湧いてくるという不思議、それをミネはしらなかったのだ。そういう人間の奇妙な心理を経て、今はもうちょっとやそっとでは動かぬ、怖るべき、めでたい夫婦になってしまっている。そして十年ぶりに流す湯のような涙は妹の閑子に代って流している。その女の涙を閑子が今はまだ知らずにいるというあわれさとはがゆさ、しかしいつかは流さねばならぬだろうことの辛さ、そのときの閑子のとり乱し方も考えられて泣けるのだ。事態がはっきりすれば閑子は、やっぱり小説家なんてものはという古くさい考え方でしか理解できない女であることも悲しかった。いわゆる品行方正を金鵄勲章のように大事がって四十までいた女、恋愛を不浄のようにきめていた女、自分の結婚が恋愛から出発したのではなく、古い形式の貰われ嫁であることを誇りに思っているような女、だから閑子は野村の心がつかめないでいるのだ。そんな女を、いくら野村に子供があるとはいえ、さしむけたことがミネはもう、身の置きどころもないまでに悔まれた。野村の貞子への手紙は、その後悔の上に恥かしさ辛さをまで加えられた。ミネは涙をこぼしながら、悠吉にでも口説かねばおさまらなかった。

「ね、野村さんは、この問題が閑子の不器量などということではないといってるけれど、そして、まさかそれだけではないと私も思うけれどさ、やっぱりそれが大きな原因だと思う。だって、はじめに野村さんは、閑子をケチンボの妹に似ているっていったでしょ。本当はあのとき、私が突っぱねて通せばよかったのよ。だけど、そのときはもう、閑子の気持はすっかり野村さんへ行ってるんだもの、仕方がなかった。そして今度は、九文の足袋をはき、腕の中へ入ってしまうせんの奥さんと比べられている。きっと野村さんは気がつかずに比べているのよ。きたな気がついてたって、それを悪いとはいえないわ。きたないよりきれいな方が誰だって好きさ。だけどさ、そんなことってある？　九文の足袋をはく人はもう骨になってるのよ。閑子は生きてるのよ。手足も腰も、目も声もまるでちがうなんて、今さら、侮辱だわ。知ったら閑ちゃんどんなに思うでしょう。」

器量の悪さを気にせずに貰ってくれたといって喜んでいた閑子のことを思い出し、ミネは当の相手が悠吉ででもあるように恨みがましくいった。

「かんべんしてくれよもう。しょうがないじゃないか。あとは二人で片づけるよ。」

悠吉にそういわれるとミネは、自分ひとりで取越苦労をしているような気にもなり、やっと心をしずめた。

「ほんとだわ。私にはだまってろっていうんだから、この問題閑子から相談されるまではだまってるわ。閑子の気持だってあるんだもの。ああ、あ、男なんてほんとに、私たちの間でも、やっぱり、男ね。女だって女かもしれない。女だわ。顔のきれいさを大きく考えてる。美しくないものほど、そうかもしれないわ。きれいな人にはこれは分らない。きれいでないものの肩身狭い思いなんて分らないわよ。分っていても、それはひとのことなんだもの。閑子って女はね、とくにそんなことをけいべつしながらとても気にしていた女よ。素知らぬ顔をして気にしてる。そのくせほかのことは鈍感なの。まだ分らないのかしら。ぴりぴりしてる神経ももってるくせにさ、どっかに足りないとこがあるのね。独りでいたせいだと思う。わかったら、だから、どんなに口惜しがるでしょう。」

ミネは毎日、閑子への触角をぴんと張らして、かまえていた。しかし閑子からは何にもなくて、遂に野村から手紙を渡されてしまった。ぶ厚い手紙はミネのふところでこわばっている。ミネは額にかぶさっているハンカチーフで流れる涙を押えながら駅の方へ歩いた。焼あとのまだ夏草のむらがっている中へはいってゆき、乱雑に一つ所に集めてある大谷石（おおやいし）の一つに腰を下した。野村の手紙をみることで、度胸ができたのか涙はもう納った。この上現状をつづけることはお互いの不幸を重ねるだけだと書いてある。二十一年間つれ添ったせんの女房が私のからだに染っていてそれがじゃまをするとかいてある。浮気をしない男なのでいくつもの女のタイプをしらぬから、閑子を征服することができず、外国に行ったようにウロウロし、まだ一度も満足な夫婦状態にならぬと書かれている。ここまできてミネはがく然とした。閑子が不具なのではないかと思ったのだ。しかし、その次の行には、閑子さんが不具なわけではなく、せんの女房がじゃまをして、閑子さんになじめないのだとまたかき加えている。要するに彼の妻は閑子ではなく、二十一年つれ添った女房であるというわけだ。貞子への手紙と同じように、閑子のどこにも、その亡くなった妻のおもかげを見出せないとかいてある。だが、ミネはなぜか腹も立たず、新しい涙も出ない。ただ大きな困惑が心一ぱいにひろがるような思いがした。困った。野村はミネに、よい知恵があればかしてくれという。どう処置しようというのだろう。自分であたってくだければよいではないか。しかし、くり返してよんでいると野村の小心さが、それもできないで悩みつづけているのがわかってきて、ミネは大きなためいきをした。道は一つしかありはしない。かわいそうな閑子、そして野村も。私にかわいそがられるなんて。無分別なことさえ考えたとかいてある。無分別とは何だろう？　死のうとでもいうのか。馬鹿な。しかしこの手紙は嘘ではない。――閑子さんはよくしてくれます。よくしてくれればくれるほど私はくるしい。悪い結果によって起る私一家の打撃（子供たちはようやくおちつきをとり戻したところですから）を考えると私が何とかなればいいのだと思いまた勇気を出してみますが、またはね返されてしまいます。――

　ミネは恥かしめをうけているような気がして、思わず立ち上った。そしてのしかかってくるものをふり払うように足早に歩いた。歩きながら、心は手紙の一句一句をくりかえしている。全責任を野村は負うという。それはどういうことなのだろう。全責任をおう。それならだまってがまんするとでもいうのか。ちがう。野村は一刻も早く、閑子からのがれたいのだ。責任をひとりで負うなんて。責任というなら、それは何も野村一人にあるわけではない。ただミネが残念でたまらないのは、一度話がつまずいたとき、なぜそれをまた思いきり悪く後戻りさせたかということだった。あの時野村にしろミネにしろ、今日の予感が全然なかったとはいえない。まちがっていたのだ。子供のためにといい、裁縫のできる女をという、当の野村の気持を全く棚上げにした彼の条件を、仲人（なこうど）を商売にする女のようにあてはめてしまったミネにも責任はないとはいえぬ。子供のために母を。しかしそうはいっても、誰も閑子を子供のための母としてよりは、野村の妻として考えていたのだ。子供たちはすぐ大きくなり、それぞれ自分の生活を築くだろうと野村もいいミネもそれをいって閑子に納得させたのである。みんなしてあまりにも事態を甘く見すぎたと思うほかない。甘くみた責任を問われるなら、一番甘く見られた野村、甘く見られるようなところを見せた野村に一ばん大きな責任があるといえないだろうか。結婚して二か月たって、その野村の心の在り方が見ぬけぬ閑子は責任など持つ資格すらない、馬鹿女の見本なのだ。閑子が馬鹿だからみんなが困るのではないか。私だとて恥かしい思いをしなければならないのだ。そう思うとミネは閑子がはがゆく、又哀れでならなかった。閑子に教えてやらなくちゃ。閑子はきっと、こんな工作がなされていることをちっとも知らないのだ。野村は二三日中に伊豆へ仕事にゆくから、そこへミネの返事をもらいたいと書いてある。ミネから返事があるまでは、閑子には従前どおり気どられぬふりをしているからと、はっきり書いてある。ああ閑子よ、お前はそんな女なのか、可哀そうに。直接に相談もうけられない馬鹿な女なのか。負けだよ、負けだよ。なんにも男の心をひくものがなかったというのは。四十までも独りでいて、何のまちがいもなかったことを、お前は自慢にしていたかもしれない。しかしそれは、女として大きな不足があったのだということを、お前はしらないのだろう。何にもしらずに、夫婦とはこんなものだと思っているなら、とんでもない、それをくだらないと気がつかないのか頓痴気め！

いつかミネは野村の家へゆく電車にのっていた。野村の家に近づくにつれ、今、大なたをふるって、たち切ろうとしているものへ身ぶるいを感じた。ことによれば、見せなければならない手紙、閑子はどんな顔をするだろう。少しは感づいているかも知れない。ふところに手をやると、手紙は帯の下でかさばっている。それは野村から渡された苦悩のバトンなのだ。私はこれをできるだけの知恵をしぼって、小さな川に流してしまおう。私が利口にならなくちゃ、だから私はもう、決して涙など流しちゃならない。ミネはひとりで自分の心に力んでみせた。だが、野村の家の垣根のきわにうずくまっている閑子の手拭をかぶった姿をみつけると、急にやさしい声をかけずにいられなかった。

「閑ちゃん。」

「あら、どうしたの、今日大会でしょう。」

　閑子はいかにも嬉しそうに立ち上り、土だらけの手を払った。

「種まき?」

「そう。あの、絹さやなの。」

　それは田舎にいるときの閑子が自分の手で収穫したさやえんどうなのだった。今まけば寒さをくぐって来年の春には花を咲かせるはずである。ミネはもう何ともいえずだまって縁ばなに腰を下した。土のついた手のままで閑子もきて並んで腰かけた。

「肩、もうこらないの。明日あたり、うちへこられない?　野村さんにそういって。」

　試すようにミネはいってみた。

「でも、二三日中に野村旅行なの。仕事にゆくんだって。だから、そのあいだはだめよ。」

　全然、しらない。ミネは眼をそらし、珍しいものをみるように家の中をながめた。きれいに掃除がゆき届き、床の間には茶の花と黄菊が小さな花びんにさされていた。閑子の好みなのだ。縁側を光らせ、部屋に花をかざりそんなことを人生の美しさだと閑子は感ちがいをしているのではないのか。いつだったか、病気だという野村を見舞ったミネを駅まで送ってきながら閑子は、急に立ちどまって両手で顔をおおい、泣き声でいったことがある。

「姉さん、私、方針を変えようかと思うの。」

　野村が、わけの分らぬ癇を立てたり、子供たちも馴れるにつれてなかなか手綱がとれぬというのである。

「そりゃ閑ちゃん、教壇から生徒に教えるのとは大分ちがうわよ。悠吉だってみてごらんよ。私たち毎日いい争わん日ないでしょうがね。もっと馴れて、閑ちゃんがどなったり、口答えができるようになったら、平気になるよ。誰がそんな、大きな声も立てん人があるもんですか。それこそ、くそ面白くもない。」

　ミネがわざと軽く扱っていうと、閑子は頸をふり、

「ちがう。うちの人たちは、どっかちがうわよ。やっぱり、くるんじゃなかったわ。」

「じゃあ出なさいよ、いつでも。——そんなものではないと、私は思うけど。」

　それきり閑子はもうそんなことはいわなかった。ミネの家へくることがあっても、帰りはやはり、いそいそとしていた。しかし今思えば、それが野村の気持をうけとるせい一ぱいの閑子の感じ方だったのだ。今それをいってくれたらとミネは思う。だが閑子は、垣根のそとに豌豆をまいているのだ。ミネをみても手を洗おうとはしな

いのだ。ミネがきたことについて、何の気も回らないのだろうか。

「じゃあ、さよなら。これから大会へゆくのよ。それじゃ、都合がついたときいらっしゃい。私がきたこと野村さんにそういってね。」

嘘をついているようで、ミネは辛かった。しかし、自分がここへきたことを聞けば、野村は明日にも閑子を寄こすかもしれぬし、あるいは打明けて話し合うようなことにもなろうかと、ひそかな思いを残してミネは別れた。見送れぬことを残念がって、ミネが道角を曲るまで、閑子は垣根のそとに立っていて、ふり返る度に手をふった。こんなことも今日で終りなのだ。ミネは走るような早さで歩いた。そしてまっすぐに家へ帰るなり、驚いている娘の正子にいいつけた。

「おすしを作ってね、大福を百円も買っといでよ。」

「あら、お肉だといったじゃないの。」

「それ中止よ。伯母ちゃんがくるだろうから。」

「あっ、そうか。」

すしと甘いものが閑子の好物だった。しかし、閑子はその日はこなかった。次の日も待っていたが現れなかった。野村が伊豆へ出かけたのかもしれない。やきもきしても始まらぬと思いながら、ミネは落ちつけなかった。仕事も手につかぬまま、貞子の家へゆき、落ちつきを装って野村の手紙をみせた。

「閑子さんが、あとから伊豆へおっかけてゆくぐらいだと、いいんだけどね。」

そこにだけのぞみをおくように貞子はいって、ふといためいきをした。

「だめでしょう。そんなところがだめだから、だめなのよ。それにもう……」

ひと事のように平気な声でいったのに、貞子の前だという油断からか、ミネは急にかなしさがこみ上げてきて、だまって顔をかくした。しばらくしてから、

「わたし、野村さんの気もちも分っているつもりなんです。気の毒だと思いますわ。でも、閑子もかわいそうだと思うの。働いてさえいれば、いつかは認められると思ってるような馬鹿な女です。そして酬いられるものが、これですもの。しかもそれを敏感にうけとれないでいる……」

ひと前で泣くのを口惜しいと思いながら、やはり泣けた。泣くまいと決心し、閑子の前でも、また悠吉との話しあいの中でも今度は泣かなかったのに、貞子の前では

いつでも泣けた。貞子だけは分ってくれると思ったからだ。

「私、ミネさんは泣いていますって、手紙出したのよ。」

　貞子はそういった。だが、ミネがどれほど泣いたとてどうなるものでない。ミネが泣いていると聞いて、野村は手紙をよこしたに相違ない。泣かない野村はもっと真剣であり、それがミネにとって納得出来がたいことであろうとも、もっと切実な苦悩を味わっているにちがいなかった。

「野村さんの気持の中には、まだ前の奥さんは生きているんですもの。そこへ閑子が坐れるはずがない。」

「困ったわね。」

　もう手だてはないのだという声で、貞子はまたためいきをした。しばらく二人ともだまっていた。ミネはふと、公平な立場にいる貞子の気持の複雑な動きを、ひが目で感じたりした自分を恥かしく思い、目をそらしてほかごとをいった。

「今年の秋、何だか早いわね。」

「そうね。」

　貞子の部屋から見える広い庭の隅の木犀（もくせい）の繁みに這い上っている自然薯（じねんじょ）の葉が黄色く紅葉し、楓（かえで）のもみじと共にときわ木を背景にして美しい友ぜん模様を染め出しているのだった。

　貞子に引とめられ、ミネは夕飯をごちそうになってから、いそいで帰った。長尻に眉をひそめている悠吉の顔がミネの胸に重たかった。女なんて、どうしてこんな思いをしなければならないのかしら。男の帰りが少々おそくても、たとえ夜中になったとて女は眉をしかめはしないのに。しかも、われわれの間でなんだからおかしな話さ――。ミネはひそかな反発を感じながら家への路地を曲った。反対の方から、旅人のようにリュックサックを背負い、カバンを下げた女が近づいてくる。閑子だ。ミネは門のそばで待ちうけた。

「姉さん。」

　閑子の声はしわがれていた。

「帰ってきたわ。だまって出てきたの。もうとめないでね。私、証拠をにぎってきたのだから誰が何といっても帰らないつもり。」

　いっている中に閑子の声はふるえてきた。

「さあ、家へ入ろうよ。分った、分った。」

　子供でもあやすようにいって、ミネはカバンを受とり自分の仕事部屋に閑子をさそった。うしろからリュック

をかかえて下してやると、閑子はしゃんと胸をはるようにしてこちらへ向き直り、立ったまま、

「前の奥さんは貴族のように美しくけだかかったんだってよ。そして私に、何にもいわずに引下ってくれないかって、書いてあるの。日記よ。だから私、だまって帰ってきたわ。野村、明日伊豆へゆくんだって、私がいないとたちまち困るじゃないの。でも私、帰らないわよ。誰がひと、あんなところに。」

なげつけるようにいう。世間なみにもとへ帰れといわれ、帰ってきてくれとたのまれるもののように決めている閑子の単純さを辛く思いながら、ミネは言葉少なく、うなずいていた。帰らなくていいんだよ。もう帰れないんだよ、といわねばならないのが残酷に思えるほど、閑子は単純なのだ。大きな二つの荷物、そこには持てる限りの閑子の身の回りのものが入っているのだろう。それをもって、閑子は戻ってきた。しかし、閑子の心が、もう野村の家の一員であることを、ミネは感じないでいられなかった。閑子は腹立ちまぎれに、困らしてやるために、単純な嫉妬のためにとび出してきたのではないのだろうか。

「まあ、すわりましょうよ。」

自分も坐りながらミネは、閑子の手をとってひっぱった。吊しあげたような眼をして、閑子は強情に立っている。部屋の中はもう暗くなりかけていた。

三

気もちの重たさが自然に足を表通りから遠ざけたのか、気がつくとひどい霜どけの裏道に出ていた。しまったと思ったときはもう後へひけない泥たんぼのまん中で、表通りがついそこに見えているのに、動けないかなしばりだ。畑道へもつづく十字路に立つと、春さきとは思えない冷たい風が頬をしびれさせながらからだの芯までしみこんでくる。

「おおさぶい。」

つぶやきと一しょにミネはショールを頭からかぶり直し、褄からげをした。思案しながら一足一足を交さねばならぬ。しかも思案の一足は決して安全ではない。ミネの足袋はぐるりから泥色に染ってきている。ゴム長ではいて、堂々と歩きたい思いがする。二度や三度のことではないのにこのぬかるみを忘れていたのが第一におかしい。四月の初めごろまで、少なくも一年の三分の一は

ねったこったのこの道を、誰も何とも出来ない知恵のなさも不思議だ。夏は夏で煙のような土ぼこりの立つ道なのに。つい十年ほど前には畑地の方が多かったといわれるこのあたりの、下水の設備もない、畑つづきのこの道をはさんで、ゆとりのある間隔をおいて人の住居に手ごろな家が並んでいる。建てた当時の制限建坪を正直に守ったような家々は、粒々と倹約を重ねた末のたった一つの財産として大切に考えてきたような階級の人たちを思わせるとりすまし方で、生垣なども几帳面に刈りこまれている。だが、垣根のそとはこの通りなのだ。我身大事と檜葉垣に身をすりよせて、まるで崖ぶちを歩くようにして人々はこの道をゆくのだが、ほっとしたときの足もとはいつも泥だらけだった。みんなそれを知っていていて噂をしあう。ミネもその一人である。そして今日もまた泥足袋になってためいきをした。ためいきのでるあたりから道は少しよくなる。せまい草原の畑道になるからだった。靴や下駄をはいて歩く住宅街よりも、地下足袋（じかたび）で歩く畑の道の方がよくて、やがて又住宅地へ入ってゆくと再び泥田圃の道になるのはどういうわけだろう。

川島貞子の家はこの畑道でつながった向うの丘にあった。ミネの足はその丘にむかって進んでゆく。ミネのショールのかげにかくれている小さな包みは、近く婚礼の式をあげることになっている貞子の長女におくる、閑子からの祝いの品だった。かわいい下駄が入っている。下駄は朱ぬりの中歯（ちゅうば）の日和（ひより）だった。それに若葉色の鼻緒がすがり、同じ緑のつま皮に赤い折鶴が一羽、あざやかに浮き出ていた。いかにもそれは若い花嫁のはきそうな下駄である。そのかわいらしいおくりものを胸にだきながら、ミネの心はちっともはずまない。破婚してまだ間のない閑子からのおくりものは、受ける方もまた何かの心づかいがあろうと思うと、なかなか軽い気持になれないのだ。閑子がそれを気にしているとき、ミネは彼女の内心をおしはかって、

「あんたはいいよ。うちの者と同じなんだもの。私たちがすればそれでいいじゃないの。」

するとと閑子は急に眼を光らせ、

「出戻りからお祝いをもらうの、ゲンが悪いというならやめるわ。」

「そんなこと、へんなふうにひがむのよしなさいよ。閑ちゃんが祝ってあげたい気持なら、そりゃあ喜ぶわよ。お祝いなんて羽織の紐一つだってうれしいものなんだから。」

「祝ってあげたいから祝うっていうのじゃないわ。わたしが姉さんたちの交際の仲間入りをしようって野心はないのよ。私ももらったんだから、お返しはしなくちゃならんでしょう。それだけよ。作家なんて偉い人たちとのおつき合いはもうこりこりよ。」

ミネはだまっていた。だまるよりほか仕方がない。そんな言葉のやりとりの結果、閑子は下駄を買ってきたのである。永年の田舎暮しの中では冠婚葬祭を義理と形式でしか考えない几帳面さなのだ。かつて自分も祝ってもらった義理は、どうでもこうでも果さねば気がすまないのだろう。そんな義理で買ってきた下駄なのだが、その時閑子は大自慢でそれをミネや正子に見せた。

「いいでしょう。これを朝子さんがはいて、蛇の目の傘をさしている姿が目に浮んできてね、こんな下駄がはける人は仕合せだと思ったわ。きれいな人は、とくね。」

素直によろこぶ閑子だった。ミネはこの素直さを貞子にしってもらいたい気さえした。貞子の前に出る閑子が、あまりにも暗く、重くるしいのを知っていたからだ。あれなら野村がいやに思うのも無理はないと、貞子は考えているだろう。ミネでさえもこのごろの閑子をみて、野村の気持に同感を持つことが多くなってきている。そして、そのことを閑子のために可哀そうに思う。姉にまで重たがられる女で、閑子はあったのだろうか。閑子のそうした一面がどこに根ざしているかをミネは考える。四十歳までひとりで暮してきた女、二十年もの間教壇に立って若い娘たちを教えてきた女、男女のいきさつにうとく、恋の手紙などおそらく一度もかかずに青春をやりすごした女、それを立派だと自信をもって暮してきた女、そこに問題の根本があるのかもしれない。単純なひとり暮しの中ではボロを出さずにいられた閑子が、急に四人の子の母となり、五十の男の妻となったのだ。教壇の上から二つの目で幾十人の顔をみおろして暮してきた閑子は、せまい家庭で十の目に見すえられることになった。無邪気な夫婦から出発して適度な間隔をおいて一人ずつ子供が殖えてゆき、その過程で夫も妻もだんだん複雑な父となり母となってゆく、その道筋を通らずに閑子は四人のしかも大きな子供の母となり、相手の職業もよく考えずに作家の妻になったのだ。女としての心の発展をへずに閑子は、教壇の上でつかったものさしを、家庭にもちこんだのだ。どうしてそれが通用しよう。野村の生れや育ちにだけたよって、作家である現在の野村を究めなかったことは、誰も彼もうかつであったというしかない。

その限りでは閑子をせめることは出来ない。にも拘らず、誰よりも大きな打撃をうけたのは女の閑子なのだ。しかも閑子は投出された自分の破目に、今もって納得できないでいる。納得できる女であったなら、投出されずにもすんだろうに。野村が前の妻との間に二十年間積み重ねた愛情をすら、自然なものとして理解することが出来ないほど、閑子は人間の心の世界にうといのだ。野村の日記をみて腹を立てて帰ってきた日、彼女はなりふり構わず歯ぎしりをしながら野村をののしった。

「立派な人だの、信用出来る人だのと姉さんはいったけどさ、野村のどこが立派なの。あんなにうまいことといってから、一日も早くきてくれっていったんじゃないの。それなのに何でしょう。前の嫁が忘れられないで、やれ貴族のように気高いだの、死ぬまできれいな目をしてたの、ありこうさは文学にも政治にも通じるだの、あんな気高さはどこから生れていたのだろうのって書いてある。私がバカで、きりょうが悪いってことじゃないの。器量の悪いのを承知でもらったんじゃないの。わがが美男子かなんぞのように、貴族だって。プロレタリヤ作家だの何だのいってるくせに貴族が気高いなんて、ずうずうしいじゃないの。子供だって女の子はみな我ままよ、でも私はそれでいいと思っていろいろしてきたのによ、お母さんは持物に手をふれさせんだって、じょうだんじゃない。鏡台も針箱も私のが珍しくて私のばっかり使っていたのよ。タオルだって、はきものだって一しょよ。刺しゅう糸なんぞ今売ってないもんだからほしがってさ、少しずつ自分の糸まきにまいてゆくのよ。そんなこと知らん顔で、お母さんは甘えられないだって。若い者のように、やれ恋がしたいだの、死んだ奥さんの笑顔が魂をとろかしたのと、日記はそんなことばっかりかいてあるのよ。」

閑子はそれが野村の決定的な欠点であるかのように威丈高（いたけだか）な口を利いた。野村の手紙で閑子より先にあらましを知っていたのだが、聞いていてミネは、ますます絶望せずにいられなかった。何という心の貧しさなのか。五十二になって恋がしたい夫の気持の若さをよろこびとすることのできぬ女、そんな女に対してまた、野村の期待は大きすぎたのだ。はずれるのが当り前だ。

「ね、閑ちゃん、野村さんに肩をもつわけではないけどね、日記をかくのは野村さんの自由なのよ。まして作家じゃないの。書くことはお茶の子さ。考えることだって、普通の人よりは細かいさ。普通の人ならどんなことを考えても、それを日記にかく人はめったにないわね。それを正直にかくところが作家じゃないの。私だってかくわ。私のノートには悠吉の悪口がうんとかいてあってよ。口でいえなかったことがかいてあるわよ。あいそをつかして逃げ出したいとかいたこともあるし、おのろけをかいてもあるわ。日記はごまかせない心の記録なのよ。だから さ、悠吉がもし、恋がしたいと日記にかいてあっても、私はそれをどうこうはいえない。それがいやならとび出すしかないし、とび出せないなら恋のしたい男のその精神も一しょに自分の方へ抱えこまなくちゃ。私ならそうする。」

こんなことまでいわねばならない閑子の幼稚さをぎりぎりと感じながら、いった言葉はミネを笑いださせてしまった。白髪頭の自分たち夫婦のありさまを、鏡をみるように思い浮べたからである。しかし、笑いながら走馬燈のように走り去ったのは、二十幾年の夫婦の歴史の中での女としての苦しかった思い出である。あのときはミネもまだ若かった。短気に離婚などしていたなら、どうなっていたろうと思うと閑子にもまして愚かな姿で泣き悲しんだ自分を、閑子の今の姿と見比べずにいられない。しかし、比べるには問題はあまりにちがう。閑子にだまって出ていってほしいという、つまり夫婦としての結びつきのほとんどない野村に比べて、ミネたちは単純極まる夫婦であった。悠吉に問題の起った直後のことだ。二階の段梯子の上からあっという間に足を辷(すべ)らせた悠吉が、下まで落ちたことがある。だだだだっと、ひどい音を立てて、尻もちをついたなり、身うごきもしないで痛さをこらえている悠吉が、やっといきをつきながら最初にいった言葉は、

「お前でなくてよかったあ！」

板の間の隅に巻いて立てかけてあったしきのし茣蓙(ござ)が、思うさまの足の力で圧されて、まんなかを煎餅にへこまして曲っていた。ミネはその時のことをよく思い出す。「あんたがね、もしも私より先に死んだら、思い出の文章の中へ、このことだけは忘れずに書くわね。彼はそのように愛妻家であったって。」そんな冗談をいったことも度々ある。しかし二人は今もって角つきあいのたえない夫婦である。癇癪(かんしゃく)もちの悠吉にあいそをつかして、ミネは心の冷える思いをどれほど味わったことか。そしてミネ自身が又、ひどい短気を起すこともしばしばだ。「決定的」な言葉のやりとりに疲れ果てながら、しかし二人はやっぱり夫婦であるのだ。野村と閑子はおそらく一

言のけんかもなかったのだろうが、たったふた月で割れてしまった。野村はミネたちの前でただ手をついて頭を下げているのだが、手をつけばつくほど閑子は自分の立場に欠点がなかったと思いこむようだった。野村の子供たちに手拭をかしたといい、洋服を作ってやったと考えるところに、母としての価値のなさがあり、野村の不満もあったのではなかろうか。しかし、閑子の身になれば、急にはそこまで気持の幅がひろがらなかったのが当然だろう。土台無理があったのだ。

「やっぱりね、まちがっていたと思うの。あんたに無条件で野村さんを抱えこめといっても、それは無理だわ。私にすれば野村さんの日記は問題じゃないのよ。だけど、あんたにはそれは大問題さ。日記のことは別にしてもよ。毎日が夫婦のくらし方でないとしたら、そんな馬鹿なことってないじゃないの。それを野村さんはいってるのよ。」

「姉さんは、わたしの方が悪いと思うの。」

くちびるをふるわせて問題からはずれたことを閑子はいう。

「どっちが悪いとかいいとかじゃないさ。そりゃあ、うわっつらを考えたら野村さんて人は歯がゆいさ。いつまでも死んだ人にかかずらっているなんて、人生を後ろむけに歩いてることになるもの。新しい生活をもり立てようとしないでさ。それではいつがきても前に進まない――」

「だから死にたい、死んで奥さんのところへゆきたいってかいてある。」

「まさか、いくらなんだって、それじゃあもとも子もない。」

「だってほんとだもの。私がうそをついてると思う?」

またいきり立ちそうなのをあわてておししずめるように、ミネは小さな声になり、きげんをとるようにいった。

「そんな男ならよけいあきらめいいじゃないか。閑ちゃんには悪いけどもさ、もどってよかったってことになるわよきっと。だから、あきらめなさいよ。」

「もちろんよ。だから戻ってるじゃないの。今ごろは奥さんの位牌(いはい)を抱いてねてるわよ。」

閑子の言分はミネにがっかりぐせをつけて、そうなるともう言葉がつづかなかった。しかし、これが血をわけた自分の妹なのだ。ミネが何とかしなければ誰ができよう。こんな一面を知らずに、野村の表面的な条件に合せて裁縫のできるやさしい女ですといったのだ。裁縫のできるやさしい女は、わずか二か月で夜叉(やしゃ)のような女になり、白痴のような女になっている。それを相手に、まるで小娘に聞かすように何度も何度も一つことを、根気よく繰り返して絶望を重ねてゆく。お前がバカなんだよ！そういって閑子にどなりつけたい心を押ししずめかんべんしてくれとあやまったことも、もちろん閑子には通じていまい。だから閑子はあんなに激しい言葉で野村をののしったことをさえ忘れたように、その翌朝、まだ寝ているミネの枕もとへきて坐った。出支度をしている。

「ゆうべ考えたんだけどね、だまって出てきたことは私が悪かったと思うの。だから私、あやまって帰ってこようと思うの。ああはいったけど、世の中に文句のない人はないと思うの。」

まるでそれが、自分ひとりの言分で出てきたようにいう。

「ま、まちなさい。」

ミネはとび起きた。

「野村さんが、今日あたりくると思うの。話をつけにね。」

「ふうん。」

閑子は寝不足で充血した眼をぱちぱちさせた。濁った小さな眼は片びっこにつるし上っている。このきたない眼に、野村は身ぶるいしたのだ。それは気になる眼だった。ねむらずに泣いたあげくの眼と分っていてさえ、いやな目なのだ。

「でも、ほんとにくるかしら。」

閑子はやや考えたあげく、不安そうにいった。

「くるさ、昨日、電報打っといたから。」

すると閑子は急に活気づき、そわそわしだした。そして朝食の間も玄関の戸があく度に腰を浮かせ、耳をすませ、郵便配達にさえとび出してゆくのだった。そんな閑子をかわいそうに思い、あとの打撃に少しでも備えるつもりでミネはいった。

「野村さんは、今日解決つけにくるのよ。貞子さんとこへも手紙がきてるし、だからあんたもそのつもりになった方がいいと思うの。見込みないわよあの人は。みんなそういってるのよ。」

閑子の夫としてのその点での見込みのなさについてのことを、みんなの意見のようにミネはぼやかしていった。せめてもの敗者への思いやりなのだった。しかし閑子は強く、まるで別人のように熱をもって、

「でも、そうでもないと思うことだってあるわ。私さえ

がまんすればいいんだもの。だから私、今日きたらそのことというわ。分ってくれると思うの。あすこの家は私がいなければみんな困るんだもの。第一子供たちが可哀そうよ。気ままといえば気ままな子ばかりだけど誰がお母さんお母さんといってくれようかと思うと、私、悪いことしたと思ってね。子供のためにも、かえろうと思うの。」

「そんなまやさしいところに問題はないのよ。もっと決定的なのよ。」

「決定的――」

「好きになれないっていうのよ。夫婦の感情がわかないっていうのよ。」

　閑子は眼を伏せた。ミネはまた、一年生を相手のくだき方で、

「はじめ子供のためといったけど、あれはお体裁だったと思うの。何といったって、結婚が子供のためなんてうそよ。閑ちゃんだってそうでしょう。どこの世界に、男のいない家へ母親になりにゆく女があるの。そんなわかりきったことをよく考えず、いちかばちかのくじ引みたいな結婚をよ、いやしくも進歩的だなどと自認する作家がよ、そんな世俗的な言葉にあやつられて押しすすめたのが失敗だったのよ。野村さんもその点反省しているし、私も馬鹿だったと思うの。あんたは世間なみに、も一度辛ぼうしてみようと思うのだろうけどね、私たちの仲間はそんないつわりにはたえられないのよ。だれがあんた、友だちを大ぜいよんで披露までした嫁さんとちっとやそっとのことで別れようなんて考えるもんか。野村さんにしたってよくよくだろうじゃないか。そんな中へ閑ちゃんをおとしこんだことでは、私は手をついてあやまる。」

　一生けんめいのミネの言葉もどの程度に受入れられているのか、閑子はうわの空で、相変らず玄関にばかり気をとられている。

「あ、きたわ。」

　みたこともない身軽さで立ち上り、小きざみの急ぎ足で閑子は出てゆく。ミネの部屋の入口からまっすぐに通った長い中廊下を玄関の方へ猫背の胴をまげて、頭の毛をなでながらひどいそと足でうきうきと走ってゆく後姿をミネは限りない悲しさで見おくった。みめ美しい小柄な妻のなくなったあとへその妻の遺言によって子供のために裁縫のできる母として迎えられた女、それは大きなからだの、ちぢれた髪の唇の厚い女だった。そのみに

くい外観が女の価値の大部分を決定したというのだろうか。それとよく似たところの多いミネは、共々に恥かしめをうけたような思いで自分をふりかえった。きれいでない。決してきれいではない自分たち。だけど——

閑子ががっかりした様子で戻ってくる。野村でなかったのだ。ややきまり悪げの微笑を浮べた色の黒い大きな顔。その後姿や前姿を、せまい廊下に行きつ戻りつ幾度もくり返しながら午後になった。そして野村からは「今日ゆけぬ」むねの電報がきた。

ともかくも妻が家出をしたというのに……

大きな不満が胸一ぱいにひろがってゆくミネのその心を、敏感にさとったのか閑子は、申しわけなさそうに野村のために弁護する。

「きっと忙しいのよ。そうそう、今日はたしか座談会があったはずよ。それでだわ。じゃあ、私ちょっといってこよう。」

さっさと立ち上り、帯をしめ直した。ミネのいったことなど頭に入ってはいなかったのだ。夕食も近い今、おひるもぬきで、閑子は持って帰ったリュックを又背負って出かけた。これが単なる夫婦げんかでないのがミネは口惜しかった。しかし閑子のその気軽さは、ミネにかすかながら希望をもたせもした。出がけにミネは通りまで送ってやり、別れぎわに、

「戻る気なら、馬鹿にもなるのよ。負けて勝つってこともあるんだからね。りこうになっちゃだめよ。馬鹿にならなくちゃ女は勝てないのよ。」

何という、かなしい忠言であることか、しかし閑子は素直にうなずき、さよなら、とあかるく笑いながらからだをのり出すようにして道を急いだ。夫にだまって家を出てきた妻の申しわけなさをからだ中にみなぎらせたような歩き方だった。ミネはうつむいて家にかえった。部屋に入ると、悠吉が待ち構えていた。

「どうした。」

「どうもこうもないわよ。」

つんけんと答える。そして当の仇が悠吉であるかのように、ミネはその前にでんと坐って、

「ずるいわ野村さん、私にだけ因果をふくませようとしてる。閑子は日記をみたきりで、野村さんの口からは何も聞いていないのよ。」

いいながらふとミネは、今日の自分の態度が、閑子をかえって野村へ近づけたのではないかと思った。一しょになって、くそみそにやっつけるべきだったのだろうか。

しかしどうであろうと結果はもう見えすいていた。そしてその翌日である。野村はそそくさとやってきた。何かに恐怖しているような落ちつかなさで、ミネや悠吉の前に手をつきかんべんしてくれと頭を下げ、それで押し切ろうとする態度だった。それは殿様に土下座（どげざ）する賤民（せんみん）のようにまで卑屈に見えたが、その芯にはもう決して動かされないねばっこさをさとらせた。たった二日閑子が家を開けたことで、ミネに手紙で知恵を求めた必要もなくなり、野村の決意はますます固まったのだろう。必要以上に何度も頭を下げながら彼は、閑子を引とりにきてくれという。家出をした妻のためには出かけてこない野村が、戻って行った妻のことではあわててやってきて引とってくれというのだ。そこに野村の気持の正直さが現れているとは言え、これではあまりにも無責任だ。

「つれてきて下さるなり、よこして下さるなりすればよかったのに。」

　腹立ちをかくしてミネはいった。

「ところが僕は、閑子さんに気の毒でね、いえないんです。いや、何ともまったく、わがままないい分ですが、ミネさんにつれてきてもらって、よく話してもらうのが一番いいと思って。」

おびえたような目をはげしく目（ま）たたきながらいう。

「閑子にいわずにですか。今あなたがここへいらしたことも閑子はしらないんですか。」

「そうです。ぼくの日記をよんだとかいってゆうべは大分興奮していましたからね。」

　自信のない、ふぬけたような、低いしゃがれ声である。ここまできて、まだ真実を伝えられないとは。それとも、無責任といわれようとも、かかずらってはいられないほど、反吐（へど）の出そうな存在で閑子はあるのだろうか。重たさに堪えかねて投出した荷物に、再び手を出しかねるような、いやなことに対するどうにもしようのない気持、何でもかでも逃れたい気持、それはミネも分らなくはない。顔をみるのもいやということがある。それで野村は、閑子をのがれてここへ出かけてきたのか。ミネは自分を相手の立場におくことで、強いて野村を理解しようとした。と同時に、閑子の立場にも立たねばならない。しかし自分が閑子だったら……。はげしい思いが胸にたぎる。あのときミネは、思うさま悠吉の頬桁をひっぱたいた。ぱんぱんとはげしく頬が鳴った。思うさまミネは、相手の女の肩をつかまえて、力の限りゆさぶった。女の頭がぐらぐらとゆれ、髪が解けて肩に散った。それが解決のいと口になった。ああしかし、閑子にはそれはできまい。野村は閑子の前にも土下座的であったにちがいない。土下座を誰がたたくことができよう。

「ああ！」

急に野村が畳の上にあお向けにたおれた。涙があふれている。それを見られまいとあお向けになったのだろうに、涙は目がしらをあふれて耳をぬらしている。ミネも両手で顔をおおい、机に伏せて泣いた。閑子よ、あきらめておくれよ。野村さんは泣いているのだよ、男が泣いているのだ——。

幾時間をそうしていたろうか。とにかくお互いの友人である詩人の川原にも相談してみようということになって三人は出かけた。悠吉は終始だまっていたが、電車にのるとほっとしたような顔で自分たちの文学団体についで話し出した。野村が見つけ出した若い職場出身の作家の最近評判になった小説について、若い評論家たちの近ごろの鼻いきの荒さについて、創作コンクールに集ってきた小説や詩について。その言葉を風のように聞きながら、ミネの心の眼はじっと閑子たちの上に注がれていた。何てかわいそうな二人だろう。甲斐性がなさすぎるではないか。二人とも小気な人間なのだ。しかも結局は女の側にだけ最後の重石がかかってくるのだ。こんな場合、解き放たれて息をつけるのは男だけで、女の方は予想もしない負目をおわされるのだ。その重石に圧されて自分を小さくして生きてきたのが日本の女の歴史である。そういうものをも払いのけて道を開くために同じ思想で手をにぎり合っている野村やミネたちでありながら、うかつにも一人の女をやはりそこへおいこんでしまうことになりそうだ。せめて傷つけあうことでもさけたいが、そんなわけにゆくだろうか。野村は泣いている。閑子はたかぶっている。そしてミネたちはただ困惑の形を次第に大きくしている。貞子はためいきをつき、じっと等分に見守っている。川原にどんな知恵があるだろう。川原の家は野村のすぐ近くだった。野村が伝えてあったらしく兵隊服をきて若く見える川原は「ああ。」とうなずきながら三人を迎えた。野村は一ことも語らず、ミネだけがしゃべるようなことになった。ミネは川原に気を許したのか、涙をこぼしながら感情を交えててん末を告げた。

「器量がどうのってことは、そんなことは問題じゃないがね、とにかく野村はこのさい、はっきりした態度がいるね。そうだ、鷗外にこんな場合の男の態度をかいたのがあったたな。」

川原は書斎からぶ厚い鷗外の著書を二三冊持ち出してきて、ゆうゆうと頁をくった。上質の紙はぱさっぱさっと歯ざれのよい音を立てて色の黒い川原の指にあやつられている。かなり長い時間がたっても目ざす文章がみつからぬらしく、頁をあとさきにくりながら、

「つまりね、こんな場合にいさぎよく非難の矢面に立つ覚悟で、責任をもってことを処理するか、それが出来ないときは、一生を棒にふってでも妻とともにその中に埋没してしまうか、二つに一つだというんだね。しかし、これは参考だよ。われわれの場合は一生を棒にふるというより、何とかして局面を打開することを考えなくちゃならんと思うんだがね。」

川原はだれの顔も見ずに、相変らず鷗外をばらばらとくりながら、さしずめ野村は閑子にも事態をはっきりと告げねばならぬこと、少しでも肩をはずしているような感じをミネたちにも持たせないようにすること、たとえば、どうしてもだめとならば閑子の荷物も自分で届けるとか、区役所へいって異動の手続も野村自身の手でやるとかという風に、閑子の心配を一つでも少なくするべきで、それをしなくちゃだめだという意見をのべた。事態はそれで決ったような形をとってしまった。野村はもう毛の先ほども閑子に希望をもってはいないのだ。しかし、そう決りながらなお野村の顔にどことなく不満のかげのあるのをミネは感じた。ミネたちの前では、すべて自分に責任があるのだと、ひたすらに頭を下げてばかりいる野村だが、川原から全責任を云々されるのは不服に思うのではないのかと、ふとミネは思った。だが野村は積極的にそれをいうことをさけているようでもあった。

そとはもう暗くなっていた。野村の家では夕食を終えたあとだったらしく、茶の間の掘ごたつの上に作りつけになっている食卓をかこんで閑子と子供たちが、たがいに風をはらんだ空気を胸に抱いた面持ちで三人を迎えた。ミネが閑子をよび、玄関わきの部屋で話していると茶の間から、わあっ！　と泣き声がもつれあって聞えてきた。三人の娘が一しょの声である。野村から結果を聞いて、娘心の単純さで泣き出したのであろう。

「いや、いやあ。帰っちゃいやあ。」

「お父さんのばかア。」

「お母さーん。」

まるで芝居のような騒ぎだ。閑子も泣きながら、荷物をまとめている。ミネはそれを、よそごとのようなうつろな気持でながめていた。野村が入ってきて、ある感動

をうかべた顔で、

「どうも、弱ってね。子供があの通りで、迷うんだね。今更またこんなことというのはへんだけど、もうしばらく考えさしてください。三日間。そして返事をすることにしますから。」

野村はあとの方をていねいな言葉でいった。その三日間を閑子は荷物を持たずに帰っていてほしいというのだ。また戻ってもらうかもしれぬという含みがあることはいうまでもない。閑子は急に明るい顔になり、子供たちの泣き声もそれで止んだ。だがそのままいてくれとはいわない。だから閑子は出かけねばならない。

「さよなら。」

玄関に立った閑子がいうと、子供たちは泣きはらした顔に微笑を浮べ、口々に、

「さよなら。」

「いってらっしゃい。」

「迎えにゆくわね、お母さん。」

まるで旅行に出る母をおくるような別れ方だった。野村ひとりは暗い顔で、ていねいに腰を折ったおじぎをした。そとはまっくらで、方向が分らなかった。突っ立ったまま、闇の中に眼をすえていると、野村の長女が提灯(ちょうちん)をもって出てきた。笑ってそれを差出す顔が、灯(ほ)かげにくまどられてこわく見えた。

「お母さん、心配しないでね。私たちでよくお父さんにたのむわ。」

小さな声でいって、返事も聞かずに中に入った。小さな提灯に足もとを照しながら、三人は無言で細い道を歩いた。

閑子はこうして帰ってきたのである。そして三日たち、五日がすぎた。野村からは何の沙汰もない。

「三日間考えて、郵便が、どうかすると三日ぐらいかかるわね。」

閑子は待ちあぐんでいるのだ。七日たち十日もすぎた。閑子の顔はいんうつに、いつも眉がひそめられていた。

「私、いってくる。」

「よしなさい。帰ってほしければ迎えにきますよ。」

「でも、私ゆく。いって返事を聞いてくる。約束だもの。こんなはずないわ。」

「分らないの。きれいに引下った方がいいのよ。」

「いや。野村はどんなつもりでいるかしらないけど、私が帰れば子供たちは喜んでくれるわ。結婚式の日、母子の盃も交したんだもの。」

「よしなさいったら。まだ子供のところへかえるなんて。野村さんのところへゆくというならわかるけどもさ、あんたが野村さんに惚れてさ、どうでもこうでも誰が何といおうともというならいらっしゃい。いって自分で道をひらいてらっしゃい。あんたにはそのぐらいなことはあっていいんだわ。理屈はどうでも男と女の間にはこんなこともあるんだと納得できるならよ。ただし、私は反対なのよ。そのことはっきり野村さんにもいってちょうだい。その反対を押しきって出てきたとね。男に惚れた女は、そんなこと相談なしでやるんだから。そうなら私はひきとめたりしないわ。子供のためなんて、うそっぱちはやめとくれ。」

ミネは激しい声でいった。惚れるなどという言葉が、反吐（へど）のでるほど閑子の自尊心をゆさぶることをしってわざとつかったのだ。閑子は内心を見つめるように目を伏せ、くちびるをかんでいたが、思いきったように、すっと立ち上ると、

「姉さんは、馬鹿になれっていったじゃないの。負けて勝てっていったじゃないの。私馬鹿になりにゆくわ。それに、私の悪かったこともずい分あるんだもの。私さえ努力すればうまくゆくことだと気がついたの。私、野村にたのんでみる。」

この前より事態は、全く変ってきていることさえ閑子は分らないのだろうか。しかしミネは、こんな積極的な閑子をみたことがなかった。一生懸命なのだ。野村から返事がないとなれば、子供にすがるしかよりどころない閑子なのだ。いくら平凡な閑子だとて、このくらいのさわぎはせずにいられないのだろう。残っていた荷物を全部揃えて出かける閑子を、ミネは駅まで見おくってやさしい声でいった。

「あたってくだけろっていうから、やってみるのね。やるだけのことをやってみなくちゃ、閑ちゃんも納得できまいから。大たい、あんまりはたで膳立てしすぎたようだものね。あんたにすりゃ、そう思うでしょう。それでだめなら、あんたもあきらめがつくでしょう。そのときは元気を出してさっさと帰ってらっしゃい。世間は広いんだから。」

ミネは、不体裁な閑子の戻りぶりを幾分かでもおぎなおうと、駅前の八百屋（やおや）でリンゴとみかんを買って子供たちにもたせた。

「私、ちっとやそっとのことでは戻ってこないつもり。出てゆけといわれてもそうなったらがんばるつもりよ。

私の方だけが何でもかでもはいはいと、いいなりになる法はないでしょ。私さえその気なら、泥棒犬をたたき出すようなわけにはゆかないもの。」

　閑子は捨身になったのだ。その悲壮な決意にもえる女をのせて、すいた昼間の電車は身軽に走り出した。後部の運転台のところに立って閑子は子供のようにひろげた手のひらを硝子戸に押しあててうなずいた。さびしい女の顔である。ミネは、つうんとする鼻の息を、音たててすすり上げながら、大通りをふらふらと歩いた。本屋による気もない。貞子の家へゆく気にもなれない。花屋をのぞいたが、花を買う気持さえ失っている。花屋の向いに古道具屋があった。ほこりのたまったウインドの中に、ナイフが一つ、煙草(たばこ)ケースや小さな壺や花鋏(はなばさみ)などのがらくたに交って並んでいた。ミネはそれを見せてもらった。道具のいろいろついたものだった。大小のナイフが二つ、錐(きり)、缶切り、耳かきまでがある。日常生活の中でのあの手この手が、一口にナイフと呼ばれるものの中にかくされているのだ。便利といえば便利なのだろうが、すらりと気持に合うものではなかった。なぜこんなものに心をひかれたのかを怪しみながら、今別れた閑子にそれを結びつけているのに我ながらおどろいた。閑子はどんな小道具を出して解決しようというのだろう。歩いても、家に帰って机の前に坐っても、閑子のことが心を離れなかった。ちっとやそっとのことでは戻らないといった閑子の言葉が、女の執念のこりかたまりのように思えて、野村の困惑した顔が気の毒な思いで浮んだ。閑子は私の恥も一しょにさらすのだろう。しかたがない。

　夕方、ミネは庭に立っていた。眼は空をながめていたが、別に空の色が脳裏に映っているのではなかった。ぼんやりとした中で、閑子のことだけが心を占めていた。閑子がどんな言葉や態度で自分の意志を伝えているか、想像もつかない。芝居のできる閑子ではないからだ。どんな気まずさの中で、閑子は今を過しているだろうか。しょんぼりとかりてきた猫の子のようでもいられまいし、ちゃべこべと場つなぎの言葉をしゃべることもできまい。考えられるのは野村の前でぶざまに泣いている姿だが、野村はそれをのがれて外へ出ていったかもしれない。――その遠い閑子の姿をおっているミネの前へ、そのとき、本当の閑子が現れた。下駄の音を立てて、ボストンバッグをさげて、全身のなやみをその顔に集めて、閑子は帰ってきた。そこにミネがいることもしらぬように、閑子は縁側から上っていった。そして人との交渉の一ばん少ない三畳へ入って行って、ぴしゃりと障子をしめた。だめだったのだ。あとからミネも入っていった。閑子は壁に向って坐っている。ふりむきもしない。

「閑ちゃん。」

　呼びかけると閑子はかすかに首をふった。並んで坐って肩に手をやると、つぶやくような小声で、

「わたしの坐れるすきまを、誰も見せてくれなんだ。おそろしい、うちだったわ。」

　やはり壁をみつめたままでいった。ミネは涙がたらたらとこぼれた。しかし閑子は泣いていない。

「どうしてどうして、やっぱり他人だった。」

　こうして閑子は本当に戻ってきたのである。早耳の新聞社は早そくやってきて、野村とミネにそれぞれの立場からのいい分を書かせようとした。ミネは取り合わなかった。ミネの親しくしている婦人記者はぜひともミネに女の立場からの抗議をかかせ雑誌にのせたいといった。こんな場合女はいつも損な立場におかれるのが通常だが新しい態勢の中で男女はどんな要求をし、進歩的といわれている作家の野村はどんな慰謝（いしゃ）方法で解決したのか模範的にそれを示して欲しいというのだ。

「そんなことといわないでよ、かわいそうに。」

　ミネは半分笑いながら怒った。こんなまわりの風をさけて、閑子はかくれ猫のようにこもって暮した。ミネがさそってもなかなか表へ出ようとしない。しかも、何をするでもなく、ぐずぐずとした毎日なのだ。そのこもった毎日の中で、わけもなくミネや正子にあたりちらす狂態を演じたり、野村のことをいい出しては泣きの涙で終日ふとんをかぶって寝たりする。時がたてば、自然にまた芽をふくこともあるだろうか。閑子にとっては今が生涯の冬の時期なのだ。ミネたちはできる限りの思いやりで、その傷手（いたで）にふれぬよう心をつかった。しかし、閑子のくらいかげは、みんなに映って、のんきで明るかった家の中は何ともいえぬ重い空気がただよった。親しい貞子たちでさえこれまでのような気軽さではよりつけぬらしいのを、ミネはさびしく思った。貞子の長女の縁談がいよいよ決ったとなると、その忙しさもあってかこのところ貞子の足はなおのこと遠のいている。わが家の空気の重さにたえかねるとミネはふらふらと貞子の家へゆきたくなる。今日もそれだった。

「ちょっと散歩。」

　衣桁（いこう）のショールをとりながら、そばの箪笥の抽出（ひきだし）をがたぴしさせている閑子にいうと、閑子はふりむきもせず

に、

「貞子さんとこ。」

意地わるなひびきだった。何かしらこつんとしたものを感じさせられるのを胸にしずめて、ミネは閑子のそばへよってゆき、それには答えずにいたわる調子で、

「疲れた顔ね、あんまでもいってあげようか、ついでに。」

それでも閑子はこちらを向かずに、

「けっこうよ、あんま買う身分とちがう。」

卑下した言葉でつっぱねた。むっとしたが、言葉をかえせばその結果は泣かれて、くどかれて、恨まれて、嘆かれるのがおちなのをしっているミネは、その手をくうまいとだまっていたのだ。

「ね、貞子さんとこなら、たのみたいのよ。朝子さんのお祝もってってくれない。」

むくれた顔でいった。ミネは今その下駄の包みを胸にだくようにして、閑子の言葉を心にくりかえした。こんなかわいらしい下駄を買ってきた閑子が、そしてこの下駄をはいた朝子の蛇の目の傘をさした姿を美しく心に描いてよろこぶこともできる閑子が、なぜ結婚に破れねばならなかったろうか。祝う閑子はそれを持ってゆくことをさえひけめに感じている醜い破婚の女であり、祝われる朝子は思われ妻の誇りに匂うばかりの若い美しい女であるのだ。その対照の極端を一足の下駄でつなごうとしている自分の役割を不思議に思いながら、ミネはふと、今通っているこの同じ道をつい四五日前、高木千恵子といっしょに歩いたときのことを思出した。貞子の家で持たれた小説の研究会の帰りだった。千恵子はかん高な調子で、「どうしてみな結婚をさせないで、お嫁にやるの。」といった。貞子にしろミネにしろ、娘や妹に自分で相手を選ばせずにあてがい婿(むこ)なのが変だというのだ。その時ミネは軽い反発を感じながら、

「だってさ、自分では選べない女はたくさんあるのよ。そういうたちの女には、やっぱりはたでお嫁の世話をしなくちゃならないじゃありませんか。甲斐性がないといえばそれまでだけど、そんな女に、はたが心を配らなかったら、いつまでもひとりなんてことになってよ。私の妹なんか、その口なんだけど。」

「それもそうね。でも、似合いってことがあるでしょう。閑子さんの場合、まるでそれが、似合っていないんだもの。妙てけれんだったわよ。ずい分へんだと思った。」

そういえば千恵子は閑子の結婚式にも、いかに野村と

閑子の組合せが意外だったかというようなテーブルスピーチをのべたのを、ミネは思い出した。二人を似合いだと思ったミネの目は、たしかに狂っていたのだ。それを似合いとみたのは肉親のひいき目だったのだろうか。それほど閑子はどこかに足らぬところがあったというのだろうか。

　そんなことを考えながら歩いていたミネは、閑子が結婚の土産として野村の長女におくった草履のことを不意と思い出して、がく然とした。畳表のその草履は赤えんじの鼻緒がすがり、フェルト裏の上等のものだった。ずっと前、そんな草履が買えた時代に、それはミネからお年玉におくったものだった。田舎にいた閑子は、きれいな草履を愛し、惜しみ、幾度か下におろそうとしては思いあきらめ、箱の中に入れて眺めることで終った。もう派手になってしまった草履を、閑子は持って上京した。そして草履はついに一度も閑子の足にはかれず、そのままひとにくれてやることになったのだ。閑子はきれいなはきものも惜しんで、ようはかない女だったのだ。閑子よ、そこにお前の不幸もあったのではないのか。今からでよい、閑子よ、きれいな下駄もはこうでないか。はいて泥田圃を突っきろうでないか。お前は美しい下駄をはく権利を捨ててはならないのだ。美しい下駄は美しい人だけのものではないのだもの。閑子よ、私はお前にもう一度きれいな下駄をやりたい。それをはかしたい。

四

　久しぶりにゆっくりと、誰に気がねもなく寝坊を楽しんだミネは、寝床の中からきげんがよかった。お天気も上等らしく雨戸のすきまから障子にさしたかげもあかるい。

「マーマ、今日はごはん、縁側にしてね。」

　娘の正子にまあまと甘えてよびかける、それも実に久しぶりだった。忘れていたまあまがこんなに自然に出たことが、たっぷりねむれたためではなく閑子がいないからだと気づいて、ミネはおどろいた。こんな些細なことにまでしらずしらず気をつかっていたのだろうか。

「雨戸、あけましょうか。」

　いたわるような正子の言葉が、心にしみる。閑子とくらべてなんという相違だろう。閑子ならがたぴしとあてつけがましくやるところだ。そして彼女はよくいった。

「野村のね、一ばんよかったところは早おきだわ。よくいってた、作家なんていい合したように夜ふかしで朝寝坊だって。その点あの人は几帳面だったから。」

まるで死なれた夫を追憶するかのように閑子は野村をほめる。しかしそれは野村をほめるのが目的ではなく、ミネたちに早くおきて食事もみんなと一しょにしてほしい閑子の要求なのをミネは知っていた。悠吉もそれを聞くと眉をよせる。閑子の微妙な心のうごきをそんな言葉のはしにも感じ、ミネはひそかなためいきをする。

「そりゃあね、野村さんちは四人の子供がみんな学校なんだもの、自然早おきにもなるさ。うちは時間にしばられるものは一人もないんだから、閑ちゃんたちも、もっと朝寝すればいいのに。」

そういうと閑子はふんというような表情で、居候にそんなことはできぬとつぶやいたりした。それならそれでよいではないかといいたくなるのをがまんして、なるべく早くおきて閑子の気持を刺激しまいと考えるのだが、永年の習慣で朝になるとついゆっくりになってしまう。脊椎カリエスの持病のせいもあった。

「わたしは、ずい分閑子に気がねしてる。」

悠吉にうったえると、彼は彼の不満を現して「ほんとだよ。」と唇をとがらす。

一つの部屋に夫婦が蒲団をならべて寝る、その当り前なことに気がねをしなければならないのだ。といって、それをのぞくどんな方法があるだろう。住宅改善や経済問題にまで問題を飛躍させてみたところで、現実はやはり厳然として動かない。動かないところへみんながおちこんでいるのだ。それにしても閑子はどんな気でいるのだろう。あの仕事好きの片づけ好きの閑子がこの頃は何一つ根気を入れてすることがない。そのくせ朝ばかり早くおきてとげとげするのである。ミネたちの朝寝が十時近くなると、閑子のつかうハタキの音はちがってきた。ミネたちが寝床の中で新聞をよむのは二十年来の習慣だったが、その新聞紙の音がしだすと、ふすまのあちらで聞き耳たてて待ち構えていたかのようにハタキの活動がはじまる。力まかせにたたきつけているようなすさまじいその音、感情をこめて責め立てているようなそのはげしさは、気のよい正子などにはとうてい出せるわざではなかった。

「気が、立ってるね。」

悠吉が舌打ちするのを聞くと、ミネはだまっていられなくなり、

「ね、正子、もっとしずかにしてよ。」

平静な声でいう。ハタキははたと止り、

「はいはい、私でした。すみません。」

これも平静をよそおった声だ。そして閑子はつづける。

「あの、ねむってたんならごめんなさい。ごはんはとっくにできております。おみおつけはもう三度ほどさめましたけど、まだおきませんか。」

切口上だ。

「すみません。みなまってたの。」

あやまるのだがミネの内心は歯がみをしている。それを閑子は知ってか知らずにかいどんできた。

「まってればよかったの。すみませんでした。」

ミネはいつも黙りこむしかなかった。そんなミネたちにある時はまた、一たん起きて食事をすましてから寝るなら寝たらどうか、と提議したこともある。ここまでくるともうまともな相手ではなくなる。ミネはただふん、ふんと聞き流す態度に出た。それがまた閑子の気に入らぬらしかった。火花をちらせば話は野村のことになってゆく、それをのぞんで閑子はいどむような態度を、何事にもとるようでさえあった。閑子を案じて埼玉の田舎から様子を見にきた妹の千枝は、見るに見かねたらしく一役を買って出たことがある。


「私んとこへ、閑ちゃんを誘ってみようかしら。あれじゃあ姉さん何にもできんでしょう。」

「たのむ、三日でもいいわ。」

ミネは思わず手を合した。閑子のいないちょっとの間の相談であったが、千枝はさっそく実行に移った。

「閑ちゃん、わたしんとこへ行かない？」

すると閑子は、例のつるし上った目になって千枝の方へ開き直り、

「だれの意見、それ？」

「千枝の意見よ。気晴しに田舎もいいわよ。」

自分のことを千枝がと、娘時代の言葉になって千枝は、三人の子持とも思えぬあどけなさでいった。その、いかにもわざとらしい無邪気さを、そんな甘えのきらいな閑子はつっぱねるような声で、

「気晴しだって。私の気が晴れると思うの。」

「晴れるわよ。まあ一ぺんきてよ。」

「いやっ。あた恥かしい。姉のとこさえ気がねの山なのに、妹のうちへ恥さらしにゆくなんて。」

閑子はおいおい声をあげて泣き出した。言い出した千枝もぽろぽろ涙を流しながら、

「そんなに思うことないわよ。だれが閑ちゃんの詮議立

てなんぞするものですか。だれも知りゃしないもの。それにさ、わたしは実のところ、閑ちゃんに手伝ってもらおうと欲を出してるの。気がねどころかたのみたいのよ。」

千枝が一生けんめいになったが、閑子はしくしく泣きながら結局応じなかった。

「まあまあいいじゃないの。閑ちゃんのいたいところにいるさ。ゆきたくなったらゆくさ。」

仕方なくミネはそういった。ミネがたのんで千枝の家へやろうとしたように勘ぐっているらしい閑子の気のまわりを、自分のものとしてミネはかみしめてみた。全くかわいそうに思うばかりだった。たのみはしないがそれをのぞんでいたことはたしかだ。閑子はそれを感じたのだろう。それは千枝のいうように、閑子のためにミネ一人がたまらぬ思いをしているとは思わぬが、お互いに気を沈める必要はどうしてもあった。顔を合さぬことで気がなごみ、かえって気持の通じあえそうな気がして、閑子の気持を郷里へ向けようと、このところミネは考えつづけていたのだ。それがたまたまやってきた千枝にうまく見ぬかれたわけなのだが、しかし閑子にはてんでそんなつもりはなく、何とかして東京にとどまりたい意志だけを燃やしているようだった。その火は新しい道を開くためにかかげられたものではなく、ただもう、婚家からはみ出された女の姿を洗いざらい照し出すために燃やしつづけられているようだ。そのためにミネは、思いがけない人間のかくされた面を、閑子だけでなく野村や悠吉や、ミネ自身の中にも見つけ出した。皮肉や、絶望や、意地悪や、それに立向う希望のちっぽけさや。しかし立ち上らねばならぬ。まけてはならぬ。さまざまな憎悪もつまずきも新しい希望への道筋の石ころになれ。

千枝がきてから十日とたたぬときだった。閑子は急に千枝のところへゆくといい出した。片意地になっているときのくせで、閑子は片方の口じりを前の方へぎゅっとよせ、下くちびるをひどく片びっこにゆがめる。その口になったときには、ミネは気を落ちつけねばならなかった。ははあ、あれだなと思いあたりながらミネはさりげなくいった。

「いいでしょう。いって千枝を助けてやってきてよ。」

千枝はひどいリュウマチで不自由な手足をしていた。閑子が最初に上京した目的は、ミネの家の手伝いをかねて、リュウマチの妹への不憫(ふびん)も含まれていたし、東京へ転入できぬ配給の籍は千枝のうちへ移してあった。その限りでは気がねもないはずだが、そんなことは忘れている時の方が多いような閑子だった。

「千枝んとこもいいよ。もう寒さも峠をこしたからね。関東平野の空気を吸って、あんたもゆっくりのびていらっしゃい。」

　すると閑子は皮肉な笑いを浮べ、

「その方が、姉さんも、くつろぐでしょう。」

「おたがいにね。」

　冗談にうけると、閑子は急に両手で顔をおおい、泣き声でいった。

「わが家がありながら、わが家へ帰れんようになってしもてからに……」

　郷里の家を生涯の住家ときめて、ひとりぽっちはひとりぼっちなりの楽しみもあったというのである。上京してミネや千枝の家をいったりきたりすることも、独り者の気軽さゆえの楽しみだった閑子である。それが野村との結婚によって、彼女の四十年の住家は、もう人に貸してしまったのだ。離婚したからもう貸さぬとはいえぬ。同居のかたちで暮せぬこともないであろうが、千枝の家へゆくことをさえ恥さらしだと考える閑子は、他人のいる家へ帰ってゆく惨（みじ）めさを、実際の惨めさの幾倍にも考えて泣くのだった。そしてその惨めさの中へおとし入れたのが野村だというのだ。野村は私をたたき出せばそれでせいせいしているだろうが、たたき出された私は帰る家もないといって泣くのだ。

「もうそれは、いわないことに約束したじゃないの。いってもはじまらんことはよそうよ。手離して惜しい宝ものじゃないんだからね。いわば、くされ縁じゃないか。」

　くされ縁はこの反対の場合なのにふっと気づきながら、そのくされ縁にでもすがりつきたいほどの閑子を哀れに思わずにいられなかった。千枝の家へゆくといい出したことの起りは、昨日野村の中の娘から手紙がきた、それであった。別れて荷物まで引きとったかりそめの母に、野村閑子様とその表にはかかれていた。バラの花の浮出た桃色の小さな角封筒に、中身はおかっぱの少女の顔の絵のついた便箋である。少女らしい感傷で、最初の一行目からもう涙の文章だ。――お母さんお母さんお母さんお母さん、いくらよんでもお母さんはもういません――半分が「お母さん」でうずまったその手紙は母を失った少女が母に呼びかける声にみちていた。それは亡くなった実母への呼びかけであるかもしれぬ。ただ母をよぶ声だけで終っている手紙のどこにも、帰ってほしい言葉はない。死んだ母と同じく、もうそばに呼び戻すことのできぬ母として閑子によびかけているだけなのだ。ミネが悠吉と二人で閑子の身のまわりのものをとりにいったとき、閑子との別れに泣いて騒いで野村の気持を一時にしろにぶらした娘たちは、ミネたちのいる隣りの部屋でくっくっと笑いながら何かに興じていた。それはおどろくほどの無邪気さであった。一まつのわびしさを感じながら、これでよい、これでなくてはと、ミネはその時感心した。持ちかえる品物をこまごまと閑子らしく箇条書にした手紙を、父親の野村から渡された娘たちは急に顔をよせ、ミネの眼の前でその一つ一つをまとめ出した。

「ハサミよ。」

小さな声で突っつかれて、そのハサミをつかっている中の娘はいそいで畳の上にハサミをおいた。

「電気ゴテ。あ、あすこよ、昨日つかったじゃないの。」

それで小さい娘が茶の間へかけてゆく。

「毛の半コート……あら。」

長女は顔をあからめながら着ていた紺のコートをいそいでぬいだ。長いまつ毛をふせ恥らいが顔に上ってくるのが分るようだった。

「ごめんなさい。」

ミネはなぐさめるように微笑をおくった。そして、いつか閑子が、そのコートをもしかしたら長女にやらねばならぬといいながらミネの家においてある荷物の中から取出して持っていったのを思い出した。閑子はやるといったのではなかろうか。しかしこうなった今、それは残さぬ方がお互いのためだと思い、ミネはだまってコートをたたむ娘をみていた。くっくっと若さのせり上るような笑いを交していた娘たちは、もうけわしい顔になっていた。まだまだ母親の必要な娘たちなのに。ミネは亡くなった野村の妻のことを考えながらまとめた小物を荷物にしていると、自分の部屋から出てきた野村が、これ、といいながら小さなものを差出した。口紅だった。それは結婚のとき、ミネが閑子に与えたものなのだ。野村の部屋のどこにそれがおかれてあったのだろう。帰る道々ミネはへんにそれが気になったのを思い出す。閑子はおそらく、二か月の野村の家の生活で口紅に用がなかったのではなかろうか。それなのにこのごろの閑子が時々、口紅をつかっているのをミネは発見した。

「わたしも、すこし、やつそと思って。」

いいわけしながら、思い出したように粉白粉をはたくこともあった。以前は見せたことのない態度だった。それと結びつけて、野村の子供から手紙がくるように誘いかけたのも閑子であろうと、ミネは思う。三畳にかくれるようにして閑子の編む手袋や、閑子の作るお手玉が、野村以外のどこの娘におくられると考えられよう。閑子はそこに一縷（いちる）の希望をつなごうとしているのだ。バラの花の手紙を手にした閑子はうれしそうな、しかし皮肉も交えた顔で、これをみよとばかりにミネの手へそれを渡したのである。よんでしまって何ともいわぬミネに、

「ね、子供に文句はないんだもの。手紙ぐらいやりとりすることは許してくれたっていいでしょう。私だって子供は可愛いと思うのよ。親が何といったって、子供はこうして手紙をくれる――」

　それで野村の気持をとり返そうと思っているのだろうか。そのことではもう、野村からはっきりことわられているのを閑子は無視しようというのだろうか。忘れてしまったというのだろうか。これまでにも閑子は、二度も三度も野村の家へ出かけてゆき、そのつど絶望して帰ってきた。その度にミネは背をさするようにしてなぐさめた。しかしそれは閑子の絶望を上ぬりするような言葉ばかりだった。思う存分貞子に愚痴を聞いてもらいたいと

て、高ぶった口調で貞子にうったえたこともある。貞子だとてただ聞いてなぐさめるほかに、その言分をもっともだとは思っても、だからどうなる問題ではない。貞子やミネが、閑子を再び野村とつなぐ意志のないことをしると、閑子は捨身な言葉をはいて出てゆき、川原のところへよって妻の竹子に、自分はミネや貞子たちの意見にそむいて、こんどは自分だけの意志で野村の家へゆくのだといったという。閑子のつもりでは、結婚のとき近所まわりの案内役をつとめてくれた竹子に一肌ぬいでもらいたかったのかもしれぬが、そのときの結果は閑子の決意をくだくことになった。閑子は、いつよりも元気な顔で戻ってきてミネにつげた。

「姉さん、もうもう私もきっぱりあきらめがついたわ。一生を犠牲にするほどのねうちはあるまいと、竹子さん、はっきりいった。」

　そして野村があるとき、竹子の噂をしたあと、竹子がいわゆる「ひのえうま」の女であることをいおうとして、閑子も同じひのえうまなのに気がつき、「竹子さんはヒノ」までいってむにゃむにゃと言葉をにごしたと、腹をかかえて笑ったりした。ミネも一しょに笑いながら、まさか野村がそんなふうにひのえうまを気にする人間とも

思わなかったのだが、その前にきた野村の手紙には、別れるについて閑子さんがひのえうまだからなどということは決してありませんといいわけしてあった。野村ともあろう人間がたとえそんなかたちでにしろ一応はひのえうまを問題にするのかとそのときミネは軽い気持でひっかかったのを思い出した。ミネだとてひのえうまだからどうだなどとは考えないが、しかし実際問題として閑子の上にひのえうまは大いに影響していたのは事実である。彼女が四十までもひとりで暮してきたその原因の一部にはひのえうまが厳然と作用していたのをミネは知っている。閑子に限らず、ミネの郷里などではひのえうまについてはやはり平気の平ざではなかった。それに向って肩肘をはっていたような閑子を、昔からいろんな形でどれほどミネは啓蒙(けいもう)したことか。そういう意味でならミネもまたひのえうまを問題にはしていた。野村のはしかし、どうなのだろうか。だがともかくとしてひのえうまを笑って語れるのは閑子の発展だと思った。そして、閑子もこれで落ちつけるだろうと安心したのだが、いつのまにか閑子は、また野村の子供と交渉をもとうとし、手紙ぐらい出してもよかろうというのだ。

「反対だね、馬鹿らしい。」

かんたんにあしらわれて、閑子はむっとしたらしく、ものもいわずに暗い顔をした。泣いてもいたがミネはわざとしらぬ顔をしていた。泣いたあげく、千枝のところへゆこうと思いついたなら、なるべくおだやかにゆかせようとしたのだが、やっぱりぶつっけねばおさまらぬらしい。

「千枝んとこへゆくのは、関東平野の風に吹かれるなんてそんなのんきでゆくんじゃないのよ。着物を売りにゆくんだから、とうとうここまで落ちぶれてしまったのよ。」

野村とのことさえなければ落ちついて働くこともできるのに、毎日を仕事も手につかずにいるのは野村のせいだといいたいのだろう。だが野村だとて面白くない毎日であろうことはどこからともなくミネの耳にもきこえてきている。野村が着物の尻端(しりは)しょりをして七輪をばたばたやっていたとか、配給ものの行列にならんでいたとか、また悠吉への手紙には、あれ以来何となく肩身せまい思いがして人中へ出るのがおっくうだとかいてあったりした。その不体裁や不自由の中でも野村は閑子に戻ってほしい思いはなく、そこから生活の建直しをやっている。それなのに閑子はまだ自分への見極めをつけようとせず、うろうろしている。うろうろすることで何かのはずみには誰かが又野村の方へ押しやってくれるような空想をしているのかもしれぬ。女が哀れになることで同情を引こうとし、そのすきに乗じようとでもいうのか、情ないではないか閑子よ。それこそ落ちぶれた根性なのだ。――かなしく思いながらミネは、がま口から幾枚かの紙幣をとり出し、

「着物は売らないでお置きよ。どうせさきで売るにしてもそれを落ちぶれたとはいえないわ。千枝みなさい。知らん間に片っぱしから売っ払って、きれいな顔しとるじゃないの。落ちぶれてなんぞいないわ。」

「そりゃ千枝には実さんという聟もあれば、三人の子もあるもの。どっちむいてもひとりぼっちは私だけじゃないの。」

閑子は子供のようにしゃくりあげて泣きながらボストンバッグに身の回りのものをつめミネの方には目もくれずに、肩をふるようにして出ていった。とめたとてとどまる閑子ではないのを知っているミネは、だまってなすにまかせたのだが、心なぐさまるものもあるまい旅へ、泣きながら出ていった閑子を思うと、不安がしだいにひろがってきた。だれ一人話相手もなく、たった一人寒いホームに立って汽車を待っている女、その空ろな心にどんな誘惑がしのびこまぬとも限らぬと思うと、肌が粟だってきて、ミネは慌て出した。正子にいってミネは着物も着かえず家を出た。郊外電車を省線にのりかえての一時間をやせる思いで赤羽についた。汽車のホームへのブリッジを、ミネはかつてない敏捷さで走った。階段の上り下りは太ったミネの心臓をしめつける。かける足が次第ににぶり、それでも走りやめずにあえいだ。汽車の時間がせまっているらしく、前も後も走る人ばかりだった。ミネは腰や肩にトランクや包みをぶっつけられながら、そのたびに追いこされた。閑子よ、閑子よと無言で叫びながら、ようやく階段を下りきって、そこでうずくまってしまった。咽喉が引っつりそうなのをしずめようとしたのだ。それでもミネの目は前方の人ごみの中に閑子を求めていた。

「姉さん。」

閑子がみつけてかけてきた。

「どうしたの。」

さすがに驚いていた。ミネはほっとして、へたへたと閑子にもたれかかった。閑子が普通の女の顔をしていたのがうれしかったのである。泣いてもいなければ怒って

もいない。ミネの方が涙をあふれさせていた。それに誘われて閑子もうるませながら、ミネの背をさすった。水がのみたいと思ったが、水道はこわれていた。肩のいきがようやくしずまってからミネはいった。

「今日は、ゆくのよさない。」

閑子はモンペのポケットから切符をとり出してゆっくりとながめ、ミネに見せながら、

「でも通用二日よ。今日やめて、明日だめにでもなったら、もったいないから――」

そこへ汽車が入ってきた。もう否応なしに決ったかたちで、ミネは見おくることになった。

「心配しないでね。大丈夫だから。お土産もってくる。」

悲しみをもつ女のようにも見えず、閑子はおちついた声でいって、せまい入口のあたりにひしめく群衆の中へとけこんでしまった。車室の中をすかし見たが、わからぬままに汽車は走り出した。

家に帰りつくともう夕方だった。部屋に入るなりミネは襟まきもとらずに、こたつに顔を伏せて泣いた。外でみた閑子があんなに世間なみな顔であったことがうれしかったのだ。しかもその平静な表情の中にかくしている閑子の悲しみが、今のさき別れてきたことでよけいはっきりと、ミネの心に素直にとけこんできて泣けてくるのだった。夕餉（ゆうげ）の食卓は閑子の座の空白が目立つ思いだった。いなくなって淋しいからではない。ほっとしたいのだが、何となくそれが気にかかる重々しい空白だった。だが、みんなほっとしたく思っているのはたしかだった。心配であとをおっかけ、そのあわれさに泣いたミネの眼はまだ赤くはれているのに。

「閑ちゃんも変ったわね。ちょっとしたつまずきから意地悪になったり、いやったらしくなったりするのね。根は正直な、お人よしなのに。」

「しかし、ああなると困るね。女も四十になると何しろ嵩（かさ）ばる。」

「邪魔になどしないつもりなのに、ずい分かさ高に感じるのね。わたし、薄情なのかしら。」

「くたびれるよ、何しろ。」

こんな会話をミネたちはした。そしてほんとにくたびれてミネは宵のはてから寝床に入った。すると悠吉も正子も同じように今日は宵寝をするといい出した。みんな疲れてしまったのだ。

「閑子って、一たいなあに、あれ。何だと思ってるの。寝ることまで気がねさせるなんて、気色の悪い女ね。」

　ミネはだんだん腹が立ってきた。いつか貞子がきたとき茶をいれるのにミネは正子を呼びたてた。正子はいなかったらしく閑子が出てきて障子のかげから声をかけ、貞子の前もかまわずに、

「お茶でしょう。正ちゃんでなくちゃいけないの。」

　例の切口上だった。貞子が「はああ」というような顔をして、ミネにおもいやりの眼くばせをしたのを思いだす。そっとかばって、立ち直らせたいと気をつかうミネの心も知らぬかのように、閑子は感情の毒素のようなものを、他人の前にまでまき散らそうとしているようにさえ思えた。そんなことも思い出されて、むかむかしてきた。

「まるでさ、こんどのことが私のせいのようにあたりちらすのよ。頭が悪いったらほんとに、腹の立つ。」

　閑子にはいえぬもやもやを、今はき出そうとするようにいい出すのを聞くと、きげんのよい悠吉は笑い出し、

「よせよ、お前までがヒステリーになっちゃかなわんよ。せっかく閑ちゃんのいない中こそのんきにしようよ。」

　いいながらふとんの中にもぐった。

「ごめん、ほんとだわ。」

　すぐ思い直したが、悠吉からそんな風にいわれるとまた閑子が可哀（かわい）そうになった。こんな時間が閑子にはないのだ、どこへいってもないのだと思うと、閑子の感情が片輪になるのがわかるように思えた。しかし悠吉までがしばられていたのを思ってもう閑子のことは口にしまいと思った。

「ああ、あ、みろくの世じゃ。仕合せと思うこともなかったけれど、私なんぞたしかに不仕合せとはいえない方かな。」

　ミネは両手を仰向けにのばし、うーんとのびをした。いくらのばしてものびきらぬように、そっくりかえってうんうん唸りつづけた。そしていつのまにかねむり、眼がさめるともう日は高くなっていた。正子が、これも正子ひとりの宰領で卵を目玉にやいたり、トロロ芋の味噌汁をつくったりして、食卓は日当りの広縁にもち出されていた。食事がすんでもミネたちはそこを動かなかった。お昼がすぎても動きたくなかった。久しぶりに我家へかえったような心地がした。悠吉はちゃぶ台の上で手紙をかき出し、ミネはよみかけの本をもってきて日なたに背をむけた。いつもなら食事がすむとすぐ部屋に引とりたくなるのに、まるで忘れていた幸福をとりかえしてでもいるようだ。それなら閑子が、この平和をうばっていた

とでもいうのか、かわいそうな閑子。だが、今にまた閑子はあの重い空気をかかえて帰ってくるだろう。

考えるともなく考えているミネの耳に、片びっこの下駄の音が聞えてきた。千枝だ！　ミネは本を伏せて待ちかまえた。リュウマチの千枝の姿が庭石をこちらへ渡ってくる。

「どうした。」

硝子戸をあけて迎え入れた。

「姉さん、ほんとに大変だったでしょ。」

あいさつもせずに、いきなり千枝はいった。涙をこぼしている。

「こん度はそっちが大変？」

「うん。」

千枝は大きくいきを入れ、正子のいれた茶におかわりを求めてそれをのみおわり、

「私が行って話しても、野村さんだめかしら。」

千枝の話では、閑子はどうしても野村が思い切れず、昨夜は手紙をかいて、千枝に相談したというのだ。

「それがまあ、恥かしいったら、あんな手紙みたら、反吐がでるわ。出さないようにいって、代りに私が話しにゆくからということにしたの。」

千枝は顔を赤らめながらその手紙について話すのだった。聞いていてミネも赤くなった。手紙には野村との夫婦生活の感激をむき出しの言葉で書いてあったという。閑子の上にようやく自然な気持のわき上ってきたとき、野村の熱情はさめてしまっていたというのだ。ミネは返事ができなかった。おそまきな生理のめざめ、それをなぜ育て花咲かすことが出来なかったろう。もうおそいのだ。問題は肉体を離れ、精神を見限っているのだ。新しく湧くものがあるとすれば、憎悪や軽蔑や困惑や反感やばかりだろう。だれの責任だといえよう。野村はもとの妻を失うべきでなかった。しかし戦争は彼の愛妻をうばった。閑子はひのえうまの迷信や家族制度の鉄しばりなどをけとばして、人間の愛情の尊さを知るべきであったのだ。恋の手紙の書き方を知らぬことを品行方正と定めた古い日本の習わしの中からぬけきれなかった閑子、野村はそれを何とも出来なかったのだ。裁縫の出来る女をと、日本の古さと結びつく条件を条件としながら、その古さをも生かせなかったのだ。しかも、誰が悪いといえるのだろう。その中でしかし、男に比べて女の側の打撃は比べられぬほどの大きさである。女に辛い日本の結婚の歴史は、「出戻り」と呼ぶ破婚者への軽侮の言葉が、

その理由のいかんをさえ問わずに女にだけ与えられてきている。女自身もまた自分の責任のように、その「出戻り」にめんと立ちむかえないでいる。その女に対して、だれがどんな責任ある態度を示し得たろう。ミネの胸を妻の座を追われた女たちの姿がゆききする。ミネたちの生れた村のお秋さんという女は糊を煮た鍋の洗い方が気に入らぬという姑のいいがかりから一人の子供を残して婚家をとび出した。乏しい生活をする百姓の嫁は、最後の糊鍋はなめたように糊袋で拭って使わねば姑の気に入られないのだ。小麦の二粒三粒分の糊がくっついているとその姑はやかましくいったという。ミネと同じ年の小梅さんという女は夫に妾が出来たのが不満で離婚した。ミネの仲よしのツルエという女は許婚だった従兄の夫がいやでたまらず、とび出した。嫁の掟にそむいた三人の女。お秋さんはあてつけのように再婚したがそこでは三人の子の母であった。そして自分の生んだ子は別の女を母とよぶようになった。小梅さんもやはり二人の子のある男に再縁したが、ここでも夫には別の女がいてそこに入りびたっていた。小梅さんは子供の母として、家の妻として迎えられたのである。いやでとび出したツルエさんでさえも二度目の結婚は仲人まかせで、しかも父子ほど年がちがっていた。小梅さんの元の夫は妾だった女を妻に迎え、ツルエさんの捨てた夫は妻に逃げられたことの同情からか初婚の娘をあてがわれて仕合せそうに暮していた。自分の子を他人の手にまかせ、他人の子を育てるお秋さんはどんな思いを抱いているだろうか。小梅さんはまたどんな気持で二度目の夫の妾を見ているのだろうか。ツルエさんときたら父親のような夫をすきになれたのだろうか。あきらめたのだろうか。夫にきらわれながら我慢を重ねている女房にまけて男の方で家を出ていったおつじさんというあわれな女もある。みんな、もう再び家や夫を離れようとは考えぬらしく、表面おだやかに暮してはいるが、果してどうなのだろう。僅か三四人の例でさえ、女の場合の条件の下落に気がつくのだ。女の立場のかなしさは日本の女の大昔からうけついできている不幸である。閑子はそれを考えて、千枝をまで動かそうとしているのだろうか。それとも野村と離別してみて、何かが心に生れてきたのだろうか。しかし、しかし、もうおそいのだ。別れぬ先に問題は粉みじんに割れてしまっていたのだ。それが分らず、ミネが何ともしてくれないと思って千枝のところに行ったのだろう。千枝はあきらめて帰っていった。不自由な足を引きずるようにして、千枝は帰った。一晩泊って休んでゆけとすすめたが、終列車に間に合うように出かけた。夫が駅まで迎えにでているからといって。千枝のびっこはきたときよりもひどくなっているのにミネは気がついた。しかしたってとめることはしなかった。

「閑子って、行ったさきで人騒せをしてるみたいね。何でしょうあれ。」

ミネの眉はなかなか開かなかった。目に見えぬ毒素のようなものを体臭のように閑子はもっているのだろうか。

千枝がきた翌日、閑子はせかせかと足音もせわしなく戻ってきた。そして何を思いついたのかミネから視線をさけるようにして、せっせと働き出した。洗いはりをして着物の縫い直しをやっている。足袋や肌着の手入れをしている。持ちものをせっせと片づけている。あれ以来血圧の高くなっている閑子はのぼせたような顔をいつもしていた。

「あんまり根をつめなさんな。ぼつぼつしなさいよ。」

ミネがいたわると、さすがにやさしい顔になり、しかし多少の思いをこめた口ぶりで、

「神戸へゆこうと思って。」

ミネはおどろいて膝をよせていった。

「あそびに？」

「いいえ、下女奉公。」

わざとのようにそういって針箱の抽出しから手紙をとり出してみせた。神戸にいる姉からの手紙で、それは閑子の手紙への返事だった。——家政婦といっても本とうに家庭的に、一さい合さい任せるそうです。何しろ男主人がいなくて、奥さんが神戸で商売をやっているのです。学校へ行ってる娘さんが二人に御飯たきの女中さんが一人います。店は別なので、奥さんは毎日そこへ出勤というわけです。生活が派手なので、閑ちゃんがびっくりするかもしれないが、かえってそれも面白かろうと考えます。とにかく女中さんでは出来ないことを主婦に代ってしてもらいたいとのこと、——読んでゆく中に、ミネは何となく気持が軽くなってゆくのを覚えた。主婦代りといっても女中さんがいるから大して仕事はないこと、四畳半の部屋をくれること、ミシンがあるから、時間をくり出して内職するならしてもよいことなど、今の閑子の心をひきそうな条件が並んでいた。閑子はミシン仕事が非常に好きらしかった。

「返事出したの。」

「まだだけど、もう明日あたり立とうかと思って。」

「そう、そいじゃ、今日は送別会をやろうよ。」

さっそく正子にいって、五目ずしをつくらせたり、闇の砂糖を買ってきて汁粉の小豆(あずき)をかけさせたりした。それで閑子はすっかりきげんがよくなり、ミネや正子と二部合唱で女学生のような歌をうたったりした。出発のとき、ミネは正子と二人で東京駅の出札口まで見おくった。モンペにリュック・サックを背おって閑子は出かけた。

「姉さんにはほんとにわがままばかりいって、ごめんね。何とかして御恩返しするつもりだけど、とにかくしばらくまってね。正ちゃんも気をつけてね。もうこんどはいつ会えるかわかんないわ。」

ミネは、ふん、ふんと一言ごとにうなずいた。三人とも涙ぐんでいた。東海道線のホームへの広い階段を上りながら閑子は何度もふり返って別れをおしんだ。別れるまぎわにいつもやさしくなる閑子だと思いながらミネも手をふった。リュック・サックが見えなくなっても、ミネはしばらく立っていた。もしや閑子が思い出しものでもしはしまいかと思ったからだ。しかし閑子はもどってこなかった。ミネは正子と手をつなぎ、だまって引かえした。リュック・サックの閑子の姿がちらつく。あっちこっちと、よくしょわれて、閑子と一しょに旅をつづけているリュック・サックだ。嫁入りにも、女中奉公にもついてゆくリュック・サック、いつそれは中身を出されて畳まれて、平べったくなって用がなくなるだろう。いつそんなときが彼女の上にくるのだろうか。

こうして別れた閑子であったが、四日の後にはもうミネの前に現れた。夜汽車の煤煙ですすけた顔を洗いもせずに、閑子は腹立だしそうにいう。

「だれがひと、あんな連中の手助けなんぞするもんか。」

神戸のその家では閑子がゆくなり待ちかまえていて歓迎のダンス・パーティーをやったというのだ。美しく化粧した母子は、姉妹のように見え、まるで映画に出てくる女優のようだというのだ。みんなきれいな洋服をきて、たがいに甘えたりふざけたり、それは見ていても気色がわるいと閑子は憎さげにいうのだ。

「あんなひとに使われるぐらいなら、死んだ方がましだと思って。」

だが閑子は、ミネたちの主義や希望につながった仕事をさせようとしても、くびを横にふったのである。一つの輪の中で働くことで、自分を高めてゆくことも出来ようとミネは望んだのだが、閑子は、とにかくミネの関係(し)ではいやだといったのだ。その気もちも解るので強いてとはミネはいわなかったのだが、さりとて田舎へも帰れぬ閑子なのだ。そんなことを合せて考えながら、閑子の言葉にただだまってうなずいてばかりいるミネを、閑子は、閑子一流の勘でさとり、いきなり泣き出した。

「どうしたらいいいんだろう――どこにも私のいるところがないいんだもの――」

大きなからだを畳の上にどっさりと横たえて、はげしくむせびなくのだった。

五

ぬれたような黒土の上に点々とみどりが散らばっている。秋まきのえんどうが冬をしのいできた姿をそのまま、ちぢこまって、みどりの色もまだ沈んでいるその姿だった。霜柱ものこっている春寒むのおもては雀でさえも首をすくめているように見える。胸をまるくふくらませて、二羽だった。夫婦だが親子だか一羽が先に立ってちょんちょんととんで歩くあとから、同じようにちょんちょんと、も一羽がついてゆく。思い思いに背を向けあった形で土の上をあさっているかと思うと、急に並んで向きあって何かささやき交すような恰好をしたり、かと思うとぱっととび立って庭木の繁みにかくれたりする。動いているのは雀だけというような、しずかな朝だった。雀はいつのまにか五羽になって、えんどうのある家庭菜園の上をとび回っている。みんな赤ん坊のように思える無邪気な雀たちのむつみあう姿を、日向縁(ひなた)の硝子戸ごしに眺めているミネの顔はしかし、朝とも思えぬ疲れをあらわにしていた。昨夜おそかったのだ。

「顔、洗っておいでよ。」

自分は今すましたばかりのすがすがしい顔で悠吉が近づいてきた。夜をろくにねむらずに仕事をしたあとの妻をいたわる調子である。

「うん。」

ミネはまだ雀をみていた。毎朝こんなに雀がいたかしらとミネは考えていた。くちばしで土を蹴ちらすようにしているのは、そこにエサのあてがあるのだろうかと考えていた。何にもなさそうに見える黒土の上、あるのはえんどうの青い芽ばかりに思えるが、雀はえんどうには見むきもしなかった。ミネはふと、ずっと昔、新劇女優の山本安英が扮した「唐人お吉」を思い出したりした。山本安英のお吉が雀に残飯をまいてやるところだった。ああいう道をたどった女もいたのだ。幕末外交の犠牲となった女、美貌を商品のように扱われて、貢物にされたお吉が権力に対しての無意識の反発は自分を独りにするしかなかった。晩年のお吉が心を許していたのは朝々軒端を訪れる雀ばかりであったというのだ。極言すれば美貌が招いた女の不幸ともいえる。それでもお吉は雀にだけは気を許していたのだ。何というささやかなそれは慰めであったろう。それと似て、ひとりぼっちの世界へ自分をとじこめようとしている閑子にも、お吉の雀のように草や木へ心を許すようなところがあると、ミネはそんなことを考えた。身をもむような精神の苦しみの中でさえ季節を忘れずに蒔いた閑子のえんどうは、閑子の性格をそのまま、きちんとした間隔でみどりの葉を出している。雀やさやえんどうが女の生活の中で果すそのあり方が、妙なことにお吉と閑子を比べさせていることにミネはある感慨をおぼえた。雀がえんどうを見向きもしないように、閑子とお吉は縁の遠い人間である。しかも不幸を背負った女であることは同じなのだ。

「よう、顔洗って、めしにしないか。」

再び催促をしながら悠吉は朝の郵便物を一つ一つ裏返してみている。こんなことは珍しかった。いつもなら朝食前の悠吉は不機嫌を男の権利のように押し出すのだ。それをまたミネの神経がぴんとうけて負けず劣らず対抗するのだが、仕事で疲れているときはお互いにおだやかになった。

「疲れたろう。」

「そうでもない。」

「ひどい顔だよ。すごいイビキだった。」

「あら、そう。」

鼻白んだミネは小さな声になり、

「ごめんね。」

といった。昔はしなかったイビキのくせがついたのはミネが小説などを書くようになってからのことである。まさかそれが仕事と関係があろうはずはないのだが、作家としては年齢的にはおそい出発のミネにとって、ペンをにぎるのは相当の労働であった。そのつかれが四十近くなってのイビキのくせのもとであることはミネの場合間違いのない事だった。しかしミネがイビキを気にしだしたのは、閑子にそのくせがあるという野村からの手紙をうけとってからのことだ。その手紙をみてミネは水をかぶったときのようにぞくっとした。心臓にこたえるようなそれは寒気だった。閑子がイビキをかく——。野村の手紙には「私も今までは好きになれぬという以上の言葉はつつしみましたが、本当は閑子さんがこわいのです。閑子さんのイビキをききながら蒲団をうちから押えつけてまんじりともしなかった夜も一と晩二た晩ではありません。たぶん私との性格の相違でしょうが、ご姉妹（きょうだい）ではあっても異性でなければわからぬところがあるかもしれません——」そんな風にかかれていた。そのときミネはいつも一つの部屋で並んでねる正子にそっと聞いた。

「伯母ちゃん、イビキかくかい。」

「うん、ときどきね、でもこの頃はめったにかかないわ。」

「ほんと？」

「ほんとよ、うそなんかいわない。」

「ふーん。」

　ミネは考えこんだ。そういえばまだ野村の家にいるとき、肩をはらしてはその度にあんまを買いにきていた閑子は、昼間でもイビキをかいてねむった。「伯母ちゃんつかれたのね。」と、正子でさえそれを疲れのせいのようにいったのを思い出す。一たいいつから閑子はイビキのくせがついたのだろう。野村との結婚が契機になったのだろうか。それとも前からそうだったのか。ともあれミネの家庭のイビキ観は愛情にくるまれた思いやりにすぎるのだろうか。ミネがイビキをかくとそのイビキは正子や悠吉の心配のいいがかりとなり、

「いびきかいてたわよ、いよいよ中気かと思った。」

　正子は心配で、覚めるまでミネの枕もとでイビキに聞き入るのだという。そしてそんなとき親子はすごく仲よくなった。その同じイビキが閑子の場合となると性格の相違という言葉までとび出してきて、あり来りの離婚の原因の一つにもなるのだ。その手紙を野村にかかせたのは、もとをいえばミネの側に原因があった。閑子の表むきの仲人だった野村の友人の井川がミネの家へ様子をききにきたとき、閑子がちょうどいなかったのでミネは、そのごの閑子の愚かなまでの言動を井川に話した。そして最後にいったのである。

「わたくしも困りましてね、どんなにしてもこれは納まらないと分りきっていながら、閑子をみると通俗的になったりするんですよ。それに子供さんから手紙がきたりするものですから。」

　それで井川が一肌ぬごうとしたのに対しての野村の、それは返事だった。その手紙で野村は更に「井川と二人で終日坐りこんでとつおいつしましたが、私は閑子さんを幸福にしてあげる見込がたたないので井川にもありて

いをのべてことわりました。子供がしたっているというようなお話も井川から聞きましたが、これも少しちがうので、閑子さんのお苦しみを永びかせないためには誇張しないがよいと考えます。」とつづけていた。ぴしっと頬桁（ほおげた）をはりとばした言葉とミネはとった。ミネが誇張して井川に話したと野村は思っているようだ。裏の裏や奥の奥底をみないミネにしては表面に現れた事実でしかものはいえない。肉親のひいき目で閑子をみるミネの目に曇りがあるというならば、野村自身も子供たちが閑子によこす手紙の内容については知らないのではなかろうか。更に二伸としてご本人はあれからも二度ほど見え、私あて、子供あていろいろ手紙がきたりします。二度見えたときのてんまつはのべません。しかし子供たちもいまはふるえあがっていますから、どうぞこのへんでゆるしていただきたいのです。

　ミネはどこかへ走り去りたいような思いがした。異常の決心でのりこんでいった閑子が悄気（しょげ）かえって帰ってきたいつかの日、閑子はうつろな声で入りこむすきまがなかったとうめいたのを思い出す。その日その場で女の醜態をさらけ出して閑子はたたかったのだろう。そのてんまつはのべません、と野村にかかせねばならぬほどそれはいやらしさの極点であったろう。野村の心をますます冷えさせるほど閑子は馬鹿になったろう。子供をふるえ上らせるほど閑子は夜叉（やしゃ）になったろう。そして結局は水をぶっかけられた野良犬のようににげてこねばならなかったのだろう。野村の以前の家庭を許して彼の知人の一人はいった。野村の家族は外に向って囲いをすることにかけては実に一致団結天才的だというのだ。それがほんとうならば閑子はあの日、そのはりめぐらされた鉄条網を破ることが出来ず、狂犬のようにほえ立てたのかもしれぬ。ここまでくれば、いつかの夜、別れを悲しんで泣いて嘆いた子供たちも、もう閑子を父親との共同の敵としてしかながめず、閑子と一しょに暮した二か月の間にうけとめた閑子の欠点は欠点だけが特別に心の中で次第に大きく育っていったかもしれぬ。その欠点の中に閑子のいびきはことに大きく大きくひびいたにちがいない。不幸な閑子である。しかしそのごの閑子がイビキをかかないという正子の言を信じるなら、そしてそのイビキをミネの場合と比べて考えるなら、野村の家での生活は閑子にとって疲労だけがプラスになっていたとはいえないだろうか。それはこじつけかもしれぬ。しかし根も葉もないこじつけではあるまい。一人居の静かすぎる暮しから忙しい主婦への激変はイビキのもとの一部であり得ぬとは思えぬからだ。女にとってそれは身も細る恥かしさである。できることならイビキなどかきたくない。へんとう腺の手術のようにイビキが手術で解決できるなら、自分もそれをうけたいとミネは思う。ミネのように夫や娘からいたわられるイビキでさえもそう思う。ねむっているまのイビキの責任まで女は無意識に負おうとするのだ。しかしねむった間のいびきのことまで書き立てられる女の立場には何か割切れないものがある。夫のイビキがこわくて戻ってきたという女があるだろうか。あるかもしれぬがないように思う。妻がイビキをかくので離縁したという男があるだろうか。わからぬ。しかしイビキをかく女だと始めからわかったら、縁談はおそらく破れるだろう。男はどうか。そんなことはあるまい。イビキは男の特権なのだろうか。男だとてイビキはかかない方がよい。野村はきっとイビキの出ないたちの男なのだろう。だがもしも、閑子ではなく前の妻がイビキをかいていたとしたらどうだろう。女のくせに、といいながらも彼は妻をいたわる気持がわいたろう。イビキをカバアするものがあったにちがいないからだ。閑子にはそれがなかったのだ。それは雇い女がイビキをかくよりももっともっとおぞましいことだったろう。イビキをかく女、あいイビキをかく女、どんな原因でイビキは存在するのか。不幸なる女のイビキ。そういえば高木千恵子も疲れると男のように闊達（かったつ）なイビキをかいていた。千恵子の夫はそれをどう思っているだろう。貞子のはずっとしずかないかにも女らしいイビキだった。千恵子やミネや閑子のように肉づきのよすぎる女にイビキは大きく作用するのだろうか。野村と井川が膝つき合せて終日とつおいつ考えあぐんだという閑子のイビキは野村をねむれなくしたというのだから、とてつもないものだったのだろう。ミネは何ともいえずうとましい気がした。そのうとましさが野村への感情だけではなく、閑子やミネ自身へのものなのはかなしかった。

「イビキをかく女って小説かこうかな。」

自嘲的な口調でいってその手紙を悠吉の方にすべらせた。悠吉がよむ間に机の上の辞苑をぱらぱらとめくった。

いびき〔鼾〕（名）寝ている間に出る鼻息の音。

小さな字でイビキの説明がしてある。ミネは急に笑い出し、茶化すようにいった。

「何だ、鼻息の荒さなのね。女の鼻息におどろいたの、気のちっちゃい。」

　二三日おくれて井川からも手紙がきた。当事者でない井川は野村のようにむき出しの言葉はなく、閑子は子供たちともうまくいっていたのだし、主婦としても気に入らぬというわけではないが、何としてもウマが合わないこと、そこで井川が、半年か一年家政婦をたのんだ気もちで気らくに暮してみたら何か拓(ひら)ける道がないかとまでいったが、彼はまるで恐怖しているようだし、思うに彼は以前の結婚生活のワクの中でとじこもっているとしか考えられぬこと、そのからの中でしっかとちぢこまって新しいものの入りこむ余地がないという気がしたこと、それについて野村は意識してはいないだろうが、意識の外でたえず前の結婚と比較しているように思うこと。これは自分の片よった考えかもしれぬが、そんなわけだから、往来で木が倒れかかって災難をうけたとでも考えて、新しく立ち上ってくれとかいてあった。ミネは野村の手紙と一しょに、だまって閑子の針箱の上へおいた。とどめをさすような気もちだった。それについて閑子は何にもいわなかった。ただ暗くいんうつに内へこもってゆくようだった。

　霜がとけて土が白っぽくかわいた色になってきたと思うと、えんどうの芽はすくすくとのび出した。新しい葉はみずみずと大きく、浅みどりの春の色である。せんさいな茎はそよ風にゆられながらもぴんと空に向ってのびてゆく。閑子の自慢の大きな絹莢(さや)えんどうなのだ。その種は閑子が郷里の畑でとったものだった。野村の家とわけて蒔いたそのえんどうに、閑子は竹を立てて棚をつくってやっていた。なにごとか起らなければよいがと気になるミネは、わざと閑子のそんな姿を普通に見ようとした。

「えんどうが、ずい分のびたわ。」

閑子がいう。頸の動きがまるで硬い。

「そうね。楽しみだわ。」

ミネが答える。

「せめて半々にすればよかったと思って。三分の二はむこうへ蒔いたのよ。惜しいわ。」

「いいよ。むこうは大ぜいだもの。」

　ミネはすっと肩をはずして自分の部屋にはいった。しばらくしてのぞくと、閑子は黙々として、支えの竹を結えていた。そして、それが終ったころミネの部屋の障子の外から声をかけた。小さなぬれ縁に腰かけ、モンペの膝を軽くはたきながら、

「ね、私がまいた豆、ひっこぬいてこようかしら。」

案外な気軽さでいうのだが、ミネにはどきんとするものがあった。

「じょうだんじゃない。」

「いけない？」

「いけないもいけなくないもないわよ。笑われるよ。」

「だって、私のまいたえんどうなんて気色がわるいだろうと思ってさ。」

「そんなら勝手にぬくわよ。」

「そうか。」

閑子はぺろっと舌を出した。その仕草がミネは非常にうれしかった。それは傷手に肉がもり上ってきているような感じだった。そしてひそかにほっとしたのだが、二三日たつと閑子はまたミネの部屋に入ってきた。

「ね、花の球根ならもらいにいっていいでしょう。」

彼女はもう身支度さえしていた。

「よしなさい。せめて花ぐらい残しといても悪くないよ。」

「だって、大事にして育ててきた花なんだもの。すてられたらいやなのよ。」

「そんなら竹子さんにたのんで、戻してもらおう。それがいいよ。」

仕方なさそうに閑子はあきらめた。冬ごもりの芍薬(しゃくやく)や牡丹(ぼたん)や百合(ゆり)や水仙の芽がそれぞれもち前のみどりや赤のあざやかな色で土を割ってのぞいているのをみて閑子は思い出しているのだろう。花を好きな閑子を野村がその日記の中でけいべつして書いていたといって閑子は怒っていたのである。気に入らぬ女となれば花を愛することまでもいやなのだと閑子はいうのである。その花々は閑子がわざわざ郷里からもってきて、野村との新しい生活の中へ移し植えたのだ。そうして閑子は去り、花だけが野村の家の庭に根を下したのだ。閑子に感慨がわかぬはずはないが、とりにゆくというのはミネは反対だった。そして竹子にも告げずに過ぎたある日、野村から手紙がきた。――庭のあちこちから見知らぬ草が芽を出していると思っていたら、それに花が咲き出しました。閑子さんが植えていったのだと気がついて、毎日花におじぎをしています――。野村の人のよさがしみじみと伝ってくるような手紙であった。ミネはそこをくりかえしてよんだ。あれ以来肩身のせまい思いがして人にあうのも気がひけて、集りにも出てゆかないでいると今日もつけ加えている。そういえばここしばらく、研究会の集りなどに野村の姿を見かけたことがない。閑子との問題が後味わるくて出渋っているのだろうが、そこにも野村の小心さが感じられた。彼には彼の理由があって別れたのだから、堂々と人前に出てきてくれた方がよいのに、野村には「とつおいつ」の面があまりにも多すぎはしないだろうか。野村のそんな性質をはがゆがって、何だかのとき高木千恵子がいったことがある。

「あの人はね、作家同盟の委員になることにも女房と相談しなくちゃ決らなかったのよ。」

まだ元の妻が在世のときのことである。誰にもきびしい千恵子の批判はそのままのみこめはしないが、しかしそうした消極的な一面を野村はたしかにもっているとは思う。その手紙はもう閑子には見せなかった。花におじぎをして、別れた女に未練でもありそうにとってはたまらない。そのご閑子も花についてはもういわなかった。あきらめたのだろう。だが閑子は次第に意地の悪い女になってゆくようだった。それにミネはじりじりした。そして、あるとき急にミネは便所で気を失い、それきり床についてしまった。表面の病名は脳貧血なのだが、ここのところときどきのぼせて金時のような顔によくなった。血圧の昂進と低下が極端におそってくるような不均衡な状態は気持の上にも作用してちょっとしたことに興奮して赤くなったり、腹立てて青くなったりすることが度重なっていた。閑子への不満がもとで悠吉や正子にあたりちらすのである。ねているミネの枕もとで悠吉と正子が話しあっている。

「お母さんもよく気が立つようになったね。」

「こわいわね。脳貧血でまだよかったけれど、溢血(いっけつ)の方だったら今ごろ中風よ。おおこわい。」

「できるだけ気を立てさせんようにしてあげようね。そしてなるべく正子がそばにいるんだね。」

それはあきらかに閑子を邪魔がっている言葉だった。ミネはふとんの中で眠ったふりをしていた。こんなに案じてくれる人が閑子にはいないのだと思うと、閑子が哀れでならなかった。閑子はひとり台所にいて、食欲のないミネのために料理をつくっているのだろうに。ミネがうまがるとほっとした顔になり、食べぬとあらわな不安をみなぎらせる閑子、ところが閑子はそれを言葉にはしない。口をついて出るのはミネの心をゆすぶる皮肉や自己卑下ばかりだった。

「どうも私は姉さんの病気のもとのような気がするの。申しわけないからどこかへゆくつもりだけれど、今は困るでしょう。病気がよくなるまで下女代りに置いてもらうことにするわ。」

　くちびるをふるわせながらいったりする。どんなにかそれは悲しく、口惜しい思いだろうと、ミネもまた切なくなる。

　暑さに弱いたちのミネは夏中をわずらって、ようやく起き出したのは涼風がそろそろ身にしみはじめる頃だった。定期的な集りの場所になっていたミネの家が、ミネの病気のために貞子の家やその他に移されてから、ずっと人に会うこともなく過していたミネは、十一月の例会にはじめて貞子の家まで出かけた。手も足も青白く、すきとおったような色をしていた。坐った場所が座敷の次の室の鏡台の前だったので、みるともなく鏡かけをめくってみて、白髪の殖え方に目をみはった。白髪は母ゆずりだったが、それにしてもひどすぎる。ここ一年に七つも年をとったように思えた。苦労をしたねといたわりたいほどの老け方だ。玄関があいたと思うと野村がはいってきて、座敷の方の車座の中に坐りこんだ。ミネと正面に顔を合せる場所だった。一年ぶりである。ちょうど一年になる。野村も老けた顔の色だった。親しそうにミネにうなずきかけた。ミネもにこにことこたえた。心のどこかに残っている不自然さをおい払ってミネは野村に話しかけたりした。野村も病気のことをたずねたりした。互いにいたわりあっているようでもあり、そばにいる人たちを意識しての何気なさそうな粧いでもあった。ここから出発して、もとにもどらねばならないのだ。ミネはそう思った。そんな気持を貞子はまた貞子で感じていたらしく、彼女の細かい気づかいを、それとなく織りこんで、こわれた友情の橋をつなごうとした。そのはじめての現れが、正月にミネたち夫婦と三人で野村の家へゆこうということになった。野村が招待するという形でその訪問は行われた。悠吉は先約があったため、ミネは貞子と二人だけで出かけた。閑子にはどこへともいわず、年始回りのような顔をした。野村は牛肉を山のように買って待っていた。それは全く山のように竹の皮に盛り上っていた。豆腐や野菜やその他のものも豊富だった。まるでそれは十人の客を呼ぶほどの仰山さであった。ミネはある意地悪さでその牛肉の山をみている自分に気がついた。しかしその思いはさっとは消えなかった。ミネは閑子のいった言葉を思い出す。

「二泊の予定だったのに、一泊で帰ったでしょう。そのときね、牛肉を五十日買ってすきやきをしてたのよ。

ちょうど私がお土産に百目買って帰ったのでそれも一しょにしたけれど、はっとしたの。いつだって私は百目以下買ったことなかったの。牛肉百目買って、ぜいたく？　そんなことも気に入らなかったのじゃないかしら。」

　そんなことをまでいい出して、閑子は自分を責めたのであった。牛肉を好きでない閑子の留守にどうして五十目しか買わなかったのか。それは留守の台所を預った娘の計らいなのか、それとも野村の采配だったのか、それは分らぬ。ただ閑子の胸にきたのは、けちんぼがきらいだと聞かされて、安心して三日にあげず百目の肉を買っていた野放図(のほうず)さだったのだ。百目の牛肉は普通の場合の主婦ががま口の中を考えずには買えるものではないすさまじい日常ではあるが、野村の経済はそういうサラリーマンや小市民とは異ったものがあるはずだった。しかし現実の野村はそれをどのように考えていたろうか。閑子が経済のくり回しは非常に上手だと貞子に語ったこともある野村、上手だというのは倹約の意味なのだろうか。そうなら五十目の肉はどういう意味だったのか。そして今日、この牛肉の山はそんなこととは何の関係もないことだろうか。野村は閑子との結びつきに先だって、けちんぼはいやだといった。けちんぼということをミネは倹約と並べて考えていた。野村もミネもその育ちは貧しい労働者の子供である。働かねば食えぬ苦労を重ねて今日もなお働き続けている互いの生活は派手でなどあろうはずはない。けちんぼはいやだとダメを押されても閑子はびくびくしていたかもしれない。それがどのようにひびいていたか。そして野村にとってそれはほんとうに「経済が上手」だったのか、濫費(らんぴ)の反語だったのか。山盛りの肉と五十目の肉は相反する感想をミネの胸にわき上らせさえする。野村は自分のしみったれに反発して無意識に閑子にその反対を求めたのではなかろうか、と考えるのはミネの意地悪であるだろうか。若い千枝が日々のたつきの苦しさに腹を立てて、着物をぬいでは目の覚めるようなぜいたくをして夫や子供を時々あっといわせるあの冒険は、同じ姉妹でも閑子にはないとミネは思っている。しかし閑子にもあればあるだけを手一ぱいにひろげて暮す思いきりはあった。その思いきりのよさが野村の経済とどう結びついていたか、それは全然わからなかった。ただそれが閑子には一抹(いちまつ)のひっかかりを覚えさえさせてはいるものの、離婚の大きな理由ではなかったとミネは思うからだ。

野村は機嫌のよい様子でしきりに立ったり坐ったりした。娘たちが手伝わぬのをミネは、野村やミネへのとけきれぬ思いからではなかろうかとふと思ったりした。正月だというのに娘たちは家にこもっている風だった。そして立居の度に細く開けた襖のすきまからのぞいていた。
食事は野村の仕事部屋ではじめられた。カストリの透明な液が、蘭の模様の白地の盃にそそがれたが、貞子もミネものめなかった。悠吉がいないことを野村のために気の毒に思いながら、ミネはだまってすきやきをたべた。貞子がつぎつぎと鍋の中を補充してゆく。あまりはずまぬので、肉や野菜が鍋の中に煮えくたびれていた。銀杏の葉型の底の開いた欄徳利で、野村は馴れた手つきで独酌していた。うれしそうだった。酒呑みを十把一とからげに嫌がっていた閑子をミネは思い出し、野村がそんな点でも窮屈だったのではないかと思ったりした。こんな思いをするためにきたのではないと、そんな自分を切なく思いながらミネの観察は手をゆるめない。牛肉は大かた竹の皮に残っている。いかにもそれは主婦のいない家庭のさまをむき出しにしていた。これがもしも貞子の家だったら貞子はこれを見た目も美しく盛り合せて食欲をそそり立てるであろうに、男世帯の蕪雑さはただ量的に豊富なばかりである。やもめ暮しのみじめさのようなものが、部屋一ぱいにみなぎっているようだった。これでは助かるまいとミネはひそかに思った。しかしそこへ閑子を結びつける気は不思議とでてこなかった。閑子のかげはもうどんな隅にも見出せはしないし、強いていえば娘たちのゆううつな顔にあと味の悪さが残っていた。

帰るとき、娘たちは野村に促され、揃って玄関に出て来た。何という美しさであろう。ことに十九になったはずの長女はいかにも年頃らしく、におうような顔つきだった。色の白い、うぶ毛に包まれたようなその顔は、山茶花の花のようにやわらかな皮膚の色をみせていたが、あのはじめて閑子を迎えにきたときの無邪気さはなく、長いまつ毛はいんうつに伏せられていた。下の子だけは無邪気に笑っている。

この娘たちの母に、閑子はなれなかったのだ。みんな可愛い娘たちなのに——

ミネはいいようもなく惜しい気がした。

「お母さん、一しょに寝ましょうよ。」

そういって勝手に閑子の蒲団を自分たちのそばにしいたという無邪気な小さな娘、閑子を父親の妻ではなく自分たちの母として迎えたらしい子供たちは、あのいやな日をどんな思いでしのいだことだろう。

　外はもう暗くなっていた。貞子もミネもだまって歩いたが、路地を出ると貞子は、

「野村さん、ふけたわねえ。」

　ぐうっと顔を斜めにして押さえるようにいった。

「そうね、ずい分、白髪(しらが)ねえ。」

　ついでに川原の家へよると、川原の田舎の妹の澄子がひとりで留守番をしていた。入れ代って夫婦が田舎へいったということだった。澄子もやはり詩人で、戦争前までは東京にいて互いに往ききしていた。久しぶりだった。ここまできてはじめて大声で笑うことができるようなゆとりをもち、ミネも貞子もほっとして帯をといた。実際にまた澄子は二人を上手に笑わせながら帯をとかせたのだった。すっかり田舎風に染り、田舎弁で田舎のオンサンや娘たちの話をした。澄子の話ぶりは時間を忘れさせ、ミネたちはとうとう終電をはずしてしまった。二人は川原たちのねる部屋へ川原たちの蒲団をしいてもらって並んでねることになった。

「わたし、イビキかくかもしれないわ。そしたらごめんなさい。」

　ミネは先ずわびを入れて床に入った。気が重かった。どうせもう明日の朝まで帰るあてはないのに、泊ったことで悠吉に気兼をしているのもいやだった。明日帰ったら、疲れをかくしてつべこべするだろう、自分の態度も目に見えた。こんな思いの一切から貞子は解放されている——。ミネは貞子に話しかけた。

「あなたが羨ましいと、いま思っているところよ。」

「そう。」

　あっさりと貞子はうなずく。

「でも、これからずっとあなたが独りでいるとなると、さびしいな。」

　すると貞子は、また軽い調子で、

「ほんとね。」といい、はっはっと声をあげて笑った。

　妻の座を自分の手で投げすてた貞子はのびのびとして見える。しかも貞子の場合、独身者にみられる中性的なものはみじんもなく、やっぱり人の妻であり、人の子の母であるなごやかさゆたかさにみちていた。今は妻ではなくても、子をうみ、育てている女の人間的自信が彼女にこの安定感を与えているにしろ、夫と別れたことで女がのびのびとするのは何だろうか。経済力もその最も大きな原因であるだろうし、彼女の強い性格も、女としての彼女に輝きを増させているのだろう。表に現れて感じ

させるものは堂々さや強引さではなく、女のゆたかさだけである。そんな貞子をミネはつくづくと羨ましく思う。かといって自分に貞子の真似が出来ようとも、またしようとも思いはしないが、妻の座にあいそをつかしてとび出した貞子の勇気には感心する。

「ね、だれでもあなたを羨ましがるわね。」

「ええ。」

「すべての女にあなたのような謀反気(むほんぎ)があったら、男はぎゃふんだけれど、そして面白いんだけれど、そうはゆかないわね。」

「へえへえ。」

いいたいことを聞こうというように貞子はにこにこする。

「経済力や強気だけでもだめでしょ。とび出してくれてやれやれと思う男だってたく山あるだろうし、それも癪(しゃく)だし、男だって悪いのばかりではないし。」

「ははあ。」

その返事にミネもふき出してしまった。襖をへだてて澄子が声をかける。

「たのしそうね。」

「そうよ、とにかく屋の下に女ばかり三人だからね。」

はしゃいだ声でミネはいい、

「澄子さん、あんたもこっちへいらっしゃいよ。」

しかし澄子は遠慮してこなかった。ミネはふと、澄子が閑子と同い年なのを思い出した。澄子もまた若いころ心にそまぬ結婚をして、というよりさせられて、結局婚家をとび出した女であった。話によると澄子にはその時恋愛の相手があった。それゆえにとび出しもした澄子だったろうに、とび出してみると相手はもう新しい女と結婚していたというのである。それから二十年、ずっと澄子はひとりでいる。ミネは以前、その澄子の恋物語を幾度か澄子自身の口から聞かされたことがあった。北陸のある都市で澄子の恋愛は芽生えたという。川原の友人だったというその相手の高校生と二人で、ある日曜日に近くの小山に登り、人目をさけて終日を過したあげく、ようやく腰をあげて帰途につくと、夕日が二人の影を長く長く丘の向うまで倒していて、二人が歩くと細長い影法師も二人づれでとぼとぼと山を下りてゆくという言葉の描写は、忘れがたい印象をミネの心に刻みつけていた。婚家にいても落ちつかぬ彼女が、思いあまってふらふらと実家に戻ると、彼女の姿をみた母親は、彼女がまだ敷居をまたがぬうちにもう婚家への土産の支度にかかるのだという。狐の傘のようにある時は里芋(さといも)の葉で陽をさけながら、実家への道をひた走りに走る彼女の狂おしい姿を、彼女は映画の中の女を語るような調子で、七分のユーモアと三分の自嘲で面白おかしく話したが、語りおえた時の表情はいつも悲しみにみちていた。せっかくとび出すところまで反逆しながら、結局は地団駄(じだんだ)をふむような思いをさせられている日本の女、それにしても澄子は何という古風な恋愛に生き通す女だろう。そしてそれが今ではもう澄子の独得さにまでなって身についてしまっている純情とかたくなさだった。なにがこの型をつくり上げたのであろうか。そして、ちがった形で閑子もまた、ぬけ出せぬような一つの型をつくり上げようとしているのではなかろうか。家庭生活に破れた同じ女であっても、貞子との相違は何というひらきのあることだろう。

　ミネはいつまでもねむれなかった。

　牛肉の招待を契機としたように、野村もミネもよく顔を合せるようになっていた。ミネの家へも野村は平気な顔でくるし、ミネもまた野村の所の集りだと、なおさら出かけるような努力を払った。出来るだけ多く野村と顔を合せることでお互いのうけたいやな思いから解放されるような、そんな期待があったのである。そして本当にそれはミネの心にかえってきた。

「野村さん、とてもうれしそうだったわね。恋愛でもしてるみたいな顔してたわ。」

　何のこだわりもなくそれが、ミネの口から出たのである。貞子の家での集りで、珍しく覇気(はき)にみちた野村の声をきき、珍しく湧き上るような笑顔をみたからである。そしてあとに残ったミネは貞子にそれをいった。

「そうだった？　そういえばそうね。」

　貞子はふりかえってたしかめてみるような返事をした。

「そうよ、きっといいことがあるのよ。」

　そうはいったがミネは、自分だけが特別に野村を観察していたような気がして、ちょっとてれた。しかし、たしかに野村はうきうきしていたのだ。それは閑子との縁談が決った当時の野村を思い出させさえした。それにしても勘のよい貞子がそれを感じないところをみると、やはり思いすごしだろうかとミネはまだそんなことにこだわる自分を変だと思ったりしたが、やはりその予感に近いニュースが、それからまもなく貞子から伝わってきた。老作家の山中啓二が野村のために結婚の相手を心配して

いるということだった。それをきいたときミネは、半分自慢で、

「ほらね、いったでしょ、いつか。」

と、にこにこした。何のかげりもない気持だったのだが、貞子と別れてしまうと、やはり閑子のことが気になった。もしも閑子の耳に入ったなら、やはり彼女は心を波うたせずにはおけぬのではないだろうか。そんなことを考えながら家に帰ると、閑子は例のモンペ姿で畑の中にしゃがんで、春まきの野菜の種をしらべていた。野村と別れて二度目の春なのに、それはまるで変化のない去年のままの姿だった。彼女の丹精した草花たちも、去年と同じように春の陽気をうかがうように赤い芽や青い芽をのぞかせている。それらの野菜や草花を黙々として眺めている閑子は、もう去年の狂態はくり返さず、ようやく気持を郷里の田舎へ向けはじめているのだった。男の立ち上りに比べて、それは何という悲しい、哀れな女の姿であろうか。田舎の家は閑子の持家でありながら、野村との結婚で人に貸したために、帰れば同居の間借人として肩身せまく暮さねばならないのだ。運の悪さはそれだけにとどまらず、転換する時代の風は、働いて暮さねばならぬ女の、猫のひたいにも比べたいほどのたった一枚の小さな畑まで僅かの間に不在地主の理由でもち去られてしまっていた。その改革に不満があったわけではないが、生活に破れて帰ってゆく女のために、あまりに悲しいそれは結果であった。土を耕すことの好きな彼女に今はもう一坪の土地も待ってはいない。それを用意して迎えてくれる兄弟も親もない郷里へ、閑子はかえってゆくのだ。田舎とはいえ大阪神戸に近いために、都会なみの物価高の中で、一坪の土地も貯えもない女はその日から働かねばならぬ。そして働く前に食糧や燃料のことを考えねばならぬ。季節も考えずにうかつに帰れば、泣かねばならぬと閑子はいう。生れて育った土地である。笑いかけてゆけば笑ってかえってくるだろうと人の心を信じるミネの楽天的な考えを、そんなことはできぬと閑子はてんからはねつけるのだ。さざえのようにふたをして、よろいで固めてしまえば誰がよりつけよう。さざえのふたをこじあけるのは自分の役目だとミネは思う。こじあけずに、閑子自身、なみなみとたたえた海の中でふたをあけたくならせねばならぬ。ミネは閑子に、ミシンを持って帰らせようと思い、それをいった。喜ぶだろうと思った閑子は、腹立たしい顔ではねつけた。

「いいえ、こんな大切なもの、気がはる。」

ミネは驚いた。妹ながら呆れた。自分をいじめているとしか思えぬ。こんなことで自分のうけた打げきは棒引にはならぬといっているようでもある。

「だって、ミシンがあれば、その日からでも働けるでしょう。」

「なくたってやってゆけるわ。」

「あったら困るの。」

ミネがにやにやすると、閑子はますますむつかしい顔をし、

「困らないけど、人のもの借りるのがいやなのよ。」

「あげるっていわなくちゃならんの。」

さすがにミネは腹立たしくいった。ミシンは太平洋戦争の起る直前、アメリカにいる悠吉の兄からおくってくれたもので、七つ抽出の優秀品だった。くれてやるとはいえない義理があったのだ。しかし、もって帰ってつかっていれば、まさか返せとはいわぬことは考えられぬだろうか。ミネにすれば、せめてものそれが、彼女のために物質的につくしてやれる最大のものと思っていた。ミネの家の中のすべての物の中でミシンはその最高の部類のものである。野村になら叩きつけられもしよう言葉を、ミネに向って閑子は投げつけているのだ。離婚と決って、野村から貞子を通して何か要求はないかと聞かれたとき、閑子は、百万円もらっても償われるものではないといって、はねつけた。その手をミネにもつかっているのだ。しかしミネは野村のようにそれきりかかわりなしにはいられぬ。その翌日ミネは近所の運送屋をたのんで、さっさと荷造りをさせ、帰ればミシンが待っているようにとまだ主のいない田舎の閑子の家にあてておくらせた。閑子はそれで単純に喜び、急に帰り支度にはりを見せた。押入の中をかたづけ、洗たく、はりもの、仕立直しとミネたちのためにも精を出した。夜具も座ぶとんもノリがついてさらりと気持がよい。新しい雑巾（ぞうきん）が幾つもできた。よごれ物は何一つなくなった。それがすむと今度は埼玉の千枝の家の押入を目ざして出かけた。

「実用的な女ね。実用一点ばり。身を粉にして働くことだけが人間の本分だと思ってるのよ。切ないわね。」

「いないとほっとするなんて、不幸な女だね。野村のとこでもこれだったんだよ。分るね。」

「働いて、よく思われないなんて。」

閑子の留守をミネたちは、わびしく話しあった。その翌日貞子をたずねると、ミネの声を聞くなり、ちょうどよかったといいながら貞子は出てきた。そしていよいよ

野村の結婚が決ったことをつげ、野村がその披露にミネたちを招待したものかどうかと相談してきているというのだった。

「どう?」

考えぶかく貞子はきく、ミネは微笑して、

「どうったって、案内されたら行かないわけにはゆかないわ。それほど気がちっちゃくないつもりですがね。それとも、出るのが変かしら、出ないとなお変じゃない?それはそれ、これはこれ。」

「そうだわね。」

貞子は安心した顔で、

「そういってやるわ。野村さん喜ぶわよ。」

「でも、ちょっとまって、案内状下さるんだったら、あなたを通してにしてもらいたいの。見つかるとやっぱりね。」

話はさらっと片づいた。その日は閑子にだまって出かけようと思った。裾模様や紋つきをきるわけでないから、かんたんだ。そんな風に平気だったのに、貞子の家を出たとたんにミネの胸はゆれた。沈丁花(じんちょうげ)の匂う家々の前をすぎ、小さな流れの橋を渡って田圃道にさしかかるとミネはうううっと声をあげて泣いた。夕暮のせまった人通りのない畑道を、ミネは胸をかかえるようにしてうつむいて歩いた。おしまいだ、これでおしまいだと心の中でくりかえしていた。何がおしまいなのか。別に閑子への希望をもっていたわけでもないのに、まるで望みの綱が切れてもしたように涙がでた。野村のためにそれは喜ぶべき首途(かどで)なのに、そして又、閑子だとてそれで一そうはっきりしたわけなのに、何のための涙だろうか。やはり閑子をあわれんでいるからなのだろうか。

田圃を突っきると、道はこちらの丘の家々の間に分れる。ここにもまた沈丁花は夕靄(ゆうもや)のようにただよっていた。その生垣にそって歩きながら、ミネは涙をおさめた。そして帰るなり悠吉の部屋にゆき、かかとを立てて火鉢のそばに膝をついた。

「ニュース。野村さん、結婚するんだってよ。」

「ふーん。」

「こんどは恋愛だってよ。」

「へえっ。」

悠吉がほんとにしてこちらを向いたので、思わずミネは笑った。そしてふと考えたのは、あの年になればたやすく恋愛もできず、やはり他人にさがし出してもらうしかなかったことだった。イビキの問題がミネの頭の中を走った。

「女の側も、こんな風に運ぶといいんだけどね。」

ミネは野村のあのうきうきさに比べて、いんうつをすっかり性格の中へ沈めてしまった閑子に、女の立場の不利のようなものを感じないでいられなかった。ほんとにあの当時閑子が腹立てていったように、男の方は別れればその場から身軽になれるのに、女はいつまでもそれを引きずってゆかねばならぬ。着物を着かえたようなさっぱりとした気持に女がなるまでには、さまざまな苦悩の関所をゆきつ戻りつしなければならないのだ。くよくよしたり、じりじりしたり、泣いたりおこったり、そしてようやくゆきつき先が見通せたとはいえ、そこへさえも、うなだれ勝ちにしか足が運べない有様だった。こんなにも重荷になろうとは考えられもしなかった。しかし、眼を一たびそとへ向ければ、現実の社会の動きはとうとうと流れる大河のように、塵(ちり)も芥(あくた)ものみこんだままゆきつく方向へと流れている。その流れの行き方を伝えて、日々の新聞はミネの心をゆすぶりつづけた。働く者たちの目ざめてゆくさまがとびこんでくる。電産のスト、全逓の二十四時間スト指令、私鉄の動きなど若木のようにぐんぐんのびてゆくその勢いのようなものが、じっとしているミネにさえ感じられた。ことに心ひかれるのが東宝映画の争議だった。同じ文化の担(にな)い手である親近感は、生きて動いている人たちの息吹(いぶ)きが熱く頬にかかってくるような思いがした。野村の結婚披露(ひろう)の当日は、それまでなかなか動かなかった「東急」「小田急」の私鉄がいよいよサボに入ったため、その二つのどちらかを利用せねば東京へ出られぬはずの野村の困惑のさまが思いやられた。しかしそれは、ただの困惑ではないはずだった。何となくしてやられたことを喜ぶものがあって、新郎新婦のいない披露宴のことが妙にたのしく気が軽かった。

「だめね。」

「だめよ。」

そんなふうに決定的な言葉を貞子と交したりしたが、貞子もやはり、してやられたことの方へ大きな関心をもっていた。昼頃、野村から中止のむねの電報がきた。ミネはかえってほっとするもののあるのに気づいた。心に残る一抹のかげりが、こんなことで消しとられたことは有りがたかった。そして何となく野村夫婦とうまくゆきそうに思えて、この自然のなり行きに感謝する心が大きかった。何にもしらぬ閑子は千枝の家から帰ってきて、もういつでも帰国のできる用意をした。四月の終りだった。

第十九回メーデーは文化の面の著しい進出を前ぶれにして、労働者と文化人の固い結びつきのもとで行われようとしていた。東宝争議なども幅ひろく訴えかけられるものがあったにちがいない。ミネもじっとしていられなかった。そして悠吉や貞子たちと一しょに弁当をもって出かけた。まだ十分に健康をとり戻していない皮膚の色は、一まつの不安を感じさせもしたが近くに住んでいる評論家の原口が病身ながら身軽な恰好で誘いにきたのをみると、ミネの不安はけしとんでしまった。遠足にゆく小学生のようにみんなうきうきして出かけた。ミネたちのよる文学者会の集合場所は日劇前だった。そこで待合せて隊伍を組んで人民広場へという順序だった。ゆくともう四五人の顔見知りが小さな赤旗とプラカードを中心に集っていた。戸を下した日劇のぐるりは、そのほかにもこの日のための待合せ場所になっているらしく、少しずつのかたまりが幾組も出来ていた。どこかでみたことのあるような気がするのは、目的が揃っているためであろうか。みんな輝くような眼で後から集ってくる者を待ちうけていた。

「あらあ?」と叫びながら顔一ぱいで笑いながらかけてくる女があった。ミネも貞子も同じように「あらあ。」といいながら迎えた。絵をかく小川レイ子だった。粗末な手縫いの洋服に下駄ばきの小川レイ子はすっかり年をとっていたが、昔のままの笑顔で、昔のままの声だ。互いに笑顔を交しあってそれで昔にかえれる仲間だった。一と昔前、貞子やミネたちと一しょに雑誌「働く婦人」の編集をしていた。彼女は絵の方の係りだったのである。やはり貞子やミネたちと同じように、彼女の夫は治安維持法違反で刑務所に入れられていた。その当時のレイ子は二人目の子供をおなかにもって、四つぐらいの男の子をつれて刑務所や裁判所の門をくぐっていた。産み月の近くなったころ、特別製の大きなオーバーをきて、そっくりかえるような堂々さで歩いていた姿は実に立派だった。男の子の洋服の袖や胸のあたりにさまざまな釦(ぼたん)が、勲章のように幾つもくっついていたのをミネは思い出した。釦の場所でないのに子供がつけてくれというとその通りにしてやり、その姿で彼女は歩き回っていたのだ。いつも子供をつれて歩かねばならない母親は、おもちゃの代りのようなつもりで、釦をつけてやったのだろうか。若かった女画家の小川レイ子の昔のままのかざらぬ表情の中には、今たくさんのしわが刻みこまれている。

「ね、あの坊や、大きくなったでしょうね。」

　ミネが聞くと、レイ子はいかにもそれが自慢らしく相好をくずして、

「大きくなんて通りこしちゃってね、こんなですよ。」

　と、顔を横にしゃくるようにして見上げる恰好をした。そしてもう来年は大学だというのだった。いいながら彼女はしきりにあたりをきょろきょろと見回した。画かきの同志の姿を求めているのだろうが、見当らなかった。そのうちに時間がきたので、ミネたちのグループはいよいよ出発することになった。

「ここへ、いれてねえ。」

　レイ子は子供のように甘ったれていって、一しょに歩き出した。が、途中で画かきの仲間の姿を見つけ出すと、「あー、いたいた。」と手をふりながら下駄音も高くその方へ走った。まるで十一の少女のようだった。ミネたちのコースは日劇を毎日新聞社の方に折れ、三菱街を堀端の方へぬけていった。大きなビルディングの間の狭い小路のあっちからもこっちからも、幾組もの小集団が、赤旗を先頭に広場へ広場へと、歌声と共に進んでゆく。あとからあとから押しよせてくる群集、ビルディングの窓は人の顔が重なり合っている。近づくにつれ、四方八方のあらゆる通りは大海にそそぐ川のように、足音の流れで埋められた。歌声は空にも地にもみちあふれている。ミネたちのうしろから、エスペラントの団体のみどりの大旗が、幅一ぱいにひろげられて、小さな集団を抱えこむいきおいで押してきた。ミネたちは夢中で、広い空の下に集る無数の人群れの中へととけこんでいった。森を背に第十九回メーデーと斜め横書きの字が赤地に白くぬかれている。それを中心に幾千幾万の旗やプラカードや、数知れぬ群集が立ったり坐ったり犇(ひし)めいている。定められた文化団体の場所へ近づくためには、人と人との間を、一足交すごとに片足ずつの踏場をつま先で拾い出すようにして、ごめんなさい、ごめんなさい、と足数だけわびながらゆかねばならなかった。みんな悪い顔はしなかった。そうしてようやく割りこんだところは、でこぼこの地面で、松の木につかまってからだをまげて、次に通る人をよけねばならぬ場所だった。足もとのクローバーがふみにじられて、うでた菜っぱのようになっている。その上に新聞紙をひろげて、みんなは時のくるのを待っていた。みわたすと、いる、いる。婦人団体も、ジャーナリストの組合も、映画演劇も、教育関係者も、画家も作家も、そして白線の帽子や角帽の集団もいる。ミネのよ

うに夫婦できている幾組かの顔が見える。貞子のように母子できている幾組かの顔も見える。小さな子供づれの詩人の一家もいる。夫婦、親子がそれぞれ別々の団体に分れて加わっている組もあった。悠吉に肩をつっつかれてふりかえるとうしろに野村が立っていた。

「奥さんだよ。」

と、悠吉がいう。ミネは不意をつかれてどぎまぎしたが、すぐ立ち直っておじぎをした。悠吉や貞子たちはもう挨拶をしたあとだった。野村の妻は微笑を含んで、しずかに頭を下げた。注視をあびているのを意識したつつましさだった。黒いズボンの上に白い毛糸のセーターをきた小柄な女だった。ミネは閑子の姿を大きく思い出した。野村と幾つもちがわない年恰好に見えた。ミネは閑子の姿を大きく思い出した。閑子！彼女は昨夜の終列車で東京を立ったのであった。役目をすましてほっとしたように、ぱちぱちと例のせわしげな目たたきをしながら野村は、悠吉に向って、

「おれんとこは君、今日は一家総出でここなんだよ。」

いわれて気がつくと野村の妻のうしろに野村の長女が膝をだくようにしてしゃがんでいた。気づかれたと感じてか微笑をして軽く頭を下げたが、その表情のいんうつさにミネははっと、胸をつかれた。何というそれは、かなしそうな顔だろう。何というそれは、思いをうちにひそめた表情であることか。閑子に新しくできたのと似たゆううつな顔である。人にぶちまけてしまえない不幸を包んだ顔である。自分で解決しない限りとり去ることのできぬいやな顔である。幾十万人かあつまったこの広場の中を一人一人さがしてもこの顔はほかに見つからぬ顔であるかもしれぬ。

仕合せでないのだ。

ミネの胸にまっ先にきたのはそれだった。野村の妻が、玄関から入ってきた新聞の集金人に勝手口に回れと一種の権高さでいったという噂、新しい母のそうした態度に野村の子供たちが反発して、うまくいっていないという話が嘘かほんとかは別として、ミネの心を迎えようとするかのように伝ってきたことを、ミネは思い出した。そのときのミネは、聞かされたことが不快だった。それがミネと何ほどのかかわりがあるというのか。しかし、今はちがった気持でミネはそれを思い出し、野村の複雑な気づかいが察しられるのだった。正月に野村の家であったときより一そう深いうれいを含んだ長女のその顔色から、野村の生活がまだ軌道にのっていないような気がした。野村はそれをどのようにさばいているだろうか。こ

の広場に集って日ごろのうれいを忘れ、楽しそうに語りあっている大ぜいの人たちの中で野村の妻と娘とだけがだまっている。妻はつつましさから、娘はゆううつさからという顔つきである。

となりのグループは婦人の団体だった。みんな赤い花を胸につけている。ミネもそこの会員である関係から、ミネの手にも造花の赤いダリアが回ってきた。和服のミネはそれを手にもっていたのだが、思いついてそれを野村の長女におくった。ふっと小さく笑ってうけとった彼女は、しばらく両手の指でその茎をくるくると回していたが、やがて胸につけた。うれしそうだった。ミネはほっとした。そして、今のさき考えたことをごしごしと消しゴムで消すように自分の心から消し去ろうとした。野村はやっぱりいいことをしていると思ったのだ。ややこしいあれこれはあるにしても、とにかく妻や娘と一しょにここまできているということ、そのことに野村の考えの焦点があると思った。さまざまな妻たち、さまざまな娘たちのさまざまなうれいを解決するもの、その遠い道への第一歩をここから始めようとしている野村の気持は、集金人をわざわざ台所へ回らせる妻をもここへつれ出してきている。だが、閑子はここにいないのだ。ミネは押えても押えてもいぶり出す煙を消し去ることに苦労した。里帰りにさえも夫婦一しょでなかった閑子、僅か二か月に女一生の欠点をさらけ出さねばならなかった閑子の不幸さが渋柿にかぶりついたような思いで思い出された。そのことについて野村は半分の責任をどのような形で負ったろうか。ここにつれだってきた野村夫婦のここまでの過程に、閑子の不幸は投げすてられ忘れ去られた形でしかないのだ。野村にばかり罪があるわけでもないし、まして新しい妻に兎の毛ほどのかかわりがあろうはずもない。しかも閑子にばかりきびしい負目であることは、何としてもつらい。渋柿の渋は早くぬきたい。いぶる煙は燃え上らせねばならぬ。

そのときミネの前の若い男が上半身をとび上らせるような身ぶりで、

「うへえ！」

と奇声をあげた。するとそのまわりの二三人の男たちが、わっは、わっはと笑い出した。何ごとかとのぞいてみると、男は竹の皮包みの弁当をひろげながら、てれ笑いをしている。弁当包みはぺちゃんこにひしゃげていた。くすくす笑う人たちにかこまれて男は、もう覚悟をきめたというように竹の皮をはがした。一せいに笑い声がばく発した。幾つかのむすびが中の梅干を花模様にして一枚のせんべいになっているのだ。男は弁当のことを忘れて、その上に腰かけていたのだという。彼は悪びれもせずそのせんべいをちぎって食べはじめた。すると又一しきりみんながおかしがった。ミネも一しょに忍び笑いをしていると、ミネと顔を合せたつれの男が、

「これでもね、新婚の女房がつくった弁当なんですよ。彼は女房を尻の下にしいている証拠ですね。」

聞いているうちにミネはもうこらえ性もなくおかしくなり、腰を曲げて声をあげて笑った。おかしさはなかなかとまらなかった。悠吉にも教えると、悠吉もへらへら笑った。人々の笑声の中で男はゆうゆうと食べ終り、ミネの顔をみて笑いながらいった。

「あなたはぼくを知らないでしょうがね、ぼくはあなたを知ってますよ。こないだ僕たちの地区の読書会でね、あなたの小説が問題になりましてね。」

ゆっくりとした調子でいう。

「あら、そうですか。」

ミネはようやく笑いから自分をとり戻していった。

「あなたは、奥さんをつれてこなかったのですか。」

するとは彼は少しばかりきまり悪そうな顔で、

「これなんでね。」

と、片手で腹部を大きくしてみせた。コーラスが聞えてくる。若々しい声だった。それを聞くと貞子はつま先立って舞台の方をみた。貞子の息子もコーラス隊に加わっているはずだった。遠く離れた舞台には二十人ほどの男女が、腕を組み、からだを左右にふりながら歌っている。歌声はスピーカーで耳のそばまできているが、顔の見さかいはつかなかった。一番背の高いのがうちの息子だろうと、貞子はしきりにのび上ってみていた。そこへ、争議に入っている日本タイプの若い女たちが基金箱をもってあらわれた。赤い鉢巻をして、元気な顔をしていた。鳩の巣箱のような基金箱を胸にかかえて人々の間を回ると、めいめいがま口をあけて待っていた。近づくと我も我もと箱の中へ手がのびた。そんな中で労働組合や政党代表のあいさつが次々と拡声機を通して流れてくる。まもなく行進がはじまった。幾組もに分れて、文化関係は芝公園へのコースについた。先頭がどこの団体なのか、しんがりはどういう組合なのかも分らぬままに、ただ順位をまって続いた。どうしたゆきちがいなのか、ミネたちのそばに土建組合の一団が陣どっていた。二十人ほどの日にやけた顔の女たちが交っている。手拭をか

ぶった女もいた。ヨイトマケの女たちだった。子もあり夫もあるだろうヨイトマケの女たち、それがここへきている。小説をかく貞子やミネと並んでいる。ミネはある感慨で、じっと見ていた。今年はじめて参加したらしく、この空気に浸りきれぬ顔をした年とった女もいた。女ざかりの女もいた。みんなそれぞれに、この時代の空気を胸一ぱいに吸いこもうとしているのだ。

会場を出ると、プークの人たちが道ばたに小さな舞台を設け指人形をあやつっている。もう少しゆくと赤いプラトークの合唱団が歌いながら行進を見おくっている。それに合せてミネたちも歌った。沿道は人の山で、ビルディングの窓から手をふる女たちもあった。手をふることで心を一つに通わせている。放送局に近い電車通りを列は走り出した。幾万の足音、その足音の中にみんながいる。夫がいる妻がいる。夫であった男も妻であった女もいる。これから夫になり妻になる若い者が大ぜいいる。大きな女も小さな女もいる。やさしい女もきつい女もいる。さまざまの悩み、さまざまの悶え、さまざまの嘆き、そしてさまざまの喜びをない合せて、あらゆる性格のもつれあった人間が集っている。しかもそれが一つの流れの中で歩調を合せているのだ。だが、この大きな流れからのがれるようにしてひとり汽車にのった女がある。閑子は今どんな思いでこの「今」を感じているだろうか。沿道にも歌声はひびいているだろうに。

中里恒子（なかざとつねこ）

「あのね、アントンちゃんのまま異人さんよ、とっても大きな眼よ、あおくて恐いの、」

「ぱぱはなに？」

「ぱぱ？……」

直子はちょっと考えるような風であったが、大事な秘密でもうちあけるような調子で、

「ぱぱはね、うちのままのお兄さんなんですって、なんだかへんでしょう、」

「そんなら日本人かい、」

「そうよ、だけどとても英語を使うの、」

芝生でいつの間にかとんぼ採りをやめたふたりが、大きな声でこんなことを話しあっているのを聞きつけて、母親はいそいで出ていった。先刻まで、この話題の主のアントンも、いっしょにいた筈である。もしかしたら、こんなことでアントンを困らしてしまったのかもしれないと気づいたので、駈けるようにして庭へ出ていってみると、直子と敦とふたりだけで、絵本をひろげている。まわりには、人形の椅子や卓子がごたごたに散らばって、小さなフライパンに、花びらの御馳走が煮えていたり、紅茶茶碗が、門のきわのコンクリートの小径に並んでいたりするだけで、アントンの影もみえないようである。

「ふたりだけ？　アントンちゃんは帰ったの？」

直子と敦は、ちらっと顔をみあわせるようにしていたが、

「だってねえ、アントンちゃんがお父さんになるって云うのよ、直子はそれでもいいんだけれど……」

「いやだい、僕、」

そばから敦が抗議をしはじめた。直子は、

「敦っちゃんがね厭なんですって、だってアントンちゃん混血児（あいのこ）でしょう、だからお父さんが西洋人なら、僕も西洋人の子になっちゃうから厭なんですって、」

ままごとの配役では、よく争いの因になることは、母親も少からずそういう幼時の記憶をもっているので、子供たちの云うこともわかるのであったが、こんな風に、子供の世界で、その父母の国籍が問題になっていようとは思い設けなかったので、どう云ってふたりをたしなめていいか、当惑してしまったようである。

「僕、だからおまんまごっこなんか厭だってそう云ったのに、アントンちゃんが、お客さまを招んで、お茶の会をするんだってきかないんだもの、」

「そうなのよ、だからねまま、直子たちがみんなお客さまになろうと思ったんだけれど、アントンちゃんてば、お客さまを招ぶには、お父さんとお母さんと、子供だの犬だの入要なんですって――」

この説明をきいているうちに、母親はアントンが、日頃自分の家庭のなかで行われているそういう出来事を、そっくり使いたいのだとわかって、少しせつないような気がしてきた。

「だけど、そうしたらお客さまには誰がなる筈だったの……」

「そうしたらば、もうすぐ昼寝から、マリイもリタも起きるから、お客さまによんでくるって、」

「じゃあそれでいいじゃないの？」

「だからね、僕もお客さまになってさ、リタを子供にすればいいって云うのに、僕んちは西洋人だから、日本人のお客さまはおかしいって云うんだもの……僕、西洋人の子なんか厭だ、」

そこまできいていると、母親は、これは容易ならぬ子供の世界だと気がつきはじめた。

丁度、このかりそめのお客ごっこのように、平生のアントンの母親は、ついぞ日本人のお客さまと、招んだり招ばれたりするような、そういう交際をしていないその習慣が、そっくり子供たちまでにうつっている、そして彼女の子供たちは、それが当り前のように感じ出している、それがひどく胸にきた。

「で、帰っちゃったの？」

「喧嘩なんかしないのよ、ただそう云っただけなの……アントンちゃん、みんなよんでくるんじゃあないかしら、」

母親は椅子の上へ人形を乗せながら、

「だからね、いっぺんお客ごっこをすればいいでしょう、西洋人も日本人もないわ、みんなお友達なんですもの、」

　それから少しきつい顔つきをみせて、

「あいのこだの、異人さんだのって、そんなことをむやみに、アントンたちの前で云うんじゃありませんよ、」

　そう云うと、ふたりともだいぶ不服そうな顔つきで、ぴかりぴかり、眼をみあわせていたが、丁度そこへ、いきなり梅の木の低い枝で、ミイインと蟬が鳴き出した。

　ふたりは小さい顔をそっちへ向けて、じっと蟬の居場所を探索していた。まもなくでこぼこの樹の皮に、こびりつくようにして鳴き続けている蟬を発見すると、かたわらの網をもって、這うように樹のそばへゆきかけた。もう全く、アントンのことも、お客ごっこの問題も眼中にないらしく、直子が、お鍋やお皿につまずいて音をたてたと云って、敦は怒りながら、梅の木へ近寄っていったが、敦が木のそばまで行きつくかつかないうちに、蟬は羽の音をたてながら、又ほかの木へ移ってしまった。

「ああ、損しちゃったなあ、」

　こう云いながら敦は、そのまま木戸から出てゆく様子である。母親もこれで引き込むつもりで、

「わかったわね……」

　ままごと道具を蔵い始めている直子へ念を押してみると、

「なあに？　わかんないわ、」

「よござんす、そんなこと云ってるのなら——」

　とうとう母親の方が、少しむっとした風で子供のそばを離れてくると、裏の段段のところで、なんだか賑かな気配がしているようだ。立ちどまって様子をみると、やがてアントンを先頭に、リタとマリイが、野の花をいっぱいに抱えてはいってくる。

「ああ、お土産に花束をもってくるところまで、ドロシイそっくりだ、」

　こう思っただけで、母親は、現在、自分の立たされている位置というようなものが非常なす早さで、そして非常な恐しささえ含んで感じられるのであった。

　子供は鏡である、写真機である、そしてまた母親を縛る丈夫なあたたかい縄である。

「あたしは子供にうつされて羞じないような、そんな母親でいられるかしら、母親になるといっしょに、女としての自分は殺しても、母親としての自分は、あくまで活かそうとするそういう月日のなかに、あたしが、少女の頃から描いていたしあわせというようなものがあるだろ

うかしら、」

母親は、急にこんな心配で胸がいっぱいになって、アントンたちの靴音が去ってしまうまで、あとを見送っていた。

「お母さん役になるあたしの子供は、一たいどんな風にあたしを描き出すつもりかしら、」

忽ちそんなことが気になってきたので、母親は、そっと座敷へあがって、庭のすっかり眺められる部屋の椅子の陰で、子供たちの世界を、熱心に観察しはじめようとたくらんだ。

「朝なのよ、時計が鳴ったら一番さきにままが眼をさますの、」

「そうお、本当はぱぱなんだけれど……」

「アントンちゃんところはそうなの?」

「そしてね、ぱぱは庭へ出て、薔薇の虫をつまんだりしているのさ、その頃、ままが起きて、うめさんといっしょにお勝手が始まるのさ、」

「それから……」

「それから、マリアンヌ、僕、マリイ、リタの順で起きて、いっぺんに洗面所へゆくと混んでうるさいからね、マリアンヌが呼んでくれるまで、待ってるのさ、」

「そうお、でも敦っちゃんはひとりっ子なんですもの、すぐ歯を磨けるのよ……」

もの陰でぬすみぎきをしている母親は、だんだん気持が熱くなって、少しこういうことをしている自分を責めたいような気さえし出したが、肝腎の母親がまだあまり活躍していないので、それが何より気がかりで、その場を立ち去り兼ねている。

「さあ、きょうは日曜日なのね、いい?」

「じゃあ、午前中教会の弥撒へゆかなくちゃあ……」

「家じゅうでゆくの?」

「あら、それじゃあままが困るわ、ままは日曜日には、草取りをしたりアイロンかけしたり、忙しいのよ、」

「僕だけ日曜学校へゆけばいいじゃあないか、本当だって、その方がほんとなんだもの、」

「ちがうよ、日曜は安息日なんだから、働いてはいけないんだ、感謝とお休みの日なんだ、」

こうして、ことごとに、子供たちは遊びの上にも、我が家の生活様式を反映させて容易にまとまらず、マリイとリタがつまらなそうに、自分たちの登場する時間を

待っている風であったが、不意に敦が怒ったような声を出して、

「僕、よしたア、つまんないや、」

「よしっ、そんならあっちへ行け、ひとりで森の梟にさらわれろ、」

アントンはこう云って、そのピンクいろの頬をほてらしながら、唇のはたにきつい決意のいろをみせて、敦を睨みつけるようにしていたが、まばたきもしないかのようにみえるみずいろの眸だけは、もう歎きを覚えた年頃をもの語るように、うるんでゆく。

……泣きたいのかもしれない、いくら骨を折っても、なんだか自分たちの考える世界と、直子たちの考えつく世界とが、うまくゆかないのがなんのためであるか、だんだんとわかりかけているのかもしれない、その悲しみを訴えるのさえ、少年の胸にあまる疑問のひとつではなかろうかしら。——もの陰の母親は、丁度ドロシイを義姉として迎えて以来、ずっとその一族の間の、少し不自然な感情のもつれが、何年も何年もそのままで埃りを浴びてゆく、そんな大人たちの世界を考えさせられる気がして、すくんだように眼をみはっていた。……

なんの気もなく、いつもそうするように、マリアンヌが蔓薔薇の庭門をくぐってゆくと、誰か、いそいで立ち去るひと影が、明るいヴェランダにうつった。

その影がなんのためであるかわからぬながら、マリアンヌは、それはやっぱり自分が、不意にはいってきたために起った出来ごとのように感じられて、ちょっとためらっていた、が、そのときはもう、マリアンヌの姿はどこからも見える庭のまん中にきていた。

庭の片隅でもの別れのような形になった子供たちが、びっくりした顔つきでマリアンヌをみあげながら、なんとなくいたずらを発見されたときのようにうろたえているのである。マリアンヌも、少し具合わるそうに立ちどまっていると、

「おや……」

そう云いながら、たったいま、マリアンヌの姿をみつけた様子で、直子の母親であるおばが出てきたが、マリアンヌはふと、先刻のひと影がなんだか、おばだったような気がするのだったが、自分がそのことに気づいていることが、おばにわかってはいけないような気がしたので、やっぱり自分もたったいま、この庭へはいってきたばかりという無関心な顔つきをしながら、

「あら、薔薇の葉が枯れちゃったら、壁の剝げてるのが

丸みえなのね、」

独り言のようにそう云うと、母親の方でもほっとした顔をみせて、

「もうこんなに薔薇の葉が枯れ出したんですもの……じき学校ね、」

「毎日うるさいでしょうって、ままが、」

マリアンヌは、ちらっと木蔭の子供たちへ眼をむけながらそう云った。

「でも、でもね、おもしろいわ、」

母親は、今自分の見物していた子供たちの世界を、マリアンヌの母親にも見せたいような、しかしやっぱり見せるのは苦しいような、そんな気持をいっぱい感じさせる哀愁が、自分をも、マリアンヌをも、クッションのようにあたため出したのを覚えながら、庭の木の下で、目立って光るアントンたちの亜麻毛を、マリアンヌといっしょになってみつめ出した。

普通の季節には、子供たちの母親たちはあまり往来をしないので、従って子供たちも、知りあう機会が少いわけである。だが夏になると、殆ど例年のように、母親たちが夏の生活を近づけあうので、そのときだけ、子供たちの世界も、丁度一種の社交期間を思わせるように、活潑に入り乱れるそんな習慣が、しかし子供たちの世界を、年毎に深めてきたのである。

この一族の家系というものをひろげてみると、何かそこには、運命的な連絡が、母親たちの胸にしのびこんでいるようにみえる。

直子の母親を一単位にしてゆくと、それはまあこんな風な地図を描き出すのである。

マリアンヌの母親は、直子の母親の義姉に当り、敦の母親は、直子の母親の義妹に当る。そして尚複雑なことには、直子の母親は、今ひとり舶来の姉嫁をもち、それは敦の母親の義姉に当るという関係である。

めいめいの母親たちの中で、一番子沢山なのはマリアンヌの母親で、現在四人、死亡一人、その次は敦の母親で三人、それから直子の母親の一人。しかしこの地図に現われないほかに、まだ、幾人かの姉や兄や弟や妹たちを、めいめいの母親がもっていることも、おたがいの勢力の大きな背景になっていることは、まことに美しい合戦のようだ。

そういう点で、直子の母親と、敦の母親とには、連絡する気脈のようなものが流れあい、おたがいのもつ異国の姉たちへの、不本意な擬装や、悲哀のやるせなさがじ

かに感じあえるという点で、また互いに懼れあい、いたわりあう、不思議な感情がわだかまっているのであった。

マリアンヌの母親の住居は、同じイギリス出身のルネ夫人の夏別荘で、ここへ母親たちだけが、双方の混血の子供たちを従えて引き籠もり、敦の母親は、その婚家に於ける義妹の夏別荘に、やはりマリアンヌの母親たちのような形式で住みはじめ、直子の母親だけが夏冬を問わず、海辺の町へ栖家を定めて、こういう季節の社交に参加している。そのために父親たちも、云わば同じ樹に咲いた花などであるのだったが、べつに花の色彩や、形の大小に気をとめるような閑暇もないらしく、自分たちの枝や葉が亜麻いろに染っているのさえ、気づかない風である。

そして、この三つの家庭は殆ど一町内に存在しているので、云わば一つの大きな部屋、それは冬の間のなつかしい日光室を思わせるような、その部屋に於けるめいめいの溜息や、靴下のうしろまでもみせあうくらいの近さをもっていた。

このことについても、母親たちは困惑に似たものさえ考えあっているのであったが、なんだか急に、自分だけがその部屋へはいるのをためらい出すのは、いっそうその部屋の雰囲気を苦しめるような気がして、そしてまた、その苦しみを感じさせるそういう部屋の中を、平気で歩けるということに、一種の誇りにも似通った意識が働き出していることを、胸の裡に保っている。

或日のこと、アントンの母親と、ルネ夫人は、よんどころない用事のために、ふたり揃って上京しなければならなくなったので、あとをマリアンヌに委せて、さらに直子の母親にも注意を頼んで、出かけてゆくことになった。

「停車場までいってはいけないかしら、まま、」

手提鞄に、夜会服や飾り靴やリボンを入れたり、髪のリセットをしたり、下着に香水を吹きかけたりして、せっせと仕度をしているふたりの母親のそばで、小さい子供たちは、少し心細そうな顔つきをしながら云い出した。

「マリイや、リタが丁度寝床へはいって、そろそろ夢をみかけている頃、どんな夢かしら、ままがあててみますよ、——人形の着物を洗濯してるところ、それからままのクリイムをいたずらして、だけどそれはちっともわるい気じゃあないのね、ままが使っているところを見ていると、おいしそうで食べられるような気がしていたのね、だけどままに叱られるといけないから、いつもは見てるだけなのだけれど、きょうはままもお留守だし、マリアンヌ姉さまは本を読んでいるし、そっとみんなで相談して、そのクリイムをスプンですくい出してね、ちょっと舐めてみたのよ、そうしたら、味もなんにもなくてとてもまずいので、びっくりして吐き出したところへ、マリアンヌ姉さまがみえて、三人ともくろいリボンで指をゆわえられちゃったの、三人はね、ままが帰るまでに、早くそのリボンをとって貰おうと思って、それから急におとなしくなって遊んでいる、……そんな夢をみているかもしれない頃に、ままたちは帰ってくるでしょう、」

アントンの母親は、麻の背広の衿に花飾りを挿し終るといっしょに、そう云って子供たちを見まわした。子供たちは、あんまり母親がよく夢のことを知っているので、それも、まだ見ないけれど、もう少しで見そうな気さえする、そういう夢の出来ごとまでをちゃんとあててしまったので、本当に恐いような気がして、あおい眸を翳らせている睫毛をぴくぴくさせながら、眼だけでお互いに合図をしあった。

「まま、恐いわね、」

「まま、夜も寝ないのかもしれないいな、」

「夢って、ままがみさせてくれるのかしら、だってそんな気がしなくって？」――

「でも、きっとみんなは、そんな夢をみないで済むでしょう、あしたの朝、ゆうべの夢をままにきかせて頂戴、」

「だってままったら、知ってるんですもの、」

「いいえ、知りませんよ――」

「じゃあさっきの話、嘘？」

「嘘？　じゃあないけれど、」

母親は、問いつめられて少しあせり出しながら、

「本当にそんなことがあって、みんなの指に黒いリボンが結んだままになっていたら、ままが帰ってきて、どんなに悲しがるでしょう、そしてみんなもままの約束を守れなかったことを恥じるでしょう？　だから本当にあってはいけないけれども、もしも、夢のなかで……」

「わかっちゃったあ、ままってば、もしかしたら、マリイたちがそんなことをするかもしれないと思ったのよ、」

母親はすっかり狼狽して、もう仕度が出来上って、何か勝手元の方で、食事の世話を命じているルネ夫人のくるまでに、少し図に乗りすぎたくらいの失敗をとり戻そうとしはじめたが、マリアンヌが出てきて、

「まま、これが買物のめもですよ、」

こう云って、いつもの手帖を渡したので、それを立ちどまったままひらいてみると、

ネンスウク　三米七〇糎
糸レエス　三米五〇糎
マリイ用靴下　サイズ18
マリアンヌ靴下　サイズ23
クレイヨン　赤、茶、黒、黄
食料品

「これだけ？」

「アントンの靴下も悪くなっているんだけれど、破けたところを縫ってあげる、それで多分家へ帰る頃までもつでしょうから、」

子供たちは、母親から罪のようなものを着せかけられたことに、だいぶ自尊心を傷つけられていたが、そのうちやっと母親がこっちをむいて、

「ごめんなさい、ままがあなたたちを信用できなくて……ではだれの指にも、黒いリボンなんかないでしょう、ねマリアンヌ？」

マリアンヌは、三人を等分にみながら黙っていた。それが三人をちょっと不安にした。なんと云っても、きょうはマリアンヌが絶対の力をもっていて、黒いリボンでも赤いリボンでも、自由自在にみんなへ結びつけられるのだったから。

「停車場までゆきたい、」

「なぜ？」

「だって、だって、」

そのうちルネ夫人が出てきて、もう手にいっぱい泥のついた子供を、気むずかしそうに眺めていたが、ひょいと腰を折って、軽く子供の額へ接吻した。それから、何か忘れものをしていたのに気がついたように、アントンの母親も、よそゆきの、まっ白いこすちゅうむが皺になるのを気づかうように少しためらいながら、しかし、一番淋しがりやのリタを、まっさきに抱きあげて頬ずりし、手をひろげて待っているマリイにも接吻し、ルネ夫人のジャンにも同じようにした。庭でなにかしていたらしいアントンが駈け寄ってくると、額へくるくるかぶさっている髪の毛を撫ぜあげてやりながら、その顔を、両手で捧げるようにもちあげて、じっと眼と眼をみあわせている。無言の裡に、母親の感情が、アントンを柔く締めつけ出した。……

やっとそんな風にして、母親たちが出ていってしまう

と、マリアンヌは縁側へありったけの椅子を並べて、五人の子供たちを年齢順に腰かけさせた。

アントン、ヘンリエタ、ジャン、マリイ、リタ。

「僕は本をよむんだ、」

「黙読ですよ、」

「あたし、算術、」

「三人はね、絵をお描きなさい、なんでもいいからおぼえてることを描いてね、」

マリアンヌは、画用紙と使いかけのクレイヨンの、いっぱいはいったブリキの箱をまん中へおいて、自分もそばの椅子で裁縫を始めるのであった。

朝のうちは、少し曇っていた日もだんだんと晴れてきて、十数本も、庭隅にかたまって植わっている松の木の間へ、きんいろの雨のような光がそそぎ出した。

マリアンヌの裁縫箱の中には、手紙だの香水紙だの衿飾りなどが、縫糸や刺繍糸とまざって少し散らかっていたが、その中から、黒いリボンと赤いリボンを探し出して、みんなの目につく場所へおくようにしながら、非常に冷淡な顔つきに返って、手ミシンを動かし出した。子供たちは、自分だけは少し加減してもらいたそうな様子で、誰もみていないときを見はからっては、マリアンヌに無言の親愛のしるしをしてみせるのだったが、てんでそんなことに気がつかないような態度をとりつつ、マリアンヌは、容赦なく子供たちに臨んでいるようだ。

「厭だあ、ジャンてば、鉛筆折っちゃって、」

「そんなに、けしゴムの塵をこっちへ吹きとばさないでね、」

「それとんぼ？　とんぼの方が人間より大きいの、」

次第に遊びたくなって、もうみんなの気が散りはじめていると、

「あっ、飛行機、とっても低空だぞ、」

アントンが空をみあげて立ちあがろうとしながら、マリアンヌに気がついてちょっと振りむくと、マリアンヌも、丁度伸びあがるようにして青空を仰いでいるところだったので、アントンは躊躇なく、ぽんと庭へ飛び下りて、まぶしそうな顔つきで仰ぎ出した。続いてみんな、がやがやと立ちあがって、急に生き生きしながらそこいらを駈けまわるのである。

粗末な建築のうえに、長年、海辺の潮風と烈しい日にもろくなりかかっている住居は、飛行機の爆音にさえ震動するかのように、じっとしているマリアンヌの体に、空の響きが伝わり出すと、なんだか耐えられないような、

切迫した気持で、空を見あげずにはいられなくなった。気がついてみると、一瞬の内に子供たちは、全部庭へうつってしまっている。しかし、マリアンヌ自身にも、それを制する力がなく、いっしょになってにこにこしながら、一番あとから庭へ出ていった。

もう飛行機は、空の遠くへ去ってまだ音だけが伝わっていたが、子供たちはその機影が、お宮の松の梢や、電信柱や、やがて山の陰になったりしながら見えなくなるまで、空を仰ぐのをやめようとしない。そしてふっとみんなの顔があうと、マリアンヌが微笑んでいるので、子供たちも安心したように、大きく笑い出した。

それからまた卓子の前へ戻ったが、もう誰も勉強しはじめようとしないのである。

向日葵の光輪の間に、蝶が沢山飛び交い出した、まるでそこに何か事件でも起ったかのように、しつっこいほど花の周りを群れて舞っていたが、それをじっと凝視していたヘンリエタは、ひとりで庭へ駈け下りて、

「あたしの蝶蝶、あたしの着物……」

疳高い稚い声で叫びながら、蝶の群の中に、まっ白い服装で、模型のように屹立した。

一聯隊を伴ってマリアンヌが散歩に出ようとしかけた頃、直子の母親と敦の母親が、少し狼狽てたようにはいってきた。

「あら、きてないようですこと、」

「だれ？　直子ちゃん？」

「敦っちゃんも——」

マリアンヌもそばから、

「朝から、一度もふたりとも来ないのよ、これから呼びにゆこうかと思ってたの、」

直子の母親は、もう少し顔のいろを青ずませながら、黙って首をかしげるようにしていたが、敦の母親が平気な声で、

「お昼になれば帰ってくるでしょう、大丈夫よ、案外子供って用心深いんですもの、めったに危険なところへ近寄るようなことはないらしいのよ、」

「でもね、でも全然近処に姿がみえないんですもの、」

「だいたい何時頃だったでしょう、うちの敦がいなくなったの……」

「直子はね、そう、あたしが郵便局へ小包を出しにゆくとき、門のそばの木へ登っていたのよ、ゆかない？　っ

て云っても首を振っていたので、そのまま置いておいたの、帰ってきたらいなかったわ、お藤さんにきいても、気がつかなかったって云うの、」

　敦の母親はまだ心配なげに、

「今にも戻ってくるのよ、いつものように何処かで遊んでるのでしょ、」

　そう云って、びっくりしたように、眉を寄せて周りに集っている、アントンやヘンリエタたちの囲みを解くような態度で、いっそう何気なさそうに笑顔して、

「さあ、いってらっしゃい、帰ってきたら遊びましょうね、きっとみんながお散歩から戻る頃には、お家にいますよ、」

　そして先に立って道へ出た。直子の母親も幾分平気そうな様子になって、

「ほんとにふたりともわからずやさんね、遊びにゆくときは、きっとままかお家の者に断らないとだめね、」

　マリイやリタは、ちょっと自分の気持をみせびらかすような調子で、

「あたし、ままにきかなければ何処へもゆかない、」

「あたしも、ままが心配するから、」

　直子の母親は、こういう場合の大人の気持を敏感に反射して、ふたりが、少し褒められるのを待ち受けているような気がしたので、ちらっと金髪に眼をやっただけで、言葉をかけないでいた。そして心の中では、自分の子供も、こういうことを少しは考えてくれるがいい、遊びの行先がわからなければ、母親たちがどんなに心配するものかみせてやりたいようだ、と、この不安な気持の片づかない苦しまぎれに、子供に怒りさえ感じているのであった。

　別れ道のところまで来ると、マリアンヌが、

「ふたりとも、今にお腹をすかして帰ってくるのね、」

……

　手を振ったり帽子を振ったりしながら、一聯隊は日盛りの道へ曲っていったが、母親たちは、子供たちの姿がみえなくなると同時に、一段と不安そうな顔つきになって、

「もうお昼ですよ、なんだか厭あね、帰ってきたら――ほんとに叱りつけてやらなくちゃあ、」

　敦の母は先にそう云い出すと、直子の母親は、もう胸が痛くなるほどの怒りを覚え出して、

「ほんとに、ほんとに、」

　やっとそう云って、真面目な顔つきでうつむいてし

まった。

「もしかしたら、うちへ帰ってるかもしれないわね、そうそう、赤ちゃんの授乳の時間なの、とにかくあとで、ふたり並べて……」

あとは云わなくても母親たちは、こんなに自分たちを心労させる子供たちを、けっしてただでは済ませられないような気持を感じあいながら別れた。

直子の母親は、期待が外れると、いっそうがっかりすると思ったので、「子供はまだ帰っていないだろう、そうに違いない、」ときめて、家の中へはいっていった。

庭も部屋もしいんとして、全く静かにフランス菊や百日紅が咲いている。母親は、期待したことがあまり鮮かに適中しているので、むしろ腹立たしいような昂奮でいっぱいになりながら、乱暴にラジオのスイッチを入れてみた。

食事の時間にも遅れるくらい、直子が、遊びに熱中していることは屢屢であったので、母親は、今までにも、度たび注意したことはあったが、きょうのように、気がかりで耐え難くなるほどの不安を覚えさせられたことはない。時計を見比べていると、先刻までの子供に抱いていた怒りが、だんだん哀訴のような状態に変ってきて、今度は母親としての不注意、責任感、そういったものに、攻めたてられるような気がし出したのである。

あの場所へ遊びにいってはいけない、川へはいってはいけない、こう云った子供への禁断が多すぎるために、子供は母親から許可されないことを怖れて、無断で自分の思うことをし始めるというような場合が、矢のような速力で、母親の胸の中を搔きまわし出した。そのうちに、自分が母親の位置に立っていることさえも不安なような気がして、こういう恐怖や心労を、絶えず子供との日常生活のなかに、繰り返し繰り返し続けてゆく母親たちの生涯には、少女の頃に描いていたような、夢の許されないことが、はっきり感受させられるのであった。

もっともっと今に、どんな未知の心痛や悲哀や、或は歓喜などが、子供を通して母親へ伝わる日があるかもしれないのだ、そうしてそういう日の中に、母親は強まりつつ、しあわせというようなものも、一番容易な方法で、我が身に纏い出すのかも知れぬ……直子の母親が自分の気慰めにこんなことを考え出しながら、少しもう疲れた様子でぐったりしていると、

「どうしましょうかしら、」

こう云って、敦の母親がはいってきた。

時計は一時近くなっているのである。

ふたりの母親は、もし早合点な手段をとって居る最中に、子供たちがひょっこり帰ってくるような、そんな場合の羞かみに似た気持をお互いに隠しながら、一方では、今にも母親たちの手の届かぬ場所で、子供が危険にさらされているような、不吉なことまで考えあっているのであった。

「おおげさになってもかまわないわもう、こんなに気になるくらいなら、」

直子の母親は、すっかり考えあぐんだ様子でそう云って、出入りの植木屋へ出かけていった。それからお藤さんを、子供の通って居る教会の牧師館へ問い合せに出し、敦の母親がぼんやりとしているところへ、じきに戻って来た。

「子供たちの遊びにゆきそうな場所、海岸、お宮、幼稚園、川べりの野原など一番目につくところを探して貰って、尚、町じゅうをひとまわりするように頼んできたの、」

「そう、じゃああたし停車場へでもいってみようかしら、」

「そうね、ではあたしは家にいて帰ってきたらば……」

「もう怒る元気もなくなってしまいそうな、」

ふたりは臆病そうに顔をみあわせて、面目なげに少し微笑しあった。

植木屋からも仲仲知らせがなく、お藤さんは、ただ牧師館へ顔を出しただけで、そこには影も形もないことを突きとめてしまった。

こうして、だんだん高まってくる不安と苦痛の中に、母親が羽交締めにされているとき、けたたましく玄関のベルが鳴り出した。それと殆どいっしょに、子供らの声を、母親は聴いたような気がしたのである。

思いつめた顔つきで母親が扉をあけると、そこには母親の妹が、明るい様子で、両手に子供を曳いて立っている。

「まあ、お宅へいっていたの?」

想像もつかない有様に顔の色を変えながら、しかし、母親は俄かに安心すると、いっぺんに子供のために、縮れたようになっていた神経がこの上なく邪魔になり出した。そして、こんな苦しいめに遭わせた子供達へ、云いようのない怒りが湧いてくるのである。――直子も敦もちらっと母親を眺めたきりで、おどおどしたように、おばの陰へ体をすりつけていながら、母親の顔が、いつもの顔とまるで違っているので、不思議そうに、そして幾分恐わそうに、み直さずにはいられないのであった。

直子の母親は、すぐ停車場へお藤さんを迎いに出し、わざと子供たちを見ないようにしながら、家の中へはいってゆく、一番きびしい方法で、子供たちをいましめてやろうとさえ思いつめながら。……

その家というのは、此処から電車に乗って、三つめの駅で下車二丁ほどのところにある。

直子は母親と上京の途次、よくその駅を通過し、またその家にも、屢しば訪ねたことはあったが、敦の方は全然未知の家である。母親には、すぐこのことが胸を重くしてきたようであった。直子が主張して、敦を案内していったという事実の責任を痛感するほかに、敦の母親に、直子が悪く印象されるおそれの方が、余計耐え難いような気がするのである。直子も敦も同年の七歳で、幼稚園から小学生になったという、この新鮮なきもちを共通にしながら、自分たちの自負心を満足させるような出来ごとに、内内憧憬れていたのではなかろうかしら。そして、その家が子供に選ばれたというのは、こんな風にしてではなかろうか。

「おばちゃまのところには、絵本に出てくる赤い鳥がいるのよ、まっしろい猫も、茶いろの犬もいてよ、」

「ほんとかい?」

「嘘だと思ってるの?」

「だってさ、僕みなくちゃあ……」

「みせてあげるわ、おばちゃまのところ、直子がよく知ってるんですもの、」

忽ちに約束がまとまって、ただもう早く、その家へ行って、敦との約束を果したい一心で、直子と敦は、混雑する駅の改札口を切符もなく通行して、覚えた道順にまちがいなく、殆ど何を考える余裕もなく、その家にたどりついたのであろう。しかし、その家の門の前までくると、直子は急に母親に黙ってきたこと、しかもお友達さえ案内してきたこと、そして誰もふたりに附添っていないことなどの不安がいっぺんにひろがって、自分の行なったことが、善いことではないのに気づきだしたのである。敦にもこの気持は起りつつあった。ふたりは今までに自分ひとりで、三つも停車場を過ぎるほど、電車に乗ったりするような遠くまで、遊びに出かけたことは一度もなかった、それどころか、母親の知らぬお友達の家へさえも、出かけることを禁じられていたのである。不安と心細さに責めたてられながら、ふたりは恐わ恐わ顔をみあわせた、そして一層おたがいにその気持を確かめあいながら、門の前でたたずんでしまった。

今はもう、赤い鳥も白い猫も犬も要らない、泣き出したいような思いで、直子が「おばちゃま」と呼んだ。――

庭で伸子張りをしていたおばは、子供たちだけの突然の来訪と云い、その不断着のままの様子と云い、すぐにへんだと考えついたが、おどおどしたような元気のない子供たちに、少しずつわけを尋ねただけで、丁度お昼の仕度の出来ている座敷で、赤い鳥や、白い猫といっしょに、子供たちにも食事をとらせた。いつもは活潑で始終面白そうに、何事かを観察してはびっくりすることの好きな直子が、猫が二匹になっていることも気づかぬ風で、食事もろくろく食べられずに、敦と顔をみあわせては、口もきかずに黙っている。おばも子供たちのそんな様子で、次第に子供たちの苦しんでいる気持がいじらしくなったので、狼狽てて仕度をしはじめた。おばが次の間へはいって帯を締め替えていると……直子が小さな声で、

「ね本当でしょう?」

そう云って敦に念を押しているようであったが、おばには、子供たちのこの短い会話の内容はわからないのである。これこそ、子供たちを魅した深い原因になっているのであったのに。――

母親は送ってきたおばと話しあっていて、仲仲直子たちの方を向かなかったが、すっかりきき終ると、平常よりずっと恐い顔つきで、直子の眼を捕えた。直子はまぶしがって、母親の眼から逃げようとしているのだったが、そのうち、母親の眼に、なんとなく異様な光を発見し出すと、それを見届けようとして用心しながら、母親の眼のなかに進んではいってきた。まもなくそれは涙らしいことがわかると、直子は驚いた顔つきで、母親をみつめていたが、突然に泣き出した。

「泣かなくてもいいでしょう、きょうは直子ちゃんがいけなかったのね、わかった?」

おばが慰めながら、直子の母親の方に顔をむけると、母親のうるんだ眼もとからも涙があふれ出していたので、そのまま黙ってしまった。

母親には、子供同志の約束が守られたということよりも、やすやすとひとつの誘いに乗って、まるで及びもつかないような冒険をしてみせた直子の、一本気が怖しいように思えるのである。

不断から気性の鋭い、そして一面臆病すぎるくらい細

心のところのみえる子供であったが、その性質が、こんな方面へ現われたのをみると、何か子供の生活の根拠になっている遊びの世界にも、自分をためすような遊びが選ばれて、そういう中に、子供は自分の力を伸ばしてゆくのではないだろうか。母親が案じたり守ったりする以上に、子供はひとりでに自分を活かしてゆけるのだ――そう思えて、母親は怖しいような気持の残っている中にも、子供への違った眼をみはっている。そしてそれは、自分の影絵をそっくりみせられているような気がして、血のあたたかさというものが、はっきり伝わってくるのである。

先刻までは、自分たちの不安な気持に苦しがって、一途に子供をとがめようとしていたのであったが、その苦しさが剝がれるとともに、それは母親自身を照す、大きな鏡になってしまったのである。

敦の母親は、一層わが身を責めているような、直子の母親をいたわるつもりらしく、

「でも直子ちゃんは目的を達したのだからえらいのよ、却って、そういう誘いを受けたときに、それがいいことかどうか考えもしないで、すぐ応じていった敦には、心配な点がありますよ、」

そう云われても、直子の母親の、不安や惧れは仲仲なおらないようであった。この出来事を父親にしらせるかどうかに就いても、母親たちは考えあったが、おたがいに羞じらいあいながら、黙っていることにきめられた。

「まま、お父さまに云わないで、云わないでねきっとよ、嘘ついたら厭あ、きっとね、」

真剣な表情で、直子が急に母親を誓わせようとしはじめたので、母親は、子供も自分の失敗を知られたくないのだと思いながら、子供をいましめるには、大人と同じように、子供にも恥をしらせるということが一番ではなかろうかと思った。そして、子供の怖れている父親のことを考えて、微笑みたいような気がしてきたのであった。

その日は、マリアンヌの家へも見まわりにゆく筈であったのを気がかりにしながら、直子の母親が、ふたりの子供に改めて食事をさせていると、庭さきからマリアンヌがはいってきた。

「あら、いま頃?」

直子も敦も、おびえたような眼つきでマリアンヌを見た。すると母親が、

「もういいの、もうわかったのよ、だからもう忘れて頂戴、」

そう云うとマリアンヌも笑いながら、すぐ帰ってしまった。子供たちは沢山食事をとると急に元気になって、庭へ駈け出していった。

「仕様がない子ね、」

ふたりの母親は、初めて明るい顔をしあった。

その頃から、夏の烈しさもだんだん跡切れ勝ちになって、海辺の色彩が急に白っぽくなっていった。そしてこの日光室の子供たちも、ちりぢりになる日が近づいてきた。平常の住居へ戻るアントンや敦たちには、帰ってからの、また違った喜びが彼らをふくらましているようであったが、毎年、みんなを送る立場にある直子には、残されてゆく別れの悲しさがきついようにみえる。そういう打撃をなるべく用心することを覚えたらしく、直子は、アントンや敦たちの遊びをさえ避けているようであったが、愈愈何日に引き上げるということがきまると、

「早くその日になるといいわ、直子、アントンやマリイちゃん嫌いなんですもの、」

思い出したように、そんなことを母親に訴えるのであった。

庭さきには、少し色のあせかかった子供たちの水着が、急に黄ばんできた光線を浴びて飜っている。季節は一日ごとに衰えてきて、まもなく午前と午後の間にも、その衰えをめだたせながら、こうして夏を終えてしまうのだ。

やがて或る日、マリアンヌの母親から、子供たちを主にしたお別れのしるしの知らせがあった。

敦の母親も、三人の子供たちや、義妹の二人の子供たちといっしょに集ってきたので、ルネ夫人の古い夏別荘は、床がきしむくらいである。前掛をしたマリアンヌが、子供たちに番号をかけさせる。……そしてそこに在る十二人の子供たちは、春になって野の花花がひとりでに咲き初める頃の、力や匂いのようなものをめいめいに漂わせながら、椅子についた。

日光室内の母親たちは、子供たちの全身に、自分の面影のちりばめられていることを感じながら、なんとなく子供から眼をそらしあっていた。……

まりあんぬ物語

つめたい風の吹く午前の町を、私は墓地へいそいだ。その日は姪のまりあんぬの埋葬式が山手の外人墓地で行はれるのであつた。この墓地の坪数は、平面地だけで凡そ五千六百一坪、墓碑の数は約一千八百。埋葬人は二千九百七十三人。この中の一人にまりあんぬも数へられるやうになつた現在では静穏な明るい十字架の国のやうに見てゐた此処も、私たちには哀しい一つの場所となつた。

墓地は二十二区に分れてゐて、まりあんぬの死の番地は、五区Aの四番である。

まりあんぬの新しい墓碑の前には、その父親と弟とがたたずんで、墓の周囲がセメントで接合されるのを凝視めてゐた。墓はまだぽつかりと穴が空いてゐて、コンクリイト敷の深い内部に柔い日光が射し込んでゐた。そして
てゐるうち埋葬の時間が迫つてきた。やがてやつと神父さまが見えたので、まりあんぬの両親、その弟妹、祖母、叔母叔父などの親近者だけで墓をとり囲んでゐるうちに、二十歳の少女の骨は白い箱にはいつたまま、墓地設計人の手によつて深い穴の中へ埋められた。まりあんぬの母親は半巾を眼にあてて泣いてゐる。

「ではもう宜しうございますか。」

父親がすぐ承諾した。まりあんぬの母親は穴に近寄つて更に内部を覗いた。冷蔵庫のやうな乾いた穴の中の骨壺の上に、この世の最後の日光は輝いた。

それから、台石の上へ寝姿のやうな平たい碑を人夫が四、五人で置き、その上に碑銘を刻んだ石を重ねて、その周囲は完全にセメントで塗りつぶされた。捧げた花束や埋めた草花の鉢に、残つてゐるだけの水を注ぎ入れて、私たちは黙つて拝んだ。かうして非常に短時間の裡に埋

葬は行はれた。

IN LOVING MEMORY

OF

J……M……N……

DEC 4. 1920―DEC 8. 1940

墓碑にはこれだけの文字が刻まれてあつた。この埋葬の立会が済むと、神父さまは次の約束へと立ち去られた。

「これで済んだ、これならもう何処からも水の浸みこむ心配はない、完全だ。」

まりあんぬの父親が突然さう言ひ出したので、それを機会にみんなもその場所を立ち去りながら、他処のお墓の形などを眺めわたすのである。すぐ隣りの墓は露西亜人で土葬らしい、周囲の土は生ま生ましく、白木の十字架には、聖母まりあの写真がはめこまれてゐた。

墓地の門を出ると、まりあんぬの母親は残つた子供の手を曳いて、快活に歩き出した。すぐ下の港から汽笛は長ながと鳴り響き、既に正午なのである。

まりあんぬがまだこの墓地の近くの仏蘭西人経営のサン・モオル女学校に通学してゐた頃、私は一、二度まりあんぬと一緒にこの墓地へ碑文を読みにきたことがある。その頃はただ美しい場所に秘められてゐる、港町の特別の歴史を探りたいやうな懐古的な気持から、目に留る墓碑を判読したりしながら、この墓地中で一番大きな石碑である、先の欧洲大戦に日本から出征した各国兵士の共同墓地にお詣りしたとき、まりあんぬが言つた。

「厭ね、戦争つて……あたしは丁度欧洲大戦の終つた年に生れたのだわ。」

当時既に世界の平和は破れ出し、父の国と母の国と異なるまりあんぬ達にとつては、戦ひの恐怖以上の精神的な圧迫を覚えるらしく見えた。暫くの間私たちは日のよく当つた芝生の中を散歩しながら、もう苔蒸したり磨滅したりして、やつとわかるかわからないくらゐに古びた碑の中に、思ひがけなく若い少女の墓や伯爵夫人の墓などを見つけ出して、

「まあこのひとは十九歳で死んでるのね。」

さう言つて不思議さうな顔をしたりしたまりあんぬだつたが、それから二年経たぬうちに、まりあんぬ自身がさう言はれるやうになつてしまつた。

まりあんぬはロンドンで生れた。三歳の時父母に英吉利から伴はれてきて、その生涯を日本に移した。そのころ十四歳の私は、叔母として乞はれるままに、生温いまりあんぬの柔い頬におそるおそる接吻してやると、まり

あんぬは迷惑さうな顔をして、すぐ母親のところへ駈けていつて、心から嬉しさうにぎうぎうと抱き締められながら、右の頰にも左の頰にも母親のきつい愛撫を受けてぢつとしてゐるのであつた。私は呆然としてこの金髪の母と子の容子を見物してゐるうちに、それは聖母子の見馴れた絵姿にいつか移行してゆくのである。

まりあんぬは大変快活で丈夫であつた。そして家庭を愛する少女であつた。ヱルテルの中に出て来るあの可愛らしい弟妹の世話をよくするロツテ、ヱルテルがその女らしい可憐な優しさに打ちこんだといふロツテの俤を、私は叔母としての慾目でまりあんぬの中に感じたくらゐだ。早くからよく母親の相談相手になつて、故郷のことなぞを夢みるやうに語りあつてゐる容子のうちに、既にまりあんぬの未来の家庭の理想は匂ひ、私は余りにその整然たる生活の計画に相槌の打ちやうもなく、却つて彼女たちの夢みてゐる未来の家族たちに苛ら苛らさせられるのであつた。さういふ頃からまりあんぬの容貌は目立つて大人びてきた。鳶いろの豊かな髪の毛、茶いろの大きな少し腫れぼつたい、しかしその為にいかにも初々しく感情的な眼眸、端正な鼻、ちよつと意地悪さうな薄い唇、引き締つた体格、それらは見る見るそのままでまりあんぬの豊かな美しさ以外の、それとも知れぬ哀愁に染められてゆくのである。

そして更にその頃から、国際状態は非常にむづかしく、殊にまりあんぬの母親の故郷の英吉利との問題は悪化しきつてしまつたので、まりあんぬ一家は一切故郷の話をしなくなつたばかりでなく、ひどく厭人的に要心深くなつて、容易なことでは外出さへも仲々しなくなつた。たださへ混血児といふことの為に、もの心づいてからのまりあんぬの胸中は針のやうに過敏になつてゐた上に、更に民族的な心痛と不安が加はつたのであるから、全くこの二、三年来のまりあんぬの若い心は、到底他の忖度を許さないところの複雑な苦悩を秘めてゐたと思はれる。それにはまりあんぬ自らの考へ深い多感な性格が、それらの苦悩を追ひ索めてゐるやうなところがないわけでもないが、それは外部からの立入りを全く禁止した魂の出来ごとで、さういふ運命をもつ彼女たち以外には触れることの不可能な感覚なのであらう。

或る日町へ出て行つた彼女の母親が恐い顔つきで戻つてきて、まりあんぬにぷんぷんしながら怒るのだつた。彼女たち二、三の外国婦人連の話しながら歩く容子を見てゐた小学生たちが、間諜だよ、間諜だと指さしながら

つきまとつては駈け出して行つたと言ふ。まりあんぬは興奮しやすい母親を可笑しさうになだめて、

「まま、そんなことといいぢやあないの、そんな簡単なことだけならねえ……、だけど憂鬱ね、誰だつて不幸だわ、戦争なんて……」

さう言つて取りあはうともせずに、破れた靴下に丹念な継を当てながら唄を歌ひ出してしまつた。彼女はそんなことは他人ごとのやうに無関心に見えた。しかしかういふ日常の一挙手にまで全神経を尖らせ、しかも怯えきつてゐる母親の容子に、まりあんぬは内心すくなからぬ屈辱を受けながら、それすら母親に気取られまいとして、一層快活になり、自我を犠牲にした。そしてまりあんぬ自身は、いつの場合もさういふ嘆きも不安も一切口外することはなかった。彼女はまた外国人の母を持つてゐるといふことで、この険悪な時代の住み難さを同情されることも嫌ひであつた。何かそんな質問めいたことをされると、まりあんぬはにこにこして、

「あたし人間よ……」

と笑つてゐるのみなのは、精一ぱいの抗議ともみえる。この頃から全くまりあんぬには、人工的の性格が完成し出したかのやうである。いつまりあんぬに会つても、相変らず元気で少し悲しさうであるほかは、屈託なげに気が強かつた。私たちはとりとめもない話をしあつては愉しさうに笑ひ興じてゐた。そして時にはそれが私たちをひどく憂鬱にすることもあつたが、そんなことは一向気づかうともせずに、一番私たちを鬱がせてゐた根本的なものに触れることを拒みつづけてゐるうちに、突然まりあんぬは死んでしまつたのだ。

まりあんぬの死、それは本当に突然に来た。十二月の或る晩、私が晩く入浴をしてゐると速達が来た。死の通知である。私は濡れた手でその数行の文字を読み返しながら、可哀さうに、可哀さうにとつぶやいてゐるうちに涙が出てきてどうしやうもなくなつた。まりあんぬだから一層哀れなのである。それと同時に、微かながら私はほつとしたやうな気持さへ感じ出して、さういふ気まで覚えさせるまりあんぬの位置に、更に愕然とした悲しみは加はつた。……もはや昨十二月八日に日米戦は布告されて、遂に第二の世界大戦にはいつてしまつた、その日をみずにまりあんぬは短い生涯を終つたのである。丁度それは平和の二十年の命であつた。……

すぐまりあんぬを焼く日は来た。数日の風邪から急性肺炎を起して死んだ彼女は、些かの病み窶れもなく、蠟

細工のやうな美しい肉体は焼くのが大変惜しまれた。まりあんぬの両親はすつかり逆上しきつてゐて、氷菓のやうなまりあんぬの額だの胸だの掌だのを、幾回となく互ひに確かめあつては、その都度刻々と絶望するのであつた。……

　まりあんぬの墓を、特別な外国人墓地に定めることになつたのは、まりあんぬの母親の切なる希望からである。その死後まで、彼女はまりあんぬの居場所を私たちの家系から離した。かかる行動が、当時の状態では一層彼女たちを住み辛くさせ、又特別の手続きを必要としたにも拘はらず、まりあんぬの両親は、まりあんぬ鎮魂の地としてこの墓地の一隅を得ることに尽した。既に私たちは彼女の気持では、この墓地が選ばれるであらうことを予期してゐた上に、この土地そのものが、まりあんぬ愛惜の地として数々の思ひ出を蓄へてゐることを懐しんでもゐたので、この土地にまりあんぬの魂を鎮めることには不自然を感じなかつた、ただ外人墓地といふ形式に多少の疑問があつたが、それも感傷かもしれぬ。かうして飽くまでまりあんぬの一生は、外国人として決定的にこの墓地に包含されてしまつたのである。

墓地管理人M氏の談によれば、この墓地は日本に於ける外国人共同の経営にかかるもので、資本は主として亜米利加系であるが、全く外国人だけの特別地帯である。ここに埋葬を許可されるものは外国に戸籍のあるもの、若しくはその戸籍に関係あるものに限る。

　この外国人墓地の由来は、亜米利加のペルリが二回めに日本に渡つてきたとき、ミシシツピイ号の水夫ロバアト・ウヰリアムがその航海中に死し、入港早々墓地の心配を幕府に依頼した為に、現在の墓地の裏門に当るところにあつた増徳院なる寺内にロバアト・ウヰリアムを葬つた。これがこの墓地の最初の記録で、それは千八百五十三年、安政元年二月十一日のことである。殆どこの埋葬人と前後してその年に、或はこの水夫より一、二ケ月ぐらゐ後に、英吉利人のアンドリフ・ブロウドがここに埋葬されてゐる。しかし、ロバアト・ウヰリアムの墓はその後、下田の玉泉寺に改葬されてゐるので、現在では外国人墓地の最古の墓は、アンドリフ・ブロウドの碑である。もうその墓石にはすつかり苔がついて刻印の文字も磨滅し、埋葬の月日はわからなくなつてしまつてゐるが、墓の上部に剣片葉子（ケンカタバミ）とも覚しい紋所の微かな痕跡をとどめてゐることに依つて、或はブロウド夫人は日本人ではなからうかと言はれてゐる。

　その後この墓地には、維新開港当時から日本で活躍した数々の外国人が埋葬され、居留地の丘に現存の美しい墓地を形成する八十八年の歳月は、埋葬人二千九百七十三人の土の塒を作つた。

　千八百六十二年、文久二年九月十四日の生麦事件に依る、英吉利商人リチヤアドソン。翌文久三年の井戸ケ谷事件に依る、仏蘭西将校ヘンリ・カミウズ。尚その以前の、千八百五十九年、安政六年八月二十七日、横浜本町通で浪人に殺された露西亜の士官と水夫、イワン某。千八百六十年、万延元年二月二十六日、同じく本町通で殺された阿蘭陀商人ウエツセル・デボス、ナンニング、デイツカア等の墓碑も、この墓地の創設当時の世相と歴史を物語つてゐる。そのほか明治文化を彩つた各国人の碑も、今では殆ど無縁となつて朽ちてゐるものが多い。

　日本で最初に鉄道を敷設する時、英吉利より招請せる技師エドモンド・モレル。日本に於ける初代総領事で、万国国際会議の予備会議を日本で開いた時の御前会議に列席せる独逸人ザツペ。いはゆるポンチ絵を普及した英吉利人チヤアレス・ウワグマン。日本薬局法制定に尽力せる阿蘭陀人ゲルツ。そのほか宗教普及、教育社会事業に尽した外国人の墓碑は数しれず、独特の歴史を秘めて静かに朽ちてゐる。まりあんぬを介添へに、気まぐれにこの墓地の由来をしらべてからこのかた、私は曾つてまだまりあんぬより若かつた昔、学校の往復にいつもこの墓地を何か神秘な場所として、様ざまな空想の根源にしてゐたこの土地の歴史がわかるとともに、かかる絶好の地に最後の塒を形成した彼らの周到さに注意せずにはゐられなかつた。海外発展策の犠牲には、常に女性が使はれることを不審ともせぬほどの我が貧しさには、在外邦人のこのやうな発展的な記念碑が、いづれの地にあらうか知れぬ。……まりあんぬを埋葬して以来、この墓地はもはや懐古的な外人墓地としてではなく、私には親しい場所に変つたのである。


　春に近づいた或る雨の日の午前に、私はまりあんぬの墓へ出かけて行つた。ぶらぶらと坂道を登りながら、途中の花屋で草花をひと塊り買つて、濡れた土のついた重い花を抱へてやつと墓地の表門に近づくと、折からの霧雨に煙つた墓地の全図は眼前に展望され、晴れ渡つたときとはまた異なる憂愁を漂はせて、蕭条と立ちこめた霧にも紛れず、天国の庭のやうに十字架は屹立してゐた。

私は暫く雨のやむのを待つ為に、管理人の事務所にはいつて、M氏と世間話を交はしてゐた。M氏は銀髪の温厚なひとで、別に厭がりもせず私に火をすすめてくれながら、もう何年もその位置を変へたことのなささうな事務机の前で、墓地の記憶を繰りながらも、時折窓の外を通るお詣りの外国婦人たちに挨拶しつつ、

「かうして暮してゐますと、そりやあもう、いろいろの人を見ます……」

　さういふ私たちの雑談の間に、次々と花を抱へた外国婦人が出入した。私は午前中にお詣りに来たのはその日が初めてであつたから、内心墓地の賑かさにちよつと驚きながら、まるで愉しい家庭でも訪問するかのやうな、明るい態度で足早に窓外を行き過ぎてゆく婦人たちを眺めてゐた。

　財産家らしく花屋に籠いつぱいの花、それも豪華な花を命じてゐる夫人もあれば、色の褪せかかつた外套を着て、体格のがつしりと男じみてゐるのまで一段と貧相な、少しの花を大事さうに抱へてゆく夫人もあつて、午前の墓地は夫人たちの社会の一つになつてゐるかと思はれた。雨は少しづつ小止みとなり、墓地の周囲の桜の花に、一番早く日光のいろは映り出した。私もまりあんぬの墓へ草花を植ゑてしまはうとして立ち上りかけると、中年の外国婦人が扉を開けて、

「すみませんが、スコツプありませんか。」

　と、馴れた日本語を使ふ。M氏から小さなスコツプを借りて、こつこつと下の方の山径へその婦人は下りていつた。すると管理人は人の好ささうな笑顔で、

「今のひと、ポーランドの貴族なのですが、どうも性質がいけません。」

　私は面白さうに訊いてみると、いかにも女でなければしないやうな花盗人の容子を話し出した。或るとき、金持の英吉利人の埋葬があつて、その後も墓地専属の花屋に命じて、絶えず花々が供へられてゐたが、西洋菊の最も高価な頃に、夫人の命令で何十本かの見事な花がその碑の前に挿された。それからまもなく花屋がその墓の前を通つてみると、先刻までの西洋菊の数が大変減つてゐるのを発見した。かういふ場所の商人といふものは仲々忠実な気持をもつてゐるものであるから、自分の責任のやうに考へて方々のお墓をぐるぐる見廻つて見ると、十一区のポーランド人の墓の前に、いつになく西洋菊がぱつと眼にしみる鮮かさで挿されてゐて、丁度英吉利人の墓で減つただけの数が、その墓に供へられてゐる、そし

てポーランド貴族と称する例の夫人がお詣りしてゐるのである。花屋は早速そのことを管理人に訴へて来た。しかも現場を見ないからといふので咎めることを控へてゐるうちに、その夫人は澄まして墓参を終へて立ち去つてゆくのだつた。見送つてゐる花屋の口惜しがりやうは格別であつた。

そののち管理人及び庭番のものは、それとなく夫人の出入に注意してゐると、埋葬のあつたばかりの新墓で、立派な銀の花立が二個紛失した。死者ばかりの町で、物の紛失なぞがあるといふことは、管理人にとつてもまことに不快な出来ごとであつたから、M氏も一緒になつてその辺りを探し始めると、監視中のポーランド人の墓に公然とその花立が置いてある。今度は容赦なく花立はすぐその場所から抜かれて、元の所有者の墓へ取り戻された。かういふ他愛なく発見され得る盗みを、堂々と墓地内で行ひながら、相変らずポーランド夫人は見識ぶつた余りよくない服装で屢々お詣りに来た。そして庭番の隙をねらつては芝生に植ゑ込んだ花を折つたり、花壇の草花を持ち帰らうとしたりして、たうたう管理人にひどく叱責されてから、まあだいぶそんな容子も改つたやうだが、しかし油断することは出来ないと言ふ。そんな話のあとで、私は他処の花を盗んでまで、愛する死者に供へようとするその夫人の、先刻ちよつと扉の外から顔を出した如何にも無神経な、ずるさうなきつい顔つきを思ひ浮べて、

「……花は綺麗ですからね……」

「いいえ、あのひとの弟さんもね、やつぱり詐疑横領罪で捕つたのですよ。」

管理人はことも無げにさう言つた。根からの悪い性癖だが、墓地では美しい花を盗むよりほか盗むものがないから、花を盗んだとでもいふ風に。かかる鎮魂の場所にも、生きた人間の貪慾は如実である。

それから私は晴れてきた外へ出て、よくまりあんぬが着てゐた服の色と同じ色をした勿忘草や菫をかかへて墓へ下りてみると、最近すこしばかりの土の部分に芝を張つてしまつたので花を植ゑるのに困惑したが、見れば一本の花も咲いてはゐないのだ。隣の露西亜人のところには、毒々しいほどの黄いろい花や、桃いろの大きな花や、更に綺麗でもなんでもない花の枝だのが雑然とあふれてゐて、其処だけは違つた部屋のやうに晴れやかなのであつた。

私は躊躇なくまりあんぬの墓の前に穴を掘り、一株一

株花を埋めていつた。暫く土まみれになつて花を植ゑてゐるうちに、また雨が落ちて来た。そして雨は次第に降りこめて来て、花を植ゑ終るまでに私の髪の毛に冷たく濡れかかり、遂に雨はそのまま弱らうとはせずに、そこいらの可憐な花の上にも、まりあんぬの碑の上にも音を立てて降り募り出した。……

やがて墓地にも春は溢れた。港へ向つた丘の斜面一帯の場所、病院、女学校、中学校、公園、墓地、これらの周囲を彩る桜は既に散り初めて、何処ともなしに薄い花びらが舞ひ落ちてゐる。戦ひは次第に激しくなり、西洋館の広い花壇でも、この頃では野菜が珍重され、道の辺の廃屋の庭の隅にも蚕豆の花が咲き出した。

墓地の鉄扉は、表門も裏門もいつも閉つてゐる。そして入口に掲示した、日本字と英字で書かれた、「墓地内無断立入るを禁ず」といふ文句が、いつそ訝しいくらゐ、内部はあかるく開放的であつたが、それでも通行人は墓地の柵に寄りかかつて、此のしんとした光景に見惚れ乍ら、一歩も中へははいらうとしなかつた。そして丁度私がそんな所に行きあはせると、扉を押してずんずん中へはいつてゆくのを怪訝さうに見かへしたりした。

墓地の右手の片隅の、仏蘭西兵士共同碑のそばの古い椿の花は開花し尽して、根元の腐つた花弁のまはりには、ゆらゆらと陽炎が漂ひ、蒸せるやうな春の勢ひに墓地の静寂は深く蔵はれてゐるのだつた。ユンケルストウブのやうな形をしたヘンリ・カミウズの八十年余りも経た墓碑の周りの苔草に、大きな鳥の尾羽根が刺さつてゐる。大方墓参の外国婦人が落していつた帽子飾りであらうが、古い古い苔の上に、そんな生ま生ましい色彩の羽根が刺さつてゐても、それが八十年前からそこに在つたといつてもいいくらゐ、なんといふ明るい静けさなのであらう。専属の庭番の草取仕事は日に日に忙しくなるとともに、墓地も床屋にいつたやうに清々と化粧を終へるのである。その頃墓地全体の経費は毎月二百五十円見当ださうで、それだけの費用で墓地に関する事務、秩序、美観、個人の生活費を支へてゆくのは仲々敏腕を要するらしい。温厚な管理人M氏はこの運営に関しても充分信頼されてゐるらしいが、世間離れのしたこの一廓にも世相は厳しく浸滲し、世の中を捨てたつもりの生活も清福とばかりは言へぬと見える。創設当時から極めて合理的に建設した墓石の余地も、もう今ではあと二百人ぐらゐしか埋葬の余裕はないと言ふ。

「まあ、あと十年ですね、平均ここには一年に二十人くらゐ埋葬の率ですから。」

そんな話を取り交しながら私はまりあんぬの墓を出て、小径伝ひに帰りかけてから一人の男の外国人とすれちがつた。墓地では滅多に男のひとを見かけぬ。殆どは婦人や子供たちばかりであつた。何気なく私はその外国人の下りてゆく段々を見下してゐると、あとから続いて幼い女の児が召使ひらしいのに手をとられて、身に余る白い花を曳きずりながら歩いてゆくのである。父娘かと見えた。ところが、茶色の服を着た気むづかしさうなその男は、或る十字架の前に立つて動かずに首を垂れてから、胸元の花を其処へ置いてすぐに歩き出した。そして、少し下の方の場所で白い花の枝を地面に突き挿してゐる女の児のそばへ行くと、ひとまづいてその子供を軽く抱き上げ、につこりと亜麻色の髪の毛を撫ぜてやつてゐた。そして、それからもうあとをも見ずに、とつとと十字架の間を下へ下へと歩いていつて、忽ち見えなくなつてしまつた。……

墓地を出て、私はまりあんぬが通学してゐたサン・モオルの前まで行つてみると、校内から盛んにピアノが聴えて来た。まりあんぬはこの学校時代にも、更に聖心女子学院に進んでからも、教会の合唱隊に属してゐたとみえて美しい歌ひ方をしたものだが、そんなことを私は清らかな甘い歌声さへ伴うてくるピアノを聴きながら思ひ出して、今にも校内からまりあんぬの元気のいい、くりくりした体が飛び出して来さうにたたずんでゐると、そんなぼんやりした私の耳に、突然校内の高い鐘の音が鳴り響いた。

いつの年であつたか、温室蘭の花が卓子に出てゐたから秋か冬の初め頃でもあつたらうか、私はまりあんぬと墓碑を読みにゆく約束で落合つたが、あんまり厭な天候だつたので、その日はたうたう行かずに、グランドホテルへ食事に誘つた。卓子につくとまもなく、少し姿勢の悪くなつた老紳士に腕を貸して若い婦人が食堂にはいつて来たが、滞在客らしいもの馴れた恰好で一番隅つこの卓子に着き、二人で料理を簡単にきめると、若い婦人は始終老紳士の食べよいやうに世話をしながら、静かに食事を始めた。丁度私たちの卓子と並んでゐたので、すぐに老紳士は父親と知れたが、にこにこと父親に話しかけてゐるその婦人の言ひやうなく典麗な美貌と愛らしい物腰とを、私は呆けたやうに見惚れてゐた。しかも何処やら愁はし気な控へめな父娘の態度が、食堂でも人眼を惹いてゐた。まりあんぬとその婦人とは、年頃の同性の敏感さを以つて食事の間にもそれとなく注意しあつてゐるやうであつたが、食堂を出ると間もなくまりあんぬが言つた。

「今のかた、声がずゐぶん高いわね。」

「さうかしら。」

「さうよ、あたしあんまり声の高いひと嫌ひよ、なんだか草臥れるわ。」

私は少女らしいそんな言ひ方を黙つて訊いてゐたが、しかし声といふものは話す相手の声と調和しないと、お互ひに気疲れのする気持には同感であつた。そしてまりあんぬが見ず知らずの人間の声を嫌つたりする気持のなかに、美しいその婦人に対するまりあんぬの女の本能を感じて黙つてゐた。ああまりあんぬももう大人になつてしまつた、私はたつた一度幼いまりあんぬに初めて接吻したときのあのまりあんぬに対する気持が、このときぱつと心の中で砕けてゆくのに気をとられてゐた。――すると背後で乾いた高い笑ひ声がし出した。先刻の若い婦人が、今度は若い紳士と老紳士の間にはさまつて、何やら喋つてゐる最中であつたのだ。その声は典麗な物腰をすつかり破壊してしまふくらゐ、疳高くて他処他処しかつた。私はがつかりした。そしてその声が妙に耳にこびりついて、それからのちもまりあんぬに会ふとき、私はまりあんぬがそんな声を出すのではないかと思つてどきんとしたりするのだつた。……

そのやうな極めて印象的な場面を、私は不意に思ひ出させられた。それといふのもいつの間にか私の前後には下校時の女学生が群をなして、あのまりあんぬが嫌悪した高い声だの騒々しい声だので、今まで静かだつた四辺の空気を震はしてゐるからなのであつた。

盛りを過ぎた桜が夕日の空に滲むやうに浮き立つてゐるほか、風のやうに忽ちに学生たちの姿は坂を下りていつてしまつた。

まりあんぬが亡くなつてから、私はまりあんぬの母親とずつと会はなかつた。日に日に激化してひろがつてゆく戦況のなかで、私たちは硬ばつたやうにぎごちなくなつてゐた。職業上の理由でまりあんぬの父親は禁足され、生活の圧迫は重加して、遂に家も何も売り払つて一家は不自由な冷たい生活にはいつてゆくのを、私たちは傍観してゐるばかりであつた。まりあんぬが死んでから三度目の降誕祭が廻つて来ようとしてゐた或る日、私は小さな古びたまりあんぬの母親の家をたづねていつた。偶然私がたづねたその日は、下の女の子の誕生日だといふので、その子は部屋の中でもひとり新しい皮靴を履いてゐたし、セーターも綺麗なのを着てゐた。しかしまりあんぬの母親はひどく元気がなかつた。咳ばかりしてゐた。私たちは何から話してよいかわからなかつた。現在のまりあんぬの母親には、嬉しい話題なぞありやうがなかつた。他処眼にもさういふ侘びしいものを感じさせながらも、負けず嫌ひできつい性質の母親は、自分が弱つてゐるところなんぞ見られるのは厭らしい風で、急にぱきぱきと故郷の両親の消息を話し出した。それもきいてゐて返辞に当惑するやうな絶望的な知らせなのであつた。

「……もうおそらくドイツの爆撃で、あたしの両親も兄姉も死んでゐるかもしれない、住んでゐるその町は有名な工場がある場所なんですからね……」

「消息でもあつたのですか。」

「消息？　いいえあたしたちの手紙はもう戦争以来全部しらべられるので面倒だから音信不通です、ただあたしはもう完全に故郷を失つてしまつたのです、あたしの還るべき場所は、まりあんぬの眠る墓地よりほかにはありません。」

づけづけとまりあんぬの母親はさう言つて、けれどもあたしは弱つてはゐないのだといふ風に笑顔をみせるので、私はさうか、さうかとうなづいて、今更のやうに、めつきりと老けてしまつたその顔から眼をそらした。

お茶の仕度がすむと、まりあんぬの母親は自分から亡きまりあんぬの思ひ出話をし出して、やがて写真帳を一抱へも抱へて来たのである。ひとりでは持ち切れなくて、男の子にまで手伝はせるほどだつた。

それらはまりあんぬの生れた当時のから、死の数日前までの面影を留めたものであつたから、言はばまりあんぬの生ひ立ちをみるやうな一種の雰囲気をもつてゐた。まりあんぬの母親は、まるでまりあんぬが生きてゐて、空いた椅子へでもかけに来るやうに、しきりとまりいはかうだつた、まりいはこんな癖があつたと熱心に述懐し出した。私は、漸く育つた美しい盛りの娘を亡くした母親の歎きを、その不自然に元気づいた声音のうちに深く感じるのであつた。曾ての日、まりあんぬの死ぬ前に誂へた外套が、その死後出来上つて来たときには、彼女は怒つたやうに青ざめてゐて、それなり外套を箱から出さうともせずに蔵ひこんだのであつたが、今はまた、思ひ出が彼女を癒してもゐた。まりあんぬの使つた空いた椅子は、元の位置に置かれたままになつて、彼女にまりあんぬの喪はれたことを絶えず思ひ出させながら、彼女自身さういふ悲しみによつて慰められてゐる風である。

「まりあんぬの生れた冬、丁度その年の夏に前の欧洲大戦は終つたので、その冬はいつもの降誕祭とはまるきり違つた、それはそれは喜びきれないほどの祝日があたしたちを待つてゐたのです……それにまりあんぬはそれにも増してあたしたちを幸福にしてゐたのですからね。」

さう言ふと、どうしたのか、まりあんぬの母親は狼狽てて半巾を探し出して顔を蔽つた、彼女は泣いてゐるのだつた。……

まりあんぬは日頃さばさばした男の子のやうな気性であつたが、時にはかなり感情的で首をかしげさせることもあつた。或るときも町を歩きながら、ふとそれは突然に、まりあんぬがこんなことを言ひ出した。

「あたし、どんな人と結婚するのでせう。」

私は愕然とした、まるで私たちの内心を見透かされでもしたやうに、その頃私はまりあんぬへの求婚を相談されてゐたのだつたが、何分にもまりあんぬには、日本的な教養があるとは言ひ難い。それにまりあんぬの母親は相当気むづかしくて、うつかりまりあんぬの世話なんぞ焼かれさうもない。その上まりあんぬ自身も、おそらく自分の気持が動いてゆかない限りは、結婚なぞといふことに気を誘はれまい。今にまりあんぬは恋をするやうになり、一番ふさはしい方法で自分の将来を選ぶのであらう。――私は勝手にそれに違ひないときめて、まりあんぬの縁談に助力するやうな興味がなかつたのだ。その丁度思案の最中に当つてゐたので、私はまりあんぬからそんな言葉をきくと、私たちが考へてゐるやうなまりあんぬへの危惧を、彼女自身もそれと気づいて、か弱い少女らしい不安に囲まれてゐるのを知るのだつた。そしてまりあんぬを、なんといふ正直な可憐な少女だらうと思ふのだつた。

まりあんぬの教育は、凡て母親の考へに委せられてゐたから、まりあんぬは母親が受けたやうな躾をされて、精神的には日本の女らしい伝統は少しもない。さういふところがまりあんぬを新鮮にしてはゐたが、またいかにも混血児らしい虚無的な匂ひもするのだつた。

「あたし、もつと日本のことをよく知りたいし、日本の生活を少しも嫌ひではないのだけれど、なんだかあたしはやつぱり日本人らしくもないし、でも西洋人らしくもないし、自分でも困るわ、あたし人間なのよ、それでいいのかしら。」

「さうなのよ、まりあんぬは人間なのよ、それでいいにきまつてますよ……」

　私はどうかしてまりあんぬを混血児といふ意識から解放してやりたかつたが、こんな気持を遠慮なく言ひ出すやうになつてからまもなく、まりあんぬは急死してしまつたのである。私は何も彼もこれで済んでしまつたやうな安堵とともに、こんな風にしかまりあんぬを育てられなかつたまりあんぬの両親に、怒りをも覚えるのだつたが、まりあんぬの死の前で慟哭してゐた両親の悲歎には、どうすることも出来ない運命的なものに向つて泣いてゐるやうな素直さが溢れてゐて、私たちの胸を切なくもしてゐたのだつた。

「まりあんぬには、日記みたいなものはなかつたのですか。」

　まりあんぬの母親は首を振つて、

「さういふもののない方があたしには却つていい、まりあんぬの気持がくはしく残されたりしたら、あたしはもつと不幸になるだらう、彼女の思ふやうにしてやることが、現在のあたしたちには到底出来ないのだといふことが、終始あたしをいぢめてゐたのですからね、まりあんぬは、戦争さへなければ、英吉利へ帰つてゐたかもしれない、あたしも大きくなつたまりあんぬを、あたしの代りに故郷へ会ひにゆかせることをどんなに愉しみにしてゐたかしれません、あたしはいつもあたしが日本で幸福に暮してゐることを、故郷の人々に知つて貰はうとしてゐたのです、日本の為に羞しいやうなことは少しでも隠してゐた、あたしたちは多くの日本人と同じに国民としての義務に忠実にしてゐたと思ふのに、あたしたちは信じられてゐない、戦争だから仕方ありません、けれどあたしは残念です、だからまりあんぬは早く死んでよかつた、生きてゐたら彼女の敏感さはどんなにまりあんぬを痛めるかしれないのです。……それにしても兵隊さん沢山ね、あたしももう金も銀もたつた一つの宝石も、とつくに出してしまひました、何もありません、家には。思ひ出だけがあたしのもちものです。」

　さう言つて、それなり私たちの間にまりあんぬの話は絶えたのである。

　私は全く部屋の寒さに閉口した。ストオブはあつても燃料はない。椅子は破れて、窓掛は真黒になり、玄関の靴は盗られる惧れがあるといふので部屋の椅子の下に並べられてゐる。そして母親は絶えず子供たちに外へ出て遊んではいけないと注意してゐる。私はそれでも彼女たちが案外元気なのが嬉しくて、折柄の警報が解かれるまでまりんあんぬの写真帳をひろげてゐた。

赤児の頃のまりあんぬを抱いた母親の容姿は、そつくりと言つていいほどに、丈夫でゐた頃のまりあんぬに似通つてゐる。ほんとにその頃はまりあんぬの母親もふくよかな美貌に輝いてゐた。死の前のまりあんぬは、母親が曾つて誇つてゐた美と力とを再現させてゐたのだつたが、それほどまりあんぬに似てゐた母親も、今では見る影もない。骨格ばかり目立つ、老いた西洋婦人にあり勝ちのこつこつした容貌に変り、ただ夢みてゐるやうな美しかつた眼元だけに、僅かに面影が残つてゐるだけである。私はまりあんぬも死なずにこの母親の年齢になつたなら、やつぱりこんな骨だらけの女になつてしまふだらうかと思つた途端に、今まで黙つてゐたまりあんぬの母親が笑ひかけて、

「……あたしもその頃はこんなに若かつた、まりあんぬは優等賞をとるほどの申し分のない赤児だつた……」

とつぶやき出した。私は急に母親が哀れになつた。老いた女の感情が哀れであつた。

そんな風にまりあんぬの一年一年大きくなつてゆく有様が、古びた写真帳に溢れさうに写されてゐた。それを見てゐると、あまり写真をとり過ぎたのではないかといふ気がするくらゐだつた。若死をするやうなまりあんぬだつたから、かうして知らずして多くの面影を残していつたのかもしれぬ。

まりあんぬの死の四日前の写真といふのを私は初めて見たが、見てゐればゐるほど寂しい静かな顔つきであつた。見覚えのある母親譲りの外套を着て、外套のポケットに手を突つこんでぼんやり立つてゐる姿なのである。帽子を冠らぬ柔かい髪の毛が、寒さうに肩のあたりに散らばつて、頬には巻毛の影がうつつたりしてゐる、体格の好い、豊満なまりあんぬに似気なく、多恨な余情を偲ばせるやうな風情であつた。

そんなことをしてゐるうちに警報は解かれ、皆でお茶を飲んでゐる間にも、母親は相変らず咳ばかりしてゐるので、私はそれが気になつてならなかつた。私が立ち上りかけると、まりあんぬの母親は、墓地へも行きたいが、気分がすぐれなかつたり都合が悪かつたりして、夏になる前にまりあんぬの墓へ行つたきりだが……と言ふのだつた。それをきいてから急に私は、明日にでも墓地へ行

つてみようと思ひついた。

……寒い厭な風の日が続いたあとの、もつと風の強い日であつたが、私は裏門から脇眼もふらずに、まりあんぬの墓へゆく道を急いでゐた。斜面の墓地内を吹きまくつてゐる風だけが、四方から絶えず私を追ひかけて来た。

細い石坂は曲りくねつて墓碑をめぐり、道は幾つにか岐れてゐた。私はそんな同じやうな道を登つたり曲つたりしてゆくうちに、いつもに見馴れぬ幾つかの墓をそのあたりに発見した。墓の設計はごつてりしてゐて、なんだか重苦しく陰気なのである。どうやら私は道を迷つたらしい。しかし同じ墓地内のことだから、墓をめぐる小径を辿つてゆけばきつと上の墓へ出られるだらう、墓地の主要道路ともいふべき比較的広いセメント作りの道に出れば、そこからまりあんぬの墓はすぐ下にある。さう思つた私は、別段戻らうともせず、次第にその石畳の小径をはいつてゆくうち、いつの間にか径は消えてしまつて、やがて私は一つの垣の内にはいり込んでゐたことに気がついた。

立ち留つてよく見ると、この一廓は崖下に当り、そこだけ別世界のやうに相当な部分にわたつて、竹の垣根が結つてある。そして更にその中に各区分がついて、色々な形の墓碑が埋められてゐるのだつた。立派な墓も多いのに、周囲は雑然ときたならしいのだ。そしてどうも陰気だ。墓地の殺人とでもいふ事件があるとしたら、それはこんな所かもしれないなと思ふと、私はうす気味が悪くなつて、いそいであちらこちらと墓碑の間を歩きまはつてみたが、どうやらこの一廓はここで行き止りの袋路とわかつたので、ろくろく墓碑をしらべもせずに狼狽てふためいて元の道へ引返し出した。そして今度は気をつけてよく見覚えのある墓碑を標しに小径を辿つてゆくと、またたく間に私は管理事務所の前へ出ることが出来た。

あまりそんな道の迷ひ方がへんな気がしたので、私はすぐ事務所へはいらうとはせずに、手套をはづしながらしきりに下の墓地を見渡してみるのだつたが、今の不審な垣根の一廓はどこにも見当らないのである。冷めたい風や乾いた落葉だけが、人影もない墓地内に吹き通つてゐるばかりであった。

暫く来ないうちに、まりあんぬの墓の周りには五つも墓が増えてゐた。季節は菊の花の頃であつたから、どの墓にも殆ど菊ばかり挿してあつた。枯れかかつた菊の花にも、仄かな花の香りが漂つてゐた。

私もまりあんぬの墓に、町の花屋で求めてきた小菊の花をふさふさと挿しこんで、いつもするやうに膝まづき、眼をつむつて合掌した。いろんな記憶が私を締めつけ、中でもまりあんぬの母親のあの衰へた顔が、まりあんぬの愛らしい顔よりも先に思ひ出されて消えないのだつた。

――


やつと私が扉を開けると、管理人のM氏は男手に針をもつて繕ひものかなにかしてゐたらしく、糸をひつぱつたままで、

「おや、よくいらつしやいました。」

銀髪の温顔をにこつかせて立ち上つてきた。いつ会つてもまことに人品の温かいひとで、話し方も要領がよく寡黙であつた。

「このお寒いのに……」

「クリスマスが来るといふのに、まりあんぬの家では誰も来られさうもないのですから。」

するとM氏は机上の記録をめくり出して、

「ええ、先月の十一日の火曜日ですが、仏蘭西のかたで、お名前はわかりませんが、なんでもまりあんぬさんのお母さんの友達と言はれる夫人が、まりあんぬさんのお墓をたづねて来られましたので、私が御案内しましたが。」

私はあれこれと考へてみたが心当りがなかつた。

「さあ、どなたでせうか。」

「御存知ありませんか。」

「……何処にお住ひのやうでしたか。」

「なんでも最近横浜へ移つていらしたさうです、この近くの山手に家を買はれたといふお話でした。」

私はひよつとしたら、まりあんぬのサン・モオル時代の知り人ではないかと心づいた。多分その夫人にも、まりあんぬと同年輩の娘がある医者の未亡人かもしれぬ。仏蘭西人の知りびとと言へば、仲よしのあでりあ夫人の死去以来、未亡人のその人よりほか私は噂にきいたこともない。だがその夫人でないとしても私は充分嬉しかつた。わざわざまりあんぬの墓をたづねてくれたことが優しく思はれた。

私は話を転じて、崖下の一廓の場所について問ひただしてみた。するとM氏はびつくりした面持で、

「おや、なんであんなところを廻つておいででした。」

私は好奇心でいつぱいになつてゐた。

「ひとりでに迷ひこんだのですよ、気味の悪いところ、垣根なんぞ結ひまはしたりして。」

M氏はまたもの静かな調子で、

「あの場所は、以前から一廓だけ囲ひましてね、ユダヤのひとの墓地になつてをります。普通には、あの場所は誰も通りません。」

私は驚いた、死後の土地までユダヤ人といふ民族が特に区別されてゐるといふことに。

「さやうですな、近頃はとんとあの区域へは埋葬もありませんし、お詣りのかたも殆どないのですが、仲々古いものでして、ずつと前から凡て別にされてをりますのです。」

「ではあの場所からは、外の道へは出られないやうになつてゐますの。」

「いえ、道はあります、ありますけれども、普通の西洋のかたは、決してあの道を通らないものですから、いつの間にか道は細くなり、壊はれたりしたままになつて、自然とゆきどまりのやうになつてしまつたのです、崖下ですから道も埋つてしまつたとみえますな。」

たうたう私は訊かずには居られなかった。

「それほどユダヤ人は墓地内でも特別なものなのでせうか。」

そこでM氏はちらつと私を見やりながら、

「さやうです、それはもうはつきりとさういふ風になつてゐまして、あの垣根から出て来るひとにすれちがつても、厭な顔をなさるくらゐ露骨です、どういふものですか。」

私はあの一廓がもつ、一種の陰気さを考へながら、創設以来あのやうにして厳然と守られてゐる民族意識を、外人墓地らしい徹底と見るのだつた。

「……しかし、ユダヤのかたにも、墓地の記録に残つてゐる偉い人物も居るのですが、今はもう無縁でして、ともかくあの場所は、そんな管理の方法になつてゐるものですから、手入れもゆき届きませんし、自然とさびしい感じがするのでせうか。」

さう言つてM氏は口をつぐむだ。一見平和そのもののやうな死の町に、かうした人間の憎悪の形を見るのは、生きた世界のそれよりもずつと凄烈な気のするものであつた。

どうやら風も静まつたらしいので、私は思はぬ墓地の秘史に長びいた腰を上げた。M氏も窓を開けて、

「そこまで私もひとまはりしませう。」

そして木の葉の吹き溜つた道を私は一緒に、今度は来た道を下へ下へと歩き出した。天気はすつかり晴れ上つてしまつた。風の跡の透き徹つた空は眼覚むるやうな夕

焼に輝き出した。そして白い墓のなかの乾いた落葉だの、弱い光だのもまた。……

歩いて行くうちに、一つの折れた大理石の墓前に、まだ新しい花の供へてあるのを見た。

「このお墓、震災で壊れたのでせうね、この中にはかなりありますね、もう修繕も出来ないのですね、……それでも花を供へるひともあるのは、無縁でもないのでせうか。」

Mさんは半分はうなづき、

「さやうです、震災では大変墓碑も倒れました、それなりのもありますが、このお墓は違ふのです。」

さう言つてつかつかと大理石の円柱の折れて立つてゐる墓に近寄り、

「これはわざとかういふ形に作つてあるのですな、そばでよく御覧なさいまし、ええと、十七歳の死者です、それで初めから折れたやうな形にしてありますのです。」

私はこの墓地にはいろいろ不思議があるものだと思つた。なるほど手を触れてみると、古びたその墓石は、自然に折れたのではなく、人工的にさういふ型に作つてあるのだといふことがわかつた、肌はすべすべしてゐた。

「この外にもまだこのやうな墓石は大分ありますが、それはみんな、若くして亡くなられたかたのものです。」

夭折といふ意味を表徴してゐるとみえたが、なんといふ具体的な形式であらうかしら。だがそれはさう思つてみると、言ひやうもなく生ま生ましく、魂を鎮めるよりも悲痛な気持にさせる。それから俄かに私は探偵のやうになつて、折れた墓ばかり気がつき出した。

「あれもですか、ああこれも……」

と墓に沿つてゐる私の足を留め、Mさんは中央の広場に面した芝生の中の石碑に案内して、

「このお墓も折れた形になつてゐますでせう、わざとですよ。これは英国の共同墓地ですが、明治何年でしたか、この港へ着いた英国船の中に、天然痘が発生しましてな、ばたばたと船員が死にましたのです。全部で何百人といふことでした、そのなかには若い船員、水夫たちが殆どだつたのです。それでああして、若死をしたものの為に建てられてゐるのですが、折れた墓はみんなさうです。それから世に立つて働かうといふひとの急死、さう意味をもつてゐるわけです……」

「これから世に立つて働くひとの夭折、若死したひとのお墓……」

私はその言葉を珍らしさうに繰り返してゐた。急死、

夭折、若死、このやうな普断の会話の中には滅多に使ひやうのないこれらの言葉が、ひどく印象探く感じられた。

　M氏はやはり静かな物腰で、

「ではお気をつけていらつしやいまし。」

　と、そこから別の道に曲り、私は尚も下へ下りる道へと別れてしまつた。

　夕暮のなかに独りになつたのち、ぽつきりと真二つに折れた石碑が、白じらと夕日を浴びてゐるあたりを振返つて、私はいかにも若死を象徴するやうな感情的な形に見とれるのだつた。……そしてまりあんぬの貝のやうに閉ぢられた死の眼眸をも。……けれどもまりあんぬの墓には、石が寝かせてあつた、柔かい面影に代つて、硬い、つめたい石が寝てゐるばかりであつた。

　白い十字架の町は既に暮れ初めた。……

誰袖草

その日のうちに、正確に言えば、大和国葛木下郡当麻(たいま)寺へゆくつもりの予定が、新幹線に、爆弾をしかけたという情報がはいって、列車が、三時間おくれてしまった。

わたしと、従妹母娘は、順繰りに遅れて発車した列車に、座席も番号もかまわず乗り込んだ。グリン券を車掌に見せて、どうしても、夕方までに奈良へゆかなければならないので、これで行っても、京都着が四時になりそう故、座席は、別別でもいいからと頼んだ。娘は、一つ離れた席に、わたしと従妹は、並んだ席に着いた。

「これでは、今日は、当麻までゆけませんね、一日のびますよ、」

曇り日で寒い日である。

二月の寒が明けてまもない頃に、寒い奈良大和へ出かけることになったのは、一年中で、一番人出がすくないと言う時期を選んだからであって、選んだについては、わたしに、かねてからの願望があったからである。

わたしは、書の集りの席で、隣りに座った小倉老夫人から、こんな打明け話をきいた。それは、心をしめつけるような、悲しい女の話である。おばに当るひとということであった。その物語は、わたしに一つの念願を起させた。

「あなたはよく旅行をなさいますが、当麻寺へいらっしゃってでございますか、」

わたしは、まだ、行っていないと言った。

「……おばとは両親の亡いあと、縁切り同様に、不通になって、死んだのだろうという想像で、もう五十六年も経ちました、それが、天災のためでした、大和の当麻なんて、わたしは行ったこともありません、ただ、当麻には当麻寺があって、そこは、可哀そうなお姫さん、中将姫の最後の場所であるという故事を、芝居や、能で見たことはありますよ、ですから、一度、当麻へは行ってみたいと思っていましたけれど、とうとう、いまだに……その当麻に、こういうひとがいたと、古老からの話を、孫が、学友と旅行した時ききましたのですよ」

小倉夫人はおばの生涯を切切とわたしに語った。わたしは、さして気にもとめていなかったのに、度度、京へ行っている間に、ちらちらっと、その当麻の話を思い泛べるようになった。

わたしが、従妹を誘ったのは、当麻町で亡くなった老夫人のおばの身のことではなく、近年、特に名高くなった牡丹についてである。

牡丹は、富貴と言い、縁起のいい花として愛されているが、何故か、寺院には牡丹の名木が多い。殊に大和は、長谷寺をはじめ、当麻寺のほかに、当麻寺に近い石光寺は、寒牡丹で知られている。

藁囲いをした中に、牡丹が咲き、藁衣（わらごろも）の上には雪が積っている寒中の花は、よくぞ雪中に耐えて咲くそのけなげさに、哀れは一入深いであろう。当麻の牡丹の咲く頃は、見物人に押されて、門前に辿りつくまでも容易でないときいた。

それでいっそ、寒中に、石光寺の、牡丹花の藁づとの中の蕾でも見ようという話になって、寒気は覚悟の上で来たのである。

思いのほかの寒さで、奈良の駅へ着いた時は、震えあがった。

三時間も遅れた列車の中でも、彦根米原あたりは、もっとも雪は深かった。すでに、関ケ原前後は、吹雪となって、あたりは一面の雪煙りに、白布をひろげたようである。

京へ近づくにつれて、雪はやんだ。奈良も雪はない。ただ、風とともに、ちらちら白いものが降りかかり、凍るような寒気が頬をつく。

わたしは一部屋、従妹母娘も一部屋別にとって、食事を一緒にすると、暖炉のあるロビーに集って、持参の茶を入れて貰い、甘味を食べながら、明日の予定をたてた。

「いい車を頼んで、そちこちと奈良の町のまわりを見物しながら、当麻までゆきましょう」

「寒牡丹を見て、中将姫の遺跡を見て、京都まで行ってしまいましょうか」

「……そうね、浅茅ケ原を出て、橿原（かしわら）へ向ってゆけば、三輪山とか、耳成山とか、まるで古代の道をゆくようになるわ、国道何号線と言ったところで、香久山だの、畝傍山だのと、古代の山はそこに在るのよ、」

わたしたちは、地図をしらべながら、明日の車を頼んで、それぞれ部屋にひきとった。

昨日と打って変った晴天の、冬晴れの朝を、わたしは、部屋の窓から眺めた。

当麻へ行く、それだけで、幻想の世界が築かれてゆく気さえした。

牡丹は富貴、当麻は牡丹、中将姫は蓮の糸……語りべの歌うような気持で想像しても、そのひとは、どんな生涯で亡くなったのであろう。全くわからない。

だが、当麻寺へ詣ることは、未知のそれらの何かとつながっているような気がする。そこへ誘われてゆくということが、すでに、他生の縁ではなかろうか。

寒牡丹を見物にゆく、それだけの理由なのに、その向うに、明治から古代へ続く女の呼吸がきこえるようなのである。つぶやきと言った方がよいであろうか。

当麻という能は、秘曲で、短いがむずかしいものときいている。観世流、元和卯月本謡曲百番の中で、重習いのものと言う。大和の当麻寺に参詣の念仏僧に、阿弥陀如来の化身を前ジテとして、化尼化女が現われて、中将姫の物語をするというすじで、準老女物ともいうべき地味なものなので、戦後、二、三番、演能されたかどうかと、その道のひとは言った。

しかし、能はわからなくとも、中将姫の名は、わたしたちの、耳にも、眼にもはいっていた。眼でみてはっきり覚えているのは、中将湯という薬名の看板に、ぴらぴらの簪をつけたお姫さまの肖像があった。中将湯は、婦人薬で、町角の薬屋では、一きわ目立つ看板であった。

それにあの匂い、漢方独特の煎じ薬のつよい匂い、それは、わたしの記憶にもはっきりしている。そして、身寄りでもない、遠い物語のひとが当麻町で亡くなっているときいた時、何故か、中将湯の匂いが、ぷうんと蘇った。これもわからない。

とんとんと、扉を叩く音がする。

「お仕度は、十時頃車が来るそうですから、ゆっくり食事をしてしまいましょうか、」

わたしは、同意して部屋を出た。

冬の晴天の日光のつよさ、まぶしいまでに輝きわたっている。

「大和三山と言うと、畝傍山、香久山、耳成山でしょうか、百人一首で二つは覚えているわ、聞き馴れていて、」

従妹の娘は大学院へいっているが、全然、歴史とは関係のない物理を学んでいた。

「まあそんなことでいいのよ、でもそういう山や、地名が残存しているのが、若いひとを惹きつけるのね、」

「わからないままで、懐しい気がします、」

そこへ、あたふたと従妹が戻って来て、

「今日は、ここへ戻らないのでしたね、お荷物を今一度しらべて、ボーイさんに運んで貰いましょう、寒牡丹が見られるといいですわね、」

晴天の中へ出てゆくだけで、わたしたちは、いい気分であった。

「三笠山って、どっちになるでしょう、」

「春日さんのうしろの方角です、」

運転手が、ぽつりと言った。


国道を走っているとき、三輪山の標識がみえた。

「三輪大明神と言って、山そのものが御神体ときいてますが、」

民俗学の本を見ると、木にも、石にも、山にも、神がお降りになるという説話が、地方にはたくさん残っている。山そのもの、人そのものが信仰の対象である。今でも、迎え火、送り火というような盆の行事は、わたしたちの心のなかにあって、彼岸には墓参をする習いであるばかりか、寺に、無縁仏の碑があれば、その無縁さまにも、花を供えた。それは、人はみんな、どこかでつながり、また、どこかで切れてしまう。五代も年月が経つと、多くの墓は、殆ど無縁になると言う。

墓参のときに、無縁さまにも線香をあげるのは、自分の後生(ごしょう)の為でもあった。子がないひとも、どこかのひとの子が、いつか無縁になった墓に、詣ってくれるであろう、そういう相身たがいの念が、人間の心奥には、潜在している。……当麻の無縁のひとも、そうである。

二上山(ふたかみ)がゆく手にみえ、その山麓にかかる頃から、雪が舞い出した。

参詣のひともなく、広い寺内は森閑としている。寺に案内を乞うて、住職に布施を出して、中之坊書院、石州侯茶席丸窓席、二畳中板七ツ窓席などを拝見して、牡丹のある庭園を眺めるべく、住職の敷いて下された緋毛氈(ひもうせん)の廊下に座る頃から、急に、雪は激しく降り出した。

髪にも肩にも、雪は降りかかる。

その冷たさは、頬に凍りついた。思わずショールで顔を覆い、雪の降りしきる庭を眺めた。

「やはり気候としては、五月十四日のお練りの頃には、花も咲き、極楽浄土へ参る感じになりますが、しかし、この寒期の御参詣は、たいへんいい時にお出でなさった、お練りの日には、賑かというよりも、乱雑の状態で、門前から、金堂、曼荼羅堂までぎっしりと人で埋って、全然、景色が違ってしまいます、俗の賑いで、寺内の様相が変りますからな……雪がまた、これも結構で、」

わたしは、がたがた震えながら、降りしきる雪の廊下に座っていた。中将姫の雪責めの場を、芝居で見たが、まさにそれは現実であった。

いつの間にか、住職の姿はみえなくなった。

「雪責めにも遭ったし、当麻へ来た印象として、忘れられないわ、」

曼荼羅は、方一丈三尺の大きなものである。伝説の、蓮糸曼荼羅は、百駄の蓮茎を集めて、細い細い蓮の糸で織ったと伝えられているが、実物はすでに朽ち、現在のものは、絹糸で織ったものだと説明された。

「それでも、年代が古いので、最初のものは保管されていて、開帳してお見せするものは、また、次に織られたものです……」

絹糸の布目もさだかでなく、浄土の御影(みえ)もうすうすと見えるところもあり、消え失せているところもある。

「ありがとうございました、」

従妹は、そのあとで、

「ひとの一心って、怖ろしいものですね、蓮の糸でも、一心こめれば、織れるのかしら、」

「……そうね、一心ね、」

物理学の娘は、

「うそでも蓮の糸で織った、あんな細い、もろい糸でも、と信じさせるところが、好きだわ、信仰とはべつに、」

寺を出ると、雪はばったりやんで、薄ら日が射してきた。

「いよいよ、中将姫の雪責めに遭ったのだわ、もう、ちらりっとも降らない……」

わたしたちは、偶然の吹雪にさえ、当麻寺の古代を想像して、蓮糸を染めた井戸のある、染寺、石光寺へまわった。寒牡丹よりも、わたしの胸中にあるのは、古筆の会の、老女の物語であった。

当麻へ来て、中将姫の話をきいているうちに、俄かに降り出した、激しい雪である。

緋毛氈の上に、点点と白く染まる雪である。壮烈な雪に出会っただけで、わたしは、老女の物語を、無縁の女の架空ではなく、生身（なまみ）の悪寒のように感じ出した。

良人に死に別れた婦人たちの、それも老女たちのひとりが、書家ではないが、手すじのいい、小倉というひとの肝煎りで、古筆の研究を、月に一回、先生を小倉家に招いてはじめることになった。わたしは、小倉家の嫁と友達の関係で、一、二度、研究会に加わった。

その日の客が帰ったあとで、小倉老夫人が、つぶやくように話し出したのである。

「その頃は、明治になってまもない頃で、丁度、こんどの戦後のような混乱が、どの家庭にも起りました、結婚は家と家のつりあいが第一でした、母は、旧家の嫁でしたから、だいぶ、経済的には苦労したようですが、おば、母の妹は、商家へゆきましたから、派手な暮し向きだったようです、おばの名は、せきと言って、十七歳で嫁いだそうです、」

せきの婚家先は、浜の生薬（しょうやく）問屋である。浜とは、横浜のことで、開港の頃には、在方（ざいかた）、つまり、横浜周辺の農家、山林田畑の地に住む者は、新地として、どっと開けて来た海辺の村であった横浜のことを、通称、浜と呼んだ。

せきは、当時、浜の生糸貿易商、茂木惣兵衛の、野毛の本邸に、行儀見習いとして奉公にいった。嫁入前の半年か一年、他家へ奉公することは、嫁となる修業の一つでもあり、世間を見る、唯一の場所でもあった。

浜の貿易商として、五本の指に数えられるのは、当時茂木家、原家、増田屋、若尾家、高田商会などで、茂木家の本邸は、野毛の伊勢山に広大な庭園をもつ、豪壮なものであり、よく、園遊会などを催した。せきは、そこで、夫人付きの小間使いであったから、客寄せのときには、接待にも出た。

そういう折に、これは、どこそこの娘で、見習中の者でございますと、しかるべき客人には、挨拶をさせる。いずれも年頃の娘であったから、それとない嫁入りのよすがにもなろうかという心づかいであった。

茂木邸に見習いに来ているほどの娘は、氏素性もたしかだという、相手の目安にもなった。

三人の女客を案内して、庭の池のまわりを歩いているとき、せきは、夫人のあとに従いていた。

「こちらの卓へ、水菓子をお持ちなさい、日も暖かくて見晴しがいいから、」

「はい、」

　せきが立ち去ってゆくうしろ姿を見て、

「いい器量の娘さんですこと、素直そうな、」

「もうお眼をつけられましたか、あれは、利発もので、わたくしも気に入っております、」

「お宅さまのようなお屋敷には、あとがつかえるほど、お見習いの希望者がございましょう、」

「大事な娘御をおあずかりしても、心配でございますから、よほどでなければ……若いひとには、嫁にゆくまでの、ひとときの世間を見ると申しましょうか、他人の御飯をたべる苦労と申しましょうか、そういう心やりで、お頼まれします、」

　客のひとりは、せきが再び現われて、水菓子をおく手順を見ている。

　初めに、相客の若尾のおくさん、次には、医師のおくさん、その次に、生薬問屋のおくさん、それから夫人と、客柄も見ているように自然であった。せきに、眼をつけたのは、生薬問屋、万兼、万屋（よろずや）兼造の妻で、羽振りのいいことから言っても、相客としてひけはとらない。関内では、一番古い店である。

　今から百年前の、貿易港としての横浜は田畑を埋めたてて、どんどん新開地の町が出来た。その頃の地主の名をそのままとって、平沼新田（しんでん）、岡野公園などと、個人の名で呼びならったのである。鉄の橋が出来て、馬車が通り、永代借地の居留地が出来、関内、関外と呼んで、馬車道を一つの関として、居留地との境界を設けたが、百年のちの現在でも、浜育ちのひとは、関内と、関外のいわれを知って言っているが、今では、ただの地名として、人人は、覚えているのであろう。

　その関内の、馬車道の目抜き通り、本町の問屋街で、万兼と言えば、生薬（きぐすり）商としては、大手の問屋である。生薬は、今で言う漢方薬である、従って朝鮮、南京、台湾、北京、福建省の、揚州のと、中国との取引が多く、通弁も使って商売をした。

　日本の刺繡とは違った、濃厚多彩な刺繡の屏風や、名物裂として珍重する織物が、生薬取引の中にまぎれて、万兼の奥には、積まれていたと言ってもよい。紫檀、黒檀、白檀などの細工物、象牙や玉の飾りものも、手にはいった。

　万兼さんの廊下には、古渡り珊瑚の、粒を揃えて作った玉簾が架っている、そういう噂だけではない、実際に、珊瑚ののれんがかけてあった。その下を通ると、えも言われない妙音がして、珊瑚の玉のふれあう音が、夏は涼味をたたえていた。

その万兼の跡取り息子と、せきは、茂木家で見合いをして、まだ半年は……せめてあと三ケ月ぐらいお見習いをして、というのも待たず、二ケ月余りのちには、万屋、竹内兼造の長男兼一に嫁いだ。十七歳である。

続いて姉も、農家で、雑穀、肥料を扱う旧家へ、夫婦養子として嫁いだ。神奈川の宿(しゅく)のその家には、子供がなかったので、縁続きから養子をとり、同時に嫁を貰った。こういう場合、夫婦養子と言って、単にその家に嫁にゆくのとは、少し違ったニュアンスを持つのである。嫁は血縁ではないが、跡とりも実子ではない、言わば、夫婦ともども無縁のものに、家の相続を委せるということは、見込みがあってすることであった。

むしろ、実子よりも、双方に遠慮があるので、却ってうまくゆく場合が多い。雑穀肥料の農業会長の家へいった、せきの姉は、生涯、その家で子女を育て、今もって、その肥料商の家は現存している。

小倉老夫人は、その家から、小倉家へ嫁入って、これも、古筆に、興味をもつほどの穏やかな家庭を築いてきた。せき姉妹の家も、山地田畑を持った地主で、いずれも、それ相当の家に嫁がせていったのである。

せきは、鄙には稀なといわれた器量よしであった上に、浜の豪商、茂木家の奥で、知らず知らず磨きがかかったので、万兼の若いおくさんを見る為に、浅田飴ひとつでも、買いに来る客がふえて、漢薬の卸や、調合の部と別に、小売の場を設けて、宝丹、万金丹、反魂丹など、よく売れて、時折は、せきが、客の前に出た。

両親がいて、弟妹二人と、せき夫婦六人の家族のほかに、番頭、通いの通弁、小僧が三人、女中が一人、下働きが一人、これだけが家族同様の人数だが、船の入った時の荷下し、地方へ送り出す積荷、その時時の出入りのひとの食事の指図を、姑の言う通りに、古参の女中ともども用意するのも、若いせきには、予想もつかぬ忙急な、また労働でもあった。

到底、茂木家の客とは違って、行儀よりも、手早く、万遍なく取り計うことが要求された。せきは、時折、ふらふらして、土間の腰かけにじっとしていた。

店の薬簞笥にはいった、なんとも不可思議な、薬草の混合した匂い、蔵に積んである、原木原草のつよい匂い、草根木皮を薬研(やげん)で挽く香草、毒草の強烈な臭気、それらは、暗い奥の間まで浸みこんでいる。せきは、最初、薬とは言え、異様な臭気が立ちこめている気がして、食事も咽喉に通らず、吐気をもよおす唾液を、ぐっと飲みこんだ。

「生薬というのは、毒にも薬にもなる根元のものなのだから、癖もあり、香気もつよい、すぐに馴れますよ、それにはね、一番万能な、中将湯を煎じて、茶代りに飲みなさい、煎茶、玉露のような茶は、うちでは使用しないのだから」

姑は、せきの顔色をみてそう言う。その中将湯さえ、せきは、甘いような渋いような苦いような、不味いものに思えたが、その中で、ふっと、すうっと胸の支えの下りるさわやかな香りがあった。それも、ほんのいっときである。だが、せきは、すうっとする味を唯一の頼みにして、中将湯を煎じた。

良人の兼一の躰にも、生薬の香が浸みこんでいた。体質もあるのであろう、吐く息も、薬くさいほど強く、せきは、夜になって、良人とふたりだけになるのが、苦痛でもあり、抱かれると、悪寒を覚えた。

「そんなに、僕がきらいなのか」

「いいえ……ただ匂いが胸に支えます」

「そんなことは、わけもない、気にならないようにしてやる、いい気分になれるから」

せきは、良人が、用簞笥から出した粉末を、無理に、飲まされた。盃にいっぱいほどの、たらっとした水薬らしいものも飲まされた。

暫くすると、せきは、躰のなかに火がついたような熱気を覚え、手足の力の抜けてゆく、浮上するというか、天に舞うというか、うっとりした気分になって、良人の自由になった。

「どうだ、これは貴重な薬で、高価なものだが……」

せきは、良人の言っていることがわからなかった。火のついたような躰で、横たわったまま、あたりが極楽の花園のようにみえる。枕元の刺繡の屛風も、貝細工の盆も、ふわふわの蒲団も、天国で散策しているような、無上の心地よさである。

翌朝、いつものように、家族の膳につくと、姑は、せきの顔をみて、

「まあ血色のよくなったこと、おせきさん」

そう言った。せきは、思わず頰を抑えた。それから厠へゆくと、曾つて知らなかった、体臭が、自分の躰から出ていることに気づいた。――それは、良人の体臭と、

甘い薬の香料のまざった、ねっとりした、百合の花のような匂いなのである。

せきは、ぼんやりと、はばかりの前の南天を見ていた。ふうっと息を吹きかけてみると、息にも、良人の匂いがはいっている。今まで、せきは、良人がそばへ来ると、なにか胸に支えるようなやに臭さを覚えて、なるべく、顔をはなしていた。

それが、南天を見ているせきの前へ、良人が近づいて来て、

「どうした、」

と言いながら、厠にはいった。せきは、廊下を歩き出した。土間へ下りようとしたとき、良人がうしろから、せきの首すじに唇を当てた。それなのに、なんの匂いも感じないのである。むしろ、急所を突かれたように、はっとした。

「………」

良人は、茫然としているせきを残して、足早に、店へ出ていった。きのうまでは、良人の感触が、なんとも言えず気味わるわるであったのに、いつの間にか、そんな思いはなくなっている。――

むしろ、せきは、ゆうべの火のついたような知覚を思い泛べて、水薬が腹中にはいったあとの、麻酔に似た、ぼうっとなってゆく躰の気だるさを、また味わいたいような気になっていた。――

万兼の主人が、当時流行したスペイン感冒にかかって、痰が咽喉につまって、窒息死したという風評が流れた。感冒にかかったのは、事実だが、客の出入りが多く、店の者も、次次と感染したが、煎じ薬でみんな恢復している。

主人の死因は、尿毒症を併発したからである。医者も、充分の手を尽したが、手遅れだということであった。

しかし、世間の噂は、生薬屋の主人が死んだ、漢方生薬では、急場のまにあわない、利かない、という容赦のない言いふらしで、主人の死後、生薬の取引は、急激に減った。

せきの良人が当主になってからは、その反動のように、店は、洋風化していった。

古風な店構えの一部には、腰かけ式の小売場が出来、薬簞笥ではない、ペンキ塗の抽斗が二方に鉤の手に並び、カウンター式の硝子戸がはめられて、店は往来からはいり易いように開放されていた。

薬の売買は、硝子戸の開閉で行われる。せきも、束髪に、看護婦のような上着を着て、店番をした。近くに、西洋楽器店も出来、舶来雑貨を売る店も出来た。馬車道から本町にかけて、欧風な硝子窓の店が並んだなかに、依然として、回船問屋の格子構えがあり、金看板の生薬の万兼もあり、船具店の隣りに、額縁や絵具を売る店も出来た。

通弁は、不用になった。それでも、胃散や、征露丸や、宝丹や中将湯は、せきの店の売れ高の筆頭で、征露丸というのは、クレオソートの丸薬だが、これ一つあれば、万病の毒に利くと思われるほど、人人の信用と、人気があった。

しかし、風邪、発熱というと、バイエルのアスピリンで熱をさまし、吸入器で咽喉に蒸気を吸入するのが常識で、どこの家にも、アルコールで火を燃すと、ヒュウヒュウと、最初に鳴ってから、急に湯気の出る吸入器がおかれた。

姑に吸入器をかけるのは、せきの役目である。

「気持がいいから、吸入をしておくれ、声がよくなるようだから、」

老人にとって、硼酸水の蒸気を、口中にふきこむのは、たしかに、咽喉の粘膜が洗われてなめらかになる。

せきは、火をつけて、蒸気が出はじめてから、二、三分間は手拭いで、吹き出す熱気をたしかめ、平均した蒸気が連続してから、姑の顔の前に、吸入器をおく。

姑は、口を大きく開け、首に、蒸気がかかっても濡れない為の前垂れをする。あまり感心した格好ではない、よだれ繰りのような形で、じっとしているのである。この一役が済むと、その頃を見はからって、出入りの髪結いが来る。

外出しようと、しまいと、髪は、毎日の手入れとして、梳櫛でよく地肌を梳き、癖直しといって、金盥に熱湯を入れ、白布を浸してかたく絞り、髪の毛全体を蒸してから、髪油をつけて、束髪に結い上げるのだ。……現在の、ヘヤートリートメント、ヘヤーオイル、ヘヤーマッサージのようなもので、髪結いは、何軒かの華客を持っていて、毎日、または、一日おきに来た。

他処ゆきだ、婚礼だ、芝居見物だとなれば、髪結いは、平常より派手に結い上げる。せきは、姑に遠慮して、三日に一度、五日に一度ぐらいは、髪結いに手入れをさせた。

「ほんとにお見事な髪ですね、癖直しなどなさらなくてもいいのですけれど……熱湯を絞った布で蒸しますと、御気分がよろしいでしょう、」

「ええ、」

せきは、言葉すくない。姑から、髪結いは、方方の家へ出入りするから、自然と饒舌になる、よけいなおしゃべりはいけない、と言われている。それなのに、髪結いが話すことは、世間の情報で、興味があった。

「何屋さんでは、続いて、おふたりめでございますよ、こちらさまも、早くお出来になるとおたのしみでございましょう、」

「………、」

せきは、黙って微笑している。

姑からも、注意されているのだ。

「……おせきさん、秘薬は、あまり飲んではいけませんよ、兼一が、使いすぎるのじゃあないのかね、」

「………、」

「一種の昂奮剤なのだから、何もわからないうちは、一度や、二度使うことは、却っていいけれど、常習してやしないでしょうね、」

「はい、どういうものか、わたくしは存じませんでした、……」

「習慣になるからね、人間、誰しもたのしいことには、負けやすいから、」

「はい、」

「おせきさんに、子供が出来ないのは、そういうことも原因になっているかもしれないから……一時、別居するのも、薬なんですよ……」

せきは、胸を突かれた。良人と別居する理由などは、なにもない。姑が言う、秘薬というものも、せきが、知らないうちに使われていたとしても、覚えがないほどである。

髪結いが、他家の子供の話をするのまで、なにか、あてこすりのようにきこえる。

「いいわ、もう梳き毛は結構ですから、早く結い上げて、」

「はい、はい、ほんとに見事なお髪で、」

と、尚も髪結いは、せきの顔色をみて、手早く、道具を片づけた。せきは、合せ鏡をして、小皿に刷いてある紅を、ちょっと小指の先につけて、唇の中央に塗った。紅は、玉虫いろに光る。

廊下へ出ると、奥から、姑が出て来た。

「おせきさん、ちょっと居間へ来ておくれ、」

「はい、お茶受をお持ちしましょうか、」

「そうね、」

せきは、なにごとも、自分の思いすごしと感じて、髪結いの言ったことなど、気にもとめず、艶っぽく結い上げた束髪に、衣紋をなおして、姑の部屋にいった。

そこには、良人の兼一もいた。

「……あの髪結いは、うまいね、格好よく、当世風に結ってある、」

「………」

せきは、姑の前で、良人に髪かたちなどほめられては、気がすくむ。

案の定、姑は苦い顔で、

「あんたたちも、もう、跡とりのことも考えて貰わないとね……いつまでも、女房に眼尻を下げていては、みっともないよ、」

「なんだ、そんなことですか、円満でほめて下さるのかと思った、」

「なんですね、ばかばかしい、夫婦の円満は当り前のことでしょう、でも、子供が出来ないのは、円満とは言いかねますよ、」

「………」

「せきだって、もう五年になる、三年経って出来ないのは、不名誉じゃないの、」

「……弟もいる、妹もいる……妹を、番頭といっしょにしたのは、もしもの時、この家を継がせてもいい心算だったのじゃあないんですか、」

「まああんた、そんな量見でいるの、妹には、万兼ののれんをわけただけのことですよ、弟は、勤人になってしまったからね、そのくらいのことを考えるのは、商家を続かせるためには、どこの家だってすることですよ、でも、跡とりは跡とりなんですから、」

「せきに、子供が出来ないからと言って、どうだと言うのです、」

せきは、うつむいていた。

「これは、天からの授かりものというから、そのお授かりがないのは、すこし、考えて貰いたいと思って、」

せきは、姑と良人の前に、茶を出した。そしてせき自身は、白湯(さゆ)を飲んだ。中将湯は、女の薬として、常用するがいいという姑の意見で、茶断ちをしているのである。

「ね、どうだろう、わたしも少し湯治にゆきたいから、兼一、連れてって下さいよ、四日五日なら、番頭委せでもいいし、」

「いいですよ、湯治にいらっしゃるなら、誰か、供をさせたらいいでしょう、僕でなくたって、」

「だからさ、あんたも湯治をして、すこし躰をやすめなさいよ……それから、替って、せきも、すこしお里へ帰してゆっくりさせたらいいでしょう、あちらのお母さんも、具合がよくないとか、お手紙があったそうじゃあないの、」

　せきは、姑の気持がのみこめた。これは、それとなく別居させる気なのである。

「……別に僕は、養生することは、なにもないですよ、せきと、離れていろというなら、せきだけ、里へやって、ゆっくりさせてもいいでしょう、」

「それでは、いかにも不自然じゃないの、あんたが、わたしを湯治に連れ出す、帰ってから、せきを、里へ見舞にやる、これでいいじゃあありませんか、なんの不思議もない、」

　兼一にも、せきと自分の間を、何日間か割こうとしている、母の魂胆が察しられた。

「……どうする、せきは、それでいいのかい、」

　そう言われても、どうして、いやですと言えようか、せきは、黙っていた。


「僕は、それより、朝鮮へ行って来たいんだ、取引の仲間で、直接の買付にゆく相談をしているのでね、」

　すると、姑はにっこりして、

「ああそうなの、それなら行ってらっしゃいな、男が仕事でゆくのなら、そりゃもう、大っぴらに行ってらっしゃい、」

　どっちにしても、せき夫婦の仲に、すこし水を差しさえすれば、姑の気は済むのである。

「へんなものでね、夫婦というのは、あまりつきすぎてもいけませんよ、なにかとね、旅から帰ってきたりすると、おめでたということもあるのですよ、」

　せきは、女である姑が、せきの躰について、もう自分には失われたものに対する嫉妬のようなものが、無自覚に働いていることを感じていた。

　子供が出来る出来ないよりも、姑は、息子が、せきに、惑溺しているような、せきのために、精根を吸いとられてしまうような、危惧とも、羨望ともつかない、男女の若さに、一種の焦燥感を覚えている。

　少しの間でも、ふたりの仲を離れさせることに躍起となっている。せきが、少しも逆らわずに、良人にも、自分にも、はい、はい、と言っていることが、兼一には、どんなにかいとしい女に思えようかと、せきの、素直なことも、自分には、すでに失われた女らしい、優しさのようにみえるのであろう。

「朝鮮へは、どのくらい行っているの、」

「まあ、十日ということですが、行って見ないとわからない、早く帰るか、遅れるか、」

「いいですよ、わたしも、それなら湯治になど行かずに、店番します、」

せきは、良人の旅立ちということで、姑の希望通りになったと思った。それで、せきは、盆を持って立った。

あとから、良人も立って来た。


その夜、せきは、良人にたずねた。

「中将湯と、中将姫と関係があるのかしら、」

「多少、あるだろう、中将姫の物語は、たいてい知ってるね、可哀そうなお姫さんとして、そのお姫さんは、女のお手本のような人として、薬の名にまで、使われてい る、そのほかに、中将姫とは関係ないけれど、中条流という堕胎薬がある、昔からね、大和の山中から水銀が出るので、薬草とも関係があるという意味で、和漢産科医術では、その方法を、中条流と言うんだ、」


せきも、野毛の茂木邸の夫人の供で、芝居見物に行ったとき、中将姫が、山中へ捨てられて、殺される場面で、家来のひとりが、姫を殺しかねて、そっと山奥の庵にかくして、血のついた衣裳をもって帰る、むごい物語を覚えている。

どうして、中将姫が殺されなければならないのか、それは屋敷の継母の陰謀嫉妬であるのに、中将姫は、その継母を恨みもせず、ひたすら、仏縁にすがる。それは、春の霞立つ花野のなかであり、雪の降りしきる山中での責苦であった。

せきは、茂木家の夫人から、絵入りの草紙を見せて貰った。

「これは、たとえ話かもしれないけれど、女には、辛抱我慢ということが、第一だという話ですよ、だから、最後には、中将姫は、生きたままの、極楽往生をするほど、徳を積んだひとになれた……」

せきは、非道な継母に、少しも抵抗しない中将姫を歯がゆく思い、芝居だから、わざと、いじめ抜くのであろうと、事実には思わなかったのだ。

だが、姑を見ていると、もしや、自分もいつか、そんな目に遭うのではないかという恐怖の連想というか、予感というか、常闇に曳きこまれるような未来を覚える。

「お母さまは、あたしの味方とばっかり思っていましたけれど、いつからか、あたしは、憎まれるようになったわ、何故でしょう。」

「そんなことはないさ、ひがんでいるんだよ、せきが、僕を占領したから。」

「……そんな。」

「いや、そうだ、僕は、せきのそばにいる方が、母のそばにいるより楽しいんだ、それが母には、ちゃんとわかっている。」

「………」

「とてもあたし、中将姫にはなれませんよ。」

夫婦は笑ってすませたが、せきには、なにか、不安が襲った。あんなにはなりたくない、なりたくない、どうしても、早く、良人の子を産まなければ、という念願に燃えた。

肥料問屋へ縁づいた姉の、初の男の子の誕生で、家中喜んでいるという便りがあった。すでに、女の子を産み、一姫二太郎という、古風な育てやすさ通りに、どちらも元気だという姉の手紙を、せきは、何度も読み返した。羨しい、ただそれだけである。


姑に、なんと言ったものか、必ず、姉妹でも、お姉さんには似ないのね、ぐらい言うに違いない。せきは、そのときには、

「姉とは環境も違います、姉の家の商売は、農家相手の、農家へ出入りする小売商たちで、のん気に、農家ともつきあいがあって、野菜ものが届いたり、栗や柿も、秋には持って来るという風な、飾り気のない、長いつきあいが続いていて、奉公人は、代代、農家から来ていますそうで、姉は、店のことには関係なく、ただ、農家とのつきあいに出るぐらいだそうな、本当の田舎暮しでございますから、気性も、のんびりしているのでございましょう……初節句のお祝いに、わたくしも参ってよろしいでしょうか……」

そのくらいのことが言えたらなあ、どんなに胸がすっとするであろう、そう思うのだ。

「奥でお呼びです……」

我れにかえったせきは、いそいで姑の部屋にいった。

「郵便が来たでしょう、兼一から来たのかい。」

「いいえ、まだ旅行先からはございませんが、神奈川の姉の家で、今年、初節句だと申してきました……」

「初節句、すると、二番目は、男の子さんなのね、お手

柄だね。」

「はい、姉は丈夫で、のん気で。」

するると姑は、

「おせきさん、うちは、のん気でないと言うの、あんたは、自分のことは棚にあげて。」

「いいえ、人徳がないせいと思っております、のん気というのは、姉の性質でして。」

「……初節句には、鯉のぼりと吹き流しの大きいのを、お届けなさい、方方からお祝いがあるでしょうから、早くにお知らせして、鯉は、五匹、にしましょう、何本も鯉のぼりが立って、吹き流しが、からからまわる音は、威勢がいいものですよ。」

「はい、せめて、見に参りとうございます。」

「ああ、行っておいでなさい、そして、お姉さんに、よく伺っておいで……」

せきは、思ったことの一部しか言えない。姑の前に出ると、ものを言う気力さえ、そがれてしまうのである。


——


神奈川の街道すじから、もう鯉のぼりが、三本も立って、緋鯉や真鯉が、十何尾も青空に泳いでいる景色を、せきは、人力車の上から眺めた。鯉が、空を泳ぐ。この風習が、いつ頃から始められたかわからない。しかし、せきの幼時に、在所の広い前庭に、兄の為ののぼりが何本も立ち、朝になると上げ、夕方は綱を下して、鯉を畳んでおくのを知っている。非常に手がかかったが、何処の家でも、夜まで鯉を泳がせておくことはない。夜の月の中で、からからと吹き流しをまわして、鯉が泳いでいる家をみると、

「……あの家も……」

と、首をかしげたものである。日常のしきたりさえ、まともに守れないようでは、左前になるという懸念をしたのであろう。

せきは、節句前後の、風の強い初夏の日を浴びて、姉の家をたずねた。五月いっぱいは、袷を着、一つ紋の羽織を着ていると、汗ばんだ。鯉のぼりは、店の横の、奥へ通ずる庭先に立ち、見上げると、一斉に風をはらんで泳いでいた。勇壮で、誇張で、極彩色の魚の躍動が空に在る、青空に在る。

せきの住む浜の町屋でも、鯉のぼりを立てるのは、裕福な家だけであった。男児がいなければ、それも出来ない。それ故、うちには男の子がいるのですよと広告しているのと同じで、一つの栄達を象徴してもいた。せきの

良人の鯉のぼりも、たたんで、蔵ったままになっていると、姑は言った。

「まあ、忙しいところを、よくお出でになられた、さあさあ、」

姉の家では、両親も店から来て、せきを歓待した。

「おめでとうございます、姑からもよろしく申しつかってまいりました、」

せきは、赤飯の重箱に、袱紗をかけて出した。重箱の上には、浜で有名な菓子屋の柏餅の箱も載っている。この祝いも、家と家との一つのきまりなのである。

「……どうぞ御ゆっくり、暮まえには、こちらから、供にお送りさせますからな、久しぶりじゃ……」

せきは、姉とふたりになると、姉の膝にまつわる女の子や、寝ている赤児をみて、

「うちでは、母が、一番羨んでますよ、」

「こればかりは、天運よ、そんなこと心配しないでいたらいいわ、うちだって、ふたりとも養子ですもの、それだからって、なんの差支えもないわ、皮肉なもので、養子をとったら、こうして、次次生れて……こんどは実子だと、今から大威張なの両親とも、」

「そうね、子を貰うと、よく、お子が出来ると言うわね、うちでもそうしようかしら、」

「まだ早いわ、」

「でも母が、自分の元気なうちにと、」

「気にしないこと……兼一さんはどう、」

「今、朝鮮へ仕事で行ってます、」

「……」

せきは、家のなかのことは、姉にも話さない。話しても、それはそれぞれ違うことで、相手を困惑させるような気がする、自分のなかで始末をつけるのが本筋のように思う。従ってせきは、実家の母にも、暮しの泣きごとは洩らさない。そうしていると、気を鎮めて、みんな胸のなかにたたみ込む。そうしていると、殆どのことは、水のように溶けて躰にしみこんでしまう。それが我慢とか、辛抱とかつらいことではなくなって、どこまでも、ひとを許せる優しさに変化してゆくのだ。

「鯉のぼりひらひら、のんびりしました、」

「……お宅のときには、さぞ派手でしょうね、」

「さあ、でも、居留地の異人さんたちも、日本では、魚が空を泳ぐと言って、不思議がっています、西洋のクリスマスだって、煙突から、贈物が届くと言うでしょう、みんな、ひとはさまざまだわ、」

「朝鮮へは、長滞在なの、」

「そうね、十日あまりぐらいとか、」

「……なにごともなくお帰りになるといいわね、朝鮮の女のひとは、日本の旅行者には、たいへん親切なのですって、」

「……………」

「兼一さんは商売熱心で、屋台骨を背負ってるひとですもの、心配ないわ、」

何気なく、姉がせきに言った言葉だが、この屋台骨が、一年足らずのちには、崩壊し出したのである。誰が、そのようなことを、夢さらさら思いもしたことであろうか。

朝鮮から、草根木皮の荷が届いた。荷作りの中から、皮張のつづらが出て来ると、主の兼一は、それは別にしておけと言った。

「へい、どこへ置きましょう、」

「棚の上へあげておいたらいい、」

せきは、朝鮮から帰ってから、良人が、土産のつもりだと言って、着物と帯を、呉服屋で誂えなさいとすすめたり、舶来雑貨で、ショール止め、今でいうブローチのような、真珠のはいった飾りものを買ってくれたりすることに、妙な気づかいを感じたが、わるい気はせず、姑の、疑わし気なまなざしも、気にもとめずにいた。

「おせきさん、兼一は、よく会合があるね、」

「はい、なにか、薬種業界の理事とかになったそうで、」

「そう、」

別に、喜ぶ風でもなく、

「ちょっと、帳合いの方が腑に落ちないと、番頭さんも言ってるから、理事だなんて、祭り上げられて、ほいほいされては困るね、」

せきには、店の内容は殆どわからない。世間では、薬九層倍と言うくらい故、いい商売なのだろうぐらいに思っていた。

「お母さんの隠居所というと、老人めくけれど、中庭をつぶして、日当りのいい部屋を作りましょうか、奥に客でもあると、逃げ場がないから、」

兼一は、或る日の食後、そう言い出した。

「そんなに、お店の業績がいいのですか、」

「まあ、そのくらいのことは出来ますから、」

その時、姑は言った。

「あんた、まさか相場なんかに手を出していないだろうね、」

「商売自体、相場みたいなものですよ」

「そんなこと承知してます、このところ、出し入れが烈しいと、お帳場で言ってます、はいるのも多いけれど、出る方が、商売と関係なく出るって……」

「……僕が、自由にしてはいけないんですか」

「いいわよ、主だもの、ただ、商売はね、そんなに、収支の波があっては心配だから」

兼一は、ぷいと、座を立っていった。せきは、姑と良人との間が、妙にしっくりゆかないのを気にするだけで、むしろ良人は、以前より、せきを気づかっている、なにかそれには、うしろぐらいことがあるような気配さえ覚えたが、良人は不機嫌ではなかったから、突っこんで尋ねようとはしない。……

秋口の、急に冷たい風が吹き荒れた。倉庫の棚から、つづらが落ちた。主の兼一は出かけている。せきは、店の者が、知らせに来たので、倉庫へ行った。

漢薬の罐の並んだ天井から、木皮の束のぶら下った中に、見馴れぬつづらが落ちて、中から、女ものの服や靴や毛皮が散乱している。

「どうしたんでしょう、お客さまの預りものかもしれないから、元のように、蔵っておきましょう」

せきは、店の者を去らせ、首をかしげながら、衣服をたたんだ。それは、華美な中国服であった。強い香料がしみこんでいる。女の体臭かもしれない。日本人にはない匂いであった。せきは、元通りにして、居間に戻った。良人に、ききただした方がいいか、知らん振りでいた方がいいか、迷っていた。

翌日は、荒天のあとのさわやかな秋晴れで、倉庫も、開け放ってある。

「誰か、倉庫を片づけたかい」

「いいえ、棚から落ちたものを、おかみさんに蔵って頂きましたが」

主は、そのまま、せきの居間へいった。いない。

「せきは……」

「おせきさんは、花屋へゆきましたよ、御命日だから、お供えの花を見つくろいに行って貰ったよ」

「そうですか」

「なにか、用なのかい」

兼一は、首を振って、出ていった。せきは、良人と顔を合せても、きのうのことは、一言も言わない。兼一も、せきの出方を待ってでもいるように、ぶすっとしていた。

夕方になって、また雨が降り出した。

その小雨のなかを、以前頼んでいた通弁の男がたずねて来た。

「まあ珍しいこと、どうぞ、」

せきがそう言うと、通弁は、眉をひそめて、神妙に、上りかまちに腰を下した。

「旦那さんいないね……わたし、いつおくさんに知らせようかと思っていたことがあります、黙っているの、わたしも苦しい……それに、きっと知れてしまいます、旦那さんは、朝鮮から、わたしの身内の女を連れてきました……ちゃんとした家の子です、しかし、妊娠しました、これは、旦那さんの責任ね、」

「………」

「おくさんは気持よくないでしょう、でも、これは承諾して貰いたい、そうでないと、」

せきは、顔からさっと血の気が引いた。

「どこにいるの、そのひとは、」

「わたし、あずかってます、旦那さんにそう頼まれました、わたしの家の二階にいます、旦那さんは、外の階段から出入りしているのです、でも、産れる子供を、いつまで隠せますか、」

「そうね、何日（いつ）からです、」

「朝鮮へ行ってからね、わたしもいっしょに通弁でゆきました、身内の者とも会わせました、たぶん、それからね、」

せきには、返答のしようがない。

「わたし考えるには、その子をひきとって貰えるのは、おくさんに頼むよりほかない、そして、その娘は、故国へ返す、わたし、責任もって、連れ帰ります、まだ若いから、」

「でも、これは、主にも相談しなければ、」

「はい、わたし、旦那さんから、おくさんに話してくれと言われました、」

せきは、陰で、このような取引が行われていたことに、屈辱を覚えた。いずれ、姑にも知れるであろう。

「……いっそ、子供をおろしたらいいわ、」

通弁は、眉を吊り上げて、せきを見た。

「そんなこと知れたら警察につかまる、それでなくても、わたし達は、身辺がうるさいですよ、」

せきは、暫くして、

「その子を産めば、混血児です、うちの母が、知ったらさわぎになります、」

「だから、だから、知らせないで、おくさんだけ承知してくれれば、旦那さんも、始末がしやすいでしょう、別れるにしても、」

せきは、そんなことはないと思った。

あのように、子供を欲している姑と良人が、たとえ、中国の女の子であろうと、藁の上から引きとって、籍に入れてしまえば、せきの子として、大威張で育てられる。到底、子供だけおいて、女をすぐ返すことは不可能ではなかろうか。むしろ、女をそばにおいておく方が、良人の心がつなげるかもしれない。

そうでなければ、あくまで、中条流の方法でおろすか、素人療法のほおずきを煎じて飲むということも、利くと言われているのだ、せきの心は、許容して、その子を我が子のように育てたい慾望と、あやまちとして、葬ってしまいたい嫉妬に似た気持もある。

「一度、わたしを、そのひとに会わせてくれませんか、まだ、三月(みつき)になったかならないかでしょう……早い方が、始末しやすいし、」

せきは、こともなげに言った。通弁は、

「怒らないで下さい、旅先では、旅人を慰めるための親切なのです、偶然だと思いますよ、妊娠したのも、」

「会わせなさい、それからのことです、」

せきは、きつく言った。

「じゃ、明朝、お店が開いたら、中将湯買いに、その子を連れてきます、」

せきは、その夜、会合があると言って、良人が出てゆくときも、「お気をつけて、」とにこやかに言った。自分がいっそ、消え入りたいような、羞恥を覚えた。産むの、流すのと、一つの命を翻弄しているような、恐ろしさに気づいた。

水子地蔵が、町の社の中にある。にわとりならば、かえらなかった玉子、そういう宿命をもった命の供養のために、地蔵尊の前には、いつも赤い前かけがかけてある。何枚も重ねてあることもあった。せきは、いつか、その女のみごもった子は、水子として闇に流れていってしまうように思った。そういう願望が、せきの内部にあるためであろうか。

およそ、往来に人のゆき交いが繁くなった頃、中国服の女が、通弁とはいってきて、応対のせきに、中将湯を十袋ほしいと言った。

せきは、薬袋をわたし、通弁の金を受けとった。その間、せきは、じっと、女を見た。

漆黒の髪を、油でぴったりかためて、衿首に巻き、玉のピンを挿した、白い顔である。白いと言っても、白粉（おしろい）を塗った白さではない。白濁したような、脂を塗ったような、黄玉のような、つめたい皮膚である。

目鼻立ちは、どこも小さく薄く、しかも、筋肉のしっかりした躰つきであった。良人が、この娘につかまった気持が、なんとなく、せきには想像出来た。どんな子を産むだろうか、水子のまま葬るには、しのびない気になった。つまり、せきは、この女の躰を借りて、天からの授かりものを受けるような、捧げものを受けるような、しいんとした心で、憎悪も恨みも感じられないのである。

通弁は、女を連れて帰った。

入れ違いに、良人の兼一が戻って来た。

「お会いになりませんでしたか、」

「……通弁か、会った、」

「あの、こんなことお話していいかしら、ちょっと気になることを伺ったので、」

「あいつが、なにか言ったのかい、」

「だって、あなたがお頼みになったそうじゃありませんか、女のひとも見ましたよ、仕方がないでしょう、責任上、」

「産んだら、ひきとるのかい、」

「……」

「母が承服しないよ、」

「そうね、それはそうでしょう、だから、あたしが、身ごもったようにします、あの女は、産むまで、身を隠させて下さい、今のうちなら、全然わからない、通弁に、手筈をおさせになったら……」

「芝居じゃあるまいし……あんたにそんなごま化しが出来やしない、」

「出来ます、しなかったら、元も子もなくなりますよ、あの女と手を切り、子供は産ませず、送り返すことにしなければ、」

「……」

良人は、女にも、産れるかもしれない子にも、未練が充分ある。だが、それでは、せきに、一切を押しつけることになるが、せきはそれをやり遂せるのであろうか。

「きっと、綺麗な子が産れるでしょう、」

せきの、精いっぱいの恨みのような、震え声がした。せきは、ぽろぽろっと、眼をうるませている。

「すまん、よく考えて、」

「考えることはないわ、明日にも、あたしは、悪阻（つわり）の気振りをしなければなりません、幸い、寒さに向いますから、着るもので、加減が出来ますし、時時は、養生に、湯河原へでもゆかせて下さい、あの宿には、友達が嫁にいってますから、気が許せると思うわ」

良人は、唇を曲げて、せきの話をきいていた。眉が、ぴりぴり動き、眼の下の肉が、つれたようになっている。

「……そうしよう、子供をひきとってしまえば、あとはどうにかなる」

「ただ、あたしの乳が出るかどうか……」

「そんなことは、医者に相談して、乳母でもつければいいだろう、とにかく、あんたが話をわかってくれて、助かった、普通は、こうはゆかない」

「そうですよ、観音さまでも乗りうつったと思って頂くわ、そうとでも言わなければ、あたしだって、あの女の躰をみては、むらむらしましたからね」

せきは、言い捨てて立った。腹に据えかねたが、良人の子なら許す気である。出産と同時に、あの女との臍の緒を切ってしまえば、もう、せきの子として、正真正銘の日本人に育て上げてみせる、そんな気負いもあった。

――

「どうも、気分がわるくて、炊きたての御飯が、頂けないのです、つめたい方が食べやすいので、昨日の残りがあったら、それをつけてきて」

せきは、お給仕のお櫃のそばを離れた。姑は、ごほんと咳をして、せきを見つめた。食後に、みんな立ってしまうと、姑は、お盆を持って台所へゆくせきのあとから、

「ちょっと、おせきさん、みんなの前で、あんなことを言って」

「この二、三日、温かい匂いを嗅ぐと、胸がむかつくので、気をつけているのですが」

「……、明日にでも、医者に診て貰った方がいい、そら御覧、旅行から帰って、やっぱり、たぶん、離れていたのがいいんですよ、それにね、これからは、当分、同衾は慎まないと、流産のもとになったりするから、でも、普通に動いている方がいいよ」

「……」

せきは、うつむいていた。姑をあざむく一歩を歩み出したことに、自責の念よりも、これが、ひとの犠牲になるはじまりに思えた。

あの、ぬらぬらした女から産れる子を、我が子とする異常な決心に、恨みよりも、不安が勝つ。悪事以上の、企みの深さを感じる。

良人は、その夜も店の大戸を下すと、出ていった。

「また、会合で、」

姑は機嫌よく、

「行っておいでなさい、商人はつきあいが大事なのだから……せきに、遠慮することはないよ、」

兼一は、母の雲行が、がらりと変ったので、却って、うしろめたさは増したが、いそぎ足で、通弁の家に向った。二階への、外梯子を上った。戸を開けると、中はがらんとしている。どうしたのだろう。おかしいな。とんとんと下りて、通弁の家にはいった。

「おい、どこへ行った、」

椅子にかけた通弁は、笑い声をたてた。

「約束しました、子供が産れるまで、あの娘は、神戸の、わたしの姉にあずけます、あれは、そのことをよく理解して、もうその気になってますから、会わないで下さい、」

「なに言ってる、そんなばかなことがあるかい、子供はたしかに引き取るが、女は離すとは言わないよ、」

「でもね、それでは、わたし、おくさんにすみません、あれは、子供を産むだけの娘でいいのです、もう居ない人間と思って下さい、」

「そんな、そんな南京手品じゃあるまいし、」

「そうそう、手品で、帽子から鳩が出ます、あれです、」

兼一は、ふうんという顔つきになった。

「うちで、あの娘の子をひきとらなかったら、どうするね、」

「それは、無責任です、」

「じゃ、母子ともどもひきとれば、重責を果すことになるだろう、」

「……、」

「その方が、手品を使うより、安心じゃあないか、」

「いいえ、そうしたら、旦那さんのお宅はだめになるでしょう、お母さん承知しませんね中国の子供……おくさん、あの娘にいい気持もちませんね、世間では、旦那さん、ばつがわるくなる、万兼さんの金看板、光り失せるね、中国の子では、だめなんです、放り出されます、」

兼一は、通弁の言うことはよくわかる。たしかに世間態はわるくなるが、せきは、忍耐する女だ、母だけが、絶対、中国の女を許さないであろう。日本の女にならば、子を産ませても、みとめようが、異国の女の子を、うちへは入れまい。……かと言って、あの女には、充分未練がある。子だけ引きとって、ぽいと、女を手離してしまえるものか。兼一は、むしゃくしゃして来た。

「神戸へゆく前に、会いたい、金も渡したい、」

「それは無駄ね、金は、わたしが渡します、あの娘は、それをきき入れました、産んだ子が、あなたのうちで、きっとしあわせに育てられると信じてます、」

「なんだ……やっぱり売女だったのか、」

「違います、ぜんぜん違います、まちがいをした娘が、子供にいい道を歩かせたいから、おくさんに頼んだのです、だから、その約束は守るのが、礼儀ね、せめての……それを、あなた旦那さんが守ってくれなかったら、あの娘、羞しいでしょう、おくさんにすみません、」

兼一の胸中を駈けめぐるのは、そんな孔子の訓えみたいなモラルではない。もっと本能的な慾望だけであった。

通弁は、中国の揚子江べりの山村の生れで、明治の初めに、貧しい一家は伯父を頼って神戸にわたって、文房具、紙、墨、筆、印材、の店をもち、祖父は、篆刻師として、印判を造った。石のほかに、象牙、水晶など、高価な印判を得意とした、文人趣味の男であった。父の代には、一般向きな判こ造りをしたが、早死をしたので、それぞれ姉弟は、違った商売についた。弟は通弁になる資格をとって、その頃盛んな横浜の、商館の通弁として雇われたのち、その律義さが好かれて、独り立ちで、通弁をはじめた。

勤め人には違いないが、一社だけの仕事より、もっと小さな商店の、個個別別な仕事の場に立ち合ってする商売の方が、世話好きな、人づきあいのいいこの男の性に合ったからである。商いの機密は、絶対洩らさない。私事にわたることは、口を割らない。正義感もつよい。融通の利かないほど、信用を大事にする。それは、この男を使う者にとって一番の利点であった。

万兼の主は、通弁のいいところだけ利用して、自分の意を通そうとしたが、頑として、通弁は、義理を言い立てる。

「……男と女のことね、それはわたしもみとめる、けれども、あなたのうちへ、娘を入れてはいけません、妻妾同居、中国では、第一夫人、第二夫人いて通った、通ります今も、でも、かたい生薬問屋の看板の下で、それは通りません、やめて下さい、どうしても、子が欲しいなら、それだけで我慢すべきね、みんな、望んでも、いいことありません、足りないものを我慢するのが、おくさんへの親切でしょう、」

どこまでいっても、通弁は、娘の居所を明かさない。

「たぶん、あと半年ぐらいで、出産するね、そのとき、おくさんのお腹に入れ替る……大丈夫、わたしが、信頼する病院長います、そこで、おくさんが、産んだことにしましょう、手続一切、わたしがしましょう、」

とうとう、主は、通弁の家を、体よく追いかえされた。

……ぶらぶらと河岸を歩いた。

「家だ、のれんだ、世間態だ、なんだというんだ、たかが、新開地の浜の薬屋だ、そんなことで納ってたまるものか、舶来の薬に負けてなるもんか、」

風邪にはアスピリン、独逸バイエルのアスピリンが、速効があると言う。征露丸、クレオソートである。これが、何にでも利いた。旅に出るときは、アスピリンと征露丸を持ってゆくのが、簡単で、どこででも使える。漢方薬を煎じたりする手間を、人人は、すでに面倒がり、西洋医学の医者が流行した。

そういう風潮からも、のれんは、傾きつつあった。

兼一は、賭けごとを覚え、飲酒に耽った。帳場の金はもちろん、売掛代金まで、賭けごとに使った。

「いったい、何が気に入らなくて、あんな道楽者になったのだろうね、せきも、じきに出産だというのに、」

「……子供の顔をみれば、なおりましょう、さみしいのでしょう、わたくしも、つい、相手が出来ませんし、夜になれば、眠くて眠くて、ほかのことは……」

「それにしても、兼一の変りようはひどい、女遊びよりも、恐いのです、賭けごとは、」

せきには、良人の憂さがわかっている。あの女に、執着があるのだ。執着のなかには、自分の子を産む女としての、愛着もあるのだ。

「なんとか理由をつけて、通弁を連れて、神戸へ行ってらっしゃい、わたくしが、通弁に頼んでみるわ、そして、納得して、暮して下さらないと、産れる子が可哀そうです、」

「………」

「わたくしだって、はらはらなんですよ、」

「神戸へ行った様子で、女を連れて来る、どうせ、こっちの病院へ入れるのだから、いいじゃあないか、早く連れ戻しても、」

せきは、黙っていた。みすみす、良人が、あの女に惑溺する様子が察しられた。

その頃は、夜行列車で、寝台をとってゆくのである。行くからには、商用も足して来るので、一週間近くかかると言い出した。

「仕方がありません、それで、賭けごとの手が切れるなら、母だって、承諾なさるわ。」

通弁は、せきに向って、

「駄目ですね、おくさんおとなしすぎる、しかし、旦那さんその気になっているものを、もう、止められません。」

良人は、神戸へ行ったきり、二週間も帰らない。

「困ったね、どういうつもりだろう。」

姑は、顔をしかめて、溜息をついていた。せきは、どうしようもないと思っている。

十八日めに、良人は戻った。浮かぬ顔である。そして、せきに、

「もう、芝居はやめなさい、早産して、子供は死産だよ。」

「えっ……」

せきは、茫然とした。だが、何故か、すうっと、溜飲が下った。

翌日、通弁が、土産ものをもって、店へ来た。姑の前に、平身低頭して、長滞在になった弁解をした。

「今更、言いわけをきいても仕方がない、それより、商談は出来たの。」

「はい、先方が不在だったので遅れましたが。」

それから、せきのいる店へまわって、通弁は、同じように、平身低頭した。

「凡て、水の泡です、旦那さん、入りびたりでした、それが、死産のもとになったと思います、そして、あの娘も、連れてきて、わたしの家にいます、申しわけありません。」

せきは、蒼白な顔で、無言である。咄嗟に自分も、湯治にいって、出先で、山から落ちて、流産したという口実を作る気になった。

これでいいのだ。気がらくになった。せきは、当然これは、無理な作りごとであったと、はっきり心に定めたのである。

到底、このようなばかげたことを、誰に話しようもない。実家へも足が遠くなっていた。無事泰平な姉の家庭とくらべて、子のない夫婦のもの足りなさは、夫婦の結びがほかにはないということでもある。せきは、そのひけめから、中国娘の子を、無条件で、自分に移し替えようとした浅はかさを、恥じた。

しかし、今になって、かくかくの始末を、あきらかにすることは出来ない。

水子とともに、なかったこととして、良人も、せきも、通弁も、口をつぐむ以外はないのである。

それなのに、あの娘に、まだ良人が関わるようであったなら、これは、いつかは姑の耳にも、世間の眼にもはいらぬ筈はない。せきは、思案にあまった。

顔色わるく、やつれ気味のせきは、湯河原へ湯治にゆくことをすすめられた。姑が言うのである。

「大事なときなのだから、気休めにいっておいでなさい、うちの方はいいから。」

「四、五日したら迎いにゆく……姉さんでも誘ってみたら。」

「いいえ、姉は、それどころではないでしょう、両親もいらっしゃるし、浜へだって、来てくれませんもの、出られないのですよ。」

姉の主人と、せきの良人は、殆ど、ゆききがない。先方はかたぶつの、子煩悩の実直な質で、兼一の派手なやり方とは、平素からというより、はじめから気が合わなかった。

姉妹と言っても、良人の気風が合わないと、形だけの義理でやりとりする以外は、疎遠になってゆく。せきは、これも縁の薄い運命のような気がして、どうしようもないと思っていた。近くの他人、そばにいるものに、情がうつる。通弁の方が、親身になって、店のことも、せきの立場も、案じてくれているようでさえある。

せきが、湯治に出て、三日めであった。

横浜に大地震が起って、あらかたの家は全滅と報じられた。


地震の現状がわかるに連れて、その被害は、如実に伝った。市内はことごとく焼野と化し、川には、死体が、象のようにふくらんで浮き、建物の下敷になったまま焼死した死体が、累累と道路を埋めていると言う。

せきは、鉄道のとぎれとぎれの道を、徒歩連絡して、三日めに、やっと横浜へ着いた。

宿で作って貰った食糧を背負い、着物にたすきがけである。馬車道も、かねの橋が落ち、野毛の町から、桜木町、尾上町、住吉町、相生町、弁天通り本町、吉浜橋も落ち、南京町、元町、山下町から、山手まで、一望の下に瓦礫（がれき）の町となっていた。

せきは、店のあたりと思われる一帯を歩きまわった。立ちのき先の書いてある家はわずかである。ゆく先の出ていない家は、全滅したのであろうと、人人は、血眼になって、生死をたしかめまわった。

せきは、倉庫の焼けた跡に、薬草の燃えかすと匂いを探して、店の燃えかけの道具から、たしかに、家は倒壊して手のつけようもなく、焼失したことを知った。

あたりに、異臭、腐臭が漂っている。店の者の一人や二人、どこかへ立退いてはいないかと、心当りの店の立ちのき先へ、たずねていった。

焦土を歩きながら、せきは、一瞬の間の出来ごとだったと、ゆきあいの人からきいて、ただ、茫然とした。天災と言う。みんな、いつものように、昼の膳に向い、台所には、火があった。防ぐもどうするまもなく、家家は倒れ、火が出て、つぶされて生きながら、焼死したというのだ。

助けようはなかった。運のいいものだけが、偶然に、逃げのびたというのだ。

せきは、気力もなく、ひろびろした土の上に、崩れるようにかがみこんだ。


小倉夫人の話である。わたくしの母は、大震災のとき、三十五歳でした、長女のわたくしは十四で、まだ女学生でした、母の家も、古い家でしたから倒壊しまして、一部、焼けましたが、あたりに広場がありましたから、差しかけを作って暮しているうち、チフスで母が、避病院へ入れられ、亡くなりました。たいへんでした、──兄、母の兄は、裁判所に勤めていて、ここも潰れて、圧死したのです。

本町のおばの家へ、様子をききにいったのも、十月すぎてからでしたでしょうか、少し世間が落着かなくては、女子供は、外へもあぶなくて出られません……男たちも、竹槍を持って、歩いたそうです、いろいろ、不穏な噂が流れて、多少、何か残った家では、自警団を作って、家や、家族を守ったのです、そんなわけで、ひと頼みで、おばの家の様子をきいたときは、全滅ということでした。

わたくしたちも、おばの家族とは、それほどゆききをしておりませんでしたから、気の毒にというだけで、むしろ、親しい人たちの、災害の方に、気を奪われました。あれから五十五年あまり経った今になって、母の墓参りをするたびに……はい、母の三周忌がすぎてから、新しい母が参りましたから、自然と、母の妹、おばの話などは、誰もいたしませんでした。

父が、おばの家とは、疎遠のままで、その後の消息にも、熱心ではなくて、つい、そのままになりました。

わたくしは、おばの存在したことさえ忘れておりましたが、戦後のことでございますよ、関西にいる友達から、思いもかけぬ話をきかされて、もしや、そのひとが、おばではなかろうかと、一途に考えるようになりました。

それというのも、孫が、関西旅行をして、寺院を見歩いたとき、宿の古老からきいたという話と、ほぼ合致いたしますので、わたくしは、カチューシャの、末はいずこで果てるやらという、さすらいの歌のメロディを思い出したほどです。

人間のもって生れた宿命、それがその人間を、流浪させるような気がしましてね、一つ場所にではなく、生れた土地とはまるで離れた場所で果てるのも、そのひとの宿命でしょうか、戦争、災害、病気、乞食、などによって、流れてゆく先も、わからなくなってしまいます、こんどの戦争だってそうですとも、ふるさとへ帰れずに、異国に果てたひとが、たくさんおりますもの。ですからわたくしは、無縁になってしまったおばを、母の墓参のたびに、行方はわからなくとも、思い泛べております、話をきけばきくほど、そのひとは、おばらしく思えてなりません。

かれこれ六十そこそこまで、生きておりましたようで……昔はどのように美しかったろうと、土地のひとが申していたそうです、身の上については、くわしく話さなかったそうで、それでも、およその育ちは見当がついたと申しました、氏より育ちとはよく言ったものでございます。おばは、母よりも器量よしでしたそうで、その上、当時の豪商の屋敷で、見習いをして、また、羽振りのよい商家に縁づいて、苦労気づかいはあったでしょうけれど、震災で、何も彼も失うまでは、まあ、よい暮しをしたひとでございます。

年をとると、却って、小さい時のこと、若い頃の、身の上が出るものらしく、身についたものは、一生なくならなかったのでしょうか。

年をとっても、むさ苦しくならず、粗末な身なりであっても、なにか声をかけたくなるような、控えめな、優しげな人柄であったらしゅうございます。

でもねえ、どうしておばが、一度も、実家や、姉の嫁いだ義兄の所に、音信をしなかったのかわかりません……しようと思えば、出来た筈でございますのに、なにか、わけがあってのことかと、想像してもわかりませんの。

もっとも、親姉妹と言っても、他家の者になり、別別の暮しにはいれば、それほど頼りに出来るものではございませんし、おばは、おとなしい人柄と言われておりますが、気は、しっかりと強い人で、落ちぶれたことを、羞しくひと一倍思ったかもしれません。

なんとかなったら……そう思っているうちに年月も経ち、仏縁だけを念じて生き通したのかもしれません。ひとには頼るまい、そう思わせるものが、おばの心中に、ずっとあったかもわかりません。

わたくしの友達で、若い時、運わるく離婚なさって、苦労しながらも、その人は、職業で立派に身をたてられましたが、別れた御主人は、町役場の代書人になっていたのが、或るとき、ひとから知らされて、代書人でもかまわないけれど、落ちぶれた人の身になれば、そんな姿をみられたくなかろうのに、と仰言ってました、わたくしね、おばにも、いくらかは、そんな気持があって、どうにかなったらと、思い思い、そのままになったのではないかと、そう思いたいのです。

わたくしは、昔のひとは、いさぎよかったと思いますよ、いずれはひとり草枕、甘えずに、ふるさとを遠くにおいて、死んでいったのですね。

生きていると、五十年や六十年は、すぎてしまえば遠い日のことですけれど、思い泛べる或る日には、ぐっと身に迫りまして、きれぎれの姿、形が、走馬燈のように、胸をよぎるのです。

母の面影も、若いままでございます、死んだのが、三十代の半ばでしたから、地味作りでも、若い顔が泛びます、まして、おばは、そのまたずっと前の記憶よりございませんので、ほんとに、中将湯のお姫さまの看板のようなひと、ぴらぴら簪のない、すっぺりした顔が、かすかに思い出されまして……もしや、老婆ならばと、安達ケ原の、芝居の扮装を想像したりしているのでございます。——

せきが、焼野原の瓦礫の上に座りこんで、うつろに、ともかくも、食べ残したおむすびを割って、中の梅干を口に含んでぼんやりしているとき、

「おくさん、大丈夫だったのですか、」

声をかける。振り向くと、通弁であった。

「まあ、こんなことになって、」

「うちは、焼けたあとに、寝起きしています、生き残ったのは、あの娘とわたくしね、あとは、いけませんでした、ひどいです、煉瓦みんな崩れて、火が出て、全滅で

す、」

「うちは、どうなったのか、行方もわからず、誰が、焼あとへ来るかと、毎日、昼はここに来ているのです、」

「たぶん、お気の毒なことと言うよりほかありません、先ず、立札をたてましょう、そしておくさん、うちへ来て下さい、食べものやをはじめると、あの娘は言いますが、神戸の姉のうちへ行って、金の都合をしなければならない、それから、わたし達は、危険なのです、ここにいてはあぶない、どうぞ、おくさん、一緒にいて下さい、おくさんに証明して貰わないと、わたしの身分、あぶないのです、」

せきは、通弁の必死な話に、どれほど自分が役に立つかわからぬまでも、ひとりでいるより心丈夫なので、通弁の言う通り、家の跡に、縄を張って、立退き先の立札を立てた。
二、三日すると、中国、朝鮮の人民は、保護という名目で、連れてゆかれると噂が流れた。通弁は、一刻も早く、焦土を脱出したいと、せきをうながした。
「仮のことね、おくさんを、わたしのおくさんということで、あの娘を連れて、神戸へ発ちたい、その上で、わたし、国へ帰るかもしれない、どうぞ助けて下さい、」

せきには、通弁の悲壮な言動が腑に落ちなかったが、朝鮮人民の一揆が起るという流言はきいた。

店の役にも立った人間であり、雇っている間に、一つのミスもなかった。日本人の雇人より、恩義を重んじる通弁の性質も、信用出来た。このひとを、今は助けよう、せきは、そう思った。

仮のこと……そう思った。

だが、名古屋へ着いたその日、せきは、この通弁と、無我夢中のうちに、ほんとになった。——良人が、中国の娘を連れてきてから、伴りの身ごもりになって、殆ど、夫婦の間柄ではなかった。

流産の、湯治のと、せきは、不意に、通弁が良人に思えてきた。良人と、中国娘と、自分と、三人で旅行をしているような気になった。この娘に、わたしてはならない、良人なのだから、当然のことと思った。

その夜も、本町の万兼の奥での或る夜のように、陶然とした。——

「おくさん、許して下さい、」

目が覚めてから、通弁に、そう言われて、せきは愕然とした。どうしてあんなことになったのか……中国娘に奪われていった良人を、ここで、とり戻すような錯覚の情念であったろうか。これ以上、通弁と行動をともにすることに危険を覚えた。やっぱり、焼跡へ帰ろう、せきは、とにかく、浜へ帰る気になった。

「かえる、浜へ」

「ええ、この近くには、取引のあった店もありますから、一応、相談にのって貰いましょう、それも、あてには出来ませんが」

　せきは、眼の前にいるのが通弁と、中国娘と、はっきり知った。せきは、狂気のように言った。狂気だったのである。

「あなた方は、早く神戸に行って下さい、もう、わたしの役は、すみました」

「すみません、いつか、横浜へ、わたしはゆくでしょう、御恩は忘れません」

　通弁は、小遣銭だけ持って、有金全部を、せきに渡した。住所を書き残し、その夜の汽車で発った。せきは、不思議な気がした。困惑して、気力もなくなっているとき、きっと、誰か、救い手が現われるのである。それが、みんな、赤の他人である。通弁もそうである。

　万兼の店の焼あとに、たしかに、所有者としての証しの立札を立てた。それだけが、凡て無に帰ったせきの、実際にしたことである。あとは知らない。

　せきは、小ざっぱりと身なりを整えて、定かではないが、取引のあったときく町の生薬屋をたずねた。

「えらいことでしたな、御一家全部ですか、亡くなられてしもうたとは……あんさんは御養生に出ておられた、運のつよいおひとでございますな……しかし、どうなさるこの後のことは」

「今すぐといって、なにも出来ませんが、土地は万兼のものですので、少し落着いてから」

　その時、店の主は言った。

「言いにくうございますが、万兼さんは倒産されたということで、土地も店も、抵当にはいっていたときいております」

「ほんとに、そんな」

「なにやら、御当主が相場で、元も子もすってしまわれたと、それはもう、五ケ月も前に耳にはいっておりました、古いお店ですから、きっと、立ち直りなさろうと思ってました、そこへ、災害で、全滅なさったとあれば、もう、あの土地は、とられてしまいなさろうが……立札たてられても、どうにもなりませんでしょうなあ」

　せきは、その夜、その家に泊った。そして、万兼の店が危ないときいたのは、ばたばたと、浜の商館が倒れた頃のことからで、御当主の遊びごとぐらいで、めったに、大商人が家を傾けることはない。折柄の、世間一般の恐慌が原因だと言う。そこへ、大災害で、跡始末もなにも不用になってしまった、残念でも、本町の土地へは、もうお住みにはなれまいと言うのである。

せきは、うかつさに、茫然とした。

「……わたしは、神戸の、通弁の姉の家へ、一応、身を寄せるつもりでした、その抵当が事実とすれば、わたしは、万兼の生き残りとして、債務に立ちあわなければならないでしょう、浜へ帰って、決着をつけないことには、」

せきは、悄然として言う。中国娘の子に、継がせる家など、すでになかったのである。そう思うと、せきは、あの娘が流産したことにも、なにかの因縁を覚える。

結果的にみれば、地震で一家全滅したことも、此の世の幸いであったかもしれない。生きていれば、もっと苦しむ筈であったのだ。せきは、ひとり生き残ったことに、まだ自分には、責苦が尽きない、深い業を感じた。それでも生きていることは、業を超えている。冬に近い日光の温かさを肌に受けて、せきは、微笑さえした。

「お気の毒ですなあ、お力にもなれず、」

「いいえ、ありがとうございました、身のまわりが、はっきり見えました、榛原というところから、店の者が来ていました、農家ですから、もし、浜から、もしや戻っているか、それとも、ともに死にましたか、事情を話して、身のふり方をきめましょう、薬草も、あたりの山野に自生していると言っておりましたから、草取りをしても、なんとかなりましょう、運があれば……」

せきは、一家全滅から逃れた身は、このまま、山姥になっても、供養、遁世の覚悟をした。川の流れに似て、ひとも、自然に漂泊の地にとどまる。とどまるところまでゆけば、そこに、根が下りるのだ。

「おくさん、ものを上げても、御迷惑でしょう、万兼さんにお見舞するなど、おはずかしいが、多少の足しにして下さらんか、」

せきは、生薬屋の主人が、言いわけしながら差し出したのし袋を、押し戴いた。せきは、紐を一本渡した。

「わたしが、こちらへ立ち寄ったしるしに、おいて参ります、」

「そんなことなさらんでも、問い合せがあれば、たしかにお伝えしますがな、」

せきは、足跡を残してゆくつもりなのである。しるしをつけておきたいのである。元の場所に帰れなくとも、こういう女が、この道を歩いていったという痕跡が、締め古びた紐に残ろうか。

世を忍ぶのではないが、なにやら、落人の足あと、せきは、強迫観念から、じっとしていられなかった。ひと足でも歩いていないと、足が動かなくなる、自分が、木になってしまうのではないか、虫になってしまうのではないか、人間であるためには、どこまでも、歩き続けなければならない、せきは、すでに自分が、乞食に変身していることに気づかない。

とぼとぼ、榛原へ向ってゆくせきの姿を、主は、じっと見送った。

「あれが、ほんとに万兼のおくさんかの……鈴鹿山から、伊賀越えで、宇陀川沿いの榛原まで、たいへんやなあ、そこに、とどまれるやも知れぬになあ、あんまり仰天して、気がへんになっておられるのではないかの……深窓に暮していて、湯治から戻ったら、一家全滅しておったではなあ、気が、違うても仕様がないのう……」

わたしは、小倉老夫人への土産というよりも当麻へ行ったしるしに、蓮糸大曼荼羅百分之一図と、絵葉書二種類、中将姫一代記を求めた。中将姫の徳を慕った人の数多いなかには、昔は、このあたりに移り住んだひともあったほど、説教が流布した。横川(よかわ)恵心僧都は、来迎(らいごう)の現象を拝しようとして、花台(げだい)院で、二十五菩薩の装束、面像を彫刻して、当麻寺へ寄進したと言う。

「初めは三月十四日に、来迎の練供養があったそうで、いつ頃からか旧暦の、四月十四日に行われるようになり、現在は、陰暦廃止後、例年五月十四日に催しております、面は、古いもので、その当時の装束でございます、」

当麻寺の当代は、中之坊に居住する、松村実秀さんという大学出の僧侶である。わたしは尋ねた。

「折口信夫先生がお書きになった、死者の書は、若い時一部を拝見しました、戦後、そのあと拝読しましたが、むずかしい古代史だと感じております、死者の書は、戦前でした、文学作品として、読まれたものでしたが、」

「私の父の在世の頃、折口先生は、この寺に、半年ほど、滞在なさったそうでございます、今でも、阿弥陀像の前に、先生の御写真を飾ってあります、……こちらです、」

わたしは、住職に案内されて、その部屋にいった。四ツ切大の先生の写真が、写真立にはいっていた。すると、その頃、すでに、死者の書は、胸底深く秘められていたのであろうか。

　死者の書は、小説だが、古代の霊魂信仰の学説を、小説的表現にしたもので、わたしは、むずかしくて、やっと読んだものである。昭和十八年に刊行されたので、戦時下の書物として、特に、宗教的な、山越し阿弥陀像などの図版がはいっていた。

　わたしは、折口先生が、当麻寺に滞在したことは、死者の書につながり、古代史、民俗史、芸能史から近代までにひろがっていることを知った。「月の傾城」は一中で、地唄は、作曲富崎春昇、などと、死者の書の波紋が、このようなところに変身していることを、全集をぽつぽつ見開いて、ようやくこの頃知った始末である。

　しかし、当麻寺に滞在して古代史の中から、死者の書を、文学化した裏に、遠くは、エジプトの経典にまでさかのぼる著者の、人間像をみ、人間愛をみる。古代感愛集、近代悲傷集、現代襤褸集をみても、死者の書は、どうしても書かるべきものであったであろう。

　わたしは、当麻寺が、かかる背景にあったことを感じながら、二上山の山麓の寺の東塔西塔の力づよい姿を見つめた。

　雪が降っている。

　当麻寺のまわりから、二上山にかけてだけ、雪は吹雪いた。その雪が、わたしを、朦朧とさせ、古代と現代を重ね着のように感じさせる。寺を出て、石光寺の染殿の井戸を見にまわる頃から、冬日が輝き出して、寒牡丹は、すでに、盛りをすぎていたのである。

　わたしは、ここでも、書をよくする小倉夫人の為に、朱塗の染井筆を、何本か求めた。

　染井というのは、蓮糸を織るときに、この井戸の水で、美しい色に染ったという言いならわしからである。このような言い伝え、故事が、たとえ事実と違うところがあるとしても、わたしは、当麻の寺で、古代の不幸な姫が、ひとも、世も恨まず、ただ往生を待って、細い細い蓮糸で、曼荼羅を織りつづけた一念の物語を……あの切れ切れな蓮の糸でも、一心こめて集中すれば、心底の思いが形成されるということを、人間の生き方の象徴とみる。感じる。

　女の髪の毛一本で、象をもつなぐのである。蓮糸で、織れたのである。

　わたしは、蓮の茎を観察するために、三年前、庭の古い瓶（かめ）に、蓮根を植えて沈めた。夏になると、見事な蓮の葉が伸びた。

その中の二本の茎を切りとり、折ってみた。たしかに、細い繊維が糸を引く。四、五本折った。いっぺんには折れない。糸のような、細い細いものが尾をひきつながっているからである。

わたしは、単純にも、蓮糸曼荼羅は、可能である、あれに生糸をないまぜて、織れば織れる……だから中将姫は、そうしたに違いないと、思いこみたかった。

織物という集中的な仕事が、悲哀の女の心を慰める、抑える、一つの手段だったと思いたいからであった。

何故、中将姫がこのようにわたしの心に焼きついたのか故ないことなのだが——浪も散るなり朝日影、よる昼わかぬ心地して、雲もそなたに遠かりし、二上山のふもとなる当麻の寺に着きにけり着きにけりと、心覚えのうたの中の姫の気持……ようように着いた、そのようようには、わたしの心の中にも、幾年かあった。当麻へではない、わたしが着いたのは、わたしの心の底である。

ともかくもやっと、妄念の闇が晴れた、わたしは、当麻でなくともいいのだ。……伝記によれば、中将姫は、五歳で母に死にわかれ、七歳の時、継母照世の前を迎える。新しい母を得たことは、嬉しい喜びであった。なんの疑いもなく、果報に思えた。

或る夜、姫がうとうとしていると、枕辺に亡き母の声音がして、前世の宿縁にて、今継母を迎えたが、このひとは、過去より怨みある悪因縁のひと、幾度となく宿世の仇を、お前に与えようぞ、必ず心を慎み、何事も逆らわず孝をつくし、深い禍いにかからぬよう、お前が、数しれず難にあうことを思い悲しみ、枕辺に立った、忘れずに心にとめてほしい、そればかりが心もとなく、迷い現われたのも、母の、今生の思いであると、もの語る。

姫は、気だるい眼を両手でこすり、母の姿を求めようとしたが、夢は跡なく覚めた。

この夢枕の話は、わたしも、小倉夫人からきいている。この夢は、現代である。夢は、古代から、なにかのひとの思い、迷い、を知らせる不可解な心理現象であろう。逆夢(さかゆめ)と言い、正夢(まさゆめ)といい、ひとは、自分の思いたい方に解釈したがる。

わたしが、小倉夫人からきいたのは、

「……春でした、誰かが、枕もとにうずくまっているのです、顔をあげず、うずくまったまま、わが家の業であった生薬の植物が、大和吉野の山また山の谷や峰に、尽きずにある、わたしは、葛の根を掘り、生きながらえたものだが、一家は死に絶えてしまって久しい、わたしが、採草の仕事に、このあたりまで落ちのびてたずさわったのも、一つの利生でございます、死者の手にひかれてきたものでございましょう、寺寺に、わたしは参り歩きました、ここで朽ち果てたことに、恨みはない、恨みはないが、悲しみはつきませぬと、顔をあげずに申すのです、わたしは、胸苦しく、胸に大石が乗ったように、ひや汗をかいて、眼が覚めました……」

枕元に、うずくまったひとは、せきという、おばに違いないということなのである。

夢枕……なんとなく、わたしは、中将姫の物語と、その見知らぬおばというひととを、人間に魂があるしるしのように思った。

平安初期の日本霊異記、平安末期の今昔物語などに出ている、採薬仙女の説話なども、通いあうところがある。

全く他愛もないことだが、わたしは、当麻からの帰途を、車で榛原までゆき、榛原から、宇陀の薬草園へ寄ることにした。

従妹が、薬草園の一家と、懇意にしている友人をもっていたので、その家のひとの案内で、宇陀へゆくことになった。

元からわたしは、植物に興味があって、よく各地へ採集にゆくので、宇陀の古い薬草園には、期待ばかりか、五十何年か前に、せきという小倉夫人のおばなる人が、この地を通ったに違いないという想像もあったからである。

宇陀の森野旧薬園は、大宇陀上新という所にあって、享保十四年に、開いたもので、同家は、もと南朝の遺臣で、永年、吉野下市に居住して、代代農業をして、その傍ら、葛粉の製造をしていた。

その頃、幕府の採薬使であった人物が、大和地方へ来たとき、推挙されて、森野氏も採薬旅行に随行したというのが、現代の、薬草園の元だというくらい、古い家柄である。

わたしたちを、山に案内した当主は、

「私は、本草のことは、実のところよくわかりません、ただ、創設以来、三百年以上継続して、往時の根を絶やさぬようつとめて参りましたので……」

と、淡淡たるもので、わたしが、咽喉から手が出るほど欲しい、山草、野草の珍物に対しても、全然、見むきもしなかった。

そういうひとであるから、先祖伝来の山野も、薬草も、すこしも減らさずに来られたのであろう。碇草の山一面の群落だけが、また古葉がすこし残っていた。そして遂に、白花碇草を一株、当主夫人が土産に掘ってくれた。

山道は、かなり険しい。冷寒で身震いがする。道さえも、昔のままに、ごろごろ石の細道で、往時の苦難を残しておく心算であろうか。便利にしない、ということが、ここでは、保存を意味していた。

園の中央に、天然記念物の花ノ木がある。当主の説明によると、遠くから花盛りには、赤く美しく目につく、そこから来たと言う。

和名花ノ木（花かえで）、主に木曾川流域の山間湿地に生える、落葉高木で、昔から栽培されて巨木になった。がく片、雌雄異株、雄花は多数集って若葉より先に咲く。花弁とも同形に近く、真紅色で、遠見が見事である。現在薬草園の花ノ木は、約二米五十の太さ、高さは、二十五米の雌木で、県下最大のものという。しかし、わたしたちは、花ノ木の花を見ることは出来なかった。

せきというひとも、当然、その頃の花ノ木を見たであろう、花の咲いたのも見たであろう。山の樹木の生命は長い。大和地方には、古代からの木が、まだ生きている。

自然に、中将姫伝説も、今も生きつづけている。現代でさえも、方方に、継子いじめ、継子ごろし、弱い者いじめの風習は、生き残っている。ひとの執念というものは、よしあしを問わず、人間のなかにこもっているのである。

ひとの形は失せても、無限無形のものが、千年も生きつづける。わたしは、信心に浅い人間だが、ひとの心が残るということは、どうしても信じるであろう、ひとばかりではない、植物も同じである。そう思って花ノ木を見上げると、名ばかりの春浅い冬の日が、もう傾きかけていた。

薬草園の山を下りて、また車で、室生から名張へ出て、名張から急行で名古屋に向った。

わたしは、心覚えもとらず、心に残ったことだけをしっかり抱えて帰った。

圧巻は、当麻の雪である。

二上山から部分的に舞台のような雪が降った。ふんぷんたる花かと見まがう雪の舞である。そして、ぱったり止んだ。

せきは、関西線で桑名、四日市、亀山、伊賀、上野、名張、室生、榛原へ出た。横浜の町よりほかには、せいぜい箱根あたりが一番の遠出であったせきにとって、明治二十九年に開通した、京都奈良間の、奈良鉄道、三十一年に開通した、奈良桜井間の汽車があることは、名古屋で知ったものの、榛原へ着くまでの、山路や、田園の野の風景は、こんな世界があったかと思うほど、のどかな、まぼろしの中へはいってゆくような、なんの心痛もない旅であった。

　榛原へ着いても、雇人の生死さえわからずに、たずねてゆく心細さとともに、働く場所はおろか、寝泊り出来る一夜の宿さえもあてはない。それでもせきは、じっとしているわけにはゆかないのだ。

　何処かの岸辺に流れつくまでは、どうしても手足をとどめるわけにゆかないという、信念たけで、見知らぬ道を辿り歩いた。

　榛原の雇人の家は、案外、たやすくわかった。村の戸数がすくないからである。

「横浜の万兼の者でございますが、」

「万兼さん？　あの御厄介になっている……息子は戻っておりませんが、どうか御ゆっくりして下さいまし、たいへんなことだったそうで、」

　戻っていないときいたとき、せきは、やはり全滅したと気づいた。

　ひと通りの話をした。

「だが、なぜ、こんな田舎へたずねてみえたのですか、縁辺のお方も、近くにおありでしたでしょう。」

「はい、それが、どうしてか、足が向いたのです、足よりも、心持がそうなったのでしょうか、万兼の店は、災害に遇う前に、すっかり抵当になっていたそうですが、わたしは、露ほども、知らされておりませんでした、実家の兄も、勤め先で圧死したとき、身内に頼るとしても、束の間のことで、自分で身仕舞をしなければならないと思った時……でもどうしたものか、迷っておりました、毎日、焼跡へいって、金（かな）ものや、瀬戸ものなど、掘り出したりしていると、元通弁の男がたずねてくれて、これも焼けつぶれて、商売も出来ないので、神戸の姉を頼ってゆく、いっしょに来たらいいと言ってくれました、わたしは、他人でも、相身互いだと、ついその気で出て来たのですが、名古屋で、その一行とは別れました……大和地方は、薬草薬木の多いところで、宇陀には、徳川家御用の薬草園もあるときいておりました……」

「大宇陀ですわ、昔は、松山と言いましてな、吉野葛を主にしておられての、農家では、そこへ、葛の半成品を売っておったです、雇われてもゆき、今も、このあたりでは、葛を掘るのが、農業の半分の仕事となってるようなことで、しかし、葛の根を掘るのは、きつい仕事で、息子が、生薬問屋の万兼さんへ奉公に出たのは、生薬の商売をするための見習いでしたのが、ほんとに、死んでしもうたとなってはのう」

「どこぞに避難しているかもと、わたしは思うのですが、焦土にいても、女手で、方法がつきません、わたしは、薬草採りになっても、それなら出来そうな気がして、ともかくも、ここまでたずねて参ったので……」

「万兼のおくさんがのう」

「いいえ、前のことは、言わないで下さい、ただの雇い女で働きます、生れ変った気持でいるのです、ほんとなのですよ、野山のもので食をみたせたら、わたしは、その土になります」

「でも、まだお若いことだ、どこぞへ縁づいて暮しなさることも出来ましょう、土仕事は、毎日くり返しの連続で、わたしらでも、きつい、あきあきするが、ほかに能もなし」

「くり返しは、生きていれば、どこも同じでございますよ、山仕事を教えて下さい、お邪魔にならぬよう、手伝わせて下さいませんか、生薬については、多少の覚えもございます」

せきは、雇人の親に懇願した。災害で息子を失った親に、自分が、なにかの足しになりたい、死んだひとたちの手足一本の役にでもたちたい、死者が、身のまわりにまつわりついている気なのだ。

とうとう、せきは、榛原の農家の一隅に、寝場所を得た。

農家の家族は、両親、息子夫婦、妹と五人で、人手は、一家総出で充分なのである。せきが加わることは、よぶんであった。五日ばかり泊って、収穫物の手伝いをしているうちに、せきは、すぐ気づいた。秋の取入れが済めば、内仕事が多くなる。その座に、せきは居辛いと思った。いい家族であったが、根からの農家出のひとにまざっては、せきは、やはり、都会育ちの人間である。どこか無理があって、先方も、せきに気兼ねをし、せきも、主家扱いされることが、気重(きおも)になる。と言って、あまり馴れ馴れしくすると、主(あるじ)の妻も、若妻も、どことなく警戒気味になった。

「……いつまで置くのかいのう、息子は、死んでしまったで、もう主筋でもないが」

「折角、頼ってきなさったに……」

「いて貰って、手助けにもなるけれどな、女ごが多いと、なにやら無駄ぐちが多くて、」

「どうしようと言うのだ、ひとり身のひとを放り出せるかい、」

「……なんぞあってからではまずい、わたしらよりも、ずんと綺麗なひとにいられては、ほんとは、気になるわ、」

「ばかなことを言え、」

せきは、風呂を貰って、洗濯をしながら、居間の家族の話をきいた。故意に、せきに、きかせようつもりの声高にきこえた。

せきは、主の妻が、ひとり残って繕いものをしているそばに寄って、

「いつまでも、御迷惑をかけて申しわけありません……宇陀へいけば、薬草園もあるということですし、葛作りにでも雇って貰えないでしょうか、」

「……そうよのう、まあ、このあたりの山を少し案内しますからな、それから、宇陀の様子もたずねてみましょう、丁度今は、山草採りには時期がいい、室生も近いし、お寺まいりもしてから、ゆきなされ、」

せきは、先刻、耳にはいったことも本音、今の親切も本音、田舎のひとのむきだしの心と見た。翌朝、主と、息子夫婦とともに、山見にいった。

山ごぼう、有毒だが、根は薬用になる。たけにぐさ、とりかぶと、じきたりす、有毒。きつねささげ、たんきり豆、去痰作用があるとて、村人が使う。ばくちの木と言われた時、せきは、この葉から、杏仁水がとれると言った。漢方薬では、よく使うのである。はぶ草、じゅうやく、すいかずら、おとこよもぎ、うこぎ、にわとこ、かわらさいこ、たいせい、ときわいかり草、いずれも薬草として、生薬を混合するときに使った。それらが山に、生えているのを見るのは、せきには、初めてである。生薬の乾燥したものは、店に、束に積んであった。芍薬も、梅花甘茶も、うやくも中国産の貴薬である。そういうものが、室生から、桜井、宇陀一帯の山野、吉野、伊勢地方の大峰山系、大台ケ原には、更に、珍車種が探索されているときいた。

せきは、山見をしただけで、秋明菊や、芳香のある寒葵を教えられて、前途がきまった思いがした。

「これは、からむしと言って、野生の麻でな、織物が出来る、この繊維が糸になるのでな、大事なものじゃ、」

「衣類にするものもあるのですね、」

「都のもののようにはゆかぬが、藍もあるで、藍は薬になるからのう、染めて着ると、病いを防ぐと言い伝えての、」

「それで、吉野の葛を食べておれば、からだに充分な精がつく、」

せきは、黙ってうなずいた。採れるだけのものを採って、作れるだけのものを作って、自由に生きよう。中国娘のことが、ちらりと脳裡に泛んだが、それも、絵巻の美人のように、実体のないものに思える。

葛の、太い長い強い深い根を、どこまでも掘った。この根は、吉野山まで続いているかと思えるほど、強じんである。生きてゆくには、これだけの根が必要ということであろうか。

三日ばかりして、宇陀からの伝言があった。葛作りには、冬に向っての人手が要る。労働に耐え得なくとも、山仕事なら、女手に向く採薬もあると言う。

せきは、また旅立った。旅立ちは、せきの心を明るくした。主が、宇陀まで、せきを送っていくことになった。

「息子が御厄介になって、おくさんには、御面倒かけたことでしょう、たとえ、災害で、行方がしれずとも、よう、ここへ尋ねて下さった、こちらから、お店の安否をおたずねしなければならぬところでしたに……農家は、秋は手がはなせぬことばかりで、のびのびになって、申しわけなかったです、折角、来られても、お世話出来ず、顔むけなりません、宇陀までは山道でのう、馬を曳いてゆきますから、乗って下さらんか、」

眼をしょぼしょぼさせて言う。

「歩けなくなったら……これから山仕事をしようと思っているわたしです、なんのなんの、このあたりは、長谷寺もあり、みなさん信心のお集りも多いとか、」

せきは、歩きながら主と話した。

「宇陀のひとは、長谷寺参りを主にしておられる、道も近い上に、初瀬の観音さまから、桜井へはのう、大正六年から、大宇陀桜井間に、乗合バスが開通しておって、まあ村びとが出資して、その前は、馬車を使っていたぐらいだ、名古屋までは、よう行かんでも、宇陀と桜井とは、ゆき来があってのう、」

「それは、薬草の関係ですか、」

「いや、洋薬がだいぶはいって、森野の薬草園も代替りの時期でしたで、薬草栽培よりも、主に、葛作りですわ、吉野葛の本場じゃから、葛粉の売買には、どうしても桜井へ出たのじゃ、それが一番便利な道でのう、」

「……」

「明治二十六年に、大阪湊町から、桜井間に汽車が開通してます、二十九年には、京都奈良間が開通しましたで、京都、奈良、桜井、という道を使ったものですわ、」

「すると、名古屋へ出るには、」

「やっぱり京都へ出て、東海道線で名古屋へ出る方が、便がよかった、奈良へ出れば、関西線で、名古屋へ出ました、どっちにしても、桜井は、京都、奈良へ出る道すじでのう、わたしらも、桜井までは、稀にはゆきますがな、宇陀と桜井間に、一日二回ほどかな、乗合が通って、便利になったと、宇陀のひとは言ってますわの、」

せきは、主の話をききながら、自分が、何故、このような山の中へ来るようになったのかさえ、突発的で、不審なのである。

そうだ……通弁に誘われて来たのだ。

ふっと、せきは、通弁と、あの中国娘は、ただの身内であったのだろうか、万兼の主が、朝鮮から中国へまわった時、通弁もいっしょであった。

あの娘の身の処置を、せきに知らせたのも通弁であった……なにか、せきは今になって、通弁が、焦土から、いち早く自分を連れ出したことさえも、腑に落ちない。よほど、気が動転していたに違いない。

名古屋で、せきが別れると言い出したとき、通弁も、中国娘も、べつに留めなかったのである。

せきは、それやこれや考えながら、宇陀へ向って歩いた。

全く水のように思える。何処で、この水の流れがとまるのであろう。流水の岸辺をゆくような、心細さといっしょに、戻ろうか、あの焼けあとへ戻ろうかと、そんな迷いが、せきのなかで、せめぎあっている。

古城山の麓の宇陀川の迫った旧街道に、送って来た主の縁つづきの住居がある。そこへ泊った。

翌日、主はせきを連れて、薬草園へ挨拶にゆき、吉野葛本舗の雇いとして、せきは、葛粉作りの仕事を覚えることになった。

「また、用事で来ますからな、住居は、この家の納屋を使わして貰うことにしましたよ、その方が、おくさんも気らくでしょ、追追と、中は改造して貰ったらいい、そう話してあるでのう、」

せきは、はじめて、ひとりで、食事をした。全部、母屋からわけて貰った台所道具である。新しい筵が敷いてあり、藁の匂いがした。寒くなるまでに、寝具も作らねばならない。古綿は沢山あると言う。

「あげますがな、蒲団ぐらい。」

せきは、働いて新しい布地を買い、ふくふくの蒲団を作ることが、第一の希望であった。当座の食料も、母屋で用意してあった。

「一人ぐらい、ふえてもいいのじゃが、それでは、あんさんが気づかいになるからのう、どれほどの間、辛抱なさるかしれんけれど、言って下さい、出来ることは、なんでも手を貸しますでな……暮しよいところですわい。」

せきは、毎日、本舗へ通って、日雇いの女たちと、半成品の葛を晒す仕事をした。湧き水で、何度も何度も晒すのである。手足がかじかむような、外の洗い場である。山から吹き下す風が、日がかげると、急に冷える。

晒しの仕事以外にも、葛の根を叩いてつぶす日もある。女も男も、無口で勤勉であった。新参のせきの身の上についても、格別の関心はないのだ。或る期間だけ働きに来る雇いは、何人もいるからである。

互いに、働いている間だけの仲間で、働くのは、このあたりの女たちの当然のことであったから、どういうわけかなどと、問うものもない。無愛想であり、ひとが好い仲間で、茶飲みどきに、子供や亭主の話をするそのとき、せきに言った。

「ひどい災害にあわれなさったと……わるいことばかりはないものよのう。」

「長谷寺まいりをなさるとな、いやなことは、みんな観音さまが救って下さる、苦しいときは、わたしらも、観音さまに、きいて貰いにゆきますわい。」

「いいお寺が、近くにありますな、関東のひとでも、おまいりに来るのを、一年の願いにしております……その願いが、わたしは、不運のおかげで、叶ったと思っていますわ。」

せきは、笑顔で言う。

「そう、そう、わるいこと、凶事は、また吉事にもなると言って、このあたりのひとは、不幸に出会っても、くよくよしませんで。」

「古い言い伝えで、なんでも我慢辛抱すれば、当麻の中将姫のように、結構な往生が出来ると、みな思うてます。」

せきは、雪責め、火責め、地獄落しの折檻（せっかん）の継子いじめの草紙を知っている。その当麻の近くに、自分がいることさえも、生き方の有様を突きつけられている思いがした。

「美しい夕日ですね、」

「明日も、冷えるじゃろう、」

のどかな村人の頬は、赫く風にひびわれていた。

葛作りの休みの日には、せきは、山野を歩いた。古来、薬草の産地として名の知れた、やまとアルプス、伊賀、伊勢、大和連山につづく大宇陀松山は、享保十四年に、幕府の隠密御用採薬使が派遣されて以来、寛保三年まで、四回も踏破されている深山幽谷の地である。しかし、せきが歩くのは、平地に近い丘陵であった。

食用、薬用になるものを採って、せきは、納屋のまわりに植えたり、干して、保存したりした。せきは、店が栄えていた頃に、いつとなく、本草学の和薬控など、絵入りのものを見る機会もあって、毒草、薬草、食用の草の見分はついた。なんの楽しみもないせきにとって、春は春の花、夏は夏草、季節の移りは、凡て、山野の草木が語ってくれる。

折節には、前の暮しを思わぬでもないが、姑のこと、良人のこと、中国娘のことなど思い泛べると、ここに身を隠している安らぎは、あの頃の栄燿とは比べようもなく、自分の気に適った。

まだ実家にいた頃、漢方医であった祖父が、

「せきに、器量よしなどと言ってはならぬ、ひとがほめても、そんなことに惑わされるな、出来るなら、せきには、学問をさせてやりたいが、女の身で、一生、学問をたて通させるのは不憫じゃ……生薬問屋から嫁の申し込みがあったのが何よりだ、」

そう言い残して、せきの嫁入り前に、祖父は歿した。そんな、また聞きのことが、今のせきには、見えぬ運命のしるしのように思い泛んだ。

大和の地に流れついたのも、偶然とばかりは言えぬ自然のなりゆきに思える。

「おせきさん、うちの子が、腫物が出来て、紫いろにかとうなって、座れんのじゃが、」

せきは、呼ばれると、その子の膝を見にゆく。

「わたしに、医薬のことはわかりませんよ、民間療法で、おうばくを煎じて飲んだり、じゅうやくの葉をもんで、腫物に貼るのも、害にはならんと思いますよ、」

それが利いたと言って、お腹がいたむ、肩がいたむ、乳が腫れるなどと、せきに、きくのである。

「放っておいたらいい、自然になおるけれど、痛むなら、

医者にゆきなされ、わたしは、医者の謝礼もむずかしいので、薬草と思っているものを使いますが、ひとには、こうせいと、すすめられませんわ、」

そう言いながらも、せきは、生薬で使っていた草木の干したものを、わたす。

「これは、自分用でしてね、誰にも利くとは言われませぬが、格別、害にもならんほどの、極くうすい薬みたいなものですよ、」

薬を、平常使用していない人びとにとって、わずかの薬草も、利きめがあった。葛粉を作るより、せきには、山見をさせて、薬草採りをして貰いたいと、村の者も、すすめる。

森野薬草園の古文書によれば、八代吉宗将軍職の頃、洋書の解禁も行い、オランダカピタンを城内に招いて、世界情勢を語らせた、進歩的思想家であったが、舶来の薬品が高価で、一般の手に入り難いのを憂い、和国産の薬物を採集するため、幕府採薬使を、諸州に派遣した。「諸同相廻候日記見出帳」というものが、採薬使に同行した、森野家に残っている。

せきは、ぽつりぽつりそのような事情を知ると、祖父が学んだ本草学の許に、自分が知らずして踏み入っていたことに気づいた。これは、採薬という仕事が、運命になっているという自覚を、せきに植えつけた。

当帰、人参の栽培のような、むずかしいものも、せきは、薬草園で学んだ。

「室生山見分から、奥宇陀を経て、吉野山地にはいり、一旦、下市に下りて、更に入山して、山上ケ岳から、北山川筋に入り、日出ケ岳を通って、十津川筋の悪所を経て、高野山から大和へ下り、下市、五条を経て、河内に入り、金剛山から、当麻寺、法隆寺、初瀬を経て、やっと、名張に帰って来るまでに、四ケ月あまりかかったそうな……いずれも、採薬のためだったという記録もありますで、並なみならぬ辛抱じゃ、」

「当麻寺の曼荼羅も、実は、綴れ織で、その上に、彩色をしたという学説じゃがのう、それは事実であってかまわない、わたしらが信ずるのは、当麻寺へ逃れ入るまでの、中将姫の責苦でな、ひとを恨まず、魂こめて綴れを織り上げたその一念じゃのう、蓮の糸で織ったと、そのように困難なことをしとげたと……それが信じられてもいいではないかのう、」

せきは、村びとの話を、憑かれたようにきいていた。蓮糸であろうと、生糸の綴れであろうと、ひとの一念に変りはないと思った。

「わたしも、当麻へは参りとうございます。」

「宇陀から桜井へゆくには、女寄峠（みより）がある、それを越えて、忍坂（おし）を通ってな、耳成山、畝傍山（うねび）、香久山のみわたせる平原から、金剛山を向いに、二上山があるその山麓が、当麻町でな、門前町ですよ。」

「乗物はないのでしょうか。」

「ありますよ、どうせ行きなさるなら、お練供養の頃がよいわ、みんなゆきますで。」

せきは、曼荼羅が、その日には、公開されるときいて、蓮の糸ということに、心惹かれていた。

宇陀へ来て、四年めの春、村びとたちと、当麻の練供養に出かける心算で、せきは、二日前から、そわそわと仕度をしていた。

「おせきさん、郵便ですよ、だいぶ、まわって来たらしい……」

せきが受け取ってみると、神戸から、名古屋へ戻り、名古屋から榛原の家へまわり、そこから、宇陀へ配達されたものである。

差出人は、肥料商の姉の家からであった。

せきは、はっとして封を切った。

万兼の別家の者から、どこへ立退いたかと問われ、きっと、避難して来ると待っていた、うちの者がたずねていったときは、立退き先の立札も立っていなかった。あたりで尋ねてみると、一家は全滅ということである。それでも、もしや、もしやと待っていた。去年の夏、たずねてみると、あたりに、ぼつぼつバラックが建ち、万兼の敷地にも家が建って、雑貨の貿易商の店になっていた。

どうしたことだろうと、中へはいってみると、見覚えのある通弁が、椅子にかけている。様子をきくと、万兼さんは、災害前に破産して、店は銀行にとられていた。それを買ったと言う。通弁は、私を覚えていず、私も、その話をきいて、名乗らずに戻った、それにしても、おかしい、一度、浜へ戻って、通弁によく事情をきくように、また、破産の事実もしらべるように、上京しなさい、ひと先ず、神奈川の家へ来て、別家の人と、通弁の言うことがどこまで真実かしらべた方がいい……あなたの姉も病死した、そういう文面である。

せきは、がたがたと震え出した。

どうしたということであろう。罠にかかったのであろうか。一家が全滅する前に、罠は張られていたのかもしれぬ。そう言えば、通弁が、焦土にいるのは物騒だからと、せきたてた親切も、今になれば、せきは、不審な気もする。

だが、あの灰のなかで、どこまで冷静でいられたろうか、ひとの親切は、どんなに信じられたことか――せきは、手紙を前にして、ひとを疑ぐるよりも、なにかの咎を受けたような気さえした。

「あの、用が出来て、わたしは横浜へ行って来なければなりませんが、」

「手紙では、済まんことですかい、」

「はい、このままにしてゆきます、ここへ戻ってまいりますよ、」

せきは、自分の眼で、通弁と中国娘が、万兼の敷地の店の椅子にかけている有様を、たしかめて来たいのである。

その手紙を、仕度のなかに入れて、通弁の口から、じかに、事情をきくつもりである。ひとからきいたこと、ひとの言うこと、ひとの見たことは、もう、せきの心情に響かなくなっていた。

「また、ここへ戻れようかなあ、」

「戻るつもりでおりますが、さあ、様子をくわしくきいて、善後策を講じてまいります、何日かかるやら、」

「ここは、このままにしておきますで、戻る気があればよし、戻れなんでも、それはかまいません、ほんの足休めの場所かもしれんのう、」

せきにも、どういうことになるのか、見当はつかない。だが、心身をやすめる場所が、ほかにあろうとも思えぬ。山間の寒冷地で、ひとの往来もあまりない街道に迷いこんだまま、野晒しとなろうかもしれぬのだ。一寸先はくらやみとは、すでに、五年前に思い知った。

せきは、葛粉を土産に、夜汽車で宇陀を発った。

汽車の窓が明るくなった頃、山に、白い花芭（はなびら）が大きく散っていた。せきは、春の晩い山あいを出て、川辺を走る汽車に近く、枯蘆のなかに、赤い芽が伸びているのを見つけた。

寒冷な山地を越えると、春はそこに在る。あの便りさえなければ、せきは、家人の供養に、当麻へ出かけるころであった。その方が自然の心ゆきであったが、通弁に、ききただす義務も覚える。

万兼の店が、だましとられたのか、自業自得でつぶれたのか、それには、せきの執着はなかった。有るものが無くなる、それは古来からの真理に思えた。みんな世のきまりのようなものである。せきは、通弁に文句を言いにゆくのが、気に染まなかった。どうでもいい、そんなこと。

しかし、汽車は、鬱鬱(うつうつ)としたせきを乗せて、久久に、都の屋根のあかるい日のなかを行く。古渡り珊瑚の簾を、再び見ることも、使うことも、せきの、思い出をかきたてるものではなかった。……あのように、律義に勤めてくれた通弁が、自分をだました、あの中国娘が、良人をだました、口惜しいと思う半面で、せきは、だまされたことが、もう、元にかえらないたわ言にも思える。

かっかとして、逆上して、ふたりを責めても、どうなることやら、全く途方もつかない。それでも、言うだけは言ってみよう、せきは、気が重かった。

義兄の家に着いた。バラックの家が低い軒を寄せて建っている。そのなかに、手つかずの、草茫茫の空地もあった。

「……よかったね無事で、」

せきは、以前よりも血色がよいと家族に言われた。苦労がないとは言わぬが、万兼の家の気苦労にくらべたら、藁筵の上に寝ても、ひとり天下の夢がむさぼれる。

せきは、思わず欠伸(あくび)をした。

「あら、よっぽどお疲れですね、明日のことにしましょうね、相談は、」

ひと前では、欠伸をかみ殺していた癖も失せて、いつか、平気で欠伸をするように、せきは、無遠慮になっていた。

「そんな山の中で、薬草採りをして、暮してゆけるのですか、」

「食べることは出来ますよ、ほんとに、習慣ですよ、不自由も、我慢できるし、食べものだって、八百屋、魚屋へゆかなくとも、どうにか間にあいますよ、」

「へえ、あんたが、そんな暮しに馴れているとはね、こっちへ、でも、帰りたいでしょう、」

「あの土地へですか、」

「それは、みんな、むずかしかろうって、何しろ、あのさわぎのあとで、ひとを好くしていた家は、朝鮮人や中国人に、みんな代が替ってしまったわ……陰で、策略をめぐらして、日本人の手に渡ったようにみせて、結局は、本当の持主というか、買い手は、彼らだった、そういう事件が多かったそうですよ、」

「……………」

「もっとも、日本人だって、彼らに、悪らつなことをしていたでしょう、それが、どさくさまぎれに、あべこべに、やられてしまった場合もあるらしい」

　せきは、馴染の薄い家族に話し続けた。

「……わたしが働いている家は、徳川時代には、隠密御用の採薬使の供をして、諸国をまわったのです、初代がえらい人だったので、学問的にも、幕府の補助をつとめて、本丸御用として、薬草の採取製造は、独占事業のような、特権をもっていたのですね、それが、ずっと続いている家で、地味な暮しです、そりゃあ、浜の一等地の万兼の暮しとは、大違いですよ、……通弁にだまされなくても、うちは、つぶれたでしょう、姑が、いくら賢女でも、やっぱり、もちきれなかったでしょう、洋薬に、宇陀の家もおされて、一時衰微したそうです、今も、そうですよ、でも田舎ですからね、山も川も、そのままです」

「へえ、あんた、そんなところで働いて、どうする」

「……まあ、どうって、ひとさまの迷惑になりたくないから」

「水くさいひとだね、うちに来てもいいのに」

「五日や十日ならね……実家だって、兄が亡くなって、父も母もいないのですもの、帰るところはありません、こちらの姉も亡いし」

「あんたも、気がつよくなった」

「そうでしょうか」

　せきは、微笑している。全滅したときいたときの、無一物の無常観は、犇犇と、胸をしめつける。全くの不意打というか、闇討というか、悠悠と湯治にいっていて、生き残った者の諸行無常は、この身寄の者にさえ、わかって貰えそうもない。

「運なんて、一瞬のわかれめだ、ともかく、生き残ったあんたが、出来ても出来なくても、ひと働きしなければならないのですよ、田舎で、草採りをしては、いられないでしょう」

　せきは、黙ってうなずいた。

　翌日、せきは、姉の衣類を貰って着替えた。髪にも、油をつけて束髪にした。

「……やっぱり昔の面影になった、それに血色がよいから、とても、きのうまで、山奥で、草採りをしていた女にはみえない、通弁は、おくさんは、病気のようでした、なんて私に言ったが、ほんとに、ひとをばかにして」

「いいわ、会えばわかります」

「だめだ、そんなひとの好いことでは」

「ひとをわるくするって、それが、どんなに役に立つかしら、」

「……私は、通弁のすました顔をみた、まるで、あんたを助けたようなこと言って、あの土地に、すぐ舞い戻ったのじゃありませんか、」

姉の良人と万兼の身寄の者と、連れ立って、バラックの仮普請の町へ出ていった。

ところどころに、しっかりした家の修繕が目立った。柳の芽が、青く揺れている。


かねの橋を渡って、馬車道の川岸を歩くと、屋根の尖塔が残っているのは、教会だけである。石の階段を、ひとが出入りしている。

せきは、教会の階段の一番上に立って、本町の通りを見まわした。屋根はある。低く、いかにも仮住居の薄さで、以前のどっしりした家構えは見当らず、軒先の看板だけが、派手に目立った。

「あのあたりだったわ、」

「あれがそうですよ、揚揚公司と金看板めいたものがかかって、」

通弁は、そうだ、揚さんと呼ばれていたのだ。せきたちは、黙ってその店の方へ歩いていった。

硝子戸越しに、敷物や、小箱や、大皿から瓶まで、色彩のつよい品が並んでいた。それがまた、一瞬にして変身した町の形相に、よく適合していた。ぼんやりした色あいは、焼け残りか、水浸しのあとのような見すぼらしさに感じられる。

ひとの心持や趣向が、なにか力を感じるような、強烈なものに、かり立てられていた。

せきは、つかつかと中へはいって、瓶をとりあげた。通弁らしい男は、椅子にはいない。椅子の前で、品物を箱から出していた女が、瓶をもったせきの傍へ来た。

あの中国娘である。しかし、貴姫のようにりんとした顔で、しなやかに笑んだ。ちょっと首をかしげて、せきを見る。

「万兼の者です、通弁さんはお出でになる、あなたも、わたしは、よく知ってますよ」

中国娘は、眼を見開いて、うなずき、何やら叫んだ。男が出て来た。通弁である。

「……おくさん、」

「あなた、この店は、自分が買ったと言いましたね、万兼は破産して、つぶれる前に、銀行の手に渡っていたと言いましたね、私は、せきの身寄りの者です、」

　通弁は、ちょっと顔色を動かしたが、すぐ、ぬめぬめとした無表情の、冷たい顔色になって、「そうですか、おくさんと、名古屋までいっしょのこと話しました、それからね、わたしは、金を都合して、引き返し、まあいろいろと駈けまわって、万兼さんのこともしらべました、抵当にとられていました、それはしらべればわかります、本当でした、破産して、あの災害がなくても、店はなくなることになっていたのです……旦那さん、それをかくしていましたね、お気の毒です、家中みんな亡くなられたそうで、焼跡から、遺骨を掘り出して、わたし葬りました、おくさんに、そのことは、お知らせしたいと思ってました、けれど、わたし、ここに店をもちたい、なんとかしたい、これも、わたしらには困難なことでした、だが、万兼商店の通弁であったことで、わずか信用されて、やっと、店を開いたのです、わたしたちは、軽蔑されることに馴れています、お金ある人と、ない人で、信用がきまるのです、だから、どうしても、金もちの商人になりたいのが、わたしをずっと、我慢させましたね、」

　せきは、通弁が、一気に喋るのをきいていた。そうかもしれない。通弁は、両親に死にわかれて、神戸で、姉は、朝鮮人と結婚し、自分の面倒をみてくれた。通弁の資格がとれたのも、姉のおかげである、そういうことを、身分証明のように、万兼の主人に話している。

　通弁、通弁と言って、ろくろく名前も呼ばず、店の用に使っていたのである。従順に、正直に、主人に仕えていたのだ。

　せきは、皮膚が瓜のように白く、なめらかに脂っぽい中国娘を見やって、

「……このひとは、あなたのおくさんになったのですか、」

　そう言って、通弁を見つめた。せきには、心あてもないあの夜の、虚脱した哀感が蘇ったが、それも、またたく間のことで、風が吹き通ったような、荒涼としたものであった。

「そうなりました、このひと、旦那さんを亡くして淋しかった、わたし、放っておけませんでした……わたしたち、危険人物として、あの頃、ひとり歩き出来ませんでした、名古屋まで、おくさんに助けて貰っていったこと、わたし、覚えていますよ、」

　せきは、通弁のその言葉のなかに、あの夜のことも、含まれているのかと、それが、中国娘を妻にした言いわ

けなのかと……そんな思いが萌したが、このしなやかな女の躰をみると、通弁が妻にしたことも、せきの良人が夢中になったことも、そうであろうという気になる。

「よかったじゃありませんか、でもね、この土地は、わたしにも責任があるのよ」

「わたしたちも、万兼さんの土地全部を手に入れたわけではない、御覧の通り、三十坪とすこしです、あとは、ほかの人の手に渡っています、いつか、大きな建物にすると言うことで、そのときは、わたしたちは、立ちのかなければならないかもしれない……決して、おくさんに、内密で、この土地をどうしようということではなかった、一刻を争う時だったので、無断で、手に入れました」

せきは、意地をつよくして言った。

「すると、今、わたしが、この土地を返してくれと言ったら、売ってくれますか」

通弁と、その女は、同時に、首を振った。

「一刻を争って買った土地ですから、一刻の値も、いっしょに売るのでなければ、わたしは、手放しません、また、ほかの土地を手に入れるには、借りるにしても、わたしたちには、またまた難儀です」

姉の良人が、口をはさんだ。

「通弁さんの、目早さ、手早さは、えらいよ、落着いてくれれば、とても、手にはいる場所ではない、たとえ、三十坪でも、買ってしまったのは、苦労人のすることだ、おせきさんには、そのような、手早いことも、見通しもつかなかったでしょう」

せきは、黙っている。

妻になって、安心して美しくなった中国の女と、青春もなく、働いて金もちになることに懸命だった通弁を前にして、さあ、この土地を返せと、そんなことの言える身の上でないことを、せきは、沁みじみ感じる。

「屍の上に、置くのは、わたしには経筒だけです、ここで、わたしに、なんの商売が出来るでしょうか、多少とも、縁のあるひとの手にわたったことで、わたし、責任も逃れたような気がします……その代り、雑貨屋さんならば、中将湯もおいて下さい」

通弁は、すぐ承知した。

「中将湯を扱うばかりでなく、わたし、だんだんに、各種の薬もおきたいと思います、生薬なら、わたし、いくらでも、つてがあります、けれども、今、生薬だけでは、店が立ちませんね」

せきは、通弁夫婦の出してくれた麵を馳走になり、みじめな気持で店を出た。

　ふたりの、たくましい姿、てこでも動かない凄惨な気迫が、ぬらぬらした顔にみなぎっていた。

「凄い男だ、必死でつかんでいるわ。」

「わたしたちは、はじめて丸裸になったのだけれど、あのひと達は、幾度も丸裸になって来たのです、もう、着たものは、一枚でも脱がない気でしょう、あれなら、成功するわ。」

「なんですかまあ、通弁にだまされたって言うのに。」

「だましたのかしら……まわりあわせだわ、わたし、山で、春は春の草、夏は夏の草を採っていると、羽根が生えて、鳥になって飛んでゆけるような気になるの、世の中は、一坪の土地ではないのよ、自分のものは、ここからここまでと、なにも、しるしをつけることはないと思うわ、鳥になれば、どこへでも飛んでゆける、そんな気持ですから、もう、通弁は、うちの雇人でもなし、揚揚公司の主人として、このままにするわ。」

　それよりせきは、家の跡から、骨を拾ったという通弁から、葬った骨を貰って、万兼の寺に埋葬しなおすことに気づいた。

　月日が経って、ようやく通常のしきたりが、せきのなかに鮮明になったのである。

「また、向うへ戻る気ですか。」

「はい、わたしね、ああいう土地へさすらって行ったことにも、わたしの定めがあったように思えます、きっと、血縁が薄い人間なのだわ、身でも、皮でもないひとでも、出会って、親しめるのが、本当の心の温かさではないかと思います。」

「……まわりあわせがわるかったんだ、不思議だね、通弁が、あんたを連れ出したのが、まあ、自分の便利のためだったろうけれど。」

　せきは、もう何も言わなかった。

　どうすれば、どうなる、どうしても、どうもならない。これがこうとわかっていないのが、世間というものではないであろうか。胸算用では通らないことが、全く、突如として通用するのである。せきの体験として、生薬を売る店に嫁いだと言っても、薬草の効用を学んだわけでもないのに、宇陀地方の薬園では、採薬の心得ある女として通る。

　だから今では、せき自身、薬草採りの女としての自覚に、頼るほかはないのだ。

「お墓のことが片づいたら、帰りますわ、わたしでも、

役に立つと思ってくれるひとが居るところへ帰ります
わ、」
「誰がいるのです……」
「誰がって、みんな村のひとたちだったり、旅のひと
だったり、」
「……あんたの器量では、いくらくすぶっていても、な
にかとあるでしょう、気をつけなさいよ、」
せきは、声をたてて笑った。
「わたし、半分は、鳥みたいで、半分は草みたいで、器
量などは、誰も見てくれませんよ、わたしの気を乱すよ
うなことは、なにもないのですよ、」
「可哀そうに、坊さんみたい、」
「とんでもない、坊さんになるのは、容易ならぬ修行で
す、それこそ、当麻の中将姫のようには、なれる筈はあ
りませんけれど、まあ、あの辛抱忍耐は、すこしぐらい
……そうそう、丁度、当麻の練供養の参詣に、村の人と
ゆくところでした、そこへお便りで、」
「一度、わたしらも、たずねましょう、身のまわりの物
は、あとから届けてあげるから、」
せきが、家の跡始末、縁者への挨拶を済ませて、来た
道を通って戻ったのには、三十日近い日日がかかった。
「……わたしのことは、もう探して下さらないよう、何
処が、本当の棲家になるかわかりません、また、行った
り来たりの義理も欠くだろうと思います、我がまま者と
して、捨ておいて下さいね、」
「……そんなに冷たいひとにおなりか、」
「明日のこともしれないと、はっきり覚悟しました、い
つかは死ぬる、だから、別れる日が……お別れです、」
「そう、生き死にの沙汰もいらぬと言うのだね、」
「だって、御迷惑をかけるのは、わたしにきまっていま
す、こちらには、むつまじい家族もおありなさる、わた
しだって、以前はと思えば、悲しくもなりますわ、天涯
孤独と思っていれば、却ってわずらいがありません、そ
ういう自分勝手で、暮すのですから、放念して下さい、
通弁の言うことも、だまされたとは思いません、あれは、
あれなりにやったので、恨むことはないのです、」
せきの顔を見つめながら、
「あんた、うき世ばなれがしたね、無理もない、逆落し
に遭ったようなものなのだから……送れるものは、送っ
てあげます、それが戻って来なければ、あんたが、まだ
何処かで、生きていると思っている、」

「………」

せきは、迷った。

こんなに言い切って、どれほどの目あてが前途にあるわけでもない。どうしよう。――

その時、もう行かないと、汽車に間にあわない、送りませんよ、引きとめられなかったのだから……と、うちの者が言った。

せきは、頭を下げて、家を出た。昼の弁当をわたされて、梅雨晴れの暑い日の道を歩き出した。こうもり傘をひろげて、傘のうちで、せきは、溢れてくるものを拭いながら、歩いた。

運て、いったいなんであろう。せきは、ぼんやり考えている。花のうつろい、人のうつろい、運も不運もうつろう。人間の力では抗しきれない力、それが自分を運んでゆく。汽車に乗っているのではなく、せきは、運に乗って、宇陀へ戻ってゆく気がした。

生れた土地よりも惹かれるのは、この地方の山川草木であろうか。

道すがら、山芍薬の白い花を見つけ、その白さの、白以上の白さに立ちどまって、せきは、山道を越えて家に着いた。すぐ、畑を眺めた。ふうろ草、おだまき、つりふね草が、風に揺れている。

「ただいま戻りました、」

母屋へ声をかけて、茅屋の戸を開け、荷物を下していると、母屋の主が出て来た。

「ようお帰りじゃ、時折、風は通しておいた、屋根も繕って、畳も入れましたぞ、雨が多くて、湿けるでの、」

「いろいろお世話さまです、お婆さまはおいでですか、」

主は、それがの、当麻の御供養に行っての戻り、転んで、それ以来、腰がよう立たず、寝たり起きたりしている。お参りの戻りに転げるとは、罰当りじゃと、自分で、滅入っていると言う。

せきは、着替えて、母屋へいった。たった三十日ばかりの間に、老婆は、紙のように薄くなり、まっ白な髪になっていた。

「医者はどう言うてますか、」

「骨折は接いだがの、接ぎ方がずれていたらしく、また、やり直した、それで、だいぶこたえてしまった、」

せきは、痛む場所をみて、指で押した。

「痛い、ずきずきするわ、」

「すこし腫れています、わたしの療治も、害にはなりますまい、やってみましょう、」

せきは、接骨木（にわとこ）の木皮を煎じ、その汁と葉を布に包んで、老婆の腰に当て、油紙でその上を蔽った。

「さめたら、暖めた液で絞り直して、湿布していると、多少、らくになるでしょう、食べものは、栄養つけた方が、なおりが早いのですよ、また、煎じ薬も飲んだらいい、お茶の代りに飲む程度で、医薬にさし支えはないでしょう……でもわたしは、なんの資格もない故に、あくまでもこれは、素人の、民間療法で、医者の言うことは、守って下さいね、」

老婆は、湿布をしたあと、気分がよいと言って、ぐっすり眠った。

せきは、母屋の湯にはいり、夕食をともにしながら、あらましの事情を話した。

「通弁とやらいうひとは、理窟にはあっておるが、油断のならぬ人じゃのう、」

「いいえ、どうせ、わたしの手には負えぬことです、運がわるかった、そう思えばなあ、」

「あんた、よくよく未練のないおひとよの、」

そうだ。せきは、そのとき、未練という言葉を思いうかべた。過ぎた生活には、たしかに未練はないのである。

万兼の店のほかにも、全潰全焼した家は多かった。天変による不意のことである。潰されて生きながら焼死の家も軒並にあったが、しかし、誰か、ひとりふたりは、家の者が助かっている。

万兼の奥と台所では、食事どきで、一部屋にみんな集っていて、台所からすぐ火が噴き出し、雇人に至るまで、圧死焼死したのである。たぶんそうであろう、そうに違いないと、近くの者からきいた。……渺渺とした憂いが、せきの胸中をかけめぐる。万兼の店が、生薬の貿易で、あれだけの財を積んだ陰には、異国のひとを犠牲にしたかもしれず、踏みにじったかもしれず、他人の骨の上に築いたかもしれず、せきの嫁ぐ前の家の成立ちに、相当無惨の日日があったかもしれず、知らぬうちに、ひとは罪を犯しても、気づかずに生き通す。それが、具体的に形に出ないかぎり、誰でも、罪びとであるに違いないのに、自覚なくして生き得るのだ。

せきだけが生き残って、店にいた者は全部、死に絶えたということに、せきは、罪人のいたみを覚える。なにかの償いになるような日を送りたい、それが、死者への回向であり、自分の贖罪ではなかろうか。理窟も、仏法もわからぬままに、せきは、身を捨てた気になった。楽しみも、慰めも要らない。世のそとに暮す日日が、何故か、死者とともにあるような、申しわけの立つせめてものことに思える。

「そして、お練供養はどんな風でした」

主は、にこにこ顔で言う。

「人出でしたぞ、牡丹も満開でな、蓮の浮き葉も出てな、中将姫の説教もあって、幾度きいても、涙が出る、その涙を流したくて、うちの婆さんも行ったのだがの、石段につまずいて、のめってしまった、それもな、中将姫のことを思えば、なんのなんの、そういう痛い思いが出来て、ありがたいと言うくらいでのう」

せきは、主から、その物語をきいた。

「中将湯という薬は、うちでも扱っておりました、女の妙薬と言われて、よく売れたのでございますよ」

「それも、あやかりたくて、つけた名じゃろう、村芝居にも出ますがの、いじめるところばかりやる、それを、姫さんは、どこまでもこらえる、美しゅうて、それも憎まれるもとになって、何度か、継母に殺されにかかる、その継母役の人間は、みんなに畜生のようにののしられるほどじゃ……宇陀と隣りあった宇賀志村に、雲雀山(ひばり)という、獄山の深い谷があってな、この谷で、姫は殺されるところを、従者に助けられて、父親にもめぐりあい、それでも継母の責苦はひと言も言わず、当麻寺へはいって、尼になって、生きながら成仏された話は、何度きいても、哀れでの、なんとかして助けてやりたい、力を貸したいと、みんな思うのじゃ……本当のことは知らん、説教では、いじめにいじめて、それを、我慢し、忍耐し、とうとう、人間ではなくなってしまう、天女になってしまう、あれだけの苦しみ折檻をこらえれば、生き仏になれると、みんな思っておるよ」

「そうすると、蓮の糸の曼荼羅を織ったのも、その時のことなのですか」

主は、首をかしげて、

「よくはわからんが、当麻曼荼羅縁起は、お寺の仏画で、阿弥陀聖衆来迎図が、名ある仏師の手になったものときいておるがのう、それが、お練りの行事になったらしいな、中将姫のまま子いじめの物語は、伝説として、宇陀の雲雀山の尼寺にあったということで、ほんとに、蓮の糸で、曼荼羅が織られたかどうか、そんなことは、誰もたしかめたりしないわ、そう思っているのが、この地方のひとの気持というかの、とにかく、中将姫には、みんなあこがれて、信心しておるからの、お練りの行列をみると、合掌して、自分も浄土へついてゆかれるような気になるのう」

せきは、お練りも、中将姫も、何百年となく、人びとの心にただ信じられていることを、無垢なものに感じる。

「そうですね、蓮の糸なら、わたしも、織れるように思います……嘘の方が、ほんとだったりしますもの」

せきは、翌年も、葛粉作りに通い出した。五月の山は、草木の芽吹きで、芳香と、緑の濃淡の厚さ、薄さ、かたさ、柔らかさに包まれる。苔の谷間に踏み入ると、綿のように弾力がある。明日とは言わず、苔はふっくらと盛りあがった。

木の実、草花を集めて、せきは、家の門に出しておく。吊り下げた籠に、小銭を入れてくれた。朝露のあるうちに、山野を採集して歩き、それから、葛粉作りの仕事に出た。

心臓病によい草皮、脚気によい草木、痛み止め、血止めの草木、胃腸によい草根、極くありきたりの和薬は、せきは、店の商売で、見聞きして、心覚えがある。常用しても、害になることもない代り、注射のように、一服の劇薬のように、速効のないことも知っていた。

それでも、村のひとにたずねられれば、保存したものをわけた。

或る日、姉の使用した衣類を送ってきたなかに、御返事御無用のこと、と書いた紙片を見て、せきは、たしかあの時、送ったものが戻って来なければ、生きていると思っている、そう言われたと思い出し、自分から望んだとは言え、縁を切られた気持であった。

いよいよ、採薬の女として、生きる以外にないとすれば、薬剤師としての資格をとらねばならない。

薬草園の仕事をしている古老に、せきは、医事法のことをたずねた。

「たしかに、試験がある、だが、薬草を売るだけのことなれば、先ず、当麻寺へいって、住職に相談するがいい、わしが添書をもってゆきなさい……」

吉野にも、陀羅尼助の製造元があるが、当麻の中之坊でも、僧侶が、陀羅尼経を誦しながら、草根木皮を練り上げた、陀羅尼助を作っておる……そこで、見習って、その和薬を売る許しを得るのが、早道じゃろう、と言う。

せきは、当麻寺へ、そういうことで頼ってゆく身を考えた。救いを現世に求めるとは、このようなことであったのか。

当麻、たえま、とは、古来、絶間の意であるという伝承もある。――絶間、せきは口ずさみ、字に書いてみて、絶間、絶間、絶える間、これは、何かが絶えたときのことであろうか、花も絶え、水も絶え、人も絶える、その間(あい)、自分は、なんの絶え間にいるのであろうと、せきは、思案した。すでに、せきの身の上は、絶間にはいっているのである。

まだ、野毛山の屋敷に勤めていた頃のこと、せきは、奥さまの供で、芝居の「鳴神不動桜」を見物したことを思い出した。鳴神上人が北山にこもり、竜を滝に封じこめて雨を降らせない、廷臣、人民は困って雨乞いをする。上人を誘惑して術を解くために、雲の絶間姫をつかわし、上人は、絶間姫の誘惑に負けて、竜を滝から放してしまう、そのために轟然と雨が降るという筋で、絶間は、さあというときの術を封じ、術を解く呪力のようなもの……当麻寺が、絶間に似ている気がしてきて、せきは、当麻にゆくことで、なにか、身の上にかかっている見えない術から逃れられるような、一種の暗示さえ覚えた。

せき自身を封じこめているもの、それは……通弁と過した不意のあやまち、であろうか、あの時は、ああするよりほかなかった、その生きながらの執念が、眠ったときだけ抑圧がとけて、せきは、自分が自由に水鳥になって、宇陀川の岸辺にうずくまっている夢を見る。

水鳥のまわりに、一面の浮花が咲き、花の間をかいくぐっては、岸辺にうずくまる——覚めたあとでも、せきは、水がしたたるように思えた。

たった一夜(ひとよ)、どうしてああいう羽目になったのか、せきには、あれも術にかかったような、不確かな覚えしかないが、中国娘を封じこめるための、自分の術であったかもしれぬ。

そのふたりが、万兼の店の焼けあとに、夫婦になって暮しているのをたしかめた。輪廻(りんね)という、生きるサイクルの回帰に巻かれているせきも、眠っている間だけは、なにかの抑圧から逃れられるのだ。

何度か、岸辺にうずくまっている夢をみているうちに、せきは、いつか、ばらばらに凡ての囲みが解けて、羽根が生えて、ゆきたい所に、飛んでいってしまえるような気になった。

当麻へゆく、それでいい。何処へゆく、それは、ひとの心の中へゆくということかもしれぬ。すでに、せきは、通弁の心のなかも、中国娘のなかも、榛原の農家も、宇陀の薬草園のなかも、くぐり抜けて来た。

当麻には、せきの夢見の岸辺があるような気がする。遠い遠い世の女君の辿りついた生き方への傾倒も、世の中の見捨ても、含まれているのだ。見捨てられるのではなく、自分から、見捨ててゆく、さばさばした清爽感があった。

　薬草園の花ノ木も咲き終った。紅色の霞がかっていた山も、初秋の風が吹き荒れると、いっぺんに冷える。

　せきも、母屋の主たちも、冬仕事の材料集めに、毎日、野山へ出た。老母は、痛みはとれたが、もはや、山野には出られない。留守番役で、日の射す縁側に、綿入を羽織って、ぽかんと空を見ている。十日あまりの風邪が抜けず、時どき、呼吸がつまりそうになる。たんきり豆の煎じ汁をあたために、台所へゆき、土瓶が煮立つ前に、老婆は、呼吸が苦しくなって、板の間を這って、縁の方へゆく途中で、倒れたなりになった。

「あんまり冷えるので、早仕舞いで戻りましたよ……」

　せきは、声をかけたまま、庭に干してある草を束ねていた。母屋で、うなるような声がした。

「どうしたの……」

　はいって行くと、老婆が綿入を羽織って、倒れている。眼もつぶっている。せきは、すぐ、煎じ薬を飲ませようとしたが、唇も、かたく閉じている。手拭いを浸して、唇に絞り入れた。老婆は、口を動かしただけで、冷たくなってゆく。

　せきは、老婆をかかえて、敷き放しの蒲団の中に入れ、手を握ってみた。脈がない。

　せきは、外へ飛び出し、近処へ知らせて、山へ、主を迎えにいって貰った。また、せきは、老婆のそばに戻って、すでに、脈のとまった手を、両手で握り、唇を、筆でぬらしていた。

　どやどやっと、近くに嫁いだ娘夫妻がはいって来て、あとから、主と息子が駈けこんで来た。

「まにあわなんだか……おい、おい、」

「誰も、おらず、婆さまは心細かったろに、おせきさんが、みとってくれたんや、」

「うちの者はまにあわず、他人(ひと)さんにみとられたのも、因縁じゃ……いつも、誰か残っておるのに、きょうにかぎって、みんな、出てしまった、残念だわい、」

　せきは、そっとその場を去った。

　一つ家に暮した家族の死に目にはあえず、他人の死に目に遭う。せきは、災害のあとで、姉が病死したことも知らずにいたのである。通弁の店をたしかめる為に、横浜へ出ていって、義兄から、事情をきかされた。そのときから、縁は切れたも同然になってしまった。

こういうまわりあわせも、あるのだ。全く不意のことである。

老婆がいなくなってから、主は、がたっと、年をとった。山へも出ず、日向で、豆を選りわけたり、粉を挽いたりしていた。それは老婆の仕事であった。老婆のやり残した仕事をやり継ぐ形で、ひとりごとを言いながら、主は、働いている。何年か経った。

せきは、野山の薬草を採り終えると、再び葛粉作りに出る。雇人のうちのひとりが、隣町へ嫁にゆくことにきまったが、髪が薄いので、髢を使って束髪に、櫛を挿すと話した。

「その髢が高いのは人毛で、安いのは、馬の毛かなんの毛かわからんて、困るわ、あれもこれも持ってゆかんならんし、誰ぞ、髢を貸して下さらないかの、」

「古いのでよければ、あるよ、」

「でもあんた、暫くは、髢を使って、髪を結っていなければいけないわ、いつも、手拭いかむっているわけにゆかんでしょう、」

「そうなの、手拭いかむって働いているわたしを見ておって、地毛が薄いことは、よう知りませんで、こちらも、髪の薄いこと、今更、よう言えません、」

その娘は、手拭いかぶっていると、ばかに愁いがかったよい顔である。それが、相手をだますようで、気がひけるらしい。せきは、もはや五十を出ているが、濃い長い髪をもっていた。無造作に束ねている。

せきは言った。

「わたしの髪を切ってあげるわ、充分、髢が作れる、それを束髪の芯にして、ずっと使ったらどうかしら、」

「えっ、髪を切りなさる、」

「長い髪も、要らんのよ、うっとうしゅうなって、じき、伸びますでの、」

そして、せきは、本当に髪を切り落して、その娘に与えた。義兄が送って来た衣類のうち、紅のはいった着物と、帯も、娘にわたした。

「使えたら、使って下さい、だんだん物が要らんようになったわ、用が足りるものだけで、充分です、その方が身軽でよろしいわ、」

「すみませんのう、髪の毛を頂くなんて、勿体ないことをしてしまった……」

せきは、首元で束ねた髪に手をふれ、

「軽い軽い、それに、結ばんでも、どう、」

ぱらっと、髪が、せきの首のまわりにひろがった。蕚で包んだ蕾のように、せきの顔は若やいだ。

「それにこうして、かつら紐を結んだら、能の山姥のようだわ、面をつけたように、似合いなさるのう、」

せきは、笑顔で、ぱらぱらと振りかかる髪を、手でまさぐった。髪から、血が出たような気もするのだ。

葛を晒していると、白濁した水が、一日流れつづける。その水が澄み出して、底に白い沈澱物がたまりはじめると、攪拌して、また晒す。底の底から洗い晒した最後の結晶を手にする。せきは、ひとの一生も、いつかは、不純物のない粉粉なものになってしまう気がした。いや、そうなりたいのだ。

何処ともなく消えていってしまう。春風が吹けば、どこからとなく囀りがきこえ、香気が山野に満ちて魂を誘う。誘われてどこへ行ってしまうのだろうな……澄んだ水にうつる、切り髪の姿に、せきは、問いかける、どうなるのだろうわたしは。

「おせきさん、魚がとれたで、持っていって下され、この間の用件も、あなたの代筆で、うまく運びましたわ、かなくぎ流の字で、やっと書くのと違って、すらすらと、ひとの心を安心させますのですわ、」

「それでは、思いなおされてかい、」

「もう一度、元の鞘におさまると、娘も言ってな、いくら良人がやかましい言っても、女ひとりで、外へ出て働く方が、ずっとこたえると言ってます、私の意見はきかんでも、おせきさんの手紙には、合点したのでございますよ、」

せきは、家出をした妻を、いさめる役まで、なんとなしに委せられる。自分の身上は、殆ど意識していない。べつに、不安もなく、静かな気持で、若夫婦の、出るの引くのという争いを眺めているだけで、説得がましいことは言わない。そんなことも、すぐ忘れてしまうのだ。働いて暮してゆく日日のなかに、せきは、埋没しきっていた。

毎日の暮しは、殆ど、同じことの繰り返しであった。猫が、あたりをのそのそしている姿も、時間も、狂わない。日向に年寄が出て来て、足もともおぼつかなく、縁にかけて、話しあう時刻も、ほぼきまっている。

そういう繰り返しの日日に、ひとは安住していた。

猫が仔を産んでも、大さわぎで、見物にゆく。それで、猫は、一匹、一匹仔猫をくわえて、河柳の下の穴の中へ移ってしまった。

「川のふちは寒かろう、藁でももっていってやろう、」

せきは、毎日、なんにもない、違ったことが、ひとつも起らないということを、人びとが幸いとしていることを見ていた。それはそうなのだ。三百年から前の家も続いていて、なんの疑問もない。

先代が歿すれば、次の代になり、多少の浮き沈みはあっても、一瞬のうちに、家家が全滅するような災いは起らないのだ。

せきは、他処ものとして、こういう生活を何年か繰返しているうちに、自然とはこういうものと思うようになった。

一本の木が枯れたと言って、その木をいたみ、すぐ、その木のそばに、若木を植える。……五年も経つと、若木は、元の木と同じに、風の吹く方向に従って枝を曲げてゆく。

そしてもう、一本の木の枯れたことさえ、人びとは忘れてしまう。みんな、元のままだと思うのである。

せきも、近処のひとの仲間にはいって、春のお練りには、当麻寺へ出かけた。

「来年も来られるかのう、」

人びとは、帰り道で、もう、来年のお練りの日まで、自分が達者でいられるかどうかを話しあう。いずれは、来られなくなることを知っていても、変りのないように、また来られるように、念願しているのだ。

せきは、そうではなかった。

明日にも、もしかしたら今日にも、自分はどうなってしまうかわからない。だから今が大事なのだ。毎日の繰り返しの葛粉作りも、四季の薬草採りも、その時かぎりのもののような、そうであっても、悔いのないような日日に思えた。

そうして歳月は経った。

母屋の主も、ゆっくりゆっくり家のまわりを歩いている。畑から、葱の五本も取って来て、せきに、二本くれる。

驚くほど、食べものの量がすくなくなって、せきは、当麻へ、薬事法の資格をとりにゆくまでもなく、薬草売りとして、道すじの者から、充分な食べ料を与えられた。

せきが、一日の用を片づけて家にはいり、あたりを見まわすと、誰やら、すでに寝ているものがある。

「誰ぞい、」

「誰ぞい、」

「この家のひとかの、」

細ぼそした女の声で、済まないが、茨で足を踏みぬいて、ころがりこんでしまった、痛みがよくなれば出てゆくから、暫く置いてくれと言うのである。せきは、見も知らぬ旅の女と、同居する羽目になった。女は、行商人のようである。

せきが、薬をつけてやり、もう大丈夫だと言った三日めの夕方、戻って来ると、旅の女は居なくなっていた。しかも、せきの綿入れ羽織を持っていった。すみません、頂かして下さいと書いた紙の下に、ゴム靴と毛糸の手套がおいてある。

せきは、暗然とした。身の皮を一枚剝がれた思いがする。その思いのすぐあとから、まだ、あのひとにあげるものがあったことに気づき、ゆく先ざきで、なにかの役に立つ機会にめぐりあうのが、不思議な気がした。

寺では、せきが、薬作りを覚えると、その薬を、幾袋かわけて、せきの一軒家で、寺の薬を作ることも許した。出来た品を持ってゆき、寺で、陀羅尼経を上げて納める。いくらかの手間をその薬で貰い、せきは、よく働き、旅の者に薬をふるまい、全く無一物でありながら、無尽蔵のように、ゆったりと暮した。

近辺の人びとが、せきのことを、仙女やなあと言った。

せきは、或る朝、まだ雪の来ないうちに、当麻へ行って来ると言い出した。

「天気が好うても、二上山から、ちらちら雪が来るで、布子を一枚もってゆかれるといいわ、」

せきは、布子だけでなく、当座のものを背負って出た。

「お参りだけではないのかい、」

「はい、おこもりをして参ります、なんでも、使って、お役にたてて下さい、」

主は、せきを見まわして、

「そんなに、長居をなさるのかの、」

「それがわかりませんので……」

「そうか、」

主は、せきの家の中を見まわして、

「よう片づけてあるのう、障子まで、張ってあるわ、」

せきは、黙って家を出た。

日暮れ方に、当麻寺へ着き、参詣をすませて、中之坊にはいった。宇陀の古老の手紙をさし出し、しばらくおこもりさせて欲しいと頼んだ。

「はい、わかりました、話はきいておった、手伝うて貰えたら、こちらも助かる、そこで、寝るところじゃが、」

せきは、いそいで言った。

「それは、宇陀の知りびとの納屋を使わせて下さるそうで、」

「どこぞかな、」

「山麓の農家の隠居所だった離れ家で、今は、閉めてあるそうな、……そこにおこもりして、朝のおつとめに通いとうございますが、」

「ふうん、冷えるからの、寺から、蒲団などは、要るだけ運んでゆきなされ、」

　せきは、十日あまりも参籠した或る朝、まだ、道の凍っている山道を、金剛山へ登っていった。

　金剛山には、からむし、甘茶の木があるときいていた。山は深い。道は険阻である。

　せきは、からむしや、甘茶の木を探すよりも、山深くはいってゆく毎に、清明な芳香の漂う岩場に、白い鳥が、舞い下りているのを見て、じっと、足音をとめた。

　白い鳥ばかりではない、樹木には、小鳥が囀りつづけている。まるで、陀羅尼経のようにきこえる。せきは、岩陰で、谷あいを見下していた。——

　すうっと躰が宙に浮くような気配で、深い谷の苔のなかへ、そのまま誰かに曳かれて落ちていった。苔はふかふかと羽根のように、せきの躰を沈めた。


　その日から、せきは、戻らない。

　冬晴れの空に、白い鳥が飛んでいた。


「おこもりから、また、おせきさんが見えぬが……」

　離れ家の戸をあけて、家の主がはいってみると、家の中には、せきの使用したに違いない夜具蒲団も、衣類も、椀もない。天井から、薬草の束が、糸のように、無数にしだれているだけである。障子だけが白い。

　なんとも言えぬ芳香が、茅屋にこもっていた。乾いた草の束が、風にゆれているだけである。


　わたしは、小倉老夫人に会った。

　当麻寺の土産ものをわたして、どこからか来て、どこかへ居なくなったひとの話をした。

　そのひとが、小倉夫人の見知らぬおばに当るひとかどうかもわからない。

　すた、すた、すた、すた、凍った山道を登る音だそうである。今でも、どうかすると、冬の朝、すた、すた、すた、すた、すた、と、か細い音をきくと、服薬仙女、採薬仙女が歩いていると言って、人びとは、耳を澄ますのだ。

　すた、すた、すた、すた……

わたしは、藤原から奈良にかけて、柘枝仙女の物語が幾種かあると、きいた。吉野の山にいた、女の仙人だそうだ。

「……仙女であるからには、吉野山でも、金剛山でも、二上山でも、自由自在に飛翔したのでしょう、しまいには、行方をくらましてしまう……その方(かた)も、そう想像した方が、いいじゃありませんか、隠れんぼのようにまた、ひょっこり出て来る、その方が、いいじゃありませんか、」

「そうね、……枕元にうずくまった女の夢も、私、もう見なくなりましたよ、」

古筆にくわしい老夫人は、わたしに、今昔物語巻第二十第四十二に出ていると言って、静かに、まるで経文でも読むように、読んだ。

「今は昔、大和国、宇陀郡に住む女人ありけり。もとより心風流にして、永く凶害をはなれたり。云云、

しかるに、この女、日日に沐浴し、身をきよめ、綴れを着て、常に野にゆきて菜を摘みて業とす。また、菜を調べて、笑みをふくみて、人にこれを食せしむ。これを常のこととしてありける間に、その女、遂に、心すなほなる故に、神仙これをあはれむで、神仙につかふ。遂に、おのづからその感応ありて、春の野に出でて菜を摘みて食するほどに、おのづから仙草を食して、天を飛ぶことを得たり。云云……これを服薬仙といふなるべし。

こういう物語を読むと、私には、ゆき方も知れず、記憶にも殆どないおばのことが、こういう仙女にあてはまるような気がしてなりません、どうでしょう、」

「わたしも、そう思いたいのです、古老の話をきいたかぎりでは、薬草採りのひとは、身が軽くて、ひょい、ひょいと、岩を飛び越えるそうですよ、」

飛び越えて、ひとが、どこか別の世界へいってしまうことも、わたしたちの未来には可能なのかもしれない。わたしに、未知の場所があって、そこへ行くと、会いたいと思うひとが、みんな集って、花摘みをしていそうな気がする。

誰の袖にもふれない、小さな小さな、白い目立たない、誰袖草に、人びとは囲まれているのである。

嬋娟(せんけん)たる水の流れが、わたしには聞える。すた、すた、すた、か細い足音も。

解説

解説

長谷川　啓

第六巻の世界を一言でいえば、貧困・階級・戦争の時代の文学といえようか。現代の日本社会と相通じるものがある。

収録作品には一九七八年に発表したものもあるが、基本的には昭和の初頭からアジア太平洋戦争後までの短編を取り上げている。作家は一八九六年から一九〇九年に生まれて、揃って昭和の初期から活躍した、この時代の代表的な作家で、中里恒子以外はみな各地方から上京してきている。貧窮に陥って長崎から一家をあげて上京した佐多稲子、同郷の恋人と暮らすために上京した壺井栄を除いて、尾崎翠も平林たい子も林芙美子も文学を志して東京にやってきたのであった。女性たちが生活のため、志のため、自己実現のために地方から都市に進出、女性の社会進出が盛んになる時代に入ってもいた。大正期の女性作家が恋愛に命を燃やしたとすれば、昭和期の女性作家は作家という職業を選択、創作行為を優先した。

折しも一九二八（昭和三）年七月に長谷川時雨が『女人芸術』を創刊、女性作家たちの発表舞台となった。尾崎翠や林芙美子はここから巣立っている。やがてこぞって左傾する中で、尾崎翠は〈文学〉に籠城し、「第七官界彷徨」「こほろぎ嬢」など自意識の文学を紡いだ。日本の崩壊感覚を抱かせた関東大震災以降、モダニズム文学とプロレタリア文学の二大潮流が席巻する。世界的な大恐慌の中で日本の資本主義も行きづまり、農村は疲弊して農民たちは都市へ流出、プロレタリアート化していった。工場労働者の争議も頻繁に起こり、紡績・織物工場などでは女工たちのストライキも起こった。当然社会変革を目指す革命運動がおこり、プロレタリア文学が大流行するようになる。純文学派の中里恒子さえ、プロレタリア文学の影響を受けている。平林たい子や林芙美子はアナーキズムの影響を受け、たい子は『文芸戦線』を発表舞台に、農村や都会の階級社会を農民・労働者・女性の立場から描き、過激で反逆的なプロレタリア文学を産出した。佐多稲子と壺井栄はボルシェヴィキ系の『戦旗』や『働く婦人』に関わり、佐多稲子こそプロレタリア文学運動から出発した作家で、「キャラメル工場から」や女工の争議もの、自作農の没落など描出。

やがて日本の中国侵略戦争、一九三一・二年と続いて満洲事変、第一次上海事件が勃発し、非常時の時代を迎える。プロレタリア運動は国家権力から大弾圧を受け、プロレタリア文学も衰退せざるをえなくなる。尾崎翠の文学は、そうした不安の時代をまさに象徴していた。一九三七年には日中戦争が開始、戦争が本格化していった。中里恒子の「まりあんぬ物語」は、「混血児」である娘の苦悩を通して、ヘイトスピーチ、レイシズムに向かっていく日本の戦争の時代をリアルに伝えている。女性文芸誌『女人芸術』も『輝ク』へと変身し、輝ク部隊が結成されて女性たちの戦争協力も始まる。日本の帝国主義国家はアジア太平洋戦争へと突入した。

敗戦後、内なる戦争責任を追及したのが佐多稲子の「虚偽」であり、日本の〈朝鮮〉植民地支配の実態を抉り出したのが「白と紫」であった。林芙美子も「浮雲」で、日本が侵略した東南アジアの地で恋仲になり敗戦後の日本で敗北感にさらされる男女を通して、自らの、また日本の戦争責任を凝視した。本巻に収録した「河沙魚」「骨」「下町」は、戦争の傷跡を痛切に伝えてやまない。平林たい子の「盲中国兵」は、中国兵を人体実験により盲目にして抹殺してしまう日本軍の残虐な行為を通して、日本天皇制の戦争責任を問うている。壺井栄は「二十四の瞳」で、教師が生徒を戦場におくった苦い記憶を反戦文学として昇華した。

平林たい子の「夜風」「殴る」では貧困の中のＤＶ、女性差別を、「私は生きる」「鬼子母神」で既成の女性価値観に逆らう女を強烈に表出。中里恒子の「乗合馬車」や佐多稲子の「くれなゐ」では、働く妻の二重労働の現実を告発した。壺井栄の「妻の座」「岸うつ波」ではさらに、離婚した女性の、都会からも村からも追われる生きがたさを見つめた。それぞれに、フェミニズムの視点から、ジェンダー社会の構造を照射した作品群だ。

本巻には昭和の激動期を生きた女たちの闘いや呻き、叫びや苦悩が析出され、近代家父長制の実態が明らかにされているのである。

平林たい子　一九〇五（明治三八）年一〇月三日〜一九七二（昭和四七）年二月一七日

平林たい子は反逆の人であった。それは文体からしていえることである。ごつごつとして野太く、余情の世界を排し、あたかも日本美に抗うような反秩序性をはらんでいる。多用される比喩表現そのものが、秩序をはみ出しているのである。平林文学は、従来の慣習的な女の〈自然〉や〈感性〉に逆らい、むしろ制度などは無視して〈常識〉の境界を破り、非日常に駈けつづける精神のつっぱりを表現しているように思う。〈悪〉も〈毒〉も猥雑さそのものをも飲み込み、アナーキズムから出発した作家だけに精神も身体も文体すらも反逆的な、したがって存在自体がフェミニズムを意味するような個性を持っているといえよう。

　投獄・闘病・母になる体験等を通して、まるで傷口をむしり取るように自己凝視した戦後の短編群に、殊に見られる。戸籍や慣習で釘付けにされない男女の共棲生活を実行し、社会制度に楯突いて革命運動に身を投じ、行く手の抵抗こそ生き甲斐と感じて、「体の中には火のように燃えるもの」を抱く獄中体験を描出した「かういふ女」。獄舎にいて結核を病み、出獄しても行くべき家も看護すべき家族も持たない女が、自分の生命力だけで全世界に立ち向かっているぎりぎりの孤独に直面する「一人行く」。革命運動における闘いのように病に立ち向かっていく「私は生きる」。獄中及び闘病体験を扱った「冬の物語」でも、既成の道徳や制度に逆らう女の精神そのものが噴出しているのである。

　こうした反逆精神は、すでに女学校時代に培われていた。良妻賢母の校風にあきたらず、堺利彦に手紙を書いたりマルクスの「資本論」を読んだり社会主義に目覚めていく。故郷での活動が困難なことを知って、卒業と同時に上京し、作家への道を模索する。アナーキスト山本虎三と邂逅して「満洲」大連に渡って内乱罪予備で検挙され、獄中で女児を分娩したが子は死亡。

　帰国後は、この「満洲」体験をもとに「施療室にて」を書くなど、『文芸戦線』を発表舞台にプロレタリア文学の旗手となる。広大なモンゴルの地の満鉄工事で、日本人の現場監督に酷使される四〇〇人もの中国人クーリー（苦力）たちの痛苦と反乱を描出した「敷設列車」、ハウスキーパー問題を取り上げた「その人と妻」等も発表し、満洲事変、第一次上海事変と続く戦争国家に抵抗。日中戦争開始後には人民戦線派が大検挙され、その関係で投獄されて生死をさまようほどの病に陥って入退院を繰り返し、退院後もアジア太平洋戦争中、闘病生活が続いた。敗戦後は自伝小説「かういふ女」を初め旺盛な作家活動に入り、毒ガス実験か工場の爆発で盲目にされた五〇〇人ぐらいの中国兵を群馬県高崎で目撃し「盲中国兵」によってアジアにおける日本の戦争犯罪を告発した。闘いの人生そのものを生き抜いた作家であった。

夜風　階級・貧困社会の現実を突きつけるような表象は、まさにプロレタリア文学の典型というべき作品だ。平林たい子がプロレタリア文学女性作家の筆頭株であることが今さらながら首肯できる、プロレタリア運動最盛期の短編。

　長野の八ヶ岳の裾野にある農村は貧乏と金持ちがはっきりと区別されていて、善兵衛（皮肉な名前）という地主が起こした製糸工場だけが栄えている。末吉の一家は先祖代々からの小作人で、両親は亡くなり、長男は家を出て製糸工場で働き、末吉が跡継ぎの役目を負って、貧農をほそぼそと続けている。貧乏のどん底の中、長女のお仙が夫の死後、嫁ぎ先から二人の子供を連れて戻って来て、おまけに田植えの日雇いの男と関係をもって身籠もってしまう。誰にも言えない秘密の妊娠がやがて長兄に知られて、産婦は腹を蹴られ、村人にも知られ、とうとう独り土間で出産しなければならないまでに追い詰められていく。メインストーリーはそこにあるが、そればかり描こうとしているのではない。

　この作品はブルジョアジーの権力への反抗心と、家父長制権力によって窮地に追い込まれた女の狂気を表出しようとしているのだ。反抗や狂気と、それらを産出する状況との関係をリアルに抉り出している。肺病になるまで過酷な労働と厳しい管理に、社長善兵衛の手先である監督が停電下で女工たちに布団巻きにされ蹴られ続ける光景。末吉たち小作人が、自分たちで耕している田んぼの稲を、勝手に刈り取ってしまおうとする地主の善兵衛から奪い返す場面。長兄によって強引に土間で産まされ、追い詰められた果てに産児を殺してしまうお仙の狂気。プロレタリアートのそれぞれの反撃である。

殴る　『文芸戦線』に載せたいかにも闘いの文学として一気に読ませる「夜風」とは違って、本作は総合雑誌の掲載にふさわしく自然主義文学的な抑制した筆致で描出されている。が、テーマは明確で、階級社会の実態と貧困の中のDVすなわち家父長制社会の現実を提示することにある。平林たい子のジェンダー意識の高さがうかがえる。

　ヒロインぎん子が生まれ育った故郷での幼少期から少女期までと、娘時代に上京して電話局で働きながらすぐさま結婚（同棲）生活に入る頃とは時代も環境も変化するが、前者は父親の母に対する暴力、後者は自分が夫から受ける暴力で、「男は女を打つ為にうまれ」て来ている存在としてDVは続く。九〇年後の今なお続いている問題だ。

故郷時代の背景として、日露戦争期の貧しい農村の過酷さや、第一次世界大戦に続くシベリア出兵のために米の買い占めが始まって、富山で米騒動が起き全国化して、この村にも波及する事件も伝えている。地主と小作という階級社会の構図を、博多帯の縦縞の明るい糸と真っ黒な糸に象徴させている。

都会もまた二色に分けられるが、しかし資本家と労働者という階級社会に異議申し立ててできる労働争議に期待して、ぎん子は家出をして上京する。自伝的要素があり電話局勤務は平林たい子自身の経験に基づいていることから想定すると、関東大震災前の東京ということになる。

ぎん子は馘首された上に貧しい結婚生活の中で、家父長制の桎梏、しかも夫の暴力に遭遇することになる。過去の亡霊が蘇ってくるのだ。父親が貧困の鬱憤の腹いせに母親を殴っていたように、土工の夫も同様で、外（道路の根掘工事の現場監督）では卑屈に殴られ続けながら、夫を庇う妻を監督の前で殴ってみせるという、内では空威張りする男の現実。暴力をふるう父親を睨み付け、村からの脱出を決行したヒロインだけに、運命的なこの暴力の連鎖を、やがて断ち切って行くに違いない。

私は生きる　戦争中の闘病生活を戦後になって書いた自伝的小説で、一九四六年に発表した「一人行く」に続く短編。人民戦線派大検挙事件で、夫の小堀甚二の関係で逮捕された三七年の翌年腹膜炎に肋膜炎を併発して八月に釈放されたが、生死の境を彷徨（さまよ）って入退院を繰り返し、退院後も寝たきりの状態が続いたが、献身的な夫の看護で快方に向かっていく。

本作では、自宅療養中で寝たきりでいながら、自分の感性や欲求をどこまでも主張しようとする病人ぶり、病気の力で征服した夫を栄養失調にまで追い込むほど、すさまじい「生きたがり屋」の女として、ユーモラスに自己剔抉しているのである。今や病と堂々と闘う「病気の英雄」でもある。病妻に肉汁を飲ませるために自らは看病と栄養失調で視力を失っていく夫に、下（しも）の世話をしてもらいつつ夫の性的欲求の気配には冷たく拒否してしまう妻の切なさと酷さが客観視されている。終幕で、「俺の目はこんなになったが、お前は生かしてやるぞ。生きたいか。この生きたがり屋！」という夫の言葉に涙しているが、夫への感謝と自分の正直な気持ちの二重の涙であろう。まさに「私は生きる」を貫く女だ。

鬼子母神　本作は養女をもらって母となった体験を描く。子供を挟んで夫婦が川の字に寝たり、童女の感触を新鮮に感じたりしながらもなかなか母親というものになりきれない自分を見つめ、繊細微妙かつ複雑な心理・心境を自己解剖しているのである。
童女の体の桃のような割れ目から見える赤い中身（女性器）に好奇心を持ち、「女」というものの実態を調べてみたいような欲求にかられる。母親の範疇を超えた、ほとんど作家の観察欲に近いものだ。そのような気持ちから養女の股間の汚れを拭こうとして、童女ながら「女本来の護身」を守る激しさで拒絶され、無理無体に為そうとして泣かせてしまう。己の欲望の残酷さに気づき、「毒草といわず薬草といわず食って食って成長しようとする」貪欲な自己拡充に、子供を食ったという鬼子母神さえ想起している。
自己を美化せず、むしろ偽悪的なほど己の〈悪〉や〈酷さ〉を抉り出す自己凝視だ。

【解題】

「夜風」
〈初出〉『文芸戦線』一九二八・三
〈底本〉『平林たい子全集』第一巻
潮出版社　一九七九・四

「殴る」
〈初出〉『改造』一九二八・一〇
〈底本〉『平林たい子全集』第一巻
潮出版　一九七九・四

「私は生きる」
〈初出〉『日本小説』一九四七・一一
〈底本〉『平林たい子全集』第三巻
潮出版　一九七七・四

「鬼子母神」
〈初出〉『新生』（臨時増刊号）一九四六・一〇
〈底本〉『平林たい子全集』第三巻
潮出版　一九七七・四

（長谷川啓）

【略年譜】

一九〇五（明治三八）年
一〇月三日、長野県諏訪郡中州村に生まれる。本名、平林タイ。父・平林三郎、母・かつ美の三女。父は、母の婿養子となり、名主をつとめ機械製糸所を創業したりした祖父の負債の後始末に奔走。

一九一二（明治四五・大正一）年　七歳
中州尋常高等小学校に入学。母が雑貨屋を開業。三年後、少女雑誌に投稿、入選する。

一九二二（大正一一）年　一七歳
二月、「或る夜」が三等当選し、『文章倶楽部』に掲載。三月、長野県立諏訪高等女学校卒業。上京して堺利彦を訪問。東京中央電話局市外課の交換手監督見習いとして採用されるが、勤務中に堺に通話したことで解雇される。

一九二三（大正一二）年　一八歳

アナーキスト山本虎三と同棲。関東大震災後の戒厳下、虎三とともに戸塚署に予防検束される。翌年、「満洲」大連へ渡り、五月に内乱罪予備で検挙、虎三は実刑判決が下る。六月、大連分監に入獄、女児を出産するが乳児脚気で死亡。虎三を獄中に残し、作家志望を果たすべく帰国。

一九二五（大正一四）年　二〇歳
アナーキスト飯田徳太郎と同棲。壺井繁治・栄、林芙美子らと交際。童話や探偵小説を書き、翌年、「喪章を売る」を『大阪朝日新聞』に応募。プロレタリア作家の道を行く決意をする。

一九二七（昭和二）年　二二歳
小堀甚二と結婚。日本プロレタリア芸術連盟員、労農芸術家連盟員。九月、「施療室にて」を『文芸戦線』に発表。翌年三月、「夜風」を『文芸戦線』に、一〇月、「殴る」を『改造』に発表。

一九二九（昭和四）年　二四歳
一月、福本イズムに対抗。日本文芸家協会の第三回渡辺賞を受賞。一二月、「敷設列車」を『改造』に発表。翌年六月、労農芸術家連盟脱退。

一九三一（昭和六）年　二六歳
全日本無産者芸術連盟（ナップ）派に対抗、中條百合子を批判。八月、「プロレタリアの星」（改題「悲しき愛情」）を『改造』に発表。翌年一月、「プロレタリアの女」を『改造』に、五月、「転落」を『中央公論』に発表。

一九三三（昭和八）年　二八歳
四月、初の評論集『花子の結婚その他』を啓末堂から上梓。九月、ジャーナリズムに迎合せず自分の文学に真面目でありたいと希い、生活費は別の職業から得ようとして下宿屋を開業するが失敗。家事が作家活動の桎梏となる。翌年、転向及び転向小説の発表が続く中、政治か文学かに煩悶し創作をひかえる。

一九三五（昭和一〇）年　三〇歳
一一月、「女の問題」を『改造』、別居を甚二に申し出、翌々年の一二月まで別居生活が続く。

一九三六（昭和一一）年　三一歳
三月、「その人と妻」を『中央公論』に発表。翌年、九月、「ただ真実を」（『新潮』）で、戦争に対する文学者としての姿勢を述べる。一二月、人民戦線派大検挙事件が起こり、甚二の関係で野方署に留置、その翌年、腹膜炎に肋膜炎を併発、重態に陥り八月中旬に釈放される。三九年、甚二の献身的看護で危機を脱出。入退院を繰り返しながら四一年には自宅療養に切り替え、四三年頃から古典を読む。

一九四五（昭和二〇）年　四〇歳
三月、生家に疎開。一〇月、上京。一二月、新日本文学会創立、中央委員に選出される。

一九四六（昭和二一）年　四一歳
二月、「終戦日誌」を『中央公論』に、「一人行く」を『別冊　文芸春秋』に発表。三月、「盲中国兵」を『言論』に発表。六月、甚二の姪・新子（五歳）と養子縁組の届出。八月、女流文学者会創立、九月に女流文学者賞の銓衡委員に選出される。一〇月、「鬼子母神」を『新生』に、「かういふ女」を『展望』に発表。翌年、「かういふ女」で第一回女流文学賞を受賞。

一九四七（昭和二二）年　四二歳
四月、山川菊栄・神近市子と民主婦人連盟創立、「冬の物語」を『人間』に発表。一一月、「私は生きる」を『日本小説』に発表。

一九四九（昭和二四）年　四四歳
一二月、「日本共産党批判」を『新潮』に発表。

一九五一（昭和二六）年　四六歳
四月、荒畑寒村らと文化自由会議日本委員会設立。九月、「実説　高橋お伝」を『小説新潮』に発表。

一九五二（昭和二七）年　四七歳
六月、ニースの世界ペン大会出席。一〇月、「原子爆弾について」を『群像』に、「政治は男子の専売ではない」を『主婦之友』に発表。

一九五三（昭和二八）年　四八歳
四月、『平林たい子集』を河出書房から刊行。六月、婦人タイムス社社長。九月、貴司山治らと社会主義作家クラブを結成し『社会主義文学』創刊。

一九五四（昭和二九）年　四九歳
一月、売春対策協議会委員として活躍。二月、甚二から別の女性との間に子どもがあることを告白され衝撃を受ける。翌年八月、協議離婚。一〇月、日本社会党に入党。

一九五七（昭和三二）年　五二歳
一月、女流文学者会会長に就任。六〇年、一月、民主社会党準党員となり晩年まで活動。

一九六九年（昭和四四）年　六四歳
七月、『林芙美子』を新潮社より刊行。

一九七二（昭和四七）年
一月、「宮本百合子」を脱稿、六月に『文芸春秋』に掲載。二月一七日、心不全により死去。享年六七歳。

＊『平林たい子全集』収録の阿部浪子作成年譜・『短編　女性文学　近代』（桜楓社、一九八七・四）収録の中山和子作成年譜を参照した。

【参考文献】

板垣直子『平林たい子』作家論シリーズ10（東京ライフ社、一九五六・九）

小堀甚二『小説　妖怪を見た』（角川書店、一九五九・七）

手代木春樹編『平林たい子追悼文集』（平林たい子記念文学会、一九七三・四）

倉科平『平林たい子』信州文壇シリーズ1（南信日日新聞社、一九七五・一〇）

戸田房子『燃えて生きよ――平林たい子の生涯』（新潮社、一九八二・二）
宮坂栄一編『平林たい子研究』（信州白樺、一九八五・二）
阿部浪子『人物書誌体系11　平林たい子』（日外アソシエーツ、一九八五・五）
阿部浪子『平林たい子――花に実を』（武蔵野書房、一九八六・二）
村野民子『砂漠に咲く――平林たい子と私』（武蔵野書房、一九九一・一二）
中山和子『平林たい子』（新典社、一九九九・三）
群ようこ『妖精と妖怪のあいだ――平林たい子伝』（文芸春秋、二〇〇八・七）
グプタ・スウィーティ『平林たい子――社会主義と女性をめぐる表象』（翰林書房、二〇一五・九）
岡野幸江『平林たい子――交錯する性・階級・民族』（菁柿堂、二〇一六・六）

（伊原美好）

林芙美子　一九〇三（明治三六）年一二月三一日～一九五一（昭二六）年六月二八日

林芙美子は各々の歩幅で生きるしかない人々を、一貫して描いた作家であった。また、詩から出発し詩を発表し続けた芙美子は、市井の人々の生活を自由な言葉の感覚で表現した。

出世作『放浪記』（一九三〇）には、権威と無縁の人々が描かれている。同作や「風琴と魚の町」（一九三一）には行商人が出てくるが、芙美子自身も子どもの頃に雑貨を売り歩いていた。雨の日は行商を休まざるを得ず、芙美子は部屋の中で様々な音色を持つ雨音を聴いたにちがいない。こうした体験は作家の特徴の一つとして形成されていった。たとえば小説「雨」は、従来、一九四一年と戦後の四六年に発表の二作品とされてきたが、戦前の三六年にも別作品の「雨」が発表されていたことを近年になって確認した。芙美子は〈雨〉にこだわりを持ち続けていた。長編で初めての成功ともいわれる『稲妻』（一九三六）にも、〈雨〉は重要な要素として描出されている。〈雨〉について、昨今ではほとんど議論されなくなったが、芙美子文学の特色として看過できない。

ところで『放浪記』には、映画を観る〈私〉も示されている。のちに芙美子自身も映画評やエッセーを手がけたが、実はオリジナルシナリオも描いていた。シナリオ「一粒の麦」（一九三八）はあまり知られてこなかったが、内容は、女性が血縁から生じる困難を乗り超えられず自死するというものである。シナリオという新しい表現媒体では、映画館の暗闇を踏まえて〈夜の雨〉が物語装置として活かされたと推察できる。くわえて、〈雨〉は聴覚的変化ともなり、場面転換のアクセントになっている。ここでは、〈雨〉の雰囲気や旋律に重きがおかれている。

　四二年、芙美子は太平洋戦争で侵略が進められていたジャワやボルネオ、スマトラなどの南方へ、陸軍省報道部の派遣により朝日新聞社の特派員となって赴いた。四三年に発表の詩編「南の雨」には、〈夜の雨〉などにかき消される現地の人々の抗う声が表出されている。〈雨〉によって効果的にコロニアリズムが示されている。南方は、戦争という観点から〈雨〉を捉えるという認識を、強めさせたともいえる。だから、戦後に描出された〈雨〉には、戦争で死んでしまった人、抑留された人、人生を狂わされた人なども、その音色に含まれていた。

　晩年の大作『浮雲』（一九五一）は、人々に降りそそぐ〈雨〉が力みのない描写によって立ち上がる。〈雨〉の気配、匂い、冷たさ、そうした五感に訴える〈雨〉がクライマックスのゆき子の死の場面では、物語の隅々まで浸透し、静寂な場面が生かされると同時にゆき子の死を実感させる。『浮雲』には死に至るまでの壮絶な生が描かれているが、まるで芙美子の心の中に〈雨〉が棲みついたかのように、〈雨〉は物語のディテールとなっている。芙美子の作品は全体的に未解決のまま閉じられる傾向があるが、芙美子は〈雨〉によって大地が潤い、空に七色の虹が架かることを夢見ていたのかもしれない。

（野田敦子）

清貧の書　林芙美子の本質は「放浪」だとよく言われるが、それは妻妾同居の夫の家から逃れた母親と養父の行商生活の中で育った生い立ちそのものからいえることであろう。それと、もう一つ。私小説である本作の中で、貧窮を訴える母の手紙に「今に見い」と思う、跳ね返す心情。芙美子を突き動かしているのは、この力ではなかろうか。

　作中、母親から自分に似て「私」も「流浪の性」だといわれているけれど、芙美子は女学校時代からの恋人・婚約者と別れた後、東京での文学修行時代に、詩人で新劇俳優の田辺若男や東洋大学の学生で詩作していた青年、詩人の野村吉哉と同棲した経験をもつ。そして、平林たい子との交流の中で出会ったのが手塚緑敏であった。小松与一のモデルだが、本作ではDVに遭い続けたこれまでの辛い男性遍歴と、貧しい結婚生活でちぐはぐな性格ながら初々しくも清々しい男女の貧乏物語が描かれている。予備召集のため兵営に行った与一から届く、日増しに妻への愛に目覚めていく手紙が何とも感動的だ。不器用な愛の告白であった。

ところで、与一が左翼活動家と疑われ、貧しい二人の家は早朝、特高警察に踏み込まれるシーンがある。与一が腹を立てて「食へないで焦々してゐるところだ、赤くなりたくもなるさ」と言っているが、作品が発表されたのは満洲事変が勃発した年の厳しい弾圧下であった。本作は、貧困・階級社会、戦時下に突入した時代を伝える小説でもある。

河沙魚　戦争の悲劇を見つめた作品。たとえば佐多稲子が働く人々へのまなざしを表象化したとすれば、林芙美子はもっと底辺の人々や蠢く男女の性などを表象化したといえるだろう。

本作は農家の跡継ぎの長男が兵隊として召集された後、舅と肉体的関係を持ち女児まで出産してしまった嫁の苦悩を描出している。四年前に動員されたというから、日中戦争が泥沼化してアジア太平洋戦争に展開する頃に夫は戦地に赴いたことになる。戦後になり、中国からその夫が帰還するという。帰還する前に産児を養子に出そうとするが、もらい手が見つからない。一時実家に預かって貰った二人の子供も戻ってくることになり、明日には夫も帰宅するという追い詰められた心境の果てに一瞬死の思いがよぎるが死ぬ気になれない。首を切られても胴体だけは動く河沙魚のように動物的な欲望の関係だった舅とのことを今更のように後悔し、夫への愛が蘇る。終幕、叢の中で小用し「い、気持ち」になる光景は、なんとか生き延びようとする逞しささえ感じられる。

問題は、嫁も舅も夫・息子への罪悪感に苛まれていても、寝たきりになった姑への罪意識はないかのようであることだ。語り手もさほど同情的ではない。息子の帰還を知らせる嫁の眼をじっと見つめる姑の眼が、すべてを知っていることを語っている。寝たきりになって老いた義母の苦痛と怨念にまで立ち入って描出されていたら、ジェンダー社会の複雑な構造と戦争被害がさらに浮き彫りになったろう。

骨　戦争の傷痕を恐ろしいまでに生々しく伝えてやまない秀作。日本の敗戦と戦後状況、「戦争未亡人」・売春・結核・ペニシリン・復員兵・戦犯の死刑と、この短編には時代を象徴する現象がぎっしり詰まっている。とくに戦争で夫を失った女が娼婦になって生きざるを得ない心身の飢えと生活の飢えが抉り出されている。彼女を通して、敗戦後の日本社会の状況を撃ち、戦争を問い、戦争の惨状を訴えているようだ。

道子は夫の遺骨が入っていない空っぽの骨壺が届くといった屈辱と悲しみ

を受けたというのに、日本の戦争責任者は戦犯で処刑されたにもかかわらず、その妻は遺骨を貰いたいと嘆願できるという格差。この憤慨をきっかけに夜の街娼に出るようになるが、最初の客はマニラから復員した男で、夫が沖縄で戦死した道子にとって、傷をなめ合うような経験となり、いっきに売春で生活をつなぐようになる。彼女の家族は四人で、狭い一間に一緒に暮らしている。陸軍大佐だった父親は今や恩給もなくなりリューマチになっていた。戦争賛美した愛国少年の弟は学徒動員の工場で働き過ぎ、今や肺結核で寝たきりになっている。まだ幼い娘も抱え、自らも肺を冒されていて他の職業には就けなかった。

そんな貧乏のどん底で弟が死ぬ。弱者は弱者を苛み、死ねばいいと思っていた弟ではあったが、いざ亡くなると呵責が胸を噛む。火葬場にも等級があって、弟の遺体は三等で焼いてもらい、体を売って少し貯めた金を使い果たす。明日は我が身で、この世から消えるしか道はない運命への問いの中で、父親の死はいつ頃だろうと、ふと思う。虚無にも陥っていられない現実が目の前に迫ってくるばかりだった。「あのみじめな戦争をとほつて来てもくたばらない一つの階級」があるのに、「自分の良人は何処にもゐない。そして何処からも絶対に戻つては来ない」という心の叫びが鳴り響く反戦小説だ。

なお、乳母車と白エプロンの女は、道子の幸せだった頃を象徴する幻影であろう。

下町（ダウン・タウン）「河沙魚」同様、戦地から帰らぬ夫を待つ身の辛さ、その中で起こった心身の疼き、妻の異性への揺らぎを描く。戦争による悲劇、敗戦後の傷痕を語る、切ない短編だ。

本作では夫がシベリアに抑留されて四年も経ち、帰還できる目途もないのに、もう戦争を忘れたかのように平和な日本から取り残され、いっそう孤独になる。上京して知人の家に身を寄せ一人息子を育てながら、静岡の親類から茶や魚などを送ってもらって行商して暮らしている。そして、鉄材置場に住む鉄材の番人兼運送係で、やはりシベリアから復員し、妻に逃げられたという、人の好い素朴な男性と出会う。男の姉も夫が中国で戦死し、ミシンの洋裁で二人の子供を育てていた。しだいに惹かれ合う仲になり、子連れで上野浅草を見物した後、雨宿りした宿屋に泊まり一夜をともにする。子供が出来たら困ると訴えると、どんな責任でもとるから心配しないでと言ってくれる男であったが、事故死してしまう。二時まで待ったという書き置きを残して。

孤独な男女がようやく巡り会った縁も喪失し、寂寥感から亡き人の家の方まで行商にまわった時、足袋の芯縫いを内職にしている家で、「自分と同じやうな女達がせつせと足袋底を縫つてゐる」光景に出会う。女たちの働く姿に勇気づけられるという、一筋の光明をヒロインに与えて作品は終幕している。「もう、二度なンか厭だなア」と男が呟く厭戦感情は、翌年勃発する朝鮮戦争をも暗示しているかのようだ。そもそも鉄は戦争物資となるが、大宮の鉄道車両工場に鉄を運ぶ仕事を、女を援助する資金稼ぎのために引き受けて命取りになったのではなかったか。何とも切ない下町エレジーである。

【解題】

「清貧の書」
〈初出〉『改造』一九三一・一一
底本の前に『林芙美子全集』第三巻（新潮社　一九五一・一二）に収録。
〈底本〉『林芙美子全集』第二巻　文泉堂出版　一九七七・四

「河沙魚」
〈初出〉『人間』一九四七・一
底本の前に『林芙美子全集』第一一巻（新潮社　一九五二・三）に収録。
〈底本〉『林芙美子全集』第六巻　文泉堂出版　一九七七・四

「骨」
〈初出〉『中央公論』一九四九・二
底本の前に『林芙美子全集』第一三巻（新潮社　一九五一・一二）に収録。
〈底本〉『林芙美子全集』第七巻　文泉堂出版　一九七七・四

「下町」
〈初出〉『別冊小説新潮』一九四九・四
底本の前に『林芙美子全集』第一七巻（新潮社　一九五二・六）に収録。
〈底本〉『林芙美子全集』第九巻　文泉堂出版　一九七七・四

（長谷川啓）

【略年譜】

一九〇三（明治三六）年
一二月三一日（戸籍上）、福岡県門司市で生まれる（下関説もあり）。父宮田麻太郎の認知はなく、母林キクの弟林久吉の姪フミコとして入籍。芙美子自身は五月生まれと記している。翌年、宮田は下関で「軍人屋」を構え、店は繁盛し支店を出す。

一九一〇（明治四三）年　七歳
宮田が芸者を家に入れ、キクは芙美子を連れて二〇歳年下の店員沢井喜三郎と家を出、支店のあった長崎へ行く。長崎の勝山尋常小学校に入学、のち、佐世保の八幡女児尋常小学校に転校。翌年一月、下関の名池尋常小学校へ転校。

一九一四（大正三）年　一一歳
沢井が営む古着屋が倒産、沢井とキクは行商に出る。芙美子はキクの姪鶴に、のちに祖母フユに預けられる。一〇月、鹿児島の山下小学校五年に転入。ほとんど通学せず、翌々年までの足どりは明らかではない。

一九一六（大正五）年　一三歳
一家で広島県尾道市に転居、六月に市立第二尾道尋常小学校五年に転入。才能を見出す教師小林正雄に出会う。翌年、岡野軍一と親しくなる。
一九一八（大正七）年　一五歳
第二尾道尋常小学校卒業、尾道市立高等女学校に入学。教師森要人に文才を認められる。翌年、今井篤三郎が担任。投稿詩が『少女』に載る。直方に住む実父に会い、二〇年にも会う。
一九二一（大正一〇）年　一八歳
実父の父の葬儀で愛媛へ。『山陽日日新聞』等に短歌や詩が掲載される。翌年、女学校を卒業し、明治大学に進学していた岡野を追って上京。二三年、卒業した岡野は、芙美子との婚約を解消し、郷里で就職。九月、関東大震災に遭い、尾道へ帰り小林に会う。小林の助言で筆名を「芙美子」とする。この頃「歌日記」をつけ始め、『放浪記』の原型となる。
一九二四（大正一三）年　二一歳
田辺若男と同棲、数カ月で別離。萩原恭次郎、岡本潤、神戸雄一、平林たい子らを知る。友谷静栄と『二人』創刊（全3号）。「女工の唄へる」（『文芸戦線』）等発表。宇野浩二や徳田秋声を訪ねる。一二月、野村吉哉と同棲。翌年、やがて野村と太子堂に転居。隣に壺井繁治・栄、近くに飯田徳太郎・平林たい子が住む。詩や童話を売り込みに歩く。
一九二六（大正一五・昭和一）年　二三歳
野村との同棲を解消。一二月、飯田と別れたたい子の間借り先に寄寓。洋画修行中の手塚緑敏を知り同棲。二八年、『女人芸術』に「黍畑」「秋が来たんだ――放浪記」等を発表、以後「放浪記」を断続連載。二九年、松下文子の寄付で『蒼馬を見たり』（南宋書院）刊行。「九州炭坑街放浪記」（『改造』）等発表。
一九三〇（昭和五）年　二七歳
一月、婦人文化講演会で生田花世や望月百合子らと台湾旅行。七月、『放浪記』（改造社）刊行、ベストセラーになる。「満洲」、中国大陸を旅行、魯迅と会う。一一月、『続放浪記』（改造社）刊行。翌年、「春浅譜」（『東京朝日新聞』（夕刊）一月五日〜二月二五日）連載。「風琴と魚の町」（四月）「清貧の書」（一一月）を『改造』に発表。一一月、シベリア経由でヨーロッパ旅行に出発。パリに滞在し考古学者森本六爾らと交流。
一九三二（昭和七）年　二九歳
ロンドンにひと月滞在後パリに戻る。五月、山本実彦に旅費を借り帰途につく。翌年、『三等旅行記』（改造社）、『面影』（文学クオタリイ社）等刊行。九月、共産党に資金寄付を約束した疑いで中野警察署に留置される。一一月、養父沢井死亡。

一九三四（昭和九）年　三一歳
五月下旬から七月上旬に北海道、樺太旅行。翌年、『泣虫小僧』（改造社）等刊行。映画『放浪記』公開。一一月、『牡蠣』（九月刊、改造社）の出版記念会。

一九三六（昭和一一）年　三三歳
『稲妻』（有光社）等刊行。秋、「満洲」、中国に赴く。翌年六月、『林芙美子選集』全七巻刊行開始（改造社）。一一月、緑敏召集。一二月、南京陥落に際し毎日新聞特派員として上海と南京へ赴き、女性作家一番乗り。

一九三八（昭和一三）年　三五歳
一月、帰国。映画『泣虫小僧』公開。七月、『林芙美子長篇小説集』全八巻刊行開始（中央公論社）。九月、内閣情報部の「ペン部隊」として上海へ派遣される。一〇月、漢口陥落に際し従軍作家一番乗り。一二月、『戦線』（朝日新聞社）刊行。翌年、『北岸部隊』（中央公論社）、『生活詩集』（六芸社）、『決定版　放浪記』（新潮社）等刊行。『南風』『波濤』映画化。

一九四〇（昭和一五）年　三七歳
一月、「北満洲」へ赴く。『一人の生涯』（創元社）、「凍れる大地」（『新女苑』）、映画『三女性』公開等。翌年、九月、朝日新聞社より銃後文芸奉公隊の一員として窪川稲子らと「満洲」国境の戦地慰問。『放浪記』『泣虫小僧』等が発売禁止となる。

一九四二（昭和一七）年　三九歳
一〇月、陸軍報道班員として窪川稲子や美川きよ、小山いと子らと南方へ出発、芙美子は朝日新聞特派員。翌年、五月に帰国。一二月、男児を養子とし泰とする。

一九四四（昭和一九）年　四一歳
三月、緑敏と泰が林家に入籍。四月、長野県上林温泉へ疎開。八月、一時帰京、その後、長野の角間温泉へ疎開。翌年一〇月、実父が死去。

一九四六（昭和二一）年　四三歳
七月、武田麟太郎追悼講演会に出席。『旅情の海』（新潮社）等刊行。翌年、一月、「河沙魚」を『人間』に発表。『夢一夜』（世界文学社）、『狐物語』（国立書院）等刊行。五月、『日本小説』に「放浪記第三部」の断続連載開始。

一九四八（昭和二三）年　四五歳
三月、菊池寛告別式参列。『うず潮』（新潮社）等刊行。一一月、『別冊文芸春秋』に「晩菊」発表（翌年に第三回女流文学者賞受賞）。一二月、『林芙美子文庫』全一〇巻（新潮社）刊行開始。

一九四九（昭和二四）年　四六歳
『放浪記　第三部』（留女書店）等刊行。二月、「骨」を『中央公論』に発表。四月、泰の入園式に出席。同月、「下町」を『別冊小説新潮』に発表。一一月、「浮雲」（『風雪』～翌年八月）。『牛肉』（改造社）等刊行。翌年四月、泰の学習院初等科入学式に出席。九月、「浮雲」（『文学界』～五一年四月）。『夜猿』（新潮社）等刊行。心臓弁膜症悪化。

一九五一（昭和二六）年

『冬の林檎』（新潮社）、『浮雲』（六興出版社）等刊行。六月二八日午前一時頃心臓麻痺で急逝。享年四七歳。七月一日、川端康成が葬儀委員長となり自宅で告別式。

＊主に今川英子編「年譜」『林芙美子全集　第一六巻』（文泉堂出版、一九七七・四）を参照し、近年確認した新資料も提示した。

【参考文献】

森英一『林芙美子の形成――その生と表現』（有精堂出版、一九九二・五）

「特集　林芙美子の世界」（『国文学　解釈と鑑賞』至文堂、一九九八・二）

吉村昭『わが心の小説家たち』（平凡社新書、一九九九・五）

川本三郎『林芙美子の昭和』（新書館、二〇〇三・二）

平林たい子『林芙美子・宮本百合子』（講談社文芸文庫、二〇〇三・一〇）

「〔総特集〕林芙美子」（『KAWADE夢ムック　文芸別冊』河出書房新社、二〇〇四・五）

今川英子編・解説『林芙美子　巴里の恋――巴里の小遣ひ帳　一九三二年の日記　夫への手紙』（中公文庫、二〇〇四・一一）

太田治子『石の花――林芙美子の真実』（筑摩書房、二〇〇八・四）

高山京子『林芙美子とその時代』（論創社、二〇一〇・六）

尾形明子『華やかな孤独・作家　林芙美子』（藤原書店、二〇一二・一〇）

野田敦子編・解説『ピッサンリ』（思潮社、二〇一三・一〇）

清水正監修『世界の中の林芙美子』（日本大学芸術学部図書館、二〇一三・一二）

「〔特集〕詩人　林芙美子　生誕111年」（『現代詩手帖』思潮社、二〇一四・四）

（野田敦子）

尾崎　翠

一八九六（明治二九）年一二月二〇日〜一九七一（昭和四六）年七月八日

尾崎翠は自意識の病に陥った作家であった。自己解放が外に向かわず内にとぐろを巻き自閉する。現代作家では、高橋たか子や増田みず子がその系譜につらなる。結婚して子供を産むのが一般の女性の生き方だった時代に文学を志して作家となり、孤独な生をおくって自意識の世界に籠城する文学は、芥川龍之介などの自意識の文学の系統を引くが、彼女の文学の特色は、そうした自己存在を自己戯画化、ユーモアによって相対化していることである。チャップリンの映画を見て、「映画漫想」を発表しているほど影響を受けてもいた。観念的、哲学的な思考は、仏教哲学を学んだ次兄の影響でもあったようだ。

したがって、尾崎翠の文学は永遠に宙づり状態のような〈孤独者の彷徨〉の自画像がほとんどである。本格的に文学を志して上京し、日本女子大学校在学中に「無風地帯」を『新潮』に発表。市販文芸誌に発表した理由で大学当局から問題視され自ら退学しているが、この作品では、徹頭徹尾平静を装う娘の内面の苦しい血の出るような努力を抽出、寂寥と無風帯の山陰地方の風土から形成された性格として鳥取出身の自己を分析している。「アップルパイの午後」では、断髪でペン胝（だこ）を大きくした男のような女、女なら嫁に行くのが一族の誇りなのに型破りで存在理由のない女と兄から見られる女性を表出。それは、故郷のジェンダー社会の声として自己を脅かす己内部の声でもあった。

「詩人の靴」では薄暗い屋根裏の象牙の塔に閉居して、人間嫌い歩行嫌いのため、窓から眼だけで散歩したり、「日中の呪はれた時間」を「苔の眠り」を続けることで「螺旋状の溜息と憂うつ」から逃れ出る詩人として自己戯画化している。

「こほろぎ嬢」では「逃避人種」で悪魔の粉薬を常用して神経病となり、儚い生き者、霞を吸って命をつなぐ方法を願う存在として自己表象。尾崎翠が籠城する異空間とは「第七官界彷徨」によると、空を眺めているのに深い井戸の底をのぞいているような第七官界ということになる。「地下室アントンの一夜」では地下室とは詩人の限りなく広い心によって築かれた部屋であり、騒々しい地上から逃避して心の宇宙に立て籠る反現実、観念の世界であるという。「地球のしかめ面」、人間を疲労させる世紀末社会として、近代文明を批評しているが、満洲事変以降の日本の非常時時代をこのようにとらえた不安の文学、ポストモダンを象徴する文学であったといえる。

神経麻痺剤を常用しながら創作活動を続け、その最盛期を迎え始めた時、一〇歳年下の高橋丈雄のところへ身を寄せたりもしたが、いよいよ幻覚症状が激しくなり、長兄が迎えに来て帰郷する。故郷ではしばらく神経科の病気で入院し、兄や母の看病をしたり、甥や姪を育てたりして、文学的再起はできないまま、戦後まで生き延びた。だが、そのお陰で戦争協力の言動からは免れたのである。命の瀬戸際で、「このまま死ぬのならむごいものだねえ」と大粒の涙を流したというが、文学の道をまっとうできなかった無念の涙だったろうか。


第七官界彷徨　尾崎翠の最高傑作。一九三一（昭和六）年二月、恋人・高橋丈雄の縁で関わる『文学党員』の二・三月号に全体の七分の四が掲載。五月、『新興芸術研究2』に「第七官界彷徨」の全編が「第七官界彷徨の構図その他」とともに掲載された。井伏鱒二等、若い文学者から高評を得、支持される。本格的に文学と取り組むために上京して東京大学農科に在学中の三兄のもとに寄宿し、兄の卒論の肥料研究、植物を使う実験を目の当たりにした体験が、本作の原風景になっているという（稲垣眞美）。

翠は少女小説もよく書いたが、その余韻を残す透明感をもち、「女の子」の視点から語られた世界だ。詩作を夢見る娘・小野町子は、分裂心理病院に勤める長兄や農学部の学生で肥料研究をする次兄、音楽大学の受験に失敗して再度試みようとする受験生・従兄の世話係として上京、女中部屋に住む。家政婦的役割は奇妙なポストファミリーの要的存在で、女中部屋は次兄の実験で使う人糞の匂いからの家族の避難場所でもある。次兄の実験材料で作品の主役とも言える蘚の恋・発情期の中にあって、幼友達の従兄と町子の風変わりな恋のゲームもはじまる。

蘚の恋はさらに伝染し、長兄も女の患者に恋をして失恋、次兄も過去の恋が疼き出す。従兄は隣家の女子大生と恋仲になり町子は失恋するが、長兄の恋のライバルの医者に恋心を抱く。といったように、恋と失恋の物語がユーモアとペーソスにくるまれて展開する。作中もっとも存在感があるのが、古風な故郷の象徴たる祖母である。農・大地に根ざした田舎と違って、都会の若者たちは分裂病を抱えているような「地球運転の法則にしたがつて滑かに運転して行く世界」ではない世界に住んでいる。都会文明社会の悲哀と儚さ、不安定さが滲み出ている作品だ。

第七官界の記述が意味を変えて作中何度か出てくるが、ここでは空を眺めていながら井戸の底を覗いているような官界、詩的空間と捉えておこう。町子はこの詩境を彷徨しながら詩作を続けていくのである。翠は、この大切な出発期の記憶、原体験を確認し文学的最盛期を迎えながら、早くも「こほろぎ嬢」の女主人公のような苦境の中に陥っていく。

こほろぎ嬢　尾崎翠の代表作の一つ。「精神麻痺剤」のミグレニンを多量に常用して幻覚症状が激しくなり、ついに郷里の長兄が迎えに来て帰郷する直前の、翠の分身を描出。一九三二（昭和七）年七月『火の鳥』に発表され、太宰治等から好評・共感を得る。

嫌人的性癖・逃避人種で、「儚い生きもの」である「女主人公」・東洋の女詩人は二階の借部屋に住み、爽やかな五月の晴天を避けて、わざわざ小糠雨が降る日に色褪せたコートを着て疲弊した桐の花匂う中、図書館に通う。神経病で褐色の粉薬を常用して「つんぼ」となるが、悪魔の発明品の粉薬を止めなければ「地球のまんなかから大きい鞭が生えて、彼等の心臓を引つぱたくにちがひない」と、自己風刺されている。このような自己戯画化には、〈自己〉というものを通して近代文明批判が込められているようだ。

この女主人公の恋の相手も迂遠な、図書館の書物の中で出会う男性詩人である。世界の文学史から漏れ落ちそうな神秘の詩人、ドッペルゲンゲルの男性で、恋人と熱烈なラブレターを交換しているけれども、実は己内部の女性詩人に宛てたものであった。女主人公の恋は、現実の人間ではなく、この、すでに亡き異国の詩人へ想いをはせた空想上の産物であった。

文学・詩人の創造行為とは、まさしくそのようなものであろう。

女主人公は図書館の地下室でパンを食べながら、「未亡人」の産婆学を勉強しているらしい女性を見かける。産婆学は実学で人の生を産み出す助けとなる必須の学問である。しかも子供を育てる「未亡人」と推定されるからには生きることに必死でもある。

それに比べて女主人公は女オブローモフ的人間で、人の生に直接役立たない文学、しかも詩人で、無用の人である。ひたすら働くキリギリスではなく、ただ鳴くだけで明け方に踏まれるコオロギにすぎない。それでもパンは必要で、お金の無心のために故郷の母親に電報を打ち、母を驚かす。そして、「未亡人」に母親役割の困難さを心の中で呼びかけながら、娘が頭の病気をすれば心配で何倍も心の病気にとり憑かれてしまう我が母親を思わざるをえない。だから、「霞を吸って人のいのちをつなぐ方法」を年中願わざるをえないのである。本作は、追い詰められた悲痛な叫びを、諧謔やアイロニー・ユーモアによって異化、自己反逆した表象といえる。満洲事変・第一次上海事変以降の、戦争が拡大していく時代への反時代的小説。

【解題】

「第七官界彷徨」

〈初出〉『文学党員』一九三一年二月号〜三月号（一巻二号〜三号　アトラス社）に全編の約七分の四を、前・中編として発表。『新興芸術研究』一九三一年六月（二輯　刀江書院）に全文を発表。その際に「『第七官界彷徨』の構図その他」も同時に発表された。

底本の刊行後、『定本　尾崎翠全集』上巻（筑摩書房　一九九八・九）に収録。

〈底本〉『尾崎翠全集』創樹社　一九七九・一二

「こほろぎ嬢」

〈初出〉『火の鳥』一九三二年七月号（六巻七号　火の鳥編輯所）に発表。底本の刊行後、『定本　尾崎翠全集』上巻（筑摩書房　一九九八・九）に収録。

〈底本〉『尾崎翠全集』創樹社　一九七九・一二

【略年譜】

一八九六（明治二九）年

一二月二〇日、鳥取県岩井郡岩井宿八七番屋敷（現在岩美町岩井・岩井温泉）に、尾崎長太郎・まさの長女として生まれる。父は気多郡殿村の山田家の出で、岩井の尾崎家の養子となり、漢学者に師事して漢学を学び小学校の教師となる。母は岩井の真宗本願寺派西法寺住職の娘。

一九〇九（明治四二）年　一三歳

面影小学校高等科二年修了。県立鳥取高等女学校に入学。父事故にて急死。

一九一四（大正三）年　一八歳

前年、高女卒業後補修科に進学、龍谷大学（京都）に在学している次兄の仏教哲学の影響を受ける。この年は、鳥取高女補習科卒業後、岩美郡大岩尋常小学校に代用教員として勤務。『文章世界』に投稿を始める。

一九一七（大正六）年　二一歳

前年、『文章世界』の論文欄で入賞、『新潮』に寄稿・小品を発表。この年、本格的に文学と取り組む決意を固め、小学校を退職。東京大学農科に在学中の三兄を頼って上京。三兄の止宿先では三兄は卒業論文のために肥料の実験研究を行い、従弟が東京音楽学校に受験のため止宿していた。『第七官界彷徨』の舞台である。

一九一九（大正八）年　二三歳

日本女子大学校国文科に入学。松下文子を知り親交を結ぶ。翌年一月『新潮』に「無風帯から」を発表、大学当局から在学中の身で市販文芸誌に発表したことを問題視され自ら退学。

一九二四（大正一三）年　二八歳

文学上の苦闘を続け、頭痛鎮静剤の

ミグレニンの常用も始まった。翌年、「南条信子」のペンネームで少女小説も発表。次兄が倒れ、看病に赴く。

一九二七（昭和二）年　三一歳
落合に松下文子とともに住む。林芙美子がよく来訪した。翌年七月、『女人芸術』創刊。八月、「詩人の靴」を『婦人公論』に発表。一一月に「匂ひ――嗜好帳の二三ぺエヂ」、翌々年一月に「捧ぐる言葉――嗜好帳の二三ぺエヂ」を『女人芸術』に連載。

一九二九（昭和四）年　三三歳
三月、「木犀」を『女人芸術』に発表、次兄が死去。郷里の母からの送金に頼る日常で、頭痛も持病になりミグレニンの多量服用が習慣となって難聴などの副作用も出始める。八月と一二月、「アップルパイの午後」と「新嫉妬価値」をそれぞれ『女人芸術』に発表。

一九三〇（昭和五）年　三四歳
「映画漫想」を『女人芸術』に六回（四・五・六・七・八・九月）連載。以後、『女人芸術』から離れて、『第七官界彷徨』執筆に着手した。一二月、高橋丈雄との交際深まる。

一九三一（昭和六）年　三五歳
二月、高橋との縁で『文学党員』二月号及び三月号に『第七官界彷徨』全編の約七分の四を発表、若手文学者間に大きな反響を呼ぶ。四月、「途上にて」を『作品』に発表。六月、「第七官界彷徨」全編と「『第七官界彷徨』の構図その他」を『新興芸術研究2』に発表。八月、幻覚症状現れ始める。九月、「歩行」を『家庭』に発表。

一九三二（昭和七）年　三六歳
七月、「こほろぎ嬢」を『火の鳥』に発表、太宰治が激賞。八月、「地下室アントンの一夜」を『新科学的文芸』に発表。薬の中毒により幻覚症状が激しくなり、高橋の家に身を寄せるなどした。高橋の知らせで、結核の症状が出て帰省中の海軍少佐だった長兄が鳥取から上京し、翠を連れて帰る。帰郷後、翠はしばらく神経科の病院に入院。

一九三三（昭和八）年　三七歳
一月、「杖と帽子の偏執者チヤアリィ・チヤツプリンの二つの作品について」を『因伯時報』に発表。七月、『第七官界彷徨』を啓松堂から刊行、花田清輝・平野謙・巌谷大四らに新鮮な衝撃を与えた。「新秋名果」を『因伯時報』に発表。一一月、「神々に捧ぐる詩」を『曠野』に発表。長兄死亡。

一九三五（昭和一〇）年　三九歳
この頃から東京の友人たちとの音信も絶え、鳥取市に隠棲。五年後に母死去。

一九六五（昭和四〇）年　六九歳
鳥取市の老人ホーム敬生寮に入った。獅子文六や北杜夫の作品を愛読する。高血圧症と難聴などを患っていた。

一九六九（昭和四四）年　七三歳
一月、「第七官界彷徨」が『全集・現代文学の発見　第六巻　黒いユーモア』（学芸書林）に収録。花田清輝・平野謙の推奨によるもので、尾崎翠が再び注目を集めるようになる。
一九七一（昭和四六）年　七五歳
五月、薔薇十字社から作品集出版の連絡があったが、高血圧と老衰による全身不随の病床にあった。六月、鳥取生協病院に入院。病状が悪化し肺炎を併発。七月八日、「このまま死ぬのならむごいものだねえ」と大粒の涙を流して息を引き取った。一一月、『アップルパイの午後』が薔薇十字社から刊行。
一九七九（昭和五四）年
一二月、『尾崎翠全集』全一巻稲垣真美の編集で創樹社より刊行。
一九九八（平成一〇）年
九・一〇月、『定本　尾崎翠全集』上下巻　稲垣眞美の編集で筑摩書房より刊行。

＊狩野啓子作成尾崎翠「略年譜」（『短編　女性文学　近代』桜楓社、一九八七・四）及び『尾崎翠全集』『定本　尾崎翠全集』所収「年譜」を参照した。
（長谷川啓）

【参考文献】

加藤幸子『尾崎翠の感覚世界』（創樹社一九九〇・七）
近藤裕子「作家案内」「研究動向」『女性文学の近代』女性文学会編（双文社出版、一九九四・四）
黒澤亜里子「尾崎翠と少女小説」『定本尾崎翠全集』（下巻）（筑摩書房、一九九八・一〇）
群ようこ『尾崎翠』（文芸春秋、一九九八・一二）
中野翠編『尾崎翠集成』（上・下）（ちくま文庫、二〇〇二・二）
川崎賢子「尾崎翠研究の現状と展望――研究ノート」（『文学』二〇〇四・一二）
水田宗子『尾崎翠「第七官界彷徨」の世界』（新典社、二〇〇五・三）
日出山陽子『尾崎翠への旅――本と雑誌の迷路のなかで』（小学館スクウェア、二〇〇九・九）
川崎賢子『尾崎翠　砂丘の彼方へ』（岩波書店、二〇一〇、三）
江黒清美『「少女」と「老女」の聖域　尾崎翠・野溝七生子・森茉莉を読む』（学芸書林、二〇一二・九）
石原深予『尾崎翠の詩と病理』（ビイングネットプレス、二〇一五・三）
尾崎翠フォーラム実行委員会編『尾崎翠を読む　講演編』Ⅰ・Ⅱ（今井出版、二〇一六・一、二）
尾崎翠フォーラム実行委員会編『尾崎翠を読む　新発見資料・親族寄稿・論文編』（今井出版、二〇一六・三）
（伊原美好）

佐多稲子

一九〇四（明治三七）年六月一日～一九九八（平成一〇）年一〇月一二日

戦前回帰となり、戦争ができる国へ、格差社会から階級社会へと変貌した今こそ、佐多稲子は読み直さなければならない。そのような思いから、現代に問いかけてくる文学世界を取り上げた。

日露戦争が始まった年に生まれ九四歳でこの世を去ったが、一世紀に近い生涯は、そのまま近代日本の激動期と重なる。挫折と再起を重ねながら、自らの負の体験をしっかりと踏まえて立ち直った人生であった。少女時代に母親を亡くし、長崎から上京後は一家を支えて小学校も中退して働き、最初の結婚は夫のDVにより離婚。再婚生活も夫の女性問題や戦争の時代に翻弄されて離婚に至り、戦後はシングルマザーとして三人の子供と継母を支えて生ききった。

佐多稲子の人生・思想の目覚めとなったのが、『驢馬』同人の中野重治・堀辰雄らとの出会いであり、その一人で再婚相手の窪川鶴次郎とともに参加したプロレタリア文学運動であった。階級思想や女性解放思想に目覚め、初めての小説「キャラメル工場から」を発表してプロレタリア作家として出発、織物工場の女工たちのストライキをめぐる五部作なども発表した。

国家権力の弾圧によるプロレタリア運動崩壊後は、作家としての立場と妻としての立場の矛盾すなわち働く女性の二重労働の問題に苦しむ女性の叫びを「くれなゐ」に描く。又、再婚によって初めて知った青春と、男への愛と我が子への愛に引き裂かれる辛さを「樹々新緑」に、再婚時に実家に置いてこざるをえなかった娘への愛と母の嘆きや生き方を娘に訴えた「乳房の悲しみ」など、性差別社会ゆえに生じる女の苦痛を描き、作家として成長。少女の性の目覚めを描出した「素足の娘」はベストセラーとなり、それがもとで戦中の流行作家となって新聞社の誘いや軍部の慫慂・徴用により、「満洲」・中国・東南アジアの戦地慰問にも出かける結果になる。朝鮮・「満洲」・台湾・中国・東南アジアの植民地や占領地をほとんど回った。

戦後、戦地慰問など戦争協力を問われて新日本文学会創立の発起人に選出されなかった。そのため戦争責任の問題について自責の念に苦しみ、私はいったい何だったのだろうという自分への問いかけをモチーフに上京後の半生を東京の街とともに辿った「私の東京地図」を連載。いっぽう、敗戦直前に鶴次郎と離婚して再出発した女の半生の記録「或る女の戸籍」を、発起人にもなった婦人民主クラブの機関紙に連載した。

日本共産党にも再入党し、戦後新しく成立した文学団体や女性団体に参加して戦後民主主義運動の活動と作家活動の両輪を生き抜いた。共産党から二度も除名を受けたが、戦後の稲子を一貫して支えたのが婦人民主クラブであった。「憑依する過去」のごとく生涯をかけた内なる戦争責任追及は、稲子の民衆に根ざした戦後の思想を鍛えた。

働く人々や弱者へのまなざしは、名短編「水」「三等車」「泥人形」を産出した。「私は書くわ。女の、いろいろな苦しみや、悲しみを書くわ。ねえ、それでなければ私は救われないもの。どんなにたくさんの女がいろいろなことで苦しんでいるか知れないのね。私は書くわ」という「くれなゐ」の約言通り、フェミニズム／ジェンダーの視点で「風になじんだ歌」「体のなかを風が吹く」「女の宿」「哀れ」「重き流れに」を描出した。

そして、戦争中の自らの屈折点を夫婦の共犯性の中で追求した「灰色の午後」や、南方における日本占領下の収奪の実態を剔抉した「ある夜の客」。さらに「渓流」「塑像」において、前衛党たるべきはずの共産党への疑義を表明した。大作「樹影」では被爆した二人の男女、妻子ある日本人画家と華僑の女性の秘めたる愛の苦悩を通して長崎の原爆を告発、在日という民族問題にまで及ぶ。

晩年の到達点を示す「時に佇つ」では七〇年に至る人生を、自在な記憶の装置によって回想。自分の戦争責任の「負い目の真ん中」にあるという中国の最前線饅頭山の記憶を再現し、「老年は、わが生涯の照り返し」であり、変質は「時のせいではない。当の人間のせいなのだ」と、自戒を込めて今日への警鐘を鳴らしている。又「夏の栞――中野重治をおくる」では生涯の盟友のレクイエムをつづることによって、夏の記憶のように熱く燃えた革命運動すなわち世直し運動を再確認。晩年まで凛として立つ行動する作家であった。

牡丹のある家　昭和初年に全盛したプロレタリア運動は国家権力の大弾圧によって解体され、プロレタリア作家同盟も一九三四（昭和九）年二月に解散させられる。その直後に発表されたのが本作である。闘う労働者や前衛を描くようなプロレタリア文学は発表できない時代に入り、運動挫折後の暗い気分も引きずって、諦念さえ漂う自作農家の没落を描出しているが、骨格はまぎれもないプロレタリア文学といえよう。自然の美しい農村風景がカメラアングルのように捉えられ、没落過程がリアリズムに徹した方法で追跡されている、戦前の短編中の最高傑作である。

一九一八（大正八）年、稲子は、兵庫県相生にある播磨造船所に単身赴任した父親のもとに引き取られ翌々年まで過ごしたが、その折りに一時期間借りしていた農家がモデルである。同年一一月の第一次世界大戦終戦と同時に起こった恐慌、米価騰貴は国民を生活不安に落とし入れ、自作農のある者は没落の一途をたどる結果になった。「牡丹のある家」の米谷家も素麺製造が立ち行かなくなり、桃山が仲介人である委託販売によって安買いされそうになっている。資本主義社会に侵蝕されていく自作農の実態に着眼し、今日から見れば近代企業が村や農家を壊す、水俣や福島を想わせる現象を捉えていることになる。社会主義の視点に立って階級社会の悲劇を凝視していることが、根底に潜められているのである。

一家の誇りであり支えである三畳敷きほどの大きな牡丹の木を売らねばならぬことを予感させる事件が、持山の桃山の火事である。追いつめられていく危機的な瞬間を象徴的に示している場面が、「山裾から段々にぱちぱちと少しずつ上の方へ燃えつづけていた芝地の火が、勢いよく拡がろうとしていた。……ますますあおられるようにぼぼうと猛り立って前へとんだ」の一節だ。視覚に訴えるこの美しく不気味な情景は、いくら半纏を振りかざして消そうとしても燃え移る火の手に人間の無力さを感じさせる。

村人たちの協力で一応山火事は治まるものの、続いて起こったのが長男の妻・信江の死産で、嫁姑問題も絡んで（「嫁」には筵を敷いて出産させる風習が残っていた）信江の母親は娘を実家に引き連れて行き、離縁となる。結核の妹こぎくが寝ていては長男は再婚もできかね、こぎくは気兼ねをして養生もできず追いつめられた心境に陥り、自殺を図ろうとする。だが、母親に見つかって未遂に終わり、まだ治癒していない体ながら一度は失望した都会で再度働いて生きようと悲愴な決意をして家出をするに至る。終幕の「思いきれきれ　きれと啼く」という市次の歌に象徴されるように、運命にしたがって生きざるをえない諦念的な自作農家の現実が日本画的で抒情的な筆致で抉り出されているのである。

農村に縛られ根付くしかない長男と、村に嫁入りできなければ農村から出て行かざるをえない都市へ流出してプロレタリア化していく娘。当時の自作農家の実態、悲劇の両用が描き分けられている。

虚偽　一九四二年一一月末から翌年五月初旬にかけて、日本軍政下のシンガポール・マレー・スマトラなど南方まで戦地慰問した時の記憶を再現した短編。「内なる戦争責任追及」三部作の第二作目であり、戦後に発表された。一九四五年の一二月に新日本文学会創立大会が開催されたが、それに先だって一一月に創立準備会が開かれ、会の発起人が選出された。身近な同志である宮本百合子や中野重治、窪川鶴次郎や壺井繁治まで選出されたにもかかわらず、佐多稲子は戦争責任を問われて選出されなかった。アジア太平洋戦争下の戦地慰問等自らの言動が戦争協力であったことを自覚し、自責の念と苦渋に悶々としながら、戦争責任を問う側への疑問が渦巻く。稲子選出を否定したのは宮本百合子であり、戦争協力の共犯者である元夫の鶴次郎などが選出されていたからである。不公平で責任のけじめがあいまいな、戦争責任追及のあり方への問いであった。

そして、「内なる戦争責任追及」三部作（第一作目「女作者」『評論』一九四六年六月、第三作目「泡沫の記録」『光』一九四八年九月）のなかで第二作目であり要でもある本作品「虚偽」では、陸軍報道部の徴用により毎日新聞の特派員として南方を戦地慰問したときの日本軍政下の現地の状況と自己の言動を追及している。なお、左翼系の青年が父親の会社の関係で南方に来て、現地の人々を拷問する挿話は、「ある夜の客」の主人公であり、終幕で出てくる「M」は宮本百合子である。

本作は悔恨の念と自己解剖のメスが深化し、胸痛む作品だ。痛切な悔恨と、同志の仲間たちへの疑義も深まるばかりである。隣近所が戦地へ肉親をおくり「悲痛に耐えている」環境に追い立てられて中国の戦地慰問に赴き、戦争の本質と行方を知りつつ「戦場の感傷」に溺れ、続く東南アジアへの戦地慰問には「何でも見て来よう」という「詮索心」から出かけたと自己分析。意識的な「虚偽」を装って、時には「心の中に、演技の真がのりうつり」、「ほんとうに日本政府を代表しているような傲ぶった感情になった」体験、仮面の自己欺瞞性も剔抉している。現地の人々の抵抗や、拷問で対処する日本の占領政策「戦争そのものが盗み」である光景、加害性をも描出。

さらに、「その時までの生涯に、我が手に招いた恥辱に身をさらした経験を持たなかった」、「日本の兵隊を、人民大衆と同じものにみてしまい、その中に自分自身を解消してもいた」と自己追求を重ね、「自分の誤謬に対する恥」ばかりでなく「虚構を構えて見せた対手方に対してまで」恥を感じるという「二重に重なる羞恥に、実体をさらして責めを受けるしかない」と覚悟しつつ、責任を追及する側へ痛烈な反発心を抱いている。

白と紫　佐多稲子の植民地文学である。一九四〇（昭和一五）年六月から七月にかけて朝鮮総督府鉄道局に招待され、壺井栄を誘って日本帝国主義支配下の朝鮮を旅行する。稲子が植民地旅行として初めて口火を切った旅であった。この旅行で知った、日本語教育を小学校から義務づけられて母国語と引き裂かれ、創氏改名を迫られる朝鮮の女性の悲劇を、戦後になって小説化したのが「白と紫」である。

　宗主国側の大沢芳子の視点を通して植民地支配の実態が語られているが、彼女は日本の女子大を卒業して、日本帝国支配の象徴たる朝鮮総督府の鉄道局に勤めている。大学卒業後郷里で女学校教師として勤務し、朝鮮に渡った者が多い佐賀出身の伝手を頼って京城に行き、一種の解放感を抱いている。がしかし、「女の、しかも他国でのひとり暮らし」は「いつとなく肩を張った依怙地なもの」で、自分の生活の殻をつくり、仕事には忠実だが、人間関係には無関心で押し通す。現実からの逃避という自己武装によって外地を生き延びてきた身の処し方は、相手から目をそらし何かから逃げている性格につながっている。引揚げ後「朝鮮は朝鮮の国だった」ことに気づき、田貞姫の存在を再認識する。

　芳子の同僚である朝鮮の女性・田貞姫は、日本の女子専門学校を卒業して日本の古典文学にも通じているインテリで、「いつも何かを内に制止して」いて、朝鮮語と日本語のどちらの言葉も完全には駆使できず自分というものが「宙に浮いてしまった」感覚、分裂意識を抱いている。和服で通す芳子に対して朝鮮服で通すという抵抗、自国の誇りに生きていながら、丁寧上品な日本語で話すという擬態を装い、「親日」の仮面を被らざるをえない。だが、創氏改名が強制されるにしたがい、次第に荒れていき、自殺未遂に追い込まれる。支配する側への反抗的な感情を抑えてまで抱いていた偽装意識、親日派的仮面が創氏改名により決定的に裏切られ追いつめられた果ての自殺行為であった。偽装の破綻、日本に同化した自分と朝鮮人としての自分の矛盾に引き裂かれた末の自己崩壊による狂気である。

　被植民者でしかも女性であるがゆえのいっそう差別的な宗主国への、彼女の「語られぬ」抵抗の叫びを芳子は理解できなかったのだった。

　本作は、二人の女性ばかりでなく、加害国側の差別意識と被害国側の反抗心をリアルに描出している。とくに朝鮮人を差別する植民地暮らしの日本人の意識を深部から抉り出しているのだ。女学生でさえ朝鮮の老人を「臭い」と躊躇(ためら)いなく言い罪悪感さえ抱いていないが、朝鮮生まれで朝鮮育ちの「メンタイ」として内地（日本本国内）に蔑まれているという自己認識を抱き、だからこそ朝鮮の人々に対しては優越と侮蔑を示すとある。

　佐多文学における日本侵略戦争の記憶表象の白眉ともいえる、まぎれもない反戦小説であり、今日的意義は深い。

由縁の子　晩年の珠玉のような短編群のひとつ。
　昭和初年の日本共産党を前衛とする革命運動すなわち世直し運動は、資本主義による階級社会に異議申し立てをするとともに満洲事変以降の戦争に反対し、国家権力から大弾圧を受ける。運動は過激化し、活動家は住所を不定にして地下活動に入る非合法活動を行わざるをえなかった。

　その非合法活動の中で、アジト（隠れ家）の男性活動家を助けて夫婦を装い家政婦の役目を負ったのが「ハウスキーパー」であった。語り手が「当時から疑問的だった」といっているように、女性差別も甚だしい革命運動のあり方であった。隠れ家の男女が性的関係にまで及ぶこともあった。語り手は、非合法である限り子供を産んだ女性は父親の名を明かすことができなかった、明かす自由がなかったと作中説明をしている。

　一九三二（昭和七）年四月、語り手自身がその年に女児を出産し同志の夫が獄中にいた頃に「由縁」の子・素子も生まれ、母を産褥熱で出産一〇日後に亡くしている。弾圧がもっとも苛烈な時代であった。

　語り手の親友・宮森はまた、「ハウスキーパー」の役割を担っていた女性の親友・同志でもあったが、死に目にはあえず、素子の父親の名前も聞かされなかった。生まれたばかりの素子を引き取って命名し、貧窮の中で育てられず、やがてプロレタリア文化運動仲間の印刷所夫婦の養女にしてもらう。しかし宮森が精神的絆で結ばれた親であり、素子とは今なお親子のような間柄にある。素子は結婚して二人の子供をもち、語り手である「私」や宮森が参加する活動の輪の一端に加わることで、非合法のつながりの中で死んだ生母を呼び起こしているようだと語られている。

　戦前の左翼活動の明暗、不分明さと透明度の両様が見つめられ、とくに古都を舞台に純粋な同志たちの連帯によって一つのいのちが救われたことを伝える感動的な話だ。

　語り手の「私」は佐多稲子自身、宮森は松本員枝がモデルである。二人は京都で開かれた婦人民主クラブ（戦後まもなく創立）の集会に出席するために会い、「私」は由縁の子の所以を知ることになる。

【解題】

「牡丹のある家」
〈初出〉『中央公論』一九三四・六
〈底本〉『佐多稲子全集』第二巻　講談社　一九七八・一

「虚偽」
〈初出〉『人間』一九四八・六
〈底本〉『佐多稲子全集』第四巻　講談社　一九七八・三

「白と紫」
〈初出〉『人間』一九五〇・九
〈底本〉『佐多稲子全集』第五巻　講談社　一九七八・四

「由縁の子」
〈初出〉『新潮』一九七八・一
〈底本〉『佐多稲子全集』第一五巻
講談社　一九七九・二

【略年譜】

一九〇四（明治三七）年
六月一日、長崎市八百屋町四番戸の田中梅太郎宅で生まれる。本名イネ。父田島正文、母高柳ユキの長女。稲子を懐妊した時、父正文は県立佐賀中学校五年生（一八歳）で、ユキは県立佐賀高等女学校一年生（一五歳）だった。ユキは退学し、正文は卒業して長崎三菱造船所造機課の書記として勤務。

一九一一（明治四四）年　七歳
四月、長崎市勝山尋常小学校に入学。
八月、母ユキ、肺結核のため死去。

一九一五（大正四）年　一一歳
一〇月、一家をあげて上京し、本所向島小梅町に住む父方の叔父佐田秀実のもとに身を寄せる。向島の牛島小学校に転校したが父失職により、五年生の途中で中退。一二月から神田区和泉橋のキャラメル工場で働き始める。翌年も浅草六区の中華そば屋で働くが幼すぎて続かず、上野池之端の料亭・清凌亭に小間使いとして住み込む。

一九一八（大正七）年　一四歳
前年、兵庫県相生の播磨造船所に単身赴任した父のもとに引き取られる。『少女の友』『女学世界』に田島いね子の名で短歌や短文を投稿する。

一九一九（大正八）年　一五歳
単身上京して上野清凌亭の座敷女中となる。翌年退職して、日本橋の丸善書店洋品部の女店員となる。

一九二二（大正一一）年　一八歳
生田春月主催の『文芸通報』（のちに『詩と人生』）に詩を投稿、準同人となる。

一九二四（大正一三）年　二〇歳
四月、慶応大学の学生で資産家の当主であった小堀槐三と結婚。財産問題から人間不信に陥った夫との陰惨な結婚生活に疲れ、自殺未遂の果てに夫婦で心中を図ったが、命をとりとめる。相生の父のもとに引き取られ、六月に葉子を出産。二六年に正式に離婚成立。

一九二六（大正一五・昭和一）年　二二歳
一月、一家で上京。本郷動坂のカフェー・紅緑の女給として働く。四月創刊の『驢馬』同人の中野重治、堀辰雄、窪川鶴次郎らと邂逅。浅草のカフェー・聚楽で働きながら、七月頃鶴次郎と事実上の結婚生活に入る。翌年三月、『驢馬』に田島いね子の名で詩を発表。

一九二八（昭和三）年　二四歳
二月、最初の作品「キャラメル工場から」を窪川いね子の名で『プロレタリア芸術』に発表。四月、全日本無産者芸術連盟（ナップ）に加盟。翌年、日本プロレタリア作家同盟（ナルプ）に所属。

一九三〇（昭和五）年　二六歳

二月、長男建造誕生。翌年、一月から翌々年三月まで東京モスリンの争議に取材した女工もの五部作を各誌に発表。一一月、日本プロレタリア文化連盟（コップ）に加盟。同月、ナルプ婦人委員会、コップ婦人協議会の委員となり、『働く婦人』編集委員となる。

一九三二（昭和七）年　二八歳

三月、コップの大弾圧により鶴次郎が検挙され、服役。四月、次女達枝誕生、『働く婦人』の編集責任者となる。日本共産党に入党し、小林多喜二、宮本顕治らと非合法の連絡をとり合う。壺井栄との交友深まる。九月、コップ婦人協議会の会合で、宮本百合子らと達枝を背負ったまま渋谷署に検束される。

一九三三（昭和八）年　二九歳

二月、多喜二が拷問により殺され、百合子らと遺体に対面する。二月と四月に、「二月二十日のこと」「同志小林多喜二の死は虐殺であった」を各誌に発表。一一月、鶴次郎が偽装転向で保釈出所。翌年二月、ナルプ解散。六月、「牡丹のある家」を『中央公論』に発表。

一九三五（昭和一〇）年　三一歳

五月、戸塚署に逮捕され、六月に保釈されるが『働く婦人』の編集を理由に起訴される。この年、作家の仕事と妻の立場の矛盾に苦しむが、鶴次郎に女性関係が生じ、結婚生活の危機に陥る。翌年一月より「くれなゐ」を『婦人公論』に連載。カナダから帰国した田村俊子と交友始まる。

一九三七（昭和一二）年　三三歳

三月より「乳房の悲しみ」を『婦人公論』に連載。五月、懲役二年執行猶予三年の判決を受ける。翌年、九月の末、一年半以上続いていた鶴次郎と田村俊子の情事が発覚、一二月に俊子は上海に渡る。信頼が崩れたまま夫婦関係は続く。

一九四〇（昭和一五）年　三六歳

二月、初めての書き下ろし長編『素足の娘』を新潮社より刊行。六月中旬から末にかけて朝鮮総督府鉄道局に招待され、壺井栄と朝鮮を旅行。一〇月、随筆集『女性の言葉』を高田書院より刊行。

一九四一（昭和一六）年　三七歳

六月、満洲日日新聞社の招待により「満洲」を旅行。帰路、再度朝鮮に立ち寄る。九月から一〇月にかけて、朝日新聞社より銃後文芸奉公隊の一員として、林芙美子らと「満洲」各地の戦地を慰問する。

一九四二（昭和一七）年　三八歳

三月から四月にかけて、大東亜戦争文芸講演会のため台湾を一周。五月から六月にかけて、陸軍報道部の慫懲により、新潮社『日の出』特派員として真杉静枝と南京、蘇州、杭州、漢口、宜昌の中国各地を戦地慰問、七月に戦地報告を発表。一〇月末、陸軍報道部の徴用により（稲子は毎日新聞社特派員）、林芙美子らとシンガポール、マレー、スマトラなど南方を戦地慰問。一二月、随筆集『続・女性の言葉』を高山書院から刊行。戦争協力的な文章も書き出す。

一九四三（昭和一八）年　三九歳

五月初旬、スマトラより帰国。八月、第二回大東亜文学者決戦大会に代議員として出席。翌年、鶴次郎は鉄道会社に勤務、別居生活に入る。戦争が激しくなる中、執筆もできず、工場動員で弾丸の包装をしたりする。

一九四五（昭和二〇）年　四一歳

四月、中野区鷺宮に、建造と達枝を連れて転居。継母ヨツと葉子も加わる。シングルマザー一家の出発であった。五月、鶴次郎と正式に離婚。一一月より筆名佐多稲子を使用する。同月、婦人民主クラブの創立準備に加わる。一二月、新日本文学会創立。戦地慰問など戦中の行為を批判され、創立の発起人に加えられなかった。

一九四六（昭和二一）年　四二歳

三月、婦人民主クラブ創立、発起人の一人となる。同月、「私の東京地図」連載開始。八月、『婦人民主新聞』が創刊され、「或る女の戸籍」を連載。一〇月、日本共産党に再入党。一一月、婦人民主クラブ中央委員となる。

一九四八（昭和二三）年　四四歳

二月、「私の長崎地図」を『月刊長崎』に連載。六月、「虚偽」を『人間』に、九月、「泡沫の記録」を『光』に発表。翌年、百合子らと声明書「平和を守り教育を憂うる女性の皆様へ」を発表。

一九五〇（昭和二五）年　四六歳

六月、マッカーサー指令により、共産党中央委員が公職追放される。党は分裂、婦人民主クラブに対して干渉を強めた臨時指導部に稲子ら中央委員は抵抗。この朝鮮戦争開始の年の九月に「白と紫」を『人間』に発表。

一九五一（昭和二六）年　四七歳

一月、共産党から除名処分。

一九五四（昭和二九）年　五〇歳

四月、新日本文学会中央委員として、「原水爆禁止を訴う」の声明文を発表。翌年、共産党の分裂に絡む新日本文学会内部の混乱に苦しみ、常任幹事を辞退する。六月、「夜の記憶」を『世界』に発表。七月、共産党が「六全協」の新方針で統一をはかり、稲子は党に無条件復帰する。一〇月、『機械のなかの青春』を角川書店より刊行。

一九五六（昭和三一）年　五二歳

九月、「自分について」を『新日本文学』に発表。「体の中を風が吹く」を『朝日新聞』に連載。

一九五八（昭和三三）年　五四歳
三月、松川事件対策協議会の副会長となる。四月より、『佐多稲子作品集』全一五巻を筑摩書房より刊行。一〇月より、「歯車」を『アカハタ』に連載。「ある夜の客」を『群像』に発表。翌年一〇月より、「灰色の午後」を『群像』に連載。

一九六二（昭和三七）年　五八歳
五月、「水」、一〇月、「女の宿」を『群像』に発表（翌年、「女の宿」により女流文学賞を受賞）。七月より、「渓流」を『群像』に連載。

一九六四（昭和三九）年　六〇歳
一〇月、部分的核実験停止条約に端を発した日本共産党の政治的思想的方針を批判して除名される。

一九六六（昭和四一）年　六二歳
一月より、「塑像」を『群像』に連載。翌々年一月、「重き流れに」を『婦人之友』に連載。

一九七〇（昭和四五）年　六六歳
六月、婦人民主クラブ委員長になる。八月より、「樹影」を『群像』に連載（翌々年、野間文芸賞を受賞）。

一九七三（昭和四八）年　六九歳
四月、芸術院恩賜賞内諾を求められたが辞退。

一九七五（昭和五〇）年　七一歳
一月、「時に佇つ」を『文芸』に連載（翌年、川端康成文学賞受賞）。

一九七六（昭和五一）年　七二歳
一一月、「天皇在位五十年祝典に反対する〈天皇制・女〉」集会とデモに参加。

一九七七（昭和五二）年　七三歳
一一月より、『佐多稲子全集』全一八巻を講談社から刊行。翌年一月、「由縁の子」を『新潮』に発表。

一九八二（昭和五七）年　七八歳
一月より「夏の栞――中野重治をおくる」を『新潮』に連載（翌年毎日芸術賞受賞）。

一九八四（昭和五九）年　八〇歳
一月、長年の作家活動による現代文学への貢献に対し、朝日賞を授与される。翌年一〇月、『月の宴』を講談社より刊行（その翌年、読売文学賞を受賞）。

一九九八（平成一〇）年　九四歳
一〇月一二日、敗血症のため逝去。

＊講談社文芸文庫『私の長崎地図』佐多稲子研究会・『草茫々通信　12号』八田千恵子作成年譜を参照した。

（長谷川啓）

【参考文献】

長谷川啓『佐多稲子論』（オリジン出版センター、一九九二・七）
北川秋雄『佐多稲子研究』（双文社出版、一九九三・一〇）
小林裕子『人物書誌大系28　佐多稲子』（日外アソシエーツ、一九九四・六）
小林裕子『佐多稲子――体験と時間』（翰林書房、一九九七・五）
『新日本文学　佐多稲子生誕100年記

念』(二〇〇四・五及び六合併号)
小林美恵子『昭和十年代の佐多稲子』(双文社出版、二〇〇五・三)
小林裕子・長谷川啓編『佐多稲子と戦後文学』(七ツ森書館、二〇〇五・一一)
谷口絹枝「『女作者』から『私の東京地図』への転向——戦後出発期の佐多稲子にみる〈戦争と女性文学〉」(『昭和文学研究』第55集、二〇〇七・九)
五十嵐福子『ふたりの作家——稲子・栄文学の旅』(菁柿堂、二〇一三・一)
『佐多稲子文学アルバム　凛として立つ』(菁柿堂、二〇一三・八)
北川秋雄『佐多稲子研究(戦後編)』(大阪教育図書出版、二〇一六・二)
矢澤美佐紀「佐多稲子における戦前の女性労働争議の描かれ方——「女工もの五部作」を視座に」(『昭和前期女性文学論』翰林書房、二〇一六・一〇)
伊原美好「佐多稲子『分身』論——二つの祖国のはざまで」(『昭和前期女性文学論』翰林書房、二〇一六・一〇)
八田千恵子編『草茫々通信　佐多稲子特集』(第一二号、二〇一八・六)
佐多稲子研究会誌『くれない』創刊号(一九六九・六)〜一二号(二〇一八・五)

(伊原美好)

壺井　栄　一八九九(明治三二)年八月五日〜一九六七(昭和四二)年六月二三日

　壺井栄の魅力、それはなんといっても自然のオーラだ。地球破壊、自然破壊、日本の農・林・海が破壊された今こそ、再発見されなければならない作家であろう。母性の作家ともいわれているが産む性のそれというより、小豆島の自然に根ざしたおおらかさ、温かさから来ているものであろう。二六歳になって上京し、壺井繁治と結婚して以降は東京暮らしだったが、海と山のある村落と大家族の光景は原点となり、栄の文学のしっかりとした土台を形成している。したがって、村落共同体の結の温かさと、村八分する残酷さ旧弊さを十分熟知しているといえよう。

　たとえば、「母のない子と子のない母と」の、山歩きする子供たちが他所で栽培している果樹園から自然の恵みを頂戴しても盗人扱いにされない共同体のおおらかさ。いっぽう「大根の葉」にみられるように子供の「そこひ」(先天的白内障と思われる)を手術ではなく信心で治せといった因習、「岸うつ波」の〈出戻り女〉に対する差別と排除等々。村の両側面を描出しているのである。

　そして、方言の魅力や、おおぜいの兄妹や身寄りのない幼児まで一緒に暮らす職人一家の、現在失ってしまった懐かしい大家族の光景。郷愁を誘う文学でもある。また、「大根の葉」や「赤いステッキ」にもみられるように、子供の描写はとくに優れており、「柿の木のある家」に代表される児童文学が量産されている。

　そればかりではない。四代にわたる庄屋の女たちが着たうちかけを通して語られる、それぞれの人生を見つめた「裲襠」、シングルで生き通すこともできず、小柄な女が男に好まれた時代に大柄ゆえに離縁までされなければならない、ジェンダー社会を告発した「妻の座」などにみられるフェミニズム的な作品。

　戦後大ベストセラーとなった反戦小説「二十四の瞳」は、木下恵介監督・高峰秀子主演によって映画化され、壺井栄ブームにまでなった。教師と生徒の交流を通して語られる戦争の悲劇は、今なお広く愛読されている。栄は、「日々の暮らしに根付く反戦メッセージ」(小林裕子)を発信し続けたのであった。

　プロレタリア詩人の妻として、夫とともにプロレタリア運動に参加し、運動を支える中でその文学と精神と社会意識を培い、同志であり親友でもあった宮本百合子や佐多稲子の助けを借りながら、今でいう主婦作家として誕生した。おばあさんの昔語りのように気負いなく、民衆に根ざした民衆の心を伝え続けた作家だったのである。


大根の葉　壺井栄は一九二九年からエッセイ、三五年から小説を発表しはじめている。「大根の葉」は佐多稲子や宮本百合子の助力で脱稿し、初め『文芸春秋』や『人民文庫』に持ち込まれたが『文芸』に掲載されることになり、好評で芥川賞候補作に入り出世作となった(鷺只雄)。作品のモデルは栄の末の妹・貞枝一家である。

　本作の魅力は、瀬戸内海の小豆島の山や海などの自然と、会話の歌うような方言である。穏やかなのんびりした村にも、生きていく上でのさまざまな苦労がある。まだ幼児の健の家では大学出の父親が東京にいて就職もなく、母親が器用で毛糸編物屋を開いて留守家族を支えている。母親の一番の悩みは、生まれて一年近くの赤ん坊が「そこひ」で目が見えないことであった。神戸の病院で手術してもらうために兄の健は父親の実家(跡継ぎは父の兄になっていた)に預けられることになる。一人おいて行かれる健のじぶくる様子と、賢く宥める母親のやりとりが切ないユーモアを湛え、実感あふれる描写である。

　健が実家の村の子供たちとなじめず、

祖母の後ばかり付いて歩く光景。おいて行かれた淋しさを堪えていた分、母親が迎えに来た時の素直になれない気持ちや、従兄に帰れといわれる辛さ等々。動作や言葉のはしばしから子供の気持ちが伝わってくるように描出されている。父の実家での子供なりの遠慮や母親の気遣い、しかし村の慣習に背いてでも女児の眼を治したいという母親の強い意志も伝わってくる。漁舟の篝火が見える夜の帰り道、健を背負いながら、手術によって妹・克子の眼が少し見えるようになった喜びばかり母が語りかけるラストシーンは感動的だ。健はもう母の話の聞き手になるほど成長したのである。

妻の座　本作は、敗戦の少し前に二一年も連れ添う妻を亡くした作家徳永直と、壺井栄の妹で長年裁縫教師として勤め四〇歳まで独身だったシンの結婚、そしてわずか二カ月で破婚してから、徳永の再々婚とシンの帰郷までのいきさつを描いている。二人を引き合わせたのは栄自身で、栄の相談役の親友は佐多稲子、栄の夫・壺井繁治、非転向を貫いた宮本百合子、原爆作家の大田洋子等、実在人物が多数登場する。しかし、事の顚末を暴露的に徳永糾弾として描かれた小説ではない。「妻の座」は栄の造語（鷺只雄）で、シンの破婚を通して、多くの女たちが抱える問題、妻という立場を問う、フェミニズム的視点に貫かれた作品なのである。

作中の野村と閑子（閑古鳥の意か）の結婚は敗戦後一年ぐらい、まだ新憲法が発令される前で（作品連載は発令後から開始）、かつては革命運動を担い、戦後の民主主義運動を担う人々の間で起きている結婚問題なのに、今日から見ればはなはだ古めかしい因習や価値観にとらわれている。野村が閑子を受け入れられない理由は、亡妻を忘れかねるからというより（閑子との離婚後しばらくして再々婚もしている）、閑子が丙午年の生まれの女であり、器量が悪く、自分の腕の中に入らない大きな体にあるとか、鼾をかくからであるという。四人も子供がいる上に妻の死後の混乱する家の中を掃除整頓し家政婦の役割を果たした二カ月後に閑子と離婚して、閑子がプライドのため拒否したとはいえ、慰謝料も払われていない。

そもそも、裁縫ができて優しい女を希望していた野村の意にかなうと考え、閑子を嫁入りさせる、破鍋に綴蓋的な姉のミネの安易さも、野村の器量好みをすぐ思い立つ親友の貞子も旧弊である。敗戦後の新風が吹く時代になったにもかかわらず、周囲の男も女も皆、妻を家政婦同様に考え、美の価値基準すら変わっていないし、シングルで生きる人生を認めていないのである。離婚後の閑子が夜叉になり荒れ狂うようになるのも至極当然なことで、離婚は女にとって不利な時代であった。〈出戻り〉として田舎に帰ることは辛く、自分の家は人に貸し、耕地は不在地主のため没収され、帰る居場所すらなくなってもいた。だが結局、新しい世の中に背を向けるようにして、頑なな閑子は故郷に帰っていく。

男は再婚でき、女は人間不信に固まって都落ちして行くジェンダー社会の現実を、作者は凝視し続けてやまない。

【解題】

「大根の葉」
〈初出〉『文芸』一九三八・九（六巻九号）
〈底本〉『壺井栄全集』第一巻　文泉堂出版　一九九七・八

「妻の座」
〈初出〉『新日本文学』一九四七年七月（一巻八号）に第一回、四九年二月（四巻二号）に第二回、同年三月（四巻三号）に第三回、同年四月（四巻四号）に第四回、同年七月（四巻六号）に第五回を発表、完結した。
〈底本〉『壺井栄全集』第三巻　文泉堂出版　一九九七・一二

（長谷川啓）

【略年譜】

一八九九（明治三二）年
八月五日、岩井藤吉、アサの五女として、香川県小戸郡坂手村（現在、内海町坂手）甲四一六番地に生まれる。父は樽職人で、大家族のなかで育つ。

一九一〇（明治四三）年　一一歳
家業が破産し、狭い借家住いとなる。

一九一一（明治四四）年　一二歳
内海高等小学校入学。高松で教師をしていた兄弥三郎が送ってくれる『少女世界』『少女の友』等を読む。

一九一三（大正二）年　一四歳
内海高等小学校卒業。渡海屋（海上の運送業）となった父の仕事を手伝う。

一九一四（大正三）年　一五歳
坂手郵便局の見習い事務員となり、翌年本採用となる。

一九一七（大正六）年　一八歳
過労から肋膜炎、脊椎カリエスとなり、郵便局を退職。その後村役場に勤務。

一九二五（大正一四）年　二六歳
二月、役場を退職し上京、文通のあったアナーキスト詩人の壺井繁治と結婚、隣家の林芙美子・野村吉哉、近所の平林たい子・飯田徳太郎らと交流。一二月、母没し、姪真澄を引き取り育てる。

一九二六（大正一五・昭和一）年　二七歳
郷里の妹シンと貞枝を引き取り、それぞれ女学校へ通わせる。

一九二八（昭和三）年　二九歳
繁治、マルキシズムへ転換し、ナップ（全日本無産者芸術連盟）に参加。

一九二九（昭和四）年　三〇歳
二月、「プロ文士の妻の日記」を『婦女界』に発表。四月、四・一六事件（共産党弾圧）により、繁治逮捕。
一九三二（昭和七）年　三三歳
検挙・投獄された繁治の救援活動（解放運動犠牲者救護活動）に奔走する中で、佐多稲子、宮本百合子と親交。『働く婦人』編集に加わる。
一九三五（昭和一〇）年　三六歳
三月、初めての小説「長屋のスケッチ」を『進歩』に発表。
一九三六（昭和一一）年　三七歳
五月頃、繁治と中野重治の妹で詩人の中野鈴子との恋愛関係が発覚、鈴子陳謝して解決を見る。
一九三八（昭和一三）年　三九歳
九月、「大根の葉」を『文芸』に発表、作家生活に入る。
一九四〇（昭和一五）年　四一歳
二月、「暦」を『新潮』に、「廊下」を『文芸』、「赤いステッキ」を『中央公論』に発表。三月、第一創作集『暦』（翌年、第四回新潮社文芸賞受賞）を新潮社より刊行。

一九四四（昭和一九）年　四五歳
二月、最初の童話集『夕顔の言葉』（紀元社）、六月、『海のたましひ』（講談社）刊行。
一九四五（昭和二〇）年　四六歳
九月、孤児となった甥の子右文を引き取り育てる。一二月、第一〇作品集『松のたより』（飛鳥書房）刊行。
一九四六（昭和二一）　年　四七歳
八月、妹シン、徳永直と結婚。しかし、二カ月後に離婚。一〇月、作品集『大根の葉』（新興出版社）刊行。
一九四七（昭和二二）年　四八歳
七月、「妻の座」を『新日本文学』に連載開始。
一九四九（昭和二四）年　五〇歳
四月、童話集『柿の木のある家』（第一回児童文学賞受賞）を山の木書店より刊行。童話作家としての地位を確立する。
一九五一（昭和二六）年　五二歳
六月、『右文覚え書』（三十書房）、一

一月、『母のない子と子のない母と』（光文社）刊行。
一九五二（昭和二七）年　五三歳
三月、『坂道』（中央公論社）、一二月、『二十四の瞳』（光文社）刊行。両作により第二回芸術選奨文部大臣賞受賞。
一九五四（昭和二九）年　五五歳
九月、連作小説「風」の第一作を『群像』に発表（翌年、第七回女流文学者賞受賞）。映画化、演劇化される事が多くなる。
一九五六（昭和三一）年　五七歳
『壺井栄作品集』全一五巻（筑摩書房）刊行開始。
一九六一（昭和三六）年　六二歳
春、最初の喘息の発作を起こす。一〇月、慶応病院に入院、以後喘息等により、入退院を繰り返す。
一九六四（昭和三九）年　六五歳
九月、『壺井栄児童文学全集』全四巻（講談社）刊行開始。

一九六五（昭和四〇）年　六六歳
一〇月、『壺井栄名作集』一〇巻をポプラ社より刊行。
一九六七（昭和四二）年
六月二三日、気管支喘息のため死去。享年六七歳。
一九九二（平成四）年　没後二五年
六月、壺井栄文学館が郷里内海町田浦に開館。

＊岩淵宏子作成壺井栄「略年譜」（『短編　女性文学　近代続』おうふう、二〇〇二・九）、小林裕子作成「壺井栄略年譜」（小林裕子『壺井栄』新典社、二〇一二・五））等を参照した。

【参考文献】

壺井繁治『激流の魚』（光和堂、一九六六・一一）
西沢正太郎『壺井栄――人と作品』（清水書院、一九八〇・一〇）
森玲子『壺井栄』（牧羊社、一九九一・一〇）
鷺只雄『人物書誌大系26　壺井栄』（日外アソシエーツ、一九九二・一〇）
戎居仁平治『壺井栄伝』（壺井栄文学館、一九九五・一）
佐々木正夫『栄さんの萬年筆』（四国新聞社、一九九六・八）
小林裕子『女性作家評伝シリーズ12　壺井栄』（新典社、二〇一二・四）
鷺只雄『評伝　壺井栄』（翰林書房、二〇一二・五）
五十嵐福子『ふたりの作家――稲子・栄文学の旅』（菁柿堂、二〇一三・一）
小林裕子「日々の暮らしに根付く反戦メッセージ――壺井栄『二十四の瞳』『母のない子と子のない母と』中心に」（『戦争の記憶と女たちの反戦表現』ゆまに書房、二〇一五・五）

（伊原美好）

中里恒子

一九〇九（明治四二）年一二月二三日～一九八七（昭和六二）年四月五日

震災後にプロレタリア文学の影響により文学に開眼、さらに永井龍男との出会いをきっかけに文学を志し、一九二八年に最初の作品「明らかな気持」を発表。以来、八七年に逝去し「忘我の記」最終回が絶筆となるまで、中里恒子は文学一筋に生きてきた作家であった。長きに渡る人生の足跡の中でも、関東大震災・結婚・出産・肺病との闘い・戦争・敗戦・離婚・アメリカでの娘の結婚・孤独な文学生活と、文学創造にかかわる体験をくぐり抜けてきた。

　なかでも文学の原風景となったのが長兄とイギリス人女性、夫の義兄とフランス人女性の国際結婚であり、日本における生活であった。これら家族との交流を通して、風俗習慣の違いがいかにトラブルの原因になるか、また、国籍というものが戦争の場合に個人としてよりも国対国として問題になることを知り、「人間の眼」で書いておきたいと思ったのが芥川賞受賞作品「乗合馬車」であった。女性の立場から国際結婚が照射されているのである。

　異国で暮らす妻たちの母国への郷愁と、日本の悪習である夫の芸者遊びを知りつつ、深く追求せずに家族円満のため見過ごそうとする子沢山のイギリス人女性。専業主婦にあきたらず、帽子作りに専念して店まで持ち、妻の二重労働に悩みつつ夫の不満による女遊びにも抵抗、過労のため肺結核で療養しなければならなくなるフランス人女性。同時期に佐多稲子も「くれなゐ」で同じようなテーマを扱っている。そしてさらに、子どもたちの「あいのこ、あいのこ」と世間から指さされる辛さや自立志向。男性中心で閉鎖的な日本の社会を抉り出している。続く「日光室」「まりあんぬ物語」等でも、国際結婚のテーマは引き継がれていく。晩年近くには、中年の男女の恋を描いた「時雨の記」がベストセラーになり、世を捨て自然の中で超然と生きる女性を追った「誰袖草」では女流文学賞を得た。両作品に揺曳するのは人間の孤影の姿だが、中里を貫いているのは、人間存在の孤影かも知れない。

日光室　一九三八年に「乗合馬車」と「日光室」が続いて発表されたが、翌年二月にともに第八回（一九三八年下半期）芥川賞に選ばれる。女性作家では初めての受賞であった。中里恒子の長兄は横浜財界の増田嘉兵衛の貿易会社増田屋ロンドン支店に派遣され、やがて父母の反対を押し切って秘書だったイギリスの女性と結婚。夫の義兄も洋行中にフランス人女性と結婚したが、この国際結婚による乗合馬車のような親族交流がともに描かれている。『中里恒子全集　第一巻』の「あとがき」には、日中戦争も始まり「外国人は、軟禁されたり、スパイのように思われたりした。私は、そのことにも義憤を覚えた。女子供でも、外国人だということで、白眼視される」ことへの抵抗の気持ちもあって「外国人を描くことを、自分に意義づけるようになった」と、モチーフが語られている。
　本作は前作の「乗合馬車」を引き継ぎ、外国人の義姉やその子供たちと義妹の日本人女性や子供たちが、一夏の避暑地で交流する「日光室」のような光景を描き出している。それは、子供たちのままごとでさえ、大人の世界が子供の世界に反映され、それぞれの国や暮らしの習慣の違いが持ち込まれてトラブルになり、「僕、西洋人の子なんか厭だ」などという拒否反応も飛び出してくる難しさも孕むものでもあった。併せて、成長していく子供たちの冒険がいかに母親の心痛の種になるかも描出されている。

まりあんぬ物語　「日光室」に登場してくる、マリアンヌのその後の物語である。中里恒子の長兄とイギリス人の妻の娘（ミドリ）がモデルで、彼女はアジア太平洋戦争開戦の年の三月に夭折した。『中里恒子全集』の収録年譜によると、「日中戦争以来国情は逼迫して、大戦突入の気配も見え、外国人をまじえた兄の一家に対して、横浜居留地に住む外国人同様、軍部からの監視がひどくなる」とある。本作は、外国人差別・迫害といった戦時下状況の中、娘が辛い気持ちを抱えたまま逝去した、その若い命を悼むレクイエムでもある。

快活だったまりあんぬは、国際状態が難しくなりとくに母親の母国イギリスとの関係が悪化していくと、厭人的に用心深くなり外出さえもしなくなる。「混血児」ということで過敏になっていたところへ民族的な心痛と不安が加わり、複雑な苦悩を秘めた多感な性格・年齢ゆえに外部の立ち入りもまったく禁止する魂へと変貌し、嘆きも不安も一切口外しなくなる。

母親が日本人の子供たちに「間諜」だと指さしつきまとわれたことを訴えても、外国人差別の根本的問題に触れることを拒否し、「険悪な時代の住み難さ」を同情されるのさえ厭うようになっていったという。結婚話も出始める頃、急性肺炎で急逝したのであった。

さらに戦争が激化していく中で彼女の父親は職業上の理由から禁足され家も売り払い不自由な生活に入り、母親も故国の実家がドイツに爆撃され故郷を失ったも同然の状態となる。

まりあんぬの、「混血児」という意識からの解放願望「あたし人間なのよ」という叫び、「誰だって不幸だわ、戦争なんて」という嘆きが、作品全編に響きわたっている。

誰袖草　タガソデソウと読む。ナデシコ科の花。本作の終幕に「誰の袖にもふれない、小さな小さな、白い目立たない、誰袖草」とある。一九七八年一二月に文芸春秋から刊行されたが、翌年一〇月に第一八回女流文学賞を受賞。宇野千代・円地文子・佐多稲子等の選評を受けたが、なかでも佐伯彰一の批評「日本的な『歌枕』手法で、女の孤独という主題をうたい上げ、中将姫の伝説と見合うファンタジー調さえもよびこんで見せた」が作品世界を的確にとらえている。

ヒロインせきの造形には、祖父が漢方医だったことや中里恒子自身の関東大震災体験が織り込まれているように思う。せきは横浜の生糸貿易商で行儀見習いしていた折に生薬（漢方薬）問屋に見初められて跡継ぎ息子と結婚。子供が産めないままに夫の浮気相手が身籠もり、一時は自分の子供にしようと決意するほど自分を抑制、犠牲にする女性である。しかし不幸な結婚生活も、湯治に行っているうちに関東大震災に遭遇して家も家族も失い、消滅する。奈良県宇陀にある当麻寺に祭られている中将姫が、継母に虐め抜かれる責苦にあっても人を助け善行を積む女性だったように、せきも度重なる不遇に遭っても人に手助けすることによって転化し、窮地から抜け出していく。宇陀の村落の薬草園に身を寄せ、採薬仙女のように薬草採りの仕事を続けながら、漢方の民間医療も施すようになるが、当麻寺に参籠して金剛山に登り、さらに自由な境地に羽ばたこうとするように谷あいの苔の中に飛び立ち帰らぬ人となる。誰袖草とはヒロインを象徴しているのだろう。

　せきの世捨て人のような、いわば解脱のごとき世俗的欲望を超えた絶対的孤独に、執筆当時の作者の辿り着いた境地を重ねた秀作である。

【解題】

「日光室」
〈初出〉『新潮』一九三八・一一
〈底本〉『中里恒子全集』第一巻 中央公論社 一九七九・一二

「まりあんぬ物語」

〈初出〉『人間』一九四六・一二。『中里恒子全集』第一八巻（一九八一・三）収録の「『まりあんぬ物語』あとがき」（底本「あとがき」と同じ）に、一九三八年に「おもかげ」という題で書いて「或る書肆」に渡してあったが、戦時下の空襲で焼けてしまい、戦後その記憶を掘り起こした作品とある。

〈底本〉『まりあんぬ物語』鎌倉文庫　一九四七・四

＊本文中明らかな誤植と思われる箇所については、初出の『人間』所収の「まりあんぬ物語」を参照して補った。

「誰袖草」
〈初出〉『文学界』一九七八・五
〈底本〉『中里恒子全集』第一四巻 中央公論社 一九八〇・一

【略年譜】

一九〇九（明治四二）年
一二月二三日、中里万蔵、保乃の次女として、神奈川県藤沢市本町一丁目で生まれる。本名中里恒。兄弟は二兄一姉一妹。中里家は、代々屋号吉田屋（世襲名は弥兵衛）、という豪商の呉服屋であった。

一九一六（大正五）年　七歳
横浜市日枝小学校に入学。一四歳年長の長兄富次郎、貿易会社増田屋ロンドン支店に赴任。
一九二二（大正一一）年　一三歳
横浜山手の紅蘭女学校（現、横浜雙葉学園）入学。しかし、翌年、経済恐慌の煽りを受けて増田屋倒産。長兄は帰国命令を拒否し、イギリス人と結婚。九月、関東大震災が発生。家も紅蘭女学校も焼失したため川崎に移住。川崎高等女学校編入学。
一九二五（大正一四）年　一六歳
川崎高等女学校を卒業。その後、遠縁の菅忠雄の紹介で永井龍男を知る。文学を志す直接の契機となった。
一九二八（昭和三）年　一九歳
『創作月刊』六月号に「明らかな気持ち」を発表。二月、兄の友人佐藤重雄と結婚。佐藤家には、フランス人ピアレット（帽子デザイナー）と結婚した義兄が帰国していた。翌々年、八月、長女圭子生まれる。
一九三二（昭和七）年　二三歳
軽い肺結核に罹患。逗子町の農家の離れで暮らす。『火の鳥』に発表した作品が横光利一の目にとまり、知遇を受け、その後横光の紹介で川端康成との交流始まる。翌年、逗子の桜山中町に家を新築し転居。
一九三六（昭和一一）年　二七歳
『文学読本』の同人となる。ただ一人の女性同人だった。
一九三九（昭和一四）年　三〇歳
前年、「乗合馬車」（『文学界』）、「日光室」（『新潮』）を発表したが、この二作で第八回芥川賞を受賞。女性では初めての受賞。四月、『乗合馬車』を小山書店より刊行。
一九四一（昭和一六）年　三二歳
三月、富次郎の長女ミドリ（「マリアンヌ」物のモデル）夭折し、横浜の外人墓地に葬られる。「墓地の春」を『改造』五月号に発表。八月、『生きる土地』（実業之日本社）刊行。
一九四三（昭和一八）年　三四歳
陸軍報道部の徴用（毎日新聞特別派遣員）で、佐多稲子らと南方各方面に派遣されることになったが、発熱のため徴用を免れる。
一九四六（昭和二一）年　三七歳
戦後第一作「墓地の春」をもとにした「まりあんぬ物語」（後に「墓地の春」と改題）を『人間』二月号に発表。翌年、四月、『まりあんぬ物語』を鎌倉文庫より刊行。
一九五一（昭和二六）年　四二歳
夫と別居し長女圭子と二人で逗子に住む。九月、『晩歌』（池田書店）刊行。
一九五三（昭和二八）年　四四歳
母屋を米軍軍医一家に貸し、裏手にあった物置小屋で暮らす。
一九五六（昭和三一）年　四七歳
離婚が成立。留学中の圭子、アメリカ人と結婚。
一九七二（昭和四七）年　六三歳

五月、『閉ざされた海』を講談社、六月、『此の世』を河出書房新社より刊行。次の年、『歌枕』を新潮社より刊行（翌々年二月、読売文学賞）。

一九七五（昭和五〇）年　六六歳

前年の一二月、『わが庵』（文芸春秋）刊行。六月、日本芸術院より「『わが庵』および多年にわたる創作活動に対して」恩賜賞が授与される。翌年三月、宇野千代との共書『往復書簡集』（文芸春秋）刊行。

一九七七（昭和五二）年　六八歳

一〇月、書き下ろし長編『時雨の記』（文芸春秋）刊行。翌年、一二月、『誰袖草』（文芸春秋）刊行（翌々年一〇月、女流文学賞）。

一九七九（昭和五四）年　七〇歳

一〇月より『中里恒子全集』全一八巻（中央公論社）刊行が始まる。

一九八二（昭和五七）年　七三歳

八月、『不意のこと』（中央公論社）、『家の中』（講談社）刊行。翌年、芸術院会員に推挙される。

一九八四（昭和五九）年　七五歳

七月、『鱗錦の局、拾文』（中央公論社）刊行。

一九八七（昭和六二）年

四月五日、大腸腫瘍で死去。享年七七歳。五月、『忘我の記』（文芸春秋）刊行。

＊岡宣子「年譜」（『中里恒子全集』中央公論社、一九八一・三）、近藤裕子「中里恒子略年譜」（『女性作家シリーズ五　網野菊・芝木好子・中里恒子』角川書店、一九九九・五）等を参照した。

【参考文献】

中西寛子「作家と作品」『日本文学全集　第四九巻　宇野千代・中里恒子』（集英社、一九六九・七）

磯田光一「一九七三年の文学概況」日本文芸家協会編（講談社、一九七二・六）

阿部昭「解説」『鎖』（中央公論社、一九七八・六）

岡宣子「解題」『中里恒子全集』第一巻から一八巻（中央公論社、一九七九・一〇から一九八一・三まで一八回）

桶谷秀明「解題」『中納言秀家夫人の生涯』（講談社、一九八〇・一）

金井景子「解説（中里恒子）」『精選女性随筆集　第一〇巻　中里恒子・野上彌生子』（文芸春秋、二〇一二・一〇）

（伊原美好）

編者紹介

長谷川啓（はせがわ・けい）
女性文学研究者・元城西短期大学教授
著　書『佐多稲子論』オリジン出版センター、一九九二
『女性作家評伝シリーズ』全12巻（共編・新典社、一九九八〜）
『田村俊子全集』全10巻（共監修・ゆまに書房、二〇一二〜）

協力執筆者紹介

伊原美好（いはら・みよし）
女性文学研究者・公認会計士・税理士
著　作「水野仙子『神楽阪の半襟』から見えてくるもの」『大正女性文学論』所収（翰林書房、新・フェミニズム批評の会、二〇一〇・一二）
「川上弘美「蛇を踏む」「センセイの鞄」から――ポスト・ジェンダー社会の中で「他者」との共存を探る」PAJLS VOLUME 11（SUMMER 二〇一五）
「『素足の娘』から――〈家族〉への眼差し」（『草茫々通信一二号』二〇一八・六）

野田敦子（のだ・あつこ）
近代文学研究者
編　集 林芙美子全集未収録作品集『ピッサンリ』（思潮社、二〇一三・一〇）
著　作「林芙美子の詩と歩く（全四回）」（『現代詩手帖』思潮社、二〇一六・九〜一二、二〇一七・一）
「丘の上に咲く朝顔――林芙美子「スマトラ―西風の島―」の方法をめぐって」（『比較メディア・女性文化研究』国際メディア・女性文化研究所、二〇一八・一）

［新編］日本女性文学全集　第六巻
二〇一八年九月二六日　第一刷発行
二〇二〇年三月三一日　第二刷発行*

著者代表　平林たい子
責任編集　長谷川啓
発 行 者　山本有紀乃
発 行 所　六花出版
東京都千代田区神田神保町一丁目二八
電話〇三―三二九三―八七八七
印刷製本　栄光
装幀者　川畑博昭
*第二刷はPOD（オンデマンド印刷）すなわち乾式トナーを使用し低温印字する印刷によるものです。

ISBN978-4-86617-048-0